Von Anne Perry sind
als Heyne-Taschenbuch erschienen:

Die Frau in Kirschrot · Band 01/8743
Dunkelgraue Pelerine · Band 01/8864
Frühstück n. Mitternacht · Band 01/8618
Rote Stiefeletten · Band 01/9081

ANNE PERRY

DER WEISSE SEIDENSCHAL

Ein Thomas-Pitt-Krimi aus dem viktorianischen England

Aus dem Englischen von Helmut Gerstberger

Deutsche Erstausgabe

WILHELM HEYNE VERLAG
MÜNCHEN

HEYNE ALLGEMEINE REIHE
Nr. 01/9574

Titel der Originalausgabe
FARRIERS' LANE

Redaktion: Rainer-Michael Rahn

Printed in Germany 1995
Umschlagillustration: Walter Wyles/Agentur Luserke
Umschlaggestaltung: Atelier Ingrid Schütz, München
Gesamtherstellung: Elsnerdruck, Berlin

ISBN 3-453-08890-5

Für meine Mutter

1. Kapitel

»Ist er nicht wundervoll?« flüsterte Caroline Ellison ihrer Tochter Charlotte zu. »Er kann so viel Gefühl mit einem einzigen Wort und der einfachsten Geste zum Ausdruck bringen!«

Sie saßen nebeneinander im Halbdunkel der roten Plüschloge des Theaters. Es war Spätherbst, und da nicht geheizt wurde, war die Luft im Saal kalt. Als der erste Akt zu Ende war, hatte die dichtgedrängte Menge etwas Wärme ins Parkett gebracht, aber hier oben in den Logen war dem nicht so. Die Bewegung beim Applaudieren und das Stampfen mit den Füßen hatte ein wenig geholfen, aber jetzt war das Stück wieder so fesselnd und spannend, daß die Zuschauer vor Aufregung fröstelten.

Die Bühne war in helles Licht getaucht, und die Schauspieler wirkten vor dem blassen, auf Sperrholz gemalten romantischen Bühnenbild um so realer und lebendiger. Vor allem einer schien Carolines Aufmerksamkeit besonders zu fesseln: ein schlanker, etwas mehr als mittelgroßer Mann mit einem empfindsamen, aber scharfgeschnittenen Gesicht voller Humor und Fantasie, der offensichtlich vertraut mit allen potentiellen Möglichkeiten der Tragödie war. Er hieß Joshua Fielding und war der Hauptdarsteller der Theatertruppe. Charlotte war sich jetzt ziemlich sicher, daß er der Grund war, weshalb ihre Mutter unbedingt dieses Stück hatte sehen wollen.

Offensichtlich erwartete Caroline eine Antwort. Auf ihrem lebhaften und intelligenten Gesicht spiegelte sich ein seltsamer Ausdruck von Verletzlichkeit, als sei Charlottes Antwort von großer Wichtigkeit für sie. Sie war erst seit kurzer Zeit verwitwet. Nach der ersten Trauer hatte sie eine Art Euphorie erfaßt, ein Gefühl der Freiheit, als sie allmählich begriff, was alles sie nun nach eigenem Gutdünken tun konnte, denn sie war jetzt ihre eigene Herrin. Sie las, wonach ihr der Sinn stand – Politisches, Umstrittenes und sogar Skandalöses. Sie schloß sich verschiedenen Gesellschaften an und diskutierte freimütig über alle möglichen Themen, die ihr zuvor verboten waren, und sie ging in Vorträge von Sozialreformern, Reisenden und Wissenschaftlern, bei denen oft Photographien und Lichtbilder gezeigt wurden.

Aber möglicherweise verloren diese Vergnügungen allmählich etwas von ihrem Glanz, denn hin und wieder geisterte ein Schatten von Einsamkeit durch ihre Gedanken.

»Ja… Du hast recht, Mama«, stimmte Charlotte ihr zu. »Er hat eine Stimme, der ich stundenlang zuhören könnte.«

Ein Lächeln erschien auf Carolines Gesicht, und zufrieden wandte sie ihre Aufmerksamkeit wieder der Bühne zu…

Charlotte blickte zu ihrem Mann, der neben ihr saß, doch Pitts Augen waren auf das Paar in einer Loge schräg gegenüber gerichtet, etwa zwanzig Meter von ihnen entfernt, im selben Rang. Der Mann war etwa Anfang sechzig, hatte schütteres Haar und eine breite Stirn; auf seinem Gesicht lag ein erstarrter Ausdruck. Er sah auf die Bühne hinab. Die Frau war mindestens zwölf bis vierzehn Jahre jünger als er, dunkelhaarig und hübsch. Ihr glitzerndes Kollier fing das Licht ein und warf gleißende Reflexe, als sie sich unruhig in ihrem Sessel bewegte, den Kopf drehte und ihr Haar berührte, wobei sie sich leicht nach vorn beugte.

»Wer ist das?« fragte Charlotte flüsternd.

»Was?« fragte Pitt verständnislos und fühlte sich offensichtlich ertappt.

»Wer ist das?« wiederholte sie ihre Frage leise und sah dann an ihm vorbei zu der anderen Loge hinüber.

»Oh…« Er war ein wenig verlegen. Die Theaterkarten waren ein Geschenk von Caroline gewesen, und er wollte nicht den Eindruck erwecken, von dem Stück nicht völlig gefesselt zu sein, obwohl seine Aufmerksamkeit ganz offensichtlich abschweifte. »Ein Richter am Appellationsgericht«, flüsterte er zurück. »Richter Stafford.«

»Ist das neben ihm seine Frau?« fragte Charlotte, die nach einem Grund für sein Interesse suchte.

Der Anflug eines Lächelns huschte um seinen Mund. »Ich glaube schon… Warum?«

Charlotte sah wieder zu der Loge hinüber, ohne sich dabei um besondere Diskretion zu bemühen.

»Warum siehst du dann zu ihnen hinüber?« bohrte sie im Flüsterton nach. »Wer ist das in der nächsten Loge?«

»Sieht aus wie Richter Livesey.«

»Ist er nicht ein bißchen jung für einen Richter? Er sieht recht gut aus, findest du nicht auch?«

Pitt verlagerte sein Gewicht und beugte sich leicht nach vorn. Caroline war viel zu gefangen von dem Stück, um etwas von ihrem Gespräch mitzubekommen. Er folgte Charlottes Blick.

»Nicht der Mann mit den schwarzen Haaren«, flüsterte er. »Der, der näher zu uns sitzt. Der junge Mann ist Adolphus Pryce. Er ist Prozeßanwalt, Queen's Counsel seines Zeichens. Livesey ist der massige Mann mit dem weißen Haar.«

»Oh… Und warum siehst du zu ihnen hinüber?«

»Ich hab' mich nur gewundert, warum Richter Stafford von dem Stück so fasziniert ist«, erwiderte Pitt mit einem Achselzucken. »Es ist ein ziemliches Rührstück, und mich überrascht, daß ihm so was gefällt. Er hat seit zehn Minuten oder länger nicht ein einziges Mal den Blick von der Bühne genommen. Nicht einmal geblinzelt hat er, soweit ich das sehen konnte!«

»Vielleicht ist er in Tamar Macaulay verliebt?« wisperte Charlotte mit einem unterdrückten Kichern.

»In wen?« Pitts zog verwirrt die Stirn kraus.

»Die Hauptdarstellerin!« erwiderte Charlotte leicht ungehalten, und einen Moment lang wurde ihre Stimme lauter. »Wirklich, Thomas! Du solltest ein bißchen mehr Interesse zeigen. Sie ist die Heldin des Stücks.«

»Oh… natürlich. Mir war der Name entfallen. Tut mir leid«, entschuldigte er sich zerknirscht. »Und jetzt sei still und schau zu.«

Sie wandten beide ihre Aufmerksamkeit wieder der Bühne zu und saßen nahezu eine Viertelstunde lang schweigend nebeneinander, bis ein erstickter Aufschrei und leises Poltern aus der Loge der Staffords sie herumfahren ließ. Sogar Caroline riß ihren Blick von der Bühne los und drehte den Kopf.

»Was ist denn?« fragte sie erschreckt. »Ist was passiert? Ist jemandem schlecht geworden?«

»Sieht ganz so aus, ja«, nickte Pitt und schob seinen Stuhl zurück, als wolle er aufstehen, doch dann überlegte er es sich anders. »Richter Stafford scheint es nicht gutzugehen.«

In der Tat war Mrs. Stafford aufgesprungen und beugte sich besorgt über ihren Mann. Sie flüsterte mit eindringlicher Stimme auf ihn ein, während sie versuchte, mit fliegenden Händen seinen Kragen zu öffnen. Er zeigte jedoch keinerlei Reaktion, abgesehen von einem krampfartigen Zucken seiner Glieder – nicht besonders heftig, doch so, als durchfahre ihn ein immer wiederkehrender unangenehmer Schmerz. Auf seinem Gesicht lag noch immer derselbe starre, unbewegte Ausdruck, als könne er seine Aufmerksamkeit selbst jetzt nicht von der Bühne und den Figuren dort losreißen, die ihr eigenes, vorherbestimmtes Drama inszenierten.

»Sollten wir nicht helfen?« flüsterte Charlotte unsicher.

»Was können wir denn tun?« Pitt schien ebenfalls besorgt, denn auf seiner Stirn zeigten sich steile Falten. »Er braucht wahrscheinlich einen Arzt.« Doch noch während er dies sagte, schob er seinen Stuhl erneut zurück und erhob sich. »Ich werd' sie fragen, ob ich einen rufen soll. Und sie wird Hilfe brauchen, ihn nach hinten zu bringen, wo er sich hinlegen kann. Bitte entschuldige mich bei Caroline.« Ohne auf eine Antwort zu warten, schlüpfte er durch die Tür im Hintergrund der Loge.

Leise zog er sie hinter sich zu und eilte, die Türen zählend, den breiten Korridor entlang, bis er die richtige erreicht hatte. Anzuklopfen wäre sinnlos gewesen, denn die Frau hatte wohl alle Hände voll zu tun, sich um ihren Mann zu kümmern. Die Tür war ohnehin nur angelehnt; er stieß sie auf und ging hinein.

Samuel Stafford hing schlaff in seinem Stuhl; sein Gesicht war stark gerötet. Pitt konnte seinen schweren Atem bis zur Tür hören. Juniper Stafford lehnte jetzt mit dem Rücken an der hinteren Wand der Loge, die Fäuste gegen das Gesicht gepreßt. Ihre Knöchel traten weiß hervor. Sie schien gelähmt vor Angst. An Staffords Seite kniete Richter Ignatius Livesey.

»Kann ich helfen?« fragte Pitt hastig. »Haben Sie schon nach einem Arzt geschickt, oder möchten Sie, daß ich mich darum kümmere?«

Livesey fuhr erschreckt herum, offensichtlich hatte er Pitt nicht hereinkommen hören. Er war ein großer massiger Mann mit einem breiten Schädel und einem ausdrucksstarken Gesicht mit kurzer Nase und fleischigen Wangen. Ein Gesicht, das Durchsetzungskraft und Mut verriet, vielleicht sogar eine Spur Launenhaftigkeit; das Gesicht eines Mannes, der zu plötzlichen und intensiven Stimmungsschwankungen neigte, aber andere mit leichter Hand kommandieren konnte…

»Ja, schicken Sie nach einem Doktor«, stimmte er zu, nachdem er sich mit einem kurzen Blick auf Pitt vergewissert hatte, daß es sich bei dem Eindringling um einen Gentlemen und nicht um irgendeinen Neugierigen handelte. »Ich bin kein Arzt und fürchte, daß ich wenig für ihn tun kann.«

»Natürlich. Ich werde meine Frau herbitten, damit sie sich um Mrs. Stafford kümmert.«

Liveseys sah ihn erstaunt an.

»Sie kennen ihn?«

»Nicht persönlich, Mr. Livesey«, erwiderte Pitt mit einem sparsamen Lächeln. Der Mann auf dem Stuhl rutschte tiefer, und sein Atem ging jetzt langsamer. Ohne weitere Zeit zu vergeuden, verließ Pitt die Loge, rannte zu seiner zurück und stieß die Tür auf.

»Charlotte! Es ist ernst«, sagte er hastig. »Ich fürchte, der arme Mann könnte möglicherweise sterben. Du solltest zu Mrs. Stafford gehen und ihr beistehen.«

Caroline drehte sich um und sah ihn besorgt an.

»Bleib hier, Schwiegermama«, beantwortete Pitt die unausgesprochene Frage. »Ich suche einen Arzt, falls es hier einen gibt.«

Charlotte erhob sich und ging mit ihm nach draußen. Mit schwingenden Röcken lief sie zur Loge der Staffords. Pitt wandte sich in die andere Richtung, dorthin, wo die Verwaltungsbüros lagen. Er fand die richtige Tür, klopfte kurz und trat ein, ohne auf eine Antwort zu warten.

In dem Büro blickte ein Mann mit prachtvollem Schnauzbart ärgerlich von den Nacktfotos auf, die er vor sich auf seinem Schreibtisch ausgebreitet hatte.

»Wie können Sie es wagen, Sir!« brauste er auf und erhob sich halb von seinem Stuhl. »Dies ist…«

»Ein Notfall«, erklärte Pitt, ohne den Versuch eines Lächelns. »Einem Ihrer Logenabonnenten – in Loge vierzehn – geht es sehr schlecht. Sein Zustand ist äußerst ernst; ich fürchte, er könnte sterben. Richter Stafford…«

»O Gott!« Der Direktor war entsetzt. »Wie furchtbar! Was für ein Skandal! Die Leute sind so abergläubisch. Ich…«

»Zerbrechen Sie sich darüber jetzt nicht den Kopf«, unterbrach ihn Pitt. »Gibt es hier im Theater einen Arzt? Wenn nicht, sollten Sie schnellstens nach dem nächsten erreichbaren Doktor schicken. Ich gehe wieder zurück, um zu sehen, ob ich was tun kann.«

»Wer sind Sie, Sir? Wie heißen Sie?«

»Pitt… Inspektor Thomas Pitt, Bow Street.«

»Gütiger Himmel! Was für eine Katastrophe!« Aus dem Gesicht des Direktors wich alle Farbe.

»Seien Sie nicht albern!« schnarrte Pitt. »Es handelt sich um kein Verbrechen. Dem armen Mann ist übel geworden, und ich war zufällig mit meiner Familie in einer der benachbarten Logen. Sogar Polizisten besuchen gelegentlich das Theater. Und jetzt, Mann, holen Sie um Himmels willen einen Arzt!«

Der Mund des Direktors klappte ein paarmal tonlos auf und zu. Dann raffte er hastig die Fotografien vor sich zusammen, ließ sie in einer Schublade verschwinden, die er zuknallte, und heftete sich an Pitts Fersen, der bereits wieder den Korridor entlangeilte.

Als Pitt wieder Loge vierzehn betrat, lag Samuel Stafford ein Stück weiter hinten auf den Boden gebettet, außerhalb des Blickfelds der Neugierigen, die möglicherweise das wirkliche Drama dem vorziehen könnten, das noch immer auf der Bühne seinen Lauf nahm. Die Darsteller waren routiniert genug, jede etwaige im Publikum aufkommende Unruhe zu ignorieren. Livesey hatte sein Jackett ausgezogen und zusammengerollt unter Staffords Kopf geschoben. Er kniete neben ihm auf dem Boden und sah mit tiefster Besorgnis auf ihn hinab. Juniper Stafford saß vornübergebeugt auf dem anderen Stuhl und starrte benommen auf die reglose Gestalt ihres Gatten. Sein Atem ging jetzt noch langsamer, und die Röte war ganz aus seinem Gesicht gewichen. Er war weiß wie ein Leintuch; sein schütteres Haar klebte an seiner schweißnassen Stirn. Abgesehen von dem kaum wahrnehmbaren Heben und Senken seines Brustkorbs, lag er völlig reglos. Charlotte kniete neben Juniper, den Arm um sie gelegt, und hielt ihre Hand.

»Der Direktor hat nach einem Arzt geschickt«, sagte Pitt leise und wußte im selben Augenblick, als er dies sagte, daß alle Hilfe zu spät kommen würde.

Livesey fühlte Staffords Puls, biß sich auf die Lippen und richtete sich dann auf. Sein Blick suchte Pitt. »Vielen Dank«, murmelte er. In seinen Augen lag Hoffnungslosigkeit und die unausgesprochene Warnung, nicht offen vor Juniper zu reden.

Ein sehr zaghaftes Klopfen war an der Tür zu hören.

»Herein.« Livesey sah Pitt an, dann die Tür. Für den Doktor war es sicherlich noch zu früh, es sei denn, ein Arzt hatte sich nicht nur bereits im Theater aufgehalten, sondern auch in einer benachbarten Loge.

Die Tür ging auf, und Pitt erkannte das schwammige, dunkle Gesicht von Adolphus Pryce, Kronrat Ihrer Majestät. Der Mann war verlegen. Sein Blick huschte zuerst zu Juniper Stafford, die zusammengesunken auf ihrem Stuhl saß und sich an Charlotte klammerte, dann zu Samuel Stafford auf dem Boden. Sogar im gedämpften Licht der Logenbeleuchtung, das vom Widerschein der Bühnenscheinwerfer kaum erhellt wurde, war nur zu deutlich, daß der Zustand des Richters sehr ernst war.

»Was ist passiert?« fragte Pryce flüsternd. »Kann ich… kann ich behilflich sein? Gibt es irgendwas, das ich…« Er verstummte. Es war nur zu offensichtlich, daß niemand etwas tun konnte, außer einem Arzt – und möglicherweise nicht einmal der.

»Mrs. Stafford?«

Juniper sagte nichts und starrte ihn nur aus riesigen, verzweifelten Augen an.

»Ja«, sagte Charlotte mit fester Stimme. »Wenn Sie so freundlich wären und ein Glas kaltes Wasser holen würden... Und Sie könnten sich vielleicht darum kümmern, daß Mrs. Staffords Kutsche am Eingang vorfährt, damit sie nicht zu warten braucht, wenn sie gehen möchte.«

»Selbstverständlich. Ja... ja, natürlich, das werde ich tun.« Pryce schien unendlich dankbar, etwas Sinnvolles tun zu können. Sein Blick blieb noch einen kurzen Augenblick an Juniper hängen, dann machte er auf dem Absatz kehrt und stürmte so eilig aus der Loge, daß er um ein Haar einen kleinen Mann mit rötlichgelbem, wild zu Berge stehendem Haar und kleinen, feisten und sehr sauberen Händen umgerannt hätte.

Der kleine Mann trat mit energischen Schritten in die Loge und wandte sich instinktiv an Livesey, den er offenbar für die Autoritätsperson unter den Anwesenden hielt.

»Ich bin Dr. Lloyd. Der Direktor hat mich verständigt, daß... Ah... Ich sehe...« Sein Blick fiel auf Stafford, der kaum mehr atmete. »Ach du meine Güte. Oh ja – ich sehe...« Er kniete neben Stafford nieder und spähte in sein Gesicht. »Was ist mit ihm? Wissen Sie es? Würde mich nicht wundern, wenn wir hier einen Herzanfall haben.« Er fühlte Staffords Puls und machte ein besorgtes Gesicht. »Das ist Richter Stafford, nicht wahr? Ich muß leider sagen, es gefällt mir gar nicht, wie er aussieht.« Er berührte Staffords totenblasses Gesicht mit der Hand. »Kalter Schweiß«, brummte er und schob seine Unterlippe vor. »Können Sie mir sagen, was passiert ist?« Die letzte Frage war an Livesey gerichtet.

»Es ging alles sehr schnell, soweit ich das von meiner Loge nebenan sehen konnte«, erwiderte Livesey mit leiser, aber sehr deutlicher Stimme. »Ich sah, wie er auf seinem Stuhl nach vorne sackte und sich nicht mehr rührte, und ich bin herübergekommen, um zu sehen, ob ich behilflich sein kann. Zuerst dachte ich, es sei eine Magenverstimmung oder etwas in der Art, aber jetzt fürchte ich, daß es etwas viel Ernsteres ist.«

»Er scheint sich nicht übergeben zu haben«, bemerkte der Doktor.

»Nein... das hat er nicht«, pflichtete ihm Livesey bei. »Es

könnte natürlich tatsächlich sein Herz sein, wie Sie vermutet haben, Doktor, aber er hat nicht über Schmerzen geklagt, als er noch bei Bewußtsein war. Es sah von Anfang an eher wie ein Stupor aus; er wirkte benommen, beinahe wie gelähmt, könnte man sagen.«

»Und sein Gesicht war stark gerötet, als ich zum ersten Mal hereinkam«, meldete sich Pitt zu Wort.

»Oh? Und wer sind Sie, Sir?« erkundigte sich Lloyd und drehte sich mit gefurchter Stirn zu Pitt um. »Entschuldigen Sie, ich habe Sie gar nicht gesehen.«

»Thomas Pitt«, erwiderte Pitt. »Inspektor von der Polizeiwache in der Bow Street.«

»Polizei? Großer Gott!«

»Ich bin als Privatmann hier«, erwiderte Pitt kühl. »Ich saß mit meiner Frau und meiner Schwiegermutter in einer benachbarten Loge und habe gesehen, daß es Mr. Stafford nicht gutgeht. Ich wollte nur fragen, ob ich behilflich sein kann oder einen Arzt holen soll.«

»Sehr lobenswert«, brummte Lloyd mit einem Naserümpfen und wischte sich die Hände an seiner Hose ab. »Wegen so etwas muß man ja nicht gleich die Polizei rufen – Gott bewahre! Es ist schon so schlimm genug. Vielleicht wäre jemand so freundlich, sich um Mrs.... eh... Stafford zu kümmern? Es gibt nichts, was sie im Augenblick für ihn tun kann, die arme Frau.«

»Sollte ich nicht... ich... O Samuel!« Juniper schluchzte auf und preßte ein Taschentuch gegen ihren Mund.

»Sie haben alles getan, was Sie tun konnten«, sagte Charlotte sanft und nahm sie am Arm. »Jetzt müssen Sie alles dem Arzt überlassen. Und da Mr. Stafford nicht bei Bewußtsein ist, wird er Sie auch nicht vermissen, wenn wir einen Augenblick nach draußen gehen. Kommen Sie und lassen Sie mich einen ruhigen Platz für Sie finden, wo Sie sich etwas hinsetzen können, bis der Doktor etwas Genaueres sagen kann.«

»Glauben Sie?« flüsterte Juniper und sah Charlotte voller Verzweiflung an.

»Ganz bestimmt«, sagte Charlotte, streifte Pitt mit einem schnellen Blick und sah dann wieder Juniper an. »Kommen

Sie. Vielleicht hat Mr. Pryce inzwischen ein Glas Wasser besorgt und möglicherweise sogar schon Ihre Kutsche vorfahren lassen.«

»Ich kann doch jetzt nicht nach Hause fahren!«

»Natürlich nicht. Nicht jetzt... Aber wenn der Doktor sagt, daß Sie fahren sollen, dann wollen wir doch nicht eine Ewigkeit in der Schlange warten, oder?

»Nein, sicher nicht... Ja, natürlich – Sie haben recht.« Mit Charlottes Unterstützung erhob sich Mrs. Stafford von ihrem Stuhl. Nachdem sie Richter Livesey für seine Hilfe gedankt und noch einen Blick auf die reglose Gestalt ihres Gatten geworfen hatte, erstickte sie ein leises Schluchzen und erlaubte dann Charlotte, sie hinauszuführen.

Lloyd ließ ein erleichtertes Seufzen hören.

»Nun können wir sprechen, ohne ein Blatt vor den Mund nehmen zu müssen, Gentlemen. Ich habe die ernste Befürchtung, daß ich nichts mehr für Mr. Stafford tun kann. Er wird zusehens schwächer. Ich habe keine Medikamente bei mir. Außerdem wüßte ich auch keines, das in seinem Zustand helfen könnte.« Er legte die Stirn in Falten und sah auf die jetzt völlig reglose Gestalt seines Patienten hinab. Erneut legte er die Hand auf Staffords Brust, dann fühlte er mit zwei Fingern den Puls am Hals und schließlich am Handgelenk, wobei er ständig leicht den Kopf schüttelte.

Livesey stand neben Pitt, den Rücken dem Zuschauerraum und der Bühne zugekehrt, auf der die Schauspieler vermutlich weiter agierten, ohne sich des Dramas bewußt zu sein, das in einer der Logen ihres Theaters seinem Ende zuging.

»In der Tat...«, sagte Lloyd nach einigen Augenblicken konzentrierten Schweigens, »...ist Richter Stafford soeben verstorben.« Er erhob sich umständlich, klopfte seine Hose ab und streifte die Bügelfalten glatt. Er wandte sich an Livesey. »Selbstverständlich wird sein Hausarzt verständigt, und seine arme Witwe ist sich der Situation ohnehin bewußt – die arme Frau. Ich fürchte, ich kann die Todesursache hier und jetzt nicht benennen; ich habe nicht die geringste Vorstellung. Es wird eine Autopsie geben müssen. Sehr schmerzlich für die Angehörigen, aber das Gesetz schreibt es so vor.«

»Sie haben wirklich keine Vorstellung?« fragte Pitt mit gerunzelter Stirn. »War es keine Ihnen bekannte Krankheit?«

»Nein, Sir. Das war es nicht!« erwiderte Lloyd ziemlich gereizt. »Sie können von einem Arzt auch nicht erwarten, daß er innerhalb von ein paar Minuten und ohne jegliche Krankengeschichte die richtige Diagnose stellt – bei einem komatösen Patienten! Und alles im Halbdunkel einer Theaterloge, während die Vorstellung auf der Bühne weitergeht. Wirklich Sir, Sie verlangen Unmögliches.«

»Kein Herzanfall oder Gehirnschlag?« Pitt entschuldigte sich nicht.

»Nein Sir. Kein Herzanfall, soweit ich das feststellen kann. Und auch keine Apoplexie. Wenn ich nicht wüßte, daß es völlig ausgeschlossen ist, würde ich vermuten, daß er irgendein Opiat genommen hat, eine vielleicht unabsichtlich zugeführte Überdosis eines Opiats. Außer natürlich, daß Männer in seiner gesellschaftlichen Position kein Opium nehmen und ganz gewiß keine Dosis, die solche Auswirkungen hat!«

»Ich bezweifle, daß Richter Stafford Opium geraucht hat«, sagte Livesey frostig.

»Ich habe mit keinem Wort gesagt, Sir, daß er Opium geraucht hat!« schnarrte Lloyd. »Ich bin nur etwas abgeschweift bei meinem Versuch, Mr.... Mr. Pitt hier«, er nickte mit dem Kopf in Pitts Richtung, »zu erklären, daß ich der Ansicht bin, daß er *kein* Opium geraucht hat. Abgesehen davon kann niemand eine so große Menge Opium rauchen, um auf diese Weise zu sterben. Man mußte schon eine Opiumtinktur trinken... Wirklich, Gentlemen – ich weiß nicht, weshalb wir über dieses Thema diskutieren!« Er hob die Schultern und ließ sie schwer wieder fallen. »Ich kenne die Ursachen für den Tod dieses armen Mannes nicht. Das wird eine Autopsie klären müssen. Vielleicht weiß sein Arzt etwas über irgendeine Erkrankung, die alles erklären würde. Im Augenblick kann ich nichts mehr für ihn tun und bitte Sie deshalb, mich zu entschuldigen, damit ich wieder zu meiner Familie zurückkehren kann, die sich nichts sehnlicher wünscht, als endlich einen gemeinsamen Abend mit einigermaßen kultivierter Unterhaltung zu verbringen.«

Er schniefte. »Es tut mir unendlich leid für Ihren Verlust, und ich bedauere zutiefst, daß ich nichts dagegen tun konnte, aber es war zu spät – viel zu spät. Meine Karte.« Mit der Geste eines Magiers zauberte er eine weißen Karton unter dem Revers seines Jacketts hervor und reichte ihn Livesey. »Guten Tag, Sir... Mr. Pitt!« Mit einer leichten Verbeugung knallte er die Hacken zusammen, nickte noch einmal knapp und hastete, die Tür hinter sich ins Schloß ziehend, hinaus. Pitt und Richter Livesey blieben mit dem toten Samuel Stafford allein zurück.

Livesey wirkte sehr ernst; sein Gesicht war bleich. Er schien erschöpft und angespannt zugleich. Er hielt den Kopf etwas nach vorn und zur Seite geneigt, und seine massigen Schultern hingen kraftlos herab. Langsam schob er die Hand in seine Hosentasche und zog ein flaches, zisiliertes Silberflakon hervor. Er hielt es Pitt hin.

»Das gehörte Stafford«, sagte er grimmig und sah Pitt dabei in die Augen. »Ich habe gesehen, wie er kurz nach der Pause daraus getrunken hat. Es ist ein schrecklicher Gedanke, aber es könnte etwas darin gewesen sein, das seinen Zustand verursacht hat. Vielleicht sollten Sie es mitnehmen und untersuchen lassen – und wenn auch nur, um diese Möglichkeit auszuschließen.«

»Gift?« fragte Pitt ernst. Er sah auf Stafford hinab. Je mehr er über das, was er beobachtet hatte, nachdachte, desto weniger absurd erschienen ihm Liveseys Worte. »Ja«, sagte er. »Ja, natürlich. Sie haben recht. Man muß es zumindest in Betracht ziehen, wenn auch nur, um zu beweisen, daß es nicht so war. Vielen Dank.«

Er nahm das Flakon und besah es sich von allen Seiten. Es war aus getriebenem Silber, sehr flach und sehr teuer. Samuel Staffords Name und das Datum, an dem es ihm geschenkt worden war, der 28. Februar 1884, waren eingraviert; ein Geschenk, das er vor etwa mehr als fünfeinhalb Jahren erhalten hatte. Was für ein wunderhübsches Gefäß, den Tod in sich zu tragen... »Ich werde den Inhalt untersuchen lassen«, sagte er mit einem Nicken. »Inzwischen sollten wir vielleicht versuchen, so viel wie möglich darüber herauszufinden, wie

Richter Stafford diesen Abend verbracht hat und was genau geschehen ist.«

»Natürlich«, stimmte Livesey zu. »Und wir sollten uns darum kümmern, daß der Leichnam diskret fortgebracht wird. Außerdem werde ich Mrs. Stafford erklären müssen, weshalb ihr verstorbener Gatte nicht nach Hause gebracht werden kann, sondern zuerst wegen der Todesursache untersucht werden muß. Wie überaus schrecklich für die arme Frau! Die ganze Angelegenheit ist sehr bedauerlich. Kann man die Tür verschließen?«

Pitt drehte sich um und sah nach.

»Nein, es ist nur ein gewöhnliches Schnappschloß. Ich warte hier, bis Sie die Direktion verständigt und nach der Polizei geschickt haben. Wir können ihn hier nicht alleine liegen lassen.«

»Nein, natürlich nicht. Dann werde ich mich mal auf den Weg machen.« Ohne zu zögern verließ Livesey die Loge und ließ Pitt allein zurück – just in dem Augenblick, als auf der Bühne der Vorhang fiel und ein begeisterter, lang anhaltender Beifall aufbrandete.

Kurz nachdem Charlotte mit Juniper Stafford die Loge verlassen hatte, begegneten sie Adolphus Pryce, der mit einem Becher Wasser in der ausgestreckten Hand zurückkehrte. Er wirkte aufgeregt und überaus beflissen, und in seinen dunklen Augen, die an Juniper hingen, sah Charlotte etwas, das sie – wäre nicht allein der Gedanke lächerlich gewesen – für Angst gehalten hätte.

»Meine liebe... Mrs. Stafford«, stieß er hervor, »gibt es irgend etwas, das ich für Sie tun kann? Ihr Kutscher ist verständigt, und er bringt Ihre Equipage zum Eingang, sobald Sie dies wünschen. Wie geht es Mr. Stafford?«

»Ich weiß es nicht«, erwiderte Juniper mit leiser, brüchiger Stimme. »Er... er sah so... so schrecklich krank aus! Und es ging alles so... schnell!«

»Es tut mir wirklich leid«, sagte Adolphus. »Ich hatte keine Ahnung, daß er nicht gesund ist – nicht die geringste.« Er reichte ihr den Becher mit Wasser.

Juniper erwiderte seinen besorgten Blick aus großen, vom

Schmerz dunklen Augen. Sie nahm den Becher mit beiden Händen, und ihre Ringe funkelten im Licht. Ihr prachtvolles Abendkleid wirkte mit einemmal fehl am Platz. »Nein... natürlich nicht«, sagte sie hastig. »Ich ebenfalls nicht... Das ist es ja, was mir alles so unverständlich macht!« Ihre Stimme wurde lauter und schrill vor Verzweiflung, und sie verstummte erschreckt. Sie zwang sich, einen Schluck Wasser zu trinken.

Adolphus wandte den Blick nicht von ihr; von Charlottes Gegenwart hatte er bisher weder mit einem Wort noch einem Blick Notiz genommen. Die ganze Intensität seiner Gefühle war auf Juniper gerichtet, und doch schien er nicht recht zu wissen, was er noch sagen sollte.

»Der Arzt wird alles für ihn tun, was möglich ist«, sagte Charlotte. »Es wäre das beste, wenn wir einen ruhigen Platz finden könnten, wo wir uns hinsetzen und warten können, wie es weitergeht, finden Sie nicht auch?«

»Ja, natürlich«, stimmte Adolphus zu. Erneut sah er Juniper an. »Wenn... wenn es irgend etwas gibt, Mrs. Stafford, das ich tun kann? Lassen Sie mich bitte wenigstens wissen, wie... es ihm geht.«

»Natürlich, Mr. Pryce... Das werde ich tun. Sie sind sehr freundlich.« In dem Blick, mit dem Juniper ihn ansah, lag Verzweiflung. Dann wandte sie sich, an Charlottes Arm geklammert, von ihm ab und lenkte ihre Schritte in Richtung eines kleineren Nebenraums des Foyers, in dem noch vor einer Stunde Erfrischungen gereicht worden waren. Unter der Tür zu dem Nebenraum stand händeringend der Direktor des Theaters und gab unartikulierte Laute genereller Besorgnis von sich.

Charlotte erschien die Zeit, die sie dort saßen, wie eine Ewigkeit, von Zeit zu Zeit reichte sie Juniper den Becher und nahm ihn ihr dann wieder aus der Hand, machte diese oder jene nichtssagende und unverfängliche Bemerkung und versuchte, die Frau zu trösten, so gut sie konnte, wobei sie es vermied, irgendwelche leeren Versprechungen auf einen glücklichen Ausgang zu machen, an den sie selbst nicht glaubte.

Dann irgendwann kam Ignatius Livesey. Sein Gesicht war in ernste Falten gelegt, und Charlotte wußte in dem Augenblick, als sie ihn sah, daß Stafford gestorben war. Und als Juniper aufblickte, starb auch in ihren Augen die Hoffnung, noch bevor sie etwas sagte. Sie holte tief Luft und machte die Augen zu; Tränen quollen zwischen ihren Wimpern hervor und kullerten über ihre Wangen.

»Es tut mir so unendlich leid, Mrs. Stafford«, sagte Livesey mit leiser Stimme. »Es schmerzt mich zutiefst, Ihnen mitteilen zu müssen, daß Ihr Mann soeben verschieden ist. Der einzige Trost, den ich Ihnen vielleicht anbieten kann, ist, daß er friedlich entschlafen ist und keine Schmerzen oder sonst irgendwelche Qualen erleiden mußte, außer dem Anflug von Unwohlsein am Anfang, das aber so kurz war, daß er es sicherlich gleich wieder vergessen hatte.« Seine massige Gestalt füllte die Türöffnung beinahe vollständig aus: die Verkörperung richterlicher Würde, ein Inbegriff der Stabilität und Zuverlässigkeit in einer sich mit schrecklicher Rasanz verändernden Welt. »Er war ein bedeutender Mann, der dem Gesetz mit Hingabe und Würde über vierzig Jahre lang gedient hat, und man wird sich mit Hochachtung und Dankbarkeit seiner erinnern. England ist durch ihn ein besserer Ort und die Gesellschaft ein wenig klüger und gerechter geworden. Das wird für Sie ein großer Trost sein, wenn der erste Schmerz Ihres Verlusts allmählich weniger wird, und das wird er, denn die Zeit heilt alle Wunden. Es ist ein Vermächtnis, dessen sich nicht viele Frauen rühmen können, verehrte Mrs. Stafford, und Sie können mit Recht stolz darauf sein.«

Sie starrte ihn aus großen Augen an. Einen Augenblick lang versuchte sie, etwas zu sagen; es war qualvoll mit anzusehen. Charlotte konnte nicht anders, als ihr zu helfen.

»Das ist überaus freundlich von Ihnen«, sagte sie zu Livesey gewandt, griff nach Junipers Hand und drückte sie fest. »Vielen Dank, daß Sie diesen sicherlich auch für Sie nicht leichten Gang auf sich genommen haben. Wenn es hier nichts mehr gibt, das wir tun können, vielleicht wären Sie dann so freundlich, jemanden zu schicken, der veranlaßt, daß Mrs. Staffords Kutsche vorfährt. Ich nehme an, der Arzt wird sich um alles kümmern, was hier zu tun ist?«

»Aber gewiß...«, nickte Livesey. »Allerdings...« – ein

Schatten huschte über sein Gesicht – »fürchte ich, daß die Polizei noch einige Fragen an Sie haben wird, weil alles so plötzlich geschah.«

Juniper fand ihre Stimme wieder, vielleicht weil ihre Verblüffung einen Augenblick lang größer war als ihr Schmerz.

»Die Polizei? Wozu denn bloß? Wer… ich meine, warum sind sie überhaupt hier? Wie haben sie so schnell davon erfahren? Haben Sie…?«

»Nein… Das war reiner Zufall«, sagte Livesey schnell. »Mr. Pitt, der Gentleman, der Ihnen zu Hilfe kam, ist von der Polizei.«

»Was für Fragen denn?« Juniper warf Charlotte einen verwirrten Blick zu. »Was gibt es da zu fragen?«

»Ich nehme an, er wird wissen wollen, was Samuel während der letzten Stunden gegessen oder getrunken hat«, erwiderte Livesey. »Vielleicht auch, was er den Tag über gemacht hat… Wenn sie die Kraft aufbringen könnten, seine Fragen zu beantworten, würde das gewiß sehr helfen.«

Charlotte öffnete den Mund, um Protest zu erheben, doch ihr wollte nichts einfallen, das einen Sinn gemacht hätte. Stafford war eines plötzlichen Todes gestorben und ohne jedwede erkennbare Ursache. Es war unvermeidlich, daß es eine behördliche Untersuchung des Todesfalls geben würde. Livesey hatte recht; je früher sie das hinter sich bringen würde, um so früher würde sie den ersten Schmerz überwinden und zu so etwas wie einer natürlichen Trauer fähig sein, an deren Ende dann schließlich der Beginn der Heilung wartete.

Die Tür ging auf, und Pitt kam herein, dicht gefolgt von Adolphus Pryce.

Junipers Blick ruckte hoch und blieb an Pryce hängen; sie zwang sich, ihren Blick weiterwandern zu lassen.

»Mr. Pitt!« sagte sie gefaßt. »Wie ich gehört habe, sind Sie von der Polizei. Mr. Livesey sagte mir, daß Sie mir ein paar Fragen über… über Samuels Tod stellen müssen.« Sie holte tief Luft. »Ich werde Ihnen alles sagen, was ich weiß, aber ich weiß von nichts, das Ihnen weiterhelfen könnte. Ich hatte keine Ahnung, daß er nicht gesund war. Er hat nie die geringste Andeutung gemacht…«

»Ich verstehe, Mrs. Stafford.« Pitt setzte sich, ohne dazu aufgefordert worden zu sein, ihr gegenüber, um sie nicht länger zu zwingen, zu ihm aufzublicken. »Es tut mir wirklich sehr leid, Sie in diesem schmerzlichen Augenblick belästigen zu müssen, aber wenn ich es auf später verschiebe, könnte es sein, daß sie bis dahin irgendeine winzige Kleinigkeit vergessen haben, die vielleicht die Antwort auf alles ist.« Er faßte sie genauer ins Auge. Sie war sehr blaß, und ihre Hände zitterten, aber sie schien einigermaßen gefaßt; zudem stand sie noch zu sehr unter Schock, ihren Tränen freien Lauf zu lassen oder dem Zorn, mit dem viele auf einen solch schmerzlichen Verlust reagierten.

»Mrs. Stafford, was hat Ihr Mann zum Dinner gegessen, bevor Sie ins Theater fuhren?«

Sie überlegte eine Weile. »Hammelrücken mit Meerrettichsauce und Gemüse. Kein schweres Essen, Mr. Pitt, und er hat auch nicht übermäßig viel gegessen.«

»Haben Sie das gleiche gegessen?«

»Ja, genau das gleiche – allerdings nicht so viel natürlich.«

»Und was haben Sie getrunken?«

Sie zog nachdenklich die Augenbrauen zusammen. »Er trank ein Glas Rotwein, aber die Flasche wurde am Tisch geöffnet. Der Wein war hervorragend. Ich habe selbst ein halbes Glas davon getrunken. Er hat bestimmt nicht zuviel davon getrunken, dessen kann ich Sie versichern. Er ist immer sehr maßvoll mit Alkohol umgegangen.«

»Was gab es noch?«

»Schokoladenpudding und ein Früchte-Sorbet. Aber ich habe ebenfalls davon gegessen.«

Aus den Augenwinkeln registrierte Pitt eine Bewegung; er drehte den Kopf und sah, daß Livesey auf seine Hüfttasche klopfte.

Er richtete den Blick wieder auf Juniper. »Hatte Ihr Mann ein flaches Flakon einstecken, Mrs. Stafford?« fragte er ohne Umschweife.

Ihre Augen weiteten sich. »Ja – ja, das hat er. Aus Silber. Ich habe es ihm vor vier oder fünf Jahren geschenkt. Weshalb fragen Sie?«

»Hat er es selbst gefüllt?«

»Ich nehme an. Sicher weiß ich es aber nicht. Weshalb? Wollen Sie... wollen Sie es sehen?«

»Ich habe es bereits. Vielen Dank. Wissen Sie, ob er am Abend daraus getrunken hat?«

»Ich habe ihn nicht trinken sehen, aber es ist ziemlich wahrscheinlich, daß er einen Schluck genommen hat. Er... er trank gerne einen kleinen...« Ihre Stimme schwankte und brach, und sie verstummte. Sie brauchte ein paar Augenblicke, die Fassung wiederzufinden.

»Können Sie mir sagen, was ihr Gatte während des Tages gemacht hat? Soweit Sie es wissen, Mrs. Stafford.«

»Was er gemacht hat?« Sie blinzelte irritiert. »Nun, wenn Sie es wünschen... Aber ich verstehe nicht, warum...«

»Es ist möglich, daß er vergiftet wurde, Mrs. Stafford«, sagte Livesey, der noch immer neben der Tür stand, in ernstem Tonfall. »Ich weiß, das ist ein ganz entsetzlicher Gedanke, aber ich fürchte, wir müssen uns damit auseinandersetzen. Natürlich ist es denkbar, daß der Leichenbeschauer eine Krankheit feststellt, von der wir im Augenblick nichts wissen, aber bis dahin müssen wir alle Möglichkeiten in Betracht ziehen und uns entsprechend verhalten.«

Sie blinzelte irritiert. »Vergiftet? Wer würde denn Samuel vergiften wollen?«

Pryce trat nervös von einem Bein aufs andere, wobei er Juniper nicht aus den Augen ließ, doch er mischte sich nicht ein.

»Fällt Ihnen niemand ein?« hakte Pitt nach und zog ihre Aufmerksamkeit wieder auf sich. »Wissen Sie, ob er gegenwärtig an einem Fall gearbeitet hat, Mrs. Stafford?«

»Nein... Nein, das hat er nicht.« Anscheinend fiel es ihr leichter zu antworten, wenn ihre Gedanken auf konkrete Dinge und bestimmte Fragen gerichtet waren. »Diese Frau hat ihn wieder aufgesucht. Sie belästigt ihn schon seit Monaten. Er erschien mir sehr beunruhigt, und als sie gegangen war, verließ er fast unmittelbar danach ebenfalls das Haus.«

»Welche Frau, Mrs. Stafford?« erkundigte sich Pitt.

»Miss Macaulay«, antwortete sie. »Tamar Macaulay.«

»Die Schauspielerin?« Er war verblüfft. »Wissen Sie, was sie von ihm wollte?«

»O ja, natürlich.« Ihre Augenbrauen wölbten sich, als käme die Frage überraschend für sie. Sie hatte angenommen, Pitt würde davon wissen. »Sie kam wegen ihres Bruders.«

»Was ist mit ihrem Bruder, Mrs. Stafford?« erkundigte sich Pitt geduldig, eingedenk der Tatsache, daß sie soeben einen schmerzlichen Verlust und einen großen Schock erlitten hatte und man von ihr nicht erwarten durfte, daß das, was sie sagte, logisch und präzise war. »Wer ist Miss Macaulays Bruder? Wartet er auf eine Berufungsentscheidung des Appellationsgerichts?«

Ein Anflug von grimmiger Belustigung glomm für einen Augenblick in ihrem Gesicht auf.

»Wohl kaum, Mr. Pitt. Er wurde vor fünf Jahren gehängt. Sie will... Sie wollte erreichen, daß Samuel das Verfahren wiedereröffnet. Er war einer der Richter, die über den Berufungsantrag entschieden, der abgelehnt wurde. Es war ein ganz entsetzlicher Mord. Ich glaube, wenn es damals nach der öffentlichen Meinung gegangen wäre, sie hätten ihn ein paarmal gehängt.«

»Der Godman-Fall«, warf Livesey dazwischen. »Der Mord an Kingsley Blaine. Ich nehme an, Sie erinnern sich?«

Pitt überlegte eine Weile. Er erinnerte sich nur verschwommen und bruchstückhaft an den Fall – an Greuel und Gewalt, das Entsetzen in den Zeitungen und an einige sehr häßliche Zwischenfälle in den Straßen, als man Jagd auf Juden gemacht hatte. »In der Farriers' Lane?« fragte er laut.

»Ja, richtig«, sagte Juniper. »Tamar Macaulay war seine Schwester. Ich weiß nicht, weshalb sie verschiedene Namen hatten, aber Schauspieler sind nun mal anders als normale Leute. Bei denen weiß man nie, woran man ist. Und natürlich sind sie Juden.«

Pitt lief es kalt über den Rücken. Mit einemmal schien ein Hauch von Kälte durch den kleinen Raum zu wehen, als sei ein Schwall von Haß und Fanatismus durch die offene Tür geschwappt, doch Richter Livesey hatte die Tür hinter sich zugemacht. Er sah Charlotte an und erkannte in ihren Augen einen Schatten von Angst, als habe auch sie etwas Dunkles und Bedrohliches gespürt.

»Es war ein überaus schockierender Fall«, sagte Livesey leise und mit ernster Stimme, in der eine Spur von Zorn mitschwang. »Ich weiß nicht, warum die arme Frau die Sache nicht ruhen läßt und froh ist, wenn die Leute es vergessen, aber sie scheint von einem seltsamen und unwiderstehlichen Drang erfüllt, alles zu tun, um eine Wiederaufnahme des Verfahrens zu erreichen.« Sein Gesicht war dunkel vor Zorn und Abscheu, und er erweckte den Eindruck, als würde er die ganze sinnlose und qualvolle Angelegenheit am liebsten so weit wie möglich von sich schieben, würde ihn nicht die Pflicht daran hindern. »Sie ist von der abstrusen Vorstellung besessen, damit seinen Namen reinwaschen zu können.« Er hob seine massigen Schultern und ließ sie wieder fallen. »Doch die Wahrheit ist, daß dieser unglückselige und erbärmliche Kerl so schuldig war wie der Leibhaftige persönlich, und das wurde über jeden Zweifel hinaus eindeutig bewiesen. Er hatte ein faires Verfahren und seine Revision. Ich kenne die Fakten, Pitt; ich saß selbst im Revisionsausschuß.«

Pitt nahm die Information mit einem Nicken zur Kenntnis und wandte sich wieder Juniper zu.

»Und Miss Macaulay hat heute Mr. Stafford wieder aufgesucht?«

»Ja – am frühen Nachmittag. Er war sehr beunruhigt deshalb.« Sie holte tief Luft und faßte sich, wobei sie Charlottes Hand drückte. »Er verließ unmittelbar nach ihr das Haus und sagte, er müsse Mr. O'Neil und Mr. Fielding sprechen.«

»Joshua Fielding, den Schauspieler?« fragte Pitt. Nicht ohne Grund wich er Charlottes Blick aus, denn er sah Carolines fasziniertes und entrücktes Gesicht vor sich, mit dem sie das Geschehen auf der Bühne verfolgt hatte.

»Ja«, nickte Juniper. »Er gehörte schon damals zum Ensemble. Sie haben ihn heute abend auf der Bühne gesehen. Er war ein Freund von Aaron Godman und – wenn ich mich nicht irre – eine Zeitlang auch ein Verdächtiger, bis sie schließlich herausfanden, wer es getan hat.«

»Ich verstehe. Und wer ist O'Neil? Ebenfalls ein Mitglied des Theaterensembles?«

»O nein! Nein. Mr. O'Neil war ein Freund von Kingsley Blaine, dem Mordopfer. Er war ein sehr angesehener Mann.«

»Weshalb wollte Mr. Stafford mit ihm sprechen?«

Sie schüttelte leicht den Kopf. »Er war ebenfalls ein Verdächtiger – am Anfang zumindest. Aber das konnte natürlich nicht lange aufrechterhalten werden. Warum Samuel ihn sprechen wollte, weiß ich nicht. Er hat mit mir nicht darüber gesprochen. Ich weiß es nur, weil er so bedrückt aussah und ich ihn gefragt habe, wo er hingehe, und er daraufhin sagte, er müsse Mr. O'Neil und Mr. Fielding sprechen.«

Adolphus Pryce scharrte unbehaglich mit den Füßen und räusperte sich.

»Ähem... Ich weiß zufällig, daß das stimmt, Mr. Pitt. Mr. Stafford hat mich heute ebenfalls aufgesucht. Zu dem Zeitpunkt hatte er bereits mit Fielding und O'Neil gesprochen.«

Pitt drehte sich überrascht zu ihm um. Er hatte ganz vergessen, daß Pryce anwesend war.

»Tatsächlich? Hat er Ihnen gegenüber erwähnt, worum es ging, Mr. Pryce?«

»Nun – äh... Ja und nein, könnte man sagen.« Pryce fixierte ihn mit einer Intensität, als bereite es ihm Mühe, seinen Blick daran zu hindern, woanders hinzuschweifen. »Er hatte noch einige Fragen zum Blaine/Godman-Fall. Ich war damals der Anklagevertreter, müssen Sie wissen. Es war wirklich ein sehr klarer Fall. Godman hatte ein Motiv, und er hatte die Gelegenheit und die Mittel – wenn auch nicht er allein. Außerdem wurde er von verschiedenen Leuten in der unmittelbaren Nähe des Tatorts gesehen, und er hat dies gar nicht abgestritten.« Er zog entschuldigend die Achseln hoch und drehte die Handflächen nach oben. »Und er war natürlich Jude.«

Pitt fühlte, wie sich etwas in ihm zusammenkrampfte und in seinem Magen einen Knoten bildete. Er versuchte gar nicht, den Zorn in seiner Stimme zu verbergen.

»Was hat das mit dem Fall zu tun, Mr. Pryce? Ich sehe nicht den geringsten Zusammenhang!«

Pryce' delikat geschwungene Nasenflügel bebten.

»Blaine wurde gekreuzigt, Mr. Pitt«, stieß er zwischen den Zähnen hervor. »Ich hatte angenommen, die Verbindung sei auf ganz grauenvolle Weise offensichtlich!«

»Gekreuzigt?« stieß Pitt verblüfft hervor.

»An einer Stalltür in der Farriers' Lane«, warf Livesey dazwischen, der noch immer neben der Tür stand. »Sie müssen sich doch an diesen Fall erinnern! Sämtliche Zeitungen Londons haben in aller Ausführlichkeit darüber berichtet. Die Leute redeten damals über nichts anderes.«

Pitts Erinnerung nahm allmählich konkretere Umrisse an. Er hatte damals an einem anderen Fall gearbeitet und keine Zeit gehabt, die Zeitungen zu lesen oder mit anderen Leuten über Dinge zu reden, die nichts mit seinem Fall zu tun hatten, aber der Godman-Fall hatte damals die ganze Stadt erschüttert.

»Ja...« Ein wenig betreten ob seiner Informationslücken, zog er die Stirn in steile Falten. »Ich erinnere mich, darüber gehört zu haben, aber ich war seinerzeit mit Ermittlungen in einem anderen Fall in Barking befaßt. Man hat dann für andere Dinge wenig Interesse...« Er verzog den Mund zu einem schiefen Grinsen. »Um ehrlich zu sein, kenne ich nicht einmal die Einzelheiten der Whitechapel-Morde im vergangenen Jahr, weil ich mit einem Doppelmord in Highgate alle Hände voll zu tun hatte.«

»Ich glaube kaum, daß ein Christ jemanden kreuzigen würde.« Pryce glaubte offenbar noch immer, sich verteidigen zu müssen. »Das war der Grund, weshalb es sehr wohl relevant war, daß er Jude war.«

»Ist O'Neil auch Jude?« erkundigte sich Pitt sarkastisch.

»Natürlich nicht! Aber niemand hat ihn im Ernst lange verdächtigt«, erwiderte Pryce mit einem Hauch von Schärfe in seiner Stimme. »Fielding und Miss Macaulay waren die anderen Hauptverdächtigen.«

»Das alles ist doch völlig unerheblich«, unterbrach Livesey ungeduldig. »Godman war schuldig, aber leider kann seine Schwester diese Tatsache nicht akzeptieren und läßt nicht zu, daß die ganze unglückliche Geschichte allmählich in Vergessenheit gerät.« Er schüttelte den Kopf, und seine Lippen wurden schmal. »Es hilft niemanden, wenn immer wieder darin herumgerührt wird. Das ändert nichts an den Tatsachen. Sie ist eine sehr törichte Frau.«

Pitt wandte sich wieder Juniper zu. »Wissen Sie, ob Mr. Stafford heute noch jemand anderen empfangen hat oder ob er sonst noch irgendwo war?«

»Nein.« Sie schüttelte den Kopf. »Nein, nicht daß ich wüßte. Er kam nach Hause, und wir nahmen zusammen das Dinner ein, ein bißchen früher als gewöhnlich, aber ein sehr leichtes Essen.« Sie schluckte mühsam. »Und dann fuhren wir ins Theater... hier her.«

Charlotte preßte ihre Hand fester. Sie saß noch immer ganz nah bei Juniper. Sie warf Pitt einen flehenden Blick zu.

»Können deine Fragen denn wirklich nicht bis morgen warten, Thomas? Wäre es nicht möglich, daß Mrs. Stafford jetzt nach Hause kann, und du stellst am Morgen die Fragen, die du noch hast? Sie ist sehr erschöpft.«

»Ja, natürlich.« Pitt erhob sich langsam. »Es tut mir sehr leid, daß ich Ihnen all diese Fragen stellen mußte, Mrs. Stafford, und ich hoffe, daß sie sich als überflüssig erweisen.« Er streckte ihr die Hand entgegen. »Darf ich Ihnen noch einmal mein tiefstes Beileid ausdrücken...«

»Danke.« Sie ergriff seine Hand, nicht nur, um sich zu verabschieden, sondern auch um sich mit seiner Hilfe ein wenig schwerfällig zu erheben.

»Ich begleite Sie bis zu Ihrer Kutsche«, bot Charlotte ihr an und machte Anstalten, sich ebenfalls zu erheben.

Pryce machte einen entschlossenen Schritt nach vorn und bot seinen Arm an; sein Gesicht wirkte angespannt von unterdrückten Emotionen.

»Bitte, erlauben Sie! Darf ich Ihnen behilflich sein, Mrs. Stafford? Sie brauchen jemanden, der Ihnen einen Weg durch die Menge bahnt und auf den sie sich stützen können. Erweisen Sie mir bitte die Ehre.«

Ihre Augen waren groß, fast fiebrig. Sie zögerte, als wollte sie seine Bitte ablehnen, doch dann schien ihr die Zweckmäßigkeit seines Angebots einzuleuchten und sie machte einen Schritt auf ihn zu.

»Es war überaus freundlich von Ihnen, Mrs. Pitt«, fügte

Pryce mit einer leichten Verbeugung in Richtung Charlotte hinzu; der Anflug des liebenswürdigen Lächelns um seine Mundwinkel gehörte vermutlich zum Repertoir seines offenbar wiedergefundenen Charmes, für den er bekannt war. »Aber erlauben Sie mir bitte, daß ich meine Hilfe anbiete, um mich nicht ganz so nutzlos zu fühlen. Und für Sie ist es sicherlich einfacher, bei Ihrem Gatten zu bleiben.«

»Das ist sehr großzügig von Ihnen«, erwiderte Charlotte erleichtert. »Ich muß gestehen, ich habe meine Mutter ganz vergessen, deren Gäste wir heute sind. Sie sitzt wahrscheinlich noch in unserer Loge und wartet auf uns.«

»Dann ist also alles geregelt.« Pryce bot Mrs. Stafford seinen Arm, und nach einer kurzen Verabschiedung verließen sie gemeinsam den Raum, wobei sie sich vertrauensvoll auf ihn stützte und er sich besorgt zu ihr beugte.

»Eine schlimme Sache«, brummte Livesey und schürzte die Lippen. »Eine sehr schlimme Sache... Aber ich bin sicher, Sie haben korrekt gehandhabt, Mr. Pitt. Und Sie, Mrs. Pitt, waren überaus liebenswürdig und hilfsbereit.« Er seufzte schwer. »Doch auf die arme Frau wird unter Umständen noch viel Schlimmeres zukommen, falls er tatsächlich keines natürlichen Todes gestorben sein sollte. Wollen wir zu Gott beten, daß unsere Angst unbegründet ist.«

»Ich fürchte, nicht einmal Gott kann das, was geschehen ist, ungeschehen machen«, bemerkte Pitt trocken. »Um wieviel Uhr ist Mr. Stafford heute bei Ihnen gewesen, Sir?«

»Kurz vor Mittag«, erwiderte Livesey. »Ich war mit einem Kollegen zum Dinner verabredet und bereits im Begriff, mein Zimmer zu verlassen, als Stafford hereinkam. Er blieb auch nur ein paar Augenblicke...«

»Hatte sein Besuch etwas mit dem Blaine/Godman-Fall zu tun?« unterbrach ihn Pitt.

Livesey legte sein breites Gesicht in unwillige Falten. »Nicht in erster Linie, obwohl er den Fall erwähnt hat. Es ging um eine andere Sache, die ich natürlich vertraulich behandeln muß.« Der Anflug eines Lächelns spielte um seinen Mund. »Aber ich kann Ihnen trotzdem behilflich sein, Inspektor. Kurz bevor er ging, nahm er einen kleinen Schluck aus seinem Flakon – und ich ebenfalls. Wie Sie sehen, erfreue ich mich bester Gesundheit. Wir können also sicher davon ausgehen, daß zu diesem Zeitpunkt kein Gift in dem Flakon war.«

Pitt betrachtete ihn stumm, während er die Information und ihre Implikationen verdaute.

Livesey schob amüsiert die Unterlippe nach vorn. »Dafür gibt es einen Zeugen, Inspektor. Mein Kollege John Wentworth, ein formidabler Anwalt und Queen's Council, war inzwischen gekommen, um mich zum Lunch abzuholen. Ich bin sicher, wenn Sie es wünschen, kann er das, was ich gesagt habe, bestätigen.«

Pitt stieß den Atem aus, den er angehalten hatte. »Ich habe an dem, was Sie gesagt haben, nicht gezweifelt, Sir. Ich habe nur über die Schlußfolgerungen nachgedacht, die sich daraus ergeben würden, sollte sich tatsächlich herausstellen, daß in dem Flakon Gift ist.«

»Ja...«, brummte Livesey, und seine Miene verdüsterte sich. »Überaus unerfreulich das Ganze, fürchte ich, aber möglicherweise nicht zu vermeiden. Ich beneide Sie nicht um Ihre Aufgabe, Sir.«

Nun lächelte auch Pitt. »Es ist nicht meine Aufgabe, Mr. Livesey. Morgen früh werde ich den Fall meinen Vorgesetzten übergeben, falls es überhaupt ein Fall ist. Ich habe lediglich auf die Situation reagiert, weil ich zufällig hier war. Es wäre verantwortungslos und pflichtvergessen gewesen, bei einem Vorfall wie diesem die Gelegenheit, unmittelbare Fakten und Beweise zu sammeln, ungenutzt verstreichen zu lassen.«

»Überaus löblich und, wie sie sagen, ihre Pflicht.« Livesey neigte gemessen den Kopf. »Wenn Sie mich jetzt entschuldigen... Es war ein langer und sehr unerfreulicher Abend. Ich sehne mich nach meiner Kutsche und danach, endlich nach Hause zu kommen. Gute Nacht, Ihnen beiden.«

»Gute Nacht, Mr. Livesey. Und vielen Dank für Ihre Hilfe.«

Als Charlotte in die Loge zurückkehrte, war Caroline noch immer dort. Nach der ungeschminkten Realität der Tragödie, die sie soeben miterlebt hatte, wirkten die Plüschsessel und die luxuriöse Behaglichkeit und der Anblick der leeren Bühne auf absurde Weise trivial. Caroline saß auf ihrem Stuhl, das besorgte Gesicht der Tür zugewandt. Als Charlotte eintrat, erhob sie sich.

»Was ist passiert? Wie geht es ihm?«

»Er ist leider gestorben«, erwiderte Charlotte und zog die Tür hinter sich zu. »Er hat das Bewußtsein nicht wiedererlangt, was vermutlich ein Segen war. Viel schlimmer ist, daß der andere Richter, Mr. Livesey, glaubt, es könnte Gift gewesen sein.«

»Du lieber Himmel!« Caroline war entsetzt. »Du meinst, er hat sich...« Erst dann begriff sie. »Nein... Das hast du nicht gemeint, oder? Du willst damit sagen, er wurde vergiftet!«

Charlotte setzte sich und griff nach Carolines Hand, um sie ebenfalls auf ihren Stuhl zurückzuziehen.

»Ja. Die Möglichkeit ist nicht von der Hand zu weisen. Und ich fürchte, es geht noch um Schlimmeres, um viel Schlimmeres...«

»Was denn?« Carolines Augen wurden groß. »Was um Himmels willen könnte denn noch schlimmer sein?«

»Tamar Macaulay hat Richter Stafford heute einen Besuch abgestattet, wegen eines ganz entsetzlichen Falls vor etwa fünf Jahren, für den ihr Bruder gehängt wurde.«

»Gehängt? O Charlotte! Wie tragisch. Aber was hätte Mr. Stafford denn jetzt noch für sie tun können?«

»Offenbar ist sie noch immer davon überzeugt, daß ihr Bruder unschuldig war, und sie wollte Stafford zu einer Wiederaufnahme des Verfahrens bewegen. Mrs. Stafford sagte, daß Tamar ihn damit schon seit langem belästigt hat und daß er deshalb verärgert und beunruhigt gewesen sei. Nachdem Miss Macaulay gegangen war, verließ auch er in großer Eile das Haus und sagte zu Mrs. Stafford, er müsse mit den anderen Hauptverdächtigen in dem Fall sprechen.«

»Und du glaubst, einer von ihnen hat ihn ermordet?« fragte Caroline entsetzt. »Und das war es, was wir gesehen haben? Wir wurden Zeugen, wie er umgebracht wurde?«

»Ja. Und Mama... Die anderen Verdächtigen in dem Fall waren ein Mann namens O'Neil und... Joshua Fielding.«

Caroline starrte sie verwirrt aus großen, verschreckten Augen an.

»Joshua Fielding«, wiederholte sie leise und blinzelte irritiert. »Eines Mordes verdächtig? Wer? Wer ist umgebracht worden?«

»Ein Mann namens Blaine. Anscheinend war es ein ganz abscheuliches Verbrechen, das die ganze Stadt schockierte. Er wurde gekreuzigt.«

»Wie?« Caroline konnte nicht fassen, was sie soeben gehört hatte. »Du meinst... Nein, das kann nicht dein Ernst sein! Es ist...«

»An eine Stalltür«, erzählte Charlotte weiter. »Sie haben Tamars Bruder dafür gehängt, aber sie hat nie an seine Schuld geglaubt. Tut mir leid, Mama...«

»Aber warum Joshua Fielding? Weshalb sollte er diesen Mann getötet haben? Welchen Grund könnte er dafür gehabt haben?«

»Ich weiß es nicht, Mama. Mrs. Stafford hat nur gesagt, daß der Richter Mr. Fielding und Mr. O'Neil aufgesucht hat, nachdem Tamar Macaulay heute nachmittag gegangen war.« Sie lachte grimmig auf. »Oder vielmehr gestern inzwischen.«

»Wo ist Thomas?«

»Er versucht, soviel er kann in Erfahrung zu bringen, damit seine Kollegen, wenn er morgen den Fall übergibt – falls es Gift gewesen ist und es überhaupt ein Fall ist – etwas in der Hand haben, womit sie anfangen können.«

»Ja. Ich verstehe.« Sie fröstelte. »Es ist seine Pflicht, nehme ich an... Als du einen Polizisten geheiratet hast, hatte ich keine Ahnung, ich welch außergewöhnliche Situationen wir dadurch geraten würden.«

»Ich auch nicht, Mama«, gestand Charlotte offen. »Aber einige davon waren wunderbar, andere waren schrecklich oder tragisch, und viele der Erfahrungen, die ich gemacht habe, waren lehrreich und haben meinen Horizont erweitert. Mir tun die Frauen leid, die nichts zu tun haben außer sticken, den Männern schöne Augen machen und tratschen, und die verzweifelt nach etwas suchen, womit sie sich beschäftigen könnten – egal was, Hauptsache, die anderen betrachten es als ›wohltätig‹, es schadet ihrem Ruf nicht und sie machen sich keine schmutzigen Finger dabei!«

Caroline machte ein strenges Gesicht, sprach jedoch nicht aus, was ihr als Erwiderung durch den Kopf ging. Sie kannte Charlotte gut genug, um zu wissen, daß das keinen Sinn hatte, und ein kleiner, schlummernder Teil von ihr empfand eine heimliche Sehnsucht, ebenfalls in solche Abenteuer verwickelt zu werden, doch das hätte sie niemals zugegeben.

Wenige Augenblicke später ging die Tür auf, und Pitt trat mit ernstem Gesicht in die Loge. Sein Blick ging zuerst zu Caroline.

»Es tut mir leid, Schwiegermama«, entschuldigte er sich. »Aber es sieht ganz so aus, als wäre das ein Fall für die Polizei, und da im Augenblick niemand anderer hier ist, sollte ich mich auf den Weg machen und mit zwei der Schauspieler sprechen. Stafford hat mit beiden heute nachmittag gesprochen. Vielleicht gibt es eine Verbindung oder zumindest etwas, das das, was passiert ist, erklärt.«

Charlotte stand schnell auf und strich mit einer mechanischen Geste ihr Kleid glatt.

»Wir kommen mit dir. Ich mag nicht hier warten – du, Mama?«

»Nein.« Caroline stand ebenfalls auf. »Nein. Ich würde viel lieber mit dir gehen. Wir können ja irgendwo warten, wo wir nicht stören.«

Pitt wandte sich um und hielt ihnen die Tür auf. Mit schnellen Schritten eilten sie hindurch und folgten ihm dann den Korridor hinab zur Bühnentür, die er offenbar zuvor ausfindig gemacht hatte. Dort erwartete sie der Direktor bereits, von einem Bein auf das andere tretend, das Gesicht in besorgte Falte gelegt.

»Was ist passiert, Mr. Pitt?« sagte er, sobald Pitt nahe genug war, daß er seine Stimme nicht zu heben brauchte. »Ich weiß, daß der Richter tot ist, aber weshalb wollen Sie Miss Macaulay und Mr. Fielding sprechen? Wie sollten die Ihnen weiterhelfen können?« Er schob die Hände in seine Taschen und zog sie dann wieder heraus. »Ich verstehe das nicht. Ich verstehe das wirklich nicht! Ich helfe Ihnen ja, wo ich kann, aber ich verstehe nicht, weshalb das nötig ist.«

»Mr. Stafford hat die beiden heute im Laufe des Tages gesprochen«, erwiderte Pitt, die Hand bereits auf dem Türknauf des Bühneneingangs.

»Er hat mit ihnen gesprochen?« Der Direktor blinzelte erschreckt. »Aber nicht hier, Inspektor! Ganz sicher nicht hier!«

»Nein«, gab Pitt ihm recht, während sie bereits im Gänsemarsch den engen Korridor hinabgingen, der zu dem Raum führte, in dem zu warten Tamar Macaulay und Joshua Fielding gebeten worden waren. »Miss Macaulay hat den Richter zu Hause aufgesucht. Das zumindest wissen wir.«

»Ach ja? Wissen wir das?« brauste der Direktor auf. »Ich weiß gar nichts davon!« Er blieb abrupt stehen und riß die Tür auf. »Bitte sehr! Ich will mit der ganzen Angelegenheit nichts zu tun haben. Meine Seele, nein! Als wäre es nicht schon so schlimm genug! Ein Richter stirbt während der Vorstellung in seiner Loge, und jetzt auch noch die Polizei! Nun denn – gehen Sie. Gehen Sie und tun Sie, was immer Sie glauben tun zu müssen.«

»Vielen Dank«, erwiderte Pitt mit einem winzigen Anflug von Ironie in der Stimme. Er blieb unter der Tür stehen und ließ Charlotte und Caroline vorgehen, dann zog er die Tür mit einem sanften Ruck vor der Nase des Direktors zu.

Der Raum war ruhig und gemütlich. Ein halbes Dutzend Sessel stand regellos angeordnet herum, und ein Teppich bedeckte fast den gesamten Fußboden. In einer Ecke stand ein kleiner Ofen mit einem Wasserkessel auf der Platte. Die Wände waren fast völlig mit alten Theaterzetteln und Plakaten bedeckt, manche davon waren nur einfache Theateraushänger mit dem Titel des gespielten Stücks und den Namen der Schauspieler, doch die meisten waren bunte und fantasievoll gestaltete Huldigungen an die glamouröse Welt des Theaters. Wenn man sie genauer betrachtete, glaubte man beinahe hören zu können, wie das Orchester die Instrumente stimmte, während das Licht im Theater langsam dunkler wurde. Pitt erkannte auf den Plakaten die Gesichter von Henry Irving, Sarah Bernhardt, Ellen Terry, Herbert Beerbohm Tree, der jungen italienischen Schauspielerin Eleanora Duse und Mrs. Patrick Campbell.

Doch der Raum war nicht wichtig; er verblaßte hinter den dominierenden Gestalten, die sogleich jedermanns Aufmerksamkeit auf sich zogen. Sie standen Seite an Seite, und die manierierte Anmut in ihrer Haltung war vermutlich so sehr einstudiert, daß sie ihnen in Fleisch und Blut übergegangen und gar nicht mehr bewußt war. Joshua Fielding sah genauso aus wie durch das Opernglas, abgesehen davon vielleicht, daß seine Züge jetzt humorvoller wirkten. Die winzigen Linien um seinen Mund waren weniger ausgeprägt als bei seiner mimischen Darstellung desselben Ausdrucks von Weltklugheit und ironischer Amüsiertheit, den er jetzt zur Schau trug. Er sah vielleicht nicht ganz so gut aus wie auf der Bühne: seine Nase war nicht ganz gerade, seine Augen waren asymmetrisch und die eine Augenbraue kürzer als die andere. Doch gerade diese Unvollkommenheit machte ihn unmittelbar und anziehender als seine makellose Bühnenerscheinung, der eine gewisse menschliche Dimension fehlte.

Tamar Macaulay allerdings sah auf verblüffende Weise anders aus als auf der Bühne. Vielleicht lag es auch daran, daß weder Caroline noch Charlotte sie besonders beachtet hatten. Sie war kleiner und zierlicher. Die geballte Weiblichkeit, die sie auf der Bühne vermittelt hatte, war Teil ihres schauspielerischen Repertoirs und kein natürlicher Wesenszug; die sprühende Vitalität und Flatterhaftigkeit der Figur, die sie spielte, hatte sie mit ihrem Kostüm abgelegt. Sie stand bewegungslos, und ihr Gesicht verriet keinerlei Regung. All ihre Kraft schien nach innen gerichtet. Trotz dieser fast hölzernen Unbewegtheit hatte Charlotte selten ein Gesicht von einer solch unwiderstehlichen Schönheit gesehen. Sie erkannte darin eine unerschütterliche Seelenstärke und eine entwaffnende Intelligenz. Tamar Macaulay war ein ausgesprochen dunkler Typ mit einem durchscheinend blassen Teint und rabenschwarzem Haar, und dennoch besaß sie die außergewöhnliche Fähigkeit, alles zu spielen – von der Häßlichen bis hin zur strahlenden Schönheit. Abgesehen von Rollen des drallen, mollig-mütterlichen Typs, konnte Charlotte sie sich sehr gut in jeder großen Rolle vorstellen – von der Medusa mit ihrem schrecklichem Gorgonenhaupt bis hin zu Helena von Troja, und in jeder Rolle würde sie gleich überzeugend sein. Die Kraft und Faszination ihrer Persönlichkeit, die sich hinter diesem unbewegten, ebenmäßigen Gesicht verbarg, ließen es Charlotte als durchaus glaubhaft erscheinen, daß Männer wegen dieser Frau einen elf Jahre dauernden Krieg führten und ein blühendes Reich in den Ruin stürzten.

Pitt ging mit nicht ganz soviel wilder Entschlossenheit zu Werke. Er begann mit einer Entschuldigung:

»Es tut mir leid, daß ich Sie bitten mußte, noch zu bleiben«, sagte er mit einem sparsamen Lächeln. »Sie sind sicherlich sehr müde nach einem so langen und anstrengendem Tag. Ich nehme jedoch an, Sie sind davon unterrichtet worden, daß Richter Stafford während der Vorstellung in seiner Loge gestorben ist.« Er sah Joshua an, dann Tamar.

»Ich wußte nur, daß es ihm nicht gutging«, erklärte Joshua und nahm den Blick von Caroline, um ihn auf Pitt zu richten.

Pitt wurde sich seines Versäumnisses bewußt und sagte hastig: »Entschuldigen Sie. Darf ich vorstellen? Mrs. Caroline Ellison und meine Frau, Mrs. Pitt... Ich wollte sie nicht alleine draußen stehenlassen.«

»Natürlich nicht.« Joshua verbeugte sich galant; zuerst in Richtung Caroline, die verlegen errötete, dann in Richtung Charlotte. »Ich bedauere zutiefst die Umstände, unter denen wir uns kennenlernen. Leider kann ich Ihnen nicht einmal eine Erfrischung anbieten...«

»Ich wußte zwar, daß ihm übel geworden war«, sagte Tamar mit leiser, auffallend melodiöser Stimme und brachte sie wieder zum eigentlichen Thema zurück. »Aber ich hatte keine Ahnung, daß er gestorben ist.« Sie seufzte bekümmert. »Es tut mir sehr leid, aber ich verstehe nicht ganz, in welcher Weise wir behilflich sein können.«

»Sie haben Richter Stafford am heutigen Nachmittag aufgesucht?«

»Ja.« Sie fügte nichts hinzu, keinerlei Erklärung. Selbst eine derart lapidare Antwort klang aus ihrem Mund würdevoll.

»Und ich habe ihn später gesehen – in meiner Wohnung«,

warf Joshua dazwischen. »Er wirkte auf mich vollkommen gesund. Aber das war es sicherlich nicht, was Sie fragen wollten, oder?« Er hatte die Hände in die Hosentaschen geschoben und wirkte sehr gelassen und entspannt. »Sicherlich kann Ihnen Mrs. Stafford alles erzählen, was sie wissen wollen... Sein Hausarzt müßte doch genau wissen, wie es um seine Gesundheit bestellt war.«

Pitt beeilte sich das Mißverständnis aufzuklären: »Ich bin kein Arzt, Mr. Fielding. Ich bin Polizeiinspektor.«

Joshuas Augenbrauen wölbten sich; er straffte sich und nahm die Hände aus den Taschen. »Sie sind von der Polizei? Ich dachte, er sei krank geworden. Wurde er verletzt? Gütiger Himmel! Hier im Theater?«

»Nein. Es sieht eher aus, als könnte es Gift gewesen sein«, sagte Pitt vorsichtig.

»Gift?« rief Joshua ungläubig, und Tamar erstarrte. »Woher wollen Sie das wissen?«

»Ich weiß es nicht«, erwiderte Pitt und sah von einem der beiden zum anderen. »Aber die Symptome waren sehr beunruhigend, ähnlich denen wie bei einer Opiumvergiftung. Es wäre unverantwortlich von mir, würde ich die Möglichkeit, daß er vergiftet wurde, nicht in Betracht ziehen und versuchen, soviel in Erfahrung zu bringen wie möglich, solange die Erinnerung noch frisch und genau ist, bevor ich die Angelegenheit demjenigen übergebe, der den Fall bearbeitet, wenn der Obduktionsbericht da ist.«

»Ich verstehe.« Joshua nagte an seiner Unterlippe. »Und Sie wollten uns beide deshalb sprechen, weil sowohl Tamar wie auch ich mit ihm im Laufe des Tages Kontakt hatten? Sie verdächtigen uns.« Er sah verletzt drein. Scheinbar unbewußt streckte er die Hand aus und berührte Tamars Arm. Es war eine beschützende Geste, obwohl sie die stärkere von den beiden zu sein schien. Ihr Gesicht wirkte entschlossener und weniger verletzlich als seines.

Während Charlotte die Szene beobachtete, versuchte sie, sich an das wenige zu erinnern, das sie über den Godman-Fall und den schrecklichen Tod von Tamars Bruder gehört hatte. Sie fragte sich, was Aaron Godman für ein Mensch gewesen war. Wenn er seiner Schwester einigermaßen ähnlich war, konnte sich Charlotte sehr gut vorstellen, daß ihn die Leute gefürchtet hatten und ihm die Leidenschaft und den Jähzorn, jemanden zu töten, zumindest zutrauten.

»Neben vielen anderen«, gab Pitt ohne Ausflüchte offen zu. »Aber es wäre ja möglich, daß Sie irgend etwas beobachtet haben, das uns der Wahrheit näherbringt.«

»Sie meinen, jemand anderen denunzieren«, bemerkte Tamar giftig. »Wir haben schon einmal die Ermittlungen zu einem Mordfall durchgemacht, Inspektor Pitt. Und wir hegen nicht die geringste Illusion, daß dies in irgendeiner Form angenehm sein wird oder daß die Polizei Ruhe geben wird, bevor sie nicht genügend Beweise ausgegraben hat, um ein Gericht von irgend jemandes Schuld zu überzeugen.«

Charlotte registrierte, wie exakt sie die Worte setzte und aussprach. Die Wunde, die die Verurteilung und Hinrichtung ihres Bruders gerissen hatte, war noch nicht verheilt.

»Es ist unsere Aufgabe, Beweise zusammenzutragen und vorzulegen, Miss Macaulay«, erwiderte Pitt, ohne daß ein Schatten von Verärgerung oder Tadel auf seinem Gesicht sichtbar wurde. »Das Urteil sprechen andere – Gott sei Dank. Aber ich habe noch nie wissentlich irgendwelches Belastungsmaterial vorgelegt, von dessen Richtigkeit ich nicht überzeugt war. Ich bin mir bewußt darüber, daß Sie das Gefühl haben, Ihrem Bruder ist Unrecht geschehen, und daß Ihr Besuch bei Mr. Stafford heute damit in Zusammenhang steht.«

»Natürlich.« Die Ironie in ihrer Stimme klang bitter. »Ich habe sonst keinen Grund, seine Bekanntschaft zu suchen. Ich bin mir bewußt, daß Schauspielerinnen in einem gewissen Ruf stehen. In meinem Fall trifft dies allerdings nicht zu. Und ich wüßte auch keinen Grund zur Annahme, daß Richter Stafford irgendwelche diesbezüglichen Absichten gehabt hätte.« Ein spöttisches Funkeln blitzte in ihren Augen auf, das nicht nur Stafford galt, sondern auch ihr selbst und allen Menschen, die ihre Gefühle unterdrücken. »Er war ein ziemlich humorloser Mensch«, fuhr sie fort. »Und ich glaube, er hatte auch nicht die Fantasie und das Temperament, sich auf eine Liaison einzulassen. Falls doch, wäre er sicherlich mit mehr Diskretion zu Werke gegangen, als sich eine Schauspielerin auszusuchen!«

Charlotte blickte Pitt an und sah auf seinem Gesicht, daß es ihm an Fantasie nicht mangelte. Tamar Macaulay war durchaus eine Frau, in die sich ein Mann verlieben konnte, sogar leidenschaftlich, aber keine, mit der er ein Verhältnis beginnen würde. Sie war eher geschaffen für Träume, vielleicht sogar für Wunschträume, aber ganz sicher kein netter, unproblematischer Zeitvertreib für ein paar Stunden Leidenschaft und Vergnügen außerhalb der ehelichen Pflichten oder der Einsamkeit eines Junggesellendaseins. Sie war ganz sicher keine Frau, bei der man Trost und Behaglichkeit finden konnte, und Charlotte war sich ziemlich sicher, daß Pitt dies ebenso sah.

»Ich ziehe keine voreiligen Schlüsse, Miss Macaulay.« Pitts Stimme riß Charlotte aus ihren Gedanken. »Auch nicht dann, wenn sie scheinbar auf der Hand liegen.«

Ein winziges Lächeln huschte über Tamars Gesicht und verschwand wieder.

»Und Sie, Mr. Fielding?« wandte sich Pitt an Joshua. »Hat Mr. Stafford Sie ebenfalls wegen dieses Falls aufgesucht?«

»Ja – natürlich. Aus dem, was er sagte, entnahm ich, daß er nun endlich doch eine Wiederaufnahme des Verfahrens in Erwägung zog.« Er seufzte enttäuscht. »Diese Chance ist jetzt für immer dahin. Und einen anderen zu überreden, eine Wiederaufnahme auch nur ein Betracht zu ziehen, ist uns leider nicht gelungen.«

»Waren Sie alleine, als er Sie aufsuchte, Mr. Fielding?«

»Ja. Ich nehme an, es hat wenig Sinn, Ihnen zu erzählen was sich zugetragen hat, denn es gibt niemanden, der es bestätigen könnte.« Joshua zuckte mit den Schultern. »Er hat mich lediglich nach dem Abend gefragt, an dem Blaine getötet wurde. Ich mußte ihm alles noch einmal von Anfang an erzählen. Daraufhin sagte er, er müsse noch Delvin O'Neil aufsuchen – das war Blaines Freund; die beiden hatten an dem Mordabend einen Streit gehabt. Wegen Geld, glaube ich.«

»Hatte er das hier bei sich?« Pitt zog das silberne Flakon aus der Tasche und hielt es ihm hin.

Joshua betrachtete es interessiert. »Gesehen habe ich es nicht – nein, aber so was trägt man ja meistens nicht für jedermann sichtbar. Weshalb? Ist da Gift drin?«

Tamar schien ein wenig in sich zusammenzusinken und beäugte das Flakon mit Abscheu.

»Ich weiß es nicht«, sagte Pitt und ließ das Flakon wieder in seine Tasche gleiten. »Haben Sie es schon einmal gesehen, Miss Macaulay?«

»Nein.«

Pitt ließ es dabei bewenden.

»Vielen Dank. Ich nehme an, wer immer diesen Fall übernehmen wird, wird sicherlich noch einmal mit Ihnen sprechen wollen. Es tut mir leid, daß ich Ihnen so spät am Abend noch Unannehmlichkeiten bereiten mußte, und ich hoffe, Sie verzeihen mir.«

Joshua zuckte mit den Schultern; ein Lächeln huschte über sein Gesicht und verschwand wieder.

Pitt wünschte ihnen eine gute Nacht, und nach einer allerseits sehr kurzen Verabschiedung verließen er, Charlotte und Caroline den Raum. Die Lichter im Theater waren inzwischen gedämpft, und die Nacht draußen war stockfinster. Nur die Lichtkugeln der Straßenlaternen hingen wie kalt glühende Perlen in dem dichter werdenden Nebel, der sich zu flüchtigen Wattegespenstern zusammenballte. Die eiligen Räder von Kutschen ratterten lärmend über das nasse Kopfsteinpflaster.

Hatte Stafford tatsächlich vorgehabt, den Mordfall Godman/Blaine noch einmal aufzurollen? War das der Grund, weshalb er sterben mußte? Tamar Macaulay war an einer Wiederaufnahme des Verfahrens sehr interessiert. Wer wollte dies verhindern – und zwar so sehr, daß er dafür einen Mord beging?

Oder steckte etwas ganz anderes dahinter: eine völlig andere Person, eine völlig andere Angst – oder ein anderer Haß?

Charlotte ging ein wenig schneller und schob ihren Arm unter den Pitts, der nach einer freien Droschke Ausschau hielt, die sie nach Hause bringen würde.

2. Kapitel

Micah Drummond saß bereits am frühen Morgen in seinem Büro. Seit dem Fall, der sich im vergangenen Sommer am Belgrave Square zugetragen, in der Stadt so großes Entsetzen und bei Drummond selbst Erkenntnisse ausgelöst hatte, die sein ganzes Leben veränderten, bereiteten ihm seine eigenen Gedanken manchmal Unbehagen. Die Arbeit war für ihn eine Art Zuflucht und Erleichterung, selbst wenn sie ihn immer wieder und nur zu oft daran erinnerte, in was für ein Gespinst von Verpflichtungen er sich unwissentlich begeben hatte, als er sich bereit fand, Mitglied in der Geheimgesellschaft des Inner Circle zu werden.

Eleanor Byam war ein ganz anderes Thema. Die einzige Möglichkeit, wie er seine Gedanken daran hindern konnte, sich ständig mit ihr zu beschäftigen, war, sich in die dringlichen und komplizierten Probleme anderer Leute zu stürzen.

Er stand am Fenster im fahlen, kraftlosen Licht der Herbstsonne, als Pitt an die Tür klopfte.

»Herein«, sagte Drummond hoffnungsvoll und wandte sich zur Tür. Es lag zu wenig auf seinem Schreibtisch, und was dort lag, war nicht gerade brisant. Er hatte es bereits durchgesehen und entsprechend delegiert. Alles was er jetzt noch tun konnte, war, laufend weitere Berichte anzufordern, um über jede neue Entwicklung der Dinge informiert zu sein – etwas, das in seinen Augen mehr Einmischung war, als seine Beamten verdienten. »Herein!« sagte er noch einmal lauter.

Die Tür ging auf, und Pitt stand in der Öffnung, mit wild zu Berge stehenden Locken, das Jackett verknittert, die Krawatte in unmittelbarer Gefahr, gänzlich aus der Fasson zu geraten. Für Drummond war er ein höchst tröstlicher Anblick: zugleich vertraut, und doch immer für irgendeine Überraschung gut.

Drummond lächelte. »Ja, Pitt?«

Pitt trat ein und zog die Tür hinter sich zu.

»Ich war gestern abend im Theater.« Er schob die Hände in die Taschen und blieb vor dem Schreibtisch in einer Haltung stehen, die nicht einmal im Entferntesten an eine Habtachtstellung erinnerte. Einem anderen hatte Drummond dies unter Umständen übelgenommen, aber er mochte Pitt zu sehr, um ihm gegenüber den Vorgesetzten hervorzukehren.

»Ach ja?« Drummond war überrascht. Ins Theater zu gehen, war nicht gerade eine von Pitts regelmäßigen Gewohnheiten.

»Eine Einladung von meiner Schwiegermutter«, erklärte Pitt. »Richter Samuel Stafford ist während der Vorstellung in seiner Loge gestorben«, fuhr er fort. »Ich habe zufällig beobachtet, daß es ihm nicht gutging, und bin in seine Loge gegangen, um meine Hilfe anzubieten.« Er zog ein silbernes Flakon aus seiner Jackentasche, das sehr hübsch gearbeitet war und im Licht glänzte.

Drummond faßte das Flakon näher ins Auge und sah dann, auf eine Erklärung wartend, Pitt an.

Pitt stellte das Flakon auf den mit grünem Leder bespannten Schreibtisch.

»Natürlich liegt noch kein Obduktionsbericht vor, aber es sah alles zu sehr nach einer Opiumvergiftung aus, um die Möglichkeit zu ignorieren. Richter Ignatius Livesey war ebenfalls anwesend. Er war in der Nachbarloge gewesen und eilte gleichfalls zu Hilfe. Eigentlich war er es, dem aufgefallen ist, daß es sich um eine Vergiftung handelt konnte. Er hat beobachtet, daß Stafford aus dem Flakon getrunken hat. Er hat es ihm aus der Tasche genommen und es mir gegeben, um es im Labor untersuchen zu lassen.«

»Samuel Stafford«, murmelte Drummond nachdenklich. »Richter am Appellationsgericht, nicht?« Es war weniger eine Frage als eine Feststellung. »Der arme Mann.« Er legte die Stirn in Falten. »Gift? Opium? Klingt nicht sehr wahrscheinlich.«

Pitt zog die Schultern hoch und wiegte den Kopf.

»Auf den ersten Blick nicht, nein...«, stimmte er zu. »Aber ich habe ein paar Nachforschungen dahingehend angestellt, wie er den gestrigen Tag verbracht hat, und dabei haben sich einige interessante Dinge ergeben. Erinnern Sie sich an den Blaine/Godman-Fall vor ungefähr fünf Jahren?«

»Blaine/Godman?« Drummond kam ein paar Schritte näher an seinen Schreibtisch, die Brauen nachdenklich zusammengezogen, doch offensichtlich fiel ihm nichts dazu ein.

»Ein Mann, der an eine Tür gekreuzigt wurde, in der Farriers' Lane«, half Pitt nach.

»Oh!« Drummond zuckte zusammen. »Ja. Natürlich erinnere ich mich. Scheußliche Angelegenheit, überaus schockierend und grauenvoll! Ein Schrei der Entrüstung ging damals durch die Stadt. Einer der gräßlichsten Fälle, an die ich mich erinnern kann.« Er betrachtete Pitt mit einem Stirnrunzeln. »Aber was hat der Tod von Richter Stafford gestern abend im Theater mit der Farriers' Lane zu tun? Der Mann, der das damals getan hat, wurde gehängt.«

»Ja«, nickte Pitt grimmig, und auf seinem Gesicht spiegelten sich Zorn und Mitleid. Er haßte das Hängen, für welches Verbrechen auch immer. Es vergalt nur eine Barbarei mit einer anderen, und das menschliche Urteilsvermögen war nur zu oft fehlbar, Irrtümer waren zu häufig und die Erkenntnisse oft zu mangelhaft. »Stafford war einer der Richter, die Godmans Revision abgelehnt haben«, sagte er laut. »Seine Schwester, die Schauspielerin Tamar Macaulay, versucht seit damals, eine Wiederaufnahme des Verfahrens zu erreichen. Sie ist überzeugt, daß ihr Bruder unschuldig war.«

»Das ist durchaus natürlich«, unterbrach ihn Drummond. »Den Leuten fällt es schwer zu akzeptieren, daß ihre engsten Verwandten oder Freunde etwas so Furchtbares getan haben könnten. Sie war doch sicherlich den ganzen Abend auf der Bühne, nicht? Sie hatte wohl kaum Gelegenheit, Gift in Richter Staffords Flakon zu manipulieren. Was ist da eigentlich drin? Whiskey?«

»Ich habe keine Ahnung.« Pitt griff nach dem Flakon, schraubte es auf und schnupperte daran. »Ja... Es ist Whiskey. Es stimmt; als er starb, war sie auf der Bühne. Aber sie hat ihm im Laufe des Nachmittags einen Besuch abgestattet, bei ihm zu Hause.« Er schraubte den Verschluß wieder fest und stellte das Flakon auf den Schreibtisch zurück.

»Oh!« machte Drummond überrascht und schien besorgt. Die Angelegenheit stellte sich gleich um einige Nuancen düsterer dar. »Aber weshalb sollte sie Stafford töten? Wie sollte das der Sache ihres Bruders dienlich sein? Oder hat sie völlig den Kopf verloren und den Verstand dazu?«

Pitt grinste schief. »Ich habe keine Ahnung. Ich berichte Ihnen nur, was gestern abend geschehen ist, und bringe Ihnen das Flakon, damit Sie es dem Kollegen geben, der den Fall übernimmt – falls es überhaupt einer ist.«

»Mr. Samuel Stafford…«, murmelte Drummond und erwiderte Pitts Grinsen mit einem gewinnenden Lächeln, das seinem sonst so ernst und asketisch wirkenden Gesicht ungewohnt weiche Züge verlieh. »In der Tat eine überaus wichtige Persönlichkeit! Ein Fall, der Ihres Talents würdig ist, Pitt! Ein überaus delikater Fall. Ein Fall mit politischen Dimensionen, der taktvolle und diskrete Ermittlungen verlangt – sollte sich Richter Staffords Tod tatsächlich als Mord herausstellen. Ich glaube, Sie sollten sich am besten selbst darum kümmern, Mr. Pitt… Definitiv – ja. Delegieren Sie, woran immer Sie zur Zeit arbeiten, und gehen Sie dieser Geschichte hier auf den Grund.« Er griff nach dem Flakon und gab es Pitt mit einem vergnügten und zugleich herausfordernden Funkeln in den Augen zurück.

Pitt erwiderte seinen Blick gelassen und fest, dann streckte er die Hand aus und nahm das Flakon.

»Halten Sie mich auf dem laufenden«, schnarrte Drummond. »Wenn es Mord war, sollten wir uns schnellstens darum kümmern.«

»Und dabei möglichst taktvoll und diplomatisch vorgehen, richtig?« erkundigte sich Pitt mit einem schmalen Grinsen.

»Richtig. Und nun raus, Pitt«, schnarrte Drummond und mußte ebenfalls schmunzeln, nicht, weil an dem Fall – ob Mord oder kein Mord – irgend etwas Amüsantes gewesen wäre, sondern weil er einen Anflug von Wärme in sich aufsteigen fühlte, die mit dem Wissen einherging, daß das, was das Wesen der Menschen ausmachte – ob normal oder exzentrisch, ob unmäßig oder bescheiden und rechtschaffen –, das, was sie zum Lachen brachte oder dazu, Mitleid zu empfinden, das eigentlich Entscheidende war und ungleich wichtiger als politischer Opportunismus und gesellschaftliche Regeln. Wieder erschien Eleanors Gesicht ungebeten vor seinem inneren Auge, doch diesmal mit weit weniger Schmerz als zuvor und ohne diese trostlose Hoffnungslosigkeit, die er sonst empfand.

Pitt war überrascht, daß er den Fall bekommen hatte, obwohl es ihn eigentlich nicht hätte überraschen dürfen. Drummond war ganz offen zu ihm gewesen, als Pitt eine Beförderung mit der Begründung abgelehnt hatte, daß er nicht hinter einem Schreibtisch sitzen und anderen Männern sagen wolle, wie sie einen Job machen sollten, für den er selbst so viel besser geeignet sei und den er darüberhinaus liebe, trotz der relativ schlechteren Bezahlung. Ein besseres Gehalt hätte ihm natürlich sehr gut zu Gesicht gestanden, und er hätte es auch angenommen, Charlotte und der Kinder zuliebe, aber es war schließlich Charlotte gewesen, die dagegen war, weil sie wußte, wieviel ihm seine Arbeit bedeutete.

Aber von nun an, so hatte Drummond gesagt, würde er Pitt alle delikaten und politisch diffizilen Fälle aufbürden, eine Art Zweitbeförderung, mit der Drummond ihn auf seine Weise belohnte und sich zugleich seine Fähigkeiten auf optimale Weise zunutze machte.

Der Leichenbeschauer war ein junger Mann, dem Pitt noch nie zuvor begegnet war. Als Pitt in das Labor trat, war er über ein Mikroskop gebeugt, das auf einem enorm langen Tisch mit einer Marmorplatte stand, umgeben von Retorten, Flaschen und Phiolen. Er war sehr groß – so groß wie Pitt etwa, aber um einiges schwerer – und vermutlich nicht älter als fünfunddreißig. Sein leuchtend rotes Haar stand in einem dichten Schopf krauser Locken in die Höhe, und sein Bart sah aus wie das herabgefallene Nest eins Vogels.

»Ich hab's!« rief er begeistert.« Ich hab's, bei Gott, ich hab's! Kommen Sie herein und machen Sie es sich bequem, wer immer Sie sind. Und fassen Sie sich in Geduld. Ich werde gleich für Sie dasein.« Er sprach mit lauter Stimme, in der ein leichter, aber unverkennbarer schottischer Hochlandakzent mitschwang, und nicht einen Augenblick lang sah er dabei von dem Mikroskop auf.

Es wäre lächerlich gewesen, deshalb beleidigt zu sein, und Pitt tat, wie ihm anempfohlen, zog das Flakon aus seiner Tasche, um es ihm zu geben, und sah sich um.

Eine geraume Zeit, angefüllt mit intensivem Schweigen, verging, während der Pitt den Blick über das Chaos aus Gläsern, Wannen mit Objektträgern und Flaschen aller Größen gleiten ließ. Dann blickte der Leichenbeschauer auf und lächelte Pitt an.

»Ja?« sagte er frohgelaunt. »Und was ist es, das ich für Sie tun kann, Sir?«

»Ich bin Inspektor Pitt«, stellte Pitt sich vor.

»Sutherland«, gab der Leichenbeschauer mit einem Nicken zurück. »Ich habe von Ihnen gehört. Hätte Sie erkennen müssen – tut mir leid. Worum geht's? Um einen Mord?«

Pitt grinste. »Im Augenblick nur um dieses Flakon hier. Ich würde gern wissen, was da drin ist.« Er reichte ihm das Flakon.

Sutherland nahm es, schraubte es auf und hielt es sich unter die Nase.

»Whiskey«, sagte er und sah Pitt über das Flakon hinweg an. Er schnupperte noch einmal. »Ein ziemlich milder Tropfen – teuer, aber sehr mild. Ich werde Ihnen sagen, was noch drin ist, wenn ich es mir angesehen habe. Was vermuten Sie?«

»Vielleicht Opium?«

»Merkwürdige Art, Opium zu nehmen. Dachte, das raucht man. Aber leicht zu beschaffen…«

»Ich glaube nicht, daß er es absichtlich genommen hat«, erwiderte Pitt.

»Also Mord! Dachte ich mir. Ich lasse es Sie wissen, sobald ich damit fertig bin.« Er hielt das Flakon in die Höhe, besah es von allen Seiten und las den eingravierten Namen. »Samuel Stafford.« Seine Miene hellte sich auf. »Ist er nicht letzte Nacht gestorben? Ich hab' die Zeitungsjungen irgendwas darüber rufen hören.«

»Ja, im Theater. Lassen Sie es mich wissen, sobald Sie ein Ergebnis haben.«

»Selbstverständlich. Falls es sich um Opium handelt, weiß ich es bis heute abend. Ist es allerdings ein anderes Gift oder gar keines, wird es länger dauern.«

»Die Autopsie?« fragte Pitt.

»Ja. Ich spreche die ganze Zeit von der Autopsie«, erklärte Sutherland. »Die Analyse des Whiskeys wird nicht lange dauern. Ist nicht weiter kompliziert. Wenn man irgendwas in einen sauber gebrannten Whiskey mischt, ist das leicht herauszufinden.«

»Gut. Ich werde wieder vorbeisehen«, sagte Pitt.

»Wenn ich nicht mehr hier sein sollte, dort ist meine Privatadresse«, sagte Sutherland mit polternder Stimme. »Ich bin von etwa acht an zu Hause.« Und ohne ein weiteres Wort trat er wieder an sein Mikroskop und beugte sich über das Okular. Pitt legte seine Karte mit der Adresse des Reviers in der Bow Street auf die marmorne Tischplatte und verließ den Raum entschlossenen Schrittes, um mit seinen Ermittlungen zu beginnen.

Das erste, das er herausfinden mußte, war, ob Stafford tatsächlich beabsichtigt hatte, das Verfahren im Blaine/Godman-Fall wieder aufzunehmen oder nicht. Wenn er sich die Zeit genommen hatte, sowohl Joshua Fielding wie auch Devlin O'Neil aufzusuchen, dann mußte er zumindest daran gedacht haben. Denn wäre er der Ansicht gewesen, daß eine Wiederaufnahme nicht möglich ist, hätte er sich wohl kaum die Mühe gemacht, jemand anderen als Tamar davon zu verständigen.

Oder hatte Livesey recht, und Richter Stafford hatte nur versucht, ein für allemal zu beweisen, daß Godman schuldig gewesen war, und alle Zweifel und Mutmaßungen auszuräumen, dem Gericht könnte in irgendeiner Form ein Justizirrtum unterlaufen sein. Noch immer war das Vertrauen der Öffentlichkeit in die Justiz und die Rechtsprechung getrübt von immer wieder laut werdenden Zweifeln, wie emotional und unreflektiert diese im einzelnen auch sein mochten, aufgrund alter Loyalitäten und der Liebe zu jenen, die die Strenge des Gesetzes getroffen hatte. Aber wenn das Recht und die Rechtsprechung der Gerichte nicht geachtet wurde, dann hatten alle darunter zu leiden. Dies zurechtzurücken, wäre für Stafford nur natürlich und ehrenhaft gewesen.

War er bei seinem Versuch, eine Bestätigung für Godmans Schuld zu finden, um sogar Tamar von der Richtigkeit des Urteils zu überzeugen, auf irgendwelche Ungereimtheiten gestoßen? Hatte er jemanden aufgeschreckt, der... der was? Ein anderes Verbrechen begangen hatte? Eine private Verfehlung? Oder jemanden, der Mittäter gewesen war, in welcher Weise auch immer?

Am Anfang seiner Ermittlungen mußte natürlich – so bedauerlich das auch war – die nochmalige und eingehendere Befragung der Witwe stehen. Entschlossen trat er auf den Bürgersteig hinaus und eilte mit raumgreifenden Schritten die Straße hinab. Inzwischen herrschte reges Treiben: Dienstboten, die Einkäufe erledigten, elegante Damen auf dem Weg zur Schneiderin oder Putzmacherin, kleine Angestellte und Schreiber, Handwerker und fliegende Händler. Es war ein kalter, frischer Morgen, und die engen Straßen hallten wider vom Hufgeklapper der Pferde und dem Rattern der Wagenräder, in das sich die lauten Flüche der Droschkenkutscher, die Rufe der Straßenhändler und Zeitungsjungen und die schaurigen Moritaten der fahrenden Bänkelsänger mischten.

Er rief eine Droschke herbei und nannte die Adresse der Staffords in der Bruton Street in der Nähe des Berkeley Square, die er vom diensthabenden Sergeant in der Bow Street bekommen hatte. Er lehnte sich zurück und ließ sich, während die Droschke auf dem Long Acre nach Westen rollte, die Fragen durch den Kopf gehen, auf die er eine Antwort finden mußte.

Ein äußerst unerquicklicher Gedanke war die Möglichkeit, daß Richter Staffords Tod – sollte sich herausstellen, daß er nichts mit dem Blaine/Godman-Fall zu tun hatte, und angesichts der Tatsache, daß der Richter an keinem anderen Fall arbeitete – einen privaten Hintergrund haben könnte. Vielleicht war es ein persönlicher Racheakt gewesen oder eine von Angst diktierte Kurzschlußhandlung etwas, das sehr wahrscheinlich mit seiner Familie – seiner Witwe – zu tun hatte, vielleicht mit Geld?

Morgen würde er mehr wissen, zumindest wenn Sutherland in der Leiche und in dem Flakon Opium feststellte.

Doch sollte Stafford tatsächlich an einer Krankheit gestorben sein, von der niemand gewußt hatte außer seinem Hausarzt, der alles aufklären würde, dann konnte er die ganze Angelegenheit getrost vergessen. Doch dies war nur eine diffuse Hoffnung, die vage durch seinen Kopf geisterte, und keine Lösung, mit der er wirklich rechnete.

Das Haus der Staffords war nicht schwer zu finden. An der Haustür hing ein schwarzer Kranz, und die zugezogenen Vorhänge in den Fenstern waren mit schwarzen Kreppgirlanden drapiert. Ein blaßgesichtiges Hausmädchen mit Hut und Mantel kam die Stufen vom Kellereingang herauf und eilte, offenbar um irgendeine Besorgung zu erledigen, über den Bürgersteig davon. Ein Hausdiener mit einem schwarzen Trauerband am Arm schleppte mit hochgezogenen Schultern einen Kohleneimer nach drinnen und zog hinter sich die Tür ins Schloß. Es war ein Haus, das für jeden erkennbar Trauer trug.

Pitt stieg aus, bezahlte den Droschkenkutscher und ging zur Eingangstür.

»Ja, bitte, Sir?« fragte das Hausmädchen, das die Tür öffnete, unwirsch. Sie musterte Pitt ungnädig. Er sah aus wie ein Hausierer, abgesehen davon, daß er nichts zu verkaufen bei sich hatte. Sein Auftreten wirkte jedoch selbstbewußt, fast schon arrogant, und hatte nichts Unterwürfiges oder Schmeichlerisches an sich. Sie war verwirrt und schockiert von dem Drama, welches das Haus getroffen hatte. Sämtliche Hausmädchen waren in Tränen aufgelöst, die Köchin war schon zweimal in Ohnmacht gefallen, der Butler war mehr als nur angeschlagen von Kummer und rührseliger Weinerlichkeit nach so vielen Jahren der Verantwortung über den Schlüssel zum Weinkeller, und Mr. Staffords Diener sah aus, als sei er einem Gespenst begegnet.

»Es tut mir leid, Mrs. Stafford zu so früher Stunde belästigen zu müssen«, sagte Pitt mit seinem ganzen Charme, den er zu dieser Tageszeit aufzubringen imstande war. »Aber ich muß ihr ein paar Fragen zu den Ereignissen des gestrigen Abends stellen, damit alles so schnell und diskret wie möglich abgeschlossen werden kann. Würden Sie Mrs. Stafford bitte fragen, ob sie mich empfängt?« Er fischte eine seiner Karten aus der Tasche und reichte sie ihr.

Das Hausmädchen nahm sie und überflog sie, nach seinem Beruf suchend, den sie allerdings nicht fand. Sie legte die Visitenkarte auf ein silbernes Tablett, das eigens für solche Zwecke gedacht war, und bat ihn zu warten, ob Madame bereit sei, ihn zu empfangen.

Er stand nicht lange in der düsteren, eilig mit schwarzem Krepp dekorierten Halle, bis das Mädchen zurückkehrte und ihn zu einem Raum auf der anderen Seite des Hauses führte, in welchem Juniper Stafford ihn erwartete. Es war ein großes, luxuriös und in warmen Farben eingerichtetes Zimmer, das durch den Ornamentenfries, welcher die Türfassungen einrahmte, ein ganz individuelles Flair erhielt, über eine mit Schnitzereien verzierte Chaiselongue war leger eine handgewebte Decke in kräftigen Farben von Rot bis Pflaumenblau geworfen, und niemand hatte die Schale mit welken Chrysanthemen auf dem polierten Tisch weggebracht.

Juniper sah sehr erschöpft aus; sie wirkte schockiert, als begreife sie erst jetzt allmählich, daß ihr Mann tot war und wie sehr sich ihr Leben dadurch verändern würde. Im harten Tageslicht wirkte ihre Haut papieren und die kleinen natürlichen Unvollkommenheiten traten deutlicher zum Vorschein, doch sie war nach wie vor eine hübsche Frau mit feingeschnittenen Zügen und wunderschönen dunklen Augen. Sie war ganz in Schwarz gekleidet, doch die Eleganz des Schnitts, der perfekte Sitz des glänzenden Stoffs um Hüften und Taille und der aparte Schwung der Tournüre ließen keinerlei Zweifel aufkommen, daß es sich um ein Modellkleid handelte, das ihr wirklich überaus gut stand.

»Guten Morgen, Mrs. Stafford«, sagte Pitt mit einer förmlichen Verbeugung. »Es tut mir aufrichtig leid, Sie schon wieder und zu so früher Stunde behelligen zu müssen, aber es gibt ein paar Dinge, die ich Sie gestern abend nicht fragen konnte.«

»Aber natürlich«, erwiderte sie schnell. »Ich verstehe, Mr. Pitt. Sie brauchen mir nichts zu erklären. Ich war lange genug die Frau eines Richters, um zu wissen, daß dem Gesetz Genüge getan werden muß. Sie haben doch sicherlich noch nicht das Ergebnis der...« Sie zögerte, das entsetzliche Wort auszusprechen.

»Nein, noch nicht«, sagte er rasch und ersparte ihr, das Wort ›Autopsie‹ über die Lippen bringen zu müssen. »Ich hoffe, heute abend werde ich es in der Hand haben. Aber bis dahin würde ich mich gerne selbst vergewissern, welches Mr. Staffords Gründe waren, Mr. O'Neil und Mr. Fielding aufzusuchen.« Er legte die Stirn in bekümmerte Falten. »Ich bin mir nicht ganz im klaren darüber, ob er tatsächlich die Absicht hatte, das Verfahren im Blaine/Godman-Fall wiederaufzunehmen, oder ob er nur weitere Beweise gesucht hat, um Miß Macaulay von der Aussichtslosigkeit ihres Kreuzzuges zu überzeugen.«

»Sie bearbeiten die Angelegenheit nun doch?« fragte sie, noch immer reglos und aufrecht neben dem Polsterstuhl stehend, den Arm auf die stoffbespannte Lehne gestützt.

»Ja. Man hat sie mir heute morgen übertragen.«

»Das beruhigt mich. Es wäre viel schwerer für mich, mit jemandem zu sprechen, den ich nicht kenne.«

Es war ein dezentes Kompliment; er akzeptierte es als solches und dankte ihr mit einem stummen Lächeln.

Sie ging zum offenen Feuer im Kamin hinüber, über dessen Sims ein wunderbares Ölbild eines niederländischen Malers hing – Kühe auf einer herbstlichen Weide vor einem von goldenem Licht durchfluteten Himmel. Sie betrachtete das Bild eine Weile, ehe sie sich zu ihm umwandte.

»Was kann ich Ihnen schon erzählen Mr. Pitt? Er hat mir gegenüber nicht ausgesprochen, was er zu tun beabsichtigte, aber das wenige, das er darüber sagte, ließ mich vermuten, daß er einige Gründe hatte, weitere Nachforschungen in dem Fall anzustellen. Falls er tatsächlich... umgebracht wurde« – sie schluckte und es fiel ihr schwer, das Wort auszusprechen –, »dann muß ich annehmen, daß es in irgendeiner Weise mit dem Fall zu tun hat. Es war ein ganz grauenvoller Fall, bestialisch und blasphemisch. Eine Welle der Empörung ging damals durch die Stadt.« Sie erschauderte unter dem Eindruck der Erinnerung, und ihre Lippen wurden schmal. »Sie müssen sich doch erinnern! Die Zeitungen waren voll davon.«

»Wer war dieser Kingsley Blaine?« fragte Pitt. Er hatte das unterdrückte Beben des Grauens in ihrer Stimme nicht vergessen, das er herausgehört hatte, als sie über die Farriers' Lane gesprochen hatte, doch sonst konnte er sich an nichts Konkretes erinnern, an keine Einzelheiten oder die Menschen, die sich hinter den Namen verbargen.

»Ein ziemlich normaler junger Mann aus guter Familie«, erwiderte sie und sah an Pitt vorbei zum Fenster hinüber. Die Vorhänge waren jetzt wegen des Trauerfalls zugezogen. »Mit Geld natürlich, aber nicht aus der Aristokratie. Er und sein Freund Devlin O'Neil waren an jenem Abend im Theater. Einige Leute sagten, sie hatten eine Meinungsverschiedenheit, aber später stellte sich heraus, daß es nicht weiter wichtig war. Es ging nur um Geld, um irgendwelche Schulden. Aber keine große Summe.« Sie betrachtete den Granatring an ihrem Finger und drehte ihn langsam im Licht.

»Aber Mr. O'Neil wurde eine Zeitlang verdächtigt?« hakte Pitt nach.

»Nur routinemäßig, soviel ich weiß«, erwiderte sie.

»Und Mr. Stafford hat ihn gestern aufgesucht?«

»Ja. Warum, weiß ich allerdings nicht. Vielleicht glaubte er, O'Neil könnte etwas wissen. Schließlich war er an diesem Abend ebenfalls im Theater.«

»Und wie paßt Aaron Godman in diese Geschichte?«

Sie ließ ihre Hände sinken und sah wieder zum Fenster hinüber, als könne sie durch die Vorhänge in den Garten und auf die Straße hinausblicken.

»Er war Schauspieler. Er spielte in dem Stück, das an dem Abend im Theater gegeben wurde. Man sagt, er sei sehr talentiert gewesen.« Der Tonfall ihrer Stimme änderte sich um eine winzige Nuance, doch Pitt vermochte ihn nicht zu deuten. »Blaine hatte damals eine Affäre mit Tamar Macaulay, und er blieb nach der Vorstellung lange in ihrer Garderobe. Als er ging, reichte ihm jemand einen Zettel mit der Nachricht, er solle in einen bestimmten Spielclub kommen und dort O'Neil treffen. Er kam jedoch nie dort an, weil er unterwegs in der Farriers' Lane umgebracht und in einem Hof an ein Stalltor gekreuzigt wurde – mit Hufnägeln!« Sie erschauderte und schluckte mühsam, als stecke ihr ein Kloß im Hals. »Man erzählte sich, er habe in der Seite eine Stichwunde gehabt – wie Jesus am Kreuz«, fuhr sie mit leiser, beinahe flüsternder Stimme fort. »Eine der Zeitungen behauptete, sie hätten ihm eine Krone aus Hufnägeln auf den Kopf gesetzt.«

»Jetzt erinnere ich mich wieder, ja«, gab Pitt zu. »Aber ich hatte die grauenvollen Umstände vergessen.«

Ihre Stimme zitterte verhalten, als sie weitersprach, und Pitt konnte die Angst förmlich fühlen, die in ihr mitschwang. Ihre Schultern schienen sich eine Spur nach vorn zu wölben, als seien ihre Gefühle noch immer so frisch und intensiv wie vor fünf Jahren.

»Es war eine ganz grauenvolle Geschichte, Mr. Pitt. Es war, als sei ein Alptraum Wirklichkeit geworden. Alle, die ich kenne, waren ebenso entsetzt wie wir.« Ohne sich dessen bewußt zu sein, bezog sie ihren Gatten mit ein. »Bis Godman gehängt wurde, konnten wir kaum an etwas anderes denken. Es drang in jeden Bereich unseres Lebens ein wie eine Finsternis, die in jeden Winkel sickert; es war wie eine dunkle Bedrohung, die von der Farriers' Lane und diesem schrecklichen Hof dort ausging und die uns alle töten konnte!« Sie erschauderte erneut, als fühle sie sich sogar in diesem Raum irgendwie nicht ganz sicher.

»Es ist vorbei, Mrs. Stafford«, sagte Pitt sanft. »Sie brauchen deshalb keine Angst mehr zu haben oder sich zu beunruhigen.«

»Glauben Sie?« Sie fuhr herum und sah ihn an. Ihre dunklen Augen waren groß und nach wie vor voller Angst, und ihre Stimme klang schrill. »Glauben Sie wirklich? Und weshalb wurde Samuel ermordet?«

»Ich weiß es nicht«, mußte er zugeben. »Mr. Livesey scheint offenbar zu glauben, daß Mr. Stafford von der Richtigkeit des Urteils überzeugt war und lediglich nach weiteren Beweisen gesucht hat, um auch Tamar Macaulay zu überreden, daß es besser ist, die Sache ruhen zu lassen.«

Sie stand reglos vor dem Kamin, wie zu einer Statue in einem schwarzen Kleid erstarrt.

»Wer hat Samuel dann getötet?« fragte sie mit gepreßter

Stimme. »Und vor allem aus welchem Grund? Es ist die einzige Erklärung, die Sinn macht. Und es passierte, unmittelbar nachdem diese Frau hier war und er O'Neil und Fielding wegen irgendwelcher neuer Beweise aufgesucht hatte. Könnte es nicht sein, daß einer von ihnen vielleicht Kingsley Blaine umgebracht hat und jetzt befürchtete, Samuel würde etwas herausgefunden haben, womit er seine Schuld beweisen konnte?«

»Das ist durchaus möglich«, räumte er ein. »Können Sie sich an irgend etwas erinnern, Mrs. Stafford, das er gesagt hat, was uns weiterhelfen könnte? Eine Andeutung, was es war, das er herausgefunden hatte? Oder vielleicht, was er zu tun beabsichtigte?«

Sie schwieg eine Weile und überlegte, die Stirn in angestrengte Falten gelegt.

Pitt wartete.

»Er schien das Gefühl zu haben, daß größte Eile geboten war«, sagte sie schließlich, und die Falten auf ihrer Stirn vereinigten sich zu einer steilen Furche zwischen ihren Brauen. »Er hätte Devlin O'Neil – immerhin ein Freund des Ermordeten und dessen Familie – nicht erneut aufgesucht, wenn er nicht überzeugt gewesen wäre, neue Fakten oder Beweise in Händen zu haben. Ich... ich weiß es einfach – aufgrund seines Verhaltens –, daß er irgend etwas in Erfahrung gebracht hat.« Sie starrte ihn mit grimmiger Konzentration in den Augen an. »Es ist nur natürlich, daß er mit mir nicht darüber gesprochen hat. Es wäre seiner Meinung nach nicht korrekt gewesen. Und ich wußte auch viel zuwenig über die Einzelheiten Bescheid. Ich weiß nur das, was öffentlich bekannt ist. Alle redeten damals über nichts anderes. Man konnte nirgendwo mehr einem Freund oder Bekannten begegnen, nicht einmal im Theater oder beim Dinner, ohne daß sich das Gespräch sogleich darum drehte. Die Menschen waren schrecklich zornig, Mr. Pitt. Es war alles andere als ein gewöhnliches Verbrechen.«

»Ja...« Die Eindringlichkeit, mit der sie sprach, rief nun auch in Pitt klarere Erinnerungen wach, Erinnerungen an eine Atmosphäre der Angst und Vorurteile, die von der blutbefleckten Farriers' Lane aus durch London kroch, die in die

Salons der Stadt und in die diskreten, vom Rauch teurer Zigarren und dem dezenten Klirren von Kristall erfüllten Clubs für Gentleman drang.

»Das war es ganz bestimmt nicht. Das kann ich Ihnen versichern!« Ihre Stimme klang fast beschwörend, als fürchte sie, er nehme ihre Worte nicht ernst. »Ich habe noch nie erlebt, daß die Öffentlichkeit von einem Verbrechen so schokkiert und empört war wie von dem Mord in der Farriers' Lane – abgesehen von den Whitechapel-Morden natürlich. Dieser Mord hatte etwas Gotteslästerliches an sich, das die Leute zutiefst betroffen und zornig machte. Sogar die Sanftmütigsten und Frömmsten konnten es kaum erwarten, bis er endlich gehängt wurde.«

»Außer Tamar Macaulay«, bemerkte er.

Sie zuckte zusammen. »Es ist ein scheußlicher Gedanke, daß sie recht gehabt haben könnte, nicht wahr?«

»In der Tat!« antwortete er mit plötzlicher Betroffenheit. »Das wäre in vielerlei Hinsicht noch schlimmer als das eigentliche Verbrechen.«

Sie sah ihn verständnislos an.

»Der Mord an Kingsley Blaine war die Tat eines Einzelnen«, erklärte er mit einem bitteren Lächeln. »Der Mord an Aaron Godman, könnte man sagen, falls er zu unrecht gehängt wurde, war die von Angst und Wut und Fehleinschätzung diktierte Tat eines ganzen Volkes und seines Rechtssystems. Daß es Kriminelle gibt, ist eine traurige Tatsache aller Gesellschaften. Daß es Gesetze gibt, die, wenn sie in ihrer ganzen Strenge angewandt werden, auch einen Unschuldigen zum Tode verurteilen können, nur um unsere eigenen Ängste zu besänftigen, ist eine Tragödie von weit größerem Ausmaß. Wir alle waren mit seinem Tod einverstanden; wir alle haben uns damit befleckt.«

Sie war sehr bleich; unter ihren tiefliegenden Augen lagen dunkle Schatten.

»Mr. Pitt, das ist… das ist ganz und gar entsetzlich! Armer Samuel; wenn er das tatsächlich befürchtet hat, wundert mich nicht, daß er so beunruhigt war.«

»Er war beunruhigt?«

»O ja, der Fall hat ihn seit geraumer Zeit mit Sorge erfüllt.« Sie starrte blicklos auf den Teppich hinab. »Natürlich war ich mir nicht sicher, ob er nur befürchtete, Miss Macaulay könnte die Angelegenheit wieder ans Licht der Öffentlichkeit zerren und versuchen, die Rechtsprechung in Mißkredit zu bringen. Das hätte ihn natürlich sehr bekümmert.« Sie suchte Pitts Blick. »Er liebte das Gesetz. Er hat ihm fast sein gesamtes Leben gewidmet, und er achtete es über alles. Es war wie eine Religion für ihn.«

Er zögerte. Der Gedanke, der plötzlich durch seinen Kopf zuckte, war schwierig zu formulieren, ohne verletzend zu wirken.

Sie sah ihn mit großen, noch immer von Angst erfüllten Augen an und wartete auf seine Antwort.

»Mrs. Stafford«, begann er verlegen. »Ich weiß nicht so recht, wie ich Sie das fragen soll, und ich möchte Sie gewiß nicht beleidigen, aber... aber ist es möglich, daß er... daß es ihm vor allem darauf ankam, den Ruf des Gesetzes in den Augen der Öffentlichkeit zu schützen?« Er verstummte.

»Nein, Mr. Pitt«, sagte sie ruhig. »Sie kannten Samuel nicht; sonst würden Sie diese Frage nicht stellen. Er war ein Mann von äußerster Integrität. Wenn er irgendwelche Beweise in Händen gehabt hätte, die Zweifel an der Schuld Aaron Godmans bei ihm aufkommen ließen, hätte er keinen Augenblick gezögert, dies an die Öffentlichkeit zu bringen – gleichgültig, welche Folgen es für das Ansehen der Rechtsprechung oder den Ruf irgendeines Anwalts oder eines Richters oder für seine eigene Reputation haben würde. Hätte er über solche Beweise verfügt, würde er sie längst bekannt gemacht haben. Ich vermute, er hatte vielleicht nur einen Verdacht, und jetzt ist er... tot. Vermutlich werden wir nie erfahren, was es war.«

»Es sei denn, wir verfolgen seine Schritte zurück«, entgegnete Pitt. »Und wenn es nötig sein sollte, werde ich es tun.«

»Vielen Dank, Mr. Pitt.« Sie zwang sich zu einem Lächeln. »Sie waren wirklich überaus rücksichtsvoll, und ich bin überzeugt, Sie werden die Angelegenheit auf die bestmögliche Weise handhaben.«

»Ich werde mich ganz gewiß darum bemühen«, erwiderte

er und war sich im selben Augenblick darüber im klaren, daß die Ergebnisse seiner Ermittlungen möglicherweise nicht ihren Vorstellungen und Erwartungen entsprechen würden. Es würde nicht leicht sein herauszufinden, was Samuel Stafford so viele Jahre nach dem Mord in Erfahrung gebracht hatte, das irgend jemanden so sehr in Panik versetzt hatte, daß er ein weiteres Mal nicht vor Mord zurückschreckte. Er blickte in ihr schön geschnittenes Gesicht mit den dunklen, elegant geschwungenen Brauen, und in ihren Augen sah er zum erstenmal wieder die Ruhe und Gelassenheit, die sich auf ihren Zügen beim Betrachten des Theaterstücks gespiegelt hatte, bevor Stafford zusammengebrochen war. Er fühlte sich schuldig, weil sie ihm vertraute und er daran zweifelte, ob er in der Lage sein würde, ihr Vertrauen nicht zu enttäuschen.

Er verabschiedete sich hastig, weil ihm die Situation peinlich war, und nachdem er eine geraume Zeit energisch ausgeschritten war, winkte er die erste Droschke herbei, die ihm begegnete. Er ließ sich wieder in die Stadt zurück chauffieren und nannte die Adresse von Adolphus Pryce' Kanzlei, die in einem der größeren Inns of Court von London, ganz in der Nähe des Old Bailey, residierte.

In den mit dunklem Eichenholz getäfelten Räumen der Kanzlei herrschte ein geschäftiges Hin und Her von Anwaltspraktikanten, Sekretären und Schreibern mit wichtigtuerischen Mienen und Tintenflecken an den Fingern. Ein älterer Gentleman mit weißem Backenbart und bedeutungsvoll hochgezogenen Augenbrauen näherte sich ihm, wobei er ihn über den Rand seines Kneifers hinweg fixierte.

»Und was können wir für Sie tun, Sir?« begehrte er zu wissen. »Mr. eh...?«

»Pitt, Inspektor Thomas Pitt vom Revier in der Bow Street«, antwortete Pitt. »Der Grund meines Kommens steht im Zusammenhang mit dem Tod von Richter Samuel Stafford gestern abend.«

»Eine schreckliche Sache.« Der Mann schüttelte bekümmert den Kopf. »Und so plötzlich. Wir wußten gar nicht, daß der bedauernswerte Gentleman krank war. Was für ein Schock! Und im Theater! Nicht gerade der passendste Ort, um für immer aus diesem Jammertal zu scheiden, großer Gott, nein! Aber wir müssen nun einmal hinnehmen, was nicht zu ändern ist. So schrecklich es ist. Aber…« Er hüstelte trocken. »In welcher Weise betrifft das diese Kanzlei? Mr. Stafford war Richter am Berufungsgericht, kein Anwalt. Und wir haben im Augenblick keinen Fall, der vor das Appellationsgericht geht, soweit ich weiß, und als Kanzleisekretär ist es meine Aufgabe, das zu wissen.«

Pitt entschloß sich, seine Strategie zu ändern.

»Aber in der Vergangenheit hatten Sie Fälle vor dem Appellationsgericht?« erkundigte er sich.

Die weißen Brauen des Alten wölbten sich tadelnd. »Aber selbstverständlich, Sir. Wir haben vor fast jedem Richter am High Court Fälle verhandelt. Wie jede andere namhafte Kanzlei in London auch, nehme ich an.«

»Ich denke an den Fall Aaron Godman.«

Mit einemmal herrschte atemlose Stille in dem Raum, als ein Dutzend Federkiele erstarrte und ein Praktikant mit einem dicken Buch in der Armbeuge wie versteinert stehenblieb.

»Aaron Godman?« Der Kanzleisekretär wiederholte den Namen. »Aaron Godman! Du meine Güte, das liegt schon einige Zeit zurück, fünf Jahre mindestens. Aber Sie haben natürlich vollkommen recht, Sir. Unser Mr. Pryce war in diesem Fall Ankläger und sorgte für eine Verurteilung. Es gab eine Revision, vor der Appellationskammer, in der, glaube ich, unter anderem auch Richter Stafford saß. In der Regel sind es fünf Appellationsrichter, aber das wissen Sie sicherlich.«

Der Praktikant mit dem Buch setzte sich wieder in Bewegung, und die Federkiele begannen wieder über das Papier zu kratzen, doch Pitt hatte den Eindruck, als seien alle Ohren gespitzt, obwohl sich niemand nach ihm umdrehte.

»Können Sie sich vielleicht zufällig noch erinnern, wer die anderen vier Richter waren?« fragte er.

»Nicht zufällig, Sir. So etwas habe ich im Gedächtnis«, lächelte der Sekretär. »Neben Mr. Stafford saßen Mr. Ignatius Livesey, Mr. Morley Sadler, Mr. Edgar Boothroyd und Mr. Granville Oswyn auf der Richterbank. Ja – das ist korrekt. Richter Sadler ist inzwischen im Ruhestand, und Richter

Boothroyd ist, soweit ich informiert bin, in die Kammer für Billigkeitsrechtsprechung am High Court versetzt worden. Der Fall ist doch sicherlich nicht mehr von Interesse? Die Revision wurde abgelehnt, wenn ich mich recht erinnere. Es gab keinen Grund, das Verfahren neu zu eröffnen, nicht den geringsten. Gott bewahre, nein! Der Prozeß wurde mit größter Korrektheit geführt, und es gab ganz sicherlich keine neuen Beweise.«

»Sie sprechen von der Revisionsentscheidung?«

»Natürlich. Wovon sonst?«

»Ich habe gehört, daß Mr. Stafford an dieser Angelegenheit nach wie vor interessiert war und in den letzten Tagen einige der damals wichtigsten Zeugen befragt hat.«

Erneut verstummte das Kratzen der Federkiele, und atemlose Stille senkte sich über den Raum.

»Ach ja? Das wußte ich nicht.« Der Sekretär war offensichtlich überrascht. »Ich kann mir wirklich nicht vorstellen, was das zu bedeuten hat... Allerdings betrifft das nicht unsere Kanzlei, Mr.... eh... Mr. Pitt, wir haben in diesem Fall die Anklage vertreten, nicht die Verteidigung. Das oblag, wenn ich mich recht entsinne, Mr. Barton James, von Finnegan, James und Mulhare, in der Fetter Lane.« Er legte die Stirn in skeptische Falten. »Allerdings erscheint es mir überaus verwunderlich, daß Mr. Stafford in der Sache Nachforschungen angestellt haben soll. Wenn tatsächlich irgendwelche neuen Beweise aufgetaucht sein sollten, dann wäre es doch wohl Mr. James' Aufgabe, die Sache zu verfolgen, falls etwas dran ist, würde ich sagen.«

»Miss Macaulay, Godmans Schwester, hat sich persönlich an Richter Stafford gewandt«, erklärte Pitt.

»Oh... Ich verstehe. Eine überaus hartnäckige junge Dame und völlig irregeleitet.« Der Kanzleisekretär schüttelte bekümmert den Kopf. »Wirklich bedauerlich... Eine Schauspielerin, soviel ich weiß. Überaus bedauerlich. Nun, Sir, was können wir für Sie tun?«

»Ich würde gern mit Mr. Pryce sprechen, falls er abkömmlich ist. Er war gestern auch im Theater, und Mr. Stafford hat ihn im Laufe des Tages ebenfalls aufgesucht. Er verfügt möglicherweise über Informationen, die uns helfen könnten, mehr Licht in den Todesfall Stafford zu bringen.«

»Sicherlich. Er war ein sehr enger Freund von Mr. und von Mrs. Stafford: möglicherweise hat ihn Mr. Stafford über seine gesundheitlichen Probleme ins Vertrauen gezogen. Er hat im Augenblick einen Mandanten bei sich, aber ich denke, das wird nicht sehr lange dauern. Wenn Sie Platz nehmen und warten möchten, Sir, werde ich ihn davon in Kenntnis setzen, daß Sie hier sind.« Mit einer knappen, steifen Verbeugung, die ihn aussehen ließ wie eine schwarze Krähe, die etwas aufpicken wollte und es sich dann doch anders überlegte, zog er sich zurück. Pitt sah ihm nach, wie er zwischen den Schreibtischen und Aktenschränken und hochlehnigen Stühlen davonschlurfte, auf welchen junge Männer über Bücher gebeugt saßen und emsig Notizen kritzelten. Keiner von ihnen blickte auf, als der Sekretär an ihnen vorüberhastete.

Nach etwas mehr als einer Viertelstunde kehrte der Sekretär zurück, verkündete, daß Mr. Pryce nun frei sei, und führte Pitt zu dessen überaus luxuriösem Büro. Von Schnitzereien überzogene Eichenvitrinen und Bücherschränke, die eine prachtvolle Bibliothek von Gesetzbüchern beherbergten, erstreckten sich über zwei Wände des Raums; das polierte Holz schimmerte wie Bernstein im warmen Schein des Kaminfeuers. Zwei von schweren Vorhängen umrahmte Fenster sahen auf einen kleinen, schattigen Hof hinaus. Der einsame Baum in seiner Mitte trug bereits leuchtende herbstliche Farben, und der Rasen mußte dringend gemäht werden.

Sonnenlicht fiel über den pedantisch aufgeräumten Schreibtisch und die lederne Schreibunterlage, die von Tintenfässern aus Onyx und Kristall flankiert war sowie einem Ständer für Federkiele, Stempel, Messer, Siegelwachs und Sand. Ein mit Bändern verschnürtes Dossier lag am rechten Rand der spiegelblank polierten Schreibtischplatte.

Adolphus Pryce lächelte aufgeräumt. Er trug einen höchst modischen schwarzen Gehrock, eine dunkle Nadelstreifenhose und eine überaus vorteilhaft geschnittene Weste. Seine Haltung und die sparsamen Bewegungen, die er machte, verrieten eine natürliche Eleganz, die seine Kleidung noch teurer erscheinen ließ, als sie vermutlich war.

»Guten Tag, Mr. Pitt«, sagte er mit dem Versuch eines Lächeln, das jedoch erstarb, bevor es geboren wurde. Er sah aus, als hätte er wenig Schlaf bekommen. »Withers sagte mir, Sie sind wegen des armen Stafford gekommen. Ich weiß nicht, was ich Ihnen noch erzählen kann, aber selbstverständlich bin ich bereit, mein Bestes zu tun. Bitte, setzen Sie sich doch.« Er machte eine einladende Bewegung in Richtung des großen, mit grünem Leder bezogenen Stuhls neben Pitt.

Pitt nickte dankend und nahm Platz. Er lehnte sich zurück und schlug die Beine übereinander, als beabsichtige er einige Zeit zu bleiben. Er sah die Bedrücktheit in Pryce' Gesicht, als dieser sich ebenfalls wieder setzte.

»Mr. Stafford hat Sie gestern aufgesucht«, begann Pitt, unentschlossen, wie er vorgehen sollte, um die Informationen zu bekommen, die er wollte, und unsicher, ob Pryce sie überhaupt besaß. »Können Sie mir sagen, worum es dabei ging? Ich weiß natürlich, daß Sie Ihren Mandanten gegenüber zu Vertraulichkeit verpflichtet sind, aber Mr. Stafford selbst ist tot, und am Godman-Fall besteht ein öffentliches Interesse.«

»Selbstverständlich«, nickte Pryce und lehnte sich ebenfalls zurück. Behutsam führte er seine Fingerspitzen zusammen und betrachtete sie nachdenklich. »Tatsächlich kam er nur wegen des Godman-Falls. Natürlich tauschten wir auch ein paar freundschaftliche Höflichkeiten aus.« Einen Augenblick lang schien seine Betroffenheit wieder die Überhand zu gewinnen, dann fing er sich wieder. »Wir… wir waren seit langem befreundet. Aber der Grund für sein Kommen war seine Besorgnis wegen des Godman-Falls, seine Absicht, diesbezüglich zu handeln.«

»Zu handeln? Hat er das gesagt?«

»Ja, ja, das hat er.« Pryce erwiderte Pitts Blick fest. Er war ein Mann mit beachtlichem Charme und von überaus imposanter Erscheinung, mit regelmäßigen, aristokratischen Gesichtszügen, die jedoch genügend Individualität besaßen, sein Gesicht unverwechselbar im Gedächtnis zu behalten.

»Die Wiederaufnahme des Verfahrens?« hakte Pitt nach. »Aus welchen Gründen?«

»Das hat er nicht gesagt, zumindest nicht spezifisch.«

»Weshalb hat er Sie aufgesucht, Mr. Pryce? Was wollte er von Ihnen?«

»Nichts. Gar nichts.« Pryce zuckte mit den Schultern. »Es war eher eine taktvolle Geste seinerseits, da ich in dem Prozeß Vertreter der Anklage war. Und ich vermute, er wird sich gefragt haben, ob ich ebenfalls Zweifel hegte.«

»Wenn er die Absicht hatte, das Verfahren wiederzueröffnen, muß er entweder einen Verfahrensfehler im damaligen Prozeß entdeckt haben oder sonst irgendwelche bisher nicht bekannten Beweise. Andernfalls gäbe es keinen Grund für eine Wiederaufnahme des Verfahrens, richtig, Mr. Pryce?«

»Richtig. So ist es. Und ich versichere Ihnen, daß das Verfahren damals von Anfang bis Ende überaus korrekt geführt wurde. Der Richter war Mr. Thelonius Quade, ein Mann von größter Integrität und mit mehr als ausreichender Erfahrung und Wissen, als daß ihm ein Verfahrensfehler unterliefe.« Er seufzte. »Daher gibt es für mich nur die eine Schlußfolgerung, daß Mr. Stafford auf neues Beweismaterial gestoßen sein muß. Zudem deutete er mir gegenüber an, daß es noch etwas anderes gebe, das ungeklärt sei, aber er ging nicht näher darauf ein.«

»Medizinische Fakten, vielleicht? Beweismaterial aus dem Autopsiebericht über Blaine?«

»Ich nehme es an.« Pryce' Augenbrauen ruckten hoch. »Aber es könnte auch sein, daß er die ärztliche Untersuchung Godmans meinte, obwohl ich mir nicht vorstellen kann, was das damit zu tun hat.«

Pitt war überrascht. »Godman wurde ärztlich untersucht?«

»Oh... Höchst merkwürdig das Ganze, ja. Er war in einem bemitleidenswertem Zustand, als er vor Gericht erschien. Er hatte mehrere Platzwunden und jede Menge blauer Flecken und Blutergüsse im Gesicht, an Hals und Schultern. Und er hinkte stark.«

»Eine Schlägerei?« Pitt war irritiert. Niemand hatte bisher die Möglichkeit von Notwehr erwähnt. »Hat Barton James das nicht vor Gericht zur Sprache gebracht?«

»Mit keinem Wort. Die Verteidigung plädierte auf nicht schuldig und argumentierte, nicht Godman, sondern ein anderer, ein Unbekannter, oder mehrere hätten das Verbrechen verübt. Mit keinem Wort wurde erwähnt, daß Blaine und Godman eine tätliche Auseinandersetzung hatten, in deren Folge Blaine gestorben ist.« Die Linien seines Gesichts wurden hart. »Wirklich, Mr. Pitt, es wäre sehr schwer gewesen, glaubwürdig zu erklären, weshalb Godman den armen Kerl in Notwehr – selbst wenn es eine Schlägerei gegeben hatte – an das Scheunentor genagelt hat. Das ist nicht nur makaber, sondern grauenhaft und schockierend! Ich bin überzeugt, keine Geschworenenjury im Land würde so etwas als Notwehr interpretieren, egal welche Provokation dem vorangegangen sein mag!«

»Hätten Sie die gleiche Strategie verfolgt, wenn Sie Verteidiger und nicht Staatsanwalt in diesem Prozeß gewesen wären, Mr. Pryce?« fragte Pitt. »Hätten Sie ebenfalls auf ›nicht schuldig‹ plädiert und argumentiert, Ihr Mandant habe mit der Sache absolut nichts zu tun, anstatt die Schlägerei zur Sprache zu bringen und auf Notwehr zu plädieren?«

Pryce nagte nachdenklich an seiner Oberlippe. »Das ist schwierig zu beantworten, Mr. Pitt. Ich denke jedoch, ich hätte mich dazu entschieden, auf Notwehr zu plädieren; die Chancen auf Erfolg wären damit weit besser gewesen als mit ›nicht schuldig‹. Godman wurde zur Zeit des Mordes ganz in der Nähe des Tatorts gesehen. Er wurde von einer Blumenverkäuferin wiedererkannt, und er bestritt auch gar nicht, dort gewesen zu sein; er behauptete lediglich, daß es eine halbe Stunde früher gewesen sei, als es tatsächlich war. Andere Augenzeugen sahen ihn aus der Farriers' Lane kommen, offenbar unmittelbar nach dem Mord, denn seine Kleider waren voller Blut.«

»Und trotzdem hat Mr. Barton James alles bestritten und auf unschuldig plädiert?« Pitt blinzelte ungläubig. Das war mehr als unverständlich. »Könnte es sein, daß Richter Stafford das Verfahren wegen Inkompetenz der Verteidigung neu aufnehmen wollte? Allerdings dürfte es äußerst schwerfallen, den Fall nachträglich zu klären und richtigzustellen. Die vermutlich einzigen, die uns sagen könnten, ob es eine tätliche Auseinandersetzung gegeben hat und was sonst noch geschah, sind Blaine und Godman – und die sind beide tot.«

»So ist es«, brummte Pryce grimmig. »Ich fürchte, das ganze ist reine Spekulation, und ich wüßte auch nicht, wie mehr als das daraus werden sollte.«

»Und trotzdem sagen Sie, Mr. Stafford habe die Absicht gehabt, das Verfahren wieder aufzurollen«, gab Pitt zu denken. »Aus welchem Grund soll Godman Blaine eigentlich umgebracht haben? Was war sein Motiv?«

»Oh... Äußerst unerquicklich das ganze.« Pryce runzelte düster die Stirn. »Er war Jude, müssen Sie wissen, und seine Schwester natürlich auch. Blaine hatte eine Affäre mit ihr, zumindest behauptete man es. Außer Frage steht, daß er sie heftigst umwarb und ihr in der fraglichen Nacht eine Halskette von beachtlichem Wert schenkte, die seiner Schwiegermutter gehört hatte.« Er schüttelte den Kopf. »Eine sehr törichte und zudem äußerst geschmacklose Geste. Nun, Godman sah es alles andere als gern, daß Blaine seiner Schwester den Hof machte, denn er war sich im klaren darüber, daß Blaine nicht im Traum daran dachte, seine Schwester zu heiraten; abgesehen davon, daß sie Jüdin war und Schauspielerin dazu, war Blaine bereits verheiratet.«

»Und um seine Schwester zu schützen, schreckte Godman auch vor Gewalt nicht zurück?« Pitt war überrascht. So wie er Tamar Macaulay kennengelernt hatte, fiel es ihm schwer, sie sich als ein Opfer männlicher Leidenschaft vorzustellen, das von ihrem Bruder beschützt werden muß. Aber die Liebe konnte aus den vernünftigsten Menschen Narren machen, und weder Charakterstärke noch Willenskraft konnten einen davor schützen... Im Gegenteil: oft waren es die scheinbar Starken, die am leichtesten verletzbar waren.

»Sehr richtig.« Pryce nickte. »Es ging um die Familienehre und auch um religiöse Prinzipien. Genauso wie wir entsetzt wären, wenn unsere Tochter uns eröffnete, daß sie einen Juden heiraten wird, sind offenbar auch rechtgläubige Juden schockiert, wenn sich eine von ihnen mit einem Nichtjuden einläßt.« Er kippte seinen Stuhl noch ein Stück weiter zurück. »Ich finde, mit ein bißchen Einfühlungsvermögen können wir ihren Standpunkt durchaus nachempfinden. Auf jeden Fall war das der Grund, weshalb Godman Blaine getötet hat. Und es war sicherlich nicht das erste Mal, daß jemand den Verführer seiner Schwester erstochen hat.«

»Nein, sicherlich nicht«, stimmte Pitt zu. »Aber dieses Argument wurde von der Verteidigung nicht vorgebracht, richtig?«

Ein Lächeln spielte um Pryce' Lippen. »Ich bezweifle, ob die Öffentlichkeit Miss Macaulays Ehre als Rechtfertigung für einen Mord akzeptiert hätte, Mr. Pitt. Ich fürchte, ein solches Argument hätte im Gerichtssaal nur Heiterkeit ausgelöst.«

»Ist ihr Ruf denn so schlecht?«

»Nein, überhaupt nicht. Es ist der Ruf der Schauspielerinnen allgemein, der gegen sie gesprochen hätte. Und ich glaube auch nicht, daß eine Jury aus Nichtjuden Verständnis oder gar Mitgefühl dafür aufgebracht hätten, daß Godman etwas dagegen hatte, wenn ein Nichtjude seiner Schwester den Hof machte und möglicherweise ihr reines jüdisches Blut befleckte.« Er stieß ein grimmiges Lachen hervor. »Wenn jeder Mann, der jemals einer schönen Jüdin den Hof macht, gekreuzigt würde, bräuchten wir mehr Kreuze, als Rom je gesehen hat, und der Bestand unserer Wälder wäre in ernsthafter Gefahr!«

»Ja.« Pitt schob die Hände in seine Taschen. »Alles in allem ein überaus unerfreulicher Fall, und es war von vornherein klar, daß der Täter nirgendwo auch nur die geringste Sympathie finden würde. Es erstaunt mich, daß Miss Macaulay sich trotz dieses Skandals behaupten konnte und ihr Publikum im Theater nach wie vor fasziniert.«

Pryce zuckte mit den Schultern. »Ich glaube, sie hatte eine Zeitlang einen schweren Stand. Aber als Godman am Galgen gestorben war und nie jemand im Ernst angenommen hatte, sie habe etwas mit dem Mord zu tun, waren die Leute zufrieden und bereit, ihr zu verzeihen.« Gedankenverloren streckte er die Hand aus, und seine langen Finger berührten die glatte Wölbung das Tintenfasses aus Onyx. »Es gab damals viele, die ihre Loyalität zu ihrem Bruder insgeheim bewunderten, auch wenn sie gleichzeitig ganz scharf darauf waren, ihn am höchsten Galgen des Landes hängen zu sehen. Hätte sie sich gegen ihn gewandt, man hätte sie als Verräterin gebrandmarkt.« Er ließ das Tintenfaß wieder los. »Sie machte den Eindruck, als sei sie wirklich von seiner Unschuld überzeugt, und das Publikum war bereit zu glauben, daß sie ebenso unschuldig war, wie sie ihren Bruder wähnte. Das einzige, das man ihr vorwerfen konnte, war, daß sie sich in einen Mann verliebte, der nicht daran dachte, sie zu heiraten.«

»Sie hat zugleich ihren Liebhaber und ihren Bruder verloren«, bemerkte Pitt düster.

»Zumindest sieht es so aus«, sagte Pryce und wiegte den Kopf.

»Aber Sie sagten doch, sie hat eine wertvolle Halskette von ihm angenommen, ein Familienerbstück.«

»Sie behauptet, sie habe die Kette nur an diesem Abend getragen, zum Dinner, und habe dann darauf bestanden, daß er sie zurücknimmt.«

»Und hat er sie zurückgenommen?« fragte Pitt.

Pryce blinzelte überrascht. »Ich habe nicht die geringste Ahnung. Sie wurde nicht bei ihm gefunden. Vielleicht hat Miss Macaulay sie aber auch nur weggeworfen oder sonst irgendwie verschwinden lassen, um ihre Geschichte glaubhaft zu machen. Soweit ich weiß, ist die Kette später nie wieder aufgetaucht.« Sein Gesicht hellte sich hoffnungsvoll auf. »Vielleicht hat Stafford darüber etwas herausgefunden. Das würde weit mehr Sinn machen, als irgendein Detail eines medizinischen Befunds. Das ist in der Tat ein sehr plausibler Gedanke.«

»Wer wußte von der Halskette?« fragte Pitt, während er in Gedanken eine Vielzahl von Möglichkeiten erwog, neue Spuren, denen Stafford möglicherweise gefolgt war, bis er kurz vor der Wahrheit gestanden hatte, ohne es zu wissen vielleicht, und damit jemanden so in Panik versetzt hatte, daß er einen Mord beging. »Es kann nicht viel Zeit vergangen sein von dem Zeitpunkt, an dem Blaine ihr die Halskette gab, bis zu dem Moment, als Godman das Theater verließ.«

»Nein, tatsächlich nicht«, stimmte Pryce zu. »Miss Macaulays Garderobiere Primrose Walker hat das in ihrer Aussage bestätigt. Sie hat gesehen, wie Blaine sie ihr gegeben und gesagt hat, die Kette sei seit Jahren im Besitz seiner Familie –

und daß sie einmal seiner Schwiegermutter gehört hat. Miss Macaulay behauptet, daß sie sie ihm aus diesem Grund zurückgegeben hat, aber zu ihrem Leidwesen gibt es keine Beweise, die das belegen würden. Es sei denn natürlich, Stafford hat irgend etwas herausgefunden.«

»Hätte er Ihnen das nicht mitgeteilt?«

»Nicht unbedingt. Ich war in diesem Verfahren der Staatsanwalt, Mr. Pitt, nicht der Verteidiger. Es kann durchaus sein, daß er vorhatte, Barton James zu verständigen, sobald er sich seiner Sache sicher war. Übrigens hat er tatsächlich erwähnt, er beabsichtige, Barton James in nächster Zeit aufzusuchen.« Er betrachtete Pitt mit ernstem Blick, dann hellte sich sein Gesicht allmählich auf. »Das würde vieles erklären, was sonst sehr merkwürdig erscheint...« Er unterbrach sich, als fürchtete er, er könnte zuviel gesagt haben, und wartete auf Pitts Antwort.

»Ist der Polizei damals denn nicht aufgefallen, daß die Halskette verschwunden war?« fragte Pitt, der noch immer damit beschäftigt war, die Fakten in seinem Kopf hin und her zu schieben.

»Soweit ich mich erinnere, nein«, erwiderte Pryce zögernd. »Vielleicht war es der Polizei ja bekannt, aber es tauchte nicht in ihren Ermittlungsergebnissen auf, die sie der Staatsanwaltschaft zukommen ließ. Miss Macaulay behauptete, sie habe sie Blaine zurückgegeben, aber ich vermute, die Geschworenen glaubten ihr nicht und nahmen an, sie habe sie entweder behalten – sie war recht wertvoll – oder das ganze nur erfunden, um ihrem Bruder zu helfen.«

»Hat es ihm geholfen?«

Pryce schüttelte den Kopf. »Nicht im geringsten. Wie ich schon sagte, glaubte man ihr nicht. Möglicherweise müssen wir uns bei ihr entschuldigen.« Auf seinem Gesicht spiegelte sich Bedauern und sogar ein Anflug von Schmerz. »Ich fürchte, ich habe meinen Blick ebenfalls von ihrem zweifelhaftem Ruf blenden lassen und bin davon ausgegangen, daß sie alles sagen würde, um Zweifel an der Schuld ihres Bruders zu säen. Keine völlig abwegige Annahme unter den Umständen damals, aber vielleicht eben doch nicht richtig.« Er seufzte zerknirscht. »Kein sehr erfreulicher Gedanke, Mr.

Pitt, daß man mit seinem Wissen und Tun dazu beigetragen haben könnte, einen unschuldigen Mann zu hängen. Das Argument, daß dies nun einmal zu unserem Beruf gehört, ist nicht immer ein Trost.«

Pitt empfand instinktives Mitgefühl für ihn, und seine eigenen diesbezüglichen schmerzlichen Erinnerungen drängten sich in seine Gedanken. Er mochte Pryce, und doch war etwas an ihm, das Pitt irritierte – etwas, das allerdings viel zu vage und amorph war, um es genauer zu benennen.

»Ja, ich verstehe«, sagte er laut. »Ich habe das gleiche Problem.«

»Natürlich. Natürlich«, nickte Pryce bekümmert. »Ich wünschte, ich könnte Ihnen mehr erzählen, aber das ist alles, was ich weiß. Ich bezweifle, daß Mr. Stafford mehr wußte, denn sonst hätte er es sicherlich erwähnt.« Seine Stimme stockte, und ein Schatten legte sich auf seinen Blick. »Es… es tut mir leid. Verzeihen Sie. Er war ein Freund…«

»Ich weiß Ihre Gefühle zu würdigen, Mr. Pryce. Es tut mir leid, daß ich Ihnen schmerzliche Erinnerungen bereiten mußte.« Pitt sagte das, weil es die Situation zu verlangen schien. Es passierte ihm nicht oft, daß er in Verlegenheit geriet oder die richtigen Worte nicht fand. Er hatte den Schmerz und die Trauer anderer schon so oft mit angesehen, daß er – obgleich er nie aufgehört hatte, Mitgefühl zu empfinden – inzwischen gelernt hatte, das Richtige zu sagen. Irgend etwas an Pryce irritierte ihn jedoch; etwas, das ihm – wenn er es recht überlegte – auch bei Juniper Stafford aufgefallen war. Vielleicht war es nicht mehr als der ganz natürliche Eifer, so schnell wie möglich eine Lösung des Falls herbeizuführen, um einem Skandal, häßlichen Spekulationen und Gerüchten zuvorzukommen; die Menschen sollten sich mit Achtung und Liebe an Richter Stafford erinnern, und die schreckliche Tatsache, daß ein Mord geschehen war, wurde in einen anderen Teil der Erinnerung verbannt; eine Tragödie, um die sich die Polizei zu kümmern hatte.

»Vielen Dank, daß Sie mir Ihre Zeit geopfert haben, Mr. Pryce.« Pitt erhob sich. »Sie haben mir sehr geholfen und mir einiges zum Nachdenken mitgegeben. Zweifellos sind irgendwelche bisher nicht ausreichend berücksichtigte Aspekte des Blaine/Godman-Falls aufgetaucht, die Richter Stafford wichtig genug erschienen, ihnen nachzugehen, und die ihn schließlich bewogen, wie Sie sagten, eine Wiederaufnahme des Verfahrens in Betracht zu ziehen. Falls es der gerichtsmedizinische Bericht verlangt, werde ich seine Recherchen fortsetzen.«

Pryce erhob sich ebenfalls und streckte die Hand aus.

»Gern geschehen. Bitte lassen Sie es mich wissen, wenn ich weiterhin behilflich sein kann, falls Sie zum Beispiel etwas über den damaligen Fall wissen wollen.«

»Ja. Vielen Dank.«

Pryce brachte ihn zur Tür, machte sie für ihn auf, dann übernahm ihn der beflissene Kanzleisekretär und begleitete ihn durch das Büro bis zur Haustür.

Als Pitt am frühen Nachmittag Richter Livesey in dessen Dienstzimmer einen Besuch abstattete, wurde er mit weit größerer Zuvorkommenheit empfangen. Livesey begrüßte ihn auf das herzlichste und schien ihn erwartet zu haben. Sein Büro war sehr groß und von herbstlichem Sonnenschein durchflutet, der den schweren, mit Intarsien aus tropischen Hölzern verzierten Möbeln einen warmen Glanz verlieh; weinrote Ledersessel, zwei große Vasen mit Chrysanthemen. Zwei wunderschöne Bronzestatuen flankierten einen mächtigen Bücherschrank, und in der Mitte des Kaminsims stand eine marmorne Uhr.

»Ich fürchte, das ist absoluter Unsinn«, antwortete Livesey mit einem Lächeln auf Pitts erste Bemerkungen zu dem Fall. Er lehnte sich in seinem wuchtigen Sessel zurück und betrachtete Pitt mit nachsichtigem Blick. »Stafford war ein intelligenter und zutiefst verantwortungsbewußter Mensch. Er kannte das Gesetz und seine Pflichten ihm gegenüber. Ein Richter, vor allem ein Richter am Appellationsgericht, bekleidet eine überaus wichtige Position, Mr. Pitt.« Auf seinem Gesicht spiegelte sich die ruhige Gelassenheit eines unerschütterlichen Selbstvertrauens. »Wir sind die letzte Instanz für den Verurteilten, Gnade zu finden oder ein zu strenges oder falsches Urteil aufzuheben. Gleichzeitig sind wir die letzte

Instanz des Volkes, die einem Urteil für immer Gültigkeit geben kann. Das ist eine ungeheuere Verantwortung, und wir können uns keine Irrtümer leisten. Stafford war sich dessen sehr wohl bewußt, so wie wir alle.«

Sein Blick kehrte zu Pitt zurück, und der Anflug eines Lächelns erschien um seinen Mund. »Ich weiß nicht, warum die Leute sagen, ohne Gesetze wären wir nicht besser als Wilde. Wir wären noch viel schlimmer! Wilde haben sehr wohl Gesetzte, Mr. Pitt – gewöhnlich sehr strenge Gesetze. Selbst sie begreifen, daß keine Gesellschaft ohne Gesetze existieren kann. Ohne Gesetze lebten wir in der Anarchie, und der Teufel stolzierte über die Erde und holte uns einen nach dem anderen, die Schwachen wie die Starken.« Er schürzte die Lippen. »Wir sind letztlich alle verwundbar. Und am Ende geht es nicht nur um Recht und Gerechtigkeit, sondern ums Überleben.«

Sein Blick ließ Pitts Gesicht nicht los. »Wenn es weder Recht noch Gesetz gibt, wer schützt dann die Mutter mit dem Kind, das unsere Hoffnung für morgen ist? Wer schützt das Genie des Geistes, den Erfinder, den Künstler, die die Welt bereichern, aber nicht die finanziellen Mittel oder die physische Kraft haben, sich selbst zu verteidigen? Wer beschützt die Weisen und Wissenden, die alt und gebrechlich sind und nichts dagegen tun können, in die Gewalt der Mächtigen und Unwissenden zu geraten? Und wer schützt am Ende die Starken vor sich selbst?«

»Ich diene dem Gesetz, seit ich erwachsen bin, Mr. Livesey«, antwortete Pitt und erwiderte dessen Blick ungerührt. »Sie brauchen mich nicht von seiner Wichtigkeit zu überzeugen. Und ich bezweifle auch nicht, daß Mr. Stafford ein aufrechter Diener des Gesetzes gewesen ist.«

»Verzeihen Sie«, entschuldigte sich Livesey. »Ich bin abgeschweift und habe mich nicht deutlich genug ausgedrückt. Sie sind mit dem Godman-Fall nicht vertraut, der einer der scheußlichsten Fälle war, mit denen ich in meiner Laufbahn zu tun hatte. Wüßten Sie so viel über den Fall wie ich, hätten auch Sie keinerlei Zweifel daran, daß es seinerzeit ein gerechter und fairer Prozeß war.« Er verlagerte das Gewicht seines massigen Körpers auf die andere Lehne seines Sessels. »Es gab nicht den kleinsten Formfehler oder sonst einen Makel in dem Urteil, und Stafford wußte das ebenso wie jeder andere von uns. Er war lediglich beunruhigt, weil Tamar Macaulay die Angelegenheit nicht ruhen lassen wollte.« Seine Miene verdüsterte sich. »Eine überaus aufdringliche und törichte Frauensperson, die geradezu besessen ist von der Vorstellung, ihr Bruder sei unschuldig, obwohl für jeden seine Schuld offensichtlich war. Tatsächlich gab es nie einen anderen ernsthaft Verdächtigen…«

»Auch nicht der Freund dieser…« Pitt verstummte und mußte überlegen. »O'Neil? Hatten er und Blaine nicht eine Auseinandersetzung an diesem Abend?«

»Devlin O'Neil?« Liveseys Augen weiteten sich; sie waren ungewöhnlich blau für einen Mann in seinem Alter. »Sie hatten vielleicht eine kleine Meinungsverschiedenheit, aber das als Auseinandersetzung zu bezeichnen, ist wohl übertrieben. Es ging um eine geringfügige Wette, beziehungsweise darum, wer gewonnen hatte und wer verloren.« Er machte eine wegwerfende Handbewegung, mit der er das Thema vom Tisch wischte. »Es ging um ein paar Pfund, die beide aus der Westentasche bezahlen konnten. Keine Sache, wegen der ein Mann seinen Freund tötet.«

»Woher wissen Sie das?« fragte Pitt.

»Ich war einer der Richter der Revisionsinstanz«, erwiderte Livesey mit einem leichten Stirnrunzeln. »Natürlich habe ich mich eingehend mit der Beweislage und dem Verfahren auseinandergesetzt.« Pitts Frage schien ihn zu erstaunen, denn die Antwort lag auf der Hand.

»Das meinte ich nicht, Mr. Livesey. Ich meinte, welche Beweise haben wir dafür? O'Neils Aussage?«

»Selbstverständlich?«

»Keine unbedingt felsenfester Beweis.«

Er blinzelte verdutzt, und ein Schatten des Unmuts huschte über sein Gesicht. Offenbar war ihm dieser Gedanke noch nie gekommen.

»Es gab keinen Grund, seine Aussage anzuzweifeln«, sagte er leicht irritiert. »Es gab Zeugen für die Meinungsverschiedenheit zwischen den beiden, die dies auch bei der Vernehmung durch die Polizei während der Ermittlungen aussagten. Man befragte O'Neil dazu, der die Angelegenheit zur Zufriedenheit aller erklärte – Sie ausgenommen, offenbar.«

»Und Richter Stafford möglicherweise, der O'Neil erneut aufsuchte.«

»Das muß nicht bedeuten, daß er ihm nicht geglaubt hat, Mr. Pitt.« Er hob seine breiten Schultern und ließ sie wieder fallen. »Wie ich Ihnen schon sagte, hatte Stafford keinerlei Absicht, das Verfahren im Blaine/Godman-Fall wiederzueröffnen. Es gibt nicht den geringsten Grund, dies zu tun. Das Verfahren wurde seinerzeit mit geradezu exemplarischer Korrektheit durchgeführt, und neue Beweise existieren nicht.« Er lächelte und trommelte mit den Fingern auf der lederbespannten Platte seines Schreibtisches. »Stafford hatte keine neuen Beweise. Er hat gestern mit mir über die Angelegenheit gesprochen. Seine Absicht war es, Godmans Schuld über jeden Zweifel hinaus – vor allem den Tamar Macaulays – zu beweisen.« Er fixierte Pitt mit starrem Blick. »Es ist in unser aller Interesse, und letztlich auch in dem Miss Macaulays, wenn sie endlich die Wahrheit als solche akzeptiert und sich wieder den Dingen zuwenden kann, die ihr wichtig sein sollten – ihr Leben, ihre Karriere und was sie sonst noch interessieren mag. Und nicht nur sie, auch wir anderen sollten aufhören, an der Rechtsprechung zu zweifeln und ihre Integrität und Autorität in Frage zu stellen.«

»Das waren seine Worte, als er gestern mit Ihnen gesprochen hat?« erkundigte sich Pitt einigermaßen irritiert, denn dies klang ganz anders als das, was Juniper Stafford und Adolphus Pryce gesagt hatten.

»Nicht exakt und auch nicht unbedingt gestern«, erklärte Livesey geduldig. »Das war seine Ansicht zu dem Fall, wie er sie mir gegenüber oft genug zum Ausdruck gebracht hat. Und gestern hat er nichts davon zurückgenommen. Im Gegenteil: Er hat es bestätigt, durch das, was er sagte und was er nicht sagte. Er hat weder seine Meinung geändert, noch hat er neue Beweise entdeckt.«

»Ich verstehe«, sagte Pitt, nur um zu bestätigen, daß er zugehört hatte. In Wirklichkeit verstand er gar nicht. Pryce war sich so sicher gewesen, daß Stafford beabsichtigt hatte, den Fall wieder aufzurollen; welches Interesse sollte er daran haben, Pitt dies glauben zu machen, wenn es nicht der Wahrheit entsprach? Pryce hatte in dem Prozeß die Anklage vertreten und schien eine gewisse Verantwortung für das Urteil zu empfinden. Er konnte nicht daran interessiert sein, daß alles wieder von vorne aufgerollt wurde.

Aber falls Stafford tatsächlich nicht beabsichtigt hatte, das Verfahren wiederzueröffnen, aus welchem Grund sollte ihn dann irgend jemand umbringen?

Vielleicht hatte ihn auch gar niemand umgebracht, und es war irgendeine geheimnisvolle Krankheit mit Symptomen wie bei einer Opiumvergiftung, von der er entweder selbst nichts gewußt hatte oder die er seiner Frau verschwiegen hatte, weil er nicht ahnte, wie bedrohlich sie war.

Livesey schien Pitts Gedanken zu erraten. Das Gesicht des Richters war ernst geworden, jede Ungeduld daraus verschwunden. Er war wieder auf den Boden der Realität zurückgekehrt, und diese Realität beunruhigte ihn.

»Wenn er nicht vorhatte, das Verfahren wiederzueröffnen, weshalb sollte ihn dann jemand umbringen?« sagte Livesey leise. »Eine berechtigte Frage, Mr. Pitt. Er dachte nicht daran, das Verfahren wiederzueröffnen, und selbst wenn er es getan hätte, hätte niemand deshalb etwas zu befürchten gehabt, außer Tamar Macaulay selbst, weil es die Schande ihres Bruders wieder ins Bewußtsein der Öffentlichkeit gerufen und jeder sich wieder an die grauenvollen Umstände der ganzen Geschichte erinnert hatte. Sie kann das nicht wirklich wollen, wenn es keine Hoffnung auf Rehabilitierung gibt.« Ein freudloses Lächeln erschien um seinen Mund, das ohne Häme war und den vergossenen Tränen und den sinnlosen Opfern galt.

»Ich glaube, die arme Frau hat sich in all den Jahren so in ihren Kreuzzug verrannt, daß sie inzwischen von ihm beherrscht wird. Sie ist gar nicht mehr in der Lage, eine andere Wahrheit als ihre eigene zu begreifen. Objektive Beweise zählen für sie nichts mehr, nur noch der Wunsch, ihren Bruder zu rehabilitieren. Liebe, auch die zwischen Geschwistern, kann sehr blind sein. Wir sehen nur das, was wir sehen wollen, und wenn der Betreffende nicht bei uns ist, wenn er zum Beispiel gestorben ist, haben wir nichts, das uns an die Realität erinnert, und wir idealisieren ihn.« Seine Lippen wurden schmal. »Die Vorstellung gewinnt die Oberhand über die Realität. Für sie ist das zu einer Art Religion geworden, die einen so großen Teil ihres Lebens einnimmt, daß sie nicht mehr davon lassen kann. Sie ist völlig davon besessen. Es nimmt bei ihr die Stelle von Ehemann und Kind ein. Und das ist sehr tragisch.«

Pitt hatte solche Art von Besessenheit schon erlebt. Es war nicht völlig unmöglich. Aber es beantwortete nicht die Frage, wer Stafford umgebracht hatte, falls er umgebracht worden war.

»Glauben Sie, daß Stafford ihr das offen gesagt hat?« fragte er und hob den Blick zu Livesey.

»Und sie hat ihn aus Zorn getötet, weil er ihre Hoffnungen enttäuscht hat?« Livesey wiegte skeptisch den Kopf und runzelte die Stirn. »Offen gesagt, erscheint mir das wenig glaubhaft. Sie ist besessen von dieser Geschichte – gewiß, aber ich glaube nicht, daß sie derart aus dem Gleichgewicht ist, um so etwas zu tun. Das müßte über jeden Zweifel hinaus bewiesen werden, bevor ich es akzeptieren könnte.«

»Was steckt dann dahinter?« fragte Pitt. »Mrs. Stafford sagte aus, er sei gegenwärtig mit keinem anderen Revisionsfall befaßt gewesen. War es vielleicht Rache wegen irgendeiner alten Geschichte?«

»Rache gegen einen Richter am Appellationsgericht?« Livesey zog die Augenbrauen hoch. »Äußerst unwahrscheinlich… Ich habe Verurteilte Drohungen gegen Zeugen, gegen den Polizisten, der sie verhaftet hat, gegen den Staatsanwalt, gegen den verhandelnden Richter und selbst gegen ihren eigenen Verteidiger, wenn sie mit ihm nicht zufrieden waren, und in einem Fall sogar gegen die Geschworenen ausstoßen hören, aber noch nie gegen einen Richter am Revisionsgericht! Und wir sind bei jedem Fall, über den wir entscheiden, mindestens zu fünft… Es erscheint mir sehr weit hergeholt, Mr. Pitt.«

»Was dann?«

Liveseys Miene verdüsterte sich.

»Ich bedauere, daß ich sagen muß, Mr. Pitt, aber ich habe keine Alternative anzubieten. Für mich sieht es ganz so aus, als bliebe nur noch sein Privatleben übrig. Die meisten Morde werden entweder bei einem Raub begangen oder innerhalb der Familie, wie Sie sicherlich wissen.«

Pitt wußte es.

»Aber welchen Grund sollte Mrs. Stafford haben, ihren Mann umzubringen?« fragte er und ließ dabei Liveseys Gesicht nicht aus den Augen.

Livesey Blick ruckte von seinem Schreibtisch hoch, und er seufzte schwer.

»Es widerstrebt mir zutiefst, es auszusprechen, Mr. Pitt. Es ist unwürdig und unerträglich, so etwas über seinen Kollegen und seine Familie zu sagen. Aber Mrs. Staffords Verhältnis zu Mr. Adolphus Pryce ist viel enger, als es auf den ersten Blick erscheint.«

»Über den Rahmen der Schicklichkeit hinaus?« Einen Augenblick lang war Pitt überrascht, doch dann erinnerte er sich an scheinbare Nebensächlichkeiten, die ihm aufgefallen waren: ein flüchtiger Blick, eine plötzliches Erröten, Pryce' auffallender Eifer, etwas für sie zu tun, ein Augenblick der Verlegenheit oder Befangenheit ohne erkennbaren Grund...

»Ich bedaure, es sagen zu müssen: ja.« Livesey hob den Blick und studierte die Wirkung seiner Worte in Pitts Gesicht. »Zunächst dachte ich, es sei nur eine flüchtige Affäre, eine kurzlebige Leidenschaft, die sich schnell erschöpft, wie das meistens in solchen Fällen ist. Aber vielleicht ist es auch mehr als das. Ich beneide Sie nicht darum, Mr. Pitt, aber ich fürchte, Sie werden nicht umhinkommen, auch diese Möglichkeit näher in Betracht zu ziehen.«

Dies beantwortete eine Menge Fragen – so unerfreulich es war.

Livesey beobachtete ihn aus zusammengekniffenen Augen.

»Wie ich sehe, haben Sie an diese Möglichkeit schon gedacht«, bemerkte er. »Falls Adolphus Pryce versucht hat, Sie davon zu überzeugen, Stafford habe die Absicht gehabt, den Blaine/Godman-Fall neu aufzurollen, können Sie nun vielleicht besser beurteilen, weshalb. Natürlich wäre es ihm und

Mrs. Stafford angenehmer, wenn Sie annähmen, der Mörder ihres Gatten sei im Umfeld dieses alten Falls zu finden, anstatt sich näher mit ihnen zu befassen.«

»Natürlich...« Pitt fühlte sich seltsam niedergeschlagen deshalb. Es war albern, aber er konnte es nicht ändern. Er wußte, das, was Livesey gesagt hatte, war die Wahrheit. Erst jetzt, wo er Bescheid wußte, wurde ihm klar, daß er achtlos gehandelt und den kleinen Zeichen und Hinweisen nicht genügend Beachtung geschenkt hatte. Er stand auf und schob dabei den Stuhl ein Stück zurück. »Vielen Dank, Mr. Livesey, daß Sie Zeit für mich gefunden haben.«

»Nicht der Rede wert.« Livesey erhob sich ebenfalls. »Schließlich ist es eine sehr ernste Angelegenheit, und ich versichere Ihnen, Sie können jederzeit mit meiner uneingeschränkten Unterstützung rechnen. Sie brauchen mir nur zu sagen, was ich tun kann.«

Pitt bedankte sich noch einmal und empfahl sich. Mit langsamen Schritten und in Gedanken versunken ging er durch die hallenden Gänge und trat auf die Straße hinaus. Es war schon spät. Die Sonne war bereits hinter den Dächern der Häuser verschwunden, und in den nassen Straßen sammelten sich dunstige Nebelschleier. Graue Rauchfahnen sickerten hier und dort in den bleichen Abendhimmel empor. Der Geruch von Kohlefeuern zog durch die Gassen und legte sich schwer auf die Lungen.

Vielleicht hatte der Leichenbeschauer schon die Ergebnisse der Autopsie. Oder er wußte zumindest, ob in dem Flakon Gift gewesen war. Dieser ganze Fall konnte sich in den nächsten Minuten in nichts auflösen und sich als eine voreilige Schlußfolgerung herausstellen, eine Befürchtung, die sich gottlob nicht bewahrheitet hatte. Er schritt energisch aus, um schnell eine verkehrssichere Straße zu erreichen, wo er vielleicht eine Droschke erwischen würde.

In den Fenstern des gerichtsmedizinischen Labors brannte noch immer Licht, und als Pitt an die Tür klopfte, forderte ihn eine Stimme von drinnen auf einzutreten.

Sutherland war in Hemdsärmeln, und seine roten Locken

standen vom ständigen Haareraufen wirr zu Berge. Hinter jedem seiner Ohren steckte ein Bleistift; einen dritten, dessen Ende vollkommen zerkaut war, hatte er in der Hand. Sein Kopf ruckte von den Papieren hoch, über die er gebeugt saß, und in seinem Blick erkannte Pitt grimmige Genugtuung.

»Opium!« sagte er nur. »Das Flakon war voll davon. Mehr als genug, vier ausgewachsene Männer umzubringen – geschweige denn einen.«

»War das die Todesursache?« fragte Pitt.

»Ja, eindeutig. Sie hatten recht: Opiumvergiftung. Es ist leicht nachweisbar, wenn man weiß, wonach man sucht. Und Sie hatten mich ja auf die richtige Spur gesetzt. Scheußliche Angelegenheit.«

»Könnte es ein Versehen gewesen sein? Ich meine, ist es möglich, daß er sich nur...«

»Nein«, sagte Sutherland bestimmt. »Man nimmt Opium nicht in Whiskey aufgelöst. Man raucht es. Und jeder, der Opium regelmäßig zu seinem Vergnügen nimmt, weiß genau, daß eine solche Dosis tödlich ist. Nein, Mr. Pitt, das Opium wurde allein zu dem Zweck in das Flakon getan, den es erfüllt hat: den Mann umzubringen. Sie haben es zweifellos mit einem Mord zu tun.«

Pitt sagte nichts. Es war das, was er befürchtet hatte, und doch hatte er in einem Winkel seines Gehirns noch immer gehofft, daß es sich nicht bewahrheiten würde. Nun war es definitiv. Richter Samuel Stafford war ermordet worden, und, wie es schien, nicht wegen den Blaine/Godman-Fall. Waren es Juniper Stafford und Adolphus Pryce gewesen? Einer von ihnen oder beide? War alles so simpel und häßlich?

»Vielen Dank«, sagte er laut zu Sutherland.

»Einen detaillierten Bericht muß ich erst noch anfertigen«, erwiderte Sutherland und verzog das Gesicht. »Wenn ich damit fertig bin, schicke ich ihn Ihnen ins Revier.«

»Vielen Dank«, sagte Pitt noch einmal und registrierte den verständnisinnigen Blick Sutherlands mit einiger Dankbarkeit. »Gute Nacht.«

»Gute Nacht.« Sutherland griff wieder nach seinem Bleistift und fuhr fort, Notizen auf das Papier vor ihm zu kritzeln.

3. Kapitel

Am Morgen nach dem Besuch im Theater verließ Charlotte bereits sehr früh das Haus, und während des ganzen restlichen Tages war sie, da es der freie Tag ihres Dienstmädchens Gracie war, mit Erledigungen und häuslichen Angelegenheiten beschäftigt. Deshalb fand sie erst am nächsten Tag, als Pitt bereits wußte, daß Stafford an einer Opiumvergiftung gestorben war, Gelegenheit, mit der langwierigen Zubereitung eines Früchtebrotes zu beginnen und dabei Gracie von den Ereignissen zu erzählen.

Zunächst mußte sie für den Kuchen die Früchte vorbereiten. Die Korinthen und Sultaninen mußten in Mehl gerieben werden, um die Klumpen zu lösen. Charlotte machte das in der Mitte des sauber geschrubbten Küchentischs, während Gracie das Geschirr von der Anrichte herunterräumte, die Fächer auswischte, die Teller und Platten wusch und die Töpfe polierte. Sie war nun schon seit einigen Jahren bei Charlotte und fast siebzehn, aber trotz aller Bemühungen Charlottes, war sie noch immer beinahe so klein und görenhaft, wie an dem Tag, an dem sie ins Haus gekommen war. Ihr Auftreten hatte sich allerdings so sehr geändert, daß sie kaum wiederzuerkennen war. Sie hatte mehr Selbstbewußtsein als jedes andere Hausmädchen in der Straße und vermutlich in ganz Bloomsbury. Sie arbeitete nicht nur für einen Polizeiinspektor, den besten der Londoner Polizei, sie hatte sogar bei der Aufklärung eines Falls geholfen. Sie hatte Abenteuer erlebt, und sie ließ sich keine freche Antwort von irgendeinem Lieferburschen oder Handwerker oder sonst irgend jemandem gefallen.

Im Augenblick balancierte sie in halsbrecherischer Pose auf der Anrichte, ein feuchtes Tuch in der einen und eine Porzellanterrine in der anderen Hand. Mit dem Ausdruck äußerster Konzentration auf ihrem lebhaften Gesicht drehte sie sich ganz langsam um, ging in die Knie und setzte die Terrine vorsichtig ab. Dann wischte sie das oberste Fach der Anrichte zuerst mit der einen Seite des Tuchs, betrachtete zufrieden den Schmutzrand auf dem Tuch, faltete es zusammen und wischte mit der anderen Seite noch einmal nach.

Charlotte beugte sich wieder über die mehlbestäubten Korinthen in der Mitte des Tischs und löste mit den Fingern die harten Klumpen.

»War es ein schönes Theaterstück, Ma'am?« fragte Gracie interessiert, während sie sich vorsichtig wieder aufrichtete.

»Ich weiß es nicht«, erwiderte Charlotte aufrichtig. »Um die Wahrheit zu sagen, ich habe kaum etwas davon mitbekommen. Doch der Hauptdarsteller war überaus attraktiv.« Sie sagte das mit einem Lächeln, denn ihr fiel der seltsame Ausdruck von Verletzlichkeit auf Carolines Gesicht im Zusammenhang mit diesem Thema wieder ein.

»War er umwerfend schön?« wollte Gracie wissen. »War er dunkelhaarig und schrecklich elegant?«

»Nicht ausgesprochen dunkelhaarig.« Charlotte stellte sich Joshua Fieldings scharfgeschnittenes, ironisch humorvolles Gesicht vor. »Und wirklich schön im üblichen Sinn war er auch nicht. Aber sehr attraktiv. Ich glaube, das kommt daher, daß er die Fähigkeit hat zu lachen, ohne zynisch oder grausam zu sein, weil er ein sanftes und rücksichtsvolles Wesen hat. Bei ihm kann man sich vorstellen, daß er alles versteht.«

»Klingt sehr interessant«, stimmte Gracie zu. »Ich würde gerne mal so jemanden kennenlernen. War die Hauptdarstellerin schön? Wie hat sie ausgesehen? Langes goldenes Haar und große Augen?«

»Nein, ganz und gar nicht«, antwortete Charlotte. »Für eine Engländerin war sie ein sehr dunkler Typ, vielleicht gerade an der Grenze, um noch als Engländerin durchzugehen, aber sie gab einem das Gefühl, daß sie die schönste Frau der Welt sein könnte, wenn sie nur wollte. Sie hatte eine wirklich enorme Ausstrahlung. Neben ihr wirkten alle anderen blaß und farblos. In ihr schien ein inneres Feuer zu brennen, und im Vergleich mit ihr wirkten die anderen, als seien sie leblose Puppen. Aber es war nicht irgendwie ostentativ, wenn du verstehst, was ich meine.«

»Nein, Ma'am«, gab Gracie zu. »Os… was?«

»Ostentativ… Aufgesetzt oder prahlerisch.«

»Oh…« Gracie stieg, ihre Schürze und ihre Röcke mit einer Hand hochgerafft, von der Anrichte herab und ging zum Ausguß, um das Tuch auszuwaschen. »Ich kann mir nur schwer eine solche Frau vorstellen, aber es klingt, als wär' sie eine aufregende Frau.« Sie wrang das Tuch mit ihren kleinen, schmalen und doch so kräftigen Händen aus und kletterte wieder auf die Anrichte. »Warum haben Sie von dem Stück kaum etwas mitbekommen, Ma'am?«

»Weil in der Nachbarloge ein Mord passiert ist«, erwiderte Charlotte und streute noch etwas Mehl über die Sultaninen.

Gracie erstarrt mitten in der Bewegung, eine Hand am oberen Rand des Geschirrschranks, in der anderen eine überaus zerbrechliche Saucière. Ganz langsam drehte sie sich um, ihr kleines intelligentes Gesicht ganz blaß vor Aufregung.

»Ein Mord? Wirklich? Sie ziehen mich auf, Ma'am?«

»Aber nein«, sagte Charlotte ernst. »Wirklich nicht. Ein sehr bedeutender Richter wurde umgebracht. Ich hab' vielleicht ein bißchen übertrieben, was die Loge anbelangt: es war nicht in der Nachbarloge, sondern schräg gegenüber, ungefähr vier Logen weiter. Er wurde vergiftet.«

Gracie verzog skeptisch das Gesicht. »Wie kann man jemanden im Theater vergiften? Ich meine, absichtlich… Ich hab' einmal Aal gegessen, wovon mir ganz schlecht geworden ist, aber das hat niemand mit Absicht gemacht…«

»Das Gift war in seinem Whiskeyflakon«, erklärte Charlotte, während sie mit geschickten Fingern die letzten kleineren Sultaninenklumpen löste und dann alles in ein bereitliegendes Sieb strich, um das Mehl unter dem Wasser abzuwaschen, bevor sie die Stengel herausklauben konnte.

»Ach du meine Güte – der arme Mann.« Gracie wandte sich mit ihrem Tuch wieder der Anrichte zu. »War es grauenvoll?« erkundigte sie sich über die Schulter hinweg.

Charlotte ging mit dem Sieb zur Spüle.

»Nein, eigentlich nicht. Er ist ohnmächtig geworden und in eine Art Koma gesunken.« Charlotte drehte das Wasser auf und ließ es über das Sieb laufen. »Seine Frau hat mir viel mehr leid getan, die arme Seele.«

»Sie war es nicht, die's getan hat?« fragte Gracie skeptisch.

»Ich weiß es nicht. Er war Richter am Appellationsgericht, und er hat in letzter Zeit wieder Nachforschungen über einen Fall angestellt, über den er vor Jahren entschieden hat – ein ganz grauenvoller Mordfall. Der Mann, der damals dafür gehängt wurde, war der Bruder der Schauspielerin, von der ich dir gerade erzählt habe.«

»Ach du meine Güte!« Gracie war jetzt völlig gefesselt. Sie stellte die Saucière ohne den dazugehörenden Unterteller in das falsche Fach zurück. »Du meine Güte!« sagte sie noch einmal und stopfte das Tuch in ihre Schürzentasche. Sie stand jetzt aufrecht und völlig reglos auf der Kommode des Küchenschranks. »War das ein Fall, den der Herr bearbeitet hat?«

»Nein. Nicht damals.« Charlotte drehte das Wasser ab und ging mit dem Sieb zum Küchentisch zurück. Sie kippte die Beeren auf ein weiches Tuch, tupfte sie trocken und begann dann, die Stengel herauszuklauben. »Aber er wird sich jetzt näher damit befassen, denke ich.«

»Und warum haben sie jetzt den Richter umgebracht?« Gracie schien verwirrt. »Wenn er neue Nachforschungen angestellt hat, dann hat er doch das gemacht, was sie wollte, oder? Oh! Natürlich! Sie meinen, der, der damals wirklich den Mord begangen hat, hatte Angst, daß er rausfindet, daß er's war! Herrje! Das könnte jeder gewesen sein, oder? War das damals wirklich so grauenvoll?«

»Ja – sehr. Viel zu grauenhaft, um es dir zu erzählen. Du hättest nur schlechte Träume.«

»I wo, bestimmt nicht«, sagte Gracie mit einem fröhlichen Zwitschern. »Is' bestimmt nicht schlimmer, als was ich schon gehört hab'.«

»Vermutlich nicht«, stimmte ihr Charlotte mit einem bekümmerten Stirnrunzeln zu. »Es war der Mord in der Farriers' Lane.«

»Davon hab' ich nie was gehört.« Gracie schien enttäuscht.

»Wie hättest du auch?« lachte Charlotte. »Das war vor fünf Jahren. Du warst damals gerade mal zwölf.«

»Das war, bevor ich lesen konnte«, nickte Gracie mit beträchtlichem Stolz. Lesen zu können, war eine Fähigkeit, die sie um einiges über alle früheren Freunde ihrer sozialen Schicht stellte. Charlotte hatte sich die Zeit genommen, es ihr beizubringen, was zwar manchmal zu Lasten des Haushalts gegangen war, doch es war der Mühe wert gewesen, wenngleich sie den Verdacht hegte, daß Gracie in ihrer freien Zeit vor allem Groschenromane las.

»Und jetzt untersucht der Herr den Fall?« unterbrach Gracie ihre Gedanken. »Schauspielerinnen und Richter! Er wird immer bedeutender, nicht wahr?«

»Ja«, stimmte Charlotte ihr mit einem Lächeln zu. Gracie war so stolz auf Pitt, daß jedesmal, wenn sie seinen Namen erwähnte, ein Strahlen auf ihrem Gesicht erschien. Mehr als einmal hatte Charlotte mit angehört, wie sie unter der Tür mit Händlern oder Lieferburschen geredet und ihnen klar gemacht hatte, wessen Haus dies war und daß sie sich in acht nehmen und nur die besten Sachen liefern sollten!

Gracie wandte sich den unteren Fächern der Anrichte zu, wischte sie sauber und stellte das Geschirr wieder zurück. Zweimal unterbrach sie ihr Tun mit einem Seufzen und richtete sich auf, um von neuem ihren Rock hochzustecken. Sie war so klein, daß ihre Röcke immer ein Stück zu lang für sie waren, und diesen hatte sie noch nicht gekürzt. Charlotte breitete die Beeren auf ein Backblech und schob es in den vorgeheizten Ofen, vergewisserte sich, daß die Zugklappe fast geschlossen war, damit die Hitze nicht zu groß wurde.

»Es kann natürlich auch seine Frau gewesen sein«, sagte Charlotte, deren Gedanken noch immer um den Abend im Theater kreisten. »Oder ihr Liebhaber.« Sie ging zum Speiseschrank und nahm die Butter heraus, wusch das Salz fort und schlug sie in ein Stück Leintuch, um das Wasser und die Buttermilch herauszupressen.

Gracie zögerte einen Moment lang, offensichtlich unsicher, ob Charlotte den Mord in der Farriers' Lane meinte oder den Todesfall von vorgestern abend im Theater. Sie zog den richtigen Schluß.

»Oh!« sagte sie nur. Sie war enttäuscht. Es erschien ihr zu einfach und keine wirkliche Herausforderung für Pitts Fähigkeiten. Es versprach keine Abenteuer und ganz gewiß nichts, wobei sie behilflich sein konnte. Sie schluckte. »Das hab ich mir schon gedacht, weil Sie mir so besorgt vorgekommen sind, Ma'am, aber ich hab mich wohl getäuscht...«

Charlotte fühlte sich ertappt; sie war tatsächlich besorgt – vor allem daß Joshua Fielding etwas damit zu tun haben könnte. Falls Richter Staffords Tod in irgendeinem Zusammenhang mit dem Blaine/Godman-Fall stand, war auch Joshua Fielding darin verwickelt, und das würde Caroline sehr treffen – um so mehr, als sie ihn persönlich kennengelernt hatte.

»Es wäre schlimm, wenn sich herausstellte, daß es der Schauspieler war«, erklärte sie. »Meine Mutter war sehr angetan von ihm, und als sie ihn auch noch kennenlernte...« Sie sprach den Satz nicht zu Ende. Wie sollte sie dem Mädchen erklären, daß ihre Mutter einen mindestens dreizehn oder vierzehn Jahre jüngeren Schauspieler anhimmelte? Natürlich war es nur ein oberflächliches Faible, doch auch das reichte aus, um ihr Leid zu bereiten.

»Oh, ich verstehe«, sagte Gracie vergnügt. Sie hatte darüber gehört, was Gentleman alles anstellten, um ihre Verehrung für Jersey Lily und die anderen Königinnen des Varietés zum Ausdruck zu bringen. »Sie würde zum Beispiel am Bühneneingang auf ihn warten, wenn sie ein Mann wäre.« Mit gerunzelter Stirn begann sie das Mehl zu sieben und die Klumpen herauszuklauben. Das Reiben der Orangenschale und der Muskatnuß überließ sie lieber Charlotte. Dazu brauchte man einiges Fingerspitzengefühl, das sie bei diesem Kuchen noch nicht hatte. »Na ja – vielleicht war er's aber auch nicht.«

»Ich glaube nicht, daß es die Frau des Richters war«, sagte Charlotte leise.

»Was werden Sie tun, Ma'am?« fragte Gracie ohne das kleinste Zögern und offenbar ohne auch nur einen Gedanken an die Möglichkeit zu verschwenden, daß Charlotte gar nichts tun könnte.

Charlotte überlegte eine Weile schweigend und überdachte noch einmal alles, was sie sich im Theater zusammengereimt hatte, und das wenige, das Pitt ihr gesagt hatte. Weshalb glaubte sie, daß Juniper es nicht gewesen war? Und vor allem: Was war an diesem Gefühl dran? Sie hatte sich schon zuvor getäuscht – und dies nicht nur einmal.

Gracie siebte das Mehl ein zweites Mal.

»Ich glaube, wir müssen zuerst den Mord in der Farriers' Lane aufklären«, sagte Charlotte schließlich mit einem Seufzen.

Gracie zweifelte nicht einen Augenblick an der Kompetenz ihrer Herrin. Ihre Loyalität war grenzenlos.

»Das ist eine gute Idee«, stimmte Gracie bei. »Dann können sie nicht mehr sagen, daß er es war. Was ist damals eigentlich passiert?«

Charlotte gab ihr eine geraffte und nicht ganz korrekte Fassung von dem, was sie wußte: »Ein junger Gentleman, der verheiratet war, machte der Schauspielerin Tamar Macaulay heftig den Hof. Nach einer Vorstellung ist ihm jemand gefolgt und hat ihn in der Farriers' Lane umgebracht und dann an ein Scheunentor genagelt wie Christus ans Kreuz. Sie sagten, daß ihr Bruder es getan hat, weil er dachte, daß der junge Gentleman mit seiner Schwester ein falsches Spiel trieb. Sie hängten ihn, aber sie hat immer an seine Unschuld geglaubt.«

Gracie war viel zu gebannt von der Geschichte, um sich nach einer anderen Arbeit umzusehen. Sie siebte das Mehl ein drittes Mal, ohne dabei auch nur für einen Wimpernschlag ihre weit aufgerissenen Augen von Charlottes Gesicht zu abzuwenden.

»Wer, glaubt sie, hat es getan?«

»Ich weiß es nicht«, mußte Charlotte verdutzt zugeben. »Ich weiß nicht, ob sie irgend jemand gefragt hat.«

»Glaubt sie, daß es dieser... wie heißt er nochmal?... dieser Schauspieler war?«

»Joshua Fielding? Nein... Nein, sie sind gute Freunde.«

»Dann wette ich, daß er's nicht war«, sagte Gracie bestimmt. »Wir müssen denen beweisen, daß er unschuldig ist, Ma'am.«

Charlotte hörte das ›Wir‹ sehr wohl und schmunzelte in sich hinein, sagte jedoch nichts.

»Eine gute Idee. Ich weiß nur nicht, wo wir anfangen sollen.«

»Tja... Mrs. Radley kann uns diesmal nicht helfen«, murmelte Gracie und wiegte den Kopf nachdenklich. »Wo sie doch auf dem Land ist.«

Das stimmte. Emily, Charlottes Schwester und oftmals Gefährtin bei solchen Abenteuern, war hochschwanger mit ihrem zweiten Kind. Sie und ihr Mann Jack waren für einige Wochen, bis das Baby da war, aus der Hektik und dem Getriebe Londons aufs Land geflohen. Charlotte bekam regelmäßig Briefe, die sie jedoch weniger häufig beantwortete. Emily hatte so viel mehr Zeit als sie und wußte nicht, was sie mit ihrer Zeit anfangen sollte. Sie hatte ein ziemlich großes Vermögen von ihrem ersten Mann geerbt, während Charlotte mit der aufwendigen Hausarbeit und ihren eigenen beiden Kindern mehr als genug zu tun hatte. Gewiß, sie hatte Gracie, an drei Tagen in der Woche kam eine Frau, die die schweren Arbeiten wie das Schrubben der Böden und ähnliches besorgte, und die große Wäsche wurde außer Haus gegeben, aber Emily hatte einen Stab von zwanzig Bediensteten, die ihr alle Arbeit abnahmen.

»Und wo sie jetzt nun mal nicht kann«, plapperte Gracie munter fort, »würde vielleicht Ihre Mom gern dabeisein. Da sie für ihn entflammt ist, wird sie sich sicher sorgen – nicht?«

Charlotte versuchte, taktvoll zu sein – nicht gerade etwas, wofür sie ein natürliches Geschick hatte.

»Das glaube ich nicht. Sie findet das nicht richtig.«

»Aber wenn sie ihn doch liebt!« Gracie war verwirrt.

»Würdest du mir bitte die Beeren bringen und die Zugklappe am Ofen aufmachen?« sagte Charlotte und begann, ihre Zutaten in der großen gelben irdenen Schüssel zusammenzumischen.

Gracie gehorchte, ignorierte jedoch die Topflappen und nahm wie immer ihre Schürze zu Hilfe.

Eine Viertelstunde lang arbeiteten sie konzentriert, bis der Kuchen auf dem Blech war und im Ofen buk. Gracie stellte den Kessel auf, und sie waren gerade im Begriff, Tee zu machen, als die Glocke an der Eingangstür schrillte.

»Wenn das wieder der Junge vom Gemüsehändler ist, der an der Vordertür klingelt«, zischte Gracie gereizt, »dann werd' ich ihm gehörig den Kopf waschen, daß er es so schnell nicht vergißt!« Und während sie dies sagte, glättete sie ihre Schürze um die Hüften, drückte ihr Haar zurecht und trippelte eilig den Korridor hinab, um die Tür aufzumachen.

In weniger als einer Minute war sie wieder zurück.

»Es ist Ihre Mam. Ich meine, es ist Mrs. Ellison.«

Und in der Tat erschien nur einen Schritt hinter ihr Caroline in der Küchentür, angetan mit einer Jacke in changierendem Grün mit Pelzkragen, einem wunderhübsch gerafften Rock und einem prächtigen, von Federn gekrönten Hut, der sich verwegen schräg über ihre linke Braue neigte. Ihre Wangen waren von der frischen Luft gerötet, doch in ihren Augen lag Besorgnis. Wie es schien, nahm sie weder Notiz von Charlottes altem blauen Stoffkleid samt der hochgerollten Ärmel und der weißen Schürze, die sie umgebunden hatte, noch warf sie einen Blick in Richtung Spülstein, der von schmutzigen Schüsseln und Backutensilien überquoll. Nicht einmal den köstlichen Duft, der aus dem Backofen strömte, schien sie zu bemerken.

»Mama!« begrüßte Charlotte sie mit freudiger Überraschung. »Du siehst wunderbar aus! Wie geht es dir? Was führt dich zu so früher Stunde hierher?«

»Oh...« Caroline machte eine vage unbekümmerte Bewegung mit ihrer behandschuhten Hand. »Hm – nun, ich...« Doch dann zerfiel ihr Gesicht in kummervolle Falten, und sie gab ihren Versuch, unbeschwert zu erscheinen, auf. »Ich hab' mich gefragt...« Sie verstummte erneut.

Ohne dazu aufgefordert zu sein, holte Gracie die Teedose aus dem Buffet und begann dann, die Teekanne und die Tassen auf die Anrichte zu stellen.

Charlotte faßte sich in Geduld. Carolines Suche nach Worten sagte ihr, daß es nichts mit Emily zu tun hatte. Würde es um einen Krankheitsfall in der Familie gehen oder um irgendein anderes Problem familiärer Art, hätte sie zwar ebenfalls besorgt dreingeblickt, aber sicherlich nicht nach Worten suchen müssen.

»Hast du dich wieder einigermaßen von dieser Tragödie im Theater erholt?« setzte Caroline schließlich erneut zu einem Gespräch an. Diesmal sah sie Charlotte dabei an, doch ohne Konzentration in ihren Zügen, als blicke sie durch sie hindurch auf etwas, das nur sie sehen konnte.

»Ja – danke, Mama«, erwiderte Charlotte vorsichtig. »Und du?«

»Selbstverständlich! Ich meine... nun... es war doch sehr erschütternd, muß ich sagen.« Schließlich ließ sich Caroline auf einem der Küchenstühle am Tisch nieder. Gracie stellte die dampfende Teekanne und zwei Tassen, Milch und Zukker auf ein Tablett und brachte es an den Tisch.

»Verzeihen Sie, Ma'am«, sagte sie artig. »Aber wenn es Ihnen recht ist, werde ich jetzt gehen und die Laken wechseln.«

»Ja, natürlich«, erwiderte Charlotte mit einem dankbaren Lächeln. »Das ist eine sehr gute Idee.«

Sobald Gracie gegangen war, zeigten sich wieder kummervolle Falten auf Carolines Gesicht, und mit angestrengt gerunzelten Brauen sah sie zu, wie Charlotte den Tee eingoß.

»Weiß Thomas bereits, ob...«, begann sie zögernd, »...ob der arme Mann ermordet wurde?«

»Ja«, nickte Charlotte und allmählich dämmerte ihr, was ihre Mutter so sehr beunruhigte. »Ich fürchte, das wurde er. Er wurde mit Opium vergiftet, das in seinem Flakon war – genau wie Richter Livesey vermutet hat. Es tut mir so leid, Mama, daß du, wenn auch nur indirekt, in diese Sache verwickelt wurdest. Doch im Theater waren jede Menge vollkommen respektable Leute. Du brauchst keine Angst zu haben, daß jemand schlecht von dir denken könnte.«

»Oh... Das habe ich absolut nicht!« protestierte Caroline mit aufrichtiger Verblüffung in der Stimme. »Ich war nur...« Sie senkte den Blick, und ein Hauch von Röte stieg in ihr Gesicht. »Ich war nur in Sorge, man könnte Mr. Fielding oder Miß Macaulay der Tat verdächtigen. Glaubst du, es ist möglich, daß Thomas auch diesen Verdacht hegt?«

Charlotte wußte es nicht. Natürlich war es nicht nur möglich, sondern sogar wahrscheinlich, daß Pitt die beiden auf der Liste seiner Verdächtigen haben würde; und ganz gewiß, würde er Joshua Fielding verdächtigen, um den es Caroline, wie nicht zu übersehen war, bei ihrer Frage hauptsächlich ging. Sie hatte das markante und zugleich ironisch wirkende

Gesicht Fieldings vor Augen und fragte sich, welche Gefühle er dahinter versteckte und wie weit seine Schauspielkunst ging. Verbarg sich mehr hinter dem, was er über Aaron Godman gesagt hatte und über den Grund von Richter Staffords Besuch bei ihm kurz vor dessen Tod?

Caroline starrte sie mit großen, vor Sorge dunklen Augen an.

Schmerzliche Erinnerungen regten sich in Charlotte, Erinnerungen an die Träume und Wunschvorstellungen, die sie in ihrer Jugend gesponnen und daraus einen Umhang gewoben hatte, mit dem sie ihren Schwager Dominic Corde einhüllte. Es war so leicht sich vorzustellen, daß ein schönes Gesicht erfüllt ist mit Leidenschaft, Sensibilität und Träumen ähnlich den eigenen, und dann die Person mit Eigenschaften auszustatten, die sie nie besessen oder sich erwünscht hat, und auf diese Weise den wirklichen Menschen zu verdecken.

Tat Caroline das gleiche mit einem Schauspieler, den sie auf der Bühne agieren und sich mit den Gedanken anderer schmücken gesehen hatte, und dies mit einer solchen Virtuosität, daß sie nicht mehr zwischen Fantasie und Wirklichkeit zu unterscheiden vermochte?

»Ja. Ich fürchte, das tut er«, sagte sie laut. »Es kann nur jemand gewesen sein, den er an diesem Tag getroffen hat und der damit die Gelegenheit hatte, Gift in sein Flakon zu geben, und wenn er tatsächlich wegen des alten Mordfalls Nachforschungen angestellt hat, dann könnte das durchaus ein triftiger Grund gewesen sein, warum ihn jemand umbringen wollte. Wie könnte Thomas das außer acht lassen?«

»Ich kann mir nicht vorstellen, daß er das getan hat!« sagte Caroline sehr leise, doch in ihrer Stimme lag eine wilde Entschlossenheit. »Es muß irgendeine andere Erklärung geben.« Sie blickte auf, und alle Angst und Unentschlossenheit waren aus ihrem Gesicht gewichen. »Was können wir tun, um zu helfen? Was können wir herausfinden? Wen kennen wir?«

Charlotte war verblüfft. Hatte Caroline bemerkt, daß sie sich ausgedrückt hatte, als habe sie die Absicht, sich noch weiter in den Fall verwickeln zu lassen? Oder hatte sie sich nur versprochen?

»Wir?« Charlotte konnte nicht verhindern, daß sich ein Schmunzeln in ihr Gesicht stahl.

Caroline biß sich auf die Lippen. »Nun ja – du, nehme ich an. Ich habe ja keine Ahnung, wie man… ermittelt.«

Charlotte wußte nicht recht, ob ihre Mutter versuchte, sich aus allem herauszureden, oder ob sie nur eine Aufmunterung hören wollte, daß sie wirklich gebraucht und von Nutzen sein würde. Sie sah so verwundbar aus und entschlossen zugleich. Sie sprühte geradezu vor Vitalität – eine überaus seltsame Mischung aus Angst und Amüsiertheit.

»Kennst du jemanden?« beharrte Caroline.

»Nein«, sagte Charlotte hastig. »Ich hab' nie jemanden gekannt: Emily kennt die Leute. Aber wir könnten versuchen, jemandes Bekanntschaft zu machen, denke ich.«

»Wir müssen etwas tun!« sagte Caroline wild entschlossen. »Wenn schon einmal der Falsche gehängt wurde, dann kann es durchaus passieren, daß die Polizei wieder einen Fehler begeht. Oh! Entschuldige! Ich habe natürlich nicht von Thomas gesprochen. Sicherlich wird das jetzt, wo Thomas an dem Fall arbeitet, nicht passieren. Aber trotzdem…«

Ein breites Lächeln erschien auf Charlottes Gesicht, und eilig griff sie nach ihrer kalt werdender Tasse Tee.

»Ist schon in Ordnung, Mama. Du solltest besser nichts mehr dazu sagen; du reitest dich nur noch tiefer hinein. Thomas ist nicht unfehlbar, und er wäre der erste, der dies zugibt.« Sie nippte an ihrem Tee. »Und ich wäre die erste, die ihn gegen jeden bis zum letzten Blutstropfen verteidigte, der das bestreitet. Aber ich weiß wirklich nur sehr wenig über diesen Fall, nicht mehr, als du auch weißt. Anscheinend war es eine überaus grauenvolle Geschichte. Kannst du dich erinnern? Es war vor fünf Jahren.«

»Ganz bestimmt nicht. Dein Vater hat damals noch gelebt, und ich habe nie einen Blick in eine Zeitung geworfen.«

»Oh. Ich nehme an, du hast die Blaines nicht gekannt oder jemanden, der mit ihnen bekannt ist? Aber als Papa noch lebte, hast du ja sicherlich auch niemanden vom Theater gekannt.«

Caroline errötete heftig und nippte an ihrem Tee.

»Und Großtante Vespasia sicherlich auch nicht«, fuhr Charlotte fort und hatte Mühe, das Lachen zu unterdrücken, das um ihre Mundwinkel zuckte. »Zumindest nicht in den letzten Jahren... Schauspieler meine ich.«

Carolines Brauen wölbten sich streng; sie schien nichts Humorvolles daran zu finden. »Glaubst du etwa, Lady Cumming-Gould hätte Umgang mit Schauspielern gepflegt? Ich halte das für äußerst unwahrscheinlich. Sie ist eine überaus ehrbare und hochanständige Dame.«

»Ich weiß«, pflichtete ihr Charlotte bei. »So ehrbar, daß sie sich nicht darum zu kümmern brauchte, was die Leute dachten. Sie hätte mit jedem Umgang gepflegt, der ihr interessant erschien – diskret vielleicht, aber dennoch. Doch das hilft uns jetzt nicht weiter. Sie ist inzwischen über achtzig. Die Schauspieler, die sie möglicherweise einmal gekannt hat, nützen uns nichts. Sie sind wahrscheinlich alle tot. Aber sie könnte durchaus jemanden gekannt haben, der Kingsley Blaine kannte oder über ihn Bescheid wußte. Vielleicht sollte ich fragen?«

»Würdest du das tun?« fragte Caroline begeistert. »O bitte, tu es!«

Der Gedanke war verlockend. Charlotte hatte Großtante Vespasia schon seit einiger Zeit nicht mehr besucht. Sie war auch gar nicht Charlottes Tante, sondern die Emilys – durch die Ehe mit ihrem ersten Mann –, doch Charlotte und Emily kümmerten sich mehr um sie als irgend jemand, abgesehen von ihrer engsten Familie vielleicht, und oft auch mehr als die.

»Ja!« sagte Charlotte entschlossen. »Ich glaube, das ist eine ausgezeichnete Idee. Ich werde gleich morgen zu ihr gehen.«

»Oh... Glaubst du, das kann so lange warten?« Caroline seufzte niedergeschlagen. »Solltest du nicht lieber heute gehen? Es wird sicher nicht leicht sein. Sollten wir nicht so schnell wie möglich damit anfangen?«

Charlotte sah auf ihre Schürze hinab und dann hinüber zum Ofen.

»Gracie kann die Kuchen rausnehmen, wenn sie fertig

sind«, sagte Caroline schnell und nahm endlich doch Notiz von dem köstlichen Duft nach Gebackenem, der zunehmend die Küche erfüllte. »Und solltest du aufgehalten werden, ist sie hier, wenn die Kinder von der Schule nach Hause kommen. Oder ich kann warten, wenn es dich beruhigt. Du kannst meine Kutsche nehmen, die vor dem Haus wartet. Das wäre wunderbar. Und nun geh nach oben und zieh dir ein passendes Kleid an. Nun mach schon!«

Charlotte brauchte keine weiteren Argumente mehr und erhob sich. Wenn Caroline es sich so sehr wünschte und bereit war, auf die Kinder zu warten, wäre es nicht sehr nett, ihr den Gefallen abzuschlagen.

»Aber ja, Mama«, sagte sie und verließ ohne weiteres Zögern die Küche, um nach oben zu gehen, ein passendes Kleid anzulegen und Gracie Bescheid zu sagen.

»Oh!« rief Gracie begeistert, und ihr Gesicht strahlte. »Sie werden doch an dem Fall arbeiten! O Ma'am! Ich habe es so sehr gehofft.« Sie wischte sich die Hände an ihrer Schürze sauber. »Wenn es etwas gibt, das ich tun kann...?«

»Dann werde ich es dir bestimmt sagen«, versprach Charlotte. »Davon abgesehen erzähle ich dir alles, was ich herausfinde – falls ich überhaupt etwas herausfinde. Ich werde jetzt Lady Vespasia Cumming-Gould einen Besuch abstatten, um vorzufühlen, ob sie bereit ist, uns zu helfen.« Sie wußte, wie sehr Gracie Großtante Vespasia bewunderte. Vespasia war in ihrer Jugend eine der schönsten Frauen der Gesellschaft gewesen, und sie besaß die unprätentiöse Würde und den Charme unerschütterlicher Zuversicht, beißenden Witz und eine völlige Gleichgültigkeit gegenüber gesellschaftlichen Konventionen. Gracie kannte sie von einem Besuch bei Charlotte, den Lady Vespasia in der Küche sitzend verbracht hatte, fasziniert von dem Tohuwabohu des Waschtags, den sie so hautnah noch nie erlebt hatte. Für Gracie war sie ein Wesen von geradezu magischen Dimensionen.

»Oh, Ma'am! Das ist eine grandiose Idee!« strahlte Gracie. »Ich bin mir sicher, sie kann uns helfen. Wenn überhaupt jemand, dann sie!«

Nicht einmal ganz eine Stunde später traf Charlotte in Gladstone Park ein und wurde von Vespasias Hausmädchen eingelassen, einem Mädchen, das Pitt in einem früheren Fall in einem Arbeitshaus gefunden und Vespasia empfohlen hatte. Damals hatte das Mädchen wie ein bleicher Schatten ausgesehen; jetzt war wieder Farbe in ihr Gesicht zurückgekehrt, und ihr Haar glänzte. Sie kannte inzwischen Vespasias Prioritäten gut genug, um zu wissen, daß Charlotte zu jeder Zeit hereingebeten werden mußte. Sie erschien auch nie zu langweiligen Höflichkeitsbesuchen, sondern nur, wenn irgendein unaufschiebbares Abenteuer lockte oder eine besonders interessante Geschichte zu erzählen war.

Vespasia saß in ihrem privaten Salon, der kein großes Empfangszimmer für Besucher war, sondern ein kleiner, ruhig möblierter Raum mit viel Licht und nur drei Polsterstühlen mit geschnitzten Armlehnen. Eine schwarzweiß gefleckte Hündin mit kurzem kräftigem Fell lag in einem Fleck Sonnenlicht unter dem Fenster. Sie sah auf den ersten Blick wie ein Lurcher aus, eine Mischung aus Whippet und Collie, vielleicht mit einer Spur von einem Spaniel um das Gesicht herum. Sie war ein sehr kluger Hund, schlank und sehnig und wie zum Laufen geschaffen.

Sobald Charlotte in das Zimmer trat, begann sie mit ihrem langen Schwanz zu wedeln und trottete zu Vespasia.

»Charlotte, meine Liebe! Wie schön, dich zu sehen!« rief Vespasia erfreut. »Keine Angst vor Willow, sie beißt nicht. Sie ist ein dummes Vieh. Martins Hündin ist entwischt, und das ist das Resultat! Weder Fisch noch Fleisch und eine schlechte Fährtensucherin dazu. Und sie hatten gehofft, aus dem Wurf würden ein paar gute Dalmatiner heranwachsen. Jetzt sagen sie, die Hündin ist für immer verdorben, was natürlich ein hanebüchender Unsinn ist. Aber man kann die Leute nicht überzeugen.« Sie kraulte den kleinen Hund liebevoll hinter den Ohren. »Alles, was dieser kleine Irrwisch kann, ist, in jede Pfütze zu tapsen, die Gott gemacht hat, und wie ein verrücktes Kaninchen herumzutollen.«

Charlotte beugte sich zu Vespasia hinab und küßte sie auf die Wange.

»Nimm Platz«, befahl Vespasia. »Ich nehme an, da du unangemeldet erscheinst und zu einer sehr ungewöhnlichen Zeit, hast du etwas außergewöhnlich Interessantes zu erzählen.« Sie lächelte hoffnungsvoll. »Was ist passiert? Nichts Tragisches, wie ich in deinem Gesicht sehe.«

»Oh.« Charlotte schlug beschämt die Augen nieder. »Nun ja, es ist tragisch – für die, die betroffen sind...«

»Ein Fall?« Vespasias klare, beinahe silbrigen Augen funkelten unternehmungslustig unter ihren gewölbten Brauen. »Du willst deine Nase in einen Fall stecken und brauchst meine Hilfe.« Ein Lächeln huschte über ihre welken Lippen, obgleich sie sich sehr wohl darüber im klaren war, daß ein Fall – wie bizarr und als welch große Herausforderung an die Intelligenz und das Kombinationsvermögen er auch erscheinen mochte – für jemanden anderen immer auch Angst, Entsetzen und einen unwiederbringlichen Verlust bedeutete: die Tragödie eines Lebens, das für immer aus den Bahnen geworfen und seines möglichen Glücks beraubt worden war. Seit ihr der Zufall die Bekanntschaft mit Thomas Pitt in den Schoß gelegt hatte, hatte sie die dunklen Seiten des Lebens kennengelernt, eine Armut und Hoffnungslosigkeit, die sie von der Warte ihrer privilegierten Gesellschaftsschicht aus niemals wahrgenommen hatte – und dies, obwohl sie sich nie gescheut hatte, sich in politischen Kreuzzügen für die gerechte Sache zu engagieren. Durch Pitt war ihre Fähigkeit, Mitleid und Zorn zu empfinden, gewachsen.

Doch nichts von alledem mußte zwischen ihnen erklärt werden. Sie hatten zu vieles zusammen erlebt, daß solche Worte nötig gewesen wären.

Charlotte setzte sich, und der kleine Hund kam zu ihr, beschnupperte sie vorsichtig und wedelte freundlich mit dem Schwanz. Geistesabwesend tätschelte sie seinen Kopf.

»Es geht um Richter Stafford...«, begann Charlotte.

»Aah!« machte Vespasia. »In seinem Nachruf hieß es, er sei im Theater eines plötzlichen und unerwarteten Todes gestorben, während er sich irgendeine Romanze ansah. Eine überaus banale Beschäftigung für eine Leuchte der Londoner Richterschaft während der letzten Stunden seines irdischen

Daseins. Jetzt, wo ich darüber nachdenke, fällt mir ein, daß die Ursache seines Hinscheidens in keinem der Kommentare mit einer Silbe erwähnt wurde.«

»Das wundert mich nicht«, bemerkte Charlotte trocken. »Er hat in seinem Whiskey aufgelöstes Opium getrunken.«

»Ach du meine Güte.« Auf Vespasias intelligentem Gesicht spiegelte sich ein Kaleidoskop von Gefühlsregungen. Schließlich sagte sie: »Ich nehme an, daß es nicht zufällig oder von ihm so beabsichtigt war?«

»Ein Zufall oder ein Versehen kann es nicht gewesen sein«, erwiderte Charlotte. »Wie sollte aus Versehen Opium in ein Whiskey-Flakon geraten? Aber ich gebe zu, Selbstmord hat bisher niemand in Betracht gezogen.«

»Leute wie Samuel Stafford begehen nicht Selbstmord«, bemerkte Vespasia trocken. »Es ist eine Todsünde und ein Verbrechen, meine Liebe. Wir können zwar die Menschen, die Hand an sich legen, schwerlich zur Rechenschaft ziehen – das liegt nun mal in der Natur der Sache –, aber dennoch behandeln die Gesetzbücher es als ein schweres Vergehen, und wir alle wissen, daß Selbstmörder nicht in geweihter Erde begraben werden und daß sie die Strafe für ihr Tun in einer anderen Welt ereilen wird – zumindest glauben wir das.« Sie verstummte, und in ihrem Gesicht malte sich grimmiger Zorn und Mitleid. »Ich habe sogar gesehen, wie unglückliche und verzweifelte junge Mädchen von der Schwelle des Todes zurückgerissen und wieder so weit hergestellt wurden, daß sie dafür gehängt werden konnten. Gott vergebe uns. Gibt es irgendeinen Grund anzunehmen, Samuel Stafford könnte so etwas getan haben?«

Charlotte blinzelte ein paarmal und holte tief Luft, um die in ihr aufsteigenden Emotionen zu besänftigen. »Nicht den geringsten«, entgegnete sie. »Und es scheint eine ganze Reihe von Gründen zu geben, weshalb ihn verschiedene Leute lieber tot als lebendig sehen wollten.«

»Tatsächlich? Welche? Hat es mit so unerträglich Banalem wie Geld zu tun?«

»Nein, ganz und gar nicht. Seine Frau hat angeblich eine Affäre, und entweder sie oder ihr Liebhaber wollte ihn möglicherweise loshaben. Sie hatten beide Gelegenheit, im Laufe des Tages Gift in sein Flakon zu mischen. Aber die Angelegenheit, die mich zu Ihnen führt, Tante Vespasia, ist noch um einiges schlimmer und viel mysteriöser.«

Vespasias Augen weiteten sich. »Ach ja? Es ist meiner Meinung nach schlimm genug. Ich dachte, du wolltest mich fragen, ob ich mit Mrs. Stafford bekannt bin. Das bin ich nicht.«

»Ich wollte Sie fragen, ob Sie jemanden kennen, der mit Kingsley Blaine verwandt oder bekannt war.«

Vespasia überlegte eine Weile konzentriert.

»Nein... Ich fürchte, der Name Blaine sagt mir gar nichts«, murmelte sie schließlich mit einem enttäuschten Kopfschütteln.

»Und Godman?« Charlotte machte einen letzten Versuch, obgleich sie keinerlei Hoffnung hegte, Vespasia könnte Aaron Godman persönlich gekannt und nicht nur seinen Namen in den Zeitungen gelesen haben.

Vespasia legte die Stirn in angestrengte Falten, und ganz allmählich dämmerte es ihr.

»Bei meiner Seele, Charlotte! Du meinst doch nicht diese unsäglich grauenvolle Geschichte in der Farriers' Lane? Was, in Gottes Namen, soll das mit Richter Staffords Tod im Theater vor zwei Tagen zu tun haben? Das war vor fünf Jahren, im Jahr vierundachtzig; der Fall ist doch längst abgeschlossen und vergessen!«

»Eben nicht«, erwiderte Charlotte sehr leise. »Zumindest gibt es Hinweise, daß dem nicht so war. Richter Stafford scheint in dem Fall wieder Ermittlungen angestellt zu haben.«

Vespasia blinzelte irritiert. »Was meinst du damit: ›Er scheint Ermittlungen angestellt zu haben‹?«

»Es gibt verschiedene Ansichten dazu«, erklärte Charlotte. »Unbestritten ist jedoch, daß er an dem Tag, an dem er ermordet wurde, von Tamar Macaulay, der Schwester Godmans, aufgesucht wurde und, nachdem sie gegangen war, nicht nur Adolphus Pryce, der in dem Fall damals die Anklage vertrat, einen Besuch abstatte, sondern auch Richter Livesey, einen der Richter vom Appellationsgericht, das das Urteil seinerzeit bestätigt hat, sowie Devlin O'Neil und Joshua Fielding, zwei der damals Verdächtigen.«

»Gütiger Himmel!« Aus Vespasias Gesicht war alle Belustigung gewichen. »Wie kann es dazu verschiedene Ansichten geben?«

»Ob er die Absicht hatte, das Verfahren wiederzueröffnen, oder nur die letzten Zweifel an der Richtigkeit des damaligen Urteils ausräumen wollte.«

»Ich verstehe.« Vespasia nickte. »Ja... Und das wirft natürlich eine Reihe interessanter Fragen auf, zum Beispiel, wer um jeden Preis verhindern wollte, daß er das Verfahren wiedereröffnet; und wenn doch, wer schreckte auch nicht vor Mord zurück, um dies zu vereiteln?«

Charlotte schluckte. »Die Angelegenheit ist noch um einiges komplizierter, Tante Vespasia, denn meine Mutter hat die Bekanntschaft von Mr. Fielding gemacht und ist somit in gewisser Weise ebenfalls in den Fall verwickelt.«

»Tatsächlich?« Der Anflug eines amüsierten Funkelns glomm in Vespasias Augen auf, doch sie verkniff sich eine Bemerkung. »Das heißt, du hast vor, dich ebenfalls zu... engagieren?« Sie zögerte einen Augenblick, bevor sie das Wort aussprach, und richtete sich dabei ein wenig auf. »Es tut mir leid, aber ich fürchte, ich kenne weder Mrs. Stafford noch Richter Livesey oder Mr. Pryce – nicht einmal flüchtig. Ich könnte es sicherlich arrangieren, die Bekanntschaft von Mr. Fielding zu machen, aber das ist ja nun nicht mehr notwendig.« Sie sah Charlotte dabei nicht an, doch die leise Amüsiertheit in ihrer Stimme war nicht zu überhören. »Allerdings kenne ich den Richter, der den Vorsitz im damaligen Prozeß hatte.« Sie zögerte kaum merklich. »Ein gewisser Mr. Thelonius Quade.«

»Oh... Wirklich?« Charlotte war viel zu begeistert, um das leise Schwanken in Vespasias Tonfall zu bemerken, und erst später verstand sie seine Bedeutung. »Kennen Sie ihn gut genug, ihn ohne Umschweife zu kontaktieren? Können Sie ihn rundheraus auf den Fall ansprechen, oder... oder würde er das als eine... Taktlosigkeit verstehen?«

Der Anflug eines Lächelns kräuselte sich um Vespasias Lippen.

»Ich denke schon, daß das machbar sein wird, ohne dabei sein oder mein Taktgefühl zu verletzen«, entgegnete Vespasia. »Sehe ich das richtig, wenn ich annehme, daß in der Sache eine gewisse Eile geboten ist?«

»Oh, ja«, stimmte Charlotte zu. »Das sehen Sie richtig... Vielen Dank, Tante Vespasia.«

Vespasia lächelte, diesmal aus purer Zuneigung und ohne irgendeinen Hintergedanken. »Gern geschehen, meine Liebe.«

Man konnte sich nicht mitten am Tag an einen Richter wenden und erwarten, daß er Zeit zu einem geselligen Plausch mit Freunden haben würde. Deshalb schrieb Vespasia ein paar Zeilen:

Mein lieber Thelonius,

bitte verzeih mir meine in ihrer Direktheit gewiß ein wenig abrupt wirkende, aber hoffentlich nicht von mangelndem Feingefühl zeugende Bitte, mich noch heute abend zu empfangen, doch ich vertraue darauf, daß in unserer Freundschaft Konventionen nie eine sonderlich wichtige Rolle gespielt haben, ebensowenig wie höfliche Floskeln und Entschuldigungen, die meist doch nur bemüht werden, um die wahren Gedanken und Gefühle zu verbergen. Es geht um eine Angelegenheit, die einer sehr guten Freundin – einer jungen Dame, die ich zu meiner Familie zähle – sehr am Herzen liegt: Ich glaube, du könntest ihr sehr behilflich sein, wenn du ein wenig in deinen Erinnerungen beruflicher Natur gräbst.
Sofern du mir nicht Bescheid gibst, daß dir der Termin ungelegen ist, werde ich dir heute abend um acht Uhr in deinen Diensträumen am Picadilly einen Besuch abstatten.

In Freundschaft
Vespasia

Sie versiegelte den Brief und läutete nach ihrem Butler. Als dieser erschien, gab sie ihm den Brief mit der Instruktion, ihn unverzüglich im Dienstzimmer von Richter Thelonius Quade im Inner Temple abzugeben und auf seine Antwort zu warten.

Eine Stunde später kehrte der Butler mit der Antwort zurück. Sie lautete:

Meine liebe Vespasia,

welch unerwartete Freude, wieder einmal von dir zu hören – was immer der Grund sein mag. Ich bin leider den ganzen Tag im Gericht unabkömmlich, doch für den Abend habe ich keine Verpflichtungen, die nicht aufschiebbar wären. Ich würde mich sehr freuen, dich wiedersehen zu dürfen, vor allem wenn du dich bereit fändest, mit mir zu speisen, während du mir über die Angelegenheit berichtest, die deiner Freundin am Herzen liegt.
Ich versichere dir, alles zu tun, was in meiner Macht steht, um behilflich zu sein und betrachtete es als Privileg und Ehre, daß du dabei an mich gedacht hast.
Kann ich hoffen, dich um acht Uhr willkommen heißen zu dürfen?

In ewiger Freundschaft
Thelonius

Sie faltete den Briefbogen wieder zusammen und schob ihn in eines der Fächer in ihrem Schreibtisch. Sie würde ihn noch nicht zu den anderen legen, die nun fast zwanzig Jahre alt waren. Der Zeitraum zwischen ihnen war zu groß. Erinnerungen erwachten in ihr, süß und ohne Reue. Sie würde die Einladung zum Dinner annehmen. Es würde überaus angenehm sein, auch Zeit zu haben, über andere Dinge zu sprechen, das Gespräch langsam und ungezwungen seinen Lauf nehmen zu lassen, seine Gesellschaft zu genießen, seinen Witz, seine Intelligenz, die Scharfsinnigkeit seines Urteils. Und es würde genügend zum Lachen geben – das hatte es immer gegeben – und auch genügend Aufrichtigkeit.

Sie kleidete sich mit großer Sorgfalt, nicht nur für sich selbst, auch für ihn. Es war lange her, daß sie ihre Kleidung mit der Absicht aussuchte, jemandem zu gefallen. Sie hatte immer schon eine Vorliebe für Pastelltöne und dezente Farben gehabt. Sie wählte elfenbeinfarbene Seide, elegant über die Hüften gerafft mit einer sehr diskreten Tournüre und spitzenbesetztem Kragen. Und sie wählte Perlen, jede Menge Perlen. Er hatte ihren Schimmer immer schon dem Funkeln von Diamanten vorgezogen, das er als kalt und prahlerisch empfand.

Als sie aus der Kutsche stieg, war es fünf Minuten nach acht – nahe genug am verabredeten Zeitpunkt, um noch höflich zu sein, und doch nicht so pünktlich, daß es aufdringlich wirken könnte. Der Butler, der sie einließ, war sehr betagt. Sein schlohweißes Haar leuchtete hell im Licht, das aus der Halle fiel, und seine Schultern waren mehr als nur ein wenig gebeugt. Er musterte sie einen Augenblick, ehe ein Lächeln sein Gesicht erhellte. »Guten Abend, Lady Cumming-Gould«, sagte er mit unverhüllter Freude, offenbar von Erinnerungen überwältigt. »Wie überaus schön, Sie zu sehen. Mr. Quade erwartet Sie bereits. Wenn Sie mir bitte folgen wollen. Darf ich um Ihr Cape bitten?«

Es war zwanzig Jahre her, daß Thelonius Quade in sie verliebt gewesen war, und um ehrlich zu sein, hatte auch sie ihn weit mehr geliebt, als sie es am Anfang ihrer Romanze beabsichtigt hatte. Er war ein brillanter Anwalt Anfang Vierzig gewesen, schlank und schmal mit dem asketischen und überaus hübsch geschnittenen Gesicht eines Träumers, der mit seinem Beruf verheiratet war und besessen von der Liebe zur Gerechtigkeit.

Sie war sechzig gewesen, noch immer mit großer Schönheit gesegnet und mit einem Mann verheiratet, den sie zwar gemocht, aber nie wirklich geliebt hatte. Er war um einiges älter gewesen als sie, ein frostiger Mann mit wenig Humor, der sich damals immer mehr aus dem Leben zurückzog, und dem seine Bequemlichkeit wichtiger war als die Gesellschaft von Menschen, abgesehen von einigen wenigen gleichgesinnten Freunden und Bekannten, mit denen er eine umfangreiche Korrespondenz über den besorgniserregenden Zustand des Empire, den Verfall der Sitten und den Niedergang der Religion pflegte.

Jetzt, da sie nur noch ein paar Schritte davon entfernt war,

Thelonius Quade wiederzusehen, befiel sie mit einemmal eine geradezu lächerliche Nervosität. Es war zu absurd! Sie war über achtzig, eine alte Frau, und Thelonius mußte inzwischen ebenfalls längst jenseits der Sechzig sein! Sie war vollkommen gelassen gewesen, als sie Charlotte gegenüber die Idee, Thelonius um Hilfe zu bitten, ausgesprochen hatte, doch als sie nun dem Butler durch die vertraute Eingangshalle folgte, begann ihr Herz zu flattern, und ihre Hände wurden steif, und um ein Haar hätte sie die Stufe zwischen dem Parkett und dem Aubusson-Teppich des Salons übersehen.

»Lady Vespasia Cumming-Gould«, verkündete der Butler und trat zur Seite.

Vespasia schluckte trocken, hob den Kopf noch etwas höher und trat ein.

Thelonius Quade stand vor dem Kamin, das Gesicht ihr zugewandt. Er war schmaler, als sie ihn in Erinnerung hatte, und größer. Sogar sein Gesicht war hager, und seine Züge wirkten noch schärfer geschnitten als früher. Die Zeichen des Alters verliehen seinem Antlitz eine Harmonie, die man durchaus als schön bezeichnen konnte, so präsent war die Stärke seines Charakters, die sich darin spiegelte.

Er lächelte, als er sie erblickte, und kam mit gemessenen Schritten quer durch den Raum auf sie zu, die Hände ihr entgegengestreckt.

Ohne darüber nachzudenken, legte sie ihre Hände in die seinen und erwiderte sein Lächeln.

Er blieb stehen und betrachtete ihr Gesicht mit forschendem Blick. Er schien zu finden, was er darin suchte.

»Ich vermutete, du mußt dich verändert haben«, sagte er leise. Sie hatte vergessen, wie gut seine Stimme klang, wie klar. »Aber ich kann es beim besten Willen nicht sehen – und möchte es auch gar nicht.«

»Ich bin zwanzig Jahre älter, Thelonius«, erwiderte sie mit einem kleinen Lächeln.

»Ja, meine Liebe, und ich ebenfalls«, sagte er sanft. »Und das gleicht es wieder aus. Komm, laß uns ein wenig näher ans Feuer gehen. Der Abend ist recht kühl, und es wäre wohl etwas überstürzt, sich gleich zu Tisch zu setzen. Wir können nicht mit einer einzigen Begegnung zwanzig Jahre überbrücken, also laß uns nicht so tun, als sei es möglich.« Er führte sie in den warmen Schein des Kaminfeuers, während er sprach. »Erzähle mir doch lieber, was dir so sehr am Herzen liegt. Es ist nicht nötig, daß wir die üblichen Spiele spielen; wir können uns das triviale Konversationsgeplänkel sparen und brauchen nicht wie die Katze um den heißen Brei um das herumzuschleichen, was wir sagen wollen. Das haben wir nie getan. Und es sei denn, du hast dich völlig verändert, wirst du nicht eher ruhen, bis wir nicht über das gesprochen haben, was dir auf der Seele brennt.«

»Bin ich denn so... so direkt?« fragte sie mit einem verlegenen Lächeln.

»Ja«, entgegnete er nicht minder direkt. Sein Blick glitt forschend über ihr Gesicht. Sie hatte vergessen, daß seine Augen so blau waren und so scharfblickend. »Du siehst nicht sehr besorgt aus. Darf ich annehmen, daß es keine Sache ist, die dir Schmerz bereitet?«

Sie straffte elegant ihre Schultern, und die Perlen auf ihrem Dekolleté schimmerten im Feuerschein.

»Im Augenblick ist es nur Interesse, aus dem allerdings Besorgnis werden könnte, denn ich mag diese junge Frau sehr.«

»Du hast in deiner Nachricht erwähnt, daß sie zu deiner Familie zählt.« Er stand nahe am Feuer, das Gesicht ihr zugewandt. Sie blieb ebenfalls stehen; sie hatte fast den ganzen Tag über gesessen, ebenso auf der langen Fahrt hierher, und sie stand gerne ein wenig. Trotz ihres Alters hielt sie ihren Rücken gerade und war beinahe so groß wie er.

»Sie ist die Schwester einer eingeheirateten Nichte.«

»Ich glaube, ein leichtes Zögern gehört zu haben, Vespasia. Etwas, das du mir verschweigst?«

»Du bist mir zu schnell«, sagte sie mit einem Kopfschütteln, doch sie war alles andere als irritiert. Im Gegenteil – es war irgendwie beruhigend, daß er sie noch immer so gut kannte und bereit war, dies offen zu zeigen. »Doch du hast recht. Sie stammt aus einer sehr angesehenen Familie und hatte den Mut, ihrer Familie die Stirn zu bieten und weit, sehr weit unter ihrem Stand zu heiraten – einen Polizisten.«

Seine Augen weiteten sich, doch er sagte nichts.

»Den ich ebenfalls sehr schätze!« fügte sie herausfordernd hinzu.

Noch immer enthielt er sich jeden Kommentars und nahm nicht eine Sekunde den Blick von ihr.

»Sie… Sie beschäftigt sich oft mit seinen… Fällen.« Es erschien ihr zunehmend schwieriger, sich zu erklären, ohne sich in die Nähe geschmacklos erscheinender Neugier zu manövrieren. »Um die Wahrheit ans Licht zu bringen«, fügte sie vorsichtig hinzu und betrachtete forschend sein Gesicht, ohne zu verstehen, was sie dort las. »Sie ist eine sehr gescheite und außergewöhnliche junge Frau.«

»Und gegenwärtig ist sie wieder einmal mit einem seiner Fälle… beschäftigt?« erkundigte er sich, und die Amüsiertheit in seiner Stimme war offenkundig.

»Das kommt darauf an.«

»Worauf?«

»Ob es irgendeine Möglichkeit gibt, jemanden, der in die Angelegenheit verwickelt ist, auf unverfängliche und einigermaßen erfolgversprechende Weise kennenzulernen.«

Er sah verwirrt drein.

»Wirklich, Thelonius!« sagte sie schnell. »Ermittlungen in einem Kriminalfall sehen anders aus, als mit einer Melone herumzuspazieren, impertinente Fragen zu stellen und alles, was die Leute sagen, in ein kleines schwarzes Buch zu schreiben. Am erfolgreichsten sind Ermittlungen dann, wenn die beobachtete Person keine Ahnung hat, daß du ein Interesse an ihr hast und mehr weißt als sie selbst, und natürlich wenn du im richtigen Augenblick die entscheidende Bemerkung machst, die den Schuldigen zu einer Reaktion zwingt, mit der er sich verrät.« Sie verstummte, als sie auf seinem Gesicht Erstaunen und eine wachsende Belustigung registrierte.

»Aber Vespasia!«

»Und weshalb denn nicht?« verlangte sie zu wissen. »Was spricht dagegen?«

»Nichts, mein Liebe…«, räumte er ein. In diesem Augenblick ertönte der Gong; er bot ihr seinen Arm und führte sie ins Speisezimmer. Der Mahagonitisch war für zwei gedeckt;

Silber blitzte im Kerzenlicht, lohfarbene Chrysanthemen dufteten schwer und süß, weiße Leinenservietten zeigten ihr gesticktes Monogramm.

Er zog ihren Stuhl für sie hervor, ehe der Butler ihn erreichen konnte, und rückte ihn ihr zurecht. Dann nahm er selbst Platz. Stumm schlurfte der Butler davon, um seinen übrigen Pflichten nachzukommen.

»Und für welchen Fall interessiert sich diese Freundin von dir? Hat sie auch einen Namen?«

»Charlotte – Charlotte Pitt.«

»Pitt?« Seine Brauen wölbten sich erstaunt, und er neigte interessiert den Kopf. »Es gibt einen sehr fähigen Inspektor namens Thomas Pitt. Ist er etwa der Polizist, den du so sehr schätzt?«

»Ja. Ja, das ist er.«

»Ein hervorragender Mann, soweit ich gehört habe.« Er schüttelte seine Serviette auf und breitete sie über seinen Schoß. »Ein absolut integrer Mann. Was ist das für ein Fall, für den sich seine Frau interessiert? Und wieso glaubst du, ich wüßte etwas darüber?«

Der Butler goß zwei Fingerbreit Weißwein in sein Glas. Er nippte daran und nickte nach einem fragenden Blick auf Vespasia, was der Butler zum Anlaß nahm, beide Gläser zu füllen.

»Wenn die Polizei in dem Fall ermittelt«, fuhr Thelonius fort, »weiß Inspektor Pitt sicherlich mindestens ebensoviel wie ich. Und ich vermute einmal, daß er es nicht so gern sieht, wenn sich seine Frau in seinen Fall einmischt.«

»Wirklich Thelonius!« rügte sie ihn mit einem belustigten Funkeln in den Augen. »Glaubst du wirklich, ich würde Charlotte gegen ihren Mann ausspielen? Ganz gewiß nicht! Nein – die Angelegenheit liegt fünf Jahre zurück, und du weißt darüber mehr als jeder andere, denn du warst selbst darin involviert.«

»Worin?« Er beugte sich vor, um die Suppe zu kosten, eine delikate Cremesuppe mit Wintergemüse.

Sie holte tief Luft. Es war abscheulich von ihr, einen so angenehmen Abend mit einer derart unerfreulichen Geschichte zu vergällen, doch sie hatten sich nie auf die ausschließlich angenehmen Dinge beschränkt. Ihre Beziehung hatte dadurch, daß sie nicht nur die schönen, sondern auch die traurigen und häßlichen Dinge teilten, nur an Tiefe gewonnen.

»Der Blaine/Godman-Mord – in der Farriers' Lane, vierundachtzig«, sagte sie ernst. Die Unbeschwertheit ihres Wiedersehens war mit einemmal wie verflogen. »Es ist mehr als wahrscheinlich, daß der plötzliche Tod Richter Staffords vorgestern abend im Theater mit seinem fortgesetztem Interesse an diesem Fall im Zusammenhang steht.«

Er stutzte, und seine Miene verdüsterte sich. Sein Löffel verharrte über der Suppe in der Luft, und er sah auf.

»Ich wußte nicht, daß er irgendein fortgesetztes Interesse an dem Fall hatte. Inwiefern?«

»Nun, darüber gibt es unterschiedliche Ansichten«, erwiderte sie leise. Ihr war sein Stimmungswandel nicht entgangen, und sein unglückliches Gesicht schmerzte sie. Doch nun war es zu spät, einen Rückzieher zu machen. Er sah sie erwartungsvoll an.

»Mrs. Stafford und Mr. Pryce, die beide anwesend waren, als Richter Stafford starb«, fuhr sie fort, »behaupten übereinstimmend, er habe die Absicht gehabt, das Verfahren wiederzueröffnen. Allerdings weiß keiner der beiden zu sagen, mit welcher Begründung. Richter Livesey andererseits, der ebenfalls anwesend war, ist der Ansicht, er wollte lediglich auch die letzten Zweifler überzeugen und beweisen, daß das damalige Urteil gerecht und in jeder Hinsicht korrekt gewesen ist. Vor allem die Schwester des Mannes, der damals für den Mord gehängt wurde, versucht seit Jahren, seinen Namen reinzuwaschen.«

Die Suppenteller wurden abgetragen und Lachs-Mousse serviert.

»Was allerdings außer Frage steht, ist, daß Richter Stafford viele der damals in den Fall Verwickelten erneut befragt hat. An dem Tag, an dem er gestorben ist, hat er mit Tamar Macaulay, Joshua Fielding, Devlin O'Neil und mit Adolphus Pryce gesprochen, ebenso mit Richter Livesey.«

»Sieh an…«, murmelte Thelonius und ließ seine Gabel am

Teller ruhen; sein Interesse für die Lachs-Creme schien augenblicklich erloschen. »Aber ich vermute, er starb, ehe er die Sache klären konnte?«

»Ja. Und wie es aussieht…« Sie mußte sich überwinden, es auszusprechen. »…ist er vergiftet worden. Mit Opium, um genau zu sein.«

»Daher also das Interesse deines Inspektors Pitt«, bemerkte er trocken.

»Richtig. Aber das Interesse Charlottes an dem Fall ist eher persönlicher Art.«

»Ach ja?« Endlich nahm er seine Gabel wieder in die Hand.

Sie mußte lächeln. »Ich weiß nicht, wie ich das in angemessen taktvoller Weise formulieren soll, und so sage ich es am besten einfach rundheraus.«

»Bemerkenswert!« sagte er mit sanftem Sarkasmus in der Stimme. Doch sein Gesicht floß über vor Lachen, und sie erinnerte sich wieder, wie sehr sie ihn geliebt hatte. Er war einer der wenigen Männer, die ihr intellektuell mehr als ebenbürtig waren, und er ließ sich weder von ihrer Schönheit noch von ihrer Reputation einschüchtern. Wenn sie sich nur kennengelernt hätten, als sie… doch sie war nie jemand gewesen, der sich vor Gram verzehrt über Dinge, die nicht mehr zu ändern waren, und würde ganz gewiß nicht jetzt damit anfangen.

»Charlottes Mutter hegt eine heimliche Zuneigung für den Schauspieler Joshua Fielding«, sagte sie mit einem angespannten Lächeln. »Sie macht sich Sorgen, er könnte verdächtigt werden, den Mord in der Farriers' Lane begangen und Richter Stafford vergiftet zu haben.«

Er griff nach seinem Weinglas.

»Das ist nach meinem Dafürhalten allerdings nicht sehr wahrscheinlich«, warf er dazwischen, ohne den Blick von ihr zu nehmen. »Wenn es das ist, was du von mir hören möchtest… Ich denke, Livesey hat mir ziemlicher Sicherheit recht und Mrs. Stafford und Mr. Pryce haben entweder etwas, das er über den Fall gesagt hat, falsch verstanden, oder noch etwas viel Häßlicheres steckt dahinter.«

Sie brauchte nicht zu fragen, was er damit meinte, denn die Möglichkeiten lagen auf der Hand.

»Und wenn Livesey doch unrecht hat?« fragte sie.

Erneut verdüsterte sich seine Miene, und er zögerte einige Augenblicke, ehe er ihr antwortete.

Sie spielte mit dem Gedanken, sich zu entschuldigen, daß sie dieses Thema angesprochen hatte, doch seit sie sich kannten, hatten sie sich nie gescheut, die Wahrheit auszusprechen. Es wäre ihr wie eine Verleugnung vorgekommen, es jetzt zu tun – wie das Zuschlagen einer Tür, von der sie wünschte, daß sie offenblieb.

»Es war ein überaus scheußlicher Fall«, sagte er schließlich mit einem Seufzen, während sein Blick besorgt in ihrem Gesicht forschte. »Einer der bedrückendsten Fälle, bei denen ich je den Vorsitz hatte. Nicht nur das Verbrechen selbst war grauenvoll – ein Mann, der an ein Scheunentor genagelt wurde wie zur Verhöhnung der Leiden Christi –, auch der Haß, den diese Tat in den Herzen der einfachen Leute entfachte, war erschreckend und zutiefst beunruhigend.« Ein sarkastisches Lächeln zuckte über seine Lippen, in dem sie so etwas wie grimmiges Verständnis zu erkennen glaubte. »Es ist erstaunlich, wie viele Menschen für religiösen Fanatismus empfänglich sind, wenn ein solcher Affront geschieht – Leute, die meist seit Jahren keine Kirche mehr von innen gesehen haben.«

»Es ist einfacher«, bemerkte sie bitter, »und vermutlich emotional befriedigender, sich im Namen seines Gottes tödlich beleidigt zu fühlen, als ihm zu dienen und zu versuchen, sein eigenes Leben zum Besseren zu verändern. Es ist weitaus bequemer, als bei sich selbst zu beginnen. Man kann sich so wunderbar als rechtschaffener und aufrechter Christ fühlen, wenn man Hölle und Verdammnis auf die Sünder und Andersgläubigen herabwünscht… Außerdem kostet es weit weniger, als seinen Beutel zu öffnen und den Armen zu geben.«

Er nahm die letzte Gabelspitze von seiner Lachs-Mousse auf einem Bissen Weißbrot und streckte dann mit einem fragenden Blick auf ihr Weinglas die Hand nach der Flasche aus.

»Du wirst mit den Jahren zynisch, meine Liebe.«

»Ich bin nie anders gewesen«, widersprach sie und akzeptierte mit einem Nicken, daß er ihr nachschenkte. »Vor allem nicht, wenn es um diese selbsternannten Apostel der Rechtschaffenheit geht. War der Fall wirklich so außergewöhnlich?«

»Ja.« Er schob seinen Teller zur Seite, und sogleich bemächtigte sich der Butler seiner wie ein stummer Schatten und trug ihn weg. »Es herrschte eine Pogromstimmung gegen eine bestimmte fremde Kultur, der sie die Schuld an allem geben konnten«, fuhr Thelonius mit gesenkter Stimme fort, und in seinen Augen lag Zorn und Trauer. »Godman war Jude, und die daraus resultierenden antisemitischen Emotionen gehören zu den unerfreulichsten Bekundungen menschlicher Regungen, die ich je erlebt habe: antisemitische Hetzparolen an den Wänden, überall tauchten hysterische und aufwiegelnde Flugblätter auf, und in den Straßen wurden Menschen gesteinigt, weil man sie für Juden hielt. Die Fenster der Synagogen wurden eingeworfen, eine wurde sogar in Brand gesteckt. Das Verfahren war so sehr mit Emotionen geladen, daß ich ständig fürchtete, es könnte mir aus den Händen gleiten.« Die Erinnerung grub tiefe Falten in seine Stirn, und in seinen Augen konnte Vespasia erkennen, wie sehr es ihn noch immer betroffen machte.

Während das Schweigen im Raum lastete, wurde Lammrücken aufgetragen; sie rührten ihn beide nicht an. Der Butler brachte Rotwein.

»Es tut mir leid, Thelonius«, sagte sie sanft. »Ich wußte nicht, daß ich an so unerfreuliche Dinge rühren würde.«

»Es ist nicht deine Schuld, Vespasia.« Er seufzte. »Es sind die Umstände, die diesen Fall begleitet haben. Ich weiß nicht, was Stafford entdeckt haben könnte. Vielleicht haben sich tatsächlich neue Beweise ergeben.« Die Miene, mit der er dies sagte, verriet Belustigung und Bedauern zugleich. »Es kann jedoch nichts mit der Prozeßführung im ursprünglichen Verfahren zu tun haben.« Das Lächeln auf seinem Gesicht erlosch, und er schüttelte zerknirscht den Kopf. »Ich habe damals zum ersten Mal in meinem Leben daran gedacht, absichtlich einen Verfahrensfehler durchgehen zu lassen, damit ein findiger Anwalt eine Begründung für eine Revision oder zumindest für eine Verweisung an einen anderen Gerichtsstand konstruieren könnte. Ich werde nie vergessen, wie sehr ich mich damals dieser Gedanken schämte.«

Sein Blick suchte in ihrem Gesicht nach einer Reaktion, besorgt, er könnte dort ebenfalls Scham ob seiner Schwäche entdecken, doch er fand nur konzentriertes Interesse.

»Man konnte den Haß und die Feindseligkeit im Gerichtssaal geradezu spüren«, fuhr er fort. »Und ich hatte ernste Sorge, daß der Mann keinen fairen Prozeß bekommen würde. Glaube mir, Vespasia, ich habe wirklich alles versucht. Ich lag damals so manche Nacht wach und habe mir die Fakten wieder und wieder durch den Kopf gehen lassen, aber so sehr ich mir auch das Gehirn zermarterte, ich habe nie eine Aussage oder ein Indiz gefunden, das ich anfechten konnte.« Er senkte einen Moment lang den Blick und sah dann wieder auf. »Pryce war vortrefflich wie immer, und trotzdem hat er seine Obliegenheiten nie überschritten. Barton James, der Anwalt der Verteidigung, war akzeptabel. Er bohrte nie tiefer und insistierte selten; er erweckte den Eindruck, als glaube er selbst nicht an die Unschuld seines Mandanten… Aber ich glaube, man hätte damals in ganz England keinen Anwalt gefunden, der dies getan hätte. Es…« Seine Schultern sackten ein Stück weit nach vorn, als wolle er sich in sich selbst verkriechen, und Vespasia sah erneut, wieviel Pein ihm die Erinnerung noch immer bereitete. Doch sie unterbrach ihn nicht.

»Es wirkte alles so… so hastig«, fuhr er fort, griff nach seinem Weinglas und drehte den Stiel nachdenklich zwischen den Fingern. Im Licht der Kerzen leuchtete der Wein blutrot. »Nichts wurde unterlassen oder umgangen, und trotzdem hatte ich zunehmend den Eindruck, daß alle nichts sehnlicher wünschten, als Godman so schnell wie irgend möglich schuldig zu sprechen und an den Galgen zu bringen. Die Öffentlichkeit forderte ein Opfer, das die Untat, die begangen worden war, sühnte; sie war wie eine hungrige Bestie, die vor den Pforten des Gerichts nach Blut heulte.« Er blickte auf. »Werde ich melodramatisch?«

»Eine Spur vielleicht.«

Er lächelte. »Du warst damals nicht im Gerichtssaal, sonst würdest du verstehen, was ich meine. Es lag eine Erbitterung und ungeheure Gereiztheit in der Luft, und die überhitzten Emotionen im Saal machten es nicht leicht, zu einem gerechten Urteil zu gelangen. Es war eine Atmosphäre, die mir regelrecht angst machte.«

»So etwas habe ich aus deinem Mund noch nie gehört.« Sie war ehrlich betroffen. Es paßte nicht zu dem Mann, den sie in ihrer Erinnerung bewahrt hatte, der zwar verwundbar und sensibel war, doch zugleich von einer unerschütterlichen Stärke.

Er schüttelte den Kopf. »Ich habe nie zuvor oder danach etwas Vergleichbares gefühlt«, bekannte er mit leiser Stimme, und sie erkannte darin Schmerz und Erstaunen. »Ich habe ernsthaft mit dem Gedanken gespielt, Vespasia, meinerseits einen Verfahrensfehler einzubauen, um auf diese Weise eine Begründung dafür zu liefern, daß das ganze Verfahren vor einem Berufungsgericht noch einmal aufgerollt würde – ohne diese Hysterie, und wenn die Wogen der Emotionen nicht mehr so hoch schlagen würden.« Er holte tief Luft und seufzte. »Ich habe mir damals das Gehirn zermartert, hin und her gerissen, ob ein solches Verhalten unverantwortlich, arrogant und schlichtweg falsch sei, oder ob ich, wenn ich den Prozeß einfach laufen ließe, nichts als ein verdammter Feigling war, dem der Pomp und das Image der Gerichtsbarkeit mehr am Herzen lag als die Gerechtigkeit.«

Einem anderen Mann gegenüber hätte sie sich sicherlich beeilt, ihm zu widersprechen, doch das hätte ihr Gespräch auf die Ebene des Gewöhnlichen herabgezogen und zwischen ihnen eine Distanz geschaffen, die sie nicht wollte. Es wäre eine höfliche Floskel gewesen, doch nicht wirklich aufrichtig. Er war ein Mann von höchster Integrität, doch auch seine Seele war nicht dagegen gefeit – wie jede andere auch –, Angst und Zweifel zu empfinden, und daß er dem nachgegeben haben könnte, war nicht völlig unmöglich. Die Möglichkeit abzustreiten, hätte bedeutet, ihn in gewisser Weise im Stich zu lassen.

»Und bist du je zu einer Antwort gelangt, von der du wußtest, daß sie die Wahrheit ist?« fragte sie.

»Ich denke, es geht um die alte Frage, ob der Zweck die

Mittel heiligt«, sagte er nachdenklich. »Ja... Und eine Wahrheit ist, daß man beides nicht voneinander trennen kann: Es gibt kein Ziel, das nicht von den Mitteln bestimmt ist, die man anwendet, es zu erreichen, und umgekehrt ebenso. Die Grenzen sind fließend.« Er betrachtete forschend ihr Gesicht. »Ich stand vor der Frage, ob ich absichtlich und mit klarem Verstand ein Gerichtsverfahren ungültig machen durfte, weil ich eine Emotionalität und Hast im Gerichtssaal feststellte, die mir persönlich nicht behagte. Verstehe mich richtig: Ich hielt Aaron Godman nicht für unschuldig – weder damals noch heute. Und ich glaubte auch nicht, daß irgendwelche Beweismittel, die die Staatsanwaltschaft vorlegte, gefälscht waren oder bewußt falsche Aussagen gemacht wurden. Es war nur das Gefühl, die Polizei habe sich bei ihren Ermittlungen mehr von ihren Gefühlen leiten lassen als von objektiver Pflichterfüllung.«

Er zögerte ein paar Augenblicke, vielleicht unsicher, ob er fortfahren sollte. »Ich war mir vollkommen sicher, daß Godman, während er im Polizeigewahrsam war, geschlagen wurde«, sagte er schließlich. »Er hatte Schrammen und Prellungen im Gesicht, als er vor Gericht erschien, und die Verletzungen waren so frisch, daß sie unmöglich vor der Verhaftung passiert sein konnten. Es herrschte eine Atmosphäre von Haß, Empörung und hysterischer Hast, die nichts mit der Suche nach der Wahrheit oder ihrem Beweis zu tun hatte. Und trotzdem hat Barton James die Verletzungen im Prozeß mit keinem Wort erwähnt. Ich durfte nicht in seine Verteidigung eingreifen, und dies hätte ich, wenn ich es zur Sprache gebracht hätte. Ich hatte damals keine andere Erklärung dafür und heute ebensowenig. Aber natürlich war es nur eine Annahme meinerseits, daß er geschlagen wurde.«

»Von wem geschlagen, Thelonius?«

»Ich weiß es nicht. Von der Polizei oder den Wärtern, nehme ich an, aber es könnte natürlich auch sein, daß er sich die Verletzungen selbst beigebracht hat.«

»Und wie war das mit der Revision?« erkundigte sie sich.

Er begann wieder zu essen. »Sie wurde mit der unklaren Beweislage bezüglich des Obduktionsbefunds des medizinischen Sachverständigen begründet. Der obduzierende Arzt, Dr. Humbert Yardley, hatte zunächst erklärt, die Verletzungen, vor allem die tödliche Stichwunde an der Seite, seien zu tief, um von Hufnägeln stammen zu können, wie die Staatsanwaltschaft in ihrer Anklage behauptete. Gott sei Dank war er bereits tot, als er gekreuzigt wurde.«

»Du meinst, Godman könnte eine andere Waffe benutzt haben?« Sie war verwirrt. »Welchen Einfluß hat das auf das Urteil? Ich verstehe nicht ganz.«

»Es wurde nie eine andere Waffe in der Farriers' Lane oder irgendwo in der Nähe gefunden«, erklärte er. »Und die Leute, die ihn mit Blut an seinen Kleidern aus der Gasse kommen sahen, waren sich sicher, daß er keine Waffe bei sich hatte. Auch als er verhaftet wurde, hatte er nichts bei sich, das einer Waffe ähnelte; selbst bei ihm zu Hause fand man nichts.«

»Hätte er sie nicht doch irgendwo verschwinden lassen können?«

»Sicherlich... Aber nicht zwischen dem Hof, in dem der Stall war, und dem Ende der Gasse, aus der ihn die Zeugen kommen sahen. Die Gasse besteht aus durchgehenden Hauswänden. Keinerlei Gelegenheit, irgend etwas zu verstecken. Und im Hof selbst wurde ebenfalls nichts gefunden.«

»Was sagten die Revisionsrichter dazu?«

»Daß Yardley bei seinem ersten Befund unsicher gewesen sei und später auf näheres Befragen nicht ausschloß, daß ein langer Hufnagel die tödliche Verletzung herbeigeführt haben könnte.«

»Und das war alles?« fragte sie verwirrt.

»Ich glaube, ja«, erwiderte er. »Sie hatten es sehr eilig mit dem Revisionsbeschluß und bestätigten darin die Richtigkeit des Prozeßurteils in jedem einzelnen Punkt und damit seine Rechtsgültigkeit.« Er erschauderte. »Dreieinhalb Wochen später wurde Aaron Godman gehängt. Seit damals hat seine Schwester immer wieder versucht, die Angelegenheit von neuem aufzurollen, und ist stets gescheitert. Sie hat sich an Mitglieder des Parlaments und an Zeitungen gewandt, sie hat Flugschriften verteilt, bei Versammlungen gesprochen und sogar von der Bühne herab nach ihren Auftritten. Aber nichts hat sie damit erreicht – es sei denn natürlich, Mrs. Stafford hat recht, und Richter Stafford beabsichtigte tatsächlich, das Verfahren wiederzueröffnen.«

»Aber mit welcher Begründung?« Sie sah zu ihm auf und suchte seinen Blick. »Bist du dir wirklich sicher, daß er schuldig war, Thelonius?«

»Ich habe es immer angenommen«, erwiderte er. »Ich hatte zwar etwas gegen die Art, wie die Ermittlungen geführt wurden, aber das Verfahren selbst war korrekt. Und ich wüßte nicht, zu welch anderen Schlüssen das Appellationsgericht hätte gelangen sollen.« Er runzelte die Stirn. »Aber wenn Stafford vor seinem Tod etwas Neues in Erfahrung gebracht hat, dann könnte...«

»Und wenn es nicht Godman war, der Blaine getötet hat, wer dann?« fragte sie.

»Ich weiß es nicht. Joshua Fielding? Devlin O'Neil? Oder jemand ganz anderer, von dem wir keine Ahnung haben? Vielleicht werden wir mehr wissen, wenn wir herausgefunden haben, wer Samuel Stafford umgebracht hat und weshalb. Es ist eine äußerst scheußliche Angelegenheit, und jede erdenkliche Lösung ist tragisch.«

»Ich vermute einmal, daß es für irgend jemanden immer tragisch ist, wenn ein Mord aufgeklärt wird. Ich danke dir, Thelonius, daß du so offen mit mir gesprochen hast.«

Er entspannte sich sichtlich; seine Schultern sanken ein wenig nach vorn, und das Lächeln, das auf seinem Gesicht erschien, wischte die Zweifel und Bedenken fort.

»Hast du befürchtet, ich würde Ausflüchte machen? So sehr habe ich mich auch wieder nicht verändert!«

»Du hast recht. Du hast mir nie irgendwelche Dinge erzählt, nur weil ich sie hören wollte«, sagte sie und wußte im selben Augenblick, daß dies nicht stimmte. Aber das waren andere Dinge gewesen – indiskrete, närrische Dinge.

»Schmeichle mir nicht, Vespasia!« bemerkte er trocken. »Freunde sollten einander immer die Wahrheit sagen oder zumindest schweigen.«

»Oh, bitte, Thelonius! Wann hab' ich je meinen Mund halten können?«

Ein strahlendes Lächeln erschien auf seinem Gesicht, das zu einem beinahe jugendhaften Grinsen geriet. »Bei einem gewissen Thema konntest du das jederzeit und zwar recht gut... Aber erzähle mir doch, womit du dich zur Zeit beschäftigst, abgesehen von deiner Freundin, Mrs. Pitt. Über alles zu sprechen, was du seit unserem letzten, längeren Gespräch getan hast, ist sicherlich ganz unmöglich, wie ich dich kenne.«

Sie erzählte ihm von ihren politischen Kreuzzügen für eine Reform des Fürsorge- und Armenrechts, der Bildungsgesetze und des Mieterschutzgesetzes, von ihren Besuchen im Theater oder in der Oper, von den Leuten, die sie besonders mochte – und von jenen, die sie nicht mochte. Der Abend verging wie im Flug, und sie sprachen über die Dinge, die sie bewegten und das, was ihn beschäftigte, und schließlich landeten sie bei den alten Erinnerungen, bei Dingen, über die sie gelacht, und solchen, die sie traurig gestimmt hatten. Es war bereits weit nach Mitternacht, als er sie bis an das Trittbrett ihrer Kutsche brachte, einen Moment lang ihre Hand in der seinen hielt und ihr dann Lebewohl sagte, und beide wußten sie, ohne ein Wort darüber zu verlieren, daß sie sich bald wiedersehen würden.

Micah Drummond konnte seine Gedanken nicht von dem Blaine/Godman-Fall losreißen. Natürlich war es durchaus möglich, daß Samuel Stafford von seiner Frau und ihrem Geliebten vergiftet worden war, obgleich für die beiden, wie es aussah, keine zwingende Notwendigkeit existiert hatte, einen so gefährlichen und gewalttätigen Schritt zu wagen. Wenn sie diskret vorgingen – und es schien, als hätten sie das getan –, dann konnten sie hoffen, sich auch weiterhin gelegentlich zu treffen und dies, solange sie wollten. Scheidung kam nicht in Frage; sie hätte den gesellschaftlichen Ruin bedeutet. Pryce könnte keine geschiedene Frau heiraten und weiterhin in der Form, wie er es jetzt tat, als Anwalt des Gesetzes praktizieren. So etwas wäre ein gesellschaftlicher Affront gewesen. Stafford war nicht nur sein Freund gewesen, sondern auch ein sehr angesehener und einer der rangältesten Richter.

Eine Affäre war jedoch etwas ganz anderes, solange sie sie nicht offen zur Schau trugen. Weshalb also sollten sie etwas so Schändliches und Gefährliches tun wie ihn zu vergiften? Dazu bestand gar keine Notwendigkeit. Juniper Stafford war Mitte Vierzig. Sie würde sich wohl kaum der mädchenhaften Hoffnung hingeben, Pryce zu heiraten und mit ihm Kinder zu haben. Und die Freuden eines gemeinsamen Familienlebens waren für sie nie etwas gewesen, von dem sie träumen konnten, es sei denn, sie hätten auf jede gesellschaftliche Anerkennung ihrer Beziehung verzichtet und wären bereit gewesen, auf ihren gewohnten Lebensstil zu verzichten und – im Vergleich dazu – am Rande der Armut zu leben. Und Pryce würde so etwas niemals dulden – wenn vielleicht nicht um seinetwillen, dann ganz gewiß um ihretwillen.

Reichte das aus, um einen Mord zu begehen?

Er wußte, was es hieß, eine Frau so sehr zu lieben, daß sie jeden Gedanken und Augenblick des Lebens dominierte; jede Freude war durchdrungen von dem Verlangen, sie mit ihr zu teilen, und alle Einsamkeit und aller Kummer waren nur Spielarten ein und derselben Ursache: von ihr getrennt zu sein. Doch nie – auch nicht in den dunkelsten und schmerzlichsten Augenblicken – war er auf die Vorstellung verfallen, er könnte sein Glück in irgendeiner Weise erzwingen oder gar mit körperlicher oder psychischer Gewalt etwas erreichen.

Falls Juniper Stafford und Adolphus Pryce sich in die Niederungen einer Affäre herabgelassen und Stafford betrogen hatten, mißbilligte Micah Drummond zwar ihre Schwäche und die Unaufrichtigkeit ihres doppelten Spiels, doch zugleich empfand er mit den beiden so etwas wie Mitgefühl.

Er neigte eher zu der Ansicht, daß Livesey möglicherweise Staffords Absichten bezüglich einer Wiedereröffnung des Blaine/Godman-Verfahrens falsch verstanden hatte, oder daß Stafford ihn absichtlich falsch informiert hatte – aus welchen Gründen auch immer. Es war ein ungewöhnlich scheußlicher Fall gewesen. Die Wogen der Emotionen waren damals hoch gegangen und hatten sich zu einer regelrechten Hysterie gesteigert. Es würde ihn nicht überraschen, wenn einige dieser Emotionen bis heute überdauert hätten, auch wenn er im Augenblick nicht die geringste Ahnung hatte, wer Stafford getötet haben könnte und aus welchem Grund.

Stafford hatte keinerlei Aufzeichnungen hinterlassen, aus denen hervorgehen könnte, welche der im Prozeß verwendeten Beweise er in Frage stellte und einer neuerlichen Untersuchung für würdig erachtete oder was er persönlich für die Wahrheit hielt, wen er verdächtigte, die Unwahrheit gesagt zu haben und möglicherweise sogar der Mörder von Kingsley Blaine zu sein.

Die einzige Möglichkeit, dies herauszufinden, war, den Fall von neuem aufzurollen. Pitt würde vermutlich mit den damaligen Zeugen und Verdächtigen beginnen. Und er, Drummond, würde von ganz oben anfangen: bei dem damals verantwortlichen Polizeioffizier und Vorgesetzten der Männer, die die Ermittlungen durchführten – dem Deputy Commissioner, Drummonds Vorgesetztem. Deshalb schrieb er eine Notiz, in der er um ein kurzes Gespräch bat.

Seiner Bitte wurde stattgegeben, und Drummond fand sich am nächsten Morgen um zehn Uhr in dem feudalen und überladenen Büro von Deputy Commissioner Aubrey Winton ein.

Winton war ein Mann von durchschnittlicher Größe, mit blondem Kraushaar, das sich an den Schläfen zu lichten begann; er bemühte sich, würdevolle Gelassenheit, Selbstvertrauen und Zuversicht auszustrahlen.

»Guten Morgen, Drummond«, grüßte er höflich. »Nur herein, nur herein…« Mit ausgestrecktem Arm kam er um seinen Schreibtisch herum, schüttelte kurz Drummonds Hand und zog sich dann wieder in seinen Sessel zurück. Er machte es sich bequem und deutete auf einen zweiten Stuhl. »Bitte setzen Sie sich doch. Zigarre?« Er deutete auf eine üppig verzierte Silberschatulle auf seinem Schreibtisch. »Was führt Sie zu mir?«

Ohne Umschweife kam Drummond auf den Grund seines Besuchs zu sprechen; er hatte keine Zeit zu verlieren. Sie waren Kollegen, aber keine Freunde.

»Der Blaine/Godman-Fall«, erwiderte er. »Es sieht so aus,

als sei er die Ursache für ein weiteres Verbrechen in meinem Revier.«

Winton legte die Stirn in tiefe Falten. »Das ist äußerst unwahrscheinlich. Es wurde alles aufgeklärt, damals vor fünf Jahren.« Seine Stimme klang mehr als skeptisch. Er war nicht gewillt, etwas derart Unerfreuliches ohne einen Beweis zu akzeptieren. Die Atmosphäre war bereits merklich kühler.

»Vor drei Tagen«, erklärte Drummond ohne große Begeisterung, »wurde Richter Stafford im Theater ermordet. Er hatte verlauten lassen, daß er die Absicht habe, das Verfahren wiederzueröffnen.« Er blickte in Wintons Augen und sah, wie sie hart wurden.

»Dann kann ich nur vermuten, daß er eine Unregelmäßigkeit im gerichtlichen Verfahren entdeckt hat«, sagte Winton vorsichtig. »Die Beweise waren zwingend.«

»Waren sie das?« fragte Drummond interessiert, als sei dies noch nicht entschieden. »Ich bin mit der Beweislage nicht vertraut. Vielleicht könnten Sie sie mir kurz schildern?«

Winton verlagerte das Gewicht seines Körpers auf die andere Seite, doch sein Gesicht blieb unbewegt, und seine Augen ließen Drummond nicht eine Sekunde lang los.

»Wenn Sie darauf bestehen. Aber ich kann wirklich keinen Grund dafür sehen. Der Fall ist abgeschlossen und rechtskräftig, Drummond. Dem gibt es nichts mehr hinzuzufügen. Wenn Stafford Nachforschungen angestellt hat, muß es irgend etwas mit dem Verfahren zu tun gehabt haben«, sagte er noch einmal.

»Was zum Beispiel?« Drummond zog fragend die Augenbrauen hoch.

»Ich habe keine Ahnung. Ich bin kein Jurist.«

»Ich auch nicht.« Es kostete Drummond einige Anstrengung, seine Kritik nicht offen auszusprechen. »Aber Stafford war Jurist«, fuhr er fort. »Und er war einer der Richter, die über die Revision entschieden. Was könnte sich jetzt ergeben haben, das ihm damals nicht bekannt war? Er und die anderen Appellationsrichter hatten damals sicherlich Einblick in das gesamte Verfahren inklusive sämtlicher Beweismittel.«

Winton legte das Gesicht in ärgerliche Falten, und seine

Finger verschränkten sich fester auf seinem Schreibtisch. »Worauf wollen Sie hinaus, Drummond? Wollen Sie vielleicht andeuten, daß wir in dem Fall nicht gründlich genug ermittelt haben? Ich empfehle Ihnen, sich solcher beleidigender und uninformierter Kommentare über einen Fall, von dem Sie herzlich wenig Ahnung haben, in Zukunft zu enthalten, Mr. Drummond!«

Die herausfordernde Schärfe, mit der er dies sagte, verriet eine Empfindlichkeit, die Drummond überraschte. Er hatte allenfalls Rechtfertigungen erwartet, doch keine derart geharnischte Verteidigungshaltung. Offenbar empfand Winton noch immer so etwas wie Schuld oder zumindest das Gefühl, ihm werde ein Versäumnis vorgeworfen.

Drummond blieb gelassen, wenngleich mit einiger Mühe. »Ich habe den Mord an einem Richter aufzuklären«, sagte er mit fester Stimme. »Wenn Sie an meiner Stelle wären und gehört hätten, daß er vorhatte, das Verfahren wiederaufzunehmen, und an dem Tag ermordet wurde, an dem er die Hauptzeugen erneut befragte, die alle die Gelegenheit hatten, ihn zu vergiften, würden Sie dann nicht ebenfalls die Beweislage noch einmal überprüfen?«

Winton seufzte tief, und sein Gesicht entspannte sich etwas, als sei ihm bewußt geworden, daß er überreagiert und seine eigene Verwundbarkeit verraten hatte.

»Ja – ja, vermutlich... Auch wenn es noch so sinnlos wäre. Nun... was kann ich Ihnen erzählen?« Ein Hauch von Röte stieg in sein Gesicht. »Unsere Ermittlungen waren sehr gründlich. Sie mußten es sein. Es war ein aufsehenerregendes Verbrechen; die Blicke der ganzen Nation ruhten auf uns – vom Innenminister bis hinab zum letzten Tagelöhner.«

Drummond verkniff sich die höflichen Lobesbezeugungen, die diese Bemerkung offenbar provozieren sollten. Bereits die Tatsache, daß Winton geglaubt hatte, sich verteidigen zu müssen, bewies, daß er sich seiner Sache selbst nicht so sicher war.

Winton verlagerte erneut sein Gewicht.

»Der Beamte, der die Untersuchungen leitete, war Charles Lambert. Ein hervorragender Mann, der beste.« Er räusperte sich umständlich. »Natürlich war die Empörung in der Bevölkerung immens, und damit auch der Druck auf uns. Täglich war der Fall in den Schlagzeilen der Zeitungen. Und mit schöner Regelmäßigkeit rief der Innenminister an und machte mehr Druck: Er gab uns eine Woche – allerhöchstens –, den Mörder zu präsentieren. Ich weiß nicht, ob Sie schon einmal einen solchen Fall bearbeitet haben.« Sein Blick suchte in Drummonds Gesicht nach Verständnis. »Haben Sie einen solchen Druck schon einmal erlebt, die Hysterie überall, wütende, verängstigte Menschen, und alle denken nur daran, wie sie sich dabei selbst am besten ins Licht rücken können? Der Innenminister ist persönlich hier im Revier erschienen – in Frack, Nadelstreifenhosen und weißen Gamaschen –, um sich vom Fortgang der Ermittlungen zu überzeugen.« Die Erinnerung ließ die Linien seines Gesichts härter werden, und Drummond konnte sich die Szene lebhaft vorstellen: der Innenminister, der mißlaunig und nervös im Revier auf und ab spaziert und unmögliche Anweisungen erteilt, von denen niemand – einschließlich ihm selbst – eine Ahnung hat, wie sie ausgeführt werden sollen, der nur an seinen eigenen Erfolgsdruck denken kann, den ihm das Unterhaus und die Öffentlichkeit bereitet. Würde der Mord nicht aufgeklärt und der Schuldige schnellstens verurteilt und gehängt, würde das auch seinem Ansehen als Politiker Schaden zufügen. Innenminister waren schon zuvor gestürzt; und niemand konnte sich sicher sein, ob die bekundete Entrüstung ausreichte. Der Premierminister würde ihn den Wölfen der Angst opfern.

»Wir haben jeden Mann, den wir erübrigen konnte, zu dem Fall abgestellt«, fuhr Winton fort. »Unsere besten Leute!« Er schnaubte zufrieden. »Aber im Verlauf der Ermittlungen stellte sich schließlich bald heraus, daß der Fall nicht sonderlich kompliziert war. Es war nicht irgendein willkürlicher Verrückter, sondern jemand aus dem Bekanntenkreis mit einem Motiv. Und er stellte sich nicht besonders schlau dabei an. Er wurde gesehen, wie er zur fraglichen Zeit mit Blut an den Kleidern aus der Farriers' Lane kam.«

»Er wurde gesehen, wie er aus der Farriers' Lane kam?« unterbrach Drummond ihn erstaunt. Wenn das stimmte, wie konnte Tamar Macaulay dann an seiner Schuld zweifeln? Nicht einmal Geschwisterliebe konnte so blind sein. »Von wem?«

»Von einigen Männern, die dort auf der Straße herumlungerten«, erwiderte Winton.

Drummond entging das kaum merkliche Schwanken in seiner Stimme nicht, eine flüchtige Atemlosigkeit, die ihn stutzig machte.

»Sie haben Godman gesehen oder jemanden, der wie er aussah?« fragte er.

Winton wirkte eine Spur weniger selbstsicher. »Sie haben ihn nicht mit absoluter Sicherheit identifiziert«, schränkte er ein. »Aber die Blumenverkäuferin ein paar Straßen weiter hat ihn wiedererkannt. Sie war sich ihrer Sache völlig sicher. Sie hatte nicht den Schatten eines Zweifels, denn er blieb bei ihr stehen und redete mit ihr, kurz nachdem die Uhr geschlagen hatte; er machte sogar Scherze mit ihr, wie sie sich erinnerte! Sie hat nicht nur sein Gesicht gesehen und seine Stimme gehört, sie wußte auch genau, wie spät es war.«

»Kam er von der Farriers' Lane oder wollte er dorthin?« fragte Drummond.

»Er kam von der Farriers' Lane.«

»Es war also nach dem Mord. Und er blieb bei der Blumenfrau stehen, um mit ihr zu schwatzen? Wie ungewöhnlich! Hat sie das Blut an seiner Kleidung nicht bemerkt? Wenn die Männer, die ihn offenbar von weitem aus der Farriers' Lane kommen sahen, das Blut gesehen haben, muß ihr es doch erst recht aufgefallen sein.«

Winton zögerte, und in seinen Augen glomm Zorn auf. »Nun... äh... nein – es ist ihr nicht aufgefallen. Aber das ist leicht zu erklären: Als er aus der Farriers' Lane kam, trug er einen Überzieher. Er hatte ihn längst verschwinden lassen, als er bei der Blumenverkäuferin stehenblieb. Was nur selbstverständlich ist. Er konnte sich natürlich nicht in einem Überzieher zeigen, der voller Blut war. Und es muß eine Menge Blut gewesen sein, nach einem so scheußlichen Mord.«

»Warum hat er den Überzieher nicht einfach in der Farriers' Lane liegenlassen? Es war für ihn doch ein ungeheueres Risiko, mit blutverschmiertem Mantel durch die Straßen zu laufen.« Drummond sprach die Frage aus, die auf der Hand lag.

»Weiß der Himmel!« stieß Winton hervor. »Vielleicht ist es ihm erst aufgefallen, als er von den herumlungernden Männern angestarrt wurde. Er hat es bis dahin vielleicht selbst nicht bemerkt. Der Mann war außer sich und seiner Sinne nicht mehr mächtig; er hatte soeben in einem Zustand wahnsinniger Raserei einen Menschen getötet und gekreuzigt, Herrgott! Sie können nicht erwarten, daß er logisch denkt.«

»Und trotzdem hat er sich ein paar Straßen weiter vollkommen normal benommen und mit einer Blumenfrau gescherzt? Haben Sie den Mantel eigentlich gefunden? Es kann ja nicht sehr viele Möglichkeiten gegeben haben, ihn zu verstecken.«

»Nein, er ist nie wieder aufgetaucht«, knurrte Winton. »Aber das ist auch nicht weiter verwunderlich. Ein guter Wintermantel – ob mit oder ohne Blutflecken – liegt nicht lange irgendwo herum in einer kalten Nacht wie damals.«

»Wohin ist er gegangen, nachdem er sich mit der Blumenverkäuferin unterhalten hatte?«

»Nach Hause. Wir haben die Droschke gefunden, mit der er gefahren ist. Er stieg am Soho Square ein und ließ sich unten in Pimlico absetzen. Nicht, daß das irgendeinen Unterschied machen würde; den Mord hatte er zu diesem Zeitpunkt schon begangen.«

Es gab wenig, was Drummond noch sagen konnte. Er konnte für Winton und alle seine Männer, die an dem Fall gearbeitet hatten, durchaus Verständnis aufbringen. Der Druck, unter dem sie gestanden hatten, mußte enorm gewesen sein: die Zeitungen, die Tag für Tag die Hysterie anheizten, der Pöbel auf der Straße, die verängstigten Bürger, die immer lauter verlangten, daß die Polizei ihre Pflicht tat, für die sie schließlich aus Steuergeldern bezahlt wurde. Und der schlimmste und nervenaufreibendste Druck war sicherlich der von ihren Vorgesetzten, die hektisch irgendwelche sinnlosen Weisungen erteilten und verlangten, daß der Mörder binnen Tagen überführt werde.

Und noch ein anderer, durchaus realer Druck konnte auf

Winton gelastet haben, über den zwischen ihnen stillschweigendes Verständnis herrschte, der keiner Worte bedurfte und ganz gewiß keiner Erklärung. Drummond war Mitglied des Inner Circle, einer geheimen Bruderschaft, die sich wohltätigen Aufgaben verschrieben hatte, die diskrete Schenkungen an Wohlfahrtseinrichtungen machte und aktiv die Förderung der Karrieren mancher Mitglieder betrieb mit dem Ziel, sie in Positionen zu lancieren, in denen sie Einfluß und Macht besaßen. Die Mitgliedschaft im Inner Circle war geheim. Niemand kannte mehr als vielleicht eine Handvoll der anderen beim Namen, aber beileibe nicht alle. Absolute Loyalität zum Inner Circle war das oberste Gebot, das vor jeder anderen Verpflichtung oder Gewogenheit Vorrang hatte, vor jedem sonstigen, wie auch immer gearteten Appell an die Ehre.

Drummond wußte nicht, ob Winton ein Mitglied des Inner Circle war oder nicht, doch er hielt es für äußerst wahrscheinlich. Und dieser Druck wäre sicherlich der belastendste von allen gewesen, weil er ungreifbar geblieben wäre und es niemanden gegeben hätte, mit dem er darüber sprechen konnte.

Sein Mitgefühl für Winton wuchs. Seine Position war alles andere als beneidenswert – sowohl damals wie auch jetzt. Doch es schien, als hätte er alles getan, was in seinen Möglichkeiten stand, und niemand konnte ihm irgend etwas vorwerfen.

»Ich kann mir einfach nicht vorstellen, was Stafford ausgegraben haben könnte«, sagte er laut. »Selbst wenn es im Prozeß oder bei der Revisionsentscheidung irgendeine Unregelmäßigkeit gegeben haben sollte, scheint es außer Frage, daß Aaron Godman schuldig war. Es würde vermutlich gar nichts bringen, wenn alles noch einmal aufgewühlt würde. Ich glaube allmählich, die Lösung liegt woanders.«

Zum erstenmal erschien ein Lächeln auf Wintons Gesicht.

»Kein sehr erfreulicher Gedanke«, griente er mitfühlend. »Ich kann verstehen, weshalb Sie nach einer naheliegenderen Lösung gesucht haben, aber ich fürchte, der Mord an Richter Stafford hat nichts mit dem Blaine/Godman-Fall zu tun. Tut mir leid für Sie.«

»Ganz offenbar…«, seufzte Drummond. »Ich danke Ihnen, daß Sie Zeit für mich gefunden haben.« Er erhob sich. »Ich werde meinem Inspektor, der den Fall bearbeitet, berichten, was Sie mir erzählt haben.«

»Nicht der Rede wert… Eine überaus delikate Angelegenheit«, nickte Winton und erhob sich ebenfalls. »Manchmal ist unsere Position alles andere als beneidenswert.«

Drummond lächelte grimmig und verabschiedete sich.

Es war ein schöner Nachmittag. Der frische Wind riß immer wieder die Wolken auf, und leuchtende Bahnen einer strahlenden Herbstsonne übergossen die Straßen mit ihrem seltsam klaren Licht. Die Bäume entlang der Gehsteige, auf den Plätzen und in den Parks warfen ihr letztes Herbstlaub ab, und ein herber, bitterer Geruch lag in der Luft, der Drummond an schwe ende Holzfeuer, an reife Beeren in den Hekken, an umgegr ene Gärten und den Duft von frischer Erde erinnerte. Frühe , als seine Frau noch gelebt und seine Tochter noch klein g wesen waren – bevor er das Haus verkauft hatte und in ein Wohnung in Piccadilly gezogen war –, hätten jetzt Chrysa themen in den Rabatten geblüht und andere gelb und weiß und violett blühende Herbstblumen, die nach Erde rochen und nach Regen auf grünen Blättern.

Er sehnte sich danach, solche Gedanken mit jemandem zu teilen. Und wie immer in letzter Zeit, wenn ihn solche Anwandlungen überkamen, mußte er an Eleanor Byam denken. Er hatte sie seit dem Skandal kaum mehr gesehen. Oft hatte er sich gewünscht, er könnte zu ihr gehen, ihr einen Besuch abstatten, doch dann hatte er immer wieder daran denken müssen, wie er und Pitt… Nein, das war nicht richtig, es waren Pitt und Charlotte gewesen, die den Fall gelöst hatten; aber es waren dennoch seine und Pitts Ermittlungen gewesen, ihre Hartnäckigkeit und ihr Scharfsinn, die die Wahrheit ans Licht gebracht hatten. Und diese Wahrheit hatte Eleanors Leben zerstört, sie zur Witwe gemacht und zu einer Ausgestoßenen, obgleich ihr Mann – bevor dies alles geschah – hoch angesehen und sie von allen respektiert und überall beliebt war.

Nun hatte sie ihr großes Haus in Belgravia verkauft und sich in ein paar gemietete Zimmer in Marylebone zurückgezogen, ohne jedes Einkommen und ganz auf sich gestellt. Ihr Name wurde in der Gesellschaft nur noch geflüstert, beklommen und mitleidig meist. Sie erhielt keine Einladungen, und nur wenige kamen sie besuchen. Drummond war dafür nicht verantwortlich. Er hatte nicht den geringsten Anteil an dem Verbrechen oder der Tragödie gehabt, die über Sholto Byam hereingebrochen war, und trotzdem hatte er das Gefühl, bereits sein Anblick würde in ihr nur schmerzliche Gedanken und Erinnerungen wachrufen.

Und dennoch ertappte er sich dabei, daß er in Richtung Milton Street ging, wobei er – ohne es bemerkt zu haben – kräftig ausschritt.

Der Nachmittag neigte sich bereits seinem Ende zu, als er die Straße erreichte, in der Eleanor wohnte. Die Lampenanzünder reckten bereits ihre langen Stangen empor, um die Gaslaternen anzudrehen, die warme Lichtinseln entlang der von Dämmerung erfüllten Straße warfen, in der Eleanor wohnte. Wenn er jetzt stehenblieb, um nachzudenken, würde ihn sein Mut verlassen. Er steuerte direkt auf die Tür zu und zog an der Klingel. Es war ein sehr bescheidenes Haus, die Vorhänge in grimmiger Ehrbarkeit fest zugezogen, mit einem sauberen, kleinen Vorgarten, in dem noch ein paar späte Astern blühten.

Das Hausmädchen, das ihm öffnete, war mittleren Alters und betrachtete ihn mit mißtrauischem Blick.

»Ja... Sir?« Das ›Sir‹ kam mit einiger Verzögerung, nachdem sie die Qualität seines Mantels und den Silberknauf seines Stocks registriert hatte.

»Guten Abend«, sagte er und lüftete ein Stück weit seinen Hut. »Ich würde gern Mrs. Byam sprechen, wenn sie zu Hause ist.« Er griff in seine Tasche und zog eine Karte hervor. »Mein Name ist Drummond – Micah Drummond.«

»Werden Sie erwartet, Mr. Drummond?«

»Nein. Aber...« – er strapazierte die Wahrheit ein bißchen – »...wir sind alte Freunde, und ich hatte in der Gegend zu tun. Würden Sie sie bitte fragen, ob sie mich empfängt?«

»Ich werd's ihr ausrichten«, erklärte sie nicht gerade zuvorkommend. »Aber mehr kann ich nicht tun. Ich arbeite für Mrs. Stokes, der das Haus gehört, nicht für die Damen, die hier Zimmer mieten.« Und ohne auf seine Antwort zu warten, ließ sie Drummond unter der Tür stehen und segelte davon, um sich ihrer lästigen Aufgabe zu entledigen.

Drummond blickte sich in der engen Halle um, und betroffen registrierte er, wie sehr sich die Verhältnisse geändert hatten, in denen sie lebte. Noch vor kurzem war Eleanor die Herrin eines großen und wohlhabenden Hauses in der besten Gegend Londons gewesen und hatte über eine Schar von Hausangestellten und Dienern geboten. Nun hatte sie nur ein paar Zimmer in einem Haus, das jemand anderem gehörte, und ihre Gäste wurden von dem Hausmädchen einer Fremden eingelassen, das ihr gegenüber offenbar herzlich wenig Loyalität und Höflichkeit aufbrachte. Ob sie überhaupt noch Personal hatte, wußte er nicht. Als er das letztemal hier war, kurz nachdem sie eingezogen war, hatte er nur eine Kammerzofe gesehen.

Das Hausmädchen kam zurück; auf ihrem Gesicht lag ostentative Mißbilligung.

»Mrs. Byam wird Sie empfangen, Sir. Wenn Sie mir bitte folgen.« Und ohne sich darum zu kümmern, ob er ihr folgte, machte sie auf dem Absatz kehrt und ging einen Korridor entlang, der vor einer Tür mit eingesetzter Glasscheibe endete. Sie klopfte kurz und heftig.

Eleanor selbst öffnete die Tür. Sie sah anders aus als in ihren Tagen in Belgravia. Ihr Haar war noch auf die gleiche Weise frisiert wie damals: aus der Stirn nach hinten gekämmt, rabenschwarz mit ein paar Fäden Grau dazwischen, das sich nun an den Schläfen beinahe zu einer Strähne verdichtet hatte. Ihr Gesicht war noch das gleiche – olivefarbener Teint, weit auseinander stehende graue Augen. Doch in ihm spiegelte sich Müdigkeit; die würdevolle Gelassenheit und Sicherheit von einst waren verschwunden, und zurückgeblieben war eine Verletzlichkeit, die ihn betroffen machte. Sie trug keinerlei Schmuck, und ihr dunkelblaues Kleid war sehr schlicht. Es war hübsch geschnitten, aber ohne jedwede

Rüschen und Spitzen. Drummond erschien sie jünger als zuvor und – trotz alldem, was zwischen ihnen lag – wirklicher, auf eine herzerwärmende Weise realer.

»Guten Abend, Micah«, begrüßte sie ihn und öffnet weit die Tür. »Wie freundlich von Ihnen, mich zu besuchen. Bitte kommen Sie doch herein. Sie sehen gut aus.« Sie wandte sich dem Hausmädchen zu, das mitten im Korridor stand und mit offenem Mund zuhörte. »Vielen Dank, Myrtle. Das ist alles.«

Mit einem Naserümpfen zog Myrtle sich zurück.

Eleanor lächelte, als sie hinter Drummond die Tür schloß. »Nicht unbedingt das liebenswerteste Geschöpf auf Gottes Erdboden«, bemerkte sie sarkastisch, nahm seinen Hut und Stock und legte sie auf der Garderobe ab. »Bitte kommen Sie doch weiter in den Salon.« Sie ging voran und bot ihm mit einer eleganten Bewegung ihrer schmalen Hand in dem kleinen, bescheiden möblierten Wohnzimmer einen Platz an. Er nahm an, daß es in der Wohnung noch ein Schlafzimmer, eine Kammer für das Mädchen, eine Küche und vielleicht ein Bad gab.

Sie fragte nicht nach dem Grund seines Kommens, doch er war ihr eine Erklärung schuldig. Man tauchte nicht einfach unangemeldet an der Haustür auf, schon gar nicht zu dieser Tageszeit. Und er konnte ihr schwerlich die Wahrheit sagen: daß er sich vor allem danach gesehnt hatte sie wiederzusehen und in ihrer Nähe zu sein.

»Ich bin…« Beinahe hätte er gesagt, »zufällig in der Gegend gewesen«, doch er bremste sich noch gerade rechtzeitig. Dies war lächerlich und eine Beleidigung ihrer Intelligenz. So zu tun, als sei sein Besuch nur zufällige Natur, wäre idiotisch gewesen, denn sie beide wußten es besser. Er hätte sich vorher überlegen sollen, was er sagen wollte. Aber wenn er das getan hätte, wäre er sicherlich umgekehrt und gar nicht bis hierher gekommen. Er machte einen neuen Versuch: »Ich hatte einen langen und anstrengenden Tag.« Er lächelte befangen und sah, wie die Röte in ihre Wangen stieg. »Ich wollte etwas Schönes und Angenehmes tun. Ich dachte an Chrysanthemen im Regen und an den Geruch von feuchter Erde und Blättern im Herbst und an den blauen Rauch von

Holzfeuern… Und mir fiel niemand anderer ein, mit dem ich darüber sprechen könnte.«

Sie sah zur Seite und blinzelte mehrmals heftig. Erst in diesem Augenblick sah er, daß Tränen in ihren Augen standen. Er wußte nicht, ob er sie um Verzeihung bitten sollte oder ob er taktvoll sein und so tun sollte, als bemerke er nichts. Wenn er letzteres tun würde, würde sie ihn dann nicht für unerträglich kaltherzig halten? Und wenn er es erwähnte, würde er ihr dann nicht möglicherweise aufdringlich erscheinen? Er war starr vor Unentschlossenheit und fühlte, wie seine Wangen zu brennen begannen.

»Sie hätten nichts Schöneres sagen können.« Ihre Stimme klang sanft und ein wenig heiser. Sie schluckte mühsam und dann noch einmal. »Es tut mir leid, daß Sie einen anstrengenden Tag hatten. Arbeiten Sie an einem schwierigen Fall? Ich nehme an, das ist vertraulich.«

»Nein – eigentlich nicht. Aber es ist ein äußerst unerfreulicher Fall.«

»Das tut mir leid für Sie. Aber sind das nicht alle Ihre Fälle?«

Er wollte sie fragen, wie es ihr ging, wie sie sich fühlte, womit sie ihre Tage verbrachte, ob sie gesund sei, ob es irgend etwas gebe, das er für Sie tun könne. Aber das wäre zweifellos aufdringlich gewesen und schlimmer als das: Es hätte den Eindruck erwecken können, als sei er aus Mitleid gekommen, und dies würde sie sehr verletzen.

Sie saß ihm gegenüber und sah ihn erwartungsvoll an. Das Feuer im Kamin brannte mit niedriger Flamme; gerade hoch genug, um nicht auszugehen.

Er ertappte sich dabei, daß er über sich selbst sprach, und das war nicht das, was er gewollt hatte – abgesehen davon, daß es unhöflich war. Es war sie, die ihn interessierte, nicht er selbst. Aber er mußte das Schweigen füllen, und zugleich fürchtete er, er könnte geschwätzig wirken. Er wollte mit ihr über Musik sprechen oder darüber, wie es ist, im Regen spazierenzugehen, über den Geruch von feuchten Blättern in der Luft, das letzte Licht am Abendhimmel, doch dies würde sie möglicherweise als aufdringlich empfinden, als taktlos und gar penetrant angesichts ihrer Situation.

Also erzählte er ihr von Richter Stafford und was Aubrey Winton ihm über den Blaine/Godman-Fall berichtet hatte.

Es regnete, aber sonst war es draußen still. Die Uhr in der Halle hatte soeben acht geschlagen, und ihm wurde siedendheiß bewußt, wie lange er schon hier mit ihr saß und daß es höchste Zeit war, sich zu verabschieden. Er durfte die Grenzen der Schicklichkeit nicht außer acht lassen. Aber nun war es schwierig geworden, wieder förmlich zu werden und sich höflich zu entschuldigen. Die Außenwelt kroch wieder ins Zimmer.

Er erhob sich.

»Ich habe Sie schon viel zu lange aufgehalten. Ich habe mich bei Ihnen so wohl gefühlt, daß ich tatsächlich meine Kinderstube vergessen habe. Bitte verzeihen Sie mir.«

Sie erhob sich ebenfalls, sehr anmutig, doch die Schatten der Wirklichkeit kehrten in ihr Gesicht zurück.

»Es gibt nichts zu verzeihen«, erwiderte sie. Es klang wie eine Floskel, und doch hatte er das Gefühl, daß sie meinte, was sie sagte. Trotz der vielen gespreizten Worte, war zwischen ihnen ein behagliches Gefühl des Verstehens entstanden. Es lag ihm auf der Zunge zu fragen, ob er sie wieder besuchen dürfte, doch dann besann er sich anders. Falls sie nein sagen würde – und möglicherweise meinte sie, dies tun zu müssen –, dann hatte er sich selbst die Tür verschlossen. Besser, wenn er einfach vorbeikam.

»Vielen Dank, daß Sie mich empfangen haben«, sagte er mit einem Lächeln. »Gute Nacht.«

»Gute Nacht, Micah.«

Er zögerte nur einen kurzen Augenblick, dann griff er nach seinem Hut und seinem Stock und trat in den Korridor hinaus. Ohne sich umzusehen, ging er durch die Halle und hinaus auf die nasse, im fahlen Schein der Laternen liegende Straße. Die Einsamkeit in ihm war jetzt zwar nicht mehr ganz so kalt und dunkel, doch dafür um so schmerzlicher.

4. Kapitel

Am Sonntag gab es für Pitt nichts zu tun. Alle Büros und Ämter waren geschlossen, und er war sich ziemlich sicher, daß auch keine der Privatpersonen, mit denen er zu sprechen wünschte, bereit sein würde, ihn zu empfangen und ihm die Zeit und die Aufmerksamkeit zu widmen, die er brauchen würde, um die nötigen Informationen oder auch nur einen Eindruck zu bekommen.

Also verbrachte er einen überaus angenehmen Tag zu Hause mit Charlotte, Jemima und Daniel. Es war ein herrlicher Herbsttag, völlig windstill, mit einer dunstverhangenen Sonne, die alles in ein warmes, goldenes Licht tauchte. Der Himmel war weit und hoch, und es war leicht, die Stadt um sie herum zu vergessen und sich vorzustellen, daß es jenseits der Mauern Bäume und Äcker gab.

Pitt hatte für seinen Garten selten Zeit, und die wenigen Stunden waren kostbar. Er liebte seinen Garten mit wahrer Leidenschaft. Kaum hatte er am Frühstückstisch Messer und Gabel aus der Hand gelegt, ging er, angetan mit einer alten Hose, die Ärmel hochgerollt, nach draußen und begann den Garten umzugraben. Mit dem Spaten stach er tiefe Schollen aus und drehte das schwarze Erdreich um, teilte die größeren Erdklumpen mit dem scharfen Blatt des Spatens und löste die Erde von den verflitzen Wurzeln und Zwiebeln der Blumen, die den Winter über aus der Erde mußten und erst im Frühjahr wieder gesteckt wurde. Die Astern blühten noch in dicht stehenden roten, weißen, gelben, blauen und violetten Blütensternen, und auch die Chrysanthemen reckten ihre zottigen weißen und gelben Köpfe der Sonne zu. Die letzten Rosen waren zu ganzer Schönheit erblüht und neigten ihre schweren, samtroten Häupter. In den Vorgärten wurde zum letztenmal im Jahr das Gras gemäht, und die Luft war erfüllt mit dem Geruch von frischgeschnittenem Grün, feuchter Erde und vermodernden Blättern, auf die die Sonne scheint.

Die siebenjährige Jemima, der Charlotte ihr Schürzenkleidchen vom letzten Jahr, aus dem sie herausgewachsen war, angezogen hatte, kauerte neben ihm auf der Erde, das Gesicht mit Lehm beschmiert, und pulte in glücklicher Selbstvergessenheit die lehmige Erde aus den ausgegrabenen Wurzelstöcken. Ein paar Schritte weiter kniete der zwei Jahre jüngere Daniel neben Charlotte und lauschte mit kindlichem Ernst seiner Mutter, die ihm den Unterschied zwischen Unkraut und Blumen erklärte.

Pitt wandte den Kopf, und über Jemimas Haarschopf hinweg begegnete er Charlottes Blick. Sie lächelte ihm zu, eine Strähne ihres Haares quer über der Stirn, eine Lehmspur auf einer Wange, und er fühlte ein Glücksgefühl in seinem Herzen wie noch nie zuvor in seinem Leben. Es gab Augenblicke mit Charlotte, so kostbar, daß der Versuch, sie in seinem Herzen zu bewahren, ihm fast körperlichen Schmerz bereitete. Er mußte sich zwingen, daran zu glauben, daß noch andere, ebenso schöne kommen würden, und daß es leicht sein würde loszulassen, um Platz für neue zu schaffen.

Die Sonne stand bereits tief am Horizont, als es fünf Uhr schlug; unter den Mauern lagen schon tiefe Schatten, und das dunkle Erdreich im Garten war glatt geharkt, die verbleibenden Pflanzen von welken Blättern befreit. Sie waren alle müde und schmutzig und von einer tiefen Zufriedenheit erfüllt.

Daniel schlief über seinem Tee ein, und Jemimas Kopf sank tiefer und tiefer, als Pitt ihr nach dem Abendbrot eine Bettgeschichte vorlas. Um halb sieben war das Haus still, das Feuer prasselte im Kamin, und Pitt döste vor sich hin, die Füße auf das Kamingitter gelegt, während Charlotte, in Gedanken versunken, Knöpfe an ein Hemd nähte. Der Montagmorgen erschien ihnen wie eine andere Welt.

Doch mit dem Tageslicht kehrte die Pflicht zurück, und es war bereits neun Uhr, als Pitt am Markham Square in Chelsea aus einer Droschke sprang, mit der Absicht, den anderen Zeugen aufzusuchen, mit dem Stafford am Tag seines Todes gesprochen hatte und den Pitt bisher noch nicht kennengelernt hatte.

Er hatte Devlin O'Neils Adresse in Staffords Kanzlei erfahren, und nun beeilte er sich, die Droschke zu bezahlen. Dann stieg er die Stufen zum Portal eines erhöht gelegenen, von einer breiten Terrasse mit Säulengängen rechts und links umgebenen Hauses empor. Der bronzene Türknauf hatte die Form eines Hundekopfs, eines Griffon, soweit Pitt dies beurteilen konnte, und in Kopfhöhe zierte ein fächerförmiges Oberlicht aus buntem Glas das Portal. Es war ein imposantes, vierstöckiges Haus mit jeweils drei breiten Fenstern zu beiden Seiten der Tür. Wenn dieser prachtvolle Wohnsitz Devlin O'Neil gehörte, dann hatte er keinen Grund, mit seinem Freund Kingsley Blaine wegen ein paar Guineas Wettschulden in Streit zu geraten.

Die Tür wurde von einem adretten Hausmädchen in dunklem Kleid, weißer Schürze und gestärkter Spitzenhaube geöffnet. Sie wirkte aufgeweckt und selbstbewußt.

»Ja, Sir?«

»Guten Morgen. Mein Name ist Thomas Pitt.« Er reichte ihr eine seiner Visitenkarten. »Ich möchte mich entschuldigen, daß ich so ungebührlich früh erscheine, aber ich würde gerne Mr. O'Neil sprechen, bevor er das Haus verläßt. Der Grund meines Kommens hat mit dem Tod eines Bekannten von ihm zu tun und ist sehr dringend.«

»Ach du meine Güte! Ich wußte gar nicht, daß jemand gestorben ist. Kommen Sie doch herein, und ich werde Mr. O'Neil Bescheid sagen, daß Sie hier sind.« Sie zog die Tür weit auf, um ihn einzulassen, legte die Karte auf ein silbernes Tablett und führte ihn ins Morgenzimmer. Es war ein düsterer Raum ohne Kamin, doch penibel sauber und aufgeräumt und in einem höchst konservativen und traditionellen Stil eingerichtet. Die Möbel waren massiv und wuchtig, zumeist geschnitzte Eiche, und reich mit Ornamenten verziert. Die Stuhlrücken waren mit bestickten und von einem gehäkelten Saum umrandeten Schonern überzogen. Die hohe Decke war mit vertieften Quadraten kassettiert, was dem Raum einen klassischen Anstrich verlieh, der jedoch von dem schwülstig ornamentierten Messingleuchter Lügen gestraft wurde. Auf dem Beistelltisch standen keine Blumen, sondern ein ausgestopftes

Wiesel unter einem Glassturz. Diese Art von Wohnzimmerschmuck war durchaus nichts Außergewöhnliches, doch als Pitt in die glänzenden Glasaugen des Tiers sah, empfand er Abscheu und Trauer. Er war auf einem großen Landsitz aufgewachsen, auf dem sein Vater Wildhüter gewesen war, und es fiel ihm nicht schwer, sich das Tier in der freien Wildbahn vorzustellen – geschmeidig, elegant, vor Leben vibrierend. Diese reglose und verstaubte blutleere Hülle seiner einstigen Natur war schrecklich und widerwärtig zugleich.

Die Tür wurde geöffnet, noch während er das Wiesel betrachtete, und als er sich umdrehte, erschien das freundliche Gesicht des Hausmädchens im Türspalt.

»Wenn Sie mir bitte folgen wollen, Sir. Mr. O'Neil erwartet Sie.«

»Danke schön.« Pitt folgte ihr wieder zurück in die Halle und weiter in einen hohen Raum, von dem aus man einen wunderschönen Blick in den äußerst gepflegten Garten hatte, in welchem Herbstblumen in langen Reihen blühten, exakt ausgerichtet wie eine Kompanie Paradesoldaten mit bunten Federbüschen am Helm.

Auch in diesem Zimmer waren die Möbel massiv und schwer. Eine Wand wurde von einem enormen Vitrinenschrank beherrscht, von fast drei Meter Höhe, der mit allem möglichen Geschirr, Terrinen und Saucieren jedweder Art vollgestopft war. Die Vorhänge, weinrot und gold, waren in verschwenderischen Falten drapiert und tief gerafft. Überall an den Wänden hingen silbergerahmte Familienphotographien oder bedeckten Tische, Sekretäre und Kommoden.

Devlin O'Neil stand am Fenster und wandte sich um, als er die Tür in seinem Rücken hörte. Er war schlank, von etwa durchschnittlicher Größe, leger und doch teuer gekleidet. Unter seiner karierten Hausjacke aus feinster Wolle trug er ein frisches, blütenweißes Hemd aus ägyptischer Baumwolle, und von dem Geld, das seine Stiefel gekostet hatten, hätte eine arme Familie eine Woche lang in Saus und Braus leben können. Er hatte dunkles Haar und dunkle Augen; sein Gesicht verriet Humor und eine ungezähmte Fantasie, obgleich es ihm Augenblick ernst und besorgt wirkte.

»Pitt ist Ihr Name, sagten Sie? Gwyneth sagte, Sie kommen wegen eines Todesfalls. Habe ich das richtig verstanden?«

»Ja, Mr. O'Neil«, erwiderte Pitt. »Es geht um den Tod von Richter Stafford. Er verstarb letzte Woche ganz plötzlich im Theater. Ich nehme an, Sie wissen bereits darüber.«

»Ehh – nun... Das kann ich nicht behaupten. Ich habe wohl etwas in der Zeitung darüber gelesen, aber nur oberflächlich. Das tut mir natürlich sehr leid, aber ich habe den Mann nicht gekannt.« Er sprach mit der kaum merklichen Spur eines Dialekts – nicht mehr als eine leise anklingende Melodie in seinem Tonfall –, den Pitt nicht einzuordnen vermochte.

»Aber Sie haben mit ihm an dem Tag, an dem er starb, gesprochen«, stellte Pitt klar.

O'Neil schien unangenehm berührt, doch seine dunklen Augen wichen dem Blick Pitts nicht aus.

»Das ist richtig. Aber er hat mich in einer – ich vermute, Sie würden sagen – dienstlichen Angelegenheit aufgesucht. Ich bin ihm davor nie begegnet und auch nicht danach.« Ein leises Lächeln spielte um seinen Mund. »Nicht gerade das, was man einen Freund nennen würde, Mr. Pitt.«

Jetzt wußte Pitt, wo er den Dialekt hintun sollte: Antrim County.

»Es tut mir leid, wenn ich dem Mädchen einen falschen Eindruck vermittelt habe.« Er erwiderte das Lächeln. »Ich habe natürlich nur gemeint, er war jemand, über den Sie mir vielleicht irgend etwas Relevantes erzählen können.«

O'Neils Augenbrauen schossen hoch und wölbten sich streng. »Er hat mit mir nicht über seine gesundheitlichen Probleme gesprochen! Aber ich muß sagen, er sah sehr gesund aus. Kein junger Mann mehr natürlich, und möglicherweise das eine oder andere Pfund zu schwer, aber eine durchaus stattliche Erscheinung.«

»Worüber hat er mit Ihnen gesprochen, Mr. O'Neil?«

O'Neil zögerte einen Augenblick, dann entspannte sich seine Miene und ein Anflug von Belustigung spielte um seine Züge. Er legte den Kopf schief und betrachtete Pitt mit forschendem Blick.

»Ich vermute, Sie wissen das bereits, Mr. Pitt, oder Sie wären nicht hier. Wie es scheint, war er noch immer am Tod des armen Kingsley Blaine vor fünf Jahren interessiert. Ich kann mir nicht vorstellen, weshalb, außer daß diese unglückliche Person, diese Tamar Macaulay, die Sache nicht ruhen lassen will. Ich vermute, daß Richter Stafford die Absicht hatte, das Gerede und den letzten Zweifel ein für allemal aus der Welt zu schaffen. Laß die Toten ihre Toten begraben und so weiter… Glauben Sie nicht auch?«

»Hat er das gesagt?«

»Nun… nicht explizit und mit so vielen Worten, wenn Sie verstehen, was ich meine.« O'Neil durchquerte mit schlendernden Schritten das Zimmer, und die Nonchalance seiner Bewegungen verriet Selbstvertrauen und Zuversicht. Er ließ sich seitlich auf die Lehne eines der wuchtigen Stühle sinken und betrachtete Pitt mit höflichem Interesse. »Er hat mich natürlich über alles noch einmal befragt. Und ich habe ihm das gleiche gesagt, was ich damals der Polizei gesagt habe und dem Gericht. Mehr kann ich dazu auch nicht äußern.« Mit einer Handbewegung forderte er Pitt auf, Platz zu nehmen. »Er war sehr höflich und freundlich«, fuhr er fort. »Aber er sagte nicht, weshalb er das alles noch einmal hören wollte. Andererseits gehört es wohl auch nicht zu den Gewohnheiten von Gentlemen in seiner Position und in seinem Amt, den gewöhnlichen Bürger, wie ich einer bin, über ihre Absichten ins Vertrauen zu ziehen.« Er sagte das mit einem Lächeln, doch Pitt konnte sich durchaus vorstellen, daß er beunruhigt war, weil die Sache wieder aufgerührt wurde. Sicherlich war es für ihn schmerzlich gewesen. Falls Stafford in der Absicht gehandelt hatte, die Angelegenheit ein für allemal abzuschließen, würde er sich nichts vergeben haben, O'Neil das zu sagen. Wenn er jedoch vorhatte, das Verfahren wiederzueröffnen, war das sicherlich ein Grund, es nicht zu erwähnen.

»Würde es Ihnen etwas ausmachen, Mr. O'Neil, mir genau zu sagen, worüber er mit Ihnen gesprochen hat?« Pitt kam auf das Angebot von zuvor zurück und setzte sich.

»Nun, eh… natürlich nicht. Ich hab' nichts dagegen, wenn Sie das wissen, Sir«, antwortete O'Neil mit einer nonchalanten Handbewegung, ließ jedoch dabei Pitts Gesicht nicht eine Sekunde aus den Augen. »Allerdings wäre ich Ihnen sehr verbunden, wenn Sie mir mitteilen würden, weshalb. Das wäre sehr freundlich.«

»Selbstverständlich.« Pitt schlug mit einem Lächeln die Beine übereinander und sah ihm direkt ins Gesicht. »Richter Stafford wurde ermordet.«

»Großer Gott! Was Sie nicht sagen!« Wenn O'Neils Überraschung nicht echt war, dann war er ein hervorragender Schauspieler.

»Sehr bedauerlich«, nickte Pitt. »Im Theater.«

»Das ist ja furchtbar. Ein hoher Richter vom Appellationsgericht im Theater ermordet! Was für ein Lump muß das sein, der einen Richter tötet – noch dazu einen alten Mann!« O'Neil verzog angewidert das Gesicht. »Heißt das, daß es ein Raubmord war?«

»Nein. Er ist vergiftet worden.«

»Vergiftet?« Seine dunklen Augen weiteten sich. »Bei allen Heiligen! Was für eine abstruse Art, jemanden umzubringen. Im Theater! Und aus welchem Grund, wurde er vergiftet? Glauben Sie, es hat vielleicht mit einem Fall zu tun, mit dem er gerade befaßt ist?«

»Ich weiß es nicht, Mr. O'Neil. Und das ist einer der Gründe, weshalb ich gerne hören würde, was er an diesem Nachmittag zu Ihnen gesagt hat.«

O'Neils Blick verriet nicht die kleinste Spur von Unsicherheit. Sein intelligentes und lebhaftes Gesicht war weitaus beherrschter, als Pitt zunächst geglaubt hatte, und trotz seines natürlichen Charmes war sicherlich nichts Naives in ihm.

»Das ist nur selbstverständlich«, erwiderte er ohne zu zögern. »Wenn ich an Ihrer Stelle wäre, würde mich das auch interessieren. Es würde mich freuen, wenn ich Ihnen behilflich sein kann.« Er verlagerte sein Gewicht ein wenig. »Zuerst fragte er mich, ob ich mich noch an den Abend erinnere, an dem Kingsley Blaine ermordet wurde. Das war natürlich nach den Begrüßungsformalitäten. Worauf ich erwiderte, daß ich mich natürlich daran erinnerte. Als könnte ich so etwas je vergessen, so sehr ich es auch versucht habe! Dann bat er mich, alles noch einmal, so wie ich es erlebt habe, zu erzählen, was ich auch tat.«

»Könnten Sie das auch für mich noch einmal tun, Mr. O'Neil?« unterbrach ihn Pitt.

»Wenn Sie es wünschen... Nun – es war im Frühherbst, aber ich nehme an, das wissen Sie. Kingsley und ich hatten uns entschlossen, ins Theater zu gehen.« Er kommentierte seine Worte mit einem Achselzucken und drehte dabei seine Handflächen nach oben. »Er war ein verheirateter Mann, und ich war vogelfrei. Doch das hielt ihn nicht davon ab, sich in die Schauspielerin Tamar Macaulay zu verlieben, und er hatte vor, nach der Aufführung hinter die Bühne zu gehen und ihr in ihrer Garderobe einen Besuch abzustatten. Er hatte ein Geschenk, das er ihr geben wollte, und zweifellos rechnete er damit, daß sie sich dafür entsprechend dankbar erweisen würde.«

»Was war das für ein Geschenk?« fragte Pitt.

»Eine Halskette. Wissen Sie das denn nicht?« Er blinzelte überrascht. »Natürlich wissen Sie es! Ja... Eine sehr hübsche Halskette. Gehörte einmal seiner Schwiegermutter – sie möge in Frieden ruhen. Er hätte sie sicherlich nicht einer anderen Frau schenken dürfen. Aber machen wir nicht alle hin und wieder närrische Dinge? Der arme Teufel ist tot und hat dafür bezahlt.« Er verstummte einen Augenblick und musterte Pitt interessiert.

»In der Tat«, sagte Pitt, wenn auch nur, um zu bestätigen, daß er es gehört hatte.

»Aber dann hatten er und ich eine Meinungsverschiedenheit; nichts Ernsthaftes im Grunde genommen. Es ging nur um eine Wette über den Ausgang eines Kampfes.« Er grinste breit. »Eine Demonstration der edlen Kunst des Faustkampfes, müssen Sie wissen, Mr. Pitt. Wir waren unterschiedlicher Meinung, wer gewonnen hatte, und er weigerte sich, mir das Geld zu geben, obwohl es mir nach den Regeln zustand.«

O'Neil verzog den Mund und schüttelte bedauernd den Kopf. »Ich verließ das Theater früher, zugegeben ein wenig verärgert, und suchte ein Freudenhaus auf.« Er setzte ein freimütiges Grinsen auf, das jede Verlegenheit, die er vielleicht empfinden mochte, übertünchte. »Kingsley blieb bei Tamar Macaulay und ging erst spät, soviel ich weiß. Zumindest hat das der Portier ausgesagt. Der arme Kingsley hat eine Nachricht erhalten, die angeblich von mir stammte, er solle mich in einem Spielclub treffen, den wir beide damals häufiger besuchten.« Er runzelte bekümmert die Stirn. »Der Weg dahin führte ihn durch die Farriers' Lane, und wir wissen, was dort passiert ist.«

»War die Nachricht schriftlich oder mündlich?«

»Mündlich.«

»Aber Sie haben Mr. Blaine nicht wiedergesehen?«

»Nicht lebendig, nein.«

»War das alles, was der Richter Sie gefragt hat?«

»Der Richter?« O'Neils Augen wurden groß. »Oh – natürlich… Richter Stafford, meinen Sie? Ja, ich denke schon. Offen gestanden kam mir das ganze wie eine Zeitverschwendung vor. Der Fall ist abgeschlossen. Das Urteil wurde vollstreckt, und es hat nie eine wirkliche Diskussion darüber gegeben. Die Polizei hat den Richtigen erwischt. Der arme Teufel hat den Kopf verloren und ist Amok gelaufen.« Er zuckte mit den Achseln. »Er war kein Christ, wie Sie sicher wissen. Unterschiedliche Ansichten von Gut und Böse, nehme ich an. Sie haben ihn gehängt, und sie hatten auch gar keine andere Wahl. Die Beweise waren erdrückend. Ich bin sicher, das wollte Richter Stafford noch einmal deutlich machen und auch den letzten Zweiflern ein für allemal beweisen, daß alles seine Richtigkeit hatte – vor allem Miss Macaulay, die alle Welt damit belästigte.«

Dies konnte durchaus die Wahrheit sein. Pitt war gekommen, weil es seine unmittelbare Pflicht war, Staffords Schritte zurückzuverfolgen. Irgend jemand hatte ihm irgendwann im Laufe dieses Tages flüssiges Opium in sein Flakon gegossen, oder Livesey hätte sich ebenfalls vergiftet, als er zuvor zusammen mit seinem Freund davon getrunken hatte. Aber Pitt hatte auch gehofft, etwas in Erfahrung zu bringen, das die Frage beantworten würde, ob Stafford beabsichtigt hatte, den Fall wiederzueröffnen oder endgültig abzuschließen. Vielleicht war das eine illusorische Hoffnung? O'Neil war einer der damals Verdächtigen gewesen. Er konnte kein Interesse daran haben, daß das Verfahren wiederaufgenommen würde.

Pitt betrachtete O'Neil, der leger auf der Lehne seines Stuhls saß. Falls er nervös war, verbarg er dies besser als jeder, den Pitt je kennengelernt hatte. Er wirkte entspannt, höflich und mitfühlend; ein Mann, der sich einem unerfreulichen Thema stellte, weil dies seine soziale Pflicht war, in die er sich ohne Verärgerung schickte.

»Hat er Sie etwas gefragt, das damals bei der Verhandlung nicht erwähnt wurde, Mr. O'Neil?« fragte Pitt mit einem nichtssagenden Lächeln und bemühte sich, den Eindruck zu erwecken, als wisse er etwas, das er noch nicht erwähnt hatte.

O'Neil blinzelte ein paarmal. »Nein – soweit ich mich erinnere, nicht. Es waren alles Dinge, die ich schon mehrmals gefragt wurde. Oh... Nein, das ist nicht ganz richtig. Er hat mich gefragt, ob Kingsley einen Spazierstock oder etwas in der Art bei sich hatte. Aber er hat nicht gesagt, weshalb er das wissen wollte.«

»Und hatte Mr. Blaine einen Stock bei sich?«

»Nein.« O'Neil verzog das Gesicht. »Er war nicht der Mann, der sich auf eine Schlägerei oder einen Kampf mit irgend jemandem eingelassen hätte. Es war Mord. Und jeder, der behauptet, es sei irgendeine Art von Auseinandersetzung, ein Kampf unter Männern gewesen, verkennt die Dinge.« Sein Gesicht war ernst geworden, und er beugte sich vor. »Es war ein brutaler, kaltblütiger Mord. Ich habe die Leiche gesehen.« Er war bleich und seine Lippen schmal. »Ich war es, der ihn identifiziert hat. Er hatte keine Verwandten außer seiner Frau und seinem Schwiegervater. Ich fand, das sei ich ihm schuldig. Er hatte am ganzen Körper keine andere Verletzung, Mr. Pitt; nur die tödliche Stichwunde an seiner Seite und nach oben in Richtung Herz und... und die ... die Male von den Nägeln an seinen Händen und Füßen.« Er schüttelte den Kopf. »Nein, nein. Es gab keinerlei Anzeichen eines Kampfes zwischen zwei bewaffneten Männern. Er hat sich nicht gewehrt.«

»Und Mr. Stafford hat nicht erwähnt, weshalb er danach fragte?«

»Nein – nein, das hat er nicht. Ich habe ihn sogar gefragt, aber er wich mir aus.«

Von welcher Seite er die Geschichte auch betrachtete, Pitt konnte keinen plausiblen Grund erkennen, weshalb Stafford neuerliche Nachforschungen angestellt hatte. Hatte es vielleicht doch mit dem Beweismaterial aus dem Autopsiebericht zu tun – irgendwelche medizinische Fakten? Er mußte Humbert Yardley findig machen und ihn fragen.

»Was war Kingsley Blaine für ein Mensch, Mr. O'Neil? Ich meine, wie sah er aus?« fragte Pitt. »Ich weiß leider so gut wie gar nichts über ihn. War er groß?«

»Oh.« Die Frage schien O'Neil zu überraschen. »Nun, eh... Er war größer als ich, aber schmaler und feingliedriger, wenn ich das so sagen kann.« Er betrachtete Pitt mit einem fragenden Blick. »Er war kein Athlet, gewiß nicht – eher ein... nun, ich will nicht schlecht von einem Toten sprechen, der außerdem mein Freund war, aber er war eher ein Träumer, wenn Sie verstehen, was ich meine?« Er stemmte sich von der Lehne hoch. »Wollen Sie eine Photographie von ihm sehen? Wir haben eine hier im Haus.«

»Das wäre wunderbar, wenn Sie ein Bild hätten!« Pitt war überrascht, obwohl nichts Ungewöhnliches dabei war. Die beiden Männer waren schließlich Freunde gewesen.

»Aber selbstverständlich«, erwiderte O'Neil. »Schließlich hat er seit seiner Heirat in diesem Haus gelebt, was – Gott sei's geklagt – nur ein paar wenige Jahre der Fall war.«

Pitt sah verblüfft auf. Darüber hatte nichts in den Berichten gestanden, die er gelesen hatte.

»Dies hier war Kingsley Blaines Haus?«

»Aber nein.« O'Neil genoß Pitts Verwirrung offensichtlich. »Das Haus gehört meinem Schwiegervater, Mr. Prosper Harrimore. Und natürlich seiner Mutter, Mrs. Adah Harrimore, die ebenfalls hier wohnt.« Er lächelte und sah Pitt mit offenem Blick an. »Ich habe Kingsleys Witwe geheiratet. Wußten Sie das nicht?«

»Nein«, gestand Pitt und erhob sich ebenfalls. »Nein, das

wußte ich nicht. Hat Richter Stafford mit jemand anderem ihrer Familie gesprochen?«

»Nein – nein, ganz sicher nicht. Er kam am Nachmittag, so gegen vier. Ich war von einem überaus angenehmen Lunch zurückgekehrt, der sich etwas in die Länge gezogen hatte. Er hatte mir eine Nachricht in den Club geschickt, daß er mich zu sprechen wünschte. Ich zog es vor, ihn hier zu empfangen, anstatt im Club.« Er ging zur Tür und machte sie auf. »Ich wußte nicht, was er von mir wollte, aber ich habe natürlich vermutet, daß es etwas mit Kingsley zu tun hatte. Und darüber wollte ich nicht in der Öffentlichkeit sprechen, und ich wollte auch meine Freunde nicht wieder daran erinnern.«

»Und die anderen Familienmitglieder waren nicht zu Hause?« fragte Pitt nach und trat durch die Tür in die Halle.

O'Neil schüttelte den Kopf. »Meine Frau war zu Besuch bei Freunden, ihre Großmutter machte eine Ausfahrt mit der Kutsche, und mein Schwiegervater war in seinem Büro. Er ist an einem großen Handelshaus in der City beteiligt.«

Pitt blieb stehen, um O'Neil durch die sehr schöne, schwarz und weiß geflieste Halle vorangehen zu lassen, von der eine imposante Treppe zu einer breiten Galerie emporführte. »Ich bin Ihnen sehr verbunden, daß Sie mir eine Photographie zeigen können«, sagte er, obgleich er keine Ahnung hatte, wie ihn das weiterbringen könnte. Doch er wollte Kingsley Blaine sehen. Er wollte zumindest einen Eindruck von dem Mann bekommen, der im Mittelpunkt einer Tragödie gestanden hatte, die fünf Jahre, nachdem Blaine ermordet und Godman dafür gehängt worden waren, noch immer nicht zur Ruhe gekommen war und so gefährliche Wellen schlug.

»Nun – dann werd' ich sie Ihnen zeigen«, sagte O'Neil aufgeräumt, und seine gute Laune schien wieder zurückzukehren. »Mit Freunden.« Er öffnete eine Tür und ließ Pitt den Vortritt in ein größeres und wärmeres Zimmer, in dem ein Feuer mit behaglichem Knistern im Kamin brannte. Eine junge Frau mit hellbraunem Haar und ungewöhnlich hohen Backenknochen saß auf einem Polsterstuhl in der Nähe des Kamins, auf ihrem Schoß ein etwa zweijähriges Kind mit dunklem Lockenkopf. Vor ihr, auf dem Teppich, saß ein zweites Kind, ein etwa vierjähriges Mädchen, wie Pitt schätzte, das in ein Buch mit bunten Bildern vertieft war. Ihr Haar war aschblond und fast überhaupt nicht gelockt, und als sie den Kopf hob, sah Pitt, daß ihre Augen blau waren.

»Hallo, meine Hübsche«, lachte O'Neil und strich ihr über den Kopf.

»Hallo, Papa«, erwiderte sie mit einem glücklichen Strahlen und sah zu ihm auf. »Ich lese Mama und James eine Geschichte vor.«

»Soso, tust du das?« sagte O'Neil bewundernd und ohne die Spur eines Zweifels in seiner Stimme, daß sie die Wahrheit sagte. »Wovon handelt die Geschichte denn?«

»Von einer Prinzessin«, erklärte die Kleine, ohne zu zögern. »Und von einem Märchenprinzen.«

»Oh? Das ist aber eine hübsche Geschichte.«

»Großpapa hat mir das Buch geschenkt.« Sie hielt das Buch hoch. »Er hat gesagt, ich kann auch so eine Prinzessin werden, wenn ich brav bin.«

»Das kannst du ganz gewiß, mein Kleines. Ganz gewiß«, versicherte O'Neil ihr. Dann wandte er sich der Frau zu. »Kathleen, meine Liebe«, sagte er. »Das ist Mr. Pitt, der mich in einer geschäftlichen Angelegenheit aufgesucht hat. Mr. Pitt – darf ich Ihnen meine Frau vorstellen.«

»Guten Tag, Mrs. O'Neil«, begrüßte Pitt sie mit einer leichten Verbeugung. Dies also war Kathleen Blaine-O'Neil. Sie war hübsch, sehr fraulich, und doch lag eine Strenge in ihren Zügen, die weder von ihrem runden Kinn noch von ihren sanften Augen gemildert wurde.

»Wie geht es Ihnen, Mr. Pitt«, erwiderte sie, ohne mehr als ein flüchtiges Interesse in ihrer Stimme.

»Mr. Pitt interessiert sich für Photographien«, erklärte O'Neil, wobei er Kathleen den Rücken zuwandte und Pitt ansah. »Wir haben hier ein paar gute Photographien stehen, die ich ihm gern zeigen möchte.«

»Selbstverständlich«, sagte Kathleen und lächelte Pitt zu. »Bitte fühlen Sie sich wie zu Hause, Mr. Pitt. Ich hoffe, wir können Ihnen behilflich sein. Photographieren Sie viel? Ich vermute, Sie lernen dabei interessante Menschen kennen.«

Pitt zögerte nur einen Augenblick. »Ja, das ist wahr, Mrs. O'Neil. Ich lerne sehr interessante Menschen dabei kennen mit ganz einzigartigen und beeindruckenden Gesichtern – gute und böse.«

Sie sagte nichts darauf, betrachtete ihn jedoch weiter.

»Das hier ist eines, das Ihnen gefallen könnte«, sagte O'Neil beiläufig, und Pitt trat neben ihn, um die silbergerahmte Fotografie einer jungen Frau zu betrachten, die auf den ersten Blick als Kathleen O'Neil zu erkennen war. Sie trug ein sehr konventionelles Kleid, und hinter ihr stand ein etwa gleichaltriger junger Mann, großgewachsen und mit schlanken Gliedern; sein blondes, welliges Haar fiel über die linke Braue herab. Er hatte ein hübsches, gutmütiges Gesicht, voller romantischer und schwärmerischer Empfindsamkeit. Pitt brauchte nicht zu fragen, ob dies Kingsley Blaine war. Er nahm sich vor, O'Neil später zu fragen, ob Blaine der Vater des älteren Kindes mit dem blonden Haar war, doch die Antwort lag auf der Hand.

»Ja«, sagte er nachdenklich. »Ein sehr schönes Bild. Ich danke Ihnen sehr, Mr. O'Neil.«

Kathleen musterte ihn interessiert.

»Hilft Ihnen das weiter, Mr. Pitt? Er war mein erster Mann. Er starb vor mehr als fünf Jahren.«

Pitt fühlte sich wie der niederträchtigste Heuchler auf Gottes Erdboden. Worte rasten durch seinen Kopf. Er sollte ihr sagen, daß er es wußte, doch wie, ohne dabei O'Neil in Verlegenheit zu bringen?

O'Neil kam ihm zur Hilfe.

»Mr. Pitt weiß das, meine Liebe«, sagte er zu seiner Frau. »Ich habe es ihm gesagt.«

»Oh... Ich verstehe.« Doch offensichtlich tat sie das nicht.

Die Konversation wurde dadurch gerettet, daß die Tür aufging und ein Mann ins Zimmer trat. Er sah zuerst O'Neil an, dann Pitt, dann wieder O'Neil, und in seinem scharfgeschnittenen, von einer schmalen Hakennase dominierten Gesicht stand eine Frage. Er war breit und massig gebaut, mit einem Brustkorb wie ein Faß, und beim Gehen hinkte er deutlich. Er warf einen schnellen Blick auf die Kinder, und einen kurzen

Augenblick lang glomm ein unbändiger Stolz in seinen Augen auf, ehe er sich wieder Pitt zuwandte.

»Ahh... Guten Morgen, Schwiegerpapa«, begrüßte O'Neil ihn mit einem charmanten Lächeln. »Das ist Mr. Pitt, ein Geschäftsfreund.«

»Soso.« Harrimore betrachtete Pitt mit reserviert höflichem Blick, und auf seinem Gesicht spiegelte sich vorsichtige Zurückhaltung. Er hatte ein bemerkenswertes Gesicht; in einem Augenblick wirkte es streng und beinahe einschüchternd und dann, vor allem wenn er sich bewegte und Intelligenz seine Züge erhellte, erschien es verwundbar und sensibel. Sein Mund war ein wenig verkniffen, doch es war unmöglich zu sagen, ob aus Grausamkeit oder wegen seiner Schmerzen. »Wie aufmerksam von Ihnen, uns zu Hause aufzusuchen, Mr. Pitt. Sie ersparen uns damit die Mühen, um diese Zeit durch die Stadt fahren zu müssen. Haben Sie gegessen, Sir? Oder dürfen wir Ihnen eine Erfrischung anbieten?«

»Das ist sehr freundlich von Ihnen, Mr. Harrimore, aber ich habe gegessen. Vielen Dank«, erwiderte Pitt. Kathleen mochte ihm vielleicht sein Interesse an Photographie als Erklärung für seinen Besuch abgenommen haben, aber er bezweifelte, daß Prosper Harrimore so leicht zu überzeugen sein würde.

»Devlin hat Mr. Pitt die Hochzeitsphotographien von Kingsley und mir gezeigt«, erklärte Kathleen mit einem Lächeln.

»Ach ja?« sagte Harrimore und faßte Pitt genauer ins Auge.

»Ein ganz vortreffliches Beispiel für die Kunst der Porträtphotographie«, murmelte Pitt und warf O'Neil einen Blick zu.

»Das ist es in der Tat«, pflichtete ihm O'Neil bei und wandte sich dann seiner Frau zu. »Vielleicht solltest du besser mit den Kindern jetzt einen Morgenspaziergang machen, meine Liebe. Das Wetter ist gerade so schön.«

Sie erhob sich gehorsam; sie erkannte einen Befehl, wenn sie ihn hörte. Sie entschuldigte sich bei Pitt und ihrem Vater und, gefolgt von ihren beiden Kindern, ging sie in die Halle hinaus und machte die Tür hinter sich zu.

»Mr. Pitt ist hier wegen des kürzlichen und plötzlichen Todes von Richter Stafford«, erklärte O'Neil sogleich, und sein

Gesicht nahm wieder den ernsten Ausdruck von zuvor an. »Ich habe mit dem armen Mann an dem Tag, an dem er gestorben ist, gesprochen; deshalb ist es nur natürlich, daß man mich darüber befragt.«

»Sehr taktvoll von Ihnen, Mr. Pitt«, sagte Harrimore langsam und musterte Pitt von Kopf bis Fuß. »Und was haben Sie mit dieser Sache zu tun, Sir? Sie sehen nicht aus wie ein Polizist.«

Pitt war sich nicht sicher, ob das als Kompliment oder als Rüge gedacht war.

»Das ist manchmal von Vorteil«, entgegnete er gelassen. »Aber ich habe Mr. O'Neil in der Angelegenheit keineswegs hinters Licht geführt.«

»Nein, nein – das nehme ich auch nicht an.« In Harrimores Augen flackerte unsichere Belustigung. »Und weshalb befaßt sich die Polizei mit dem Tod von Richter Stafford?«

»Weil er, wie ich fürchte, keines natürlichen Todes gestorben ist.«

Harrimores Gesicht wurde starr. »Das ist nicht unser Problem, Sir. Wir haben in diesem Haus weiß Gott mehr als unseren Teil an Mord und Totschlag abbekommen, wie Sie sicherlich wissen. Mein erster Schwiegersohn ist eines gewaltsamen Todes gestorben. Ich wäre Ihnen sehr dankbar, wenn Sie diese Angelegenheit nicht wieder von neuem aufwühlten und meiner Familie unnötigen Schmerz zufügten. Meine Tochter hat schon mehr gelitten, als für ein so junges Leben gut sein kann, und ich werde nicht dulden, daß ihr oder ihren Kindern irgendein neuerliches Leid zugefügt wird.« Er maß Pitt mit grimmigem Blick.

»Aus diesem Grund habe ich auch in Gegenwart von Mrs. O'Neil den wahren Grund meines Besuchs nicht erwähnt, Sir«, erwiderte Pitt ruhig. »Mrs. O'Neil kann nichts über den Besuch von Richter Stafford wissen, weil sie an diesem Tag nicht zu Hause war, und deshalb dachte ich, eine kleine Notlüge wäre der taktvollere Weg.«

»Wenigstens etwas«, brummte Harrimore widerstrebend. »Aber was kann Ihnen Devlin schon sagen, was Sie nicht bereits wissen?«

»Sehr wenig«, mischt O'Neil sich ein. »Nur, was Mr. Pitt bereits von anderen gehört hat, Schwiegerpapa. Aber ich weiß, der arme Mann hat eine schwere Aufgabe zu erledigen.«

Harrimore grunzte.

Die Tür ging erneut auf, und eine ältliche Dame mit schwergewichtigem Busen, schmalen, gebeugten Schultern und ausladenden Hüften kam ins Zimmer. Trotz ihrer Körperfülle hielt sie sich gerade und trug ihren sorgfältig frisierten Kopf aufrecht. Die Ähnlichkeit ihrer Züge mit Harrimore war so auffallend, daß eine Vorstellung nicht nötig war, außer daß es die Höflichkeit gebot.

»Wie geht es Ihnen, Mrs. Harrimore«, erwiderte Pitt auf ihren kühlen Gruß.

Adah Harrimore betrachtete ihn aus dunklen, glänzenden Augen, die ebenso tief lagen wie die ihres Sohns und eine scharfe Intelligenz verrieten.

»Und deshalb sind Sie hier, Inspektor?« fragte sie rundheraus. »Hier hat es kein Verbrechen gegeben. Was wollen Sie also hier bei uns?«

»Es geht um den Tod von Richter Stafford«, erklärte O'Neil, während er ein Kissen in dem Stuhl neben ihr zurechtklopfte und tätschelte. »Er ist neulich abend im Theater gestorben.«

»Herrgott, laß doch das Kissen in Ruhe!« schnappte sie und bedachte den Stuhl mit einem finsteren Blick. »Ich muß mich noch nicht hinsetzen. Mir geht es ganz vorzüglich! Und wenn schon!« Sie wandte ihren Blick herausfordernd Pitt zu. »Alte Männer sterben nun mal. Ich nehme an, er hat zuviel getrunken und einen Schlaganfall bekommen... Und darum kommen Sie hierher? Weil ein Richter im Theater gestorben ist? Ich hoffe für Sie, daß Sie eine einleuchtende Erklärung dafür haben, junger Mann!«

»Er ist nicht eines natürlichen Todes gestorben, Ma'am«, erwiderte Pitt und beobachtete ihr Gesicht. »Und er war an dem Tag, an dem er gestorben ist, hier in diesem Haus, um Mr. O'Neil einen Besuch abzustatten. Ich wollte von Mr. O'Neil lediglich erfahren, worüber Richter Stafford mit ihm gesprochen hat, was ihn beschäftigt hat und in welcher geistigen Verfassung er sich befand.«

»Was hat seine geistige Verfassung mit seinem Tod zu tun? Wollen Sie damit etwa sagen, er hat Selbstmord begangen?« begehrte sie zu wissen.

»Nein. Es tut mir leid, das sagen zu müssen, aber er wurde ermordet.«

Ihre Nasenflügel erbebten kaum merklich, als sie die Luft ausstieß, und um den Mund herum wurde sie eine Spur bleicher.

»Wurde er das? Das tut mir leid für ihn, aber das hat nichts mit dieser Familie zu tun, Mr. Pitt. Er ist einmal hier gewesen, in irgendeiner Ermittlungsangelegenheit, wie man mir gesagt hat. Wir haben ihn weder davor noch seitdem gesehen. Wir bedauern seinen Tod, doch mehr als das können wir nicht für Sie tun.« Ihr Blick ruckte zu O'Neil herum. »Devlin? Ich nehme doch an, dieser Mann hat dir sicherlich nicht anvertraut, daß er in irgendeiner Weise um seine Sicherheit besorgt ist?«

O'Neil sah sie mit großen Augen an. »Nein, Großmama. Er schien mir vollkommen beherrscht und Herr der Situation.«

Ihr Gesicht war bleich, und ein winziger Muskel in ihrem rechten Augenlid zuckte.

»Wäre es sehr aufdringlich von mir zu fragen, aus welchem Grund ein Richter hierher kommt, um mit dir zu sprechen? Die Familie führt, soweit ich informiert bin, keinen Prozeß vor dem Appellationsgericht.«

O'Neil zögerte nur einen kurzen Moment lang, und er sah auch nicht zu Pitt hinüber.

»Nein, natürlich nicht, Großmama«, sagte er mit einem kleinen Lachen. »Ich habe es damals nicht erwähnt, weil ich nicht wollte, daß du dich aufregst; der arme Mann wurde von Tamar Macaulay ständig molestiert, den Fall von Kingsleys Tod wiederaufzurollen. Er wollte ihr ein für allemal beweisen, daß der Fall abgeschlossen ist. Das Urteil war gerecht, und daran wird auch sie – diese arme, geschlagene Frau – mit all ihrer Agitation nichts ändern. Warum vergessen die Leute nicht endlich und leben wieder ihr eigenes Leben?«

»Das frage ich mich auch!« rief die alte Dame mit großer Vehemenz. »Diese unglückliche Person muß nicht mehr ganz richtig im Kopf sein, dies alles immer wieder aufzuwühlen. Es ist vorbei und abgeschlossen!« Ihre Augen funkelten hart. »Schlechtes Blut«, sagte sie bitter. »Man kann ihm nicht entkommen.« Sie starrte O'Neil unverwandt ins Gesicht. »Kingsley liegt in seinem Grab und dieser verdammte Jude ebenfalls! Warum können die Leute keinen Frieden geben?« Ihr Gesicht war hart geworden, voll von altem Haß und schrecklichem Leid.

»Du hast ja recht, Großmama«, sagte O'Neil mit sanfter Stimme. »Aber laß dich davon jetzt nicht mehr bekümmern. Der arme Mr. Stafford liegt jetzt ebenfalls in seinem Grab – oder so gut wie. Wollen wir hoffen, daß damit genug ist – sogar für Miss Macaulay.«

Adah erschauderte, und in ihren tiefliegenden Augen stand Abscheu.

Prosper, der dabeigestanden hatte wie zu einer Salzsäule erstarrt, erwachte mit einemmal zum Leben, als sei ein Bannspruch von ihm genommen.

»Genug davon! Es gibt nichts, Mr. Pitt, womit wir Ihnen weiterhelfen könnten«, erklärte er abrupt. »Wir wünschen Ihnen das Beste, aber wer immer Mr. Stafford umgebracht hat, sie müssen ihn anderswo suchen. Zweifellos hatte er auch persönliche Feinde…« Er ließ den Rest ungesagt und in der Schwebe. Er wollte nicht schlecht von den Toten reden – das wäre vulgär gewesen –, doch die Folgerungen lagen auf der Hand.

»Ich danke Ihnen für Ihre Freundlichkeit, mich empfangen zu haben, Ma'am«, sagte Pitt mit einer leichten Verbeugung in Richtung Adahs aufrechter Gestalt, dann in Harrimores Richtung. Ihm blieb nichts anderes übrig, als sich in das Unvermeidliche zu fügen. Er würde von O'Neil ohnehin nichts mehr erfahren. Die Antwort, daß Stafford lediglich vorhatte, die Richtigkeit des Urteils ein für allemal und über den letzten Zweifel hinaus zu beweisen, war für ihn viel zu zufriedenstellend und wohl auch glaubhaft, als daß er etwas anderes gesagt hätte. Und da offenbar niemand anderer zur fraglichen Zeit zu Hause gewesen war, konnten sie auch nicht verdächtigt werden. Und sie hatten auch kein Motiv. Sie waren in den Mord an Kingsley Blaine nicht involviert gewesen – polizeitechnisch betrachtet natürlich; sie hatten mit den damaligen Ermittlungen nichts zu tun gehabt.

»Bitte sehr«, erwiderte die alte Dame steif, und lediglich das Gebot der Höflichkeit vermochte etwas von der Strenge in ihrem Gesicht zu mildern. »Guten Tag, Mr. Pitt.«

Prosper sah zu seiner Mutter hinüber, dann zu Pitt. Er brachte ein angestrengtes Lächeln zustande und griff dann nach der Glocke, um eines der Mädchen zu rufen, damit es ihn zur Tür brachte.

Draußen auf der stillen Straße ließ Pitt sich alles noch einmal durch den Kopf gehen. Es sah mehr und mehr danach aus, als sei es entweder Juniper Stafford oder Adolphus Pryce gewesen, die das Opium in das Flakon getan hatten. So sinnlos und unnötig ein solcher Schritt bei nüchternem Verstand auch erscheinen mochte, in der Hitze der Leidenschaft hatten sie vielleicht geglaubt, sie könnten ihr Glück finden, wenn Stafford nicht mehr lebte. Besessenheit ist nicht immer fähig, über den Augenblick hinauszublicken und über die Begierden, die das Denken beherrschen und verzehren, bis sie befriedigt sind – egal, zu welchem Preis.

Fühlten die beiden wirklich so? Er würde die Möglichkeit zumindest verfolgen müssen, auch wenn ihn der bloße Gedanke daran bereits mit Abscheu erfüllte. Es war eine Einmischung in private Dinge, die ihm zutiefst widerstrebte. Es gab menschliche Schwächen, die Außenstehenden besser verborgen blieben, und das überdimensionierte und verzehrende Verlangen nach einem anderen Menschen war eine davon. Es war ein Verlangen, das den, der es empfand, nicht groß, sondern klein machte und am Ende zerstörte – so wie es möglicherweise Juniper Stafford und ihren Liebhaber zerstört hatte.

Doch bevor er mit der Beweissuche in dieser Richtung begann, würde er den Blaine/Godman-Fall ganz aus seinen Gedanken streichen. Dazu brauchte er jedoch ein vollständiges Bild. Er wußte bereits ziemlich viel darüber, aber es war möglich, daß es noch andere Dinge zu berücksichtigen gab, Details, die nur die Polizei kannte und die das Bild verändern konnten. Außerdem wollte er sich einen eigenen Eindruck von den Männern verschaffen, die damals die Ermittlungen geführt hatten, von dem Druck und den Zwängen, denen sie ausgesetzt waren, und inwieweit dies eine mögliche Fehlerquelle gewesen war.

Aus diesem Grund lenkte er, in Gedanken versunken und die Hände tief in den Hosentaschen vergraben, seine Schritte in Richtung der nächsten Hauptverkehrsstraße. Es gefiel ihm nicht, die Ermittlungen seiner Kollegen zu überprüfen, doch ihm blieb keine andere Wahl. Gleichwohl konnte er versuchen, dabei so taktvoll wie möglich vorzugehen, und er nahm sich Zeit, sich die Worte zurechtzulegen, mit welchen er beginnen würde.

Er erreichte das Polizeirevier in der Shaftesbury Avenue kurz vor Mittag.

»Ja bitte, Sir?« fragte der diensthabende Sergeant höflich und mit ausdrucksloser Miene.

»Inspektor Pitt von der Bow Street«, stellte Pitt sich vor. »Ich habe ein Problem, bei dem Sie mir, wie ich glaube, behilflich sein könnten, wenn Sie mir ein wenig von Ihrer Zeit opfern.«

»Ach ja? Nun, ich bin sicher, wir werden tun, was wir können. Um was für ein Problem handelt es sich denn?«

»Ich arbeite an einem schwierigen Fall, für den ich einige Hintergrundinformationen benötige. Ich würde gerne mit dem Officer sprechen, der einen Fall untersucht hat, der etwa fünf Jahre zurückliegt. Ein Mord in der Farriers' Lane.«

Die Miene des Sergeants verdüsterte sich. »Der Fall ist damals rechtskräftig abgeschlossen worden, Mr. Pitt. Es gibt nichts, das in diesem Fall nicht aufgeklärt worden wäre. Ich war selbst dabei und weiß alles darüber.«

»Ja, die Untersuchungsergebnisse sind mir bekannt«, sagte Pitt besänftigend. »Meine Fragen haben auch nichts damit zu tun, wer der Schuldige war; es geht vielmehr um Probleme, die sich in der Folge der damaligen Ereignisse ergeben haben. Ich muß mit dem Officer sprechen, der damals die Untersuchungen geleitet hat. Ist er noch immer im Polizeidienst?«

»N'türlich is' er das. Er ist inzwischen befördert worden. Hat gute Arbeit geleistet damals.« Der diensthabende Sergeant straffte unbewußt die Schultern und hob das Kinn eine Spur. »Es ist Chief Inspector Lambert. Ich bin sicher, wenn er Ihnen bei Ihrem Problem helfen kann, wird er's bestimmt tun. Ich werd' ihn für Sie fragen, Inspector.« Damit zog er sich in die hinteren Regionen des Reviers zurück und kam einige Minuten später zurück, um Pitt mitzuteilen, Mr. Lambert werde ihn empfangen, wenn er sich zehn Minuten oder so in Geduld fassen könne.

Pitt blieb nichts anderes übrig, als sich damit abzufinden, doch er nahm sich vor, sich bei Gelegenheit mit gleicher Münze zu revanchieren.

Fünf Minuten lang tigerte er unruhig auf und ab, dann setzte er sich auf die Bank und wartete weitere zehn Minuten. Er erhob sich wieder und ging von neuem auf und ab. Schließlich erschien ein junger Constable und führte ihn in ein enges, unordentliches Büro, in welchem ein hochloderndes Feuer im Kamin brannte, das die stickige Luft nach der kalten Revierstube draußen unerträglich warm erscheinen ließ. Charles Lambert empfing ihn mit reservierter Höflichkeit. Er war Ende Vierzig; sein Haupthaar hatte sich bereits stark gelichtet, doch seine Gesichtszüge waren angenehm und sein Blick klar.

»Guten Morgen – Pitt, so war doch der Name? Nehmen Sie Platz.« Er machte eine einladende Handbewegung in Richtung des einzigen anderen Stuhls. »Tut mir leid, daß ich Sie warten ließ. Viel zu tun. Jede Menge übler Raubüberfälle. Mein Sergeant sagt mir, Sie brauchen Unterstützung in einer Sache. Was kann ich für Sie tun?«

»Ich bearbeite den Mord an Richter Samuel Stafford…«

Lamberts Augenbrauen wölbten sich. »Ich wußte gar nicht, daß er ermordet wurde! Obwohl er ja in seiner Loge im Theater gestorben ist.«

»Ja. An Gift.«

Lambert schüttelte den Kopf und verzog den Mund.

»Mein Sergeant hat die Farriers' Lane erwähnt. Was hat Staffords Tod damit zu tun?« Seine Stimme klang vorsichtig. »Das liegt alles mehr als fünf Jahre zurück, und er war ohnehin nicht der Richter. Das war Quade – Thelonius Quade. Nicht, daß es irgendwelche Zweifel über das Urteil oder die Prozeßführung gegeben hätte.«

»Aber es wurde Revision eingelegt«, sagte Pitt, so sanft er konnte. Er durfte nicht vergessen, daß er gar nichts erfahren würde, wenn er Lambert verärgerte und in die Defensive drängte. »Die aber keine neuen Erkenntnisse brachte, nehme ich an?«

»Keine. Es war nur ein verzweifelter Versuch, den Mann vom Galgen zu retten. Verständlich, würde ich sagen, aber sinnlos.«

Pitt holte tief Luft. So erreichte er gar nichts. Auch Takt hatte seine Grenzen.

»Wie es aussieht, hat Stafford in dem Fall neuerliche Ermittlungen angestellt. An dem Tag, an dem er starb, hat er die meisten der damals Verdächtigen aufgesucht.«

Die Linien in Lamberts Gesicht wurden härter, und er richtete sich etwas mehr in seinem Stuhl auf.

»Ich wüßte nicht, weshalb!« In seiner Stimme schwang bereits ein defensiver, unwirscher Unterton mit. »Es sei denn, Godmans Schwester hat in auf irgendeine Weise dazu gebracht.« Sein Achselzucken machte deutlich, wie wenig er von der ganzen Idee hielt. »Sie ist eine sehr schöne Frau und besessen von der Vorstellung, daß ihr Bruder unschuldig war. Es ist nicht sehr schön, so was in den Raum zu stellen, ich weiß...« Wieder war diese Schärfe in seiner Stimme, ein Sich-Wappnen gegen einen erwarteten Angriff. »Aber es kommt vor. Er wäre nicht der erste Mann gewesen, der unter dem Einfluß einer schönen und zu allem entschlossenen Frau den Kopf verloren hat.«

Pitt war irritiert, doch er bemühte sich, dies zu verbergen.

»Nein – natürlich nicht. Und das ist möglicherweise auch schon alles, was dahintersteckt. Aber Sie werden verstehen, daß ich – wenn ich das behaupte – sehr gute Beweise dafür haben muß. Die Witwe wird das nicht so ohne weiteres hinnehmen, und seine Amtskollegen auf der Richterbank sicherlich auch nicht.« Er zwang sich zu einem Lächeln. »Es stellt die Tugend und Unbestechlichkeit von ihnen allen in Frage, wenn wir behaupten, er sei nur ein armer Narr gewesen, der angesichts eines hübschen Gesichts seinen gesunden Menschenverstand, seine Erfahrung und Würde als Richter so weit vergessen hat, aus diesem Grund eine Wiedereröffnung eines Verfahrens in Betracht zu ziehen. Ich werde mich in eine sehr unangenehme Situation bringen, wenn ich das behaupte, ohne es beweisen zu können.«

Lambert erwiderte sein Lächeln und entspannte sich etwas, als seine Gedanken von seinen eigenen Problemen zu denen Pitts wanderten.

»Das werden Sie sicherlich«, pflichtete er Pitt bei, und es klang fast, als bereite ihm die Vorstellung Behagen. »Ihre Lordschaften wird das nicht sehr freundlich stimmen. Sie werden sich mit dem Gedanken anfreunden müssen, in Zukunft Taschendiebe und Falschspieler jagen zu dürfen.«

»Genau.« Pitt verlagerte sein Gewicht zur anderen Seite. Die Luft in dem Zimmer war erstickend. »Deshalb bitte ich Sie, mir alles über den Mord in der Farriers' Lane zu erzählen, woran Sie sich erinnern, damit ich meinen Vorgesetzten klarmachen kann, daß es keinen plausiblen Grund gibt, weshalb er in dieser Angelegenheit recherchiert haben sollte.« Er schickte eine stumme Entschuldigung an Micah Drummond hinterher, wegen dieser ungerechtfertigten Unterstellung.

»Wenn Sie glauben, daß es Sie weiterbringen wird«, erwiderte Lambert mit einem Seufzen. »Es war alles ganz unkompliziert, obwohl wir das am Anfang der Ermittlungen nicht erwartet haben.«

»Scheußliche Sache, kann ich mir vorstellen«, murmelte Pitt, »die sehr viel Aufsehen in der Öffentlichkeit erregt hat.«

»Ich kenne keinen Fall, der damit vergleichbar wäre«, stimmte ihm Lambert zu und lehnte sich in seinem Stuhl zurück, um es sich bequemer zu machen. Er verstand jetzt, was Pitt wollte, und wichtiger noch, warum. »Abgesehen von den Whitechapel-Morden, aber die armen Teufel haben den Ripper nie zu fassen bekommen. Leider.«

»Aber Sie haben Ihren Mann dingfest gemacht.«

Lamberts braune Augen waren klar und scharfblickend, und sie betrachteten Pitt voller Verständnis und mit einer Spur von Zufriedenheit.

»Wir haben ihn dingfest gemacht, ja. Und ich bin befördert worden. Aber es war alles hieb- und stichfest.« Der scharfe Unterton war wieder in seiner Stimme. »Die Beweise waren nicht zu widerlegen. Ich will nicht sagen, daß wir nicht auch Glück hatten, denn das hatten wir. Aber wir haben unsere Arbeit verdammt gut gemacht! Meine Männer waren hervorragend – diszipliniert, pflichtbewußt –, und sie haben in schwierigen Situationen nicht die Nerven verloren. In der Öffentlichkeit herrschte eine regelrechte Hysterie. Der Mob wütete. Es kam zu einigen sehr häßlichen Zwischenfällen im East End. In einige Synagogen wurde eingebrochen, man hat die Fenster zerschlagen, und ein Pfandleiher wurde fast totgeschlagen. Überall Plakate und beschmierte Wände. Einige Zeitungen verlangten sogar, alle Juden sollten aus der Stadt gejagt werden. Überaus schändliche Angelegenheit das... Aber man kann den Leuten keinen Vorwurf machen. Es war einer der grauenvollsten Morde in London.« Er betrachtete Pitt forschend, studierte seine Züge, las seinen Gesichtsausdruck.

Pitt bemühte sich, seine Gefühle zu verbergen und unbeteiligt zu wirken, und er war sich ziemlich sicher, daß sein Versuch fehlschlug

»Gewiß«, erwiderte er höflich. »Nun, ich weiß, daß der Leichnam von Kingsley Blaine in der Farriers' Lane gefunden wurde – aber von wem?«

Offensichtlich bereitete es Lambert einige Mühe, sich an Einzelheiten zu erinnern. »Vom Lehrjungen des Schmieds, in aller Herrgottsfrühe«, antwortete er nach einigem Zögern. »Der Anblick hat dem armen Jungen einen furchtbaren Schock versetzt, über den er, solange wir mit ihm zu tun hatten, nicht weggekommen ist. Soviel ich weiß, ist er nach dem Prozeß aus London fort und zurück aufs Land gegangen. Irgendwohin nach Sussex.«

»Und sonst ist niemand in der Nacht durch die Farriers'

Lane gegangen? Ist das nicht merkwürdig, wenn man bedenkt, daß sie ein ziemlich frequentierter Durchgang ist?« fragte Pitt.

»Nun ja... Drücken wir es so aus: Wenn jemand durchgegangen ist, dann hat er entweder Blaine an dem Stalltor nicht gesehen oder er hat es schlichtweg nicht gemeldet. Beide Möglichkeiten sind durchaus denkbar und sogar wahrscheinlich. In der dunklen Gasse hat man genug damit zu tun, darauf zu achten, wo man hintritt; von dem, was außen herum ist, bekommt man nicht viel mit.«

»Der Stall liegt nicht direkt an der Straße?«

»Nein, nein. Er ist an der hinteren Seite des Hofs.«

»Wer immer also Blaine getötet hat, hat ihn entweder in den Hof gelockt oder war kräftig genug, ihn dorthin zu tragen«, folgerte Pitt.

»Ich würde sagen, die Schlußfolgerung ist richtig«, räumte Lambert ein. »Und Blaine kannte Godman; deshalb dürfte es dem nicht schwergefallen sein, ihn von der Gasse in den Hof zu locken.«

»Glauben Sie? Ich würde nicht mit einem Mann, dessen Schwester ich verführe, nachts in einen dunklen Stallhof gehen – Sie etwa?«

Lambert starrte ihn aus großen Augen an; sein Gesicht lief langsam vor Verwirrung und Ärger rot an.

»Ich habe den Eindruck, Sie ziehen da eine voreilige Schlußfolgerung, Pitt. Kingsley Blaine war ein gutaussehender, höflicher und ziemlich naiver junger Mann, der sich in eine sehr erfahrene Schauspielerin verliebt hat, die gar nicht so besonders schön, aber überaus... faszinierend ist, eine Frau, die weiß, wie man Männer um den Finger wickelt.« In seiner Stimme lag Verachtung und Gewißheit. »Wenn bei dieser Geschichte jemand verführt wurde, dann war es Blaine, nicht sie. Godman hat das sicherlich nicht gern gesehen, aber er wußte, daß es so war.« Er schüttelte den Kopf. »Nein, Pitt, Tamar Macaulay war kein unschuldiges junges Ding, das von einem gierigen, egoistischen Mann verführt wurde. Niemand, der die Betroffenen kannte, hätte sich so etwas vorstellen können. Ich halte es für durchaus einleuchtend, daß Blaine zu Godman in den Hof ging, weil er sich sicher fühlte.«

Pitt dachte eine Weile darüber nach und bemühte sich, die Skepsis, die er empfand, aus seiner Stimme herauszuhalten. »Es kann durchaus sein, daß Tamar Macaulay die treibende Kraft in dieser Affäre war – die Verführerin, wenn Sie so wollen –, aber glauben Sie, sie hätte zugelassen, daß Blaine dies bemerkte?«

»Ich habe nicht die geringste Ahnung«, knurrte Lambert verächtlich. »Ist das von irgendwelcher Bedeutung?«

Pitt verlagerte sein Gewicht erneut in dem unbequemen Stuhl. Er wünschte, Lambert würde endlich das Fenster aufmachen. Es war so gut wie kein Sauerstoff mehr in dem Raum. »Nicht die wirkliche Natur ihrer Beziehung – sicherlich nicht; das meine ich auch nicht. Von Bedeutung ist, wie Blaine diese Beziehung sah«, erklärte Pitt. »Wenn er sich für einen unwiderstehlichen Herzensbrecher hielt, der eine Affäre mit einer Schauspielerin hat, dann muß er sich auch schuldig gefühlt haben und daher vorsichtig gewesen sein – wie lächerlich das auch war.«

»Das bezweifle ich«, entgegnete Lambert, doch die harten, Unmutslinien in seinem Gesicht machten deutlich, daß er Pitts Argument verstanden hatte. »Godman war kein großer Mann und auch nicht besonders athletisch. Blaine war zwar auch kein Athlet, aber er war ziemlich großgewachsen. Ich kann mir schwerlich vorstellen, daß er vor irgend jemandem physische Angst gehabt hat.«

Pitt verlagerte unbehaglich sein Gewicht auf die andere Seite und zerrte instinktiv an seinem Kragen, der ihn zu strangulieren drohte. »Gut – aber wenn Blaine so groß war und Godman eher schmächtig, dann ist es doch nicht sehr wahrscheinlich, daß Godman den toten Blaine hochgehoben und an das Stalltor gehalten und währenddessen seine Hände und Füße festgenagelt haben kann«, gab er zu bedenken. »Wie soll er das angestellt haben? Haben Sie eine Vorstellung?«

Die Farbe in Lamberts Gesicht wurde noch eine Nuance dunkler.

»Nein, das habe ich nicht, und es ist mir auch egal, Inspector Pitt. Außer sich vor Wut, wie er war, hat er möglicherweise die Kraft aufgebracht. Man sagt Wahnsinnigen übermenschliche Kräfte nach, wenn sie in Raserei verfallen.«

»Könnte sein«, murmelte Pitt, doch er bezweifelte diese Interpretation.

»Was macht das jetzt noch für einen Unterschied?« knurrte Lambert ärgerlich. »Es wurde getan. Und er ist es gewesen – das steht außer Zweifel. Blaine, dieser arme Teufel, wurde an das Stalltor genagelt.« Sein Gesicht war jetzt bleich, und seine Stimme bebte vor Emotionen. »Ich habe es mit eigenen Augen gesehen.« Er erschauderte. »Er hing dort, mit Hufnägeln an das Stalltor gekreuzigt wie Christus, und alles war voll Blut. Godman wurde gesehen, wie er blutverschmiert aus der Farriers' Lane kam. Irgendwie hat er den toten Blaine hochgehoben und die Hände vermutlich eine nach der anderen gegen das Tor genagelt.«

»Haben Sie jemals versucht einen Toten hochzuheben, Lambert?« fragte Pitt betont ruhig.

»Nein. Und ich habe auch noch nicht versucht, jemanden zu kreuzigen – oder mit dem Fahrrad auf einem Drahtseil zu fahren!« bellte Lambert. »Aber die Tatsache, daß ich es nicht kann, heißt nicht, daß es nicht möglich ist. Was wollen Sie damit sagen, Pitt? Daß Godman es nicht gewesen ist?«

»Nein. Ich versuche nur zu verstehen, was damals geschehen ist und was Richter Stafford dazu gebracht hat, die Zeugen nochmals zu befragen. Offensichtlich beschäftigte ihn der Bericht des Gerichtsmediziners. Ich frage mich, ob es damit zu tun hatte.«

»Wie kommen Sie darauf, daß es damit zu tun gehabt hat? Hat Stafford das gesagt?« wollte Lambert wissen.

»Er hat sehr wenig gesagt. Aber war nicht der Befund des Leichenbeschauers der Grund für den Revisionsantrag?«

»Ja, aber da war nichts dran. Die Revision wurde abgelehnt.«

»Vielleicht war es das, was Stafford beunruhigt hat«, schlug Pitt vor.

»Dann ist das eine Verfahrensfrage und keine Frage der Beweislage«, konstatierte Lambert mit absoluter Überzeugung. Er beugte sich etwa vor und fixierte Pitt mit zusammengezogenen Augenbrauen. »Glauben Sie mir, Pitt, die Ermittlungen in dem Fall waren nicht leicht – weniger wegen der Beweislage, die war eindeutig, und es gab Zeugen... Das Schwierige dabei war die Atmosphäre, in der alles stattfand. Meine Männer waren genauso entsetzt und schockiert wie die Öffentlichkeit. Wir haben den Toten am Stalltor hängen sehen, Herrgott! Wir haben gesehen, was dieses Ungeheuer mit dem armen Teufel gemacht hat.«

Pitt fühlte, wie sich ihm einen Moment lang die Kehle zuschnürte. Er hatte mehr Opfer von Verbrechen gesehen, als ihm lieb war, und das Entsetzen und die Qual gespürt, die sie empfunden hatten, die namenlose Angst im Augenblick des Todes, das vor Haß und Irrsinn verzerrte Gesicht des Mörders vor Augen. Er hatte das Grauen in ihren erstarrten Gesichtern gesehen, das sie erfüllt hatte und das ihnen, wenn auch nur für einen flüchtigen Augenblick, allen Verstand und einen Teil ihrer Menschlichkeit geraubt hatte.

Lambert mußte die Gedanken in Pitts Augen gelesen haben.

»Können Sie ihnen einen Vorwurf daraus machen, wenn das meinen Männern an die Nieren ging?« hakte er schnell nach.

»Nein«, erwiderte Pitt »Sicherlich nicht.«

»Und der Deputy Commissioner tauchte Tag für Tag auf und setzte uns unter Druck, manchmal sogar ein paarmal am Tag, und verlangte, daß wir ihm den Täter umgehend liefern – und die Beweise für seine Schuld natürlich.« Er erschauderte trotz der Hitze in dem Zimmer, und sein Gesicht verzog sich zu einer schmerzlichen Grimasse. »Sie wissen nicht, wie das war! Jeden Tag betete er uns herunter, was die Zeitungen geschrieben hatten, daß es antisemitische Ausschreitungen in den Straßen gebe und überall Hetzparolen an die Wände geschmiert würden, daß der Pöbel mit Steinen Jagd auf Juden mache und die Fenster von Synagogen eingeworfen würden. Er erzählte uns das jeden Tag, als wüßten wir nicht, was vor sich ging. Er verlangte, daß wir schnellstens damit aufräumten, und gab uns schließlich achtundvierzig Stunden Zeit.« Sein Mund verzog sich verächtlich. »Wie wir das anstellen sollten, sagte er uns natürlich nicht. Wir haben alles getan, was in unserer Macht stand. Das können Sie mir glauben, Pitt. Und wir haben unsere Arbeit gut gemacht! Wir haben jeden befragt, der in der Gegend wohnt. Den Portier des Theaters, der die Nachricht von dem Jungen ausgerichtet hat...«

»Was für ein Junge?« unterbrach ihn Pitt.

»Oh... Godman hat durch irgendeinen Straßenjungen eine Nachricht an Blaine ausrichten lassen«, erklärte Lambert. »Nichts Schriftliches, nur eine mündliche Botschaft. Wenigstens soweit hat sein Verstand gereicht. Vermutlich wartete Godman auf der anderen Straßenseite, bis die Lichter im Theater ausgingen und Blaine herauskam, dann schickte er den Jungen hinüber, der die Nachricht überbrachte. Auf diese Weise konnte er sicher sein, daß sie Blaine erreichte. Blaine machte daraufhin kehrt und ging nach Norden in Richtung Soho. Wir haben darüber die Aussage des Portiers. Vermutlich ist Godman ihm gefolgt, hat eine Abkürzung genommen und hat ihm in der Farriers' Lane aufgelauert, wo er ihn auch tötete.«

»Sie meinen, das ganze war geplant?« fragte Pitt. »Er wußte, daß die Hufnägel dort waren? Oder war das nur eine Gelegenheit, die sich zufällig ergeben hat?«

»Das spielt keine Rolle«, entgegnete Lambert mit einem Achselzucken. »Die Tatsache, daß er Blaine mit einer Nachricht, die angeblich von Devlin O'Neil stammte, dorthin gelockt hat, beweist, daß er keine freundlichen Absichten hegte. Es ist und bleibt vorsätzlicher Mord.«

»Aufgrund der Aussagen des Portiers?« fragte Pitt.

»Und der des Straßenjungen.«

»Und weiter?«

»Wir haben außerdem die Aussagen der Männer, die in der Nähe der Farriers' Lane rumlungerten und Godman aus der Gasse herauskommen sahen. Als er unter dem Licht einer Straßenlaterne hindurchging, sahen sie das Blut auf seinem Mantel. In dem Augenblick hielten sie ihn natürlich für einen Betrunkenen, der nach Hause taumelte und sich die Nase blutig geschlagen hatte, weil er hingefallen war. Sie kümmerten sich nicht weiter um ihn.«

»Er ist getaumelt«, fragte Pitt.

»Anscheinend. Er war vermutlich völlig erschöpft nach der Anstrengung und sicherlich nicht bei Sinnen.«

»Aber als er zwei Straßen weiter die Blumenverkäuferin traf, hatte er sich wieder so vollkommen unter Kontrolle, daß er mit ihr Scherze machte.«

»Offensichtlich«, erwiderte Lambert gereizt. »Er hatte sich wieder gefaßt. Aber die Aussage der Blumenfrau war eindeutig. Sie war es, die ihn schließlich an den Galgen gebracht hat.« Wie seine Stimme verriet, fühlte er sich wieder in die Defensive gedrängt. Er setzte sich aufrecht und straffte die Schultern. »Er ist ein guter Mann – Paterson, der Sergeant, der sie gefunden hat.«

»Die Blumenverkäuferin?«

»Ja.«

»Kann ich mit ihm sprechen?«

»Natürlich. Wenn Sie möchten. Aber er wird Ihnen auch nichts anderes erzählen können als ich.«

»Und was war mit dem blutverschmierten Mantel?«

»Er hat ihn weggeworfen – irgendwo zwischen der Farriers' Lane und dem Soho Square, wo er der Blumenverkäuferin begegnet ist. Wir haben ihn nie gefunden, aber das ist nicht weiter überraschend. Kein Mantel liegt lange herrenlos auf einer Londoner Straße herum. Wenn der Finder ihn nicht selbst behalten hat, hat er ihn wahrscheinlich an einen Trödler verkauft und dafür die Miete für eine Woche oder mehr bekommen.«

Pitt wußte, daß Lambert damit recht hatte. Ein guter Mantel eines Gentleman würde genug bringen, um in einer billigen Absteige einen ganzen Monat lang leben zu können, und für jeden Tag noch ein Stück Brot und einen Teller Suppe dazu. Ein solcher Mantel konnte für so manchen den Unterschied zwischen Leben und Tod bedeuten. Ein wenig Blut machte da nichts aus.

»Und was war mit dem Kollier?« fragte er und schnitt ein anderes Thema an, das ihn brennend interessierte.

»Das Kollier?« Lambert schien erstaunt. »Herrgott, Mann, sie hat es zweifellos behalten. Es war ein sehr wertvolles Stück, wie die Garderobiere im Theater bestätigt hat, die weiß, wie echte Diamanten aussehen. Ich nehme an, als Garderobiere einer Schauspielerin hat sie eine Menge Imitationen und die echten Stücke gesehen.« Seine Stimme klang verächtlich, und ein Schatten verdüsterte seine Miene, der seine ganze Verachtung für das Falsche offenbarte. Dabei machte er keinen Unterschied zwischen Illusion, die allein dem Amüsement diente, dem falschen Schein, der eine tiefere Wahrheit verbarg, oder einem handfesten Schwindel, dessen Absicht Lug und Trug war.

»Haben Sie danach gesucht?« fragte Pitt.

»Ja, natürlich. Aber es gab Hunderte von Möglichkeiten, wo sie es versteckt haben konnte. Das Kollier war nicht gestohlen worden, und wir konnten schwerlich eine Hausdurchsuchung rechtfertigen. Sie kann es auch zum nächsten Pfandleiher gebracht haben mit der Absicht, es wieder auszulösen, wenn Gras über die Sache gewachsen war.«

»Ist sie seitdem jemals mit dem Kollier gesehen worden?«

»Ich habe nicht die geringste Ahnung.« In Lamberts Stimme schwang Ungeduld. »Blaine ist tot, und Godman wurde gehängt. Wen interessiert das Kollier noch?«

»Blaines Witwe. Offenbar hätte sie es einmal erben sollen.«

»Nun – eh... Sie hatte schlimmere Verluste zu verwinden und zu betrauern«, knurrte Lambert. »Sie ist eine sehr ehrbare Frau, die arme Seele.«

Pitt hatte Mühe, seinen Ärger zu verbergen, und es gelang ihm nur, weil es in seinem Interesse lag. Ein Streit würde gar nichts bringen. Allerdings fiel es ihm zunehmend schwerer, für Lambert Sympathie zu empfinden; er brachte bestenfalls Mitgefühl und Verständnis für ihn auf – was nicht weiter schwer war. Es war sicherlich eine schlimme Zeit für ihn gewesen: hektische Ermittlungen, ein scheußlicher Mordfall, Hysterie in den Zeitungen und in der Öffentlichkeit, die Vorgesetzten im Genick, die ihm über die Schulter sahen, jeden seiner Schritte beobachteten und unmögliche Ergebnisse verlangten.

»Was war mit der Mordwaffe?« erkundigte sich Pitt.

Lamberts Gesicht verdüsterte sich wieder. »Das ließ sich nicht definitiv feststellen. Wir hatten ein halbes Dutzend langer Hufnägel, mit denen er gekreuzigt wurde. Der Gerichtsmediziner kam zu dem Schluß, daß wahrscheinlich einer davon die Mordwaffe war.«

»Kann ich jetzt mit Sergeant Paterson sprechen?« fragte Pitt. »Ich denke, Sie haben mir alles gesagt, was ich wissen muß. Ich wüßte nicht, was Sie in dem Fall sonst noch hätten tun können. Die Beweise gegen Godman erscheinen soweit wirklich schlüssig. Ich kann mir nicht vorstellen, was Stafford zu finden hoffte. Niemand hat das Kollier oder den Mantel gefunden. Niemand hat seine Aussage revidiert. Sie haben die Blumenverkäuferin nicht wiedergesehen oder den Straßenjungen, der Blaine die Nachricht überbracht hat?«

»Nein. Wie Sie selbst schon gesagt haben, gibt es nichts Neues.« Lamberts Stimmung schien sich aufzuhellen. »Tut mir leid«, sage er beinahe entschuldigend. »Ich fürchte, ich war nicht sehr höflich.« Er rang sich ein halbes Lächeln ab. »Es sind keine angenehmen Erinnerungen, die da hochkommen, und diese Tamar Macaulay, die keine Ruhe gibt und fortwährend behauptet, wir hätten den falschen Mann gehängt, kann einem den letzten Nerv rauben. Wenn Stafford tatsächlich die Absicht verfolgt hat, sie ein für allemal zum Schweigen zu bringen, dann ist es um so bedauerlicher, daß er durch den Mord daran gehindert wurde.«

»Vielleicht gelingt es mir, dort anzuknüpfen, wo seine Ermittlungen unterbrochen wurden«, erwiderte Pitt ebenfalls mit einem Lächeln.

Lambert seufzte und entspannte sich sichtlich. »Dann wünsche ich Ihnen viel Erfolg dabei. Ich werde Ihnen jetzt Paterson holen.« Er erhob sich und ging an Pitt vorbei nach draußen. Er zog die Tür hinter sich zu, und Pitt hörte seine Schritte, die sich auf dem Korridor entfernten.

Als sie verklungen waren, erhob sich Pitt ebenfalls, riß das Fenster auf und sog aufatmend die kühle Luft in seine Lungen. Nach einer Weile schloß er das Fenster halb und kehrte zu seinem Stuhl zurück. Im selben Augenblick ging die Tür auf und ein Sergeant in makelloser Uniform mit blitzenden Knöpfen trat ein. Er war Anfang Dreißig, mittelgroß und durchschnittlich gebaut. Sein Gesicht jedoch war alles andere als Durchschnitt: Er hatte eine lange, kräftig gebogene Hakennase und einen schmalen, kleinen Mund, ein offenes, ehrliches Gesicht, dunkle Augen und Haare, die aus seiner breiten Stirn nach hinten gekämmt waren.

»Sergeant Paterson, Sir«, stellte er sich vor und blieb zwei Schritte vor dem Schreibtisch in respektvoller Haltung stehen.

»Vielen Dank, daß Sie Zeit für mich gefunden haben«, sagte Pitt. »Setzen Sie sich doch.« Er machte eine Handbewegung in Richtung von Lamberts Stuhl.

»Danke, Sir«, sagte Paterson und nahm Platz. »Mr. Lambert sagte, Sie wollen mit mir über den Blaine/Godman-Fall sprechen.« Seine Miene verdüsterte sich, doch es war nichts Ausweichendes in ihr.

»Das ist richtig«, nickte Pitt. Er war dem Sergeant zwar keine Erklärung schuldig, doch er gab sie ihm trotzdem: »Wie es scheint, existieren bei einem Mordfall, den ich zur Zeit bearbeite, gewissen Zusammenhänge mit dem Blaine/Godman-Fall. Mr. Lambert hat mir bereits sehr viel erzählt, aber ich würde gerne von Ihnen hören, was Sie über Godman und den Weg, den er an dem fraglichen Abend genommen hat, herausgefunden haben.«

In Patersons Gesicht waren seine Gefühle zu lesen wie in einem aufgeschlagenen Buch. Allein die Erinnerung an den Fall brachte wieder den Zorn und den Ekel an die Oberfläche, die er damals empfunden hatte. Seine Schultern spannten sich, und als er antwortete, klang sogar seine Stimme anders als zuvor.

»Ich war einer der ersten auf dem Hof in der Farriers' Lane. Blaine war ein ziemlich großgewachsener und relativ junger Mann.« Er verstummte, und die Betroffenheit in seinem Gesicht machte deutlich, daß er sich an jedes schreckliche Detail erinnerte. Er holte tief Luft und fuhr dann fort, wobei er in Pitts Gesicht nach Anzeichen forschte, ob dieser das wahre Grauen der Situation wirklich verstand. »Er war bereits eine geraume Zeit tot. Es war eine kalte Nacht, nur wenig über dem Gefrierpunkt, und er war schon steif.« Seine Stimme brach, und er hatte Mühe, die Kontrolle darüber wiederzuerlangen. »Ich wäre froh, wenn ich das Opfer nicht beschreiben müßte, Sir, wenn Sie es nicht unbedingt brauchen.«

»Nein, nein«, sagte Pitt, dem der Mann leid tat, »das ist auch gar nicht nötig.«

Paterson schluckte mühsam. »Danke, Sir. Nicht, daß ich noch nie eine Leiche gesehen habe... Es waren mehr als genug. Aber das war etwas anderes. Es war nicht bloß ein bestialischer Mord; es war Blasphemie!«

»Haben Sie eine Vorstellung, wie ein nicht sehr kräftiger Mann wie Godman ihn hochgehoben und an das Tor genagelt haben kann?« fragte Pitt.

Paterson vergaß für einen Augenblick seine Gefühle und runzelte angestrengt die Stirn. »Nein, Sir. Ich habe mich das auch gefragt. Es gab keinerlei Hinweis, daß ihm jemand dabei geholfen hat. Er war ganz sicher allein, soweit wir das feststellen konnten. Und er war allein, als er aus der Farriers' Lane kam. Ich nehme an, Godman muß gewußt haben, wie man einen Menschen hochhebt. Vielleicht lernt man das als Schauspieler? So wie bei der Feuerwehr zum Beispiel.«

»Möglich«, stimmte ihm Pitt zu. »Fahren Sie fort. Wie haben Sie herausgefunden, welchen Weg er genommen hat, nachdem er aus der Farriers' Lane kam?«

»Mit Geduld und Routine, Sir. Wir haben Leute gefragt, die ihn gesehen haben könnten: Straßenhändler, Hausierer, Straßenkehrer und so weiter. Wir haben eine Blumenverkäuferin gefunden, die ihn eindeutig erkannt hat. Sie stand unter einer Laterne auf dem Soho Square, und er blieb bei ihr stehen und unterhielt sich mit ihr. Es steht außer Zweifel, daß er es war; er hat es selbst zugegeben. Er behauptete, das sei eine Viertelstunde nach Mitternacht gewesen. Sie bestätigte das zunächst, aber als wir genauer nachfragten, räumte sie ein, daß es Viertel vor eins war und sie sich geirrt hatte. Offenbar hat er versucht, ihr weiszumachen, es sei viertel nach zwölf. Über einem der Häuser am Soho Square ist eine Uhr, und sie hat sie schlagen hören. Diese Uhr schlägt die Viertel- und Dreiviertelstunde mit jeweils einem Schlag und die halbe mit zweien; anders als die meisten, die zur Dreiviertelstunde dreimal schlagen.«

»Spielte das eine Rolle?« fragte Pitt. »Sie wußten doch nicht, wann Blaine ermordet wurde. Ich meine, die genaue Zeit. Und die Männer an der Einmündung der Farriers' Lane wußten ebenfalls nicht, wann genau sie ihn gesehen hatten.«

»Richtig«, nickte Paterson. »Aber wir wußten den ungefähren Zeitpunkt, da Blaine um Viertel nach zwölf das Theater verlassen hatte. Falls Godman tatsächlich um Viertel nach zwölf bei der Blumenverkäuferin gewesen und auch Richtung der Farriers' Lane gekommen war, konnte er weder den Jungen mit der Nachricht geschickt noch Blaine im Hof des Hufschmieds getötet haben, weil wir die Aussage eines Droschkers haben, der schwor, ihn vom Soho Square direkt zu seinem Haus in Pimlico, einige Meilen entfernt, gefahren zu haben. Und als er am Soho Square bei der Blumenverkäuferin ankam, hatte er seinen Mantel bereits weggeworfen. Der Droschker war sich seiner Sache absolut sicher, weil er direkt danach andere Gäste aufgenommen hatte und genau wußte, wie spät es war.« Patersons verzog angewidert das Gesicht, als sei ihm etwas in die Nase gestiegen, das ihm Übelkeit bereitete. »Es war gar kein schlechter Versuch, sich ein Alibi zu verschaffen, und wenn die Blumenverkäuferin ihm geglaubt hätte, was er sagte, und er dabei geblieben wäre, hätte es vielleicht funktioniert.«

»Aber sie hat ihm nicht geglaubt.«

»Nein. Sie hat gar nicht selbst auf die Uhr gesehen. Sie war hinter ihr. Sie hat sie nur schlagen hören und ihm geglaubt, daß es Viertel nach zwölf und nicht Viertel vor eins war. Und wir hatten natürlich noch die Zeugen, die ihn aus der Farriers' Lane hatten kommen sehen.«

»Das klingt nach guter Polizeiarbeit, Sergeant«, sagte Pitt und meinte es auch so.

Paterson errötete. »Danke, Sir. Ich hab' noch nie an einem Fall gearbeitet, der mir wichtiger war.«

»Hat Godman eigentlich je gestanden, als Sie ihn verhaftet haben oder später?«

»Nein. Er hat es nie zugegeben«, erwiderte Paterson düster. »Er hat immer behauptet, er sei unschuldig. Er schien völlig verblüfft, als wir ihn festnahmen.«

»Hat er sich gewehrt? Ich meine, hat es einen Kampf gegeben?«

Zum erstenmal wich Paterson Pitts Blick aus.

»Nun, äh… Ja. Er wurde ein bißchen pampig, aber wir haben ihn zur Vernunft gebracht.«

»Ich verstehe«, murmelte Pitt mit plötzlichem Unbehagen. »Vielen Dank, Sergeant. Ich wüßte nicht, was ich Sie noch fragen könnte.«

»Hat es Ihnen in Ihrem Fall weitergeholfen, Sir?«

»Ich glaube nicht. Aber es macht für mich einiges deutlicher. Zumindest weiß ich jetzt alles, was es über den Blaine/Godman-Fall zu wissen gibt. Allmählich glaube ich auch, mein Fall hat möglicherweise tatsächlich nichts mit dieser alten Geschichte zu tun. Noch einmal vielen Dank, daß Sie so offen waren.«

»Danke, Sir.« Paterson erhob sich und verließ das Büro. Da es sonst nichts mehr gab, was er hier noch erfahren konnte, ging Pitt ebenfalls. Er bedankte sich beim diensthabenden Sergeant für seine Hilfsbereitschaft und trat hinaus auf die Straße, durch die ein böiger Wind fegte, der die ersten Tropfen eines kalten Herbstregens vor sich hertrieb. Ein kleiner Junge mit einer schief in die Stirn gezogenen Mütze fegte Pferdeäpfel von der Straße, damit zwei Damen in verschleierten Wagenradhüten die Fahrbahn überqueren konnten, ohne ihre Stiefeletten zu beschmutzen.

Es war bereits nach vier, als Pitt endlich dazu kam, mit Micah Drummond zu sprechen. Inzwischen goß es in Strömen. Der Regen peitschte gegen die Fenster und floß in breiten Rinnsalen an den Scheiben herab, überzog sie mit einem Schleier, durch den die Gebäude auf der anderen Straßenseite nur mehr schemenhaft zu erkennen waren. Drummond saß hinter seinem Schreibtisch in seinem Büro, und Pitt – ziemlich unruhig – auf dem Stuhl davor. Draußen brach bereits die Dämmerung herein, und das Gas zischte leise in den Lampen an der Wand.

»Erzählen Sie. Was haben Sie über Stafford in Erfahrung gebracht?« sagte Drummond und kippte seinen Stuhl nach hinten.

»Nichts«, erwiderte Pitt zerknirscht. »Ich habe mit seiner Witwe gesprochen, die verständlicherweise sagt, sie glaubt, er wurde ermordet, weil er den Blaine/Godman-Fall wieder aufrollen wollte. Und Adolphus Pryce sagt das gleiche.«

»Eine sehr vorsichtige Formulierung: ›Sie sagt, sie glaubt…‹«, bemerkte Drummond. »Zweifeln Sie an dem, was sie sagt?«

Pitt verzog das Gesicht. »Die Beziehung zwischen den beiden ist weitaus intimer, als schicklich wäre.«

Drummond zuckte zusammen. »Aber doch nicht Mord! Das macht keinen Sinn. Die beiden mögen vielleicht gegen die Moral verstoßen, obwohl Sie dafür keine Beweise haben, aber es ist ein großer Unterschied, sich in eine verheiratete Frau zu verlieben und ihren Mann umzubringen. Das sind zivilisierte Menschen, Pitt.«

»Ich weiß.« Pitt hatte nicht das Bedürfnis, darüber zu diskutieren, ob auch zivilisierte Menschen solche Dinge taten oder ob sie nur Barbaren vorbehalten waren – gleichgültig ob es sich dabei um die Barbaren aus den Kolonien oder jene aus den unteren Klassen handelte. Das war es nicht, was Drummond meinte, und er wußte das. »Eigentlich habe ich die meiste Zeit damit verbracht, mir einen genaueren Einblick in die Einzelheiten des Blaine/Godman-Falls zu verschaffen«, sagte er statt dessen. »Ich habe versucht herauszufinden, welche Absicht Stafford mit seinen Recherchen in dem alten Fall verfolgt haben könnte.«

»Ach du meine Güte!« stöhnte Drummond. Er klang müde. Angewidert verzog er das Gesicht. »Sicherlich hat er nur versucht, die Angelegenheit endgültig zu klären und aus der Welt zu schaffen. Ich habe mich selbst informiert. Godman war schuldig. Und Sie erreichen nichts, wenn Sie alles wieder von neuem aufwühlen. Unglücklicherweise wurde der arme Mr. Stafford umgebracht, bevor er Miß Macaulay davon überzeugen konnte, wie unrecht sie hatte – was nicht nur eine persönliche Tragödie für sie ist, sondern auch für das Ansehen der Rechtsprechung in England.« Er ließ seinen Stuhl nach vorn kippen und setzte sich auf. »Die Frau ist nicht ganz richtig im Kopf, was mir persönlich leid tut, aber sie richtet mit ihrer Verbohrtheit auch ganz beträchtlichen Schaden an. Erwecken Sie bei ihr um Himmels willen nicht die Vorstellung – auch nicht unabsichtlich –, es bestünde die Möglichkeit, daß Sie den Fall neu aufrollen könnten!«

»Ich habe den Mord an Samuel Stafford zu untersuchen«, erwiderte Pitt geradeheraus und hielt Drummonds Blick fest. »Und ich werde tun, was immer notwendig ist, und sonst nichts. Aber ich habe mit O'Neil und seiner Familie gesprochen, die natürlich nicht unter Verdacht stehen, und mit Charles Lambert, der damals die Ermittlungen leitete. So weit ich die Dinge überblicke, gibt es nichts, das Stafford veranlaßt haben könnte, den Fall von neuem zu eröffnen.« Er schüttelte den Kopf. »Selbst wenn er auf eines der fehlenden Beweisstücke gestoßen wäre, was nach all den Jahren äußerst unwahrscheinlich ist, würde das trotzdem noch lange nicht bedeuten, daß die damaligen Ermittlungen falsch waren. Es war seinerzeit eine schäbige und erschütternde Tragödie, die inzwischen zu einem häßlichen Teil der Geschichte geworden ist. Ich denke, ich kann die anderen Richter vom Appellationsgericht aufsuchen, für den Fall, daß Stafford ihnen gegenüber irgend etwas erwähnt hat...«

»Das würde ich nicht tun!« unterbrach Drummond ihn schroff. »Lassen Sie die Sache ruhen, Pitt. Sie rühren damit nur an alte Wunden und schüren neue, gänzlich unberechtigte Zweifel. Und Sie stellen damit die Integrität und die Kompetenz von guten Männern in Frage, die das nicht verdient haben.«

»Ich werde nur einen oder zwei der anderen Richter fragen, falls er vielleicht doch...«

»Nein! Ich sage Ihnen, Pitt, lassen Sie die Sache auf sich beruhen.«

»Weshalb?« insistierte Pitt stur. »Wer will das?«

Drummonds Miene verdüsterte sich. »Der Innenminister«, erwiderte er. »Wenn bekannt wird, daß sich die Polizei wieder für den Fall interessiert, wird es eine Menge wilder Spekulationen geben. Die Leute werden glauben, es seien Zweifel am Urteil aufgetaucht, was absolut nicht der Fall ist, und ein neuerlicher Aufschrei der Entrüstung wird durch die Bevölkerung gehen.« Er beugte sich nach vorn über den Schreibtisch. »Die Emotionen schlugen seinerzeit sehr hoch. Wenn nun der Eindruck entsteht, wir könnten möglicherweise den falschen Mann gehängt haben oder das Urteil in irgendeiner Form revidieren, wird das einen Sturm des Protests auslösen und möglicherweise Unruhen oder sogar antisemitische Ausschreitungen in der Öffentlichkeit zur Folge haben. Und das ist alles andere als fair Tamar Macaulay gegenüber. Sie würden ihr Hoffnung machen, die durch nichts gerechtfertigt ist. Lassen Sie um Himmels willen den unglückseligen Mann endlich begraben sein und die Vergessenheit finden, die er verdient hat. Geben Sie seiner Familie die Chance, ihren Frieden mit der Vergangenheit zu schließen.«

Pitt schwieg.

»Pitt!« sagte Drummond eindringlich. »Hören Sie mir zu, Mann!«

»Ich habe Sie gehört, Sir.« Pitt lächelte freudlos.

»Ich weiß, daß Sie mich gehört haben. Ich will Ihr Wort, daß Sie mich verstanden haben und das tun, was ich gesagt habe.«

»Nein, ich bin mir nicht sicher, ob ich Sie verstanden habe«, sagte Pitt bedächtig. »Weshalb hat der Innenminister etwas dagegen, daß ich in dem Fall Recherchen anstelle, obwohl Stafford genau das gleiche getan hat, bevor er ermordet wurde? Er muß einen Grund dafür gehabt haben – er war keiner, der so etwas aus einer Laune heraus getan hätte. Ich will wissen, was der Grund dafür war.«

Drummonds Gesicht wurde hart. »Ich will, daß Sie herausfinden, wer ihn umgebracht hat. Und es sieht leider immer mehr nach einer privaten Angelegenheit aus. Ich habe keine Ahnung, wer es getan hat – oder warum –, aber Sie haben keine Zeit, in alten Fällen rumzustochern! Richten Sie Ihr Augenmerk lieber darauf, ob er irgendwelche Feinde hatte, die auch vor Mord nicht zurückschrecken. Vielleicht hatte er

Kenntnis von irgendeinem anderen Verbrechen, das er den Behörden nicht mehr melden konnte, weil er stumm gemacht wurde.« Drummonds Miene hellte sich wieder etwas auf. »Vielleicht hat er etwas in Erfahrung gebracht und wollte es zur Anzeige bringen, sobald er genügend Beweise in Händen hätte, aber der Verbrecher – wer immer es sein mag – bemerkte es und brachte ihn um, bevor er mit jemandem darüber sprechen konnte.«

Pitt machte ein höfliches Gesicht, das jedoch seine Skepsis nicht zu verbergen vermochte.

»Nun denn – machen Sie sich dran und finden Sie's raus«, knurrte Drummond barsch.

Pitt stand auf. Er war nicht wütend. Er wußte, welcher Druck auf Drummond lastete; er wußte um die geheime, eisenharte Kette des Inner Circle, und er haßte und fürchtete sie. Er hatte ihre Macht am eigenen Leib gespürt und wußte, daß Drummond den Tag bereute, an dem er dem Circle beigetreten war, und in seiner Naivität und Unschuld die Möglichkeit nicht wahrhaben wollte, daß Männer seiner eigenen Gesellschaftsschicht nach solcher Macht streben und sie ausüben würden.

»Ja, Sir«, sagte er ruhig, drehte sich um und strebte der Tür zu.

»Pitt?«

Pitt grinste und ignorierte ihn.

5. Kapitel

»Ist es wieder der Inner Circle?« fragte Charlotte besorgt, während sie die letzten Haarnadeln aus ihrer Frisur zog und mit einem erleichterten Seufzen das Haar freischüttelte. Sie fühlte sich, als hätte sie einen halben Eisenwarenladen mit sich herumgeschleppt, um ihre dicken Haarrollen in Fasson zu halten.

Pitt stand hinter ihr und überlegte, ob er sein Jackett aufhängen oder einfach über die Stuhllehne legen sollte.

»Wahrscheinlich«, erwiderte er. »Obwohl ich Lambert verstehen kann, wenn er vermeiden will, daß die Angelegenheit erneut aufgewühlt wird. Es ist kein angenehmes Gefühl, wenn in deinen abgeschlossenen Fällen herumgestochert wird und man daran zweifelt, ob du den richtigen Mann erwischt hast – vor allem, wenn dieser Mann gehängt wurde. Und noch schlimmer ist es, wenn du dir nicht absolut sicher bist, daß du alles getan hast, was in deiner Macht stand, und du inzwischen an deiner Unvoreingenommenheit in der damaligen Situation zweifelst.« Er entschied sich dafür, das Jackett über die Lehne zu hängen. »Man macht leicht Fehler, wenn alle nach einer schnellen Lösung schreien und du dir Sorgen um deinen guten Ruf als Kriminalist machst und glaubst, die Leute könnten meinen, du seist der Aufgabe nicht gewachsen.« Er ließ sich auf die Bettkante sinken und fuhr fort sich auszukleiden. »Oder wenn deine Männer in Panik geraten, weil die Zeugen lügen oder Angst haben oder ihre Aussagen von Vorurteilen und Haß diktiert sind…«

»Ist das im Fall von Richter Stafford auch so?« erkundigte sich Charlotte und drehte sich auf dem Hocker ihres Frisiertisches halb herum, um ihn direkt ansehen zu können.

»Nein, das glaube ich nicht.« Er erhob sich, schlüpfte aus seinem Hemd und warf es zusammen mit der Weste ebenfalls über die Stuhllehne. Er goß etwas warmes Wasser aus dem Krug in die Schale und wusch sich die Hände, das Gesicht und den Nacken. Er angelte nach seinem Nachthemd, zog es über den Kopf und versuchte, die Armlöcher zu finden. »Es sieht immer mehr danach aus, als stecke etwas Privates dahinter, das nichts mit dem Mord in der Farriers' Lane zu tun hat,« fügte er hinzu und bekam endlich den Kopf durch das Loch.

»Du meinst seine Frau?« Charlotte ließ die Bürste sinken, betrachtete einen Moment lang den übereinandergeworfenen Berg Kleider auf der Stuhllehne und entschied sich, sie liegenzulassen, wo sie waren, und nichts zu sagen. Es war jetzt nicht der Zeitpunkt für Pedanterie. »Juniper? Weshalb sollte sie ihn umbringen?«

»Weil sie eine Affäre mit Adolphus Pryce hat«, brummte er und stieg ins Bett. Offensichtlich war er sich darüber gar nicht bewußt, daß er seine Sachen überall im Zimmer verstreut hatte – zumindest nahm sie das an.

»Hat sie das?« fragte sie skeptisch. »Bist du dir da sicher?«

»Nein. Noch nicht. Doch ich wüßte keinen Grund, weshalb Livesey so etwas behaupten sollte, wenn es nicht stimmt. Ich muß das noch prüfen.«

»Die Sache mit der Affäre erscheint mir etwas übertrieben.« Sie zog die Bürste ein letztes Mal durch ihr Haar, legte sie beiseite und erhob sich, um das Gas der Wandlampe abzudrehen. Dann schlüpfte sie ebenfalls ins Bett. Die frischgewaschenen Laken waren kalt, und sie kuschelte sich eng an ihn. »Ich glaube es nicht.«

»Das habe ich von dir auch nicht anders erwartet.« Er legte seinen Arm um sie. »Aber ich kann nichts an dem Farriers' Lane-Fall entdecken, das es wert wäre, genauer unter die Lupe genommen zu werden, und schon gar nichts, weshalb Richter Stafford hätte ermordet werden sollen.«

»Aber du weißt nicht, was er herausgefunden hat«, protestierte sie.

»Aber ich weiß, was *ich* herausgefunden habe. Nämlich absolut nichts. Godman wurde gesehen, wie er mit blutverschmiertem Mantel aus der Farriers' Lane kam, und er wurde von einer Blumenverkäuferin am Soho Square, zwei Straßen weiter, wiedererkannt. Er hat das nicht einmal abgestritten –

nur den Zeitpunkt, an dem er mit ihr gesprochen hat, doch das erwies sich als eine Lüge. Tut mir leid, meine Liebe, aber es sieht eindeutig so aus, daß er tatsächlich der Täter war. Ich weiß, du würdest ihn gerne unschuldig sehen – schon wegen Tamar Macaulay, doch es sieht ganz danach aus, als wäre er das nicht.«

»Weshalb hat dann der Inner Circle von dir verlangt, die Sache auf sich beruhen zu lassen?« wollte sie wissen. »Wenn es in diesem Fall tatsächlich keine neuen Erkenntnisse geben kann, weshalb sollten sie dann etwas dagegen haben, wenn du ermittelst?« Sie kuschelte sich noch etwas enger an ihn und wußte, daß Pitt neben ihr in der Dunkelheit lächelte. »Eigentlich«, fügte sie hinzu, »können sie doch froh sein, wenn du beweist, daß sie im Recht sind!«

Er erwiderte nichts, statt dessen streckte er seinen Arm aus und strich sanft über ihr Haar.

»Es sei denn, sie sind vielleicht doch nicht im Recht«, fuhr sie fort. »Willst du die Sache auf sich beruhen lassen?«

»Ich will jetzt schlafen«, brummte er behaglich.

Doch sie ließ nicht locker. »Ist der Farriers' Lane-Fall wirklich abgeschlossen?«

»Für heute nacht – ja!«

»Und morgen?«

Lachend zog er sie näher, und sie war gewillt, die Sache auf sich beruhen zu lassen.

Am Morgen hatte Pitt nur Zeit für ein hastiges Frühstück, weil er zu lange geschlafen hatte. Dann verabschiedete er sich von Charlotte mit einem langen und zärtlichen Kuß und verließ das Haus im Laufschritt, um den Omnibus zu bekommen, mit dem er zur Gerichtsmedizin fahren würde.

Charlotte wandte sich mit frischem Elan den alltäglichen Aufgaben der Hausarbeit zu, wobei sie mit einem Berg Bügelwäsche begann, während Gracie das Geschirr vom Frühstück wusch, die Asche vom Abend aus dem Kamin im Wohnzimmer kratzte, den Rost sauberfegte, frisches Feuerholz für den Abend aufschichtete, das Zimmer fegte, Staub wischte und die Betten machte.

Um elf Uhr war Zeit für eine Pause, für eine Tasse Tee und die Gelegenheit zu einem kleinen Plausch.

»Arbeitet der Herr noch immer an dem Fall von dem Mann, der an die Stalltüre genagelt wurde?« erkundigte sich Gracie mit gekonnt gespielter Beiläufigkeit, wobei sie scheinbar voll konzentriert in ihrem Tee rührte.

»Ich bin mir dessen nicht wirklich sicher«, erwiderte Charlotte unumwunden und aufrichtig. »Du hast keinen Zucker in deinem Tee!«

Gracie grinste einfältig und hörte mit dem Umrühren auf. »Will er es Ihnen nicht sagen?«

»O doch… Aber je weiter er in den Fall eindringt, um so unwahrscheinlicher kommt es ihm vor, daß Richter Stafford irgend etwas Neues herausgefunden haben könnte. Und wenn er keine neuen Beweise gefunden hat, gibt es auch keinen Grund, weshalb ihn jemand, der in diesen Fall verwickelt war, getötet haben sollte.«

»Wer war es dann? Seine Frau?« Gracie war offensichtlich enttäuscht. Ein Mord unter Eheleuten war weit weniger interessant, vor allem dann, wenn es nur um eine Affäre ging, der dritte im Bunde bereits bekannt war und die Enthüllung seiner Identität keinen weiteren Skandal versprach.

»Ich nehme es an… Oder Mr. Pryce.«

Gracie starrte sie aus großen Augen an und ignorierte ihren Tee.

»Was ist mit Ihnen Ma'am? Glauben Sie nicht, daß sie es waren?«

Charlotte mußte lächeln. »Ich weiß es nicht. Ich nehme an, sie könnten es vielleicht getan haben. Aber mir will einfach das Gefühl nicht aus dem Kopf, das ich hatte, als ich sie an dem Abend, an dem ihr Mann gestorben ist, beobachtet habe. Vielleicht bin ich nur eitel, wenn ich denke, daß mich mein Gefühl unmöglich so täuschen kann.«

»Vielleicht war es ihr Liebhaber, und sie hat gar nichts davon gewußt?« schlug Gracie vor.

»Vielleicht… Aber er hat mir eigentlich auch ganz gut gefallen.« Charlotte nippte an ihrem Tee und begegnete dabei Gracies interessiertem Blick.

»Und wer hat Ihnen nicht gefallen?« erkundigte sich Gracie mit dem ihr eigenen Sinn fürs Praktische.

»Keiner bisher. Aber ich habe auch schon früher Leute gut leiden können, die sich dann als schuldig herausgestellt haben.«

»Wirklich?« hauchte Gracie atemlos und mit vor Neugier runden Augen.

»Es kommt darauf an, aus welchem Grund.« Charlotte fand, daß sie Gracie eine Erklärung schuldig war. Sie überlegte eine Weile und ließ einige von Pitts Fällen, an denen sie beteiligt gewesen war, in Gedanken Revue passieren. Sie war soeben im Begriff, etwas weiter auszuholen, als die Türglocke schrillte. Gracie zuckte überrascht zusammen und sprang in einem Anflug von Hektik auf, strich ihre Schürze glatt und eilte hinaus, um die Tür zu öffnen.

Wenige Augenblicke später kehrte sie in Begleitung von Caroline zurück, die elegant gekleidet war wie immer, sich jedoch, wie es schien, mit einer gewissen Hast und ohne die übliche Aufmerksamkeit für das Detail zum Ausgehen zurechtgemacht hatte. Nach der Begrüßung und der gegenseitigen Versicherung, daß alle bester Gesundheit seien, setzte sich Caroline an den Küchentisch, akzeptierte dankend die Tasse Tee, die Gracie ihr hinstellte, und holte dann tief Luft, um auf den Grund ihres Kommens zu sprechen zu kommen.

»Wie kommt Thomas mit dem Mord an dem armen Mr. Stafford weiter? Hat er schon etwas herausbekommen?«

»Wie dezent du Fragen zu stellen weißt, Mama«, sagte Charlotte mit einem Schmunzeln.

»Wie?«

»Du hast mich immer getadelt, wenn ich zu direkt war«, erinnerte Charlotte sie fröhlich. »Du hast immer gesagt, die Leute mögen so was nicht, und man sollte das, was man will, auf indirektem Weg ansprechen, um den Leuten die Gelegenheit zu geben, dem Thema auszuweichen, falls es ihnen nicht behagt.«

»Unsinn!« protestierte Caroline, doch auf ihren Wangen stahl sich eine leichte Röte. »Außerdem gilt das nur für Fremde und für Gentlemen – und ich bin keines von beidem. Und was ich wirklich gesagt habe, war, daß es taktlos ist, zu unverblümt zu sein – und das ist es ja auch…«

»Ich weiß, ich weiß.« Charlotte winkte ab. »Ich fürchte, er hat nichts Neues über den Mord in der Farriers' Lane herausgefunden. Er hat keine Ahnung, weshalb Richter Stafford erneute Ermittlungen angestellt haben könnte. Es scheint außer Frage, daß Aaron Godman schuldig war.«

»Ach du meine Güte. Die arme Miss Macaulay.« Caroline schüttelte besorgt den Kopf. »Ich glaube allmählich, sie ist wirklich von der Unschuld ihres Bruders überzeugt. Das wird sie sehr hart treffen.«

Charlotte legte ihre Hand auf die ihrer Mutter. »Ich habe nur gesagt, daß er bis jetzt noch nichts herausgefunden hat. Ich glaube nicht, daß er so schnell aufgibt – es sei denn, es stellt sich heraus, daß Mrs. Stafford oder Mr. Pryce es getan haben, oder beide zusammen.«

»Und wenn sie es nicht waren?«

»Dann wird er sich wieder mit dem Farriers' Lane-Fall befassen müssen – vorausgesetzt, es ergibt sich nicht etwas anderes.«

»Was denn?« Carolines Augenbrauen wölbten sich in tiefer Besorgnis, und sie beugte sich, ihren Tee gänzlich vergessend, näher über den Tisch. »Was sollte sich denn anderes ergeben?«

»Ich weiß es nicht… Irgendeine persönliche Feindschaft vielleicht, die bisher nicht bekannt ist. Etwas, das mit Geld zu tun hat, oder ein anderes Verbrechen, von dem er wußte.«

»Gibt es irgendeinen Hinweis auf etwas in der Art?«

»Nein – ich glaube nicht. Bislang nicht.«

»Das klingt aber nicht…« Caroline lächelte freudlos. »Es klingt nicht sehr wahrscheinlich, oder? Er wird früher oder später wieder auf den Mord in der Farriers' Lane zurückkommen. Ich würde es.«

»Ja«, stimmte ihr Charlotte zu. »Das war es auch, was Mr. Stafford an dem Tag, an dem er umgebracht wurde, getan hat. Er muß einen Grund dafür gehabt haben. Und selbst wenn er nur die Absicht verfolgt hat, ein für allemal zu beweisen, das Aaron Godman schuldig war, dann hat vielleicht jemand versucht, das zu verhindern.«

»Das ist nicht logisch, meine Liebe«, stellte Caroline fest. »Wenn Aaron Godman schuldig war, dann würde doch jetzt niemand Richter Stafford töten, nur um zu verhindern, daß er das beweist. Miss Macaulay würde sicherlich traurig darüber sein, weil sie dann nicht mehr hoffen könnte, den Namen ihres Bruders reinzuwaschen, aber sie würde Stafford nicht umbringen, weil er ihren Bruder für schuldig hielt. Abgesehen davon, daß es lächerlich wäre, glaubt ohnehin jeder, daß er schuldig war. Sie kann nicht alle umbringen. Warum sollte sie auch? Es war schließlich nicht Staffords Schuld.« Sie nagte an ihrer Unterlippe. »Nein, Charlotte. Wenn Godman schuldig war, gibt es keinen Grund, Richter Stafford umzubringen. Aber wenn jemand anderer der Schuldige war, dann hatte der sehr wohl einen Grund – falls Stafford dies wußte oder der Betreffende annahm, er wüßte es.«

»Zum Beispiel wer, Mama? Joshua Fielding? Ist es das, was dir Sorgen bereitet?«

»Nein! Nein!« Sie schüttelte heftig den Kopf, doch die Röte kroch ihr verräterisch ins Gesicht. »Es könnte jeder sein.«

»Wer ist jetzt unlogisch?« sagte Charlotte sanft. »Die einzigen, mit denen Richter Stafford an dem Tag zu tun hatte, waren seine Frau, Mr. Pryce, Richter Livesey, Devlin O'Neil, Miss Macauly und Joshua Fielding. Und Mr. Pryce, Mrs. Stafford und Richter Livesey hatte nichts mit dem Mord an Kingsley Blaine zu tun. Sie kamen mit dem Fall erst bei den Vorbereitungen zum Prozeß in Berührung, und Richter Livesey erst anläßlich der Revision. Es ist mehr als unwahrscheinlich, daß sie irgend etwas mit dem Mord damals zu tun gehabt haben.«

Caroline war bleich geworden.

»Dann müssen wir etwas unternehmen! Ich glaube nicht, daß Joshua es getan hat, und wir müssen es beweisen. Vielleicht können wir etwas herausfinden, bevor Thomas mit seinen Nachforschungen anfängt – solange er mit Mrs. Stafford und Mr. Pryce beschäftigt ist.«

Charlotte fühlte eine plötzliche Woge des Mitgefühls in sich aufsteigen, doch ihr fiel wenig ein, wie sie Caroline helfen könnte. Ihr war das Gefühl lähmender Angst vertraut, jemand, den man liebt, könnte verletzt werden, in ein Verbrechen verwickelt oder sogar schuldig sein.

»Ich weiß nicht, was wir herausfinden könnten«, sagte sie zögernd und beobachtete Carolines Gesicht, die Besorgnis darin, ihre Verwundbarkeit. Es war so leicht, sich zum Narren zu machen. »Wenn Thomas bereits versucht hat...« Sie zuckte mit den Achseln. »Ich weiß gar nicht, wo wir anfangen sollten. Wir kennen Mrs. Stafford nicht – obwohl ich ihr natürlich einen Besuch abstatten könnte...« Ihr war bewußt, weder ihre Stimme noch ihre Miene konnten ihren Widerwillen, so direkt vorzugehen, verbergen. »Es ist...« Sie suchte nach einer Formulierung, die nicht zu schroff klang. »Sie wird wissen, daß Neugier dahinter steckt; sie weiß, daß ich die Frau eines Polizisten bin. Und wenn sie unschuldig ist und aufrichtig trauert – was immer sie für Mr. Pryce empfindet, und das wissen wir nicht, schließlich gibt es bislang nur Gerüchte –, dann wäre unser Verhalten aufdringlich und beleidigend.«

»Aber wenn unschuldige Menschen in Gefahr wären?« insistierte Caroline. »Das hätte doch Vorrang, das wäre doch von größter Dringlichkeit.«

»Das ist noch nicht der Fall, Mama, und es wird vielleicht nie dazu kommen.«

»Aber wenn doch, dann ist es zu spät!« Carolines Stimme bebte vor Besorgnis. »Es geht nicht nur darum, ob jemand verhaftet und angeklagt wird, Charlotte – es geht auch um Verdächtigungen und die Vernichtung eines guten Namens. Das kann unter Umständen schon ausreichen, jemanden zu zerstören.«

»Ich weiß.«

»Was sagt eigentlich Lady Cumming-Gould dazu? Du hast es mir noch gar nicht erzählt.«

»Ich weiß es nicht. Ich habe sie seit neulich nicht mehr gesehen, und sie hat mir auch keine Nachricht geschickt. Darum nehme ich an, sie hat nichts Interessantes in Erfahrung gebracht.« Sie lächelte. »Möglicherweise war der Fall tatsächlich ganz klar und eindeutig.«

»Würdest du das bitte herausfinden?«

»Aber natürlich«, sagte Charlotte erleichtert. Das würde ihr nicht schwerfallen.

»Du kannst gerne wieder meine Kutsche nehmen, wenn du möchtest«, bot Caroline ihr an und errötete sogleich angesichts ihres Ungestüms und der Beharrlichkeit, mit der sie die Angelegenheit verfolgte. »Natürlich nur, wenn es dir angenehm ist«, fügte sie hinzu.

»Aber ja.« Charlotte nahm das Angebot mit einem unterdrückten Lächeln an. »Das wäre sicherlich sehr angenehm.« Sie erhob sich, und das amüsierte Schmunzeln in ihren Augen war jetzt nicht mehr zu verbergen. »Es ist weitaus eleganter, in einer Kutsche vorzufahren, als von der Bushaltestelle angekeucht zu kommen.«

Caroline öffnete die Lippen, um etwas zu sagen, überlegte es sich dann jedoch anders.

Vespasia war nicht zu Hause, als Charlotte an ihrer Tür klingelte, doch das Hausmädchen erklärte ihr, sie würde in spätestens einer halben Stunde wieder zurück sein, und wenn Charlotte wolle, könne sie im Salon warten und einen Tee zu sich nehmen. Lady Vespasia würde sehr enttäuscht sein, sie verpaßt zu haben.

Charlotte akzeptierte dankend und nahm in Vespasias elegantem Salon Platz, nippte an ihrem Tee und sah zu, wie die Flammen im Kamin emporzüngelten. Sie hatte Zeit, sich umzusehen – etwas, wozu sie niemals zuvor Gelegenheit gehabt hatte, ohne aufdringlich oder neugierig zu wirken. Der ganze Raum war geprägt von Vespasias Persönlichkeit. Auf dem Kaminsims standen zwei hohe, schlanke Kerzenständer – nicht je einer an beiden Seiten, wie man es erwartet hätte, sondern beide nebeneinander und asymmetrisch etwas von der Mitte nach links versetzt. Sie waren aus georgianischem Silber, sehr kühl und schlicht im Design. Auf dem Sheraton-Tisch neben dem Fenster stand ein Blumenarrangement in einer Schale aus Royal Worcester-Porzellan – drei rosafarbene Chrysanthemen in der Mitte, umgeben von dichtgestecktem, rostfarbenem Buchenlaub, aus dem dunkelrote Knospen leuchteten, deren Name Charlotte nicht geläufig war.

Sie verlor das Interesse an ihrem Tee und erhob sich, um einen genaueren Blick auf die schlicht gerahmten Photographien zu werfen, die auf der Konsole des Sekretärs standen. Das Photo, das als erstes ihre Aufmerksamkeit fesselte, war ein vergilbter, ovaler Sepiadruck, an den Rändern beinahe bis zur Unkenntlichkeit ausgebleicht, auf dem eine Frau um die Vierzig zu sehen war, mit schlankem Hals, hohen Backenknochen und einer edel gebogenen Nase. Ihre weit auseinanderstehenden Augen waren von langen Wimpern gerahmt; der Bogen ihrer Augenbrauen wölbte sich perfekt. Es war ein sehr schönes Gesicht, in dem, ungeachtet des stolzen Ausdrucks und des klassischen Ebenmaßes ihrer Züge, eine ausgeprägte Persönlichkeit zu erkennen war, und auch die romantische Pose vor der Kamera vermochte nicht, die Leidenschaft und Kraft dieser Frau völlig zu verbergen.

Es dauerte eine Weile, ehe Charlotte begriff, daß dies Vespasia war. Sie hatte sich so daran gewöhnt, sie als alte Frau zu sehen, daß ihr nie in den Sinn gekommen war, sich vorzustellen, wie anders – und doch wie verblüffend ähnlich auf den zweiten Blick – sie als junge Frau ausgesehen haben mochte.

Auf der zweiten Photographie war ein vielleicht zwanzigjähriges, sehr hübsches Mädchen zu sehen, mit kräftigen Armen, einem breiteren Gesicht und einer weniger ausgeprägten und deshalb kürzer wirkenden Nase. Die Ähnlichkeit war jedoch nicht zu verleugnen, und auch nicht der Charme und der Liebreiz ihrer Züge, doch ihrem Gesicht fehlte das Feuer der Leidenschaft und die sprühende Fantasie. Dies mußte Olivia sein, Vespasias Tochter, die Eustace March geheiratet hatte und früh gestorben war, nachdem sie ihm so viele Kinder geboren hatte. Charlotte hatte sie nie kennengelernt, doch an Eustace erinnerte sie sich lebhaft – mit Zorn, aber auch mit Bedauern.

Das dritte Photo zeigte einen älteren, aristokratisch wirkenden Gentleman mit einem schmalen Gesicht, hoher Stirn und sanften Augen, die in die Ferne blickten, an der Kamera vorbei, in eine Welt, die sich allein ihm enthüllte. Eine gewisse Ähnlichkeit mit Vespasia war unübersehbar, und Charlotte vermutete aufgrund der Fasson seines Rocks und des Stils der Photographie, daß dieses Vespasias Vater war.

Es war interessant, daß sie in dem Raum, in dem sie sich am meisten aufhielt, ein Bild ihres Vaters und keines von ihrem Ehemann stehen hatte.

Charlotte betrachtete die Bücher auf dem mit Schnitzereien verzierten Bücherregal, als sie aus der Halle Stimmen hörte und dann Schritte auf dem Parkettboden. Hastig drehte sie sich um und ging ans Fenster, und als die Tür aufging und Vespasia eintrat, stand sie ihr zugewandt, mit einem Lächeln auf dem Gesicht.

Vespasia sprühte geradezu vor Energie, als sei sie im Begriff, sich zu einem aufregenden Rendezvous zu begeben, und nicht, als kehre sie gerade nach Hause zurück. Ihre Haut glühte von dem scharfen Wind; ihr Rücken war aufrecht, die Schultern gerade. Sie trug ein pflaumenblaues Kleid von einem zarten Pastellton, der irgendwo zwischen Blau und Violett lag. Es war raffiniert, sehr teuer und überaus vorteilhaft. Es hatte lediglich die Andeutung einer Tournüre, so wie es die neueste Mode vorschrieb, und war exquisit geschnitten. Zweifellos hatte sie den dazugehörenden schicken breitkrempigen Hut draußen in der Halle abgelegt.

»Guten Morgen, Tante Vespasia«, begrüßte Charlotte sie überrascht und hoch erfreut ob ihres blendendes Aussehens. Sie hatte sie nicht mehr so vital und blühend erlebt, seit dem Tod von Emilys erstem Mann, Vespasias Neffen und dem einzigen Grund, weshalb sie sie zu ihrer Verwandtschaft zählen durfte. Heute wirkte sie, als habe sie längst alle Tränen vergossen, die das Leben ihr vorbehalten hatte, und schien wieder die tatkräftige, energievolle Frau, die sie einst gewesen war. »Sie sehen wunderbar aus.«

»Das ist nicht weiter verwunderlich«, erwiderte Vespasia leichthin, doch ihre Zufriedenheit war nicht zu verkennen. »Ich fühle mich auch ganz wunderbar.« Sie faßte Charlotte näher ins Auge. »Aber du siehst mir ein wenig besorgt aus, meine Liebe. Beschäftigt dich noch immer diese schreckliche Geschichte in der Farriers' Lane? Um Himmels willen, nimm doch Platz! Du erweckst den Eindruck, als wolltest du jeden

Augenblick wieder davonlaufen. Dem ist doch hoffentlich nicht so, oder?«

»Nein, nein – natürlich nicht. Ich bin gekommen, um ein wenig mit Ihnen zu plaudern, und ich hab' im Augenblick nichts anderes vor. Mama ist bei mir zu Hause und kümmert sich um alles, wenn etwas sein sollte.«

»Das ist schön, meine Liebe.« Anmutig ließ sich Vespasia auf einen Stuhl sinken und ordnete mit einer flüchtigen Handbewegung die Falten ihres Kleids. »Ist sie noch immer in diesen Schauspieler verliebt?«

Mit einem resignierten Lächeln, das jedoch nicht wirklich ernst gemeint war, setzte Charlotte sich ihr gegenüber. »Ich fürchte, ja.«

Vespasias Brauen wölbten sich erstaunt. »Weshalb fürchtest du das? Ist das denn so schlimm? Sie kann tun, was ihr gefällt – nicht wahr? Und wenn sie eine kleine Romanze hat – weshalb denn nicht? Was spricht denn dagegen?«

Charlotte holte tief Luft, und durch ihren Kopf spukten jede Menge Gründe, die dagegen sprachen. Doch wenn sie sie genauer betrachtete, mit kühlem Kopf und ohne die bangen Gefühle und Ängste, die sie selbst dabei hatte, erschienen sie ihr albern und kindisch.

Vespasias Lippen kräuselten sich amüsiert. »Aber du machst dir Sorgen, dieser unglückliche Mann könnte in den Verdacht geraten, etwas mit dem Tod von Kingsley Blaine zu tun gehabt zu haben?«

»Ja. Obwohl Thomas zu glauben scheint, daß es in diesem Fall keine neuen Erkenntnisse geben kann und Stafford lediglich versucht hat, Tamar Macaulay endgültig und über jeden Zweifel hinaus davon zu überzeugen, die Angelegenheit endlich ruhen zu lassen.«

»Aber du glaubst das nicht?« fragte Vespasia.

»Ich weiß es nicht«, sagte Charlotte mit einem Achselzucken. »Natürlich könnte es auch die Witwe gewesen sein, aber... es fällt mir schwer, das zu glauben. Ich war bei ihr und habe ihre Hand gehalten, als ihr Mann gestorben ist. Ich kann einfach nicht glauben, daß sie ihn kaltblütig vergiftet hat, um sich dann so voller Verzweiflung an mich zu klammern und zuzusehen, wie er stirbt. Abgesehen davon, wäre ein solcher Schritt wirklich dumm und so völlig unnötig!«

»Womit wir wieder beim Mord in der Farriers' Lane sind«, murmelte Vespasia nachdenklich. »Ich habe mit Richter Quade darüber gesprochen. Leider habe ich versäumt, dich wissen zu lassen, was ich in Erfahrung gebracht habe.« Seltsamerweise stieg eine leichte Röte in ihre Wangen, wie Charlotte überrascht registrierte. Noch nie zuvor hatte sie Vespasia verlegen gesehen. Sie wartete auf eine Erklärung, die jedoch ausblieb. Statt dessen begann Vespasia in fast beiläufigen Tonfall zu berichten, was ihre Erkundigungen ans Licht gebracht hatten, wobei sie ihre Worte mit äußerster Sorgfalt wählte.

»Richter Quade empfand den Fall damals als äußerst beunruhigend; nicht allein aufgrund der Umstände des Mordes, sondern vor allem auch wegen der unheilvollen Emotionen, die der Fall in der Öffentlichkeit auslöste. Aus diesem Grund wurde die ganze Angelegenheit in einer geradezu fieberhaften Hast verfolgt, die es ihm nicht leicht machte, dafür Sorge zu tragen, daß zumindest im Verfahren dem Recht auf ehrenvolle Weise Genüge getan und Gerechtigkeit geübt wurde.«

»Glaubt er, daß das nicht geschehen ist?« fragte Charlotte hastig und fühlte, wie sich Angst und Hoffnung in ihr regten.

Vespasias graue Augen waren vollkommen ruhig. »Er glaubt, daß das Urteil gerecht war«, erwiderte sie. »Aber die Art und Weise, wie es zustande gekommen ist, gefiel ihm nicht.«

»Sie wollen damit sagen, Aaron Godman war schuldig?«

»Ich fürchte, ja. Es war die Atmosphäre, die Thelonius mißfiel, die Tatsache, daß sogar Barton James, der Anwalt der Verteidigung, seinen Mandanten für schuldig hielt. Seine Prozeßführung war zwar korrekt, doch mehr nicht. Die ganze Stadt hatte sich in einem derart hysterischen Haß hineingesteigert, daß es zu Ausschreitungen gegen Juden kam, die nichts mit der Sache zu tun hatten – nur weil sie Juden waren. Es war unmöglich, unvoreingenommene Geschworene zu finden.«

»Aber wie konnte das dann ein fairer Prozeß sein?« begehrte Charlotte auf.

»Ich wage zu behaupten, daß es keiner war.«

»Aber warum hat er das als vorsitzender Richter zugelassen? Weshalb hat er nichts dagegen unternommen?«

Mit einemmal war jede Spur von Amüsiertheit und Milde aus Vespasias Augen verschwunden. Hitzig eilte sie Thelonius zu Hilfe.

»Was hätte er deiner Meinung nach denn tun sollen?«

»Ich... Ich weiß es nicht.« Charlotte war die Veränderung in Vespasias Tonfall und das kaum merkliche Aufblitzen in ihren Augen nicht entgangen. Sie würde es nicht ertragen, mit Vespasia zu streiten, und sie erinnerte sich, daß Thelonius Quade einer ihrer ältesten Freunde war. Ohne dies zu wollen, hatte sie die Ehre eines Mannes angezweifelt, den Vespasia sehr schätzte, vielleicht sogar mehr als das. »Es tut mir leid«, sagte sie schnell. »Ich vermute, es gab nichts, was er hätte tun können. Auch ein Richter muß sich an die bestehenden Gesetze halten, nicht wahr? Er konnte ja schwerlich Verfahrensfehler geltend machen, wenn keinerlei Unkorrektheiten vorgekommen sind.«

Vespasias Miene entspannte sich wieder.

»Er hat sogar daran gedacht, selbst etwas zu tun, das der Verteidigung die Gelegenheit geben würde, in Berufung zu gehen. Doch dann kam er zu dem Schluß, daß dies in seinem Amt nicht ehrenhaft wäre, ebensowenig wie ein Zweifeln am Gesetz an sich, dem Geltung zu verschaffen er als seine Berufung betrachtete.«

»Oh.« Charlotte zog die Stirn in nachdenkliche Falten. Die Gewichtigkeit von Vespasias Worten klang in ihr nach. »Wenn ein Richter solche Gedanken hatte«, sagte sie »dann muß es wirklich sehr schlimm gewesen sein. Wie überaus feinfühlig von ihm, die Dinge so unvoreingenommen und fair gegeneinander abzuwägen und sogar so weit zu gehen, ein Eingreifen in Betracht zu ziehen.«

»Er ist ein außergewöhnlicher Mann«, sagte Vespasia und schlug für einen Moment die Blick nieder.

Charlotte konnten nicht verhindern, daß ein Lächeln um ihren Mund spielte, und sie fragte sich, welche Art von Freundschaft Vespasia und Richter Quade verband. Sie hatte keine Ahnung, vor wie langer Zeit sie begonnen hatte. War es vielleicht einmal mehr als Freundschaft gewesen? Zuneigung oder Liebe gar? Es war ein schöner Gedanke, und ihr Lächeln wurde breiter.

Sie sah, wie Vespasia sich wieder straffte und würdevoll den Kopf hob. Sie konnte ihre Stimme bereits mit geziemender Entrüstung fragen hören: »Und was ist daran so amüsant, bitte?« Aber kein Wort kam über ihre Lippen. Statt dessen kroch eine sanfte Röte in ihre Wangen.

»Vielen Dank, Tante Vespasia«, sagte Charlotte leise. »Ich bin ihnen wirklich sehr dankbar, daß sie Richter Quade gefragt haben, auch wenn es so aussieht, als hätte sich dabei nichts Neues ergeben.«

»Doch, da gibt es etwas«, berichtigte Vespasia sie. »Nichts Weltbewegendes, vielleicht hat es auch gar nichts zu bedeuten, aber Richter Quade erzählte mir, er sei sich damals ziemlich sicher gewesen, daß Aaron Godman in der Haft geschlagen wurde. Als er zum Prozeß erschien, hatte er einige auffallende Schrammen und blaue Flecke, die zu frisch waren, um von einem etwaigen Kampf während der Mordtat stammen zu können.«

»Ach du meine Güte! Wie schrecklich. Glauben Sie, die Wärter haben ihn im Gefängnis geschlagen?«

»Vielleicht. Oder die Polizei, als sie ihn festnahm.« Vespasia betrachtet Charlotte mit besorgtem Blick. »Es tut mir leid, aber das ist nicht gänzlich unmöglich.«

»Sie meinen, er hat sich gewehrt?«

»Nein, meine Liebe, das habe ich nicht gemeint. Der Polizist, der ihn verhaftet hat, hatte nicht die geringste Blessur.«

»Oh.« Charlotte holte tief Luft. »Aber das beweist noch gar nichts, oder? Außer daß die Emotionen – wie Sie schon gesagt haben – hoch schlugen und sehr häßliche Formen annahmen. Tante Vespasia…«

Vespasia wartete.

»Glauben Sie, Mr. Quade will damit sagen, er ist der Ansicht, daß die Polizei unter dem Druck der Öffentlichkeit, einen Schuldigen zu präsentierten, in ihrer Verzweiflung so weit ging, ihn mit Schlägen zu einem Geständnis zu bewegen, und daß sie wissentlich den falschen Mann verurteilt haben?«

»Nein«, sagte Vespasia entschieden. »Nein. Er war nur irritiert von der Art und Weise, in der die Ermittlungen geführt wurden, von der Hast und den Emotionen, mit denen dies geschah, und von der Gleichgültigkeit der Verteidigung, aber er war überzeugt davon, daß die vorgelegten Beweise stimmig waren und das Urteil korrekt.«

»Oh... Ich verstehe.« Charlotte seufzte. »Dann scheint es tatsächlich so gewesen zu sein, daß Richter Stafford wirklich nur versucht hat, die Richtigkeit des Urteils ein für allemal zu beweisen und die leidige Sache zu beenden. Und das kann für niemanden ein Motiv gewesen sein, ihn umzubringen. Es sieht so aus, als sei es doch seine Frau gewesen – oder Mr. Pryce.«

»Es tut mir leid, daß es den Anschein hat.«

Charlotte sah sie forschend an. Hatte sie ein Zögern in ihrer Stimme gehört?

»Ja?«

»Es ist aber auch denkbar, daß jemand irgendein schändliches Verbrechen zu verbergen hat und fürchtete, Mr. Staffords Recherchen könnten es ans Licht bringen. Sie wußten möglicherweise ja nicht, welcher Art seine Recherchen waren – und selbst wenn sie es wußten...« Sie runzelte skeptisch die Stirn. »Vielleicht brachten sie ihn nur für den Fall um, daß er zu gründlich recherchieren würde. Ich muß zugeben, das klingt nicht sehr wahrscheinlich...«

»Nein«, erwiderte Charlotte, doch der Klang ihrer Stimme strafte ihre Antwort Lügen. »Aber nicht unmöglich. Nicht gänzlich unmöglich. Ich finde, wir sollten das weiter verfolgen – meinen Sie nicht auch? Ich denke...« Sie verstummte. Ihre Fantasie war mit ihr durchgegangen. »Das können wir doch, oder etwa nicht?« fragte sie zögernd.

»Weshalb denn nicht?« Vespasias Lächeln verriet Belustigung, aber auch Vorfreude. »Ich sehe keinen Grund, der dagegen spräche. Allerdings wüßte ich nicht, wie...« Ihre Augenbrauen wölbten sich fragend.

»Ich weiß es ebenfalls nicht«, gab Charlotte zu. »Doch ich werde mir darüber Gedanken machen.«

»Ich habe gehofft, daß du das sagen wirst«, murmelte Vespasia. »Wenn ich dir dabei in irgendeiner Weise behilflich sein kann, würde es mich freuen.«

»Ich habe gehofft, daß Sie das sagen würden«, erwiderte Charlotte mit einem Schmunzeln.

Charlotte war unschlüssig, ob sie Pitt von ihrem Besuch bei Großtante Vespasia erzählen sollte oder nicht. Wenn sie es ihm sagte, würde er sicherlich wissen wollen, weshalb sie sich so für den Fall interessierte. Und er würde sicherlich nicht lange brauchen dahinterzukommen, daß der Grund Carolines Faible für Joshua Fielding gewesen war und dessen mögliche Verwicklung in die Morde an Kingsley Blaine und Richter Stafford. Sie konnte noch immer versuchen, ihn davon zu überzeugen, daß Caroline aufgrund ihrer Anwesenheit im Theater von dem Verbrechen persönlich betroffen war. Doch sie wußte, Pitt würde das sehr schnell durchschauen und Caroline möglicherweise für eine törichte Närrin halten, sich als kürzlich verwitwete Frau in fortgeschrittenem Alter in einen jüngeren Mann zu verlieben, einen Schauspieler, der weder gesellschaftlich noch hinsichtlich der Lebenserfahrung zu ihr paßte und ihr allenfalls einen letzten, wehmütigen Blick auf die Jugend bieten konnte.

So betrachtet, war es absurd und kein bißchen romantisch. Pitt würde zwar gewiß nicht taktlos sein oder Carolines Verhalten offen mißbilligen, doch möglicherweise würde er für sie dann nur nachsichtiges Mitleid empfinden – was weitaus schlimmer war, wie sie fand. Das wollte sie Caroline nicht antun. Sie war selbst überrascht ob ihres Beschützerinstinkts ihrer Mutter gegenüber und darüber, wie entschlossen sie Caroline in ihrer Verletzlichkeit zu verteidigen gewillt war.

Deshalb erzählte sie Pitt lediglich, daß sie Vespasia besucht hatte, und als er aufsah, hielt sie den Blick auf ihr Nähzeug gesenkt.

»Wie geht es ihr?« erkundigte sich Pitt und ließ sie dabei nicht aus den Augen.

»Oh. Sie erfreut sich bester Gesundheit.« Mit einem flüchtigen Lächeln blickte sie auf. Er würde mißtrauisch werden, wenn sie es dabei bewenden ließ. Er kannte sie zu gut. »Ich habe sie nicht mehr so munter gesehen, seit George gestorben ist. Sie scheint wieder ganz die alte: sprühend vor Energie, ganz so, wie wir sie damals kennengelernt haben.«

»Charlotte.«

»Ja?« Sie sah ihn aus großen, unschuldigen Augen an, die Nadel in der Luft erstarrt.

»Und was weiter?« forschte er.

»Was meinst du? Tante Vespasia ist gesund und vital wie eh und je. Ich dachte, das würde dich freuen.«

»Das tut es auch. Ich will wissen, was du sonst noch herausgefunden hast, das dir so große Freude bereitet.«

»Ah.« Sie war entzückt. Sie hatte ihn dort, wo sie ihn haben wollte. Sie lächelte strahlend, diesmal ohne Berechnung. »Sie hat einen alten Freund wiedergetroffen, und ich habe den Eindruck, daß sie ganz in ihn vernarrt ist. Ist das nicht wunderbar?«

Er setzte sich auf. »Du meinst, sie hat eine Romanze?«

»Wohl kaum! Schließlich ist sie über achtzig!«

»Was spielt das denn für eine Rolle?« Seine Stimme war ohne Ironie. »Das Herz hört nie auf, sich nach Liebe zu sehnen.«

»Nein – vermutlich nicht.« Sie erwog den Gedanken zunächst erstaunt und dann mit wachsender Freude. »Bestimmt nicht sogar... Weshalb auch nicht? Ja. Ich glaube, es war vielleicht einmal eine Romanze, damals als sie sich kennenlernten, und ich könnte mir vorstellen, daß sie wieder auflebt.«

»Das freut mich aufrichtig.« Pitt lächelte breit. »Wer ist er?«

»Wie?« Sie fühlte sich ertappt.

»Wer ist er?« wiederholte er, bereits mißtrauisch.

»Oh...« Sie wandte ihre Aufmerksamkeit wieder ihrer Näharbeit zu, scheinbar ganz auf die Nadel und den Leinenstoff konzentriert. »Ein alter Freund, den sie seit über zwanzig Jahren kennt. Thelonius... Thelonius Quade.«

»Thelonius Quade.« Er wiederholte den Namen langsam. »Charlotte!«

»Ja?« Sie hielt ihren Blick angestrengt auf den Stoff geheftet.

»Hast du Thelonius Quade gesagt?«

»Ich denke schon.«

»Richter Thelonius Quade?«

Sie zögerte einen Augenblick. »Ja…«

»Derselbe, der zufällig den Vorsitz im Prozeß gegen Aaron Godman wegen des Mordes an Kingsley Blaine hatte?«

Es hatte keinen Sinn zu lügen. Sie versuchte es mit einer Ausflucht.

»Soviel ich weiß, war ihre Freundschaft damals eingeschlafen.«

Mit einer sarkastischen Grimasse schüttelte er den Kopf. »Das tut nichts zur Sache. Aber weshalb hat sie so plötzlich ihre alte Freundschaft wieder aufgefrischt?«

Sie schwieg.

»Vielleicht weil du sie darum gebeten hast?« hakte er nach.

»Nun, eh… Ich muß zugeben, der Fall interessiert mich«, gestand sie. »Ich war schließlich dabei, als der arme Mann gestorben ist. Und ich habe die Hand seiner Witwe gehalten!«

»Und du glaubst nicht, daß sie ihn umgebracht hat?« forschte er weiter, und in seiner Stimme schwang ein Anflug von Schärfe. Er war nicht ärgerlich – sie glaubte sogar, eine gewisse Belustigung aus seiner Stimme herauszuhören, aber sie wußte, er würde keine Ausflüchte hinnehmen.

»Nein. Nein, das glaube ich tatsächlich nicht.« Sie hob den Kopf und sah ihn an. »Aber Richter Quade befand das Urteil offenbar für gerecht, wenngleich auch nicht die Art und Weise, in der der Prozeß geführt wurde.« Sie lächelte ihn an. »Es sieht so aus, als sei der arme Godman tatsächlich schuldig gewesen, auch wenn die Umstände seiner Verurteilung nicht die besten waren. Aber könnte nicht die Tatsache, daß Richter Stafford neuerliche Recherchen anstellte, jemanden aus einem ganz anderen Grund, wegen irgendeines anderen Verbrechens, so sehr in Angst versetzt haben, daß er ihn umgebracht hat?« Sie wartete gespannt, während ihr Blick forschend an seinem Gesicht hing.

»Möglich schon«, sagte er. »Aber nicht wahrscheinlich. Was für ein Verbrechen?«

»Ich weiß es nicht. Das mußt du herausfinden.«

»Vielleicht. Aber zuerst muß ich mich um den Mord an Stafford kümmern und herausfinden, ob Juniper Stafford oder Adolphus Pryce sich irgendwoher Opium beschafft haben. Es gibt noch vieles, was ich über die beiden nicht weiß.«

»Ja, natürlich. Aber das bedeutet nicht, daß du den Blaine/Godman-Fall ganz beiseite legst oder? Ich meine...« Ein Gedanke schoß ihr durch den Kopf. »Thomas! Wenn es irgendeine Unregelmäßigkeit in dem Verfahren gegeben hätte, zum Beispiel Erpressung oder Bestechung, oder wenn eine andere Sache dabei ein Rolle gespielt hätte, die jemanden mit viel Macht in Schwierigkeiten hätte bringen oder ihn sogar hätte ruinieren können, dann wäre das doch ein Grund gewesen, Richter Stafford umzubringen, bevor er das herausfinden konnte – auch wenn das nichts an Godmans Schuld geändert hätte. So könnte es doch auch gewesen sein, oder?«

»Ja«, sagte er vorsichtig. »Ja, möglich wäre das schon...«

»Heißt das, du überprüfst es?« drängte sie.

»Nachdem ich Juniper und Adolphus unter die Lupe genommen habe.«

Sie lächelte. »Oh – gut. Hättest du gern ein Tasse Schokolade vor dem Zubettgehen, Thomas?«

Am nächsten Morgen delegierte Charlotte die häuslichen Angelegenheiten an Gracie und fuhr mit den Omnibus zur Cater Street, um Caroline einen Besuch abzustatten. Es war bereits kurz nach elf Uhr, als sie dort ankam und erfuhr, daß ihre Mutter ausgegangen sei. Ihre Großmutter saß allein in dem großen, altmodischen Salon am Kamin und hob indigniert den Kopf, als Charlotte eintraf.

»Sieh an, sieh an!« krächzte sie und spähte mit vorwurfsvollem Blick zu Charlotte empor, den Rücken gerade, die von Gicht knotigen Hände wie Klauen über den Knauf ihres Stocks gekrallt. »Kommst du also auch mal, um deine alte Großmutter zu besuchen? Hast du endlich begriffen, was deine Christenpflicht ist? Ein wenig spät, mein Kind! Ein wenig spät!«

»Guten Morgen, Großmutter«, erwiderte Charlotte ruhig. »Wie geht es dir?«

»Schlecht geht es mir«, erwiderte die alte Dame mit brüchiger, jammervoller Stimme. »Frag nicht so dummes Zeug, Charlotte. Wie könnte es mir anders gehen als schlecht, wo sich deine Mutter wie ein vollkommene Närrin aufführt? Sie war nie eine besonders kluge Frau, aber jetzt scheint sie auch noch ihren letzten Funken Verstand verloren zu haben! Seit dein Vater gestorben ist, ist sie nicht mehr ganz bei Trost.« Sie schniefte empört. »Ich fürchte, das war nicht anders zu erwarten. Manche Frauen kommen mit dem Witwenstand einfach nicht zurecht. Sie haben kein Stehvermögen und kein Gefühl für das, was sich gehört. Davon hatte sie nie sonderlich viel. Und mein armer Edward mußte das immer ausbaden!«

Bei einer anderen Gelegenheit hätte Charlotte die Beleidigung vielleicht ignoriert. Großmutter war nun einmal so, wie sie war, und sie hatte sich längst daran gewöhnt, aber im Augenblick empfand sie das Bedürfnis, ihr Mutter in Schutz zu nehmen.

»Ach rede nicht so einen Unsinn, Großmama«, sagte sie schroff und ließ sich auf den Stuhl ihrer Großmutter gegenüber sinken. »Mama hat immer gewußt, was sich gehört, und sich auch so verhalten.«

»Du sollst nicht so ein freches Widerwort führen!« schnappte Großmama aufgebracht. »Keine Frau mit ein bißchen Gespür für Schicklichkeit würde ihre Tochter mit einem Polizisten verheiraten, auch wenn sie wie ein Pferd aussieht und die Intelligenz eines Huhns hat.« Sie wartete, daß Charlotte gekränkt aufbrausen würde, doch als sie dies nicht tat, fuhr sie grimmig fort: »Und jetzt macht sie sich zur kompletten Närrin, indem sie um die Freundschaft von irgendwelchen Personen von der Bühne buhlt. Herrgott! Das ist kaum besser! Sie mögen vielleicht korrektes Englisch sprechen, aber ihre Sitten sind vulgär. Keiner von denen ist auch nur einen Pfifferling wert. Und die Hälfte von ihnen sind ohnehin Juden – das weiß ich genau.« Sie funkelte Charlotte herausfordernd an.

»Was hat denn das damit zu tun?« fragte Charlotte und versuchte den Eindruck zu erwecken, als sei dies eine ernstgemeinte Frage.

»Was? Was hast du gesagt?« Großmutter litt an selektiver Taubheit, und im Augenblick versuchte sie, Charlotte dazu zu bringen, ihre Frage zu wiederholen, in der Hoffnung, sie damit einzuschüchtern, oder um Zeit zu gewinnen, sich eine

Antwort auszudenken, die Charlotte verstummen lassen würde.

»Ich habe dich gefragt, was das damit zu tun hat«, wiederholte Charlotte mit einem Lächeln.

»Was hat womit zu tun?« fragte Großmama ärgerlich. »Worüber redest du, Kind? Manchmal redest du wirklich völligen Unsinn. Das kommt davon, wenn man sich mit den unteren Klassen einläßt, die keine Bildung haben und nicht wissen, wie man sich ausdrückt. Ich habe dich gewarnt, daß das passieren wird. Und deine Mutter habe ich auch gewarnt. Aber sie hört ja nicht auf mich! Du mußt wegen ihr etwas unternehmen.«

»Ich kann gar nichts tun, Großmama«, entgegnete Charlotte geduldig. »Ich kann sie nicht zwingen, auf dich zu hören, wenn sie es nicht will.«

»Nun hör mir einmal zu, du dummes Kind! Wirklich! Manchmal würdest du die Geduld einer Heiligen strapazieren.«

»Ich wäre nicht auf die Idee gekommen, dich als Heilige zu betrachten, Großmama.«

»Werde nicht impertinent!« Die alte Dame schlug mit ihrem Stock nach Charlottes Beinen, doch sie saß zu weit weg und der Hieb streifte nur ihren Rock.

»Wann wird Mama zurückkommen?« fragte Charlotte unbeeindruckt.

»Glaubst du denn, das sagt sie mir?« Ihre Stimme war schrill vor Empörung. »Sie kommt und sie geht, wie es ihr beliebt. Zu den unmöglichsten Stunden des Tages – und der Nacht, wenn ich mich nicht irre! Aufgedonnert, als sei sie einem geschmacklosen Melodram entstiegen, das dumme Ding. Zu meiner Zeit trugen Witwen Schwarz und wußten, wo sie hingehörten. Dies ist mehr als unschicklich! Dein Vater – Gott hab' ihn selig – ist noch keine fünf Jahre tot, und Caroline zieht in London herum wie eine leichtsinnige Zwanzigjährige, die es darauf anlegt, sich einen Mann zu angeln, bevor sie erwachsen ist.«

»Hat sie etwas gesagt?«

»Was denn? Sie sagt mir nie irgendwie Wichtiges. Sie wagt es nicht, nehme ich an.«

»Wann sie nach Hause kommt, meine ich.« Charlotte hatte Mühe, ihre Stimme in Zaum zu halten.

»Und wenn sie es gesagt hätte, wieviel, glaubst du, kannst du darauf geben? Nichts! Gar nichts!«

»Was hat sie denn gesagt?«

»Oh. Daß sie zur Putzmacherin geht und in einer halben Stunde wieder zurück ist. Nichts als Unsinn. Sie könnte wer weiß wo sein!«

»Vielen Dank, Großmama. Du siehst blendend aus.« Sie sah tatsächlich blendend aus. Sie sprühte vor Energie, ihr Wangen waren gerötet, und ihre schwarzen Knopfaugen glänzten lebhaft. Nichts erfrischte sie mehr als ein Streit.

»Du brauchst eine Brille«, erwiderte die alte Dame boshaft. »Ich habe Schmerzen – am ganzen Leib. Ich bin eine alte Frau, die Pflege braucht und Ruhe und ein Leben ohne Sorgen und Kummer.«

»Du würdest an Langeweile sterben, wenn du dich nicht wegen irgend etwas aufregen könntest«, sagte Charlotte mit einer Offenheit, die sie vor ein paar Jahren nicht gewagt hätte – ganz sicher nicht, als ihr Vater noch gelebt hatte.

Die alte Dame schnaubte ärgerlich und funkelte Charlotte zornig an. Zu spät erinnerte sie sich wieder ihrer Taubheit: »Wie? Was hast du gesagt? Deine Aussprache wird auch immer schlampiger, mein Kind!«

Charlotte mußte schmunzeln, und nur ein paar Augenblicke später hörte sie die Schritte ihrer Mutter draußen in der Halle. Sie erhob sich, entschuldigte sich hastig und ließ die alte Dame alleine zurück, die sich mit bitterer Stimme beklagte, daß sie in diesem Haus von allem ausgeschlossen werde. Als sie die Halle erreichte, war ihre Mutter bereits auf halber Höhe der Treppe in den ersten Stock.

»Mama!«

Caroline drehte sich um, und auf ihrem Gesicht erschien ein Strahlen.

»Mama.« Charlotte stieg die Stufen zu ihr hinauf. Caroline trug einen hübschen Hut mit breiter, elegant geschwungener Krempe und einem Arrangement aus Federn und Seidenblumen. Er war sehr üppig und extravagant und überaus feminin. Ein Hut wie dieser hätte auch ihr gefallen, aber sie hatte ohnehin keine Gelegenheit, ihn zu tragen.

»Ja?« flüsterte Caroline aufgeregt. »Hast du etwas erfahren?«

»Nichts Besonderes, fürchte ich.« Sie fühlte einen Anflug von Schuld, weil sie ihrer Mutter Hoffnung machte, und zugleich das überwältigende Bedürfnis, diese Offenheit und Verletzlichkeit vor jedem Schmerz zu beschützen. »Aber es ist wenigstens ein Anfang.«

»Gibt es etwas, das wir tun können?« Caroline drehte sich ganz um, als wolle sie sogleich herabkommen, um damit zu beginnen. »Was hast du herausbekommen? Von wem? Von Thomas?«

»Von Tante Vespasia. Aber es ist wirklich nichts Sensationelles – leider.«

»Das macht nichts. Was können wir tun, um zu helfen?«

»Mehr über die Leute herausfinden, die darin verwickelt sind. Vielleicht gibt es – wie du auch schon gesagt hast – irgendein anderes Verbrechen oder dunkles Geheimnis, von dem jemand fürchtet, Richter Stafford hätte es entdecken können.«

»Oh... Das ist wunderbar!« rief Caroline. »Wo fangen wir an?«

»Vielleicht bei Devlin O'Neil«, schlug Charlotte vor.

»Aber was ist mit Mrs. Stafford und Mr. Pryce?« fragte Caroline begierig und sah dann schuldbewußt zu Boden, weil sie den beiden eine solche Tragödie wünschte.

»Wir kennen sie nicht gut genug«, gab Charlotte zu bedenken. »Wir sollten dort beginnen, wo wir können. Vielleicht können uns Miss Macaulay oder Joshua Fielding dabei weiterhelfen?«

»Ja. Ja, natürlich.« Caroline musterte Charlotte mit einem prüfenden Blick von Kopf bis Fuß. »Du bist recht passend gekleidet. Wollen wir gleich gehen?«

»Wenn du glaubst, wir können ohne Einladung dort auftauchen?«

»Oh, bestimmt. Ich bin sicher, Miss Macaulay wird uns empfangen, wenn wir sie heute morgen besuchen. Die Proben sind immer am Nachmittag.«

»Ach ja?« fragte Charlotte überrascht und mit einem schnippischen Unterton in der Stimme. Sie hatte nicht gewußt, daß Caroline so vertraut war mit den Gewohnheiten der Schauspieler und Schauspielerinnen. Es kostete sie Mühe, keine Bemerkung darüber fallenzulassen.

Caroline wich ihrem Blick aus und begann damit, die nötigen Anordnungen für ihren Ausflug zu geben. Sie rief den Hausdiener, er solle die Kutsche wieder vorfahren lassen, und sagte in der Küche Bescheid, daß sie zum Mittagessen nicht zu Hause sein würde.

Mehrere Schauspieler des Theaterensembles hatten gemeinsam ein großes Haus in Pimlico gemietet. Der Direktor des Ensembles, Mr. Inigo Passmore, war ein älterer Herr, der zu seiner Zeit ein ›Star‹ gewesen war, nun jedoch nur mehr Charakterrollen spielte. Seine Frau war ebenfalls Schauspielerin gewesen, doch auch sie trat inzwischen nur noch sehr selten auf und widmete sich im übrigen der durchaus ehrenvollen und sehr einflußreichen Aufgabe, sich um die Kostüme, das Bühnenbild und die Musik, falls nötig, zu kümmern. Die beiden bewohnten das Erdgeschoß des Hauses und hatten damit die breite Veranda und den Garten für sich.

Joshua Fielding bewohnte die Räume im ersten Stock, die nach vorne hinaus gingen, und Clio Farber, eine junge, vielversprechende Schauspielerin, die hinteren. Im zweiten Stock wohnte Tamar Macaulay mit ihrer Tochter.

»Ich wußte gar nicht, daß sie ein Kind hat«, sagte Charlotte, als Caroline ihr während der Fahrt von der Cater Street nach Pimlico die Wohnverhältnisse in dem Haus schilderte. »Ich wußte auch nicht, daß sie verheiratet ist. Ist ihr Mann auch am Theater?«

»Sei nicht so naiv«, sagte Caroline streng und blickte geradeaus.

»Was meinst du? Oh.« Charlotte war peinlich berührt. »Du meinst, sie ist gar nicht verheiratet? Das tut mir leid. Ich wußte das nicht.«

»Es wäre taktvoll, es nicht zu erwähnen«, bemerkte Caroline sarkastisch.

»Selbstverständlich nicht. Wer wohnt sonst noch in dem Haus?«

»Ich weiß es nicht. Ein paar *Ingénues* unterm Dach.«

»Ein paar was?«

»Sehr junge Schauspielerinnen, die die Rolle der Unschuldigen oder Naiven spielen.«

»Oh.«

Sie schwiegen, bis sie die Clavertorn Street in Pimlico erreichten und stiegen aus.

Die Tür wurde ihnen von einem etwa sechzehnjährigen Mädchen geöffnet, das hübscher und auffallender zurechtgemacht war, als Charlotte dies je bei einem Hausmädchen gesehen hatte. Außerdem trug sie nicht das übliche schwarze Kleid mit weißer Schürze und weißer Haube, sondern ein recht hübsches rosafarbenes Kleid und eine Schürze darüber, die aussah, als hätte sie sie hastig umgebunden. Und sie trug keine Haube auf ihrem dunklen, dicken Haar.

»Oh, guten Morgen, Mrs. Ellison«, sagte sie fröhlich. »Sie wollen sicher zu Mr. Fielding. Oder Miss Macaulay? Ich glaube, sie sind beide zu Hause.« Sie öffnete die Tür weit für sie.

»Vielen Dank, Miranda«, sagte Caroline, stieg die Stufen empor und trat in die Halle. Charlotte folgte ihr, etwas verwirrt von der Vertrautheit, mit der Miranda Caroline begrüßt hatte.

»Dies ist meine Tochter, Charlotte Pitt«, stellte Caroline sie vor. »Miranda Passmore. Mr. Passmore ist der Direktor des Ensembles.«

»Wie gehst es Ihnen, Miranda?« sagte Charlotte und nahm hastig ihre Gedanken zusammen. Sie hoffte, es war die richtige Begrüßungsfloskel für jemanden in einer solch außergewöhnlichen Position. Sie war noch nie einem Gelegenheitshausmädchen begegnet, das die Tochter eines Theaterdirektors war.

Miranda lächelte wissend. Offenbar hatte sie solche Situationen schon des öfteren erlebt.

»Wie geht es Ihnen, Mrs. Pitt? Gehen Sie ruhig hinauf und klopfen Sie einfach an der Tür.«

Charlotte und Caroline taten, wie ihnen empfohlen, und durchquerten die Halle, in der Charlotte gerne ein paar Minuten verweilt hätte. Wie in dem Raum im Theater, in dem sie zu beschäftigt gewesen war, um sich umzusehen, waren auch die Wände der Halle mit alten Theaterplakaten beklebt, und im Vorübergehen sah sie glorreiche Namen, die in ihr wunderbare Bilder aus der Welt des Theaters heraufbeschworen, von Rampenlicht und Tragödie, von pathetisch erhobenen Stimmen und dem Schauder von Liebe und Leidenschaft: George Conquest, Beerbohm Tree, Ellen Terry, Mrs. Patrick Campell, die imponierend aufragende Gestalt von Sir Henry Irving als Hamlet und Sarah Bernhardt in einer beeindruckend dramatischen Pose. Es gab noch viele andere, die sie nicht einmal mit einem flüchtigen Blick streifen konnte, und sie folgte Caroline nur widerstrebend.

Auch an den Wänden des Treppenabsatzes im ersten Stock hingen Plakate, Plakate von den Aufführungen einiger Opern von Gilbert und Sullivan – *Iolanthe* und *Patience* und *The Yeomen of the Guard*.

Caroline war offenbar nicht interessiert; nicht nur weil sie die Plakate schon gesehen hatte, auch weil sie völlig von der Wichtigkeit ihrer Mission eingenommen war, vor der im Augenblick die Magie und der Zauber des Dramas im Scheinwerferlicht der Bühne verblaßte. Sie zögerte nur kurz auf dem Treppenabsatz im ersten Stock und stieg dann weiter die Treppe hinauf. Im zweiten Stock schmückte nur ein einziges großes Plakat mit dem ausdrucksstarken und so empfindsamen Gesicht von Sarah Bernhardt die Wand.

Caroline klopfte an die Tür, die nach wenigen Augenblicken von Tamar Macaulay persönlich geöffnet wurde. Charlotte hatte erwartet, daß sie im harten Licht des Morgens und ungeschminkt anders aussehen würde, als sie sie vom Theater in der Erinnerung hatte. Doch sie sah auf verblüffende Weise genauso aus. Ihr Haar war tiefschwarz, ohne den üblichen Schimmer von Braun, wie man ihn selbst bei den dunkelhaarigsten Engländern findet, und ihre Augen waren tief und lebhaft. Ein Funkeln der Belustigung schien in ihnen aufzuglimmen, trotz der Angespanntheit und der Erfahrung von Schmerz, die in ihnen zu erkennen war. Sie trug ein einfaches Kleid, doch anstatt langweilig zu wirken, betonte es das Drama in ihrem Gesicht nur noch mehr.

»Guten Morgen, Mrs. Ellison, Mrs. Pitt. Wie schön, Sie zu sehen.«

»Guten Morgen, Miss Macaulay«, erwiderte Caroline. »Verzeihen Sie mir, daß ich unangemeldet bei Ihnen erscheine und meine Tochter mitbringe, aber ich habe das Gefühl, daß die Angelegenheit sehr wichtig ist oder sein könnte und wir keine Zeit verschwenden dürfen.«

»Dann kommen Sie doch bitte herein.« Tamar trat zur Seite und ließ sie vorbei in den großen, lichten Raum. Er war wie ein Wohnzimmer eingerichtet, obgleich er, wie es schien, früher einmal ein Schlafzimmer gewesen war, als nur eine Familie das große Haus bewohnte. Die Einrichtung war eine interessante Mischung verschiedener Stile. An einer Wand stand ein chinesischer Seidenparavent, der einmal sehr schön gewesen war; jetzt war er verblichen, der Holzrahmen an einigen Stellen verkratzt, doch er wirkte noch immer sehr elegant und verlieh dem Raum einen warmen, behaglichen Charme. Auf einem Beistelltisch stand ein russischer Samowar, venetianisches Glas in einem Vitrinenschrank und auf dem Sims über dem Kamin eine französische Goldbronzeuhr. Das schönste Stück im Zimmer war nach Charlottes Dafürhalten ein spätgeorgianischer Mahagonitisch von großer Einfachheit und klaren Linien. Die in dem Zimmer vorherrschenden Farbtöne waren helle Pastell- und Cremefarben sowie Grüntöne.

Caroline begann, den Grund ihres Kommens zu erklären.

Während ihre Mutter redete, ließ Charlotte ihre Blicke weiter durchs Zimmer schweifen, wobei sie nach Hinweisen auf das Kind suchte, das Caroline erwähnt hatte. Es herrschte eine legere Unaufgeräumtheit, wie sie Zimmer, in denen sich das Alltagsleben abspielte, nun einmal an sich haben: ein Schal über einer Stuhllehne, ein aufgeschlagenes Buch, ein Stoß Theaterzettel und ein Textmanuskript auf einem Beistelltisch, ein Berg unordentlich durcheinandergeworfener Kissen auf dem Sofa. Dann sah sie die Puppe, die vom Sofa herabgefallen war und halb unter der geblümten Bordüre hervorsah. Sie fühlte einen plötzlichen und erklärlichen Anflug von Traurigkeit, so heftig, daß ihr der Atem stockte und ihre Kehle sich zuschnürte. Ein Kind ohne Vater: eine Frau ohne Mann. War es möglich, daß Tamar Macaulay Kingsley Blaine wahrhaftig geliebt hatte? Oder war dies nur eine Vorstellung, die ihr persönlich gefiel, aber nichts mit den Tatsachen zu tun hatte? Sie hatte keinerlei Veranlassung anzunehmen, daß er der Vater war. Es könnte jeder sein – sogar Joshua Fielding. Bitte, lieber Gott, nicht er! Caroline würde das nicht ertragen können.

»Selbstverständlich«, sagte Tamar. »Nehmen Sie doch bitte Platz, Mrs. Pitt. Ich bin Ihnen wirklich sehr dankbar, daß Sie sich für die Angelegenheit interessieren. Ich habe, weiß Gott, lange genug alleine gekämpft, so gut ich es vermochte, aber nun sieht es so aus, als sei es noch gefährlicher geworden. Wir werden Hilfe brauche. Offenbar hat es jemand mit der Angst zu tun bekommen und mit brutaler Gewalttätigkeit reagiert – wie schon einmal.« Ihr Gesicht war ausdruckslos.

Charlotte hatte das Gespräch nicht verfolgt, doch sie konnte sich seinen Inhalt zusammenreimen. Sie nahm die Einladung an und setzte sich.

»Wir waren zufällig anwesend, als Richter Stafford gestorben ist«, sagte sie mit dem Anflug eines Lächelns. »Darum ist es, denke ich, nur zu verständlich, daß wir uns von seinem Schicksal betroffen fühlen und ein gewisses Interesse haben herauszufinden, wer ihn umgebracht hat. Wir möchten uns vergewissern, daß die Polizei den Richtigen findet und nicht irgendein Justizirrtum geschieht.«

Der Ausdruck in Tamars Gesicht verriet Ironie, Zorn und Schmerz – und mehr als eine Spur bitteren Sarkasmus. Falls sie noch Hoffnung hatte, vermochte Charlotte dies nicht zu erkennen. Wie hatte diese Frau es nur fertiggebracht, nach einem so schrecklichem Verlust, unter derart entsetzlichen Umständen, über all die Jahre den Mut nicht sinken zu lassen? Der Tod eines Freundes oder Verwandten ist immer schrecklich, doch die öffentliche Schande, der Haß aller und die endlose Marter des geliebten Menschen in den Mühlen der Justiz waren weitaus schlimmer. Und dann war da auch noch das Wissen zu ertragen, daß sie zu einer bestimmten Stunde eines bestimmten Tages die Zellentür dieses Menschen öffnen würden, um ihn zu holen und sein Genick in der Schlinge eines Seils zu brechen – schnell, mitleidlos und mit Bedacht, um die niedrigen Instinkte einer johlenden Menge zu befriedigen! War die Dunkelheit etwas, das einem endlos erschien oder zu kurz? War es möglich, das Tageslicht noch mehr zu fürchten?

Tamar starrte sie mit großen Augen an. »Denken Sie dabei an Aaron?« fragte sie mit entwaffnender Direktheit.

Charlotte war einen Augenblick lang verdutzt, doch dann begriff sie, daß alles sehr viel einfacher sein würde, wenn sie offen und freimütig miteinander sprachen, anstatt um die Dinge herumzureden und nicht zu wagen, sie beim Namen zu nennen.

»Ja«, sagte sie und erlaubte, daß sich das Lächeln auf ihrem Gesicht vertiefte.

»Sie glauben also an die Möglichkeit eines Justizirrtums?« fragte Tamar.

»Selbstverständlich«, erwiderte Charlotte mitfühlend. »Ich weiß mit Sicherheit von unschuldigen Menschen, die gehängt worden wären, wenn ihnen nicht der Zufall zu Hilfe gekommen wäre. So etwas kann nur zu leicht passieren, und ich bin sicher, daß es schon mehr als einmal geschehen ist. Ich wünschte, es wäre wirklich unmöglich, aber das ist es leider nicht.«

»Das ist ein gefährliche Gedanke, Mrs. Pitt«, bemerkte Tamar ernst. »Ein Gedanke, der niemandem gefällt. Die Menschen können nicht mit der Vorstellung leben, einen solchen Irrtum auf ihr Gewissen geladen zu haben. Es ist viel einfacher, daran zu glauben, daß er schuldig war, und sich ruhigen Gewissen schlafenzulegen.«

»Ich hatte nicht das geringste damit zu tun, Miss Macaulay«, fühlte sich Charlotte gedrängt zu sagen. »Ich empfinde bei der Vorstellung, daß er unschuldig gewesen sein könnte, keine Schuld – lediglich Trauer und Schmerz. Aber ich würde mich schuldig fühlen, wenn ich nicht jetzt alles tun würde, um die Wahrheit über den Tod von Kingsley Blaine und Richter Stafford herauszufinden.«

Zum erstenmal erschien auch auf Tamars Gesicht ein Lächeln, ein Lächeln, das voller Wärme und Charme war und das ihr Gesicht aufhellte, als sei sie mit einemmal ein anderer Mensch.

»Was für eine außergewöhnliche Frau Sie sind! Aber ich vermute, wenn man einen Polizisten heiratet, muß man das auch sein.«

Charlotte war überrascht. Sie hatte nicht erwartet, daß Tamar etwas über ihre persönlichen Verhältnisse und die damit verbundenen Umstände wissen würde.

»Oh... Joshua hat es mir erzählt«, erklärte Tamar mit einem Hauch von Amüsiertheit in der Stimme. »Und er weiß es von ihrer Mutter, nehme ich an.« Sie drehte sich um und sah, daß Caroline gegangen war. »Ich vermute, sie ist jetzt zu ihm gegangen. Wahrscheinlich aus Taktgefühl – oder...« Sie hob ihre schmalen Schultern bedeutungsvoll, sagte jedoch weiter nichts.

Charlotte empfand einen Augenblick des Unbehagens, als sie sich beklommen fragte, ob Caroline sich mit ihrem Verhalten zum Narren machte, doch jetzt war es zu spät, etwas dagegen zu unternehmen, ohne die Situation noch delikater zu machen. Alles, was sie tun konnte, war, den Fall weiterzuverfolgen.

»Wissen Sie etwas über den Tod von Kingsley Blaine, das bei der Verhandlung nicht zur Sprache gebracht wurde?« fragte sie rundheraus. »Oder irgend etwas, das Sie Richter Stafford gesagt haben und das ihn bewogen haben könnte, daran zu denken, den Fall wieder aufzurollen.«

Tamar schüttelte den Kopf. »Nichts, das nicht auch im Prozeß erwähnt wurde. Die Beweisführung des medizinischen Sachverständigen war alles andere als überzeugend. Humbert Yardley, der Gerichtsmediziner, sagte zuerst, die tödliche Wunde, an der Kingsley gestoben ist...« – ihre Miene wurde starr, und um ihre Mundwinkel erschienen feine, tiefe Linien; nur mit Mühe gelang es ihr, ihre Stimme zu beherrschen – »... stamme von etwas, das länger war als ein Hufnagel. Später behauptete er dann, es könne auch ein ungewöhnlich großer Hufnagel gewesen sein.«

»Wurde so ein Nagel gefunden?«

»Nein. Aber die Polizei sagte, er könnte ihn irgendwo weggeworfen haben – in den nächsten Gully oder wer weiß wohin. Es war nicht die einzige Unstimmigkeit in der Anklage. Wir haben es auch mit anderen Beweismitteln versucht – mit dem Mantel, der nie wieder aufgetaucht ist, oder der Halskette. Aber sie haben dafür irgendwelche Erklärungen an den Haaren herbeigezogen: Der Mantel sei von einem Stadtstreicher gefunden worden, und die Halskette hätte ich behalten.«

»Hat nicht auch die Blumenverkäuferin ihre Aussage geändert?« fragte Charlotte.

»Ja. Aber das war vor der Verhandlung; im Zeugenstand blieb sie dann dabei. Gott helfe ihr. Sie war eine einfache Person, und als sich die zweite Version ihrer Aussage einmal in ihrem Kopf festgesetzt hatte, hatte sie zuviel Angst vor der Polizei, noch einmal davon abzuweichen.«

»Miss Macaulay…«, begann Charlotte vorsichtig und versuchte, in ihrem Tonfall und Blick zum Ausdruck zu bringen, daß sie diese Frage nur stellte, weil es sein mußte. »Warum sind sie – abgesehen davon, daß er Ihr Bruder war – davon überzeugt, daß er unschuldig war?«

»Weil Aaron keinen Grund hatte, Kingsley umzubringen«, erwiderte Tamar mit blitzenden Augen. »Sie haben behauptet, Kingsley hätte mich verführt und mit meinen Gefühlen gespielt, und Aaron habe ihn deshalb getötet. Aus Rache. Aber das war völliger Unsinn. Kingsley hat mich geliebt und wollte mich heiraten.« Sie sagte das mit ruhiger, emotionsloser Stimme, so wie man eine unumstößliche Tatsache ausspricht – unabhängig davon, ob Charlotte ihr glaubte oder nicht.

Charlotte war sprachlos vor Überraschung, trotzdem glaubte sie ihr. Würde Tamar versucht haben, sie mit einem tränenreichen Gefühlserguß von der Wahrheit ihrer Worte zu überzeugen, hätte sie möglicherweise an ihrer Aufrichtigkeit gezweifelt, doch Tamar hatte lediglich eine Tatsache konstatiert.

»Aber er war doch schon verheiratet«, sagte sie, nicht um Tamars Worte anzuzweifeln, sondern um eine Erklärung zu bekommen. »Wie wollte er das Problem denn lösen?«

Tamar biß sich auf die Lippe, und zum erstenmal spiegelte sich Scham auf ihrem Gesicht.

»Das habe ich damals nicht gewußt.« Sie schlug die Augen nieder. »Ich habe ihn anfangs auch nicht ernst genommen.« Sie zuckte mit den Schultern. »Wie hätte ich auch... Junge Männer, die nichts anderes im Sinn haben, als den Frauen feurige Blicke zuzuwerfen, kommen zu Hunderten ins Theater. Sie suchen Zerstreuung und Selbstbestätigung; ein kleines Abenteuer, um dann mit geschwellter Brust wieder zu ihren Ehefrauen zurückzukehren, wie es die Gesellschaft von ihnen verlangt. Es hat Monate gedauert, bis ich glauben konnte, daß Kingsley anders war. Ich hatte mich in ihn verliebt, und es war zu spät, meine Gefühle zu revidieren.« Sie sah auf und hob trotzig das Kinn. »Natürlich werden Sie sagen, ich hätte ihn fragen müssen, ob er verheiratet ist, und das hätte ich wohl auch. Aber ich wollte es nicht wissen.«

Charlotte hütete sich, darüber ein Urteil zu fällen. »Und wie gedachte er, das Problem mit seiner Frau zu lösen?« fragte sie statt dessen.

»Ich weiß es nicht.« Tamar schüttelte den Kopf, doch ihre Augen wichen Charlottes Blick nicht aus. »Ich habe erst nach seinem Tod erfahren, daß er verheiratet war. Wenn er tatsächlich die Absicht hatte, mich zu heiraten, dann wollte er sie vermutlich verlassen, nehme ich an. Vielleicht wollte er das aber gar nicht und hat es nur vorgegeben, um mich nicht zu verlieren. Aber der entscheidende Punkt dabei ist, daß Aaron ebenfalls nicht wußte, daß er verheiratet war. Er glaubte, Kingsley sei ledig und wollte mich heiraten.«

»Sind Sie sicher?« fragte Charlotte. »Wäre es nicht möglich, daß er von Kingsleys Ehe erfahren und ihn deshalb umgebracht hat? Das wäre doch ein Motiv gewesen.«

»Ja – schon, wenn es so gewesen wäre. Aber ich habe mit Aaron gesprochen, bevor er das Theater verließ, und er wußte es zu diesem Zeitpunkt ebensowenig wie ich.«

»Hätte er es Ihnen gesagt?«

»Wahrscheinlich nicht. Aber er hätte ganz anders mit Kingsley gesprochen, wenn er es gewußt hätte. Er war zwar ein guter Schauspieler, aber nicht gut genug, um mich so zu täuschen. Ich kannte ihn zu gut.«

»Sie haben das im Prozeß aber nicht erwähnt, oder?«

Tamar stieß ein kurzes, bitteres Lachen hervor, das eher klang, als versuche sie zu verhindern, daß sich ihr die Kehle zuschnürte.

»Nein. Mr. James war der Meinung, niemand würde mir glauben, daß Kingsley mir die Ehe versprochen hatte, und ich würde mich damit nur lächerlich machen. Außerdem wäre ich dann als Opfer erschienen, und Mr. James meinte, es wäre besser, als die Verführerin aufzutreten, die nur mit ihm gespielt hat. Auf die Weise würde ich weniger verletzbar erscheinen, und Aaron hätte weniger Grund gehabt, meine verlorene Ehe zu rächen.«

Charlotte sah die Plausibilität dieser Strategie ein und widerstrebend mußte sie zugeben, daß sie vermutlich nicht die schlechteste gewesen war.

»Wenn ich an seiner Stelle gewesen wäre, hätte ich vermutlich das gleiche getan. Es hätte nichts geholfen, die Wahrheit zu sagen.«

Tamar verzog das Gesicht. »Vielen Dank dafür!«

»Haben Sie Richter Stafford davon erzählt?«

»Ja. Aber ich habe nicht die geringste Ahnung, ob er mir geglaubt hat. Bei ihm wußte ich nie, was er denkt.«

»Wem haben Sie es sonst noch erzählt?«

Tamar erhob sich und ging ans Fenster. Das grelle, harte Sonnenlicht entlarvte jede Linie und Falte in ihrem Gesicht und ließ es trotzdem – aufgrund der Aufrichtigkeit und Echtheit ihrer Gefühle, die darin zu lesen waren – noch schöner erscheinen.

»Jedem, der wichtig war und bereit, mir zuzuhören: Barton James, seinem Prozeßanwalt, und davor Ebenezer Moorgate, Aarons außergerichtlichem Rechtsbeistand.« Sie starrte blicklos durch das Fenster. »Ich bin sogar zu Adolphus Pryce gegangen. Er sagte das gleiche wie Barton James: Wenn ich es in meiner Aussage vor Gericht vorbringen würde, würde er daraus zugunsten der Anklage Kapital schlagen. Ich habe ihm geglaubt. Ich habe die Richter des Appellationsgerichts aufgesucht – alle vier. Aber keiner wollte hören, was ich zu sagen hatte. Keiner, außer Richter Stafford.«

»Weshalb hat er anders reagiert als die anderen?« fragte

Charlotte interessiert. »Warum war er bereit, fünf Jahre nach der Ablehnung des Revisionsantrags neuerliche Recherchen anzustellen?«

Tamar wandte sich vom Fenster ab und suchte Charlottes Blick. »Ich bin mir nicht sicher. Ich glaube, er hat mir das mit Kingsley geglaubt – was die anderen nicht getan haben. Und er hat mir einige Fragen gestellt bezüglich des Zeitpunkts, an dem Aaron das Theater verlassen hat, und wann Kingsley gegangen ist, aber er hat mir nicht gesagt, weshalb er das wissen wollte. Glauben Sie mir, Mrs. Pitt, ich habe mir das Gehirn zermartert, aus welchem Grund er die Ermittlungen wieder aufnehmen wollte. Wenn ich das wüßte, würde ich damit zu Richter Oswyn gehen. Er machte ein- oder zweimal den Eindruck, als habe er ein Ohr für das, was ich sagte, aber dann hat ihn sein Mut verlassen.«

»Sein Mut?«

Tamar stieß ein grimmiges Lachen hervor. »Es wäre sicherlich nicht sehr populär, fünf Jahre nach der Hinrichtung zu sagen, daß Aaron unschuldig war. Stellen Sie sich das vor! Die Desavouierung und die Schmach der Leute, die sich getäuscht haben und den Tod eines Unschuldigen auf ihr Gewissen geladen haben. Und noch viel schwerer zu ertragen: Die Justiz würde in Mißkredit geraten.« Sie seufzte traurig. »Das ist das schlimmste an Staffords Tod: Er war ein mutiger und ehrlicher Mann, und deshalb mußte er sterben.«

Fasziniert starrte Charlotte in Tamars von Leidenschaft aufgewühltes Gesicht und erkannte darin eine geradezu magische Überzeugungskraft. War es das gewesen, was Richter Stafford überzeugt hatte: die Kraft ihres Glaubens, und nicht irgendwelche neuen Beweise? Oder hatte er sie nur zum Schweigen bringen wollen, um zu verhindern, daß die Justiz durch ihre Behauptungen in Mißkredit geraten könnte?

»Wenn es nicht Aaron war«, sagte sie laut, »wer war es dann?«

Auf Tamars Gesicht spiegelte sich Schmerz und Ironie.

»Ich weiß es nicht. Ich kann nicht glauben, daß Joshua es war. Er und ich... Wir waren uns einmal sehr... nah.« Sie sprach das Wort mit Bedacht auf eine Weise aus, die auch die weitgehendste Interpretation erlaubte. »Aber das war damals schon vorbei. Und es war auch nie mehr als Sympathie und jugendlicher Überschwang. Die Polizei verdächtigte ihn, es aus Eifersucht getan zu haben, aber das kann ich nicht glauben – nicht von ihm. Ich vermute, die einzige andere Person, die in Frage käme, wäre Devlin O'Neil, aber dann müßte es bei dem Streit, der erwähnt wurde, um weit mehr als ein paar Guineas gegangen sein.«

»Er hat Kathleen Blain geheiratet«, bemerkte Charlotte. »Vielleicht war er schon damals in sie verliebt.«

»Vielleicht. Unmöglich ist es nicht.«

»Hatte sie Geld?«

»Wie prosaisch von Ihnen!« Tamars Augenbrauen wölbten sich streng. »Ja, ich glaube schon – zumindest in Aussicht. Der alte Professor Harrimore ist ein reicher Mann – nach unseren Maßstäben.«

»Und hatte Mr. O'Neil Geld?«

»Gütiger Himmel, nein. Nur gerade genug, sich für eine Weile seinen recht aufwendigen Lebensstil leisten zu können.« Tamar ging zum Sofa zurück und nahm Charlotte gegenüber wieder Platz. »Er lebte in einer Mietwohnung und hatte bei seinem Schneider und Weinhändler Schulden – wie die meisten hübschen jungen Männer, die sich dem Müßiggang hingeben und der Pflege ihrer eigenen Erscheinung.«

»Er hat durch den Tod seines Freundes also sehr viel gewonnen?«

Tamar zögerte nur einen kurzen Augenblick. »Ja, das ist wahr – wenngleich es ein häßlicher Gedanke ist und möglicherweise auch gar nicht relevant. Aber ich wüßte nicht, wer sonst einen Vorteil von Blaines Tod gehabt hätte; es sei denn, ein völlig Fremder – ein Straßenräuber, der ...« Sie führte den Satz nicht zu Ende, wissend, wie unwahrscheinlich dies war.

»Der seine Opfer kreuzigt?« fragte Charlotte skeptisch.

»Nein... Das war ein abwegiger Gedanke«, gab Tamar zu. »Ich weiß es nicht. Ich weiß nicht, weshalb O'Neil so etwas tun sollte – außer, um damit den Verdacht auf jemand anderen zu lenken, einen Juden.«

»Kennen Sie Devlin O'Neil?«

»Nicht mehr. Weshalb?«

»Nun – der beste Weg, mehr darüber zu erfahren, ist durch ihn.«

»Er wird uns kaum etwas sagen, das ihn belasten könnte.«

»Nicht absichtlich natürlich«, gab Charlotte ihr recht. »Aber wir können die Wahrheit nur von jemanden erfahren, der sie kennt.«

Tamars Gesicht hellte sich auf, und in ihren Augen glomm Hoffnung auf.

»Sie wären bereit, das zu tun?«

»Selbstverständlich«, erwiderte Charlotte, ohne auch nur eine Sekunde darüber nachzudenken.

»Dann müssen wir Clio dazu bringen, Sie mitzunehmen. Sie ist immer noch mit Kathleen befreundet, und es wäre sicher nicht schwer.«

»Nicht *wir*, würde ich sagen«, bremste Charlotte sie. »Es darf nicht geplant wirken. Sie dürfen auf keinen Fall wissen, daß ich ein Interesse an dem Fall habe.«

»Oh… Ja, natürlich. Wie dumm von mir. Ich werde Sie mit Clio bekanntmachen. Sie ist heute morgen nicht zu Hause. Aber beim nächsten Mal – hoffentlich bald. Sie wird Sie mitnehmen.«

»Wunderbar! Erklären Sie ihr, was wir wollen und weshalb, und ich werde tun, was ich kann.«

Als Charlotte begann, mit Tamar in aller Offenheit über den Fall zu diskutieren, stellte Caroline sehr schnell fest, daß ihre Anwesenheit nicht nötig war; ohne lange zu überlegen, wandte sie sich um, ging leise zur Tür, zog sie auf und verließ die Wohnung. Sie war bereits die Treppe hinabgegangen und stand im Treppenhaus des ersten Stocks, die Hand erhoben, um an die Tür zu klopfen, als ihr siedendheiß bewußt wurde, wie dreist und aufdringlich sie war, wie taktlos und in eklatantem Widerspruch zu allem, was der Vorstellung von Schicklichkeit entsprach, nach der sie erzogen worden war und die sie auch ihren eigenen Töchter zu vermitteln versucht hatte. Würde sich Charlotte so benommen haben wie sie, sie wäre entsetzt gewesen und hätte ihr dies auch gesagt.

Scham überkam sie; sie ließ die Hand sinken und trat von der Tür zurück. Es würde töricht und idiotisch aussehen, aber sie mußte wieder zurück nach oben und hoffen, daß niemand eine Erklärung für ihr Verhalten verlangte. Sie machte auf dem Absatz kehrt und hatte fast die Treppe nach oben erreicht, als Miranda Passmore die Treppe von unten heraufgestürmt kam.

»Hallo, Mrs. Ellison! Ist Mr. Fielding nicht da? Ich dachte, er ist zu Hause; ich war mir eigentlich sicher. Warten Sie, ich klopfe noch mal.« Und ohne Carolines Antwort abzuwarten, deren erschrecktes Aufstöhnen sie möglicherweise als Zustimmung interpretierte, war sie an der Tür und klopfte kräftig dagegen.

Ein langer Augenblick lähmender Stille senkte sich über das Treppenhaus, in dem Caroline verzweifelt nach Atem rang, um ihren Protest zu formulieren.

Die Tür ging auf, und Joshua Fielding trat auf die Schwelle. Ein Lächeln erschien auf seinem Gesicht, als er Caroline sah, dann ging sein Blick zu Miranda.

»Oh, Joshua! Ich dachte mir, daß Sie zu Hause sind«, rief Miranda fröhlich. »Mrs. Ellison wollte Sie besuchen, aber Sie haben ihr Klopfen nicht gehört.« Und damit war sie, ein sonniges Strahlen auf dem Gesicht, bereits halb die Treppe hinauf und verschwand um die Biegung.

»Entschuldigen Sie, daß ich Sie nicht gehört habe«, sagte Joshua.

»Oh... Das können Sie auch gar nicht«, entgegnete Caroline hastig. »Ich habe nicht geklopft.«

Er blinzelte verwirrt.

»Ich... Ich bin mit meiner Tochter gekommen, um Miss Macaulay einen Besuch abzustatten, wegen... wegen des Todes von Richter Stafford. Ich dachte...« Sie verstummte, als ihr bewußt wurde, daß sie zuviel redete und Dinge erklärte, die er nicht gefragt hatte.

»Es ist bewundernswert und sehr selbstlos von Ihnen, daß Sie sich für den Fall interessieren.« Er lächelte. Es war ein Lächeln, in dem Wärme lag, aber auch eine gewisse Zurückhaltung oder Schüchternheit. »Es muß ganz schrecklich für Sie gewesen sein, mit ansehen zu müssen, wie der arme Mann sein Leben aushaucht, und dann zu erfahren, daß es Mord war. Es tut mir leid, daß Sie so etwas erleben mußten.«

»Es geht mir auch darum, mich zu vergewissern, daß keine Ungerechtigkeit geschieht«, sagte sie schnell. Sie wollte auf keinen Fall, daß er den Eindruck hatte, sie sei schwach und nur mit ihrem eigenen Ungemach befaßt, ohne irgendein Mitgefühl für andere.

»Ich glaube allerdings nicht, daß Sie behilflich sein können«, sagte er und verzog das Gesicht zu einer skeptischen Grimasse. »Richter Stafford hatte offenbar die Absicht, den Mord an Kingsley Blaine neu aufzurollen, aber da er anscheinend keine Aufzeichnungen hinterlassen hat, sieht es ganz so aus, als würde dies nicht geschehen – aus Mangel an neuen Beweisen. Es sei denn, wir würden herausfinden, was er vorhatte.«

»Genau das ist es, was wir um jeden Preis versuchen müssen«, stimmte sie ihm mit vor Eindringlichkeit atemloser Stimme zu. »Nicht nur, um seinen guten Namen reinzuwaschen, sondern auch um Sie und Miss Macaulay vor Verdächtigungen zu schützen.«

Erneut erschien ein Lächeln auf seinem Gesicht. Caroline erkannte darin eine Portion Selbstironie, aber auch Sorge.

»Glauben Sie, man wird versuchen, uns auch diesen Mord in die Schuhe zu schieben?«

»Unmöglich ist es nicht«, erwiderte sie leise , und ein kalter Schauer lief ihr über den Rücken, als sie die Wahrheit ihrer Worte begriff. »Sie werden gar keine andere Wahl haben, wenn sich herausstellt, daß weder Staffords Witwe noch ihr Liebhaber schuldig sind. Es ist für die Polizei der nächste logische Schritt.«

»Mir fällt es schwer, wie ein Polizist zu denken«, seufzte er resigniert. »Aber stehen Sie doch nicht hier draußen im Treppenhaus. Wäre es sehr unschicklich, wenn ich Sie bitten würde, hereinzukommen? Das Haus ist voller Leute.«

»Selbstverständlich nicht«, sagte sie hastig und fühlte, wie die Röte in ihre Gesicht stieg. »Niemand würde auf den Gedanken kommen, daß...« Sie verstummte. Was sie zu sagen im Begriff gewesen war, wäre nicht schicklich gewesen. Es mußte daran liegen, daß die Gedanken, die ihr durch den Kopf wirbelten, gänzlich absurd waren. »Daß Sie nicht wie ein vollkommener Gentleman handeln würden«, beendete sie ihren Satz mit einem mühsamen Lächeln und trat an ihm vorbei in die Wohnung.

Das Zimmer, in das er sie führte, wirkte sehr persönlich, etwas, das Caroline mit erschrecktem Herzklopfen registrierte. Sie war ihm bisher nur im Theater begegnet und im Wohnzimmer der Passmores – gemeinsam mit Tamar Macaulay. Dieses Zimmer jedoch war ganz zweifellos sein Zuhause. Ein riesiges Ölgemälde, in düsterem Braun und Schwarz gemalt, beherrschte die gegenüberliegende Wand. Es war ein Porträt des Schauspielers Edmund Keen in dramatischer Pose, das vom Fußboden bis fast zur Decke reichte. Seine Präsenz dominierte den gesamten Raum und machte ihr weit deutlicher denn je bewußt, wie sehr Joshua seine Kunst liebte.

Die übrigen Wände des Zimmers wurden von Bücherregalen eingenommen, die überquollen. Der einzige Tisch war mit Manuskripten bedeckt, bei denen es sich sicherlich um den Text eines Stücks handelte. Mehrere gemütliche Sessel bildeten das Zentrum des Raums und vermittelten den Eindruck, als habe er häufig viele Leute zu Gast, und sie fühlte einen kleinen, doch schmerzhaften Stich des Bedauerns, daß sie keine von ihnen war oder je sein konnte. Zu tief war die gesellschaftliche Kluft, die sie trennte. Mit einemmal fühlte sie sich schrecklich alleine und ausgeschlossen von dem gemeinsamen Lachen und der Wärme, die sie in dem Raum fühlte.

»Ich wünschte, ich wüßte, was wir tun könnten«, sagte er, an ihr Gespräch im Treppenhaus anknüpfend, während er ihr einen der Stühle zurechtrückte und mit den Händen auf der Lehne wartete, bis sie Platz genommen hatte. Es war eine galante Geste, die ihr jedoch um so schmerzhafter bewußt machte, daß sie vermutlich fünfzehn oder sechzehn Jahre – beinahe eine ganze Generation – älter war als er.

»Wir müssen die Dinge selbst in die Hand nehmen«, sagte sie entschlossen und in der Hoffnung, damit ihre trübsinnigen Gedanken zu vertreiben. »Wir müssen die Wahrheit herausfinden, die die Polizei übersehen hat, weil sie sich mit der erstbesten und einfachsten Lösung zufriedengegeben hat. Wir werden das nicht tun!«

Er sah sie aus großen Augen an, in denen sich Staunen und Bewunderung die Waage hielten.

»Haben Sie eine Vorstellung, wie?«

»Ja – in etwa schon«, erwiderte sie mit weit mehr Gewißheit in der Stimme, als sie selbst empfand. Sie redete beinahe schon wie Charlotte, und dies war äußerst beunruhigend – und aufregend. »Wir werden damit beginnen, die Bekanntschaft der Leute zu machen, die in den Fall verwickelt waren. Wer sind diese Leute? Ich meine, welche Leute kommen in Frage, die die Wahrheit oder einen Teil davon kennen?«

»Nun, ich nehme an, zunächst einmal Tamar und ich«, entgegnete er und ließ sich ihr gegenüber in einen Sessel sinken. »Aber wir haben uns darüber schon so oft und so lange die Köpfe heißgeredet, daß es wohl kaum mehr etwas gibt, das wir nicht schon erwogen haben.«

»Wenn keiner von Ihnen beiden Mr. Blaine getötet hat und Aaron Godman ebenfalls nicht, dann muß es noch jemanden geben, der in den Fall verwickelt ist«, stellte sie scharfsinnig fest. Pitts kluges, forschendes Gesicht tauchte einen Augenblick vor ihrem geistigen Augen auf, und sie fragte sich erstaunt, ob dies die Bahnen waren, in denen sein kriminologischer Verstand funktionierte. »Wer, glauben Sie, hat Blaine getötet?« schoß sie nach.

Er überlegte eine Weile, das Kinn auf eine Hand gestützt. Bei jemand anderen würde dies vielleicht wie eine theatralische Geste ausgesehen haben, doch bei ihm wirkte es vollkommen natürlich. Sie war sich seiner Nähe beunruhigend deutlich bewußt, des Sonnenlichts auf seinem Haar, das in einer breiten Bahn durchs Fenster fiel. Er war zu jung für den geringsten Schatten von Grau in dem rötlich schimmernden Braun seiner Haarpracht. Doch die feinen Linien um seine Augen und in seinem Gesicht waren nicht zu übersehen; ein Gesicht, in dem die Erfahrung des Lebens und wohl auch Schmerz ihre Spuren hinterlassen hatten. Doch die ungestüme Unbekümmertheit der Jugend suchte sie vergebens. Vielleicht war er doch nicht um so vieles jünger als vierzig.

Doch sie war dreiundfünfzig. Allein schon der Gedanke schmerzte.

»Dann bleibt nur noch Devlin O'Neil übrig«, murmelte er und sah auf. »Es sei denn, es ist jemand, von dem wir nichts wissen. Ich glaube nicht, daß seine Frau die geringste Ahnung davon hatte, daß er sie wegen Tamar verlassen wollte, und aus Rache jemand gedungen hat, ihn umzubringen.« Ein Funke bitterer Selbstironie glomm für einen flüchtigen Moment in seinen Augen auf und machte dann Mitleid Platz. »Das heißt natürlich, falls er tatsächlich die Absicht hatte, sie zu verlassen. Ich glaube nicht, daß er über genügend eigenes Geld verfügte, sein angenehmes Leben auch ohne die Mittel seiner Frau fortführen zu können. Ich habe es Tamar nie gesagt, aber ich halte es offen gestanden für sehr unwahrscheinlich, daß er wirklich dazu fähig gewesen wäre. Vermutlich hat er ihr gesagt, er würde es tun, weil er sie wirklich liebte und sie nicht verlieren wollte, und deshalb hat er gelogen in der Hoffnung, die Beziehung so lange wie möglich aufrechtzuerhalten. Aber das werden wir wohl nie mit Sicherheit wissen.«

Sie wählte mit Bedacht die Frage, die auszusprechen ihr am schwersten fiel. Aber sie saß in ihrem Kopf und mußte heraus.

»Hätte sie ihn überhaupt geheiratet? Ist sie nicht Jüdin? Läßt ihr Glaube denn eine Ehe außerhalb ihrer Religion zu?« Sie verabscheute die Worte, die sie aus ihrem eigenen Mund hörte.

»Es wird nicht gern gesehen«, gab er zu und erwiderte offen ihren Blick. »Aber wir beharren nicht streng darauf. Sie hätte es getan.«

»Und ihr Bruder hatte nichts dagegen?« Sie berührte den entscheidenden Punkt.

»Aaron?« Er zuckte mit den Achseln. »Er war nicht gerade erfreut. Und Passmore wäre davon sicherlich auch alles andere als begeistert gewesen, wenn sie der Bühne abgeschworen hätte, um eine respektable Ehefrau zu werden, wobei ›respektabel‹ vielleicht nicht das richtige Wort ist, da Blaine wegen ihr seine Frau verlassen hätte. Sie ist gegenwärtig die beste Schauspielerin auf den Londoner Bühnen, von der Bernhardt vielleicht abgesehen, und ihr Rücktritt wäre ein herber Verlust gewesen.«

»Er würde Blaine also… zum Teufel, gewünscht haben?«

Er grinste breit. »Sicherlich – wenn er davon gewußt hätte. Aber das hat er nicht. Er glaubte, Blaine sei nur einer der vielen Verehrer, die mit Blumen am Bühneneingang herumlungern. Sie waren ziemlich diskret. Und sie hatte ja auch eine Menge Verehrer, die sie umschwärmten.«

»Ja, gewiß. Ich nehme an, das ist nur natürlich.« Ohne sich dessen bewußt zu sein, strich sie die Falten ihres Kleids glatt.

»Ja, so ist es.«

»Womit wir wieder zu Devlin O'Neil zurückkommen«, sagte sie mit Entschiedenheit. »Wir müssen seine Bekanntschaft machen und so viel wie möglich über ihn in Erfahrung bringen. Wenn wir Aarons Unschuld nicht beweisen könne, müssen wir eben die Schuld eines anderen beweisen.«

Die Bewunderung in seinen Augen war unverhohlen. »Wie wunderbar einleuchtend! Und wir haben fünf Jahre lang versucht, zu beweisen, daß Aaron es nicht getan hat, anstatt unsere Kraft darauf zu konzentrieren, den Beweis zu erbringen, daß es jemand anderer getan hat! Aber wir hatten auch nicht das Wissen, wie man so etwas anpackt.« Er sank etwas tiefer in seinen Sessel. »Und natürlich war O'Neil nicht gerade freimütig uns gegenüber, weil er genau wußte, was der Grund unseres Interesses an ihm war.«

»Natürlich. Aber er kennt weder mich noch meine Tochter, die in solchen Dingen recht erfahren ist.«

»Ist sie das? Was für eine bemerkenswerte Familie Sie sind. Ich werde nie wieder ein so vorschnelles Urteil über Menschen fällen, die ich nicht kenne. Sie wirkten auf mich wie der Inbegriff von Respektabilität. Verzeihen Sie mir!« Er lachte leise. »Ich nahm an, Sie verbringen ihr Vormittage mit Besuchen bei Schneiderinnen und Putzmacherinnen, dem Schreiben von empfindsamen Briefen an Freunde auf dem Land und mit dem Delegieren von Arbeiten ans Dienstpersonal. Und an den Nachmittagen, so stellte ich mir vor, besuchen Sie Ihre Freundinnen, oder die besuchen Sie, um gemeinsam Tee zu trinken und an Gurkensandwiches zu knabbern, die Ihre Köchin vorbereitet hat. Oder Sie widmen sich wohltätigen Werken für die weniger Glücklichen oder sitzen, über Ihre Stickerei gebeugt, am Fenster. Und Ihre Abende verbringen Sie, so glaubte ich, auf ehrbaren Partys der besten Gesellschaft, vor dem Kamin dem Lesen eines erbauenden Buches oder mit erhebenden Gesprächen im trauten Kreis. Es tut mir aufrichtig leid! Ich esse das Brot der Demut.« Er lächelte zerknirscht. »Ich habe mich noch nie so gründlich geirrt. Frauen sind die verwirrendsten Geschöpfe, die es gibt, und selten das, was sie scheinen. Anstatt meinen Vorstellungen von Ihnen als brave Bürgerin zu entsprechen, decken Sie furchtbare Verbrechen auf und enthüllen schreckliche Geheimnisse.«

Caroline fühlte, wie ihr die Röte ins Gesicht stieg, doch sie hütete sich, sein Bild von ihr zu korrigieren.

»Wenn wir in dieser Angelegenheit zu offen vorgehen, erreichen wir gar nichts«, sagte sie mit konspirativ gesenkter Stimme und einem verräterischen Flattern im Magen. »Die Kunst der Ermittlung liegt darin, harmlos zu wirken.«

»Ach ja?« sagte er interessiert. »Vielleicht war das der Grund, weshalb wir mit unseren Recherchen so wenig Erfolg hatten? Wir waren zu leicht zu durchschauen.«

»Sie waren auch in einer denkbar ungünstigen Position: Jeder wußte, aus welchem Grund Sie an dem Fall interessiert sind«, gab sie zu denken. »Erzählen Sie mir doch etwas über Aaron. Was war er für ein Mensch. Und wie war Kingsley Blaine?«

Eine halbe Stunde lang erzählte er ihr über die zwei Männer, die er beide gekannt und gemocht hatte. Er erzählte einige lustige Anekdoten mit den beiden, die ihn auch jetzt noch zum Lachen brachten, doch in seiner Stimme schwang Sympathie und Bedauern, und selbst wenn sie in sein Lachen einstimmte, vergaß sie nie, daß die beiden jungen Männer tot waren, daß ihre Jugend, ihre Hoffnungen und Schwächen ein brutales Ende gefunden hatten. Er sprach von ihnen, als seien sie mehr als bloße Erinnerungen, und die Emotionen, die sie bei seinen Worten wahrnehmen konnte, erfüllten sie mit dem Wunsch, gemeinsam mit ihm zu lachen und zu weinen.

»Sie hätten Aaron gemocht«, sagte er im Brustton der Überzeugung. Es war ein Kompliment, und sie fühlte, wie die Freude warm in ihr Herz strömte. Er hatte das nicht gesagt, weil Aaron Godman jemand gewesen war, dessen Charme sich niemand entziehen konnte, sondern weil er ihn gemocht hatte und sich nicht vorstellen konnte, daß sie nicht die gleichen Sympathien für ihn empfunden hätte wie er. »Er war einer der großzügigsten Menschen, die ich je gekannt habe. Es machte ihn glücklich, wenn andere Erfolg hatten.« Er verzog das Gesicht. »Glauben Sie mir, in Schauspielerkreisen ist das eine seltene Tugend. Und er konnte umwerfend witzig sein.« Die Erinnerung machte die Linien seines Gesichts weich, und die Traurigkeit, die sich darin ausbreitete, ließ ihn mit den Tränen kämpfen. »Ich glaube, ich habe nie mehr so gelacht, seit er nicht mehr da ist.«

»Und Kingsley Blaine? Was war er für ein Mensch?« fragte sie sanft und sehnte sich danach, ihn zu trösten, obgleich sie wußte, daß dies unmöglich war.

»Oh... Er war ein netter, anständiger Kerl. Ein Träumer und ganz gewiß nicht das, was man einen Realisten nennt. Er liebte das Theater, das Flair der Bühne, den Flug der Fantasie... Auch er war ein großzügiger und weitherziger Mensch, der niemandem lange böse sein konnte. Er konnte so leicht verzeihen.« Er biß sich auf die Lippe. »Und das ist das Schlimmste und Dümmste an der ganzen Geschichte: Die beiden mochten einander. Sie hatten so vieles gemeinsam, daß es leicht für sie war, Freundschaft zu schließen.« Stumm erwiderte er ihren Blick und verzog das Gesicht zu einer entschuldigenden Grimasse, ob der Emotionen, die von ihm Besitz ergriffen.

Sie lächelte stumm, ohne seinem Blick auszuweichen, und sie fühlte zwischen ihnen ein so tiefes und inniges Verstehen, daß keine Gefühlsregung einer Erklärung bedurfte.

Das Sonnenlicht erfüllte den Raum für ein paar kurze Augenblicke mit seinem warmen, goldenen Glanz, dann wurde es wieder von den Wolken geschluckt.

Es war längst Zeit für den Lunch, ohne daß sie auch nur einen einzigen Gedanken daran verschwendet hatte, als Charlotte an die Tür klopfte und sie an die Gegenwart erinnerte und daran, daß sie in diesem Haus ein Gast war, der die Regeln der Höflichkeit einzuhalten hatte, der sich zu erheben, sich zu verabschieden und unwiderruflich zu gehen hatte, hinaus auf die lärmende, geschäftige Straße mit ihren betäubenden, nichtssagenden Geräuschen.

»Ich nehme an, du bist wieder diesen Schmierenkomödianten hinterhergelaufen!« giftete Großmama, kaum daß Caroline einen Fuß in die Halle gesetzt hatte. Die alte Dame stand unter der Tür des Wohnzimmers wie die leibhaftige Anklage; offenbar hatte sie die Kutsche gehört. Sie stand schwer auf ihren Stock gestützt, das Gesicht verkniffen vor Neugier und abgrundtiefer Mißbilligung. »Sie taugen alle nichts! Sie sind verderbt, ausschweifend, vulgär und gewöhnlich!«

»Oh, manchmal wünsche ich wirklich, du würdest den Mund halten!« schnappte Caroline schroff und reichte dem Mädchen ihren Umhang. »Du weißt gar nichts über diese Leute. Geh wieder ins Wohnzimmer und lies ein Buch. Iß einen Kuchen oder schreib einen Brief.«

»Meine Augen sind zu schwach zum Lesen. Es ist erst zwei Uhr und viel zu früh für einen Kuchen. Und alle meine Freundinnen sind tot«, lamentierte die alte Dame mit anklagend erhobener Stimme. »Und meine Schwiegertochter macht sich zur kompletten Närrin, zu meiner ewigen Scham und Schande!«

»Du hast genug eigene Torheiten, derer du dich schämen kannst!« erwiderte Caroline wütend, und zum erstenmal war es ihr einerlei, was die alte Dame dachte. »Du brauchst dich nicht um meine zu kümmern!«

»Caroline!« Die alte Dame funkelte böse hinter ihr her, als sie durch die Halle und die Treppe hinaufstürmte. »Caroline! Wage es nicht, so mit mir zu reden! Ich weiß nicht, was über dich gekommen ist.« Ihr flammender Blick folgte Caroline, die aufrecht und mit erhobenem Kopf die Treppe emporstieg und verschwand. Sie hörte die Flüche nicht, die die Alte in die Halle spuckte.

6. Kapitel

Während Charlotte und Caroline mit ihren privaten Ermittlungen im Blaine/Godman-Fall beschäftigt waren und mit den Gefahren, die möglicherweise auf Tamar Macaulay und Joshua Fielding lauerten, saß Pitt in einem öffentlichen Omnibus und versuchte, seine Gedanken wieder auf den Tod von Richter Stafford zu konzentrieren, der schließlich im Mittelpunkt seines Falls stand. Er wußte nicht zu sagen, ob der Mord in der Farriers' Lane der eigentliche Grund für die Ermordung Stafford gewesen war, oder ob der scheinbare Zusammenhang nichts als eine Laune des Zufalls war, die Stafford bewogen hatte, just am Tag seines Todes in dem Fall zu recherchieren, und damit eine Spur, die ihn, Pitt, völlig in die Irre leitete. Wenn er irgendwelche Beweis gefunden hätte, die eine Wiederaufnahme des Falls rechtfertigten, hätte er sicherlich mit seinen Kollegen darüber gesprochen oder mit der Polizei. Oder er hätte zumindest irgendwelche Notizen gemacht.

Der Schaffner bahnte sich seinen Weg durch den Gang zwischen den Sitzen, sammelte im Stehen das Fahrgeld ein, auf steifen Beinen hin und her schwankend, wenn der Wagen ruckte oder anfuhr. Ein fetter Mann hustete in ein rotes Taschentuch und entschuldigte sich dafür in die Runde.

Die meisten Morde waren auf tragische Weise einfach, wenn man die Leidenschaften und Emotionen der nächsten Umgebung betrachtete: Liebe, Eifersucht, Gier, Angst oder die Affektreaktionen eines auf frischer Tat ertappten Diebes.

Der beste Ansatzpunkt war das Verbrechen selbst, wobei das Motiv vorläufig außer acht gelassen werden konnte. Jemand hatte in Staffords Whiskeyflaschen Opium getan, irgendwann nachdem er und Livesey in dessen Amtszimmer daraus getrunken hatte. Später hatte er dann Joshua Fielding, Tamar Macaulay, Devlin O'Neil und Adolphus Pryce aufgesucht, von denen jeder das Flakon in Händen gehabt haben konnte, bevor Stafford am Abend ins Theater ging, daraus trank, ins Koma fiel und schließlich starb. Die einzigen, die die Gelegenheit hatten, das Opium ins Flakon zu tun, waren die, die er besucht hatte, sowie seine Frau, Juniper Stafford. Die Schreiber oder andere Mitarbeiter in seinem Büro für diese Tat in Betracht zu ziehen, schien absurd. Niemand hatte das geringste Motiv, so etwas zu tun.

Der Omnibus blieb erneut stehen, diesmal hinter einem breiten Bierwagen. Der Verkehr quälte sich eine Steigung hinauf; stampfende Rösser, die sich ins Geschirr legten. Ein Stück weiter vorn war bei einem Wagen die Deichsel gebrochen. Der Fuhrmann des Gespanns drängte sich fluchend zwischen die Pferde. Ein Fischhändler, der seinen Karren an den Rinnstein geschoben hatte, pries seine Waren an. Irgendwo bimmelte eine Glocke, und ein Hund begann, hysterisch zu bellen. Die Fahrgäste wurden ungeduldig und fingen an zu murren.

»Von Tag zu Tag wird das schlimmer!« knurrte der Mann neben Pitt erbittert. »In ein oder zwei Jahren bewegt sich überhaupt nichts mehr! Dann gibt es in ganz London keine Straße mehr, die nicht von Karren und Wagen verstopft ist. Dann gibts nicht mal mehr Platz für die Fußgänger. Die Hälfte dieser Karren sollte verboten werden. Transportverbot auf den Straßen.«

»Und wo soll man hin damit, Ihrer Meinung nach?« erkundigte sich der Mann ihm gegenüber mit ärgerlicher Miene. »Die haben genausoviel recht wie Sie, die Straße zu benutzen.«

»Auf die Eisenbahnen«, erwiderte der erste Mann und rückte seine Krawatte gerade. »Auf die Kanäle. Was spricht gegen den Fluß? Sehen Sie sich den Wagen dort an!« Er deutete durch das Fenster auf ein vorbeifahrendes Gespann, das gut zwanzig Fuß hoch mit Kisten und Ballen beladen war. »Eine Schande so was! Warum transportiert man so was nicht mit dem Lastkahn den Fluß hinauf?«

»Vielleicht weil es nicht an einen Ort geht, der am Fluß liegt«, gab der zweite Mann zurück.

»Das sollte es aber. Bei der riesigen Ladung!«

Der Omnibus ruckte wieder an und setzte seine Fahrt schaukelnd fort; das Gespräch schlief ein. Pitt kehrte zu seinen Überlegungen zurück. Das Motiv für die Tat schob er für den Augenblick zur Seite. Wer eine Gelegenheit hatte, die Tat auszuführen, lag auf der Hand. Wie stand es mit dem Mitteln? Er hatte bisher noch nie einen Anlaß gehabt, genauer zu recherchieren, wie man an Opium kommt. Wie jeder andere Polizist Londons wußte er natürlich, daß es in einigen Vierteln der Stadt Opiumhöhlen gab, in denen die Süchtigen ihren Stoff bekamen, den sie dann, auf einer schmalen Liege ruhend, aus zierlichen Pfeifen rauchten, um für ein paar Stunden in ihre ganz persönliche Welt des Vergessens zu entfliehen. Und natürlich wußte er auch einiges über die Opiumkriege mit China, die von 1839–2 und dann noch einmal von 1856 –1860 das Empire erschütterten. Sie waren von den Chinesen begonnen worden, die sich dagegen wehrten, daß britische Kaufleute das Einfuhrverbot von Opium ins Reich der Mitte umgingen und den Opiumhandel an sich rissen. Es war eine schwarze Seite im Buch der britischen Geschichte gewesen, die offenbar damit geendet hatte, daß die Opiumhändler – mit massiver Unterstützung der mächtigen Kriegsmarine des Empire – den Sieg davongetragen hatten. Doch Pitt hatte keine Ahnung, welche Auswirkungen dies für die Beschaffung von Opium in London heutzutage hatte.

Das beste wäre sicherlich, selbst zu versuchen, etwas Opium zu kaufen und zu sehen, was dabei herauskam. Er würde den Besuch bei Richter Livesey auf später verschieben. Der Omnibus war erneut im Verkehr steckengeblieben, und Pitt erhob sich, drängte sich, Entschuldigungen murmelnd, zwischen den Fahrgästen hindurch in Richtung des Ausstiegs. Er erreichte die Plattform, ohne jemandem auf die Füße getreten zu sein, und sprang, die mißmutigen Bemerkungen der Passagiere über die neuerliche Verzögerung im Ohr, auf die Fahrbahn. Mit einem Satz wich er einem heranratternden, von einem Kutscher mit zornrotem Gesicht gelenkten Landauer aus, setzte über einen dampfenden Haufen Pferdedung und stinkende Brühe im Rinnstein hinweg und erreichte trockenen Fußes den Bürgersteig. Er folgte ihm und hielt nach einer Apotheke Ausschau.

Eine halbe Meile weiter fand er eine und trat ein. Sie war

klein und dunkel, und die junge Frau hinter dem Ladentisch und den darauf ruhenden Vitrinen mit Krügen und Gläsern war ihm keine große Hilfe. Sie bot ihm verschiedene andere Pulver gegen Zahnschmerzen an, nannte den Namen eines Zahnarztes und einige andere Mittel gegen Schmerzen dieser oder jener Art, doch wo er Opium bekommen könnte, schien sie nicht zu wissen. Sie hatte eine Mixtur, die man gewöhnlich greinenden Säuglingen gab, damit sei einschliefen, von der sie annahm, daß sie Opium enthielt, aber sie war sich dessen nicht sicher, da die Ingredienzen nicht auf der Flasche verzeichnet waren.

Er bedankte sich, lehnte ab und verließ den Laden wieder, um seine Suche fortzusetzen. Er schritt eilig aus, soweit dies in dem Gedränge der Passanten möglich war, die sich bis auf die Fahrbahn ergossen. Hastende Menschen, unterwegs, etwas zu kaufen oder zu verkaufen, um Besorgungen zu erledigen, oder solche, die für einen Schwatz auf dem Gehweg stehengeblieben waren und sich nicht darum scherten, daß die geschäftige Stadt solchen Müßiggang nicht duldete; sich überschlagende Stimmen, fluchende Fuhrleute, die sich Unfreundlichkeiten an den Kopf warfen, das Klappern der Pferdehufe und Rattern der Räder, lautes Pferdewiehern.

Die nächste Apotheke, die er fand, war weit größer als die erste, und als er eintrat, fand er sich in einem hellen freundlichen Raum wieder, dessen Ladentische leer und blitzblank waren. Auf den Regalen an den Wänden dahinter reihten sich bunte Glasbehälter und Flaschen mit Tinkturen, Pulvern und getrockneten Kräutern, die alle mit einem Etikett versehen waren, auf dem der lateinische Name des Inhalts stand. Auf einem weiteren Regal, dessen Unterbau aus einem Schränkchen bestand, das ostentativ verschlossen war, stapelten sich Schachteln und Ballen. Der Mann, der über dieses alchimistische Paradies wachte, war klein und kahlköpfig und trug eine starke, halb auf die Nase herabgerutschte Brille, über die hinweg er Pitt mit erwartungsvollem Interesse ins Auge faßte.

»Ja, Sir, was kann ich für Sie tun?« erkundigte er sich, noch bevor Pitt die Tür hinter sich zugezogen hatte. »Ist es für Sie oder für jemanden Ihrer Familie? Sie haben doch Familie, nicht?«

»Ja«, nickte Pitt und lächelte, ohne daß er wußte weshalb; es sei denn, weil es ihm schmeichelte, als verheirateter Mann eingeschätzt zu werden. Doch seine Antwort auf die Frage des Apothekers brachte seine Strategie durcheinander, die er sich bezüglich des Opiums zurechtgelegt hatte.

»Das dachte ich mir«, sagt der Apotheker mit Befriedigung. »Ich kann einen Mann recht gut nach seinem Aussehen beurteilen. Verzeihen Sie die Vertraulichkeit, Sir, aber es gehört eine gute Frau dazu, einen Kragen so perfekt zu wenden.«

»Oh.« Pitt hatte nicht gewußt, wie leicht man erkennen konnte, daß seine Kragen und Manschetten gewendet waren. Unwillkürlich tastete er mit der Hand nach seinem Kragen und stellte fest, daß die Krawatte verrutscht war und Charlotte akribisch gesetzte Nähte hervorsahen. Mit einem verlegenen Lächeln zog er sie gerade.

»Nun, Sir, was kann ich für Sie tun?« fragte der Apotheker aufgeräumt.

Alles andere als völlige Ehrlichkeit machte nun wenig Sinn. Der scharfäugige Apotheker würde verärgert sein, wenn er hinters Licht geführt würde, und eine Lüge vermutlich auf Anhieb erkennen.

»In bin Polizeiinspektor«, begann Pitt und fischte seinen Ausweis hervor.

»In der Tat?« erwiderte der Apotheker interessiert, und Pitt konnte in seinem Gesicht nicht eine Spur von Besorgnis erkennen.

»Ich würde gerne mehr darüber wissen, wie man sich Opium beschaffen kann«, erklärte Pitt. »Nicht zum Rauchen – das weiß ich bereits. Mich interessiert, wie man an Opium in flüssiger Form kommt. Können Sie mir darüber etwas sagen, das mir weiterhelfen würde?«

»Gütiger Himmel, Sir! Natürlich kann ich das!« Der Apotheker schien irritiert. »Es ist leicht zu kriegen. Mütter nehmen es, um ihre schreienden Säuglinge zu beruhigen. Die armen Seelen brauchen auch einmal ein bißchen Schlaf und sie geben dem Kind am Abend ein paar Tropfen davon, damit es nicht die halbe Nacht schreit und das ganze Haus aufweckt.« Er deutete auf eine Reihe von Flaschen in einem Regal hinter ihm. »Godfrey's Patenttropfen verkaufen sich sehr gut. Da ist Sirup drin, Wasser, Gewürze – und natürlich Opium. Außerdem haben wir noch das Pulver von Steedman. Und dann gibt es noch das Königskinder-Laudanum von Atkinson, das sehr gefragt ist.« Er schüttelte den Kopf. »Ich weiß nicht, ob es der Name ist oder die Mischung, aber die Leute sind ganz verrückt danach. In East Anglia können Sie Opium natürlich in Form von Penny-Stangen oder Pillen in jedem kleinen Laden an der Ecke kaufen.«

»Legal?« fragte Pitt überrascht.

»Selbstverständlich. Es wird für alle möglichen Krankheiten und Unpäßlichkeiten verschrieben.« Der Apotheker zählte sie an seinen Fingern auf: »Rheumatismus, Diabetes, Schwindsucht, Syphilis, Cholera, Durchfall, Verstopfung und Schlaflosigkeit.«

»Und hilft es?« erkundigte sich Pitt ungläubig.

»Es betäubt den Schmerz«, erwiderte der Apotheker bekümmert. »Das ist zwar keine Heilung, aber wenn jemand starke Schmerzen hat, ist es eine Hilfe. Ich persönlich halte nicht viel davon, aber ich würde es niemandem verweigern, dem es ein wenig Linderung von seinen Schmerzen verschafft – vor allem wenn es keine Heilung für ihre Krankheit gibt. Und Gott weiß, es gibt genug von ihnen. Niemand kann mit Opium von Cholera oder Schwindsucht geheilt werden – oder von Syphilis.«

»Stirbt man denn nicht daran? Opium ist doch ein Gift.«

»Kleinkinder, ja – hin und wieder.« Das Gesicht das Apothekers nahm einen bekümmerten Ausdruck an, und er seufzte müde. »Aber sie sterben nicht am Opium selbst. Wenn sie zuviel davon bekommen, fallen sie in einen Dämmerzustand und essen nichts mehr. Sie verhungern regelrecht, die armen Würmer.«

Pitt fühle eine plötzliche Übelkeit in sich aufsteigen. Er mußte an Jemima und Daniel denken und sah sie als die winzigen, hilflosen und doch so lebendigen Geschöpfe, die sie einmal waren, und er fühlte, wie es ihm die Kehle zuschnürte und er kein Wort mehr hervorbrachte.

Der Apotheker betrachtete ihn mit einem tieftraurigen Blick.

»Es hat keinen Sinn, die Leute strafrechtlich zur Rechenschaft zu ziehen«, seufzte er. »Sie wissen es nicht besser. Sie arbeiten sich den Buckel krumm, ruinieren ihre Gesundheit und wissen oft nicht mehr aus noch ein – die meisten von ihnen wenigstens. Und so gut wie jedes Jahr kriegen sie wieder ein Kind – die mitgerechnet, die tot auf die Welt kommen –, und es gibt nichts, was sie dagegen tun können… Es sei denn, nein zu ihren Männern zu sagen – falls die ein Nein als Antwort gelten lassen. Und welcher Mann tut das schon? Er hat herzlich wenig Freuden in diesem Leben, und diese betrachtet er als sein eheliches Recht.« Er schüttelte den Kopf. »Zuwenig zum Essen, zuwenig Platz, zuwenig von allem – die armen Teufel.«

»Ich hatte nicht die Absicht, sie zur Rechenschaft zu ziehen«, sagte Pitt und schluckte mühsam. »Der einzige, den ich im Augenblick zur Rechenschaft ziehen möchte, ist jemand, der einen erwachsenen Mann mit Opium vergiftet hat, das er in dessen Whiskeyflakon gegeben hat.«

»Eine arme, gepflegte Frau, die es nicht länger ertragen hat?« mutmaßte der Apotheker und nagte erwartungsvoll an seiner Lippe.

»Nein«, sagte Pitt lauter, als er gewollt hatte. »Eine Frau, die über das Alter, in dem sie Kinder bekommt, längst hinaus ist, und ein nüchterner, respektabler Ehemann. Sie hatte allerdings einen Liebhaber… «

»Herrjeh!« Der Apotheker war entsetzt. Bekümmert schüttelte er den Kopf. »Du meine Güte… Und Sie möchten wissen, ob sie sich das Opium besorgt haben könnte, mit dem sie ihn vergiftet hat? Ich fürchte, ja. Jeder könnte das. Es ist überhaupt nicht schwierig; man braucht nicht einmal seinen Namen anzugeben, wenn man welches kauft. Sie müßten schon phänomenales Glück haben, jemanden zu finden, der sich erinnert, es an sie verkauft zu haben – oder an ihren Liebhaber, sollte er der Schuldige sein.«

»Oder an sonst jemanden«, brummte Pitt niedergeschlagen.

»Ach du lieber Gott! Es gab auch noch andere, die dem armen Mann Böses wollten?«

»Das ist durchaus möglich. Er war ein Mann, der viel wußte und Einfluß hatte.« Da er seinen Verdacht bezüglich der

Witwe und ihres Liebhabers geäußert hatte, zog er es vor, den Namen Richter Staffords nicht zu erwähnen. Wenn es Juniper getan hatte, würde das noch früh genug publik werden, und wenn nicht, dann hatte sie auch so schon genug Kummer zu ertragen.

Der Apotheker schüttelte bekümmert den Kopf. »Gefährliches Zeug, dieses Opium. Wenn man einmal damit anfängt, kann man nicht mehr aufhören, und es gibt wenige, die ihre Dosis nicht ständig steigern müssen.« Ein Anflug von Zorn zeigte sich auf seinem sanften, intelligenten Gesicht. »Irregeleitete Ärzte haben es im Amerikanischen Bürgerkrieg den Verwundeten gegeben, weil sie glaubten, es sei weniger suchterzeugend als Äther oder Chloroform, vor allem wenn es unter Anwendung der damals brandneuen Erfindung der subkutanen Injektionsspritze in die Vene verabreicht wird und nicht oral. Natürlich hatten sie damit unrecht. Und jetzt haben sie vierhunderttausend arme Teufel am Hals, die dem Opium verfallen sind.« Er seufzte schwer. »Das ist auch so ein Krieg, bei dem wir gewonnen und verloren haben... Vielleicht mehr verloren als gewonnen.«

»Der Amerikanische Bürgerkrieg?« Pitt war verwirrt.

»Nein, Sir, der Opiumkrieg mit China. Ich habe mich wahrscheinlich nicht deutlich genug ausgedrückt.«

»Nein, das haben sie tatsächlich nicht«, stimmte Pitt ihm zu. »Aber Sie haben vollkommen recht damit. Danke für Ihre Hilfe.«

»Gern geschehen. Tut mir leid, daß ich Ihnen nicht weiterhelfen kann. Aber ich fürchte, es ist leider so, daß jemand mit ein paar Pence in der Tasche genügend Opiumstangen kaufen kann, die er dann auflöst und in den Whiskey irgend eines armen Teufels schüttet, und es gibt nirgendwo eine Aufzeichnung darüber. Der bloße Kauf ist ohnehin nichts Illegales.« Er bedachte Pitt mit einem bedauernden Blick. »Sie würden ein Jahr brauchen, jede Apotheke und jeden Kräuterkrämer in London und im Umkreis von vierzig Meilen aufzusuchen – oder noch weiter, falls die Dame, die Sie verdächtigen, die Möglichkeit zu reisen hat. Wie ich sagte, Opium ist in East Anglia äußerst leicht zu beschaffen, und das ist nur hundert oder hundertfünfzig Meilen von London entfernt.«

»Dann werde ich wohl zu anderen Mitteln greifen müssen, die Wahrheit ans Tageslicht zu bringen«, räumte Pitt ein. »Vielen Dank und guten Tag.«

»Guten Tag, Sir. Und viel Glück bei Ihrer Suche.«

Es war bereits Mitte des Nachmittags, als Pitt zu Richter Ignatius Livesey vorgelassen und in sein Büro geführt wurde. Draußen war es merklich kälter geworden, und er war froh, in die wohlige Wärme des Zimmers zu treten, mit seinem prasselnden Kaminfeuer, den tiefen Teppichen, den schweren, in reichem Faltenwurf drapierten samtenen Vorhängen, den ledergebundenen Büchern, den Bronzestatuen und dem Meißener Porzellantellern, die das Flair von Eleganz und Luxus in dem Raum auf das trefflichste akzentuierten.

»Guten Tag, Pitt«, begrüßte Livesey ihn zuvorkommend. »Wie kommen Sie in der Sache Stafford voran?«

»Guten Tag, Sir«, erwiderte Pitt. »Nicht sonderlich gut bislang. Es sieht so aus, als könne sich jeder, der ein paar Pence in der Tasche hat, ohne weiteres Opium besorgen. Tatsächlich wird es von den ärmeren Schichten sehr häufig gekauft, wie ich erfahren habe, um damit greinende Kleinkinder zu beruhigen, sowie zur Behandlung einer ganzen Reihe diverser, meist schwerer Krankheiten.«

»Tatsächlich?« Livesey zog die Augenbrauen hoch. »Wie überaus tragisch. Die Volksgesundheit liegt sehr im argen, vor allem dort, wo Armut und Unwissenheit herrschen. Dies ist eines unserer vorrangigsten Probleme, ja. Ihr Versuch, die Herkunft des Opiums zu ermitteln, hat Sie also nicht viel weitergebracht?«

»Überhaupt nicht«, berichtigte Pitt.

»Setzen Sie sich doch – machen Sie es sich bequem«, sagte Livesey mit einer einladenden Handbewegung. »Es ist kalt geworden draußen, wie mir mein Sekretär berichtet hat. Darf ich Ihnen einen Tee anbieten?«

»Sehr gerne«, nickte Pitt und ließ sich auf den lederbezogenen Stuhl Livesey gegenüber sinken, der wieder hinter seinem Schreibtisch Platz genommen hatte.

Livesey streckte die Hand aus und drückte den Klingelknopf an der Wand neben sich; einen Augenblick später erschien ein Sekretär und fragte, was er wünsche. Livesey bestellte Tee für zwei, lehnte sich dann zurück und betrachtete Pitt interessiert.

»Und was führt Sie erneut zu mir, Mr. Pitt? Ich weiß Ihre Freundlichkeit zu schätzen, mich über den Fortgang Ihrer Ermittlungen auf dem laufenden zu halten, aber ich vermute, dies ist nicht der einzige Grund Ihres Kommens.«

»Ich wäre Ihnen sehr verbunden, wenn Sie mir alles über den Abend erzählen würden, an dem Richter Stafford gestorben ist, Sir«, sagte Pitt. »Von dem Zeitpunkt an, als Sie ihn im Theater sahen.«

»Selbstverständlich, obgleich ich nicht sicher bin, ob Ihnen das weiterhelfen wird.« Livesey lehnte sich zurück und verschränkte die Hände über seinem Bauch, sein breites Gesicht in bedächtige Falten gelegt. »Ich traf im Theater etwa zwanzig Minuten vor Beginn der Vorstellung ein. Es war sehr voll. Doch das sind solche Orte wie das Theater immer – vor allem wenn das Stück, das gegeben wird, einigermaßen gut ist. Und das Stück, das an dem Abend auf dem Spielplan stand, war überaus populär, ebenso wie das Ensemble, von dem es inszeniert wurde.« Ein nachsichtiges Lächeln zuckte um seinen Mund. »Natürlich fehlten auch nicht die üblichen Prostituierten unterschiedlichster Reputation und Formats, die in ihren eleganten Roben auf den Gängen des Balkons und vor den Logen auf und ab flanierten. Ein wirklich überaus prachtvolles Schauspiel – aus einer gewissen Distanz natürlich. Die Männer verschlagen sie mit ihren Augen und manche taten auch noch mehr. Aber das ist nichts Außergewöhnliches, und Sie haben es sicherlich selbst beobachtet.«

Der Sekretär kehrte mit einem Tablett zurück, auf dem in sorgfältiger Anordnung eine silberne, schwanenhalsige Teekanne, ein silbernes Sahnekännchen, eine silberne Zuckerdose und zwei zierliche Porzellantassen mit Unterteller standen, nebst einer Schale mit einem silbernen Sieb darauf. In die Griffe der beiden silbernen Teelöffel war ein Perlmuttauge eingelassen. Livesey bedankte sich gedankenabwesend bei ihm und begann, nachdem der Sekretär gegangen war und die Tür leise hinter sich in Schloß gezogen hatte, zuerst sich und dann Pitt Tee einzugießen.

»Ich habe ein paar Bekannte gesehen«, fuhr Livesey mit einem Anflug von Amüsiertheit in den Augen fort. »Soweit ich mich erinnere, habe ich einigen von ihnen von weitem zugenickt und bin direkt in meine Loge gegangen. Meistens haben wir Gäste in unserer Loge, aber meine Frau war an dem Abend verhindert, und ich hatte nicht daran gedacht, jemanden einzuladen. Ich war alleine. Was, wie ich vermute, einer der Gründe war, weshalb ich auf den Gedanken kam, Stafford in der Pause einen Besuch abzustatten. Wir tauschten ein paar Höflichkeiten aus, und ich empfahl mich wieder.« Selbstvergessen und genüßlich nippte er an seinem Tee. Es war Earl Grey – köstlich und sehr teuer.

»Weshalb das, Sir?« erkundigte sich Pitt und setzte ich auf.

»Er wollte in den Rauchersalon«, erwiderte Livesey und schüttelte mit einem sparsamen Lächeln den Kopf. »Ein sehr überfüllter Ort, Mr. Pitt. Dorthin ziehen sich die Männer zurück, um zu rauchen oder um für ein paar Minuten der weiblichen Gesellschaft zu entfliehen; und natürlich um miteinander zu reden oder dieses oder jenes Geschäft abzuschließen, wenn es sich so ergibt. Es sind immer sehr viele Leute dort, von denen mich manche entsetzlich langweilen, und ich wollte mir den Abend nicht verderben. Ich habe nur kurz reingesehen und ging dann wieder.«

»Haben Sie Mr. Pryce dort gesehen?«

Liveseys Gesicht verdüsterte sich. »Ich kann Ihren Gedanken folgen, Mr. Pitt. Sehr bedauerlich, aber ich fürchte, für einen Mann, der die Dinge mit klarem Blick sieht, nicht mehr zu vermeiden. Ja, er war dort, und er unterhielt sich mit Stafford. Mehr habe ich auch nicht gesehen. Ich kann nicht behaupten, eine Möglichkeit beobachtet zu haben, bei der er etwas in das Flakon hätte einfüllen können.« Sein fester Blick ließ Pitts Gesicht nicht los. »Ich habe auch nicht gesehen, daß Stafford daraus getrunken hat. Ich bezweifle ohnehin, daß es während der Pause hervorgeholt und daraus getrunken hat. Wahrscheinlicher ist, daß er einen Schluck genommen hat, als er allein war, im Halbdunkel seiner Loge, wo ihm niemand zusah. Zumindest würde ich das tun, anstatt in aller Öffentlichkeit aus meinem Whiskeyflakon zu trinken, wo es überall Erfrischungen gibt.« Er betrachtete Pitt mit einem traurigen Lächeln – ein Kommentar zur Schwäche eines Mannes, der nicht so viel anders war als er selbst, und für den er jetzt ein gewisses Mitleid empfand. »Verstehen Sie?«

»Ja«, sagte Pitt und nippte seinerseits an seinem Tee. Es war einleuchtend. Er hatte selbst nie ein Flakon bei sich getragen – ein völlig abwegiger und grotesker Gedanke, nach seinem Dafürhalten –, aber wenn, dann hätte er sicherlich möglichst diskret daraus getrunken, in der Theaterloge zum Beispiel, und gewiß nicht im Rauchsalon, wo es jeder sehen konnte. »Wie würden Sie sein Verhalten beschreiben?«

»Nachdenklich«, antwortete Livesey nach kurzem überlegen. Er zog die Stirn kraus. »In Gedanken versunken, könnte man fast sagen. Ich bin mir sicher, Pryce würde das gleiche sagen, wenn er in der Verfassung gewesen wäre, darauf zu achten.«

Pitt zögerte, unentschlossen, ob er seine Frage durch die Blume oder rundheraus stellen sollte. Er entschied sich für Offenheit.

»Glauben Sie, daß er Stafford vergiftet haben könnte?«

Livesey sog scharf die Luft ein und ließ sie dann langsam wieder aus seinen Lungen strömen. »Ich bedauere es, aber es erscheint mir als eine durchaus plausible Möglichkeit«, erwiderte er und beobachtete Pitt durch halb geschlossene Lider. »Vorausgesetzt, es steht außer Zweifel, daß ihn jemand vergiftet hat.« Er nahm einen kleinen Schluck von seinem Tee.

»Ja, das steht außer Zweifel – zumindest außerhalb jeden begründeten Zweifels«, erwiderte Pitt. »Kein Mensch würde eine solch hohe Dosis nehmen, um Schmerzen zu lindern, oder als Therapeutikum gegen sonst eine Krankheit, und sicherlich auch dann nicht, wenn er Opium mit der Absicht nimmt, sich zu berauschen und für eine Weile der Wirklichkeit zu entfliehen. Und das jemand unabsichtlich und ohne es zu merken eine solche Menge zu sich nimmt, ist ebenfalls schwer vorstellbar.« Er nahm einen winzigen Schluck von seinem Tee, unschlüssig, ob er ihm schmeckte oder nicht. Die schweren Vorhänge dämpften den Lärm von der Straße zu einem leisen Rumoren. Er konnte das Ticken der Uhr auf dem Bücherregal hören.

»Die einzige Alternative ist Selbstmord«, fuhr er fort. »Können Sie sich irgendeinen Grund vorstellen, weshalb sich Richter Stafford in der Öffentlichkeit das Leben nehmen würde – in seiner Theaterloge? Und ohne einen Abschiedsbrief an seine Frau? Es wäre ein sehr ungewöhnlicher Weg, so etwas zu tun – selbst wenn er es gewollt hätte.«

»Natürlich«, stimmte Livesey zu und verzog das Gesicht. »Tut mir leid. Ich habe nur versucht, das Unabänderliche nicht wahrhaben zu müssen. Natürlich wurde er ermordet. Und ich bin unendlich dankbar, daß es nicht meine Aufgabe ist herauszufinden, von wem, aber ich werde natürlich alles tun, was ich kann, Ihnen behilflich zu sein.«

Er verlagerte sein Gewicht auf die andere Seite und betrachtete Pitt über seine gefalteten Hände hinweg. »Nein, ich konnte nichts Ungewöhnliches an Samuel Stafford Verhalten erkennen. Er war höflich, aber distanziert. So wie er immer war.« Er schürzte die Lippen. »Mir fiel nichts an seinem Verhalten auf, das auf eine besondere Angespanntheit oder gar ein bevorstehendes Unglück hätte schließen lassen. So wie er auf mich wirkte, hatte er weder Angst vor dem Tod, noch rechnete er damit, und am allerwenigsten trug sich mit dem Gedanken, sich selbst umzubringen.«

»Und Sie haben auch nicht gesehen, daß er aus seinem Flakon getrunken hat?«

»Nein. Aber wie ich schon gesagt habe, blieb ich nicht im Rauchersalon.«

»Mr. Livesey, ist es Ihrer Meinung nach möglich, daß Mr. Stafford von dem Verhältnis seiner Frau mit Mr. Pryce gewußt oder es auch nur geahnt hat?«

»Ahh.« Liveseys Miene verdüsterte sich, und ein unwilliger Ausdruck trat auf sein Gesicht. »Das ist eine wesentlich schwierigere Frage. Es liegt natürlich auf der Hand, daß Sie die Frage stellen, ob er – wenn er davon gewußt hätte – wirklich so weit gegangen wäre, sich deshalb umzubringen. Ihre erste Frage kann ich nicht beantworten; Wissen ist manchmal eine sehr subtile Angelegenheit, Mr. Pitt.« Er bedachte Pitt mit einem fragenden Blick, als wolle er sich vergewissern, daß er ihn verstand. »Es gibt viele Ebenen des Wissens«, fuhr er fort. »Außer Frage steht, er wußte, daß seine Frau dezidiert kühl zu ihm war. Doch dieser Aspekt ihrer Beziehung beruhte auf Gegenseitigkeit. Aber er begegnete ihr auch weiterhin mit Respekt und Achtung, obwohl er nicht mehr in sie verliebt war – falls er dies jemals gewesen ist.« Er seufzte tief. »Er verlangte von ihr, daß sie das Dekorum wahrte und ihrer Rolle als Frau eines Richters nachkam, so wie die Gesellschaft dies von ihr verlangte – was sie auch stets tat.« Er zog die Stirn in tiefe Falten und verstummte. Offenbar war ihm das Thema sehr unangenehm, und als er weitersprach, war seine Stimme heiser vor Mitgefühl. »Aber er hat von ihr nie verlangt, daß sie ihm gegenüber tiefe Gefühle empfindet oder ihm eine ergebene oder gar liebende Gattin ist, die ihn ständig umsorgt.«

Sein Blick ruhte unverwandt auf Pitts Gesicht. »Wie in so vielen Ehen, die einmal durchaus harmonisch und vielleicht sogar glücklich waren, ist über die Jahre die Leidenschaft verlorengegangen, der Wunsch, den anderen ganz für sich zu haben. Er hätte es sicherlich nicht geduldet, wäre ihr Verhalten taktlos und indiskret gewesen. Wenn sie die gesellschaftlichen Regeln ganz offen mißachtet und einen Skandal heraufbeschworen hätte, würde er sich gewiß von ihr getrennt haben; entweder, indem er sie aufs Land geschickt hätte, oder – als letzter Ausweg sozusagen, falls sie mit ihrem Verhalten einen derart extremen Schritt provoziert haben würde – durch eine Scheidung von ihr. Aber dies hätte eine Peinlichkeit bedeutet, die er sicherlich zu vermeiden versucht hätte.«

Er zuckte mit seinen massigen Schultern. »Aber soweit ist es nie gekommen. Hätte er zufällig davon Kenntnis erhalten, daß sie...« er verzog die Lippen – »... ihre Gunst einem anderem schenkte, er hätte sicherlich zur anderen Seite geblickt und so getan, als habe er es nicht gesehen. Er hätte es nicht wahrhaben wollen und wenn, dann hätte er es in einen Winkel seines Gehirns verbannt, wo es ihn nicht mehr berührte. So etwas ist durchaus nichts Ungewöhnliches heutzutage, vor allem bei Eheleuten, die schon seit Jahrzehnten verheiratet sind und... « – er suchte nach einem Wort, das nicht zu taktlos klang – »... in deren Ehe eine gewisse Gewohnheit eingekehrt ist.«

»Sie halten es also für unwahrscheinlich, Sir, daß ihn die Entdeckung der Affäre seiner Frau mit Mr. Pryce in große Verzweiflung gestürzt hätte?« fragte Pitt.

»Ich kann es mir nicht vorstellen«, erwiderte Livesey offen.

»Wenn er in dieser Angelegenheit wirklich so... verständnisvoll war«, hakte Pitt nach, »weshalb sollte Mrs. Stafford dann etwas derart Drastisches tun und ihn umbringen?«

Ein müdes, bitteres Lächeln huschte über Liveseys Gesicht und war verschwunden. »Vermutlich grenzt ihre Leidenschaft für Mr. Pryce an Wahnsinn«, seufzte der düster, »und ist mit einer bloßen Affäre nicht mehr zufriedenzustellen. Der Tod Staffords macht sie zu einer Witwe mit beträchtlichen Vermögen, die frei ist, Pryce zu heiraten. Ich nehme an, Inspektor, daß Sie in ihrem Beruf schon des öfteren mit Beziehungen zu tun gehabt haben, die als blinde Leidenschaft begangen und in Verderbtheit und schließlich im Verbrechen endeten. Eine Entwicklung, wie ich sie in meiner Laufbahn als Richter leider nur zu oft erlebt habe: Was einmal als Liebe begann, endet in schäbiger Selbstsüchtigkeit und tiefster Tragik. Und es ist etwas, das vor keinem Alter und keiner Klasse haltmacht, wie ich leider sagen muß.«

Pitt konnte es nicht abstreiten. »Ja«, murmelte er widerwillig. »Ja, das habe ich.«

»Vielleicht ist Pryce' Leidenschaft für sie allmählich erkaltet«, fuhr Livesey fort, »und sie fürchtete, ihn an eine jüngere Frau zu verlieren. Wer weiß das schon?« Er zuckte mit den Schultern. »Die ganze Angelegenheit ist überaus dubios und bedauerlich. Wäre der arme Stafford nicht tot, würde ich nicht einmal im Traum an eine solche Möglichkeit gedacht haben. Aber er ist tot, und wir müssen den logischen Schlußfolgerungen ins Gesicht sehen. Es tut mir leid, daß ich Ihnen nichts sagen kann, das hilfreicher wäre oder weniger schrecklich in seiner Konsequenz.«

»Sie haben mir sehr geholfen, Sir.« Pitt erhob sich. »Ich

werde dieser so überaus deplorablen Affäre eingehend auf den Grund gehen und herausfinden, was es darüber herauszufinden gibt.«

»Ich beneide Sie nicht darum.« Livesey streckte die Hand nach dem Klingelknopf aus und drückte ihn, um den Sekretär zu rufen. »Sie können gleich bei meiner Frau beginnen, die eine aufmerksame Beobachterin und sehr diskret ist. Sie ist seit langem sehr gut bekannt mit Juniper Stafford, aber sie wird Ihnen die Wahrheit sagen, ohne sich hinreißen zu lassen, den üblichen Klatsch von sich zu geben, der die Namen der Betroffenen nur unnötig in den Schmutz zieht.«

»Vielen Dank, Sir«, erwiderte Pitt aufrichtig dankbar. »Das wäre wunderbar und ein idealer Anfang.«

Er beherzigte Liveseys Ratschlag und machte sich, nachdem er ohne großen Appetit ein paar Bissen gegessen hatte, sogleich daran, ihn in die Tat umzusetzen. Vor dem Spiegel rückte er seine Krawatte zurecht, zog das Jackett gerade und verteilte den Inhalt der Taschen so, daß sie sich einigermaßen das Gleichgewicht hielten, polierte seine Stiefel eilig am Hosenbein und fuhr sich mit den Fingern durchs Haar, wobei letzteres die Dinge noch schlimmer machte als zuvor. Diesmal nahm er eine Droschke, nicht den öffentlichen Omnibus, und ließ sich am eleganten Eaton Square absetzen. Er klingelte an der Tür von Haus Nummer fünf. Die Tür wurde von einem eleganten Hausdiener geöffnet, groß und schlank gewachsen, mit auffallend wohlgeformten Beinen, die durch die enganliegenden, seidenen Beinkleider seiner Livré auf das Vortrefflichste zur Geltung gebracht wurden.

»Ja, Sir?« Die Herablassung, mit der er dies sagte, lag hart an der Grenze zur Beleidigung, ohne dies jedoch tatsächlich zu überschreiten. Er war in einem hochgestellten und einflußreichen Haushalt angestellt, und es war ihm ein Bedürfnis, dies jedem Besucher klarzumachen.

»Guten Tag«, erwiderte Pitt mit einem Lächeln, das er nicht empfand, das ihm jedoch die Genugtuung verschaffte, den Mann aus der Fassung zu bringen. Man lächelte einen Hausdiener nicht an. Sein Lächeln wurde noch ein Spur herzlicher und zeigte eine Reihe blitzender Zähne. »Mein Name ist Thomas Pitt.« Er zückte seine Karte und plazierte sie auf dem ihm dargebotenen silbernen Tablett. »Richter Livesey war so freundlich, mich darauf hinzuweisen, daß Mrs. Livesey möglicherweise in der Lage ist, mir ein paar Auskünfte zu geben, die ich für die Aufklärung eines Verbrechens benötige. Wären sie bitte so freundlich, sie zu fragen, ob sie mich empfängt?«

Die Herablassung des Hausdieners war sichtlich erschüttert. Wer, in Gottes Namen, war dieser impertinente Mensch, der unter der Tür stand und mit einer Zuversicht von einem Ohr zum anderen grinste, zu der er keinerlei Berechtigung hatte? Aber möglicherweise hatte der Richter ihn tatsächlich geschickt? Am liebsten hätte er diesen unverfrorenen Zeitgenossen mit ein paar wohlgesetzten Worten davongejagt, doch er wagte es nicht. Ganz ohne Zweifel befand sich die Gesellschaft des britischen Empire im Stadium des Verfalls, und alle wahren Werte gingen allmählich vor die Hunde.

»Sehr wohl, Sir«, erwiderte er pikiert. »Ich werde die gnädige Frau fragen, aber ich kann Ihnen nicht sagen, wie ihre Antwort lauten wird.«

»Selbstverständlich nicht«, gab Pitt mit einem niederträchtigen Grinsen zurück. »Zumindest nicht, solange Sie nicht gefragt haben.«

Der Hausdiener schnaubte verächtlich, machte auf dem Absatz kehrt und verschwand durch die Halle, ohne Pitt nach drinnen zu bitten. Im Schatten der Balustrade an der gegenüberliegenden Wand der Halle stand eine Hausbursche, der Pitt mit verstohlenen Blicken beobachtete, damit er nicht unversehens hineinschlüpfte und eine Vase oder einen Stock aus dem Hutständer klaute.

Der Hausdiener erschien nach weniger als einer Minute wieder, legte das Tablett auf den Tisch in der Halle und kam an die Tür, wobei er Pitt mit mißbilligendem Blick und herabgezogenen Mundwinkeln ins Auge faßte.

»Mrs. Livesey ist zu Hause und empfängt Sie. Wenn Sie mir bitte folgen würden.« Er streckte die Hand nach Pitts Hut und Mantel aus.

»Vielen Dank«, lächelte Pitt und reichte ihm beides. Er war nicht sonderlich überrascht. Die Neugier war meistens stärker als gesellschaftliche Rücksichtnahme und Solidarität, vor allem bei Frauen von einem gewissen gesellschaftlichen Rang, die sich langweilten und nichts hatten, womit sie sich die Zeit vertreiben konnten. Alles Unerwartete oder Neue war aus diesem Grund kostbar und interessant.

Das Haus war gediegen, altmodisch und behaglich. Das Zimmer, in das Pitt geführt wurde, war groß, mit einer Fensterfront an einer Seite, und doch wirkte es auf den ersten Blick beinahe eng. Der riesige Kaminsims nahm fast eine ganze Wand ein und wurde zu beiden Seiten von Bücherschränken flankiert, die bis an die Decke reichten. Neben den dunkel gepolsterten Lehnsesseln boten einige wunderschöne Stühle mit geraden und von Schnitzereien bedeckten Rückenlehnen, die wie gotische Kirchenfenster geschwungen waren, reichlich Sitzgelegenheit. Überall, wo ein wenig Platz war, hingen Wandteppiche oder standen Porzellanfigürchen, Vasen und Topfpflanzen, doch das bei weitem Interessanteste in dem Raum war ein von der Mitte der Decke herabhängender Wechselleuchter, der wahlweise mit Gas oder mit Strom funktionierte; die Arme für die Gasflasche waren nach oben gerichtet, die elektrischen Birnen nach unten. Pitt hatte erst einmal zuvor etwas Derartiges gesehen.

Mariah Livesey selbst war eine hübsche Frau mit kräftigem, grauem Haar, das überaus vorteilhaft in einer breiten, seitlichen Welle aus der Stirn nach hinten gesteckt war. Die Züge ihres Gesichts waren wohlproportioniert und sympathisch. Vermutlich war sie jetzt attraktiver als in ihrer Jugend, in der sie vergleichsweise gewöhnlich ausgesehen haben mochte, dachte Pitt, während er sie musterte. Die Jahre der Geborgenheit in ihrem richterlichen Heim und die damit einhergehende Sicherheit des gesellschaftlichen Rangs hatten ihr eine souveräne Ungezwungenheit im Auftreten gegeben, und die teuren, eleganten Kleider von erlesenem Geschmack verliehen ihr Vornehmheit. Sie betrachtete ihn mit kaum verhohlener Neugier.

»Ja, Mr. Pitt? Mein Hausdiener sagt mir, mein Mann habe

Ihnen geraten, mich zu besuchen – wegen einiger Auskünfte, die ich Ihnen angeblich geben kann. Ist das richtig?«

»Ja, Ma'am«, erwiderte Pitt und blieb stehen, aufrecht und mit erhobenem Kopf. »Ich war vor einigen Stunden in seinem Büro, und er gab mir den Rat, mit meinen Nachforschungen bei Ihnen zu beginnen. Es handelt sich um eine äußerst delikate Angelegenheit, die, wenn man sie nicht mit dem nötigen Takt behandelt, dem Ruf einer Dame – möglicherweise völlig ungerechtfertigt – schweren Schaden zufügen könnte. Ihr Gatte sagte, Sie seien eine aufmerksame Beobachterin und auch sehr diskret.«

In ihren Augen glomm ein interessiertes Funkeln auf, und in ihren Wangen stieg ein Hauch von Röte.

»Wirklich? Wie großmütig von ihm. Ich werde mich bemühen, dem gerecht zu werden. Um welche Auskunft handelt es sich, Mr. Pitt? Was möchten Sie von mir wissen? Mir war gar nicht bewußt, daß ich etwas weiß, das für die Behörden von Interesse sein könnte.«

»Ich untersuche den Tod von Richter Stafford.«

»Ach du meine Güte.« Ihre Miene verdüsterte sich. »Eine schreckliche Sache – überaus schrecklich. Aber nehmen Sie doch bitte Platz, Mr. Pitt. So etwas läßt sich nicht zwischen Tür und Angel besprechen. Obgleich ich beim besten Willen nicht weiß, wie ich Ihnen behilflich sein könnte. Ich habe keinerlei Kenntnis darüber.«

»Nicht wissentlich natürlich; sonst hätten Sie uns sicherlich darüber informiert«, sagte Pitt und ließ sich in den Lehnsessel ihr gegenüber sinken. »Aber Sie waren mit beiden, mit Mr. und Mrs. Stafford, bekannt und bewegen sich zweifellos in denselben gesellschaftlichen Kreisen.«

Auf ihrem Gesicht malte sich grenzenloses Staunen. »Sie wollen damit doch nicht etwa sagen, jemand aus unserer gesellschaftlichen Schicht hat ihn getötet? Das ist absurd! Sie müssen etwas, das mein Mann gesagt hat, falsch verstanden haben, Mr. Pitt. Das ist die einzig mögliche Erklärung.«

»Ich fürchte, dem ist leider nicht so.« Pitt schüttelte mit einem bedauernden Lächeln den Kopf. »Er war sehr deutlich. Erlauben Sie mir, Ihnen einige Fragen zu stellen?«

»Selbstverständlich.« Sie schien verwirrt.

»Mr. und Mrs. Stafford waren schon seit geraumer Zeit verheiratet?« fragte er.

»Oh, ja. Mindestens seit zwanzig Jahren – wahrscheinlich länger.« Ihre Stimme verriet, daß sie die Frage überraschte.

»Wie würden Sie ihre Beziehung beschreiben?«

Ihre Verwirrung wuchs. »Oh… Als liebevoll, würde ich sagen. Ich habe nie irgendwelche Animositäten zwischen ihnen erlebt. Wenn sie an einen Streit denken, muß ich Ihnen sagen, daß es mir schwerfällt, das zu glauben. Ich halte das für beinahe unmöglich.« Sie schüttelte den Kopf, um ihrem Argument mehr Gewicht zu verleihen.

»Weshalb sind Sie sich dessen so sicher, Mrs. Livesey?« hakte Pitt nach.

»Nun, eh…« Sie erwiderte seinen Blick und versuchte sich zu konzentrieren. Ihre Augen besaßen eine Farbe zwischen Blau Grau und verrieten eine schnelle Auffassungsgabe. Sie war vielleicht keine besonders gebildete Frau, überlegte Pitt, doch sie besaß ganz sicher ein vortreffliches Urteilsvermögen bezüglich der Menschen, mit denen sie verkehrte, und einen sensiblen Sinn für das, was schicklich ist.

»Ja? Ich wäre Ihnen sehr dankbar, wenn Sie offen sprechen würden, Ma'am.«

Sie zögerte noch immer, doch nicht, weil sie unschlüssig war, ob sie ihm antworten sollte oder nicht, sondern – so schien es ihm – weil sie ihre Worte sorgfältig abwägte.

»Es war eine Beziehung, in der keiner der beiden – weder sie noch er – für den anderen noch so tiefe Gefühle empfand, um deshalb ernsthaft in Streit zu geraten«, begann sie schließlich, und ihre konzentrierte Miene verriet, daß sie jedes Wort bedacht hatte. »Ihre Ehe hatte sich schon seit langem auf einer weitaus leichter zu handhabenden und bequemeren Basis eingespielt, wo gegenseitiger Respekt und die Gewohnheit wichtiger sind als unmittelbares Teilhaben am Alltagsleben des anderen. Juniper hat sich immer überaus diskret verhalten und niemals ihre sozialen Pflichten versäumt oder vernachlässigt. Sie ist eine wunderbare Gastgeberin, hübsch anzusehen, immer geschmackvoll gekleidet und mit den allerbesten Umgangsformen.« Ein kaum merkliches Zucken huschte über ihre Züge, und für einen kurzen Augenblick spannten sich die Linien um ihren Mund. Pitt hatte den Eindruck, als sage sie Dinge, denen sie nur widerwillig Glauben schenken wollte.

»Und über Samuel Stafford kann ich nach meinem besten Wissen sagen, daß er ein ehrenwerter Mann war, der gewiß nicht zu irgendwelchen Exzessen neigte – weder emotional noch finanziell«, fuhr sie fort, und ihre Miene entspannte sich ein wenig. »Sie hat nie Anlaß zu Kummer gehabt. Falls es in seinem Leben irgendwelche andere... andere Frauen gegeben hat, dann war er dabei so diskret, daß mir nie auch nur im entferntesten ein solcher Gedanke gekommen wäre.« Sie sah Pitt an und wartete auf seine Antwort.

»Hmm. Genau das habe ich auch von anderen gehört«, sagte er. »Und wie war das mit Mrs. Stafford Beziehungen zu anderen Männern?«

»Oh... Nun, eh – ich vermute, Sie meinen Mr. Pryce?« Sie errötete – ob aus Scham oder aus Gewissensskrupeln, weil sie darüber sprach, wußte Pitt nicht zu sagen.

»Gab es denn noch andere?« bohrte er nach.

»Nein! Nein, natürlich nicht!« Die Röte auf ihren Wangen nahm zu.

»Wann haben sie und Mr. Pryce sich eigentlich kennengelernt? Wissen Sie das zufällig?«

Sie seufzte und starrte aus dem Fenster. »Ich glaube, sie hat ihn schon vor Jahren kennengelernt, aber die Bekanntschaft blieb zunächst an der Oberfläche, soviel ich weiß. Besser und näher kennengelernt haben sie sich erst in den vergangenen eineinhalb Jahren.« Sie verstummte abrupt, unschlüssig, wieviel mehr sie noch sagen sollte. Nur zu sehr war sie sich bewußt, daß sie mit unangemessener Vehemenz gesprochen hatte, und fürchtete, mehr über sich selbst verraten zu haben, als beabsichtigt. Sie sah Pitt an, eine steile Falte zwischen ihren Augenbrauen, und wartete.

»Welche Gefühle empfindet Mrs. Stafford – Ihrer Meinung nach – für Mr. Pryce?« fragte Pitt mit ernster Stimme. »Bitte seien Sie ehrlich zu mir. Ich werde niemandem gegenüber erwähnen, was Sie mir sagen, aber ich muß es wissen, um die

Wahrheit herausfinden zu können. Im Interesse der Gerechtigkeit bitte ich Sie, aufrichtig zu mir sein.«

Sie biß sich auf die Unterlippe und überlegte eine Weile, ehe sie sich zu einer Antwort entschloß, die sie dann schnell und schroff hervorstieß. »Sie war völlig vernarrt in ihn. Sie tat ihr Bestes, es zu verbergen, aber für jemanden, der die so gut kennt wie ich, war es ziemlich offensichtlich.«

»In welcher Weise?«

»Oh... Ihr Nervosität und Fahrigkeit; die Art, wie sie sich kleidete; die Dinge, für die sie sich plötzlich interessiert.« Sie lachte unvermittelt auf, als könne sie jetzt, wo sie begonnen hatte, darüber zu reden, ihre eigenen Gefühle nicht mehr ganz im Zaum halten. »Und die Dinge, an denen sie jegliches Interesse verlor. Die Gleichgültigkeit, mit der sie jeder Art von Klatsch begegnete. Was sie noch vor einem Jahr brennend interessierte, langweilte sie nun. Sie fing an sich zu benehmen, als sei sie viel jünger, als dies tatsächlich der Fall ist.« Die Röte auf ihren Wangen wurde noch eine Spur tiefer. »Andere Frauen wissen, wenn eine Frau verliebt ist, Mr. Pitt. Die Anzeichen sind nicht schwer zu erkennen und im übrigen unmißverständlich.«

Pitt fühle ein leises Unbehagen, ohne ganz sicher zu sein, weshalb.

»Und hat Mr. Pryce Ihrer Meinung nach diese Gefühle erwidert?« Er nahm sich vor, Charlotte zu fragen, ob sie solche Anzeichen bei anderen Frauen erkennen würde.

»Ich weiß nicht genau zu sagen, weshalb ich das glaube, aber ich bin mir dessen ziemlich sicher. Die Aufmerksamheit, die er ihr entgegenbrachte, war mehr als bloße Galanterie. Und die Blicke, mit denen er sie ansah, waren unmißverständlich. Jede Frau wünscht sich, einmal im Leben von einem Mann so angesehen zu werden.« Ein sanftes, verträumtes Lächeln spielte um ihren Mund. »Es ist mehr wert als alle Diamanten und Parfüms dieser Welt und berauschender Champagner. Ja, Mr. Pitt, Mr. Pryce hat schließlich ihre Gefühle erwidert.«

»Schließlich?« Er forschte in ihrem Gesicht und sah die Emotion und den Unwillen darin, ehe sie sie verbergen konnte. »Verstehe ich Sie richtig? Sie wollen damit sagen, sie hegte Gefühle für ihn, ehe er welche für sie empfand?«

Sie wich seinem Blick nicht aus. »Wenn Sie wissen wollen, ob sie ihm Avancen machte, dann muß ich das, so leid es mir tut, mit ja beantworten. Besonders an einem Wochenende, an dem wir alle Gäste in ihrem Landhaus waren. Es war nicht zu übersehen.«

»Ich verstehe.« Er verlagerte sein Gewicht zur anderen Lehne des breiten Sessels hin und schlug die Beine übereinander. »Mrs. Livesey, können Sie mir sagen, was ein Mann und eine Frau in einer solchen Situation tun können, welche Möglichkeiten sie haben, damit umzugehen, und welche Sanktionen gesellschaftlicher Art sie zu erwarten hätten?«

»Selbstverständlich. Es bleiben ihnen nicht viele Möglichkeiten, wenn sie weiterhin in der Gesellschaft verkehren wollen.« Ihre Stimme klang bestimmt. »Entweder sie halten sich strikt an die gesellschaftlichen Regeln der Moral und vermeiden es, sich zu sehen, außer wenn es nicht zu vermeiden ist, und dann auch in Gegenwart von anderen, über jeden Zweifel erhabener Personen...« Ihr Schultern strafften sich. »Die Leute sind schnell bei der Hand mit Boshaftigkeiten und Verleumdungen. Man kann sich nicht über alle gesellschaftlichen Regeln hingwegsetzen und hoffen, damit ungestraft davonzukommen.« Sie musterte Pitts Gesicht mit forschendem Blick, ob er verstand. »Oder sie geben sich ihrer Leidenschaft hin, tun dies jedoch in Häusern gemeinsamer Freunde, bei Wochenendparties und ähnlichen Gelegenheiten, doch stets mit der nötigen Diskretion, damit niemand gezwungen ist, davon Notiz zu nehmen.«

»Ist das alles?«

»Wie meinen Sie das?« Sie wölbte fragend die Augenbrauen. »Welche Alternativen blieben ihnen sonst?«

»Heirat zum Beispiel?«

»Juniper Stafford ist bereits verheiratet, Mr. Pitt.«

»Und Scheidung?«

»Undenkbar! Oh...« Sie blinzelte betroffen. »Glauben Sie etwa, Juniper oder Mr. Pryce könnten Richter Stafford absichtlich vergiftet haben?«

»Halten Sie das nicht für möglich?«

Sie dachte eine Weile darüber nach und antwortete dann sehr ruhig: »Doch. Doch, es ist durchaus möglich. Es…«

Pitt wartete.

»Es ist schrecklich, so etwas zu sagen«, beendete sie lahm den angefangenen Satz. Die Situation bereitete ihr sichtliches Unbehagen. »Juniper ist nicht gerade… beherrscht im Umgang mit ihren Gefühlen.«

»Glauben Sie, Mr. Stafford wußte von der Beziehung?« erkundigte sich Pitt.

Mrs. Livesey schürzte die Lippen. »Oh… Ich bezweifle es. Männer bemerken so etwas nicht so schnell, es sei denn, sie neigen von Natur aus zur Eifersucht. Und Mr. Stafford gehörte sicherlich nicht zu letzteren. So etwas sieht man.« Wieder sah sie ihn mit forschendem Blick an, ob er verstand. »Er hat sie nicht beobachtet. Wenn sie in Gesellschaft waren, folgte er ihr nicht mit den Blicken und schien auch sonst weder besorgt noch interessiert, mit wem sie sprach. Es gibt Unterschiede im Verhalten, die einem Mann nicht bewußt sind, es sei denn, er ist ebenfalls verliebt. Wären sie frisch verheiratet gewesen, vielleicht…« Sie verstummte und schüttelte unglücklich den Kopf.

»Glauben Sie, andere Frauen im Bekanntenkreis der Staffords waren da weniger blind?«

»Zweifellos«, erwiderte sie mit einem freudlosen Lächeln. »Adolphus Pryce ist ein sehr attraktiver Mann, und er ist ledig. Er steht im Mittelpunkt der Aufmerksamkeit so mancher Dame. Alles, was er tut, wird registriert und analysiert. Eine ganze Reihe von Frauen hat ein Auge auf ihn geworfen und verfolgt sein Tun mit eifersüchtigen Blicken.«

»Dann dürfte Mrs. Stafford unter den Damen wohl nicht sehr beliebt sein«, bemerkte Pitt mit Bedauern, in das sich eine Spur von Belustigung mischte.

»Wohl kaum«, pflichtete sie ihm mit einiger Vehemenz bei und fühlte sich – als ihr dies bewußt wurde – zu einer Erklärung genötigt. »Es gibt zu wenige in Frage kommende Gentlemen, die attraktiv genug sind, solche Überlegungen zu nähren. Es ist nicht fair, wenn eine Frau zwei Männer hat.«

Pitt blickte in ihr alterndes Gesicht und war sich dabei ihres fleischig und welk gewordenen Körpers bewußt, und er fragte sich, welche Gefühle für Adolphus Pryce oder einen anderen wie ihn sie in ihrem Herzen gehegt hatte. Verübelte sie Juniper die Leidenschaft, der sie sich hingab und die sie in Pryce geweckt hatte?

»Sie haben Mr. Stafford gegenüber nichts erwähnt, das ihm die Augen für die Zuneigung seiner Frau zu Mr. Pryce geöffnet hat?« fragte er laut. »Auch nicht unabsichtlich oder vielleicht aus Mitleid mit ihm?«

Der Unmut, der in ihren Augen aufglomm, verlosch wieder, als er sich erklärte.

»Nein, das habe ich nicht«, sagte sie entschieden. »Ich denke, man ist gut beraten, sich nicht in die Probleme anderer Leute einzumischen. Es hilft keinem.«

»Nein, vermutlich nicht«, stimmte er zu.

Er hatte wahrscheinlich alles erfahren, was es von ihr zu erfahren gab. Die Affäre hatte bereits vor eineinhalb oder zwei Jahren begonnen und war zwar diskret gewesen, doch nicht unbemerkt – zumindest nicht von anderen Frauen. Es bestand durchaus die Möglichkeit, daß irgendeine lose Zunge Richter Stafford etwas ins Ohr geflüstert hatte, doch selbst wenn, würde ihn das nicht in völlige Verzweiflung gestürzt oder gar zu Gewalttätigkeiten hingerissen haben. Alles, was er bisher erfahren hatte, brachte ihn wieder zu Juniper oder Adolphus Pryce zurück – vermutlich zu beiden.

»Vielen Dank, Mrs. Livesey«, sagte er höflich und zwang ein Lächeln auf sein Gesicht. »Sie haben mir sehr geholfen. Ich hoffe, Sie behandeln die Angelegenheit weiterhin so diskret wie bisher. Es wäre fatal, Mrs. Staffords oder Mr. Pryces' Ruf in Mißkredit zu bringen, wenn sich herausstellt, daß sie nichts mit dem Mord an Richter Stafford zu tun haben. Es gibt zahlreiche andere Möglichkeiten; dies ist lediglich eine davon, der nachzugehen leider meine Pflicht ist.«

»Selbstverständlich«, stimmte sie hastig zu. »Ich verstehe das, glauben Sie mir. Ich versichere Sie, die Angelegenheit mit äußerster Vertraulichkeit zu behandeln.«

Er hoffte, daß sie dies tun würde und so klug war, wie ihr

Mann glaubte, doch als er sich erhob und verabschiedete, war sich Pitt dessen nicht völlig sicher. Sie fühlte sich unglücklich und sehnte sich nach etwas, das unerreichbar war für sie. Und er wußte, daß sie für Juniper Stafford keine Zuneigung empfand. Inwieweit entsprach ihre Einschätzung Samuel Staffords ihrer Meinung über ihren eigenen Mann?

Die nächste Person, die er aufsucht, war Richter Granville Oswyn, einer der fünf Appellationsrichter, die über die Revision im Fall Aaron Godman entschieden hatten. Seine Meinung zu dieser Sache konnte vielleicht helfen, mehr Licht in diese Angelegenheit zu bringen, und als Kollege von Samuel Stafford wußte er möglicherweise einiges über dessen private Beziehungen zu sagen. Pitt mußte herausfinden, ob Stafford über die Untreue seiner Frau im Bilde gewesen war und ob es ihm vielleicht mehr ausgemacht hatte, als Mr. und Mrs. Livesey glaubten. Vielleicht würde nichts dabei herauskommen, doch er mußte es versuchen.

Als er jedoch an der Tür von Richter Oswyns Haus in der Curzon Street läutete, informierte ihn das Hausmädchen, daß Richter Oswyn auf einer Geschäftsreise sei und nicht vor nächster Woche zurückerwartet werde; Mrs. Oswyn sei außer Haus und besuche Freunde. Da sie jedoch heute abend außer Haus speisen werde, müßte sie bald nach Hause kommen, und wenn es Pitt nichts ausmache zu warten, könne er dies gerne im Morgenzimmer tun.

Pitt machte es nichts aus. Er hatte sonst nichts zu erledigen, was besonders dringlich gewesen wäre, und verbrachte mit einer Kanne Tee angenehme fünfundvierzig Minuten im gemütlichen Morgenzimmer, bis das Hausmädchen erneut erschien und ihn zu dem in Sepia und Gold gehaltenen Salon führte, wo Mrs. Oswyn ihm mit mildem Interesse entgegen blickte. Sie war eine verblühte Frau mit hellbraunem Haar, einer rundlichen Figur und einem Gesicht, das in ihrer Jugend vermutlich einmal schön gewesen war und nun von einer Liebenswürdigkeit erhellt wurde, die ihren Zügen eine bemerkenswerte Sanftheit verlieh.

»Mein Mädchen hat mir berichtet, Sie sind mit der Untersuchung des Todes von Richter Stafford befaßt?« sagte sie mit fragend gewölbten Augenbrauen. »Ich wüßte zwar nicht, wie ich Ihnen dabei behilflich sein könnte, aber ich bin natürlich bereit, mein Bestes zu tun. Bitte, setzen Sie sich doch, Mr. Pitt. Was, glauben Sie, könnte ich Ihnen erzählen, das Sie nicht schon selbst wissen? Ich kannte ihn natürlich. Mein Mann hat mit ihm so manche gemeinsame Sitzung am Appelationsgericht gehabt. Wir waren auch privat mit Mr. Stafford bekannt – und natürlich auch mit seiner Frau, der armen Seele.«

Er studierte den Ausdruck in ihrem Gesicht und glaubte, dort ein tiefes und ehrlich empfundenes Mitgefühl für die so plötzlich verwitwete Frau zu entdecken, wie es Worte nicht auszudrücken vermögen.

»Sie haben großes Mitgefühl mit ihr, nicht wahr?« fragte er und hielt ihren Blick fest.

Sie zögerte eine Weile, ehe sie antwortete, vielleicht weil sie überlegte, wieviel er bereits wußte, und entschloß sich dann.

»Ja, das habe ich. Schuld ist ein sehr schmerzliches Gefühl,vor allem wenn es zu spät ist, es wiedergutzumachen.«

Er war überrascht; nicht nur wegen des Gesagten, sondern auch wegen ihrer Offenheit.

»Sie glauben, daß sie an seinem Tod in irgendeiner Weise die Schuld trägt?« Er bemühte sich, sachlich zu klingen.

Sie schien verblüfft und ein wenig verlegen. »Gütiger Himmel, nein! Ganz bestimmt nicht! Verzeihen Sie, wenn ich den Eindruck erweckt habe. Sie war besessen von Adolphus – und er von ihr –, aber sie ist ganz sicher nicht für Samuels Tod verantwortlich. Wie, in aller Welt, kommen Sie auf einen so furchtbaren Gedanken?«

»Irgend jemand ist verantwortlich, Mrs. Oswyn.«

»Natürlich«, stimmte sie zu und faltete die Hände in ihrem Schoß. »Man kann nicht so tun, als sei kein Mord geschehen – so sehr man es vielleicht auch möchte. Aber Juniper würde etwas derart Schreckliches niemals tun können. Nein, nie und nimmer! Sie mag vielleicht schuldig sein, ihren Mann betrogen zu haben, eine Leidenschaft – wenn Sie wollen, eine Begierde – empfunden und ihr nachgegeben zu haben, anstatt sie zu überwinden. Das ist Schuld genug.«

»Wußte Mr. Stafford von Ihrer Untreue?«

»Oh… Ich glaube, er wußte sehr wohl, daß da etwas war.« Sie erwiderte seinen Blick ruhig. »Schließlich kann man nicht so vollständig blind sein, selbst wenn man es manchmal möchte, um seines eigenen Seelenfriedens willen. Aber er zog es vor, nicht zu genau hinzusehen. Es hätte auch nichts daran geändert.« Sie betrachtete Pitt mit runden, sanften Augen. »Er wollte nicht sehen, was besser ungesehen blieb, und wenn es vorbei gewesen wäre, wäre es leichter gefallen, alles zu vergessen und zu vergeben, wenn er die Einzelheiten nicht kannte. Samuel war ein sehr kluger Mann.« Sie schüttelte bekümmert den Kopf. »Und nun wird Juniper, das arme Ding, nie mehr den Trost seiner Vergebung finden, und wenn alles vorüber ist – und das wird es irgendwann einmal, wie bei den meisten solcher Leidenschaften –, dann bleibt ihr nichts mehr als die Schuld. Es ist alles sehr traurig. Ich habe es ihr von Anfang an gesagt, aber wenn man mit einer solchen Besessenheit, mit solchem Hunger liebt wie sie, hört man nicht auf das, was andere sagen.«

Pitt war erstaunt. In ihrem Gesicht lag eine Naivität, eine Unschuld beinahe, und doch sprach sie von Gewalt und Ehebruch – wie ein Kind, das von Dingen spricht, deren Namen es zwar gehört hat, deren Bedeutung es jedoch nicht versteht. Nicht nur ihr scharfer Blick für den Charakter der Menschen, der von der Unschuld ihres Gemüts offenbar nicht im geringsten getrübt wurde, überraschte ihn, sondern auch ihre Fähigkeit zum Mitleid.

»Ja«, sagte er nachdenklich. »Ja – es wird sehr schmerzlich für sie sein und lange dauern, bis sie darüber hinweg ist, weil sie natürlich Schuldgefühle hat. Es sei denn…«

»Nein«, unterbrach sie ihn mit aller Entschiedenheit. »Ich glaube nicht, daß sie ihn getötet hat. Und ich glaube auch nicht, daß Mr. Pryce es getan hat. Er ist zwar ein schwacher und von der Liebe verblendeter Mann, der seine Ehre wegen einer Frau verloren hat, aber er würde niemals so tief sinken und seinen Freund töten – auch nicht für die Frau, die ihm den Verstand geraubt hat.« Sie seufzte bekümmert. »Nein. Ich glaube nicht eine Sekunde daran. Er hat sich zum Narren gemacht, wie so viele Männer, wenn es um Frauen geht, aber daran ist sie in beträchtlichem Umfang mitschuldig. Eine Frau besitzt Möglichkeiten, einen Mann zurückzuweisen ohne ihn zu verletzen oder vor den Kopf zu stoßen und trotzdem ihren Standpunkt klarzumachen. Aber sie hat genau das Gegenteil getan. Sie werden beide dafür bezahlen müssen, glauben Sie mir, Mr. Pitt.«

Pitt widersprach ihr nicht. Nach dem zu urteilen, was er beobachtet hatte, war er geneigt zu glauben, daß sie durchaus recht haben könnte.

»Glauben Sie nicht, daß sie heiraten werden, Mrs. Oswyn – jetzt, wo sie beide frei sind?«

»Möglicherweise, Mr. Pitt. Aber sie werden nicht glücklich sein. Samuels Tod hat ihnen das für immer unmöglich gemacht. Aber seinen Mörder werden Sie woanders suchen müssen.«

»Vielleicht.«

»Ganz bestimmt«, sagte sie im Brustton der Überzeugung. »Ich nehme an, Sie stellen bereits Nachforschungen bezüglich dieses schrecklichen Mordes in der Farriers' Lane an? Ja – natürlich tun Sie das. Es würde mich nicht überraschen, wenn Samuels Tod etwas damit zu tun hätte. Er war nicht bereit, die Sache auf sich beruhen zu lassen. Er kam mehr als einmal hierher, um mit Granville über die Sache zu sprechen. Granville versuchte, ihn zu überreden, die Sache fallen zu lassen, da sich nichts Neues ergeben würde – zumindest nichts Gutes. Aber Samuel ließ sich nicht beirren.«

Pitt setzte sich auf. »Wollen Sie damit sagen, Richter Stafford beabsichtigte, den Fall wieder aufzunehmen? Sind Sie sich dessen sicher?«

»Nun ja...« Sie nahm ihre gefalteten Hände auseinander. »Ich habe nicht gesagt, daß ich mir dessen sicher bin. Ich weiß nur, daß er mit Granville, meinem Mann, des öfteren über diese Angelegenheit diskutiert hat. Samuel wollte den Fall wieder aufrollen, Granville war dagegen. Ich weiß nicht, ob es Granville schließlich gelungen ist, ihn zu überzeugen, oder ob er nach wie vor eine Wiederaufnahme verlangte.«

»Richter Oswyn glaubte also nicht, daß in dem Fall noch irgendwelche neuen Beweise ans Tageslicht gebracht werden könnten? Er war überzeugt, daß es kein Justizirrtum war?«

»Absolut. Obwohl ihm der Fall einiges Unbehagen bereitete. Er war immer der Ansicht, der Fall sei mit zu großer Hast verhandelt worden, mit zu vielen gefährlichen Emotionen, was er persönlich abscheulich fand. Aber das änderte nichts an der Richtigkeit des Urteils. So hat er Samuel gegenüber stets argumentiert.«

»Sie wissen nicht, aus welchem Grund Richter Stafford den Fall wiederaufnehmen wollte?« Pitt beugte sich vor und forschte in ihrem Gesicht. »Sie wissen nicht, ob er auf irgend etwas Neues gestoßen ist, auf neue Beweise vielleicht?«

»Du meine Güte, nein. Mein Mann hat mit mir nie über solche Dinge gesprochen. So etwas schickt sich nicht.« Sie schüttelte den Kopf. »Nein. Ich habe nicht die geringste Ahnung, worüber sie im einzelnen gesprochen haben – nur, daß es um den Fall ging, und daß die Unterhaltung in sehr hitzigem Ton geführt wurde.«

Pitt ließ sich irritiert zurücksinken. Er hatte den Mord in der Farriers' Lane bereits aus seinen Erwägungen gestrichen, und nun schien es, als sei dies voreilig gewesen. Oder war es lediglich so, daß diese Frau in ihrer Naivität der Realität entrückt war und sich weigerte zu glauben, jemand, den sie kannte, könnte eines schlimmeren Verbrechens schuldig sein als Untreue und Ehebruch? Er sah in ihre sanften Augen und erblickte dort nichts als Aufrichtigkeit, doch Pitt war klar, daß sich diese Aufrichtigkeit nur auf ihre eigene unmittelbare Welt beziehen konnte und für die Welt jenseits davon nur unschuldige Gutgläubigkeit blieb.

»Ich danke Ihnen vielmals, Mrs. Oswyn«, sagte er mit ausgesuchter Höflichkeit. »Sie waren sehr hilfsbereit, und nochmals vielen Dank, daß Sie mir Ihre Zeit geopfert haben.«

»Nicht der Rede wert, Mr. Pitt«, erwiderte sie mit einem liebenswürdigen Lächeln. »Ich hoffe, Sie haben Erfolg mit Ihren Ermittlungen. Es muß ein sehr schwieriger Beruf sein.«

»Manchmal.« Er erhob sich, murmelte seine Empfehlungen an ihren Gatten und verabschiedete sich.

Pitt fuhr zurück in die Bow Street und ging direkt zu Micah Drummonds Büro, um die Entwicklung der Dinge mit ihm zu besprechen, doch Drummond war in irgendeiner Angelegenheit unterwegs und würde erst am nächsten Morgen wieder zurück sein.

Der folgende Tag war kalt und feucht. Der schneidende Wind drang durch seine wollene Jacke, die am Abend zuvor noch ausgereicht hatte, und Pitt war froh, in Drummonds warmen Büro zu sein, in dem ein anheimelndes Feuer brannte.

Drummond stand mit dem Rücken zum Kamin und wärmte sich am Feuer. Offenbar war er selbst eben erst gekommen. Seine Miene war ernst, und er sah Pitt erwartungsvoll, doch ohne sonderliche Begeisterung entgegen.

»Morgen, Pitt«, brummte er mürrisch. »Irgendwas Neues?«

Pitt änderte seine Strategie; nicht in bezug auf das, was er sagen wollte, sondern wie er es sagen würde.

»Nein, Sir. Ich bin nach wie vor mit Mrs. Stafford und Mr. Pryce beschäftigt und versuche, so viel wie möglich über ihr Verhältnis herauszufinden, aber bisher bin ich noch auf nichts gestoßen, das ein ausreichendes Motiv für den Mord an Stafford abgeben würde.«

»Liebe«, knurrte Drummond schroff. »Das dürfte genügen. Mehr brauchen Sie nicht. Oder wenn Sie es genauer haben wollen: amouröse Besessenheit. Herrgott, Pitt! Aus Leidenschaft und Lust sind mehr Verbrechen verübt worden als wegen irgend etwas anderem – abgesehen von Geld vielleicht. Was, in aller Welt, ist Ihr Problem, daß Sie das nicht sehen können?«

»Die Gesellschaft ist voll von solchen Affären und amourösen Besessenheiten jedweder Art«, erwiderte Ptt, entschlossen, nicht nachzugeben. »Und die wenigsten davon enden mit Mord. Und wenn es tatsächlich zu einem Mord kommt, dann meist, weil jemand hintergangen wurde und das unerwartet herausfand und dann in einer Gefühlsaufwallung die Übeltäter umbrachte.«

»Natürlich ist das der Grund für die meisten solcher Verbrechen.« Drummond verzog das Gesicht und fixierte Pitt unverwandt. »Aber man hat auch schon davon gehört, daß zwei, die eine Affäre miteinander hatten, den Ehemann oder die Ehefrau umgebracht haben, die ihnen im Weg standen. Weshalb wollen Sie nicht glauben, daß das in diesem Fall ebenso war?« Er wandte sich vom Feuer ab, das ihm zu heiß wurde, und durchquerte das Zimmer. Er ließ sich in einen der beiden Lehnsessel sinken und forderte Pitt mit einer Handbewegung auf, im anderen Platz zu nehmen.

»Es könnte so gewesen sein«, räumte Pitt widerwillig ein. »Aber es scheint mir so... so hysterisch. Stafford stand ihnen nicht im Weg. Er hatte sich offensichtlich mit der Affäre seiner Frau abgefunden.«

»Er wußte davon?« fragte Drummond verblüfft. »Sind Sie sicher?«

Pitt sog scharf die Luft ein. Er wollte sagen ›selbstverständlich‹, doch wenn er zu dick auftrug, würde er es später nur zurücknehmen müssen, und Drummond würde sich fragen, in welchen Punkten Pitt sonst noch übertrieben hatte. »Liveseys Frau meinte, er sei nicht interessiert gewesen an dem, was sie tat, und Richter Oswyns Frau sagte, sie sei sich sicher, daß Stafford darüber Bescheid wußte, es aber vorzog, gegenüber den Details blind zu sein. Und beide sind der Ansicht, solange Juniper Stafford diskret vorging und keinen öffentlichen Skandal provozierte, sei er bereit gewesen, die Affäre zu tolerieren. Offenbar war er nicht eifersüchtig – zumindest nicht in einem Maß, daß er darunter litt.« Er war im Begriff hinzuzufügen, daß Stafford nahe an die Sechzig gewesen war, doch dann realisierte er, daß Drummond wahrscheinlich ebenfalls schon über fünfzig war und eine solche Bemerkung sicher als taktlos empfinden würde.

»Und?« fragte Drummond, der fühlte, daß Pitt etwas zurückgehalten hatte.

»Nichts.« Pitt zuckte mit den Achseln. »Nur, das Stafford offenbar kein Mensch war, dem Gefühle besonders wichtig gewesen sind. Die Beziehung zwischen ihm und seiner Frau war kultiviert und freundlich, aber emotional nicht sehr eng und inzwischen von Gewohnheit geprägt. Wie auch immer, es war nicht Stafford, der seine Frau oder ihren Liebhaber getötet hat.

Stafford war das Opfer. Es war für die beiden nicht nötig, ihn umzubringen, weil er ihre Affäre nicht gefährdete.«

»Vielleicht wollten sie heiraten?« sagte Drummond, und seine Stimme klang irgendwie gereizt. »Vielleicht genügte ihnen eine Affäre nicht mehr? Vielleicht war ihnen eine gestohlene Stunde hin und wieder zuwenig, um ihre Leidenschaft zu stillen? Würden Sie sich damit zufriedengeben, Pitt, wenn Sie eine Frau mit jeder Faser ihres Herzens liebten?«

Pitt versuchte, sich in einer solchen Situation vorzustellen. Er würde unter dem Betrug leiden und darunter, daß jeder Augenblick der Gemeinsamkeit von Abschied, Unsicherheit und der Notwendigkeit zu lügen überschattet sein würde.

»Nein«, gab er zu. »Ich würde immer mehr wollen.«

»Und den Ehemann zu Hölle wünschen?« fuhr Drummond fort.

»Ja.« Auch das gab Pitt zu.

»Dann können Sie auch verstehen, weshalb ein Mann, der so verliebt ist wie Adolphus Pryce, irgendwann einmal an einen Punkt kommt, an dem er sogar von Mord nicht zurückschreckt.« Drummond verzog das Gesicht, um seine ganze Abscheu zum Ausdruck zu bringen. »Es ist eine abgrundtiefe scheußliche Angelegenheit, in der Sie da zu ermitteln haben, und es überrascht mich nicht, daß Sie nach einer anderen Lösung suchen, aber Sie können die Wahrheit nicht umgehen oder Ihre Pflichten dahingehend vernachlässigen.«

Pitt öffnete den Mund, um dem zu widersprechen, doch er schloß ihn wieder auf, ohne etwas zu sagen.

Drummond erhob sich und ging ans Fenster. Er starrte auf die Straße hinab, auf die vorbeiratternden Lastkarren, den Gemüsehändler, der einen jungen Mann beschimpfte, dessen Handkarre vor seinem Stand steckengeblieben war. Es regnete in Strömen.

»Ich verstehe ja, daß Sie manchmal genug haben von allem«, fuhr er mit dem Rücken zu Pitt fort. »Mir geht es selber nicht anders. Ich weiß nicht, wielange ich noch in diesem Job bleiben werde. Vielleicht braucht es einen schärferen Verstand, einen Mann mit mehr kriminologischem Wissen, das er sich im Einsatz erworben hat, als ich dies zu bieten habe. Sie haben zwar immer darauf bestanden, daß Sie sich lieber mit den direkten Ermittlungen vor Ort befassen als anderen Männern Befehle zu geben, aber bei schwierigen Fällen könnten Sie ja die Ermittlungen wieder in die Hand nehmen...«

Pitt starrte auf Drummonds breiten Rücken. Die Gedanken in seinem Kopf wirbelten durcheinander. Ihm war nicht klar, wie Drummond das gemeint hatte. War es nur eine rhetorische Jeremiade gewesen, weil es ein kalter, verregneter Tag war und der Verlauf des Falls ihn deprimierte, oder dachte er tatsächlich daran, sein Amt zur Verfügung zu stellen, um sich etwas ganz anderem zuzuwenden, sich dem Einfluß des Inner Circle und seinen ständigen, unersättlichen Forderungen zu entziehen? Oder es hatte mit Eleanor Byam zu tun. Wenn Drummond tatsächlich vorhatte, sie zu heiraten, nachdem sich die Wogen des Skandals geglättet haben würden, würde er die soziale Stellung, die er im Augenblick genoß, nicht länger behalten können, und seine berufliche Position vermutlich ebenfalls nicht. Starke, widerstreitende Gefühle bewegten Pitt. Er empfand Mitleid mit Drummond, und zugleich war er überrascht, wie sehr er den Posten wollte: Sein Puls ging schneller, und er fühlte eine neu erwachende Energie in sich.

»Das ist eine Entscheidung, die ich erst treffen könnte, wenn ich in der Situation wäre.« Pitt wählte seine Worte mit Bedacht. Er durfte sich jetzt nicht selbst betrügen. »Und das ist im Augenblick nicht der Fall.« Er bemühte sich, seiner Stimme einen festen Klang zu geben. »Ich werde mich wieder in den Stafford-Fall stürzen. Vielen Dank für Ihren Ratschlag.« Und ehe Drummond noch irgend etwas sagen konnte, zog er, einen Abschied murmelnd, die Tür hinter sich zu.

Anstatt sich an Drummonds Ratschläge bezüglich Adolphus Pryce zu halten, entschloß sich Pitt, auch die anderen Richter des Appellationsgerichts aufzusuchen, die über Aaron Godmans Revisionsantrag entschieden hatten. Livesey hatte er bereits gesprochen; Oswyn hielt sich zur Zeit nicht in London auf, und obwohl der dritte Richter, Edgar Boothroyd, inzwischen in den Ruhestand getreten war, war es nicht schwer, seine Adresse herauszufinden.

Pitt verbrachte den gesamten Morgen im Zug und anschließend, von einem böigen, schneidenden Wind begleitet, in einem Zweispänner, bis er schließlich das einsame, von Efeu überwucherte alte Haus außerhalb von Guildford erreichte, in das sich Richter Boothroyd zurückgezogen hatte. Eine grauhaarige Haushälterin führte ihn in ein mit Holz getäfeltes Wohnzimmer, das sich bei schönerem Wetter auf die Terrasse und den Rasen jenseits davon öffnete. Jetzt wirbelte der Wind tote Blätter über das ungemähte Gras, und in den Blumenbeeten neigten Chrysanthemen schwer ihre welken, zottigen Häupter. Auf den Steinplatten zankte sich eine Schar Spatzen um ein paar Brosamen, die jemand dort ausgestreut hatte.

Richter Boothroyd saß in einem wuchtigen Lehnstuhl, den Rücken dem Fenster zugekehrt, und blinzelte Pitt unsicher entgegen. Er war ein schmalbrüstiger Mann, der in letzter Zeit um die Mitte herum Fett angesetzt hatte, wie seine um die Hüften und den Bauch herum Falten ziehende Hausjacke verriet, und seine ohnehin schmächtigen Schultern hingen kraftlos nach vorn.

»Pitt, sagten Sie?« erkundigte er sich und räusperte sich, noch bevor er zu Ende gesprochen hatte. »Ich bin Ihnen selbstverständlich gerne behilflich, aber ich bezweifle, daß ich etwas für Sie tun kann. Ich bin in Pension, müssen Sie wissen – seit Jahren schon. Haben sie Ihnen das nicht gesagt? Ich habe die Robe für immer an den Nagel gehängt, und ich bin auch nicht mehr auf dem laufenden. Kümmere mich nur noch um meinen Garten und lese hin und wieder ein Buch. Nichts Weltbewegendes.«

Pitt erwiderte seinen Blick und fühlte die Traurigkeit, die den alten Mann erfüllte, beinahe körperlich. Das Zimmer wirkte muffig und verstaubt, als sei es schon vor langem irgendwie verlassen worden. Es war einigermaßen aufgeräumt, doch die Ordnung wirkte steril und wie von einer lieblosen Hand geschaffen. Auf einem Tisch neben dem Fenster war ein silbernes Tablett mit drei Karaffen darauf, die allesamt fast leer waren. Der Rand des Tabletts war mit Schmierern von schweißigen Fingern übersät. Die Vorhänge waren verschieden weit zurückgezogen, und ein Band fehlte.

»Es handelt sich nicht um einen aktuellen Fall, Sir.« Pitt fügte den Titel hinzu, um dem Mann den Respekt zu bezeugen, den er für ihn empfinden wollte, aber nicht konnte. »Er liegt schon an die fünf Jahre zurück.«

Boothroyd sah ihn nicht an. »Etwa seit dieser Zeit bin ich im Ruhestand«, sagte er. »Und meine Erinnerung ist nicht besonders gut.«

Pitt setzte sich, ohne dazu aufgefordert zu sein. Aus der Nähe konnte er Boothroyds Gesicht besser erkennen. Seine Augen waren wässrig, das Gesicht aufgeschwemmt – doch nicht vom Alter, sondern vom Trinken. Er war ein zutiefst unglücklicher Mensch, und die Düsternis in seinem Herzen durchdrang den gesamten Raum.

»Es geht um den Mord in der Farriers' Lane«, sagte Pitt laut. »Sie waren einer der vier Richter, die den Revisionsantrag ablehnten.«

»Oh.« Boothroyd seufzte. »Ja – ja, aber ich erinnere mich kaum mehr an etwas. Scheußliche Geschichte, aber mit ziemlich eindeutiger Sachlage. Es gab nicht viel zu diskutieren; das übliche Prozedere, das war alles.« Er schniefte. »Ich habe wirklich nichts in der Angelegenheit zu sagen.« Er fragte nicht, weshalb Pitt sich für den Fall interessierte, und dies war zumindest merkwürdig, wie Pitt fand.

»Erinnern Sie sich noch an die Begründung des Revisionsantrags, Sir?«

»Nein… Nein, daran erinnere ich mich nicht mehr. Ich habe zahllose Revisionsanträge geprüft; so viele, daß ich mich nicht an alle erinnern kann.« Boothroyd spähte in Pitts Gesicht und zog düster die Stirn kraus. Zum erstenmal schien sein Interesse geweckt; eine steile, besorgte Falte erschien zwischen seinen Brauen.

»Es muß einer Ihrer letzten Fälle gewesen sein«, versuchte Pitt, seinem Gedächtnis auf die Sprünge zu helfen, doch noch während er dies sagte, war ihm klar, daß seine Aussichten gering waren. Es war nicht nur so, daß Boothroyds Erinnerungsvermögen getrübt war, vernebelt von der Zeit, von Schwermut und vermutlich auch vom Alkohol; Pitt konnte sich des massiven Verdachts nicht entziehen, daß er sich nicht erinnern wollte. Was war mit dem Mann geschehen? Er mußte einmal ein gelehrter Mann gewesen sein, gebildet, selbstbewußt und mit scharfem Verstand. Er hatte die meiste Zeit seines Lebens damit verbracht, komplizierte Beweislagen, objektive Fakten und juristische Argumente gegeneinander abzuwägen und diffizile Entscheidungen zu treffen. Doch nun wirkte er, als gäbe es nichts mehr in seinem Leben, das ihn noch interessierte, als habe er alle Selbstachtung und Würde verloren und seine Fähigkeit, über sein eigenes Unglück hinauszusehen. Und dies, obwohl er – wie Pitt schätzte – bestenfalls fünfundsechzig war.

»Möglich«, murmelte Boothroyd und schüttelte den Kopf. »Durchaus möglich... Aber ich kann mich trotzdem nicht erinnern. Es war irgendeine medizinische Sache, glaube ich, aber genaueres weiß ich nicht mehr. Oder es hatte irgend etwas mit einem Mantel zu tun oder einer Halskette oder etwas in der Art. Ich weiß es nicht. Ich kann mich nicht mehr erinnern.«

»Hat Richter Stafford Sie in letzter Zeit hier besucht, Sir?«

»Stafford?« Boothroyds Gesichtszüge wurde merkwürdig schlaff, und er starrte Pitt aus großen, wässrigen Augen an, in denen der etwas sah, das Angst hätte sein können. Boothroyd schluckte. »Warum fragen Sie?«

»Ich fürchte, er wurde getötet«, erwiderte Pitt unerwartet brutal. Die Worte schlüpften ihm über die Lippen, bevor er sie überlegt hatte. »Tut mir leid«, murmelte er betreten.

»Getötet?« stöhnte Boothroyd und sog dann zitternd die Luft ein. Etwas in seinem Gesicht schien sich zu entspannen; ein Schatten, der verschwand, als sei eine Angst von ihm genommen worden. »Ein Verkehrsunfall, nicht wahr? Es wird immer schlimmer mit dem Verkehr in der Stadt. Ich wurde erst im letzten Monat Zeuge, wie so ein armer Teufel von einer Kutsche überfahren wurde, deren Pferde durchgegangen waren. Ein paar Hunde bekamen sich auf der Straße in die Haare, die Pferde scheuten... Scheußlicher Anblick. Ein Glück, daß dabei nur einer getötet wurde.«

»Nein, nein – es war kein Unfall. Er wurde ermordet.« Pitt ließ Boothroyds Gesicht nicht aus den Augen. Er sah, wie der pensionierte Richter krampfhaft schluckte und sein Kinn nach unten klappte. Er rang nach Atem. Pitt empfand Mitleid mit dem alten Mann und fühlte sich zugleich auch abgestoßen. Er mußte zumindest versuchen, Boothroyds vernebelte Erinnerung ein wenig aufzuhellen, so gering seine Aussichten auf Erfolg auch waren. »Ist er vor kurzem bei Ihnen hier heraußen gewesen, Sir? Ich muß das leider wissen.«

»Ich – äh...« Boothroyd starrte Pitt hilflos an, während er fieberhaft nach einem Ausweg suchte und schließlich begriff, daß es keinen gab. »Eh... ja – ja er hat mich kürzlich besucht. Alte Kollegen, wissen Sie. Sehr freundlich von ihm.«

»Hat er irgend etwas über den Farriers' Lane-Fall gesagt, Sir?« Pitts Blick ließ Boothroyds Gesicht nicht los, und er sah die Not und die Panik darin.

»Ich glaube, er hat ihn erwähnt. Das ist ganz natürlich. Es war der letzte Revisionsfall, den wir gemeinsam entschieden. Alte Erinnerungen, wissen Sie. Nein, das wissen Sie vermutlich nicht – Sie sind zu jung dafür.« Sein Blick huschte zur Seite. »Möchten Sie ein Glas Whiskey?«

»Nein, vielen Dank, Sir.«

»Etwas dagegen, wenn ich mir einen einschenke?« Er stand auf und schlurfte zu dem Tisch mit den drei Karaffen hinüber. Er war kein besonders schwerer Mann, ein Leichtgewicht im Vergleich zu dem massigen Livesey etwa, und trotzdem wirkten seine Bewegungen seltsam beschwerlich, als koste ihn jeder Schritt unendliche Mühen. Er schenkte sich aus einer der Karaffen einen sehr großzügig bemessenen Drink ein. Er füllte das Glas bis kurz unter dem Rand, trank es, noch im Stehen, zur Hälfte leer und schlurfte dann zu seinem Sessel zurück. Aufseufzend ließ er sich in die Polster sinken, und Pitt konnte seine Alkoholfahne riechen.

»Er hat den Fall erwähnt«, wiederholte Boothroyd. »Aber ich weiß nicht mehr, was er gesagt hat. War ohnehin nicht sehr wichtig, soweit ich weiß. Wer hat ihn umgebracht? Ein Raubüberfall?« Er blinzelte hoffnungsvoll – mit aufgerissenen wässrigen Augen, die Brauen gewölbt.

»Nein, Mr. Boothroyd. Er wurde vergiftet. Ich fürchte, ich weiß noch nicht, von wem. Ich bin immer noch damit beschäftigt, es herauszufinden. Hat Richter Stafford Ihnen gegenüber erwähnt, daß er die Absicht hat, den Farriers' Lane-Fall wieder aufzurollen? Daß er irgendwelche Beweise gefunden hat, die Zweifel an Aaron Godmans Schuld aufkommen ließen?«

»Großer Gott, nein!« stieß Boothroyd entsetzt hervor. »Völliger Unsinn! Wer hat Ihnen denn das erzählt? Hat das tatsächlich jemand gesagt? Wer war das? Es ist absoluter Blödsinn!«

Vielleicht wäre es geschickter und produktiver gewesen, einfach ja zu sagen, doch Pitts Taktgefühl und Mitleid mit dem Mann verboten es ihm.

»Nein, Sir. Nicht mir gegenüber«, sagte er leise. »Ich dachte nur, es könnte möglich sein.«

»Nein«, sagte Boothroyd noch einmal. »Nein. Es war nur ein kurzer Höflichkeitsbesuch, eine freundliche Geste. Er war auf der Durchreise. Tut mir leid, daß ich Ihnen nicht weiterhelfen kann, Mr. Pitt.« Er stürzte den Rest seines Whiskeys in zwei Schlucken hinunter. »Tut mir leid«, sagte er noch einmal.

Pitt erhob sich, bedankte sich und floh aus dem düsteren Zimmer und der säuerlichen, verbrauchten Luft voller Trauer und Trostlosigkeit.

Richter Morley Sadler war ein Mann, der von seinem ehemaligen Kollegen gar nicht verschiedener sein konnte. Er hatte ein glattes, rotwangiges Gesicht, einen runden, von einem Kranz blonder Haar umgebenen Schädel, dessen letzte Strähnen er sorgfältig über die kahle Wölbung gekämmt hatte, und einen gepflegten, blonden Backenbart, der kaum Spuren von Grau zeigte. Seine Garderobe war überaus modisch und offenbar nach Maß gearbeitet, denn sie warf keinerlei Falten. Er wirkte absolut selbstbeherrscht und strahlte ein Selbstbewußtsein aus, das jeder Situation gewachsen schien. Er lächelte freundlich, als Pitt eintrat, und erhob sich von seinem Schreibtisch, um ihn zu begrüßen. Er schüttelte kräftig Pitts Hand und bat ihn, auf einem breiten ledergepolsterten Stuhl Platz zu nehmen.

»Guten Tag, Mr. Pitt – Inspektor Pitt, nicht wahr? Was kann ich für Sie tun?« Er zog sich wieder hinter seinen Schreibtisch zurück und ließ sich auf seinen ebenfalls mit Leder bezogenen, hochlehnigen Stuhl sinken. »Ich möchte nicht unhöflich erscheinen, aber ich habe in zwanzig Minuten einen Termin, den ich nicht versäumen kann. Eine Ehrenpflicht, wenn Sie verstehen... Man muß immer versuchen, in allen Dingen sein Bestes zu tun. Nun, Mr. Pitt, was ist das für eine Sache, zu der Sie meine Meinung hören wollten?«

Da der Richter wenig Zeit hatte, kam Pitt direkt zum Punkt. »Aaron Godmans Revision vor fünf Jahren, Mr. Sadler. Erinnern Sie sich an den Fall?«

In Sadlers glattem Gesicht erschienen angespannte Linien. In seinem Augenwinkel zuckte ein winziger Muskel. Er betrachtete Pitt unverwandt, mit einem starren Lächeln um den Mund.

»Natürlich erinnere ich mich, Inspektor. Ein überaus unerfreulicher Fall... Doch er wurde seinerzeit abgeschlossen. Mehr ist dazu nicht zu sagen.« Sein Blick huschte zu dem goldenen Zifferblatt der Uhr auf dem Kaminsims, dann wieder zurück zu Pitt. »Warum interessieren Sie sich nach so langer Zeit noch dafür? Doch nicht etwa wegen dieser unglückseligen Frauensperson, dieser Miss Macaulay? Der Kummer hat ihren Verstand verwirrt, fürchte ich. Sie ist besessen davon.« Er verzog den Mund. »Das passiert manchmal – besonders Frauen. Ihre Gehirne sind nicht geschaffen, solche Belastungen zu verkraften. Miss Macaulay ist eine nicht sehr gefestigte Person von hysterischem Naturell – eine Schauspielerin eben... Was erwarten Sie? Es ist zwar persönlich sehr traurig, aber auch ein öffentliches Ärgernis.«

»Ist es das?« fragte Pitt reserviert. Er betrachtete Sadler mit wachsendem Interesse. Der Mann war offenbar äußerst erfolgreich; die Einrichtung seines Büros wie der gesamten Kanzlei war vom Feinsten, angefangen bei der Kassettendecke aus dunklem Holz bis hinab zum Aubusson-Teppich, der fast den gesamten Boden bedeckte. Auf den glatten Oberflächen der Möbel spiegelte sich warmes Licht, und die Polsterungen waren neu.

Sadler selbst sah gesund aus und zufrieden mit dem, was er erreicht hatte. Und doch bereitete ihm das bloße Erwähnen des Falls Unbehagen. War der Grund dafür lediglich Tamar

Macaulay ständiges Bohren, den Fall wiederaufzunehmen – und die darin implizierte Behauptung, das Urteil sei falsch gewesen oder zumindest anfechtbar? Dies würde ausreichen, jedermanns Geduld auf die Probe zu stellen. Pitt mußte zugeben, auch er würde unangenehm berührt sein, wenn jemand einen Fall, den er aufgeklärt hatte, öffentlich anzweifeln würde – noch dazu einen Fall, der zu einem so unwiderruflichen Ende gekommen war wie dieser.

»Nein«, sagte er laut, als Sadler ungeduldig wurde. »Nein, es hat nichts mit Miss Macaulay zu tun. Es steht im Zusammenhang mit dem Tod von Richter Stafford.«

»Stafford?« Sadler blinzelte verwirrt. »Ich kann Ihnen nicht folgen.«

»Richter Stafford stellte in dem Fall neuerliche Ermittlungen an und hat an dem Tag, an dem er starb, die Hauptzeugen aufgesucht.«

»Zufall«, brummte Sadler und hob die Hände von der Tischplatte. Er machte ein paar wedelnde Handbewegungen, als sei damit die Angelegenheit vom Tisch gewischt. »Ich versichere Ihnen, Samuel Stafford war ein viel zu nüchtern denkender Mann, um sich von einer noch so hartnäckigen Frau aus der Fassung bringen zu lassen. Er wußte so gut wie wir alle, daß es nichts gab, wonach er suchen konnte. Alles nur Erdenkliche ist damals von der Polizei untersucht worden. Ein überaus scheußlicher Fall, der von allen, die damit befaßt waren, auf bewundernswert korrekte Weise gehandhabt wurde. Sie können jeden fragen, der Kenntnis von den Geschehnissen hat, Mr. Pitt. Sie werden Ihnen alle das gleiche sagen.« Er lächelte breit und sah wieder zur Uhr hinüber. »Nun, wenn das alles ist… Ich habe heute abend eine Verabredung mit dem Justizminister und muß mich noch darauf vorbereiten. Ich habe die Gelegenheit, ihm einen kleinen Gefallen erweisen zu können, und ich bin sicher, Sie wollen nicht, daß ich zu spät komme.«

Pitt blieb sitzen. »Selbstverständlich nicht«, sagte er, ohne irgendwelche Anstalten zu machen, sich zu empfehlen. »Hat Richter Stafford Sie in der letzten oder den letzten zwei Wochen vor seinem Tod ebenfalls aufgesucht?«

»Selbstverständlich habe ich mit ihm gesprochen! Das ist ein Teil unserer Amtspflicht und nichts Ungewöhnliches. Ich spreche mit vielen Menschen: mit Anwälten, Staatsanwälten, Richterkollegen, Diplomaten, Mitgliedern des Oberhauses und des Unterhauses, Mitgliedern der königlichen Familie und der meisten bedeutenden Familien des Landes. « Er lächelte freimütig und erwiderte Pitts Blick.

»Hat Mr. Stafford den Fall Ihnen gegenüber erwähnt?« fragte Pitt hartnäckig weiter.

»Den Farriers' Lane-Fall, meinen Sie?« Sadlers helle Augenbrauen wölbten sich. »Nicht, daß ich wüßte. Es gäbe keinen Grund dafür. Der Fall wurde vor mehr als fünf Jahren abgeschlossen. Weshalb wollen Sie das wissen, Inspektor, wenn ich fragen darf?«

»Ich frage mich, aus welchem Grund er sich mit dem Gedanken trug , den Fall wiederzueröffnen«, erwiderte Pitt und setzte alles auf eine Karte.

Sadlers Gesicht wurde bleich, die Linien um seinen Mund vertieften sich.

»Sie irren sich, Inspektor. Das hat er nicht. Falls er tatsächlich so etwas vorgehabt hätte, würde er mir das gesagt haben – vor allem angesichts der Tatsache, daß ich ebenfalls im Appellationsgericht saß. Man hat Sie falsch informiert – mit Absicht, wie ich vermuten würde.« Er maß Pitt mit festem Blick. »Ich versichere Ihnen, er hat mir gegenüber die Angelegenheit mit keinem Wort erwähnt. Wenn Sie mich jetzt bitte entschuldigen würden – ich erwarte einen Mann von höchstem Ansehen, der mich in einer überaus delikaten Angelegenheit zu konsultieren wünscht.« Er lächelte breit. Dann erhob er sich und streckte Pitt die Hand entgegen. »Guten Tag, Inspektor. Es tut mir leid, daß ich Ihnen nicht behilflich sein konnte.«

Und ehe Pitt wußte, wie ihm geschah, sah er sich in das Vorzimmer hinauskomplimentiert, was er protestlos geschehen ließ, da ihm nichts mehr einfallen wollte, das er noch sagen konnte.

7. Kapitel

Über mehrere Tage hinweg hatte Pitt sich mit den Ermittlungen in der Liebesaffäre zwischen Juniper Stafford und Adolphus Pryce befaßt, ohne Charlotte mehr als ein paar Details anzuvertrauen.

Sie dachte bei verschiedenen Gelegenheiten zwar immer wieder an den Stafford-Fall, doch ihre Gedanken kreisten häufiger um den ursprünglichen Mord in der Farriers' Lane und um die Frage, ob es vorstellbar sei, daß Aaron Godman unschuldig gewesen war. Und falls er es war, wer könnte dann der Schuldige gewesen sein? Joshua Fielding?

Welcher Art war sein Verhältnis zu Tamar Macaulay gewesen? War er der Vater ihres Kindes? Oder war Kingsley Blaine der Vater gewesen? Wenn Joshua noch immer in sie verliebt gewesen war, dann wäre dies ein Motiv gewesen. Vielleicht durchschaute er ihre Gefühle für Blaine und begriff, daß sie ihm entglitt, und dann brachte er Blaine in einem Anfall blinder Eifersucht um?

Was war an jenem Abend in der Garderobe des Theaters wirklich geschehen? Kingsley Blaine hatte Tamar Macaulay eine wertvolle Halskette geschenkt, ein Familienerbstück, das eigentlich seiner Frau zustand. Niemand hatte die Halskette seither gesehen. Hatte sie sie Blaine zurückgegeben? Und wenn, wer hatte sie ihm wieder abgenommen?

Waren Richter Staffords Nachforschungen in diese Richtung gegangen? Und war er deshalb getötet worden? Es war nur eine Möglichkeit. Pitt jedoch schien seine Ermittlungen nach wie vor auf Juniper und Adolphus Pryce zu konzentrieren. Doch die Angst, die Angst um Caroline, saß wie ein kalter Klumpen in Charlottes Magen.

Und selbst wenn Joshua Fielding völlig unschuldig wäre, würde damit das Problem noch nicht gelöst sein. Caroline, die stets so vernünftig, so wohlerzogen und so fügsam gegenüber den Regeln der Gesellschaft gewesen war, benahm sich wie ein leichtsinniger Backfisch! Charlotte mißbilligte zwar zutiefst Großmutters Vorwürfe, Caroline mache eine Närrin aus sich, doch sie berührten bei ihr einen Nerv der Angst. Wie weit würde Caroline gehen? War dies nur eine kleine Romanze, die fürsorgliche Zuneigung für jemanden, den sie mochte? Oder war sie leichtsinnig genug, viel mehr zu empfinden?

Und falls – wie würde sie damit umgehen? Würde sie einsehen können, wie völlig unpassend diese Verbindung für sie war, und daß alles andere als eine flüchtige und vollkommen diskrete Romanze ihren Ruin bedeuten könnte? Nicht Caroline! Sie war dreiundfünfzig und hatte Enkelkinder! Sie war Charlottes Mutter! Der bloße Gedanke daran weckte in Charlotte Betroffenheit und ein seltsames Gefühl von Einsamkeit.

Sollte sie nach Emily schicken, falls die Dinge aus der Hand zu gleiten drohten? Emily würde die richtigen Worte finden; sie würde wissen, wie sie an Carolines Sinn für Harmonie und Verhältnismäßigkeit appellieren könnte, an ihr Gefühl für Schicklichkeit und Dekorum.

Aber ehe sie einen derart drastischen Schritt unternahm, sollte sie sich vielleicht zuerst noch einmal vergewissern, wie sich die Dinge entwickelten. Es war durchaus möglich, daß ihre Sorgen ganz unnötig waren. Es war sicherlich alles bei weitem nicht so dramatisch, wie sie befürchtete.

Sie würde Caroline einen Besuch abstatten und die Angelegenheit offen ansprechen. Caroline würde verstehen, daß sie sich Sorgen machte.

Diese Gedanken gingen ihr durch den Kopf, während sie wach in der Dunkelheit ihres Schlafzimmers lag. Und als sie am Morgen Pitt zur Tür brachte und verabschiedete, fragte sie ihn nicht, wohin er gehe oder wann er glaube, am Abend nach Hause zu kommen. Nicht daß er darauf eine Antwort hätte geben können, doch es war ihr zu einer Gewohnheit geworden, ihn das zu fragen, wenn er aus dem Haus ging – um ihm auf diese Weise zu zeigen, daß sie an ihn dachte.

Dann verständigte sie Gracie, daß sie in einer Angelegenheit, die mit dem Mord in der Farriers' Lane zu tun habe, außer Haus sein werde, und versprach, wenn sie zurück sei, ihr alles zu erzählen, was sie in Erfahrung bringen würde.

Gracie strahlte glücklich und machte sich daran, mit einer Energie und Begeisterung den Küchenboden zu schrubben, die für eine derart profane Aufgabe etwas übertrieben wirkte.

Charlotte fuhr mit dem Omnibus zur Cater Street, wo sie kurz nach zehn Uhr eintraf – kein passender Zeitpunkt für einen unangemeldeten Besuch. Caroline war damit beschäftigt, Leintücher für das Hausmädchen zu sortieren, und Großmutter war noch nicht aus ihrem Schlafzimmer gekommen, wo ihr jeden Morgen das Frühstück auf einem Tablett ans Bett gebracht wurde.

»Guten Morgen, Charlotte!« rief Caroline überrascht, und ihre Stirn zog sich in einem Anflug von Besorgnis kraus. Sie trug ein schmuckloses, braunes Hauskleid mit einem baumwollenen Spitzenkragen, und ihr Haar war nur lose hochgesteckt, ungeflochten und ohne die modischen Locken, die sie sonst trug. Sie sah jünger aus als gewöhnlich und hübscher. Seit Jahren hatte Charlotte sie nicht mehr so zwanglos gesehen, und sie war verblüfft, wie bildhübsch sie war, wie glatt und frisch ihre Haut. Ohne die teueren modischen Kleider und Accessoires, die kunstvollen Frisuren und Schminke wirkte sie sanfter und hübscher, mehr wie sie selbst und weniger wie eine Dame der Gesellschaft mittleren Alters. Worte, ihr das zu sagen, drängten sich Charlotte auf, doch dann überlegte sie, daß dies vielleicht taktlos wäre.

»Guten Morgen, Mama«, sagte sie statt dessen fröhlich. »Du siehst gut aus.«

»Mir geht es auch gut.« Caroline Brauen wölbten sich fragend. »Was führt dich so früh hierher? Hat Thomas etwas über den Fall herausbekommen?«

»Ich glaube nicht. Und wenn, dann hat er es mir nicht gesagt.« Charlotte griff automatisch nach dem anderen Ende des Bettuchs, das Caroline untersuchte, hielt es hoch, sah, daß es nicht geflickt werden mußte, und half ihr, es wieder zusammenzulegen. »Ich bin gekommen, weil ich finde, es ist an der Zeit, daß wir selbst mehr herausfinden – findest du nicht auch?«

»O doch«, stimmte Caroline ohne Zögern zu; so prompt, daß sich Charlotte fragte, ob sie den gleichen Gedanken gehabt hatte. Aber vielleicht ergriff sie nur die erstbeste Gelegenheit, Joshua Fielding wiederzusehen.

»Was wissen wir wirklich über die Leute, die in den Fall involviert sind?« sagte sie und griff, bemüht, taktvoll zu sein, nach einem Kissenbezug.

»Du meinst, darüber, was sie an dem Abend des Mordes getan haben?« fragte Caroline, ohne Charlotte dabei anzusehen. Sie betrachtete interessiert den Stoß Bettwäsche, den sie noch nicht überprüft hatte.

»Das wäre zumindest ein guter Anfang«, erwiderte Charlotte nicht gerade begeistert. Dies würde sicherlich nicht einfach sein. »Aber wir müssen noch mehr über die betreffenden Leute herausfinden, über ihren Charakter, ihre Persönlichkeit – zumindest mehr, als ich weiß. Vielleicht weißt du ja mehr als ich?«

»Ja, ich glaube schon.« Caroline untersuchte die Spitzenbordüren an den Kopfkissenbezügen nach Stellen, wo sie sich vom Leinen lösten.

Charlotte haßte es, sich solch hinterhältiger Schliche zu bedienen, trotzdem sagte sie: »Fangen wir doch mit Tamar Macaulay an. Weißt du, wer der Vater ihres Kindes ist?«

Caroline holte tief Luft, um ihren Protest zu formulieren, doch dann seufzte sie nur leise, als ihr klar wurde, wie wichtig es war, die Wahrheit in jeder Beziehung ans Licht zu bringen.

»Kingsley Blaine, glaube ich. Sie hat ihn wirklich geliebt. Es war keine flüchtige Romanze oder gar nur eine Frage der Geschenke, die er ihr machen konnte.«

»Hat er ihr viele Geschenke gemacht?«

»Nein, nein – ich glaube nicht.«

»Wäre es nicht moglich, daß noch jemand anderer in sie verliebt war, und daß dieser andere so eifersüchtig auf Kingsley Blaine war, daß er ihn umgebracht hat?«

Caroline sah auf; sie errötete, und in ihren Augen funkelte Protest. »Du meinst Joshua, nicht wahr?«

»Ich meine jeden, der dafür in Frage kommt«, erwiderte Charlotte so beiläufig wie möglich.

»Er war einmal in sie verliebt«, sagte Caroline und schluckte hart, den Blick auf das Leinen gesenkt. Sie griff nach einem Kopfkissenbezug, der ihr wieder aus den Fingern glitt. »Verdammt!» zischte sie wütend.

»Mam, glaubst du nicht, wir sollten ein bißchen mehr als das herausfinden? Schließlich ist das doch nicht weiter überraschend, oder? Wenn sich attraktive Menschen häufig sehen und so eng zusammenarbeiten wie Schauspieler, ist es nur normal, das man Gefühle füreinander entwickelt – zumindest eine Zeitlang. Vielleicht geht es wieder vorbei, und erst dann finden sie möglicherweise den richtigen Menschen, der ihnen mehr ist als nur vertraut. Das heißt noch nicht, daß Joshua nach ihrer Affäre für sie mehr empfand als Freundschaft.«

»Glaubst du?« Caroline bückte sich und hob mit niedergeschlagenen Augen den Kissenbezug auf. »Ja – wahrscheinlich… Natürlich hast du recht: Wir müssen mehr wissen. Ich verliere noch den Verstand, wenn ich nur hier zu Hause sitze und mir den Kopf zerbreche. Aber wie sollen wir das anstellen, ohne furchtbar aufdringlich zu wirken?« Sie zog die Stirn kraus und sah Charlotte hilfesuchend an.

Großmutter erschien in der Tür; ihr Stock stieß hart und laut auf die Schwelle. Erschreckt fuhren sie auseinander. Keine von ihnen hatte ihre Schritte gehört.

»Du bist furchtbar aufdringlich!« zischte sie Caroline an. »Und das ist für jeden anständigen Menschen unverzeihlich, wie du eigentlich wissen solltest! Gott, der Gerechte, weiß, ich habe es dir oft genug gesagt. Aber noch weit schlimmer ist es, daß du den Eindruck erweckst, du seist in diesen… diesen Schauspieler verliebt!« Sie schnaubte verächtlich. »Das ist nicht nur lächerlich – es ist widerlich! Der Mann ist halb so alt wie du! Und Jude obendrein! Du hast ganz und gar den Verstand verloren! Guten Morgen, Charlotte. Was tust du denn hier? Du bist sicher nicht gekommen, um Wäsche zusammenzufalten.«

Caroline schluckte betroffen, und ihr Busen wogte heftig auf und ab, während sie darum rang, die Fassung zu wahren.

Charlotte öffnete den Mund, um zu antworten, doch dann

entschloß sie sich, daß es klüger wäre, Caroline Gelegenheit zu geben, sich zu verteidigen, denn sonst würde Großmutter nur glauben, sie sei dazu nicht in der Lage. Und wenn Charlotte fort sein würde, wäre Caroline nur um so verwundbarer.

»Du bist der einzige Mensch auf Gottes Erdboden, der so etwas denkt.« Caroline maß Großmutter mit zornigem Blick, ihre Wangen von flammender Röte übergossen. »Und ich kann dir auch sagen, warum: Weil du gefühllos bist und dir nichts als verquere Gedanken im Kopf herumspucken.«

»Ach ja?« zischte Großmutter mit genüßlichem Sarkasmus. »Du stolzierst in extravaganten neuen Kleidern durch die Stadt und treibst dich in Pimlico herum. Ausgerechnet in Pimlico! Niemand geht nach Pimlico! Wozu auch?« Sie stützte sich schwer auf ihren schwarzen Stock, das faltige, gelbe Gesicht starr vor Entrüstung. »Bloß weil du mit einemmal nichts Besseres zu tun hast? Ich könnte dir einiges sagen. Das gestrige Dinner zum Beispiel war ohne Sinn und Verstand zusammengestellt. Ich weiß nicht, was sich die Köchin dabei gedacht hat. Mandelgelee zu dieser Jahreszeit? Und Artischocken! Lächerlich! Und was, wenn ich fragen darf, suchst du in Pimlico?«

»Ich wüßte nicht, was an frühen Artischocken schlecht sein sollte«, gab Caroline zurück. »Sie sind köstlich und gesund.«

»Artischocken?« Großmutter stieß ihren Stock auf den Boden. »Was haben Artischocken damit zu tun? Wie ich gerade gesagt habe, läufst du hinter einem Mann her, der jung genug ist, deine Tochter zu heiraten – und dazu noch ein Jude! Trinkst du etwa, Caroline?«

»Nein, ich trinke nicht, Schwiegermama«, erwiderte Caroline mühsam beherrscht. Die Röte war aus ihrem Gesicht verschwunden; sie war jetzt bleich vor Zorn. »Du scheinst vergessen zu haben, daß ich im Theater mit ansehen mußte, wie Richter Stafford gestorben ist, und deshalb ist es nur natürlich, daß ich mich dafür interessiere, daß Gerechtigkeit geschieht und unschuldigen Menschen nicht unnötiges Leid zugefügt wird.«

»Kokolores!« zischte Großmutter wütend. »Du bist vernarrt in diesen unglückseligen Schmierenkomödianten! Was, in Gottes Namen, wirst du als nächstes tun?«

Schweigend legte Charlotte das Leinen zusammen und schob es in das Schrankfach.

»Du scheinst vergessen zu haben, wie sehr du dich damals für den Mordfall in Highgate interessiert hast«, schleuderte Caroline der alten Dame entgegen. »Du hast dich Celeste und Angeline regelrecht aufgedrängt…«

»Das habe ich nicht?« brauste Großmutter indigniert auf; ihre Stimme bebte vor Entrüstung. »Ich habe sie nur aufgesucht, um ihnen mein Beileid auszusprechen. Schließlich war ich mein halbes Leben mit ihnen bekannt.«

»Du bist aus reiner Neugier hingegangen«, stellte Caroline mit einem kalten Lächeln richtig. »Du hattest seit dreißig Jahren nicht mehr mit ihnen gesprochen.«

Sie schienen beide Charlottes Gegenwart völlig vergessen zu haben.

»Sie waren wenigstens keine Schauspielerinnen, die sich auf einer öffentlichen Bühne zur Schau stellen.« Großmutter schien den Kampf allen Ernstes anzunehmen. »Sie waren die Töchter eines Bischofs. Ich kann mir schwerlich jemanden vorstellen, der respektabler wäre. Und ich bin in meinem ganzen Leben keinem Mann hinterhergelaufen. Geschweige denn einem, der halb so alt war wie ich!«

Caroline verlor die Geduld.

»Das ist dein Pech«, zischte sie und schob einen Stoß Kissenbezüge in das Schrankfach. »Wenn du in deinem Leben einen so interessanten, charmanten und geistreichen Mann wie Joshua kennengelernt hättest, wärst du vielleicht nicht ein so verbittertes altes Weib geworden, das du heute bist, dem nichts mehr Freude macht, außer anderen weh zu tun. Und damit du es weißt: Ich gehe nach Pimlico, sooft ich dazu Lust habe.« Sie strich mit einer heftigen Bewegung ihr Kleid über den Hüften glatt und straffte entschlossen die Schultern. »Übrigens sind Charlotte und ich gerade im Begriff, ebendorthin zu gehen – nicht um Mr. Fielding zu treffen, sondern um herauszufinden, wer Kingsley Blaine umgebracht hat und weshalb!« Und mit diesen Worten segelte sie an Großmutter vorbei, die mit offenem Mund hinter ihr her starrte.

Großmutter hatte sich schnell wieder gefangen; sie wirbelte zu Charlotte herum und funkelt sie zornig an.

»Daran bist ganz allein du schuld! Hättest du keinen Polizisten geheiratet und würdest dich nicht in abscheuliche Dinge einmischen, von denen eine anständige Frau in ihrem ganzen Leben noch nie etwas gehört hat – geschweige denn, sich damit gemein macht, dann würde sich deine Mutter nicht aufführen, als sei sie von allen guten Geistern verlassen.«

»Wir können dich diesmal nicht mitnehmen, Großmama – egal, was du sagst.« Charlotte lächelte angestrengt und sah direkt in ihre schwarzen Augen. »Die Angelegenheit ist viel zu delikat. Tut mir leid.«

»Ich weiß gar nicht, wovon du sprichst!« schnappte die alte Dame. »Weshalb, um Himmels willen, sollte ich nach Pimlico fahren?«

»Aus demselben Grund, weshalb du Celeste und Angeline besucht hast, natürlich«, erwiderte Charlotte. »Aus Neugier.«

Einen Augenblick lang war die alte Dame so wütend, daß es ihr die Sprache verschlug.

Charlotte lächelte süßlich, machte auf dem Absatz kehrt und folgte ihrer Mutter die Treppe hinab.

»Charlotte!« Die schrille Stimme der alten Dame gellte hinter ihr her, klagend und vorwurfsvoll. »Charlotte! Wie kannst du es wagen, so mit mir zu sprechen! Komm sofort zurück! Hörst du mich? Charlotte!«

Charlotte nahm die letzten paar Stufen auf einmal und holte Caroline in der Halle ein »Fahren wir nach Pimlico?« fragte sie leise.

»Selbstverständlich«, erwiderte Caroline und sah sich nach einem Umhang um. »Wo sollten wir sonst anfangen?«

»Bist du dir sicher, daß das klug ist? Es hat doch keinen Sinn, einfach wieder dort aufzutauchen und die gleichen Fragen noch einmal zu stellen.«

»Natürlich bin ich mir sicher«, entgegnete Caroline ungeduldig. »Wir könnten Clio Farber einen Besuch abstatten. Es wäre die richtige Tageszeit. Die Leute vom Theater stehen im Vergleich zu den meisten spät auf, nehmen einen kräftigen

Lunch, das sie Dinner nennen, und proben am Nachmittag.« Charlotte wollte etwas darauf sagen, doch Caroline redete unbeirrt weiter: »Sie ist bereits über die Situation informiert. Vielleicht hat sie schon eine Möglichkeit gefunden, wie wir diesem Devlin O'Neil vorgestellt werden können. Er ist der einzige, von dem wir wissen, daß er als Verdächtiger in Frage kommt.«

»Ja, du hast recht«, sagte Charlotte, griff nach dem Umhang und hielt ihn auf, damit Caroline ihn leichter umlegen konnte. Dann zog sie ihren eigenen Mantel an. »Woher weißt du, daß Miß Farber über die Situation im Bilde ist?«

»Maddock!« rief Caroline. »Maddock! Würden Sie bitte die Kutsche für mich rufen? Nein, warten Sie! Lassen Sie es. Ich werde besser die Droschke nehmen.« Sie sah zum Treppenabsatz empor, wo die hagere Gestalt der alten Dame aufgetaucht war und wütend mit dem Stock gegen das Treppengeländer schlug, wobei ihre Augen zornige Blitze auf sie herabschleuderten.

»Caroline!« keifte sie. »Caroline!«

»Ich gehe aus«, erwiderte Caroline und nahm Charlottes Arm. »Komm, Charlotte. Wir haben keine Zeit zu verlieren, sonst verpassen wir sie noch.«

»Willst du wieder hinter diesem Schmierenkomödianten herlaufen?« zeterte Großmama grimmig. »Diesem Juden!«

Bereits unter der Haustür wandte sich Caroline noch einmal zu ihr um. »Nein, Schwiegermama. Ich habe vor, Miß Farber einen Besuch abzustatten. Bitte mach keine Närrin aus dir und verkneife es dir, wie ein Pferdekutscher lauthals vor den Dienstboten herumzufluchen. Ich werde zum Essen nicht nach Hause kommen.« Ohne eine Antwort abzuwarten, nahm sie Charlotte fester beim Arm und segelte aus der Tür, die zu schließen sie Maddock überließ.

Etwa zehn Minuten schritten sie Arm in Arm eilig auf dem Gehsteig aus, wobei sie mehreren Bekannten begegneten, die Caroline mit ein paar Worten im Vorübergehen grüßte.

»Guten Morgen, Mrs. Ellison.« Eine füllige Dame in Grün und einem Pelzkragen warf sich vor ihnen in Positur, so daß es unmöglich war, an ihr vorbeizukommen, ohne ein paar

Worte zu sagen. »Wie geht es Ihnen?« begehrte sie zu wissen.

Sie mußten stehenbleiben.

»Sehr gut, danke, Mrs. Parkin«, erwiderte Caroline. »Und Ihnen?«

»Im großen und ganzen nicht schlecht, danke.« Mrs. Parkin richtete ihren fragenden Blick auf Charlotte.

Caroline blieb nichts anderes übrig, als ihre Neugier zu befriedigen.

»Darf ich Ihnen meine Tochter vorstellen – Mrs. Pitt. Mrs. Parkin.«

»Wie geht es Ihnen, Mrs. Parkin?« sagte Charlotte pflichtschuldig.

»Wie geht es Ihnen, Mrs. Pitt?« Mrs. Parkin lächelte milde, während ihre flinken Äuglein über Charlottes einfachen Mantel und die Stiefel vom Vorjahr huschten. »Ich glaube, wir haben uns noch nicht kennengelernt?« Sie machte eine Frage daraus.

Charlotte lächelte zurück, strahlend und nichtssagend.

»Ich bin mir sicher, daß wir uns noch nicht kennengelernt haben, Mrs. Parkin. Ich würde mich ganz bestimmt daran erinnern.«

»Oh.« Mrs. Parkin fehlte einen Augenblick lang die Worte. Die Antwort war nicht das, was sie erwartet hatte. »Wie nett von Ihnen. Wohnen Sie hier in der Gegend?«

Charlottes Lächeln wurde noch eine Spur breiter. »Jetzt nicht mehr, aber früher habe ich natürlich hier gewohnt.« Die gespannte Aufmerksamkeit in Mrs. Parkins Gesicht ließ keinen Zweifel zu, daß die Befragung noch nicht zu Ende war, und Charlotte beschloß, den Krieg ins Lager des Feindes zu tragen. »Wohnen Sie schon lange hier, Mrs. Parkin?«

Mrs. Parkin blinzelte verdutzt. Sie war davon ausgegangen, daß sie die Unterhaltung führte, und alles, was sie erwartet hatte, waren höfliche und wahrheitsgetreue Antworten, wie es sich für eine jüngere und gesellschaftlich niedriger gestellte Frau gehörte. Sie betrachtete Charlottes freundlich strahlendes Gesicht mit einigem Mißvergnügen.

»Seit ungefähr fünf Jahren, Mrs. Pitt.«

»Wirklich?« sagte Charlotte schnell, ehe Mrs. Parkin etwas hinzufügen konnte. »Sehr hübsch hier, finden Sie nicht auch? Zumindest gefällt es Mama sehr, wie ich weiß. Ich hoffe, Sie haben einen angenehmen Tag. Ich glaube, das Wetter wendet sich zum Besseren, finden Sie nicht auch? Brauchen Sie einen Droschke?«

»Wie bitte?« erkundigte sich Mrs. Parkin steif.

»Dann haben Sie doch sicherlich nichts dagegen, wenn wir sie nehmen?« Charlotte winkte energisch über die Straße. »Wir haben eine Verabredung in einem anderen Teil der Stadt. Sehr angenehm, Ihre Bekanntschaft gemacht zu haben, Mrs. Parkin.« Und damit nahm sie Caroline entschlossen beim Arm, eilte mit ihr quer über die Straße und ließ Mrs. Parkin mit offenstehendem Mund und angehaltenem Atem stehen.

Caroline wußte nicht, ob sie lachen oder entsetzt sein sollte. Sie war hin und her gerissen zwischen natürlichem Instinkt und lebenslang praktizierter Etikette. Der Instinkt behielt die Oberhand, und sie begann glücklich zu kichern, während sie mit unziemlicher Hast auf die Droschke zueilten, die am Rinnstein auf sie wartete.

Sie ließen sich nach Pimlico bringen und wurden sogleich in den riesigen Salon der Passmores gebeten. Joshua Fielding, Tamar Macaulay und einige andere, ihnen unbekannte Personen saßen in bequemen Korbstühlen und waren offenbar in ein angeregtes Gespräch vertieft. Überall lagen Dialogmanuskripte herum – auf sämtlichen Tischen, auf Stühlen, einige sogar auf dem Fußboden. Miranda Passmore saß auf einem Berg Kissen; diesmal war die Tür von einem Mädchen mit Lockenkopf geöffnet worden, das große Ähnlichkeit mit ihr hatte.

Als Caroline und Charlotte ins Zimmer traten, erhob sich Joshua sogleich und hieß sie willkommen. Mit gemischten Gefühlen registrierte Charlotte, wie sein Gesicht vor Freude aufleuchtete und die Sanftheit in seinen Augen, wenn er Caroline ansah. Konnte es sein, daß ihm an ihr weit mehr gelegen war als bloße Freundschaft oder Dankbarkeit, daß sie sich um sein Wohlergehen sorgte? Dies würde bedeuten, daß

Caroline gar nicht so verletzbar war, wie sie geglaubt hatte, und die Gefahr einer kränkenden Zurückweisung nur in ihrer Vorstellung existiert hatte. Diese Erkenntnis erfüllte Charlottes Herz mit einer wohltuenden Wärme, die einige ihrer Ängste besänftigte.

Doch selbst wenn er solche Gefühle für sie hegte, konnte es nur in einer Katastrophe enden. Bestenfalls mit einem traurigen Abschied, da eine Beziehung einfach nicht möglich war – und schlimmstenfalls in einer Affäre mit all dem herzzerreißendem Schmerz, wenn sie zu Ende war, wenn er ihrer müde wurde oder sie wieder zu Verstand kam. Und ständig würde über ihnen das Damoklesschwert eines entsetzlichen Skandals schweben. Großmutter war weder zu Sanftheit noch Zärtlichkeit fähig, doch die egoistischen Ängste, die sie umtrieben, waren nicht unbegründet. Die Gesellschaft verzieh nicht. Sie bestand zum größten Teil aus Frauen wie Mrs. Parkin mit ihren bohrenden Fragen und aufdringlichen, wissenden Blicken. Wer die Regeln verletzte, wurde für immer ausgestoßen. Wenn Caroline dies geschah, würde es für sie keinen Platz mehr in dieser Gesellschaft geben.

Joshua sprach zu Charlotte, und sie hatte nicht ein Wort verstanden von dem, was er gesagt hatte. Er stand vor ihr, ein Lächeln auf dem Gesicht und in den Augen einen Schimmer von Besorgnis. Er hatte ein bemerkenswert lebendiges und ausdrucksstarkes Gesicht, in dem zahllose Möglichkeiten schlummerten – Humor, Leidenschaft, Schmerz, Ironie und schonungslose Selbstkritik. Es würde schrecklich schwierig sein, ihn nicht zu mögen, so sehr sie auch der Gedanke an ihn und Caroline beunruhigte.

»Entschuldigen Sie«, sagte sie. »Ich habe mit offenen Augen geträumt.«

»Das bezweifle ich«, sagte er rundheraus. »Ich glaube eher, daß Sie über diese abscheuliche Geschichte nachgedacht haben, was wirklich sehr liebenswürdig von Ihnen ist, und darüber, was wir tun könnten, um einen Schritt weiterzukommen. Hab' ich nicht recht?«

Sie ergriff die Gelegenheit. »Ja. Sie haben tatsächlich recht«, log sie und erwiderte seinen Blick mit einem gezwungenen

Lächeln. »Ich denke, es ist an der Zeit, daß wir die Bekanntschaft von Mr. Devlin O'Neil machen, wenn Miß Farber uns dabei behilflich sein könnte.«

Er drehte sich um und winkte einer jungen Frau, etwa Anfang Dreißig und angetan mit einer wallenden Robe, die aussah wie ein zu großer Künstlerkittel. Ihr honigblondes Haar war stark gelockt, und sie hatte sich nicht die Zeit genommen, es zu frisieren, sondern es zu einem Knoten auf dem Kopf zusammengerafft, den sie mit Haarnadeln und einem langen roten Band gebändigt hatte. Es sah sehr hübsch auf und betonte ihre breiten Backenknochen, ihre blaue Augen und den großen, sanften Mund auf das Vortrefflichste. Es war ein Gesicht, das Charlotte auf Anhieb mochte. Nachdem sie einander vorgestellt waren und Joshua sie mit den übrigen Anwesenden bekannt gemacht hatte, wandte sich Charlotte sogleich wieder an Clio.

»Hat Mr. Fielding mit Ihnen schon über unser Anliegen an Sie gesprochen?« *Anliegen* war ein so nichtssagendes Wort, aber ihr fiel im Moment kein besseres ein.

»Oh, ja, das hat er«, erwiderte Clio rasch. »Und ich bin so froh, daß Sie etwas unternehmen! Keiner von uns hat an Aarons Schuld geglaubt. Wir wußten einfach nicht, wie wir vorgehen sollten, damit man uns glaubte. Die arme Tamar hat all die Jahre ganz allein gekämpft. Es ist wunderbar, daß ihr jetzt jemand zur Seite steht, die von solchen Dingen wirklich etwas versteht.«

Charlotte öffnete den Mund, um darauf hinzuweisen, daß sie so viel auch nicht davon verstehe, überlegte es sich dann jedoch anders. Es wäre alles andere als hilfreich für ihre Sache, selbst wenn es die Wahrheit war. Es würde Tamar entmutigen und das Vertrauen Clio Farbers in sie erschüttern.

»Trotzdem brauchen wir jede Hilfe, die wir bekommen können«, sagte sie statt dessen. »Es hängt alles davon ab, ob es uns gelingt, den Leuten auf den Zahn zu fühlen, ohne daß sie sich bewußt sind, welches Interesse wir an der Sache haben.«

»Ja, das verstehe ich«, nickte Clio. »Tamar hat es mir ganz genau erklärt. Ich soll eine Situation herbeiführen, in der Sie die Bekanntschaft von Kathleen O'Neil machen. Aber es muß zufällig und ganz natürlich wirken. Ich bin in solchen Dingen gut.« Ihre Miene verdüsterte sich, und sie beugte sich ein wenig vor, so daß sie den anderen den Rücken zukehrte.

»Ich weiß nicht, ob Joshua es Ihnen gesagt hat«, fuhr sie fort, »aber ich bin… gut bekannt mit…« – sie zögerte erneut, doch in ihren Augen war nichts Berechnendes oder gar Anzügliches – »… mit Richter Oswyn, einem der Richter, die damals über die Revision entschieden.« Sie seufzte. »Zusammen mit dem armen Richter Stafford.«

»War er mit Richter Stafford bekannt?« fragte Charlotte. »Ich meine privat?«

Clios Miene war nachdenklich, doch ihre Antwort kam schnell, als habe sie sich diese Frage ebenfalls schon gestellt. »Natürlich waren sie miteinander bekannt, aber wie weit sie diese Bekanntschaft auch privat pflegten oder ob es nur ein beruflicher Kontakt war, ist mit nicht bekannt. Ich nehme allerdings an, daß sie sich näher kannten. Granville – ich meine, Richter Oswyn – empfand ihm gegenüber, wie es schien, intensive Gefühle, die er nicht verbergen konnte. Ich weiß nicht, wie ich es beschreiben soll, aber ich würde es als eine Art Verlegenheit bezeichnen. Oder vielleicht ist das nicht ganz richtig… Richtiger ist vielleicht, es als Verärgerung zu bezeichnen, in die sich Unbehagen und möglicherweise auch Sorge mischte. Aber als ich ihn darauf ansprach, weshalb er sich so verhielt, wich er mir aus, was sonst gar nicht seine Art ist.«

Charlotte war verwirrt. Sie hatte angenommen, Clios Beziehung zu Richter Oswyn sei flüchtig oder oberflächiger Art, doch nach der Offenheit zu urteilen, in der sie anscheinend mit ihm über die persönlichsten Themen sprach, war es vielleicht mehr. War sie seine Geliebte? Sie direkt zu fragen, wäre eine unverzeihliche Indiskretion. Wie konnte sie ihre Frage formulieren, ohne taktlos zu wirken und doch die gewünschte Antwort zu bekommen?

»Glauben Sie, er hätte anders darüber gesprochen, wenn er nicht besorgt gewesen wäre?« sagte sie.

»Ich bin mir dessen ziemlich sicher«, antwortete Clio mit einem Lächeln. »Er ist ein sehr aufrichtiger und sanfter

Mann. Er ist offen und sagt, was er denkt, und er lacht gern über Dinge – nicht gemein und schadenfroh, sondern…« – sie behalf sich mit einem leisen Achselzucken – »… weil er gern mit Freunden zusammen ist. Freundschaft ist seltener, als man glauben möchte – vor allem für einen Mann in seiner Position.«

»Aber mit Richter Stafford hat ihn nicht diese Freundschaft verbunden?«

»Nein… Das glaube ich nicht. Ich habe den Eindruck gewonnen, als stehe zwischen ihnen irgend etwas, das Richter Stafford immer wieder ansprach und wovon Granville nicht mehr hören wollte.«

»Aaron Godman?«

Clio zog die Stirn in Falten. »Ich weiß es nicht. Ich weiß nur, daß Granville darüber ebenfalls nicht glücklich war und nicht gern davon sprach. Das Verfahren war selbstverständlich vollkommen korrekt, aber er hatte den Eindruck, die Untersuchungen seien schlecht geführt worden. Es hat ihn beunruhigt.«

»Die Untersuchungen Richter Quades?« fragte Charlotte überrascht.

»Nein, nein.« Clio schüttelte den Kopf. »Die polizeilichen Untersuchungen, glaube ich. Ich bin mir aber nicht sicher. Er wollte mit mir nicht darüber sprechen. Aber das ist ja auch verständlich, da ich Aaron gekannt und ihn sehr gemocht habe. Er war ein sehr lieber Mensch.«

»Wirklich?« sagte Charlotte. »Niemand hat bisher viel über ihn erzählt – wie er persönlich war… Meist nur über den Fall. Erzählen Sie mir von ihm.«

Clio senkte ihre Stimme noch mehr, damit Tamar, die nur ein paar Schritte von ihr entfernt saß, sie nicht hören konnte. »Er war zwei Jahre jünger als Tamar – achtundzwanzig, damals, vor fünf Jahren, als er starb.« In ihrem Gesicht kämpften freudige Erinnerungen und Schmerz. »Er war schlank wie sie, aber nicht ganz so dunkel und natürlich ein ganzes Stück größer als sie. Tatsächlich war er Joshua nicht unähnlich. Die beiden haben das oft auf der Bühne benutzt. Er hatte einen faszinierenden Sinn für Humor. Er liebte es, die schrecklichen Schurken zu spielen und das Publikum zu Kreischen zu bringen.« Sie lächelte, als sie das sagte, und mit einenmal füllten sich ihre Augen mit Tränen; sie schniefte heftig und wandte ihr Gesicht ab.

»Es tut mir leid«, flüsterte Charlotte. »Bitte lassen Sie es, wenn es Sie so schmerzt. Es war gedankenlos von mir, Sie darum zu bitten. Uns sollte vor allem Devlin O'Neil interessieren.«

Clio schnieft erneut. »Das ist wirklich wieder typisch für mich!« murmelte sie wütend. »Ich dachte, ich hätte meine Nerven besser unter Kontrolle. Entschuldigen Sie. Ja, selbstverständlich kann ich es arrangieren, daß Sie Kathleen O'Neil kennenlernen.« Sie tastete nach ihrem Taschentuch. »Ich weiß auch schon, wie ich es anstelle. Sie liebt romantische Musik über alles, und übermorgen findet in Lady Blenkinsops Haus am Eaton Square eine Soiree statt. Ich kenne den Pianisten sehr gut, und er wird dafür sorgen, daß wir eingeladen werden. Können Sie kommen?«

Charlotte überlegte einen Augenblick, Clio zu fragen, ob es gesellschaftlich akzeptabel sein würde, entschied dann jedoch, daß es sie nicht wirklich kümmerte.

»Bestimmt«, erwiderte sie entschlossen. »Ich freue mich darauf. Sagen Sie mir nur, wer ich sein werde. Ich kann nicht als die Frau eines Polizeiinspektors auftreten, denn dann erzählt mir niemand etwas. Wahrscheinlich würden sie mich auffordern, das Haus zu verlassen.«

»Natürlich«, stimmte Clio ihr mit einem fröhlichen Lachen zu. »Sie sind eine Cousine von mir auf Besuch – aus Bath.«

»Aber ich kenne Bath nicht«, gab Charlotte zu denken. »Ich würde mich verdächtig machen, wenn ich zufällig mit jemanden ins Gespräch käme, der sich in Bath auskennt. Sagen wir Brighton – zumindest war ich dort schon einmal.«

»Einverstanden.« Clio lächelte und steckte ihr Taschentuch weg. »Sie sind meine Cousine aus Brighton. Wenn Sie vorher hierherkommen, können wir zusammen hinfahren. Ich werde sagen, Sie besuchen mich, weil Sie sich für die Bühne interessieren. Können Sie singen?«

»Nein. Auf keinen Fall!«

«Nun... Schauspielern können Sie bestimmt. Zumindest sagt das Ihre Mutter. Sie hat Joshua vor zwei oder drei Tagen von einigen Ihrer Abenteuer erzählt, und er hat sie uns erzählt. Wir waren alle völlig fasziniert – und sehr beeindruckt natürlich.«

»Ach du meine Güte!« Charlotte war bestürzt. Sie wußte, daß Caroline ihre Einmischung in Pitts Fälle immer zutiefst mißbilligt hatte. Wie sehr hatte sie sich in letzter Zeit verändert – zumindest nach außen hin, wenn sie nun vor ihren Freunden damit renommierte! Um zu gefallen, war sie sogar bereit, ihr früheres Ich zu verleugnen. Dies war ein überaus beunruhigender Gedanke, und sie schob ihn schnell wieder beiseite. Dafür war jetzt keine Zeit.

»Ich muß zugeben, es ist ganz schön aufregend«, plapperte Clio begeistert weiter. »Viel dramatischer als alles, was wir auf der Bühne machen, weil es wirklich ist. Achten Sie darauf, daß Sie sich nicht modisch kleiden, ja? Sie sind schließlich eine Cousine vom Land.«

»Oh – natürlich«, sagte Charlotte mit, wie sie hoffte, vollkommen unbeeindruckter Miene. Welche Vorstellungen hatte Clio Farber vom Gehalt eines Polizisten, wenn sie glaubte, seine Frau könne es sich leisten, sich nach der neuesten Mode zu kleiden?

Da Emily, von der sie sich etwas hätte leihen könne, nicht in London war, und sie nicht wagte, sich deswegen an Vespasia zu wenden, bat Charlotte schließlich Caroline, ob sie ihr etwas Passendes zum Anziehen borgen konnte. Caroline öffnete ihr bereitwillig ihren Kleiderschrank, war jedoch furchtbar enttäuscht, als Charlotte ihr klarmachte, daß es nicht ratsam sei, wenn sie ebenfalls mitkäme. Es würde möglicherweise ungewollte Aufmerksamkeit erregen, wenn sie bei einem solchen Anlaß zu dritt erschienen, und Kathleen O'Neil würde vielleicht daran zweifeln, daß dies die zufällige Begegnung war, als die sie erscheinen sollte.

Doch sie akzeptierte Carolines Angebot, von deren Kutsche zu Hause in Bloomsbury abgeholt zu werden.

Sie hinterließ Pitt eine Nachricht auf dem Küchentisch.

Liebster Thomas!

Ich bin von einer von Mamas Freundinnen zu einer Soiree eingeladen, und ich habe die Einladung vor allem deshalb angenommen, weil ich mir ein wenig Sorgen um sie machen. Sie ist in letzter Zeit oft und sehr gern mit Leuten zusammen, die ich überhaupt nicht kenne, und der heutige Abend bietet mir eine ausgezeichnete Möglichkeit, sie näher kennenzulernen. Ich werde nicht lange bleiben – nur eine oder zwei Stunden mit romantischer Musik.

Dein Essen ist im Ofen – Hammelgulasch mit Kartoffeln und viel Zwiebeln.

In Liebe
Charlotte

Sie fuhr zuerst nach Pimlico, um Clio Farber abzuholen. In der Kutsche einigten sie sich aus Gründen der Tarnung auf das vertrautere ›Du‹ wie es Cousinen ihres Alters, die einander besuchten, untereinander pflegten. Sie erreichten den Eaton Square, entstiegen der Kutsche mit nervösem Gelächter und erklommen die breiten Stufen zu dem äußerst imposanten Portal, das von zwei livrierten Dienern flankiert war, die ihre Namen zu wissen verlangten.

Clio übernahm die Initiative und erklärte den beiden, daß sie eine Freundin des Solisten, der heute abend mit seiner Kunst die Gäste des Hauses unterhalte, sei und von ihrer Cousine begleitet werden. Der Diener zögerte einen Augenblick, schielte zu seinem Kollegen hinüber, nickte dann gnädig und ließ sie passieren.

Die Halle war überaus eindrucksvoll und schwarzweiß gekachelt wie ein Schachbrett. Die große Statue eines Jünglings in griechischer Pose stand in einer Nische der gegenüberliegenden Wand, die die breite geschwungene Treppe trug, welche zu einer imposanten, von einer Balustrade begleiteten Galerie hinaufführte, die etwa die Hälfte der Längsfront der enormen Eingangshalle einnahm.

Hier drängten sich bereits die Gäste, die allesamt äußerst elegant gekleidet waren; Damen in mit glitzerendem Zierrat geschmückten Roben, jede Menge nackte Schultern, die im Licht der Kronleuchter schimmerten.

»Du hast mir nicht gesagt, daß es so formell zugehen würde«, flüsterte Charlotte Clio zu. Sie fühlte sich bereits ganz wie die Cousine vom Lande – und wie eine sehr arme dazu, die zweifelsohne irgendwo weit hinterm Wald zu Hause war. Sie hatte Carolines Kleid eigentlich ganz kleidsam und adrett gefunden, als sie es zu Hause anprobiert hatte, aber nun war es nicht nur zwei Jahre aus der Mode, es wirkte fantasielos und sehr schlicht. Das dunkle Brandybraun war viel zu konservativ. Sie mußte darin aussehen wie fünfzig.

»Um ehrlich zu sein, ich hatte keine Ahnung, was uns erwarten würde«, flüsterte Clio zurück. »Reggie hat gesagt, es käme nur eine Handvoll Freunde. Entweder hat der Hausherr eine große Hand oder kleine Freunde... Aber die vielen Leute haben auch ein Positives: Für uns ist es leichter, Kathleen in ein Gespräch zu verwickeln, ohne zu offensichtlich zu wirken. Komm schon! Es ist ein Abenteuer.«

Charlotte hatte zur Genüge Erfahrung mit Abenteuern und wußte, daß sie sehr schnell eine unangenehme Wendung nehmen konnten, wenn man sie zu sorglos anging. Doch dies hielt sie nicht davon ab, Clio in den riesigen Salon zu folgen, in dem etwa fünfzig oder sechzig Stühle in geschmackvoller Weise zu Gruppen arrangiert waren, um den Gästen Gelegenheit zu geben, zwischen den musikalischen Darbietungen ungezwungen zusammenzusitzen und intelligente und erbauliche Konversation zu pflegen.

Mehrere Minuten bewegten sich Charlotte und Clio entlang der Menschenmenge, sie langsam umkreisend, wobei sie den Eindruck zu erwecken versuchten, als seien sie auf der Suche nach jemandem. Clio stellte Charlotte ihrem Freund Reggie vor, der in eindrucksvoller Pose in der Nähe des Flügels herumstand, bereit zu spielen, sobald die Gastgeberin ihm das Zeichen gab und ihn den Anwesenden vorstellte.

Sie plauderten freundlich mit ihm und vielleicht auch ein wenig aufgeregt. Sie erzählten sich eine oder zwei lustige Episoden, die sie erlebt hatten. Charlotte brach in Lachen aus, und Clio schlug beide Hände vors Gesicht, um ein Kichern zu ersticken. Mehrere Leute drehten mißbilligend die Köpfe. Eine aristokratisch wirkende Frau starrte mißfällig über ihren Fächer hinweg zu ihnen herüber und rüttelte ihn geräuschvoll.

»Wer sind diese Personen?« fragte sie ihre Nachbarin mit schriller, durchdringender Stimme. »Ich glaube nicht, daß ich die Person in dem rosafarbenen Kleid kenne. Sie etwa?«

»Ganz gewiß nicht«, erwiderte ihre Nachbarin mit einem Naserümpfen. »Wie kommen Sie darauf, ich könnte sie kennen? Also wirklich, Mildred. Ich kenne niemanden, die so etwas trägt.«

»Oh... Sie meinen die in Braun? Ja, wirklich extravagant, nicht? Ich könnte schwören Jane Digby-Jones trug so etwas Ähnliches – vor zwei Jahren.«

Charlotte dürstete nach Rache. Sie warf einen Blick auf Clio und sah, wie ihr die Röte in die Wangen kroch.

»Wer ist diese Frau mit der schrillen Stimme?« fragte sie den Pianisten mit einem Lächeln auf dem Gesicht und laut genug, daß es nicht nur die, auf die es gemünzt war, verstand. »Die mit dem Kristalldiadem.« Sie wußte sehr wohl, daß es Diamanten waren, und sie registrierte mit Befriedigung das entrüstete Aufächzen der betreffenden Dame.

»Eine Miss Cartwright, glaube ich«, erwiderte der Pianist, sichtlich um eine ernstes Gesicht bemüht. »Oder war es Wheelright?«

»Waggoner«, berichtigte Clio mit einem unterdrückten Schmunzeln.

»Irgendwas in die Richtung war es, ja«, nickte der Pianist ernst. »Ich wußte, es hat was mit dem Transportieren von einem Ort zum anderen zu tun. Weshalb?«

»Weshalb was?« Charlotte war verwirrt.

»Weshalb fragen Sie? Würden Sie gern den Namen ihrer Schneiderin wissen?«

»Nein!« Es war beinahe ein Aufschrei. »Ich will sagen, nein, vielen Dank«, verbesserte sie sich. »Wirklich – wir müssen...«

»Natürlich. Uns ruft eine dringende Angelegenheit. Entschuldige uns...« Sie hakte ihre Hand unter Charlottes Arm, und gemeinsam schlenderten sie mit strahlendem Lächeln an

Miss Waggoner vorüber. Sie schritten weiter durch die Menge, bis Clio neben einer jungen Frau mit blondem, modisch hochgestecktem Haar und einem sehr individuell geschnittenen Gesicht mit hohen Backenknochen und braunen Augen stehenblieb.

»Guten Abend, Kathleen«, sagte Clio, und in ihrer Stimme schwang nichts als freudige Überraschung. »Wie schön, Sie wiederzusehen. Sie sehen blendend aus. Darf ich Ihnen meine liebe Freundin Charlotte vorstellen? Eigentlich ist sie meinen Cousine, die nach London gekommen ist, um mich für eine Weile zu besuchen. Ich dachte mir, dies hier könnte ein wunderschöner und interessanter Abend für sie sein, und jetzt, wo ich ihr jemanden wie Sie vorstellen kann, natürlich um so mehr. Es ist so lange her, daß wir uns das letzte Mal gesehen haben. Wie geht es Ihnen denn?«

Kathleen O'Neil blieb kaum eine andere Wahl, als diese geschickt eingefädelte Vorstellung zu akzeptieren, doch sie ließ sich ihre Abneigung nicht anmerken.

»Wie geht es Ihnen.« Sie konnte Charlottes Namen nicht hinzufügen, weil Clio ihn nicht genannt hatte, vermutlich mit Bedacht, um nicht lügen zu müssen. »Ich bin entzückt, Ihre Bekanntschaft zu machen. Ich hoffe, Sie genießen Ihren Aufenthalt hier in London. Kommen sie von weit her?«

»Oh... Nicht sehr«, erwiderte Charlotte und schluckte ihre Schuldgefühle hinab. »Ich bin mir sicher, daß dieser Abend für mich sehr interessant und aufregend wird. Es ist sehr freundlich von Ihnen. Ich kann mir vorstellen, daß ein solcher Abend für Sie nichts Besonderes ist, aber für mich ist er sehr aufregend.«

»Ach wirklich?« Kathleen wurde von dem Mann, der neben sie trat, erlöst, sich noch mehr nichtssagende Höflichkeitsfloskeln ausdenken zu müssen. Charlotte wußte sofort, daß diese Devlin O'Neil sein mußte. Er war ein ausgesprochen dunkler Typ mit tiefschwarzem Haar und auffallend dunklen Augen; der Schnitt seiner Gesichtszüge verriet Humor und einen beinahe übermütigen Frohsinn, wie ihn Charlotte bisher nur bei Iren erlebt hatte. Er war nicht ausgesprochen gutaussehend, und Charlotte glaubte in seinen Züge etwas Unstetes erkennen zu können, was möglicherweise eine Schwäche verriet, vermutlich jedoch nur eine schlecht kaschierte Unsicherheit. Doch er hatte unbestreitbar Charme und ein sicheres Auftreten. Er erwiderte Clios Gruß mit großer Herzlichkeit, die er auch Charlotte entgegenbrachte, als Clio sie einander vorstellte.

»Wie schön, Sie wiederzusehen.« Er schenkte Clio ein strahlendes Lächeln. »Es ist entschieden zu lange her, wenn Sie mich fragen. Wir haben in letzter Zeit nur mit entsetzlich steifen und langweiligen Leuten Umgang gehabt.« Er legte den Arm besitzergreifend um die Schultern seiner Frau und drückte sie an sich. »Verzeih mir, Darling.« Er verzog das Gesicht zu einer entschuldigenden Grimasse und sah sich um. In der Tat war seine Bemerkung sehr gut zu verstehen gewesen. Die Gesellschaft war ausgesprochen vornehm für einen privaten Anlaß wie diesen.

Charlotte kappte die Leinen und sprang. Sie mußte zumindest den Versuch unternehmen, ein paar Nachforschungen anzustellen. Sie war nicht hier, um sich zu vergnügen oder Leute zu beobachten, die sie nicht kannte.

»Welcher Grund hat Sie zu dieser Soiree geführt, Mr. O'Neil – mehr die Pflicht oder Ihre Liebe zur Musik?« fragte sie mit einem bezaubernden Lächeln.

Er lächelte zurück. »Ganz allein die Pflicht, Ma'am. Wir begleiten meinen Schwiegervater und dessen Mama. Sie ist ganz versessen auf musikalische Soireen im privaten Kreis – um nicht zu sagen, sie ist versessen darauf, von den Leuten gesehen zu werden, die solche Soireen frequentieren. Und natürlich, um über die letzten im Schwange befindlichen Ereignisse auf dem laufend zu bleiben.«

»Natürlich, ich verstehe…«, nickte Charlotte lächelnd. »Es gibt nichts Interessanteres als Klatsch, wenn man die Leute kennt, um die es geht, und jemanden hat, dem man dann alles erzählen kann und der die Details wahrhaft zu schätzen weiß.«

»Gütiger Himmel! Sie haben keine Angst, Ihre Meinung zu sagen«, schmunzelte er, und in seinen Augen glomm Belustigung auf.

Zwei junge Frauen segelten an ihnen vorüber, warfen O'Neil über den Rand ihrer Fächer hinweg glühende Blicke zu und ließen dabei mit ostentativer Grazie ihre Röcke rascheln.

»Finden Sie nicht auch, Mrs. O'Neil?« Charlotte wandte sich fragend an Kathleen.

Kathleen lächelte, doch mit einer Zurückhaltung und Vorsicht, wie sie nur jemandem eigen ist, dem just mit solcher Art von Gedankenlosigkeit großer Schmerz zugefügt wurde. »Ich muß zugeben, daß ich mich nur sehr selten dafür interessiere. Ich finde, die Menschen können manchmal sehr boshaft sein.«

Charlotte fragte sich, ob diese inmitten all des nichtssagenden Geplappers und der leeren Höflichkeitsformeln um sie herum die ersten aufrecht empfundenen Worte waren, die sie an diesem Abend vernommen hatte. Schlagartig wurde ihr wieder bewußt, daß vor ihr eine Frau stand, deren Mann auf grauenvolle Weise ermordet worden war, nachdem er eine Affäre mit einer anderen gehabt hatte. Es sagte sehr viel über Kathleen O'Neils Charakter aus, daß sie ihre Freundschaft mit Clio Farber fortsetzten konnte, einer Frau, die so eng mit den Wurzeln ihres Unglücks verbunden war: Sie war nicht nur ebenfalls Schauspielerin, sondern zugleich auch eine enge Freundin und Kollegin von Tamar Macaulay. Charlotte empfand aufrichtige Bewunderung für diese Frau und ein nagendes Unbehagen angesichts ihrer Rolle in dem niederträchtigen Spiel, die Schuld an Kathleens Unglück auf die Schultern ihres zweiten Ehemanns zu laden. Ihr falsches Spiel war schändlich, und das Vergnügen an der Situation, das sie für einen Augenblick empfunden hatte, verflog.

»Sicherlich«, erwiderte sie mit plötzlichem Ernst. »Wenn damit anderen Menschen weh getan wird, ist das eine andere Sachen. Und ich fürchte, dies ist sehr häufig der Fall. Die meisten Menschen wiederholen nur Unwahrheiten oder Halbwahrheiten, und das, was sie zu sagen haben, bliebe am besten ungesagt. Ich habe eigentlich nur die üblichen Banalitäten gemeint, aber möglicherweise habe ich ein wenig zu leichthin davon gesprochen.« Wie die anderen nahm sie ein

Glas Limonade vom Tablett eines vorüberschreitenden Lakaien.

»Oh, nein – nicht doch... Ich sollte mich entschuldigen«, protestierte Kathleen und errötete dabei ein wenig. »Ich wollte Ihnen nicht widersprechen... Es ist nur, weil ich... weil ich mit Leuten befreundet bin, denen durch gedankenloses Wiederholen von Dingen, die so nicht wahr oder intimster Natur waren, sehr viel Schmerz zugefügt worden ist. Und natürlich sind dies die Dinge, an denen die Klatschbasen das größte Vergnügen haben.«

Erwartungsvolles Gemurmel erhob sich im Salon, und dann ebbte das Stimmengewirr allmählich ab. Offenbar würde gleich eine der Darbietungen beginnen. Instinktiv wandten sie sich zum Flügel um, wo eine füllige Dame in einem Kleid mit glitzerndem Straß am üppigem Dekolleté bemüht war, Aufmerksamkeit zu erwecken.

»Ladies und Gentlemen«, begann sie. Höfliches Beifallsgemurmel erhob sich. Der künstlerische Teil der Abendgesellschaft hatte begonnen. Charlotte lächelte Kathleen zu und setzte sich, während sie aus dem Augenwinkel registrierte, daß Clio auf den Stuhl neben ihr Devlin O'Neil in eine flüsternde Unterhaltung verwickelte.

Der Pianist begann zu spielen, ohne einleitende Schnörkel und ohne mehr als einen kurzen Blick auf das Publikum zu werfen. Er schien vom ersten Ton an hingerissen von der Musik, die er seinem Instrument allein zu seinem eigenen Vergnügen entlockte. Oder vielleicht war Vergnügen nicht das richtige Wort. Während sie ihn beobachtete, hatte Charlotte das Gefühl, als sei die Musik für ihn eine existentielle Notwendigkeit, eine unentbehrliche Nahrung seiner Seele und für ihn weit wichtiger, als es all die köstlichen Sandwiches und Torten am Büffet für seine Zuhörer sein konnten. Er hatte sicherlich keine Ausbildung bei den berühmtesten Lehrern genossen, doch sie mußte keine erfahrene Musikkritikerin sein, um zu bemerken, daß dieser junge Mann ganz ausgezeichnet spielte, weit besser, als es sein schickes Publikum zu begreifen imstande war.

Als er sein letztes Stück vor der Pause beendete, plätscherte höflicher Applaus auf. Er erhob sich, verneigte sich leicht zum Publikum – nicht mehr als nötig war, ihre Anwesenheit zu quittieren – und verließ den Salon mit langen Schritten durch den Türbogen in das angrenzende Zimmer.

Die Stille füllte sich erneut mit Geplapper und Lachen, und hübsche Hausmädchen in weißen Schürzen und weißen Spitzenhäubchen reichten Tabletts mit Süßigkeiten und Pralinen herum, während livrierte Lakaien gekühlten Champagner kredenzten. Charlotte hatte weder an dem einen noch dem anderen Interesse, doch sie akzeptierte beides mechanisch, weil dies einfacher war, als das ständige Ablehnen. Sie war noch viel zu verzaubert von der Schönheit der wunderbaren Musik, als daß sie fähig gewesen wäre, irgendeine Bemerkung darüber zu machen, die ihr ohnehin nicht annähernd gerecht geworden wäre.

»Sehr gut, finden Sie nicht auch?« sagte Devlin O'Neil unmittelbar neben ihrem Ellbogen. Sie hatte ihn gar nicht kommen hören. Er lächelte erneut. Sie vermutete, daß dies für ihn eine Art natürlicher Reflex war, der seinem gutmütigen Naturell entsprach und der Annahme, von jedermann geliebt zu werden, und nichts oder kaum etwas mit seinem gegenwärtigen Befinden oder einer konkreten Freude zu tun hatte.

»Brillant«, erwiderte sie und hoffte, es klang nicht zu exaltiert.

Ehe er antworten konnte, gesellte sich ein massig gebauter, sehr kräftig wirkender Mann mit breitem Brustkorb zu ihnen. Er hatte ein scharfgeschnittenes Gesicht mit einer schmalen Hakennase und kleinen, intelligenten Augen. An seiner Seite war eine ältere Dame – gewiß eine Generation älter als er selbst –, die sich, da sie seiner Stütze bedurfte, aber auch mit einer Miene besitzergreifenden Stolzes, schwer auf seinen Arm stützte. Die Ähnlichkeit ihrer Gesichtszüge, vor allem um die Augen und die Stirn herum, machte auf den ersten Blick deutlich, daß sie seine Mutter sein mußte.

»Oh, Großmama«, rief O'Neil, und sein Lächeln wurde breiter. »Hat dir die Musik gefallen? Darf ich dir vorstellen…« Er zögerte, als er registrierte, daß er Charlottes Familiennamen nicht wußte. Er überspielte die mißliche Situation, indem er sich zu Clio wandte und sie zuerst vorstellte. Er machte das so geschickt, daß sich Adah Harrimore – falls sie es überhaupt bemerkt hatte – nichts anmerken ließ.

»Wie geht es Ihnen, Miss Farber.« Sie neigte gnädig den Kopf, doch ihr Gesicht verriet keinerlei Interesse. »Wie geht es Ihnen, Miss Pitt«, fügte sie hinzu, nachdem Clio den fehlenden Namen hinzugefügt hatte. Charlotte fand es ratsam, das ›Miss‹ nicht zu korrigieren – etwas, das sie sonst mit Nachdruck zu berichtigen pflegte, doch jede denkbare Verbindung mit Thomas mußte vermieden werden.

»Wie geht es Ihnen, Mrs. Harrimore«, erwiderte sie und betrachtete die alte Dame neugierig. Ihre Haltung war bemerkenswert für ihr Alter, voller Elan und Lebenskraft, und doch hatte Charlotte den Eindruck, als verberge sich unter ihrer stolzen Pose vorsichtige Wachsamkeit und eine Ahnung von Angst, die ihre zur Schau getragene Selbstsicherheit Lügen strafte. Sie besaß einen eisernen Willen, und doch verriet ihre Haltung eine tiefe Sorge, die sie bei ihrem Sohn nach Halt suchen ließ. Sie war voller Widersprüche.

»Mir hat die Musik sehr gut gefallen«, fügte Charlotte hinzu. »Fanden Sie nicht auch, daß der Pianist hervorragend war?«

»Sehr begabt, ja«, gab Adah zurück, und eine steile Falte erschien zwischen ihren Brauen. »Viele von denen sind auf diesem Gebiet begabt.«

Charlotte war verwirrt. »Ich verstehe nicht ganz... Viele von was, Mrs. Harrimore?«

»Juden natürlich«, erwiderte Adah, und die Falte zwischen ihren Brauen wurde tiefer, während sie Charlotte näher ins Auge faßte, ihre klar geschnittenen, selbstbewußten Gesichtszüge, das kräftige, wie polierte Kastanien glänzende Haar. »Nicht, daß ich damit sagen will, dies hätte etwas damit zu tun«, fügte sie, sich selbst widersprechend, hinzu.

Charlottes historischen Kenntnisse waren nicht gerade exzellent, doch zu diesem Punkt hatte sie etwas zu sagen:

»Es könnte aber durchaus damit zu tun haben. Haben wir den Juden in der Vergangenheit nicht zu den meisten anderen Berufe den Zugang verwehrt, so daß ihnen gar nichts anderes übrigblieb als die Medizin und die Kunst?«

»Ich verstehe nicht, was Sie damit sagen wollen – den Zugang verwehrt!« fuhr Adah schroff auf. »Wollen Sie etwa, daß die Juden überall ihre Finger drin haben? Es ist schon schlimm genug, daß sie in jeder Bank des Landes sitzen – in jeder Bank des gesamten Empire, wage ich zu behaupten! Sie müssen nicht überall mitreden. Wir wissen über ihre Machenschaften in ganz Europa Bescheid.«

Devlin O'Neil lächelte flüchtig, zunächst in Adahs Richtung, dann zu seinem Schwiegervater gewandt. »Es ist genauso schlimm wie mit den Iren, nicht wahr?« sagte er mit einem amüsierten Schmunzeln. »Zuerst holt man sie ins Land, damit sie die Eisenbahn bauen, und jetzt wimmelt es überall von ihnen. Man kann gar nicht mehr umhin, mit ihnen dann und wann auf gesellschaftlicher Ebene zu verkehren. Und in der Politik haben sie sich ebenfalls schon breitgemacht!«

»Das ist etwas völlig anderes!« brauste Prosper Harrimore auf, der offensichtlich keinerlei Verständnis für den Humor seines Schwiegersohnes aufzubringen vermochte. »Die Iren sind genauso wie wir, mein lieber Junge. Wie du sehr wohl weißt.«

»Das sind sie, ja«, stimmte O'Neil zu und legte seinen Arm um Kathleen. »Für manche gehören sie sogar zu uns. War nicht der große Iron Duke ebenfalls ein Ire?«

»Ein Anglo-Ire«, berichtigte Prosper, um dessen schmale Lippen nun gleichfalls ein sparsames Lächeln spielte. »Wie du. Das ist beileibe nicht dasselbe, Devlin.«

»Nun, zumindest war er kein Jude«, stellte Adah mit aller Entschiedenheit klar. »Er war von gutem Blut, vom besten. Einer der größten Führer, die wir je hatten. Ohne ihn würden wir jetzt alle Französisch sprechen.« Sie erschauderte. »Und würden eklige Dinge aus dem Garten essen, und nur der Himmel mag wissen, was sonst noch! Und unsere Sitten wären so verkommen wie die in Paris. Was dort vor sich geht, weigert sich ein anständiger Mensch auszusprechen.«

Charlotte wußte selbst nicht zu sagen, was sie dazu brachte, es zu sagen, außer vielleicht der Wunsch, an dem sorgfältig gepflegten Lack der zur Schau getragener Etikette zu kratzen und ein paar wirkliche Gefühle hervorzulocken.

»Aber Mr. Disraeli war ein Jude«, sagte sie in das Schweigen hinein, das nach Adahs Worten entstand. »Und er war einer der besten Premierminister, die wir je hatten. Ohne ihn würden wir bis in alle Ewigkeit um die Spitze von Südafrika herumsegeln müssen, um nach Indien oder China zu gelangen. Von dem langen Weg zurück, den unser Tee nehmen müßte, ganz zu schweigen. Oder das Opium.«

»Wie bitte?« Adahs Augenbrauen ruckten nach oben, und selbst Devlin O'Neil blinzelte erschreckt.

»Oh.« Charlotte hatte sich sehr schnell wieder gefaßt. »Ich habe dabei an verschiedene Arzneien gedacht – gegen starke Schmerzen und einige andere Krankheiten mehr, für deren Erwerb wir einen ziemlich erfolgreichen Krieg gegen China geführt haben...«

Kathleen sah sie freundlich, doch verwirrt an.

»Wenn wir uns nicht in fremden Ländern eingemischt hätten«, bemerkte Adah verbittert, »hätten wir deren Krankheiten nicht bekommen! Ein Mensch ist in dem Land am besten aufgehoben, das der Herrgott ihm von Anfang an bestimmt hat. Die meisten Probleme auf der Welt stammen daher, daß die Menschen dort sind, wo sie nicht hingehören.«

»Soviel ich weiß, hat Ihre Majestät ihn sehr verehrt«, fügte Charlotte ungerührt hinzu.

»Wen?« fragte Kathleen verständnislos.

»Mr. Disraeli, meine Liebe«, erklärte O'Neil. »Ich habe den Verdacht, Miss Pitt zieht uns nur auf.«

»Ich habe nie bezweifelt, daß die Juden gerissen und intelligent sind.« Adah fixierte Charlotte mit einem frostigen Blick. »Aber das bedeutet noch nicht, daß wir sie in unserem Haus haben wollen.« Sie schauderte erneut, kaum merklich zwar, doch der Widerwille, der darin zum Ausdruck kam, war so intensiv, daß er an Angst grenzte.

Kathleen suchte Charlottes Blick und lächelte bedauernd.

»Entschuldigen Sie, Miss Pitt. Ich bin mir sicher, Großmama hat es nicht so gemeint, wie es vielleicht geklungen hat. In unserem Haus sind die verschiedensten Arten von Menschen jederzeit willkommen, wenn sie Freunde sind – und ich hoffe, sie betrachten sich als ein Freund.«

»Das würde ich sehr gern«, sagte Charlotte schnell und ergriff die Gelegenheit. »Das ist sehr großzügig von Ihnen, so etwas zu sagen, vor allem in Anbetracht meiner Bemerkungen, die vielleicht ein wenig über das Ziel hinausgeschossen sind, wie ich zugeben muß. Aber das kommt davon, daß ich dazu neige, mit dem Herzen und nicht mit dem Kopf zu sprechen. Der Pianist hat mir so gut gefallen, daß ich sogleich glaubte, ihn verteidigen zu müssen, obwohl das sicherlich gar nicht nötig war.«

Kathleen lächelte verständnisinnig. »Ich verstehe Sie nur zu gut«, sagte sie leise, damit ihre Großmutter es nicht hörte. »Er hat mich mit dem ersten Ton seiner Musik auf eine höhere Ebene katapultiert, und meine Gedanken konnten sich nur mit edlen und erhabenen Dingen beschäftigen. Aber das ist nicht nur mit dem Genie des Komponisten zu erklären, sondern auch mit seinem. Er war es, der den schönen Träumen eine Stimme verliehen hat.«

»Wie schön Sie das gesagt haben! Ich würde sehr gern die Bekanntschaft mit Ihnen weiterhin pflegen, wenn ich darf«, sagte Charlotte und meinte es auch so, was jedoch ihren Wunsch, mehr über Kingsley Blaine zu erfahren, nicht ausschloß. Hatte er tatsächlich vorgehabt, diese warmherzige und impulsive Frau wegen Tamar Macaulay zu verlassen, wissend, welch großer Verlust dies für ihn sein würde? Oder war er nur ein schwacher Mensch gewesen, der sich dadurch, daß er sich seinen fleischlichen Leidenschaften hingab, in eine Situation manövriert hatte, in der er keine der beiden verlassen konnte? Wie ungewöhnlich, daß zwei so starke Frauen ihn so sehr geliebt hatten. Er mußte ein außergewöhnlich charmanter Mann gewesen sein. Je mehr sie über ihn nachdachte, um so wichtiger erschien es ihr, jemanden zu finden, der ihr ein möglichst objektives Bild von Blaine zeichnen konnte, dessen Augen nicht von Liebe verblendet waren. Wenn sie Kathleen O'Neil in ihrem Haus einen Besuch abstattete, vielleicht würde sich für sie eine Möglichkeit ergeben, noch einmal mit Prosper Harrimore zu sprechen. Sein Gesicht verriet nicht nur Intelligenz, sondern auch Argwohn und Vorsicht. Kingsley Blaine war zwar der Vater seines

Enkelkinds gewesen, doch ein Mann wie er ließ sich nicht so ohne weiteres von Charme blenden. Seine Blicke, mit denen er Devlin O'Neil betrachtete, verrieten, daß er fähig war, in den Hintergrund zu treten, und daß Zuneigung seinen klaren Blick nicht zu trüben vermochte. Er war möglicherweise in der Lage, ein Bild von Kingsley Blaine zu zeichnen, das weniger von Emotionen beherrscht war und in dem auch Platz war für dessen Schwächen und Fehler.

Der Pianist kehrte zurück, und die zweite Hälfte des Abendprogramms begann. Für eine Weile vergaß Charlotte Kingsley Blaine, dessen Familie und den Tod von Samuel Stafford. Die leidenschaftliche, lyrische, alles umspannende und jede Regung verstehende Stimme der Musik erfüllte den Salon, und Charlotte ließ sich davon emporheben und forttragen, ohne auch nur einen Augenblick zu fragen, wohin.

Als der Beifall verklungen war und Charlotte allmählich wieder in die Wirklichkeit zurückkehrte, waren die O'Neils und Harrimores in Gespräche mit anderen Bekannten verwickelt. Prosper Harrimore war in eine angeregte Diskussion mit einem Mann vertieft, der das gewichtige Gehabe eines Bankiers pflegte, und Adah lauschte mit äußerster Konzentration einer hageren, ältlichen Dame, die unablässig auf sie einredete und dabei keine Unterbrechung duldete. Charlotte erhaschte einmal kurz Kathleens Blick und lächelte ihr zu, was diese mit einem halb ironischen, halb verzweifelten Schmunzeln erwiderte, doch abgesehen von diesem flüchtigen Augenblick, verließen Charlotte und Clio die Soiree, ohne noch einmal mit ihnen zu sprechen.

Micah Drummond stand in seinem Büro und starrte durch das Fenster auf die Straße hinab, wo zwei Männer über irgend etwas in Streit geraten waren. Es war ein stürmischer Abend, und der Wind peitschte den Regen in wütenden Schauern gegen die Scheibe, so daß er ihre Stimmen nicht hören konnte. Es schien alles so fern, so weit fort, losgelöst von aller Wirklichkeit und von immer geringerer Wichtigkeit für ihn. Wenn er ehrlich war, mußte er zugeben, daß es ihm mit dem Tod von Samuel Stafford ähnlich erging.

Es sollte ihm mehr daran gelegen sein. Stafford war ein guter Mann gewesen – gewissenhaft, ehrbar und arbeitsam. Und selbst wenn er dies alles nicht gewesen wäre; kein anständiger Mensch durfte einen Mord einfach so hinnehmen. Sein Verstand sagte ihm, er sollte empört sein, und in einem verborgenen Winkel seines Gehirns empfand er nagenden Zorn angesichts der Arroganz einer solchen Tat, der Vernichtung eines Lebens und des Leids, das damit anderen zugefügt worden war. Doch an der Oberfläche seines Denkens, dort wo sich seine Gedanken zu konkreten Bildern formten, war nur Platz für Eleanor Byam. Alles, was er tat, hatte für ihn nur insofern eine Bedeutung, als es im Zusammenhang mit ihr stand. Er war unfähig, das Bild ihres empfindsamen Gesichts aus seinen Gedanken zu bannen; Licht und Schatten in ihren Zügen, wenn sie lachte, und – wenn die Traurigkeit zurückkehrte – die Erinnerung an Schmerz und an ihre Einsamkeit, nun, da all die Menschen, die sie einmal gekannt hatte, verschwunden waren und ihre Welt auf dieses muffige Mietshaus in Marylebone zusammengeschrumpft und ihre sozialen Kontakte sich auf das Bezahlen der Rechnung beim Metzger oder Kolonialwarenhändler beschränkten.

Er sehnte sich danach, ihr mehr als das zu bieten, und doch war er sich vollkommen sicher, daß das, was er fühlte, kein Mitleid war. Ein solches Wort im Zusammenhang mit ihr zu gebrauchen, empfand er als Sakrileg. Sie besaß viel zuviel Mut und Würde, als daß er es hätte wagen dürfen, sich zu einem so intimen und indiskreten Gefühl ihr gegenüber zu versteigen.

Und dennoch war er sich bewußt, wie sehr sich ihr Leben verändert hatte.

Das mächtigste Gefühl in seiner Brust war jedoch der Wunsch, bei ihr zu sein, seine Gedanken, seine Träume mit ihr zu teilen, die Dinge, die er liebte, mit ihr gemeinsam zu erleben. Er stellte sich vor, mit ihr Seite an Seite über ein weites, offenes Feld zu gehen, den frischen Wind, der ein Versprechen von Meer und Ferne mit sich trug, auf ihren Gesichtern, und am hohen, weiten Himmel türmten sich sturmzerzauste, von den Strahlen der Sonne umkränzte Wolken. Die Schönheit dieses Augenblickes würde sein Herz erfüllen und überströmen lassen, und er würde nur einen Blick in ihr Gesicht werfen und wissen, daß sie das gleiche empfand wie er. Und in diesem gemeinsamen Empfinden würde ihre und seine Einsamkeit verfliegen.

Der flüchtige Gedanke huschte durch sein Gehirn, daß Adolphus Pryce möglicherweise von denselben verzehrenden Gefühlen für Juniper Stafford besessen war, die ihn vielleicht im Laufe der langen Jahre dazu getrieben hatten, alle Maßstäbe zu verlieren und am Ende auch alle moralischen Skrupel. Doch dieser Gedanke hatte weder lange Bestand noch fügte er sich zu einem zusammenhängenden Bild.

Anstatt bei Eleanor zu sein, war er hier in der Bow Street und wartete auf irgendwelche Berichte über einen Mord, den er, wie er wußte, ohnehin nicht aufklären würde. Falls er überhaupt aufgeklärt werden würde, dann von Pitt. Pitts zorniger Kampf gegen jedwede Ungerechtigkeit, sein Scharfblick und sein Gespür bei den Ermittlungen, das zweifelsohne von Charlottes Neugier profitierte, würden die Lösung ans Licht bringen – egal, ob Drummond dabei war oder nicht.

Seine Arbeit hatte für Drummond jeglichen Reiz verloren, und mit einem niedergeschlagenen Seufzen überlegte er, daß er in Gefahr schwebte, einen dummen, unnötigen Fehler zu begehen, der seine Reputation vernichten und seine Laufbahn anstatt mit Ehren, mit Schande beenden würde.

Er wandte sich vom Fenster ab und ging mit entschlossenen Schritten zum Hutständer, von dem er seinen Hut und seinen Stock pflückte. Er schlüpfte in seinen Mantel und trat auf den Korridor hinaus.

»Poulteney! Ich gehe. Legen sie die Berichte auf meinen Schreibtisch, wenn welche kommen. Ich werd' sie mir am Morgen ansehen. Wenn Inspektor Pitt zurückkommt, sagen Sie ihm, ich sehe ihn morgen.«

»Jawohl, Sir. Kommen Sie heute nacht noch einmal zurück, Sir?«

Doch Drummond war bereits auf dem Weg nach draußen und hörte die Frage nicht mehr.

Er eilte das kurze Stück die Bow Street hinab und bog um die Ecke in die Drury Lane, wo er eine Droschke herbeiwinkte. Er nannte dem Droschker Eleanors Adresse und lehnte sich zurück, um seine Gedanken zu sammeln und mit klarem Verstand zu überlegen, was er sagen würde. Zwischen der Oxford Street und der Baker Street änderte er die Worte mindestens ein dutzendmal, doch als er in der Milton Street ausstieg und den Droschker bezahlte, klang alles so nichtssagend und anders, als er es meinte. Er überlegte sogar, ob er sich eine andere Droschke suchen und wieder zurückfahren sollte. Aber das würde seine Situation um nichts besser machen. Er würde das Unumgängliche nur weiter hinausschieben. Er mußte sie fragen. Und daran würde sich nichts ändern, auch wenn er es immer wieder hinausschob.

Dasselbe sauertöpfische Hausmädchen wie beim letzten Mal öffnete die Tür, und als er ihr sagte, er wünsche Mrs. Byam zu besuchen, drehte sie sich wortlos um und führte ihn mit griesgrämig verzogenem Gesicht durch die Halle und zu Eleanors Wohnungstür.

»Vielen Dank«, sagte er knapp und wartete ungerührt, während sie ihn anglupschte, bis sie nach einer Weile auf dem Absatz kehrt machte.

Mit plötzlich wild klopfendem Herzen und trockenem Mund hob der den Türklopfer und ließ ihn fallen.

Es dauerte eine Weile, bis er ihre Schritte im Hintergrund des Zimmers hörte, sich schließlich der Türknauf drehte und die Tür aufschwang. Es war Eleanor; vermutlich war ihr einziges Mädchen mit irgendwas anderem beschäftigt. Sie schien überrascht, ihn zu sehen. Für einen flüchtigen Augenblick sah er in ihrem Gesicht reine Freude, dann fiel ein Schatten von Besorgnis darüber, als sie in seine Augen blickte. Vielleicht sah sie darin seine aufgewühlten Gefühle – so nackt, wie er sich fühlte –, und sie konnte dies nicht akzeptieren. Sogleich fühlte er sich befangen. Er hatte noch kein Wort gesagt und schon stand er wieder da wie ein begossener Pudel.

»Guten Abend, Mr. Drummond«, begann sie und errötete, als ihr die unbeholfene Förmlichkeit ihrer Begrüßung bewußt wurde. Sie brauchten sich voreinander nicht zu verstellen. Ein gewisses Maß von Umgangsformen, hinter denen man seine Gefühle verbergen konnte, war gut, aber zuviel davon, und der Schutz wurde zu einer Maske.

»Wie liebenswürdig von Ihnen, daß Sie mich besuchen«, fügte sie rasch hinzu. »Bitte kommen Sie doch herein. Es wird schon ziemlich kalt am Abend, finden Sie nicht auch? Ist es schon zu spät, Ihnen einen Tee anzubieten?«

»Nein – vielen Dank«, sagte er und folgte ihr in das Zimmer. »Ich meine, nein, es ist nicht zu spät. Ich würde sehr gern eine Tasse Tee trinken.« Das kleine Zimmer war genau so, wie er es in Erinnerung hatte: winzig, eng, mit kleinen Fenstern und abgetretenen Teppichen, vollgestellt mit zusammengewürfeltem Mobiliar. Das einzig Besondere in dem Zimmer waren die wenigen Besitztümer, die sie von dem Haus in Belgrave behalten hatte – ein Gemälde von den Inseln im Westen, die kleine Bronzestatue eines Pferdes, einige bestickte Kissen.

Sie klingelte nach ihrem Mädchen und bat sie, als diese erschien, mit einer Freundlichkeit, wie Drummond sie selten gegenüber Dienstboten gehört hatte, ihnen Tee aufzutragen. Er konnte sich nicht mehr erinnern, ob dies ihre übliche Art gewesen war, mit ihren Angestellten umzugehen, oder ob es etwas mit ihren neuen, überaus beschränkten Lebensumständen zu tun hatte. Wie auch immer, ihre Freundlichkeit wärmte ihm auf geradezu lächerliche Weise das Herz und ließ erneut Traurigkeit in ihm aufsteigen.

Eleanor stand am Kamin und sah auf die Kohlen hinab, die nicht brannten. Es war noch zu früh im Jahr, den ganzen Tag ein Feuer zu unterhalten, für jemanden, der sparsam mit der Kohle umgehen mußte.

»Ich hoffe, Sie machen sich wegen mir keine Sorgen«, sagte sie mit leiser Stimme. »Ich versichere Ihnen, das ist nicht nötig. Ich komme ganz gut zurecht. Und ich habe nicht die geringste Sehnsucht nach der Londoner Gesellschaft.« Sie hob den Blick und sah ihn aus ernsten Augen an.

»Ich bin nicht gekommen, weil ich um Sie besorgt wäre«, murmelte er und erwiderte ihren Blick.

Sie errötete; die Farbe kroch wie eine dunkle Flut in ihre Wangen.

Wieder fühlte er sich verlegen. Er wußte, daß ihm seine Gefühle ins Gesicht geschrieben standen, und er hatte keine Ahnung, wie er sie verbergen sollte.

»Wie geht Ihr Fall voran?« erkundigte sie sich hastig. »Machen Sie Fortschritte?«

Sie hatte das Thema gewechselt, das unausgesprochen zwischen ihnen blieb und doch so offenkundig war, als sei jedes Wort klar und deutlich hörbar ausgesprochen. Er bedauerte es und zugleich war er dankbar darum.

»Nein. Ich fürchte, wir wissen nicht mehr als neulich, als ich das letzte Mal bei Ihnen war«, antwortete er niedergeschlagen. »Pitt ist überzeugt, daß es weder die Frau noch ihr Liebhaber waren, aber ich glaube, er irrt sich. Es gibt nicht den geringsten Hinweis, daß es anders gewesen sein könnte.«

»Weshalb glauben Sie, daß es die beiden waren?« fragte sie und setzte sich endlich, was auch ihm erlaubte, Platz zu nehmen.

»Tragischerweise ist es noch immer die plausibelste Erklärung«, erwiderte er. »Die einzige Alternative scheint mit dem Mord in der Farriers' Lane zu tun zu haben. Und das liegt fast fünf Jahre zurück. Eleanor...«

Sie sah auf und wartete – mit angehaltenem Atem, als sei sie im Begriff, ebenfalls etwas zu sagen.

»Eleanor, der Fall interessiert mich wirklich nicht, und irgendein anderer Fall ebensowenig. Das alles ist in letzter Zeit für mich immer unwichtiger geworden...«

»Das tut mir leid. Aber ich nehme an, das wird sich bald wieder ändern. Wir alle erleben irgendwann einmal eine Phase, in der uns alles langweilt und anödet. Die Dinge, an die wir gewöhnt sind, kommen uns ermüdend vor, und nichts macht mehr Freude. Vielleicht würde es Ihnen guttun, einmal ein paar Tage aus London wegzukommen? Haben Sie schon einmal daran gedacht, ein paar Tage aufs Land zu fahren? Für eine oder zwei Wochen vielleicht?«

Alle möglichen Antworten schossen ihm durch den Kopf.

Er konnte der Bow Street nicht den Rücken kehren, solange dieser Fall nicht gelöst war – der Mord an einem Richter war viel zu schwerwiegend. Es würde aussehen, als habe er kein Interesse daran, auch wenn er nichts tun konnte, das Pitt nicht viel besser machte. Er wollte seine Ruhelosigkeit auch nicht seinen Töchtern zumuten, die von ihm erwarten würden, daß er bei ihnen wohnte. Und vierzehn Tage in der Gesellschaft eines seiner Schwiegersöhne wären alles andere als erholsam. In einem Hotel zu wohnen, würde langweilig und trostlos werden, und lange Spaziergänge in der Einsamkeit der herbstlichen Berge konnten sein Problem auch nicht lösen.

Statt alldem sagte er die schlichte Wahrheit.

»Meine Gefühle haben nichts mit London oder dem Tod von Richter Stafford zu tun. Das alles hat mir lediglich deutlich gemacht, was ich tun muß.«

Über ihr Gesicht huschte ein Schatten von Angst, der vielleicht nichts zu bedeuten hatte. Mit einem Gefühl, als habe er Eisklumpen im Magen, drang er auf dem einmal eingeschlagenen Weg weiter vor, entschlossen, sich diesmal nicht vor der letzten Konsequenz zu drücken, obgleich die Angst vor ihrer Antwort ihm die Kehle zuschnürte. Er konnte mehr Schmerz ertragen, als er geglaubt hatte, und er war kein Feigling.

Sie wartete, wissend, daß sie ihm nicht ausweichen konnte.

»Ich muß gestehen, daß mein Glück in Ihren Händen liegt.«

Er fühlte, wie ihm das Blut in die Wangen stieg. »Und ich frage Sie, ob Sie mir die Ehre erweisen, meine Frau zu werden.«

Noch bevor er geendet hatte, sah er die Ablehnung auf ihrem Gesicht, die Traurigkeit in ihren Augen.

»Es wäre mir eine große Ehre, Micah. Aber Sie wissen, daß ich nicht kann.«

»Warum nicht?« Er hörte seine eigene Stimme und verabscheute sich wegen dieses Mangels an Würde, wegen seines kindischen Beharrens, als könnten Worte ihre Entscheidung ändern. Wie hatte er sich nur einbilden können, ihre Dankbarkeit, ihre Liebenswürdigkeit und freundliche Art könnten irgend etwas mit Liebe zu tun haben?

»Sie kennen die Antwort darauf.« Ihre Stimme war leise und voller Schmerz. Auf ihrem Gesicht lag der erschreckte Ausdruck eines Menschen, dem unerwartet ins Gesicht geschlagen worden war.

»Sie lieben mich nicht.« Er zwang sich, die Worte auszusprechen, um sie nicht aus ihrem Mund hören zu müssen.

Sie senkte den Blick auf den Boden.

»Doch, das tue ich«, flüsterte sie leise, und der Anflug eines winzigen Lächelns machte die Linien um ihren Mund weich. »Ich liebe Sie sehr – viel zu sehr, um Ihnen zu erlauben, eine Frau zu heiraten, die aus der Gesellschaft ausgestoßen wurde und die auch Ihre Existenz zerstören würde, wenn Sie sie zur Frau nähmen.«

Er holte scharf Luft, um zu widersprechen.

Sie hörte es, und ihr Kopf ruckte hoch.

»Doch – genauso würde es sein. Der Skandal um Sholto wird nie in Vergessenheit geraten. Und ich bin in den Köpfen der Menschen unlösbar damit verbunden; daran wird sich nie etwas ändern. Ich war schließlich seine Frau. Es wird immer Leute geben, die sich erinnern.«

»Ich schere mich nicht im geringsten…«, begann er.

»Sagen Sie nichts, mein Lieber«, unterbrach sie ihn. »Es ist sehr ehrenhaft von Ihnen zu sagen, daß Sie sich nicht um die Gesellschaft scheren, aber Sie kommen nicht umhin. Das verlangt schon Ihre Position, die Sie innehaben: Sie leiten die Ermittlungen in Fällen, die politisches Fingerspitzengefühl, Diskretion und Takt verlangen, vor allem wenn namhafte Familien das Landes in Skandale verwickelt sind. Wie wollen Sie sich in dieser Position behaupten, wenn Ihre eigene Frau in den schlimmsten Skandal aller Zeiten verstrickt war?« Sie hielt seinen Blick fest. »Ich weiß zwar sehr wenig über die Polizeiarbeit, aber soviel ist mir klar. Ich weiß, daß Ihr Ehrgefühl es niemals zulassen würde, ein einmal gegebenes Versprechen zu brechen, auch wenn Ihre Vernunft Ihnen etwas anderes gebieten würde. Aber ich bitte Sie, lassen Sie uns Freunde bleiben. Und wir sollten weiterhin aufrichtig zueinander sein. Eine Verbindung mit mir würde Sie ruinieren, Micah, und das kann ich nicht zulassen.«

Er setzte erneut an, etwas zu sagen, ihr zu widersprechen, doch er wußte, sie hatte recht. Er würde niemals in seiner Position bleiben könne, wenn er Eleanor Byam heiratete. Manche Skandale wurden vergessen, doch dieser nicht – nicht in zehn Jahren und auch nicht in zwanzig. Das Absurde daran war, daß es – würde er sie als Geliebte nehmen – zwar Gerede geben würde, anzügliche Blicke und sicherlich jede Menge Neid. Sie war schließlich eine wunderschöne Frau. Eine Affäre mit ihr würde die Gesellschaft tolerieren, doch wenn er sie heiratete – etwas, das weitaus ehrenhafter war –, würde man ihn mit Mißtrauen betrachten und schließlich meiden.

»Ich weiß«, sagte er leise. Er sehnte sich danach, sie zu berühren. Der Wunsch war so stark, daß es ihn physische Anstrengung kostete, es nicht zu tun, doch er wußte, es wäre falsch, tölpelhaft und taktlos. »Aber mit Ihnen zusammen zu sein, bedeutet mir mehr als irgendeine gesellschaftliche oder berufliche Stellung.«

Sie sah hastig zur Seite, und zum erstenmal verlor sie die Fassung. Tränen stiegen in ihre Augen. Sie erhob sich abrupt und flüchtete zum Kamin.

»Sie sind sehr großherzig, und ich bewundere Sie zutiefst dafür«, sagte sie mit dem Rücken zu ihm. »Aber das ändert gar nicht. Ich kann nicht zulassen, daß Sie so etwas tun.« Sie wandte sich zu ihm um und zwang ein Lächeln in ihr Gesicht, obwohl zwischen ihren Wimpern Tränen glitzerten. »Was für eine Liebe könnte ich Ihnen geben, wenn ich zuließe, daß Sie für mein Glück eine solchen Preis zahlen? Wir könnten nicht glücklich werden.«

Ihm wollte kein zwingendes Argument dagegen einfallen. Was sie sagte, war völlig richtig. Alles, was er ihr bieten konnte, würde zunichte gemacht oder zumindest drastisch eingeschränkt, wenn sie ja sagte. Und er würde sie niemals heiraten wollen, wenn er sie dadurch unglücklich machte.

Sehr langsam erhob er sich, ein wenig steif, obwohl er nur kurze Zeit gesessen hatte.

»Es tut mir leid«, flüsterte sie mit belegter Stimme.

Eine Augenblick lang dachte er daran, zu ihr zu gehen und sie in die Arme zu nehmen. Doch das wäre aufdringlich gewesen, und es würde nichts ändern. Er wußte nicht, was er sagen sollte. Sich jetzt förmlich mit irgendeiner Floskel zu verabschieden, als sei er nur zum Tee vorbeigekommen, wäre lächerlich gewesen. Er begegnete ihrem Blick und wußte, sein Gesicht verriet all seine Gefühle. Für einen Moment stand er reglos, dann drehte er sich um und ging aus dem Zimmer. Draußen in der Halle begegnete er ihrem Mädchen. Das Tablett mit dem Tee stand auf dem Beistelltisch. Sie war eine diskrete Frau und hatte die Situation besser verstanden, als er es ihr zugetraut hatte. Sie hielt die Tür für ihn auf und zögerte dann kurz.

»Ich hoffe, Sie werden uns wieder besuchen, Sir.«

Er sah sie an, und an ihrem ernsten, angespannten Gesichtsausdruck erkannte er, daß ihre Worte keine leere Höflichkeitsfloskel waren.

»Oh, ja«, erwiderte er mit fester Stimme. »Ich werde gewiß wiederkommen.«

Auch Pitt war an diesem Tag wenig Befriedigung widerfahren. Er hatte die meiste Zeit damit verbracht, mehr über die Beziehung zwischen Juniper Stafford und Adolphus Pryce in Erfahrung zu bringen, insbesondere darüber, unter welchen Umständen und auf welche Weise aus einer Bekanntschaft, die aufgrund der beruflichen Kontakte zwischen Pryce und Richter Stafford bestand, eine Liebesbeziehung entstanden war. Es waren äußerst diffizile Gespräche gewesen, vor allem deshalb, weil er darauf achten mußte, jenen gegenüber, die nicht wußten, daß sich tatsächlich eine Liäson zwischen den beiden entwickelt hatte, die möglicherweise ein Mordmotiv sein könnte, keine Andeutungen zu machen, die ihre Erinnerung beeinflussen könnten. Die Leute, mit denen er sprach, schienen geradezu versessen darauf, ihre Klatschgeschichten und boshaften Anspielungen loszuwerden. Doch ohne diese nicht unbedingt sehr anziehende Eigenschaft wären sie für ihn bei seiner Suche nach Fakten nutzlos gewesen. Trotzdem

– oder gerade deshalb – mußte er sehr vorsichtig sein. Das Ergebnis seiner Recherchen war ein unklares Bild voller Schatten und Vermutungen, doch ohne klare Substanz.

Er kam müde und niedergeschlagen nach Hause. Ihn bedrückte das Gefühl, daß er hinter etwas herjagte, dessen wahren Sachverhalt er nie über jeden Zweifel hinaus aufdecken und sicherlich niemals beweisen konnte.

Charlotte hatte ein vorzügliches Dinner bereitet: geschmorten Hammel mit viel Rosmarin, Kartoffeln und Kohlrabigemüse. Er aß langsam und bedächtig und mit mehr Befriedigung, als er während des gesamten Tags empfunden hatte. Nun saß er im Wohnzimmer am Feuer, die Füße auf das Kamingitter gelegt, und versank allmählich tiefer und tiefer in seinem Sessel, bis er bemerkte, daß Charlotte in Gedanken mit irgend etwas beschäftigt war, das ihr offensichtlich Sorgen bereitete.

»Was beunruhigt dich?« erkundigte er sich widerwillig und hoffte, es würde nicht Wichtiges sein – irgendeine triviale Haushaltsangelegenheit vielleicht, um die er sich nicht zu kümmern brauchte.

Sie biß sich auf die Unterlippe und sah von ihrem Nähkasten auf, in dem sie Garn sortiert hatte.

»Die Beziehung zwischen Mama und Joshua Fielding.«

»Würde es sie sehr treffen, wenn er in den Mord in der Farriers' Lane verwickelt wäre?« fragte er. Er mochte seine Schwiegermutter, obwohl sie ihm manchmal mehr als nur Respekt einflößte, und er wollte gewiß nicht, daß ihr weh getan würde. Doch Enttäuschungen gehörten nun einmal zum Leben, wenn man den Mitmenschen mit offenem Herzen begegnete, und die einzige Möglichkeit, das zu vermeiden, war, überhaupt niemanden mehr zu lieben – was so ähnlich war, als wäre man tot. »Ich wüßte nicht, weshalb er das sein sollte«, fuhr er fort. »Alles, was ich bisher herausgefunden habe, weist darauf hin, daß es Aaron Godman gewesen ist – so wie es im Prozeß damals aufgerollt wurde.«

Sie verzog das Gesicht. »Ich wünsche mir manchmal fast, er wäre darin verwickelt gewesen.«

»Das verstehe ich nicht.« Er blinzelte irritiert.

Sie seufzte und machte die Augen zu. »Ich glaube, sie ist

wirklich in ihn verliebt, Thomas. Ich weiß, das ist absurd…, aber… aber ich fürchte, es ist die Wahrheit.«

»Das ist *wirklich* absurd«, brummte er, bemüht, ihre Ängste zu zerstreuen. Er rutschte ein Stück tiefer im Sessel, bis seine Unterschenkel auf dem Gitter lagen und seine Füße so dicht am Feuer waren, daß die Sohlen seiner Pantoffeln heiß wurden. »Sie ist eine äußerst ehrbare Witwe aus der gehobenen Gesellschaft, Charlotte. Und er ist ein Schauspieler, ein Jude und zwanzig Jahre jünger als sie. Du übertreibst. Vermutlich langweilt sie sich nur – so wie Emily – und sucht nach etwas, was ihr die Zeit vertreibt. Was sie nun erlebt, ist viel bunter und dramatischer als Teeparties oder Mode. Sie wird es vergessen, wenn sich seine Unschuld erwiesen hat.«

»Glaubst du?« Charlotte schien ein wenig erleichtert; sie sah ihn aus großen, dunklen Augen an.

Der Ausdruck auf ihrem Gesicht, der nicht gerade ungeteilte Zustimmung verriet, bewog ihn, die Angelegenheit noch einmal genauer zu überdenken. Er erinnerte sich an Carolines Gesicht, als sie Joshua Fielding angesehen hatte, an die leichte Röte darin, die veränderte Tonlage ihrer Stimme, daran, wie oft sie seinen Namen erwähnte. Und Charlotte war beim Erkennen solch delikater Nuancierungen weitaus hellhöriger als er. Frauen verstanden einander in einer Weise, wie es Männern niemals möglich war.

»Du glaubst es nicht wirklich, hab' ich recht?« bohrte Charlotte nach, als habe sie seine Gedanken gelesen.

Er zögerte, spielte sogar mit dem Gedanken, es abzustreiten, doch dann gewann die Aufrichtigkeit zwischen ihnen die Oberhand.

»Ich weiß es nicht. Es erscheint absurd, aber andererseits schließen sich Liebe und Absurdität nicht aus. Mir kam es damals auch absurd vor, daß ich mich in dich verliebt habe.«

Ihr Gesicht erstrahlte mit einemmal, als habe die Sonne es in ihr Licht getaucht.

»Und wie du verliebt warst«, lachte sie glücklich. »Geradezu lächerlich verliebt. Und ich ebenfalls.«

Für eine Weile war Caroline vergessen und mit ihr ihr Kummer und ihre Torheit.

Für Mrs. Ellison senior jedoch war es die dringlichste und vorrangigste Angelegenheit der Welt, die alles andere zu schieren Nichtigkeiten degradierte: die neueste Ausgabe der *London Illustrated News*, die jüngsten Eskapaden des Prince of Wales mit seinen wechselnden Freundinnen, die Ansichten der Queen hierzu, soweit sie bekannt oder Gegenstand von Spekulationen waren, die Sünden der Regierung, die Launen des Wetters, die Unzulänglichkeiten des Hauspersonals, der Verfall der Sitten und der Moral im Lande und sogar ihre eigenen Unpäßlichkeiten und deren Symptome. Nichts war so wichtig – oder potentiell so verhängnisvoll – wie Carolines Vernarrtheit in diesen erbärmlichen Schauspieler. In diesen jüdischen Schmierenkomödianten! Es war lächerlich – absurd! Und im höchsten Maße unpassend. Wobei unpassend ein viel zu mildes Wort dafür war – es war inakzeptabel. Ja – genau das war es! Und was sein Alter anging… Er war zwanzig Jahre jünger als sie – oder mindestens fünfzehn, wenn man nicht so genau hinsah. Und das war mehr als schlechter Geschmack – es war abscheulich!

Sie mußte es ihr sagen. Es war ihre Pflicht als Schwiegermutter.

»Dem Himmel sei Dank, daß der arme Edward tot ist und in seinem Grab liegt«, seufzte sie, sobald Caroline im Mittagstisch Platz genommen hatte. Früher hatte um diesen Tisch im Eßzimmer eine glückliche Familie gesessen: Caroline, Edward, ihre drei Töchter, ihr Schwiegersohn, Dominic Corde, und natürlich sie, die Großmutter. Nun war der Tisch nur mehr für zwei gedeckt: an den Stirnseiten der langgestreckten, spiegelnden Fläche aus dunkel poliertem Eichenholz, über die hinweg sie einander anstarrten. Sie brauchten jede ihren eigenen Salz- und Pfefferständer, weil sie zu weit auseinander saßen, sich das Salz reichen zu können.

»Was hast du gesagt?« Caroline hob den Kopf und zwang sich zur Aufmerksamkeit.

»Ich sagte, dem Himmel sei Dank, daß der arme Edward tot ist und in seinem Grab liegt«, wiederholte die alte Dame laut. »Wirst du schwerhörig? So etwas kann passieren, wenn man alt wird. Mir ist aufgefallen, daß du auch nicht mehr so gut siehst wie früher: Du kneifst die Augen zu, wenn du was ansiehst. Das ist für jedes Gesicht unvorteilhaft. Man kriegt Falten davon, dort wo man sie nicht haben möchte. Aber dagegen kann man nun mal nichts tun – in deinem Alter.«

»So alt wie du bin ich noch lange nicht«, entgegnete Caroline spitz. »Noch sehr lange nicht.«

»Ungezogenheit hilft dabei auch nicht«, erklärte Mrs. Ellison mit einem dünnen Lächeln. Sie hatte die Zügel des Gesprächs fest in Händen.»Und in nicht sehr ferner Zeit wirst du so alt sein wie ich. Nichts widersteht der Zeit, meine Liebe. Die jungen Leute glauben oft, bei ihnen wäre das anders – aber das ist es nie, glaube mir.«

»Ich verstehe nicht, worauf du hinauswillst«, sagte Caroline und streute wütend Salz in ihre Suppe, um dann festzustellen, daß sie sie versalzen hatte. »Ich weiß, daß ich nicht mehr jung bin, aber auch noch nicht so alt wie du. Du bist schließlich meine Schwiegermutter, und Edward war einige Jahre älter als ich.«

»So wie es sich in einer Ehe gehört«, gab Großmama mit einem zufriedenen Nicken zurück. »Der Mann sollte immer ein paar Jahre älter sein als die Frau. Das fördert die Verantwortlichkeit in der Ehe und die häusliche Eintracht.«

»Was für ein hanebüchender Unsinn!« Caroline pfefferte die Suppe und meinte es auch damit zu gut. »Wenn ein Mann sein Leben lang verantwortungslos gewesen ist, wird er sich nicht ändern, indem er eine jüngere Frau heiratet. Höchstens das Gegenteil ist der Fall.«

Großmama beharrte dezidiert auf ihrem Standpunkt: »Wenn ein Mann etwas älter ist als die Frau«, schnarrte sie und schlürfte geräuschvoll ihre Suppe, »wird sie ihm eher gehorchen, und es herrschen Friede und Glück in ihrem Heim. Eine ältere Frau ist oft eigensinnig und verbohrt.« Sie widmete sich wieder genußvoll ihrer Suppe. »Und wenn sie zu allem Überfluß um vieles älter ist als er, ist sie möglicherweise so töricht, ihm die Führung zu überlassen, obwohl es ihm an Reife und Urteilsvermögen fehlt und ebenso an Autorität. Eine solche Ehe endet unweigerlich in der Katastrophe.«

»Was für ein kompletter Unfug!« Caroline schob ihren Teller zur Seite und klingelte nach dem Butler. »Jede Frau mit ein bißchen Verstand wird immer nur das tun, was sie für richtig hält, und ihren Mann im Glauben lassen, es sei sein Wille, der geschieht. Auf diese Weise sind beide glücklich.« Der Butler erschien. »Würden Sie bitte den nächsten Gang servieren, Maddock. Ich habe im Moment keinen Appetit auf Suppe. Sagen Sie der Köchin, sie war ausgezeichnet, falls sie Sie danach fragt.«

»Sehr wohl. Madam. Darf ich Ihnen den Fisch bringen?«

»Ja, sehr gerne. Aber nur eine kleine Portion.«

»Sehr wohl, Madam.« Er wandte sich um und sah die alte Dame fragend an. »Und für Sie, Madam?«

»Selbstverständlich auch. Mit mir ist alles in Ordnung.«

»Sehr wohl, Madam«, murmelte er und zog sich zurück.

»Du solltest ordentlich essen«, sagte Großmama zu Caroline, noch bevor Maddock die Tür hinter sich geschlossen hatte. »Es hat keinen Sinn, an deine Figur zu denken. Ältere Frauen, die mager werden, sind nicht mehr attraktiv. Sie kriegen Hälse wie Truthähne. Und die sind mir am liebsten, wenn sie tot auf dem Hacktisch der Köchin liegen.«

»Mir auch«, zischte Caroline. »Dann halten sie wenigstens für immer den Schnabel.«

Großmama war außer sich. Diese Bemerkung war so deplaciert, daß sie nicht damit gerechnet hatte.

»Du hast schon immer skandalöse Manieren gehabt«, giftete sie wütend. »Aber du wirst immer vulgärer. Ich müßte mich ja schämen, dich zu einer Gesellschaft mitzunehmen, in der Leute von Rang verkehren.«

Maddock trat ins Zimmer und servierte stumm den Fisch. Dann zog er sich wieder zurück.

»Ich kann mich nicht erinnern, daß du mich jemals irgendwohin mitgenommen hättest«, erwiderte Caroline. »Und Leute von Rang hast du schon seit Jahren nicht mehr getroffen.«

»Das ist das Los der Witwen«, entgegnete die alte Dame mit plötzlichem Triumph in der Stimme. »Und wenn du nur etwas Anstand und gesunden Menschenverstand im Leib hättest und wüßtest, was sich für dich schickt, würdest du das ebenfalls lassen.« Sie attackierte den Fisch mit Heißhunger. »Und du würdest vor allem aufhören, dich wer weiß wo herumzutreiben und hinter Männern herzusein, die halb so alt sind wie du und einen Beruf haben, den zu erwähnen die Schicklichkeit verbietet. Alle anständigen Leute, die nicht über dich lachen, haben nur noch Mitleid für dich übrig – und für mich ebenfalls, weil meine Schwiegertochter eine komplette Närrin aus sich macht.« Sie schniefte vernehmlich und spießte ihren Fisch mit der Gabel auf. »Er benutzt dich wie eine gewöhnliche Dirne, und dann macht er sich vor seinen nichtswürdigen Kumpanen über dich lustig. In sämtlichen verrufenen Spelunken wird man über dich lachen und...«

Sie kam nicht weiter. Caroline sprang vom Tisch auf und funkelte sie zornig an.

»Du bist ein niederträchtiges, altes Weib mit einer giftigen Zunge und einer durch und durch verdorbenen Fantasie. Ich habe nichts getan und werde nichts tun, das die Leute veranlassen könnte, schlecht über mich zu reden – abgesehen von solchen wie du es bist, die kein eigenes Leben mehr haben und nichts, worüber sie reden könnten, außer über andere. Du wirst alleine dein Essen hinunterschlingen müssen. Ich habe keine Lust mehr, zusammen mit dir zu essen!« Und damit stürmte sie aus der Tür und ließ Großmama mit offenem Mund und zum erstenmal vollkommen sprachlos vor Verblüffung zurück.

Als sie jedoch ihr Schlafzimmer erreichte, waren Carolines Augen blind vor Tränen, und in ihrer Kehle steckte ein so unsäglich schmerzender Kloß, daß sie nur noch die Tür hinter sich verschließen und sich aufs Bett werfen konnte, um sich zu einem Häufchen Elend zusammenzukrümmen und dem quälenden Schluchzen, das aus ihrer Brust stieg, freien Lauf zu lassen.

Es war alles wahr. Sie benahm sich wie eine Närrin. Sie war verliebt wie noch nie zuvor in ihrem Leben, in einen Mann, der fünfzehn Jahre jünger war als sie und gesellschaftlich absolut indiskutabel. Daß er für sie indiskutabel war, erschien ihr so unwichtig, daß es sie nicht ein Jota kümmerte. Was jedoch schmerzte wie eine tiefe blutende Wunde, war, daß sie für ihn ebenso indiskutabel sein würde.

Caroline brauchte drei ganze Tage, ehe sie ihren Mut zusammennahm und Charlotte einen Besuch abstattete, um zusammen mit ihr vielleicht einen letzten Versuch zu unternehmen, den Tod von Kingsley Blaine aufzuklären und dann für immer zu vergessen. Was immer zwischen ihr und Joshua Fielding war, so hoffnungslos und absurd es auch sein mochte, er schwebte nach wie vor in Gefahr, von neuem in Verdacht zu geraten und wieder von all dem Schmerz und dem Leid eingeholt zu werden, das er schon einmal durchgemacht hatte.

»Wir könnten ja Kathleen O'Neil einen Besuch abstatten«, schlug Charlotte vor und betrachtete Caroline mit einem besorgten Blick.

»Ausgezeichnete Idee.« Caroline wandte sich ab und verbarg ihren Blick, damit Charlotte darin nicht ihre entsetzliche Verletzlichkeit und das Chaos ihrer aufgewühlten Gefühle erkennen sollte und möglicherweise sogar den lächerlichen Funken Hoffnung, den sie nicht aus ihrem Herzen zu reißen vermochte. »Wir müssen eine ganze Menge mehr über Mr. Blaine herausfinden, wenn wir jemals herausbekommen wollen, wer ihn umgebracht hat und warum«, fuhr sie mit resoluter Stimme fort. »Tamar Macaulay scheint sich so sicher zu sein, daß es nicht ihr Bruder gewesen ist. Und Joshua ist ebenfalls davon überzeugt, und ich glaube nicht, daß er nur aus Loyalität und Freundschaft für Aaron und Tamar so denkt.«

»Gut«, sagte Charlotte mit einer Sanftheit in ihrer Stimme, die sie selbst überraschte. »Wir gehen gleich heute. Ich muß mir natürlich noch was anderes anziehen, und wir werden hier etwas essen, wenn du magst.«

»Ja, gut«, stimmte Caroline zu. »Und wir überlegen uns, was wir sagen sollen.«

»Wenn du möchtest... Obwohl ich finde, daß es wenig hilft, wenn man vorher alles plant, weil die Leute nie das sagen, was man erwartet.«

Es war bereits drei Uhr vorüber, als Charlotte und Caroline vor dem Haus Prosper Harrimores am Markt Square Carolines Kutsche entstiegen und entschlossen zu dem eindrucksvollen Portal emporstiegen. Sie reichten dem Mädchen, das die Tür öffnete, Carolines Visitenkarte mit einer Entschuldigung für den unangemeldeten Besuch und der Versicherung zu warten, ob Mrs. O'Neil dennoch bereit sei, sie zu empfangen. Während sie warteten, diskutierten sie hastig und im Flüsterton, wie sie erklären sollten, daß Caroline mit Nachnamen Ellison hieß und Charlotte Pitt. Sie einigten sich darauf, daß die einzig sichere Antwort darauf – falls sie überhaupt gefragt wurde – die war, daß Caroline verwitwet war und von neuem geheiratet hatte.

Nur wenige Augenblicke später kam das Mädchen zurück, um ihnen mitzuteilen, daß Mrs. O'Neil über ihren Besuch hocherfreut sei und sie im Salon erwarte.

Kathleen O'Neil war nicht allein, doch sie begrüßte sie mit großer Freundlichkeit und offensichtlicher Freude und stellte sie den beiden Misses Fothergill vor, die ebenfalls zu Besuch waren. Die Konversation, die sich entspann, war so trivial und hohl, daß weder Charlotte noch Caroline ihr mit mehr als einem Minimum an Aufmerksamkeit folgten, das nötig war, um nicht völlig den Gesprächsfaden zu verlieren. Charlotte entging nicht, daß selbst Kathleen einen etwas glasigen Blick bekam.

Die Rettung erschien in Gestalt von Adah Harrimore, die ein pflaumenfarbenes Wollkostüm trug und überaus würdevoll dreinblickte. Ihre strenge, mürrische Art schien die beiden Misses Fothergill einzuschüchtern, und nach einer Weile verabschiedeten sie sich eilig. Dann bekam Adah selbst Besuch von einem betagten Mann der Kirche, den sie in ihren eigenen Räumen empfangen wollte, und sie entschuldigte sich und zog sich zurück.

»Dem Himmel sei Dank!« stöhnte Kathleen erleichtert. »Sie meinen es ja gut, aber sie sind so entsetzlich langweilig!«

»Die nettesten Menschen können manchmal ganz entsetzlich langweilig sein«, sagte Caroline mit großen unschuldigen Augen. »Nachdem mein Mann gestorben war, besuchten mich so viele Leute, von denen einige den beiden Damen Fothergill nicht unähnlich waren, um mich aus meiner Trauer herauszureißen – und ich denke, in gewisser Weise haben sie das auch getan, zumindest so lange wie sie bei mir waren und mir irgend etwas erzählen.« Sie lächelte Kathleen an und fühlte sich schrecklich schuldig wegen ihres doppelten Spiels.

»Das tut mit leid für Sie«, sagte Kathleen. »Haben Sie Ihre Mann vor kurzem verloren?«

»O nein. Das ist inzwischen einige Jahre her und es geschah auch nicht gänzlich unerwartet.« Caroline sandte eine stumme Entschuldigung an Edward, doch sie fühlte sich ihm gegenüber nicht besonders schuldig. In den letzten Jahren ihrer Ehe waren sie zwar an der Oberfläche ihrer Beziehung gut miteinander ausgekommen, doch das Vertrauen war nicht mehr dagewesen. Sie waren einander mit Toleranz begegnet und hatten Verständnis für die Schwächen des anderen aufgebracht, doch die Nähe und Vertrautheit, von der sie immer geträumt hatte, war ihnen nicht möglich gewesen. Sie konnte sich kaum mehr an die wenigen und fernen Stunden gemeinsamen Lachens und zärtlichen Beisammenseins erinnern, wie sie – das wußte Caroline sehr wohl – Charlotte mit Pitt erlebte.

»Aber ich bin mir sicher, daß es dennoch ein großer Verlust für Sie ist.« Kathleen sah sie mitfühlend an. »Ich habe meinen ersten Mann unter den schrecklichsten Umständen verloren, und ich konnte mich nie des Gefühls erwehren, daß Leute wie die Fothergills das noch immer im Kopf haben, wenn sie mich besuchen. Ich glaube, das ist der Grund, weshalb sie so steif und gespreizt sind. Sie wissen noch immer nicht, worüber sie mit mir reden sollen, und ich kann es ihnen nicht einmal verdenken.«

Caroline hätte das Thema gerne vertieft, doch es erschien ihr zu taktlos, rundheraus zu fragen, und im Augenblick wußte sie nicht, was sie sagen sollte. Charlotte schien solche Bedenken offenbar nicht zu kennen.

»Da Sie mit Mr. O'Neil so offenkundig glücklich sind, überrascht es mich, daß Sie noch immer an Ihren ersten

Mann denken.« Sie hob ihre Stimme am Ende des Satzes, um es wie eine Frage klingen zu lassen.

Kathleen blickte zu Boden.

»Wenn Sie die Umstände kennen würden, würden Sie mich verstehen«, sagte sie leise, fast mit angehaltenem Atem. »Sie müssen wissen, Kingsley wurde ermordet. Es war seinerzeit ein Skandal, der die gesamte Stadt erschütterte, und es gab einen großen Prozeß, als sie den Mann fanden, der ihn umgebracht hat. Obwohl er schuldig gesprochen wurde, ging er in Berufung.« Sie verkrampfte die Hände in ihrem Schoß. »Natürlich wurde die Berufung abgelehnt, und er wurde kurze Zeit später gehängt. Der Fall wühlte die Gefühle aller auf, und die Leute zeigten so viel Anteilnahme.« Ein Anflug von Verwunderung huschte über ihr Gesicht, als könne sie das alles selbst im nachhinein noch nicht ganz verstehen. »Leute, die uns überhaupt nicht kannten, schrieben Briefe an die *Times*. Im Unterhaus wurde über den Fall debattiert, und Mitglieder des Parlaments forderten, daß das Urteil Bestand haben und ein derart barbarischer Akt auf das Schärfste bestraft werden müsse, um unser aller willen. Es war eine furchtbare Qual damals. Es war nicht möglich, dem allen auch nur eine Sekunde zu entkommen.«

»Das muß ganz schrecklich für Sie gewesen sein!« murmelte Charlotte betroffen. »Es fällt mir schwer, mir so etwas auch nur vorzustellen…« – sie warf Caroline einen kurzen Blick zu in der Hoffnung, sie würde ihn als Entschuldigung verstehen, für das, was sie zu sagen im Begriff war –, »obwohl meine ältere Schwester vor einigen Jahren ebenfalls ermordet wurde… Ich kann also sehr gut nachempfinden, was Sie gefühlt haben.«

Kathleen sah verdutzt auf, dann wurden die Linien ihres Gesichts weich von tiefem Mitgefühl. Sie betrachtete Charlotte besorgt. »Ich hoffe, das klingt in Ihren Ohren nicht herzlos, aber man kann sich nicht ewig seiner Trauer hingeben. Man wird müde – so schrecklich müde. Irgendwann muß man auch einmal in der Lage sein, an etwas anderes zu denken, nur um nicht ganz zu vergessen, daß es jenseits dieses Verlusts ein Leben gibt, das seinen normal Gang geht.« Sie lächelte selbstvergessen und wurde sogleich wieder ernst. »Ganz London war wie besessen von der Tragödie, die uns getroffen hatte, und ihren entsetzlichen Umständen. Tag und Nacht redeten sie über nichts anderes.«

»Aber der Prozeß hat nicht sehr lange gedauert«, warf Charlotte dazwischen. »Und es hat keine Berufungsverhandlung gegeben. Die arme Kreatur war nicht ganz bei Trost.« Sie runzelte die Stirn. »Warum, in aller Welt, hat dieser Mann überhaupt Berufung eingelegt? Dafür kann es doch keinen Grund gegeben haben, außer die Qual aller zu verlängern.«

»Er hat stets behauptet, unschuldig zu sein.« Kathleen biß sich auf die Unterlippe. »Bis zu den Stufen des Galgens, wie ich gehört habe.« Sie sah auf ihre in ihrem Schoß ineinander verkrampften Hände hinab. »Manchmal habe ich Alpträume, daß das wahr sein könnte und sein Tod ein ebensolches Unrecht war, wie der des armen Kingsley – in gewisser Weise sogar ein noch viel größeres, weil er kaltblütig geschehen ist, wenn man bei einer öffentlichen Hysterie wie der damals überhaupt von Kaltblütigkeit sprechen kann.« Sie sah auf und versuchte ein verzagtes Lächeln. »Entschuldigen Sie. Wie geschmacklos von mir, Sie mit solch entsetzlichen Dingen zu bestürmen! Ich kenne Sie kaum, und Sie sind schließlich zum Tee gekommen und nicht…« Sie verstummte und schüttelte den Kopf. »Ich muß mich für mein Verhalten wirklich schämen, aber Sie haben mich sofort verstanden – etwas, das sehr selten ist.«

»Bitte entschuldigen Sie sich nicht«, sagte Charlotte schnell. »Ich rede auch viel lieber über Dinge, die wirklich passiert sind. Ich versichere Ihnen, das Wetter interessiert mich nicht im geringsten, und über die Londoner Gesellschaft weiß ich auch sehr wenig zu sagen. Und mich für Mode zu interessieren, kann ich mir gar nicht leisten.«

Bei anderer Gelegenheit würde Caroline Charlotte für diese indiskrete Offenheit unter dem Tisch einen Fußtritt verpaßt haben, doch diesmal erschien ihr der Grund ihres Besuchs viel zu wichtig, um ihn unter die strengen Regeln gesellschaftlicher Umgangsformen zu stellen.

Kathleen lächelte verständnisvoll. »Es ist wirklich mehr als erfrischend, mit Ihnen zu plaudern, Miß Pitt. Ich bin so froh, daß Sie gekommen sind.

Charlotte empfand einen heftigen Anflug von Schuld, der sich jedoch sogleich wieder verflüchtigte, als sie an Aaron Godman dachte.

»Quälen Sie sich deshalb nicht«, sagte sie leise. »Es gibt immer Leute, die gegen alles protestieren, selbst wenn sie für das, was geschehen ist, mitverantwortlich sind. Aus welchem Grund soll er so etwas Schreckliches getan haben? War es ein Raubüberfall? Oder kannten sie sich?«

»Sie kannten sich«, erwiderte Kathleen, bemerkenswert ruhig. »Kingsley, mein Gatte, hatte eine Affäre mit der Schwester des Mannes, und sie glaubte, er würde sie heiraten – was natürlich Unsinn war. Aber sie irrte sich – wie so viele Frauen, die verliebt sind.« Ein trauriges, versonnenes Lächeln spielte um ihren Mund, das jedoch ganz ohne Bitterkeit war. »Wir alle haben unsere Träume, und manche davon sind so kostbar, daß es uns schwerfällt, von ihnen Abschied zu nehmen.«

»Wie schrecklich für Sie!« murmelte Charlotte und meinte es aus ganzem Herzen. Allein der Gedanke, Pitt könnte Gelüste für andere Frauen hegen, tat weh. Sie würde es nicht ertragen, wenn sie erfahren würde, daß er eine Affäre hatte. »Es tut mir so leid!«

Caroline blieb stumm und überließ Charlotte die Führung des Gesprächs.

Kathleen hörte die Entrüstung in Charlottes Stimme und schüttelte mit einem winzige Lächeln den Kopf.

»Oh... Kingsley war sehr charmant und amüsant und überaus großzügig«, sagte sie mit sanfter Stimme. »Und ich habe ihn nie schlechtgelaunt erlebt. Aber ich wußte immer, daß er schwach war. Er liebte es zu gefallen, doch das ist nicht immer eine Tugend; es kann manchmal auch ein Fehler sein. Ich glaube, daß er sie ebenfalls geliebt hat und nie die Kraft aufbrachte, ihr die Wahrheit zu sagen.« Sie sah Charlotte aus großen, dunklen Augen an. Dann, als habe sie ihre Gedanken gelesen, sagte sie: »Sie müssen wissen, daß er sehr wenig eigenes Geld hatte. Wir lebten recht gut, weil Kingsley hin und wieder kleine Aufträge von Papa bekam. Er war wirklich sehr charmant und verstand es, Leute zu unterhalten und dabei ein Geschäft unter Dach und Fach zu bringen. Doch wenn er mich verlassen hätte, wäre er gesellschaftlich erledigt gewesen, und Papa hätte sicherlich dafür gesorgt, daß er nie wieder eine Chance bekommen hätte.«

Ihre Augen wurden sanft. »Papa kann ein so gütiger und sanftmütiger Mensch sein, daß ich keinen wüßte, der liebevoller und geduldiger zu meinen Kindern ist als er; und auch zu mir und zu Großmutter ist er herzensgut. Aber er kann auch ganz anders sein; vor allem wenn er Unehrlichkeit oder gar Grausamkeit bei jemanden feststellt. Er haßt alles Böse und Gemeine mit wahrer Leidenschaft, und wenn Kingsley mich verlassen hätte, wäre das für ihn etwas unverzeihlich Schlimmes gewesen. Und das wußte Kingsley genau, so liebenswert und leichtsinnig er auch war.«

»Und es ist nicht möglich, daß es vielleicht doch ein Raubüberfall war?« Charlottes Stimme klang so aufgewühlt und betroffen, als wäre sie nicht bestens über den Fall informiert.

»Ich bezweifle es.« Kathleen seufzte. »Es war eine viel zu entsetzliche und grauenvolle Tat für eine Raubüberfall. Und es… es hat den Anschein, als sei sie von einem Juden begangen worden. Ich glaube, das ist der Grund, weshalb Großmutter so voreingenommen ist gegen Juden. Sie mochte Kingsley sehr.«

»Du gütiger Himmel! Sie müssen Schreckliches erlebt haben.« Charlotte meinte es ehrlich, was sie sagte. »Sie sollten sich wirklich nicht länger mit Zweifeln quälen wegen…« – sie stockte, weil sie um ein Haar den Namen genannt hätte – »… des Mannes, der gehängt wurde. Aber wenn er es nicht war, wer könnte es dann getan haben?«

»Ich weiß es nicht.« Kathleen zuckte die Achseln. »Vielleicht war es dieser andere Schauspieler – habe ich schon gesagt, daß der Mann, den sie gehängt haben, Schauspieler war? Nein? Ja – er war Schauspieler. Sie müssen wissen, die Frau, mit der Kingsley eine Affäre hatte, war Schauspielerin.«

Charlotte schluckte. »Ein anderer Schauspieler?«

»Ja… Joshua Fielding. Er ist auch Jude, und er war ebenfalls in Kingsleys Schauspielerin verliebt.«

»Sie glauben, er war eifersüchtig?« fragte Charlotte mit zusammengeschnürter Kehle und wurde schmerzlich gewahr, wie Caroline sich neben ihr erschreckt aufrichtete, die Hände in ihren eleganten Handschuhen zu Fäusten geballt.

»Entweder das, oder er wußte, daß Kingsley sie niemals heiraten würde«, erwiderte Kathleen. »Und er haßte ihn, weil er ihr weh tat – wenngleich auch ohne es zu wollen. Kingsley hatte mit ihm eine furchtbare Auseinandersetzung, ein paar Tage bevor er umgebracht wurde.«

»Mit… Joshua Fielding?« Zum ersten Mal mischte sich Caroline in das Gespräch. Sie war kreidebleich und ihre Stimme heiser.

Kathleen wandte sich zu ihr, und es wirkte, als registriere sie erst jetzt Carolines Gegenwart.

»Ja. Er kam völlig derangiert nach Hause, mit zerknitterten Kleidern und Schmutz an der Hose. So wie er aussah, war es eine handfeste Schlägerei.«

»Und er hat das vor Ihnen zugegeben?« Caroline wollte die Tatsache nicht wahrhaben.

»Ja. Sie hätten ihn kennen müssen«, erklärte Kathleen, die Carolines Verzweiflung völlig falsch interpretierte. »Er versuchte, die Wahrheit zu umgehen, wenn sie schmerzhaft war, aber er brachte es auch nicht fertig, einem ins Gesicht zu lügen. Mir war klar, daß etwas passiert sein mußte, und ich fragte ihn natürlich. Er sagte, er hätte eine handgreifliche Auseinandersetzung mit Joshua Fielding gehabt. Aber als ich ihn fragte, weshalb, erwiderte er, es sei besser, wenn ich es nicht wüßte, gab mir einen Kuß und ging nach oben, um seine schmutzigen Kleider auszuziehen.« Sie schüttelte den Kopf. »Als dann vor Gericht sein Verhältnis mit… mit seiner Mätresse offenkundig wurde, habe ich natürlich begriffen, worum es bei dem Streit gegangen sein muß.«

»Ja«, sagte Charlotte hastig und fühlte mit Caroline. Sie empfand ihren Schmerz geradezu körperlich; ihr Magen krampfte sich zusammen, und ihr war ganz schlecht. »Ja. Ich verstehe…« Sie suchte nach etwas, das sie noch sagen könnte, doch ihr Gehirn war wie leergefegt. Sie wünschte, sie hätten einfach aufstehen und gehen können, doch das wäre mehr als unhöflich gewesen und hätte ein Wiederkommen unmöglich gemacht. Und sie mußten wiederkommen. Sie war überzeugt, es gab noch weit mehr über Kingsley Blaine in Erfahrung zu bringen, das sie auf die Spur seines Mörders bringen konnte, auch wenn sie beide nichts mehr fürchteten als dies. Jetzt aufzuhören, wäre schlimmer gewesen, als hätten nie damit begonnen.

»Und trotzdem…« Sie bemühte sich, Zuversicht in ihre Stimme zu legen, doch ihre Kehle war wie zugeschnürt, und sie brachte nur ein Krächzen zustande. »Trotzdem«, setzte sie neu an, »finde ich, sollten Sie sich deshalb keine Gewissensbisse machen. Es war nicht Ihre Schuld. Er wurde von einem fairen Gericht verurteilt.«

»Aber ich habe niemandem von dem Streit erzählt«, sagte Kathleen mit bleichem Gesicht und sah von Caroline und Charlotte und wieder zurück. »Niemand hat mich gefragt, und von mir aus habe ich es nicht erwähnt. Glauben Sie, daß das einen Unterschied gemacht hätte?«

»Nein«, log Charlotte. »Sicherlich nicht. Aber ich möchte Sie wirklich nicht länger mit solchen unangenehmen Erinnerungen quälen. Das letzte, was ich möchte, ist, daß unser Besuch Ihnen als unerfreuliches Ereignis im Gedächtnis haften bleibt, das nur alte Wunden aufgerissen hat.«

Sie log zwar, dennoch wollte sie Kathleen gewiß nicht weh tun – um so weniger, als sie sie nun näher kennengelernt hatte. Sie sah Joshua Fieldings sanftes, humorvolles Gesicht vor sich und versuchte, es sich entstellt und verzerrt von so viel Haß vorzustellen, der fähig ist, einen anderen Menschen zu töten und ihn anschließend zu kreuzigen. Es war unmöglich. Allerdings war er ein Schauspieler. Es war seine Kunst und Profession, Leidenschaften darzustellen, die er nicht empfand, und jene zu verbergen, die er fühlte.

Viel stärker jedoch als ihre Zweifel und ihr eigenes Unbehagen darüber war die lähmende, qualvolle Sorge um Caroline. Sie würde zutiefst verletzt sein; viel tiefer, als die kurze Zeit ihrer Bekanntschaft erahnen ließ. Doch Gefühle haben wenig mit Zeit zu tun, und Liebe überhaupt nichts.

Kathleen sagte etwas, doch Charlotte verstand die Worte

nicht. Mit Gewalt riß sie sich von ihren Gedanken los und zwang ihre Aufmerksamkeit wieder auf das Gespräch. Der Rest des Besuchs verging mit Plauderei über angenehmere Themen. Caroline jedoch konnte nur mehr stumm und blicklos vor sich hinstarren; nur hin und wieder, wenn es die Höflichkeit gebot, machte sie eine einsilbige Bemerkung.

Als sie sich dann verabschiedeten, geschah dies mit viel Lächeln und unter vielfachem Dankeschön, und sie traten hinaus in den böigen Wind, mit um ihre Knöchel flatternden Röcken und einer öden Trauer im Herzen, als sei die Sonne für immer verschwunden.

8. Kapitel

Pitt suchte erneut Juniper Stafford auf. All das, was er über sie und ihre Beziehung zu Adolphus Pryce erfahren hatte, hinterließ in ihm ein Gefühl der Unsicherheit darüber, ob er sie als Verdächtige in Betracht ziehen sollte oder nicht. Vielleicht beruhte sein Zögern nur auf einem diffusen Gefühl, weil er dabeigewesen war, als sie zusehen mußte, wie ihr Mann starb. Damals hatte er sie nicht für schuldig gehalten. Er hatte lediglich ein tiefes Mitgefühl für sie empfunden. Nie hatte er an ihrem tiefen Gram gezweifelt, der auf ihn vollkommen echt gewirkt hatte.

War es falsche Eitelkeit, die es ihm so schwer machte, seine Meinung zu ändern? Oder war es ein gesunder Instinkt, irgendeine unbewußte Wahrnehmung, die ihm sagte, daß ihr Schmerz echt war? Oder lag es daran, daß er wollte, daß Aaron Godman unschuldig war? Das war ein häßlicher Gedanke. Es würde für alle Beteiligten außer Tamar Macaulay eine Tragödie bedeuten, die echte und wahrhaftige Tragödie der Schande.

Er stand vor dem Haus der Staffords, hob den Türklopfer und ließ ihn los. An den Fenstern war noch schwarzes Kreppapier drapiert, und die Vorhänge waren halb zugezogen. Das ganze Haus strahlte etwas Trostloses aus, eine Atmosphäre tiefster Erschöpfung.

Die Tür öffnete sich, und ein Bediensteter mit schwarzer Armbinde sah ihn forschend an.

»Ich bedaure, Mrs. Stafford stören zu müssen«, sagte Pitt mit gespielter Sicherheit. »Aber es gibt da noch einige Fragen zum Tod des Richters, die ich mit ihr besprechen muß.« Er überreichte seine Visitenkarte. »Würden Sie sie bitte fragen, ob sie für mich zu sprechen ist?«

»Ja, Sir«, sagt der Diener mit förmlichem Gehorsam.

Fünf Minuten später stand Pitt im kühlen Frühstückszimmer, und Juniper Stafford kam herein. Sie trug Schwarz, aber ihr Kleid war nach der neuesten Mode geschnitten. Es saß wunderbar, und der Stoff schimmerte sanft. Sie trug eine dezente, mit Perlen verzierte Kette um den Hals und dazu passende Ohrringe, und ihr Gesicht überzog ein leichtes, kaum sichtbares Glühen. Ihre Augen wirkten sanft und lebendig. Er war überrascht, und er wußte sofort, was an Liveseys Äußerung, sie sei verliebt, dran war.

»Guten Morgen, Mr. Pitt«, sagte sie mit einem zarten Lächeln und blieb im Türrahmen stehen. »Sind Sie mit Ihrer Arbeit vorangekommen?«

»Guten Morgen, Mrs. Stafford«, antwortete er trocken. »Leider konnte ich nur geringe Fortschritte erzielen. Je mehr ich über diese Sache weiß, desto schwieriger erscheint es mir, die Lösung zu finden.«

Sie trat in den Raum, und er roch einen Hauch von Parfüm, das leichter und weniger süß war als der Duft von Lavendel. Bei jedem Schritt hörte man das Rascheln von Seide, als bewegten sich Blätter im Wind, obwohl der Stoff ihres Kleides nicht nach Seide aussah. Wenn sie um Samuel Stafford trauerte, dann wurde diese Trauer durch jenes andere Gefühl überdeckt, das sie erregte und ihr Blut in die Wangen schießen ließ. Aber selbst wenn dem so war, dann hieß das noch nicht unbedingt, daß sie am Tod ihres Gatten in irgendeiner Weise schuldig war.

»Ich weiß nicht, was ich Ihnen sonst noch sagen kann, um Ihnen zu helfen.« Sie sah ihm in die Augen. »Ich weiß so gut wie nichts über diese Fälle, nur das, was man allgemein durch die Presse erfährt. Er hat nie darüber gesprochen.« Sie lächelte, und ihr Blick wirkte verlegen. »Richter tun das nie. Das widerspräche der Ethik. Außerdem bezweifle ich, ob ein Mann derlei Dinge je mit seiner Frau besprechen würde.«

»Ich weiß, Madam«, räumte er ein. »Aber Frauen haben eine scharfe Beobachtungsgabe. Sie verstehen vieles, über das nie gesprochen wurde, vor allem, wenn es sich dabei um Gefühle handelt.«

Sie zuckte zustimmend mit den Achseln. »Bitte setzen Sie sich doch, Mr. Pitt.«

Sie setzte sich als erste hin, ein wenig seitwärts auf einen der großen Stühle, wobei sie den Stoff ihres Kleides mit großer Anmut einen weiten, natürlich fließenden Bogen um sich beschreiben ließ. Die Kunst, vollkommen weiblich zu sein, war so sehr Teil ihrer selbst, daß sie derartige Details ganz selbstverständlich ausführte, ohne weiter darüber nachzudenken.

Pitt nahm ihr gegenüber Platz.

»Ich wäre Ihnen ausgesprochen dankbar, wenn Sie mir alles erzählen würden, was Sie von jenem Tag, an dem Ihr Gatte starb, noch erinnern«, forderte er sie auf.

»Noch einmal?«

»Wenn Sie die Güte hätten, ja. Vielleicht erinnern Sie sich im nachhinein an zusätzliche Details. Oder ich kenne beim zweitenmal die Bedeutung einer Einzelheit, die ich beim erstenmal übersehen habe.«

»Wenn Sie glauben, daß es hilft«, antwortete sie ergeben. Falls sie Angst hatte, so konnte er dies zumindest nicht sehen. Er suchte prüfend ihre ebenmäßigen Gesichtszüge ab, um irgend etwas zu finden, das hinter der Trauer und der durch die Erinnerung hervorgerufenen Verwirrung lag.

Detail für Detail erzählte sie ihm genau das, was sie ihm beim erstenmal erzählt hatte: wie sie morgens aufgestanden waren und gefrühstückt hatten; wie Stafford einige Zeit in seinem Arbeitszimmer über verschiedenen Briefen gesessen war; wie Tamar Macaulay sie besucht hatte; wie dann die lauten Stimmen zu hören waren, die nicht zornig, aber erregt klangen; wie dann erst sie das Haus verlassen hatte und kurz darauf Stafford, der, seinen Worten zufolge, noch einmal die Personen befragen wollte, die in den Farrier's Lane-Mordfall verwickelt waren. Juniper hatte ihn erst wiedergesehen, als er abends gedankenversunken und in sich gekehrt nach Hause zurückkam. Er war kurz angebunden gewesen und hatte ihr nicht das geringste erzählt.

Sie hatten miteinander zu Abend gespeist, hatten von denselben Speisen und von denselben Platten gegessen, sich dann festlich angekleidet und waren zu einem gemeinsamen Theaterbesuch aufgebrochen.

Während der Pause hatte sich Stafford entschuldigt und war in den Rauchsalon gegangen. Er war gerade noch rechtzeitig in die Loge zurückgekommen, bevor sich der Vorhang wieder hob. Was danach geschah, wußte Pitt.

»Es war sicher jemand, der in den Farrier's Lane-Fall verwickelt ist, nicht wahr, Mr. Pitt?« fragte sie und runzelte ihre Brauen. »Es ist gräßlich, irgend jemanden zu beschuldigen, aber in diesem Fall scheint sich das nicht vermeiden zu lassen. Der arme Samuel hat irgend etwas entdeckt, irgend etwas, wovon ich nicht weiß, was es sein könnte. Und als sie das herausfanden, haben sie... haben sie ihn umgebracht. Welche Möglichkeit sonst sollte es geben?«

»Alles, was ich bisher habe in Erfahrung bringen können, deutet darauf hin, daß das Urteil in jenem Fall vollkommen korrekt war«, antwortete er. »Vielleicht war die Durchführung des Verfahrens etwas überstürzt, und zweifellos hat es bei der ganzen Sache viel zu viele häßliche Emotionen gegeben, aber an dem Ergebnis ändert das nichts.«

Zum ersten Mal flackerte Angst in ihren dunklen Augen auf. »Dann muß es etwas geben, das Samuel entdeckt hatte, etwas sorgfältig Verborgenes. Denn schließlich«, führte sie aus, »hat es ihn viele Jahre gekostet, um es herauszufinden. Selbst dem Appellationsgericht ist das nicht gelungen. Daher ist es wenig verwunderlich, wenn Sie in dieser kurzen Zeit noch nicht darauf gestoßen sind.«

»Wenn er sich so sicher gewesen wäre, Mrs. Stafford, hätte er es dann nicht irgend jemandem gesagt?« fragte er und blickte in ihre weit aufgerissenen Augen. »Er hatte hinreichend Gelegenheit dazu. Er sah Richter Livesey an jenem Tag unter vier Augen, und dennoch hat er nicht davon gesprochen.«

Erneut huschte ein leichtes Erröten über ihre Wangen, ein kaum merkliches Glühen.

»Er hat Mr. Pryce davon erzählt.«

»So lautet die Aussage von Mr. Pryce«, bestätigte Pitt.

Sie atmete tief ein, zögerte, als wolle sie etwas sagen, und besann sich dann doch anders. Sie blickte auf ihre Hände hinab, die in ihrem Schoß lagen, und hob dann wieder ihren Blick, um Pitt anzusehen.

»Vielleicht«, stieß sie endlich hervor, »lügt Richter Livesey.« Ihre Stimme klang heiser, und ihr Gesicht überzog jetzt eine flammende Röte.

»Warum sollte er das tun?« fragte Pitt scharf.

»Weil sein Ruf gefährdet wäre, wenn sich das Appellationsgericht geirrt haben sollte.« Nun überschlugen sich ihre Worte, und ihre Stimme klang, als wolle sie ihr nicht mehr gehorchen. »Es handelte sich um einen aufsehenerregenden Fall. Durch die Würde und die Konsequenz, mit der das Berufungsverfahren abgewickelt wurde, hat er erheblich an Reputation gewonnen. Die Menschen fühlten sich sicherer, weil er auf der Richterbank saß. Verzeihen Sie, Inspektor, aber verstehen Sie nicht, was es für einen Richter des Appellationsgerichts heißt, sein wohldurchdachtes Urteil in Frage zu stellen? Er müßte zugeben, daß er sich geirrt hat, daß er nicht alle Fakten erkannt hat – oder noch schlimmer: daß er sie falsch bewertet und unwissentlich einem schrecklichen Unrecht Vorschub geleistet hat. Ich bezweifele, daß er dafür offiziell gerügt werden würde, aber das ist es nicht, was wirklich zählt. Es wäre vielmehr die öffentliche Schmach, der Verlust allen Vertrauens in ihn, was ihn schrecken würde. Seine Urteile würden nie mehr dieselbe Gültigkeit besitzen; selbst seine vergangenen Prozesse würden plötzlich in anderem Licht erscheinen.«

»Aber dasselbe hätte doch fraglos auch Richter Stafford gegolten, wenn das Urteil aus einem Grunde aufgehoben worden wäre, der ihnen damals hätte bekannt sein müssen?« warf Pitt ein. »Und wenn es da etwas gab, was sie nicht hatten wissen können, dann traf sie doch keinerlei Schuld.«

Mit festem, ruhigen Gesichtsausdruck setzte sie an, ihm ihre Argumente darzulegen. Dann trat plötzlich Unsicherheit in ihr Gesicht. »Ja, ich – ich nehme das an. Aber warum sollte Mr. Pryce die Unwahrheit sagen? Er war Staatsanwalt. Seine Aufgabe war es, nach Möglichkeit einen Schuldspruch zu erzielen. Ihn trifft keinerlei Schuld, wenn die Verteidigung versagt hat oder das Urteil fehlerhaft war.«

Er beobachtete sie aufmerksam. »Es besteht immer noch die Möglichkeit, daß das Ganze nichts mit dem Farrier's Lane-Fall zu tun hat, Mrs. Stafford.«

Ihre Lider zitterten, und in ihre Augen traten jetzt deutliche Zeichen der Angst.

»Dann hätte er noch weniger Grund zu lügen«, entgegnete sie.

»Es sei denn, er hätte ein persönliches Motiv hierfür.« Er haßte es, dies zu tun. Es glich dem grausamen Spiel, das die Katze mit ihrer Beute trieb. Trotz aller Schwere des Verbrechens fühlte er keinerlei Befriedigung am Ende der Jagd. Er fühlte keinerlei Zorn, der es ihm erleichtert hätte, seine Rolle bis zum Ende zu spielen. »Es ist mir bekannt, Mrs. Stafford, daß Mr. Pryce Sie zutiefst liebt.« Er sah, wie die Farbe aus ihrem Gesicht wich. Sie sah ihn bleich und voller Furcht an. Wenn sie ihn nicht für schuldig hielt und nicht um ihn bangte – oder vielleicht auch um sich selbst –, dann hätte solch eine Bemerkung sie erröten lassen. »Ich fürchte, sein Motiv liegt nur zu deutlich auf der Hand«, schloß er.

»O nein!« rief sie fast unwillkürlich aus, während sich ihr Körper straffte und sie die Hände in ihrem Schoß aneinanderpreßte. »Ich meine – ich…« Sie biß sich auf die Lippe. »Es wäre in dieser Situation dumm zu leugnen, daß Mr. Pryce und ich…« Sie starrte Pitt aufgelöst an und versuchte aus seinem Gesichtsausdruck zu lesen, wieviel er wußte und wieviel er sich lediglich zusammenreimte. »Daß wir eine gewissen Zuneigung füreinander empfinden. Aber das…«

Er wartete darauf, daß sie jetzt leugnete, daß es sich dabei um eine Affäre handelte. Er sah, wie sie mit sich kämpfte, wie die Angst in ihr aufstieg, wie sie versuchte abzuwägen, was er ihr glauben würde. Und dann gab sie sich plötzlich geschlagen.

»Ich gebe zu, daß ich mir gewünscht habe, frei zu sein, um Mr. Pryce heiraten zu können, und er hat mir Grund zu der Annahme gegeben, daß er genauso fühlt wie ich.« Sie atmete schwer. »Aber er ist ein Ehrenmann. Er würde nie zu so einem… so einem abscheulichen Mittel gegriffen haben wie… meinen Gatten zu töten.« Ihre Stimme klang verzweifelt. »Glauben Sie mir, Mr. Pitt, wir haben einander geliebt, aber wir haben auch akzeptiert, daß es nie mehr sein konnte als ein paar flüchtige Augenblicke der Begegnung – was Sie möglicherweise mißbilligen werden.« Sie schüttelte heftig den Kopf. »Die meisten Menschen werden das wohl tun, aber es ist nicht solch ein Verbrechen wie ein Mord. Es ist ein Mißgeschick, das viele von uns heimsucht. Ich bin nicht die einzige Frau in London, die ihre wahre Liebe gegenüber einem Mann entdeckt hat, der nicht ihr Ehemann ist.«

»Natürlich nicht, Mrs. Stafford. Aber Sie wären ebensowenig die einzige Frau, die in ein aus Leidenschaft begangenes Verbrechen verwickelt wäre, falls es sich hier um solches handelt.«

Sie lehnte sich vor und sah ihn eindringlich an.

»Es ist nicht so! Adolphus – Mr. Pryce – ist nicht so ein... er würde niemals...«

»Er würde sich nie derart von seiner Leidenschaft überwältigen lassen, daß er zur Gewalt greifen würde, um mit der Frau, die er liebt, zusammensein zu können«, formulierte er für sie. »Wie können Sie sich da so sicher sein?«

»Ich kenne ihn.« Sie wandte ihren Blick ab. »Das hört sich lächerlich an, nicht wahr? Ich weiß, daß Sie das denken. Sie müssen es nicht erst sagen.«

»Nicht lächerlich«, sagte Pitt schnell. »Nur höchst normal. Wir alle halten die, die wir lieben, für unschuldig. Und die meisten von uns glauben, daß sie die ihnen nahestehenden Menschen gut kennen.« Er lächelte, weil er daran dachte, daß er dies ebenso zu sich selbst wie zu ihr sagte. »Ich vermute, daß die Hälfte unseres Gefühls, jemanden zu lieben, aus dem Glauben herrührt, daß wir den anderen verstehen, vielleicht als einzige. Die Nähe, die wir empfinden, besteht zu einem großen Teil aus der Vorstellung, daß wir etwas Kostbares, Edles gefunden haben, das außer uns niemand sonst in seiner Einzigartigkeit erkennt und begreift.«

»Für Sie scheint das alles ganz selbstverständlich zu sein.« Sie blickte auf ihre ineinander verklammerten Hände, die noch immer in ihrem Schoß lagen. »Aber all diese Erklärungen lassen es nicht unwahr werden. Ich bin mir sicher, daß Adolphus meinen Gatten nicht umgebracht hat. Sie können mich von dieser Überzeugung nicht abbringen.«

»Und ich nehme an, er ist sich genauso sicher, daß Sie es nicht getan haben«, antwortete Pitt.

Ihr Kopf ruckte hoch, und sie starrte ihn mit aufgerissenen Augen an, als hätte er ihr ins Gesicht geschlagen.

»Wie bitte? Was haben Sie gesagt... Mein Gott! Haben Sie ihm das alles auch gesagt? Haben Sie ihn glauben lassen, daß ich...«

»Daß Sie schuldig sind?« beendete er ihren Satz. »Oder daß Sie ihn beschuldigt haben?«

Ihr Gesicht war jetzt weiß wie die Wand, und in ihren Augen funkelte eine plötzliche panische Angst. Fürchtete Sie um Pryce oder um sich selbst?

»Sicherlich befürchten Sie nicht, daß er Ihnen so etwas zutrauen könnte?» fuhr er fort.

»Natürlich nicht«, entgegnete sie heftig. Und im selben Augenblick wußten beide, daß es eine Lüge war. Sie war voller Furcht, daß Pryce dachte, sie sei es gewesen. Die Schmach und das Entsetzen standen ihr mit gräßlicher Deutlichkeit ins Gesicht geschrieben.

Sie drehte sich von ihm weg und verbarg ihr Gesicht. »Waren Sie bei Mr. Pryce?« fragte sie und hatte Mühe, ihre Stimme zu beherrschen.

»Bisher noch nicht«, antwortete er. »Aber ich werde zu ihm gehen müssen.«

»Und Sie werden versuchen ihm einzureden, daß ich in dem Wunsch, frei zu sein, um ihn heiraten zu können, meinen Gatten ermordet habe.« Ihre Stimme zitterte. »Das ist monströs! Wie könne Sie es wagen, so... mich so darzustellen als sei ich derart... unersättlich und...« Voller Zorn und Angst brach sie ihren Satz ab, und in ihre Augen traten Tränen. »Er würde denken...«

»Daß Sie es vielleicht getan haben?« fiel er ein. »Sicherlich nicht, wenn er Sie so kennt, wie Sie offensichtlich ihn kenne.«

»Nein.« Mit größter Mühe gelang es ihr, ihre Selbstbeherrschung zurückzugewinnen, zumindest was ihre Stimme betraf. »Was ich sagen wollte, ist, daß er denken würde, ich sei höchst anmaßend, indem ich zuviel als selbstverständlich voraussetze. Es ist Sache des Mannes, über die Ehe zu sprechen, Mr. Pitt, nicht Sache der Frau!« Auf ihren weißen Wangen hatten sich jetzt zwei rote hektische Flecken gebildet.

»Wollen Sie damit sagen, daß Mr. Pryce Ihnen gegenüber nie von der Ehe gesprochen hat?« fragte er.

Sie schluckte. »Wie konnte er? Ich bin ja bereits verheiratet – oder war es zumindest. Selbstverständlich hat er das nicht getan!« Sie saß kerzengerade, und wieder wußte er, daß sie log. Sie mußten oft über Heirat gesprochen haben. Sie reckte ihr Kinn höher. »Sie werden mich nicht dazu bringen, ihn zu beschuldigen.«

»Sie sind sich Ihrer Sache sehr sicher, Mrs. Stafford«, sagte er nachdenklich. »Ich bewundere ihre Zuversicht. Und dennoch bleibt bei mir ein ausgesprochen häßlicher Gedanke zurück.«

Sie starrte ihn an und wartete.

»Wenn es einer von Ihnen war und Sie sich so sicher sind, daß es nicht Mr. Pryce war…« Er brauchte seinen Satz nicht zu beenden.

Ihr stockte der Atem. Sie versuchte zu lachen, doch das Lachen blieb ihr im Halse stecken.

Als sie Ihre Fassung zurückgewonnen hatte, war es ihr unmöglich, seine Anschuldigung gebührend zurückzuweisen. »Sie irren sich, Mr. Pitt«, sagte sie matt. »Es war nicht einer von uns. Ich schwöre, daß ich es nicht war. Natürlich habe ich mir ab und zu gewünscht, frei zu sein, aber ich habe es mir nur gewünscht, das war alles. Ich hätte Samuel nie etwas antun können!«

Pitt schwieg. Er sah ihr ins Gesicht, sah die feinen Schweißperlen, die nicht mehr als ein leichtes Glitzern waren, sah die Blässe ihre Haut, die wie blutleer wirkte.

»Ich… ich war mir so sicher. Nein, ich kann immer noch nicht glauben, daß Adolphus…«

»Daß seine Gefühle nicht stark genug waren?« fragte er sanft. »Waren sie das nicht? Sind Sie sich da ganz sicher, Mrs. Stafford?«

Er beobachtete, wie die unterschiedlichsten Empfindungen über ihr Gesicht huschten: Furcht, Stolz, Distanzierung, Triumph und wieder Furcht.

Sie schlug ihre Augen nieder und wich seinem prüfenden Blick aus.

Sie ertrug es nicht, seine Leidenschaft zu leugnen, das glich einem Leugnen der Liebe selbst. »Möglicherweise nicht«, sagte sie zögernd. »Ich könnte den Gedanken nicht ertragen, daß ich Schuld daran trage, so etwas provoziert zu haben, so etwas...« Sie riß den Kopf hoch, und ihre dunklen Augen funkelten unerschrocken. »Ich wußte nichts davon. Sie müssen mir glauben! Ich kann es noch immer nicht fassen. Sie müssen es mir zweifelsfrei beweisen, sonst werde ich auch weiterhin sagen, daß Sie sich irren. Alles, was ich weiß, und Gott sei mein Zeuge, ist, daß ich es nicht war.«

Es lag kein Genuß in diesem Sieg. Er erhob sich.

»Ich danke Ihnen, Mrs. Stafford. Sie haben mir mit Ihrer Offenheit sehr geholfen.«

»Mr. Pitt...« Wieder fand sie keine Worte. Was sie sagen wollte, war sinnlos. Es war zu spät, Pryces Schuld zu leugnen. Sie hatte sich bereits festgelegt, und es gab kein Zurück mehr.

»Der Butler wird Sie hinausbegleiten«, schloß sie kraftlos. »Guten Tag.«

»Guten Tag, Mrs. Stafford.«

Er befragte Adolphus Pryce in dessen Büro, wobei Pitt in dem großen, bequemen Stuhl saß, der für Klienten gedacht war. Pryce selbst stand am Fenster, den Rücken zum Bücherschrank. Er war schlank und besaß eine natürliche Anmut.

»Ich wüßte nicht, was ich dem bereits Gesagten noch hinzufügen könnte, Inspektor«, sagte er mit einem leichtem Achselzucken. »Natürlich weiß ich, daß Opium in allen möglichen Läden verkauft wird, so daß man annehmen darf, daß es ich mühelos erwerben läßt. Ich selbst habe es nie genommen, so daß ich dies nur vermuten kann. Aber das gilt doch sicher für jeden? Für die unglücklichen Mitglieder von Aaron Godmans Bekanntenkreis ebenso wie für mich oder jeden anderen, den Richter Stafford an jenem Tag getroffen hat.«

»Das ist richtig«, bestätigte Pitt. »Ich habe auch lediglich danach gefragt, um den Formalitäten zu genügen. Ich hatte nicht angenommen, daß sich daraus wertvolle Erkenntnisse ergeben würden.«

Pryce lächelte und ging vom Fenster fort, um seine hinter dem Schreibtisch stehenden Stuhl zu sich herumzudrehen und sich darauf niederzulassen. Im Sitzen schlug er seine Beine elegant übereinander.

»Also was kann ich Ihnen erzählen, Inspektor? Alles, was ich über den Farrier's Lane-Fall weiß, entspricht dem, was auch der Öffentlichkeit allgemein bekannt ist. Damals glaubte ich, es sei Aaron Godman, und ich habe nicht erfahren, was Richter Stafford dazu brachte, dies zu bezweifeln. Er hat mir nichts Genaueres mitgeteilt.«

»Finden Sie das nicht überraschend, Mr. Pryce?« fragte Pitt so unverfänglich wie möglich. »Wenn man die Rolle bedenkt, die Sie in diesem Fall gespielt haben.«

»Nicht, wenn er bisher lediglich eine Verdacht hatte«, antwortete Pryce mit ruhiger, sachlicher Stimme. Falls er irgendeine Erregung verspürte, so verbarg er dies. Pitt hätte schwören können, daß ihn die Angelegenheit nicht weiter persönlich berührte. Er zeigte lediglich ein professionelles Interesse, das seinen beruflichen Pflichten entsprach. »Meiner Meinung nach war es vollkommen normal, daß er wartete, bis er unwiderlegbare Beweise hatte, bevor er solch einen aufsehenerregenden Fall neu aufnahm«, ergänzte Pryce, »und ein Urteil in Frage stellte, das bereits durch das erste Gericht gefällt und später durch fünf Appellationsrichter bestätigt worden war.« Er lehnte sich in seinem Stuhl etwas weiter nach hinten. »Vielleicht wissen Sie nicht, wie heftig die Gefühle damals waren. Es war einfach gräßlich. Der Ruf zahlreicher Personen stand auf dem Spiel, möglicherweise sogar der der englischen Rechtsprechung. Nein, ich bin mir völlig sicher, daß Mr. Stafford zunächst einmal unerschütterliche Beweise an der Hand haben mußte, bevor er mit irgend jemandem darüber sprechen konnte. Und sei es streng vertraulich.«

Pitt bemühte sich, ihn so aufmerksam wie möglich zu beobachten, ohne den Eindruck zu erwecken, daß er ihn anstarrte.

Juniper war voller Angst gewesen. Pryce schien vollkommen ruhig und sicher zu sein. Besaß er einfach eine bessere Selbstbeherrschung, oder hatte er ein gute Gewissen und dachte nicht im entferntesten daran, daß sie es gewesen sein könnte, die Stafford vergiftet hatte?

Vorsichtig bemühte sich Pitt, ihn in seiner Ruhe zu erschüttern.

»Da bin ich ganz Ihrer Meinung, Mr. Pryce. Aber natürlich muß ich andere Möglichkeiten ebenso in Betracht ziehen. Es ist durchaus denkbar, daß es nichts mit dem Farrier's Lane-Fall, sondern vielmehr mit persönlichen Gründen zu tun hatte.«

»Ich vermute, daß das möglich sein könnte«, sagte Pryce wachsam, wobei sich der Ton seiner Stimme kaum merklich veränderte. Er fragte nicht nach. Er war nicht so leicht aus der Fassung zu bringen wie Juniper.

»Ich bedauere, so indiskret sein zu müssen, Mr. Pryce«, fuhr Pitt fort. »Aber ich weiß von Ihrer Beziehung zu Mrs. Stafford. Für viele Männer wäre das ein Motiv.«

Pryce atmete ein und langsam wieder aus, bevor er antwortete. Er stellte seine zuvor übereinandergeschlagenen Beine jetzt nebeneinander.

»Ich wage zu behaupten, daß dies nicht für mich gilt. Ist es das, wonach Sie mich fragen wollten?«

»Unter anderem«, räumte Pitt mit einem leichten Schulterzucken ein. »Wollen Sie damit sagen, daß Sie keinerlei Versuchung verspürt haben? Sie müssen sich doch gewünscht haben, daß Richter Stafford… fort wäre? Oder habe ich die Tiefe Ihrer Gefühle für Mrs. Stafford falsch eingeschätzt?«

»Nein.« Pryce nahm ein Stück Siegellack in die Hand und spielte abwesend damit, dem Blick Pitts ausweichend. »Nein, natürlich nicht. Aber keine Tiefe des Gefühls könnte einen Mord rechtfertigen.«

»Was rechtfertigt es dann?« fragte Pitt noch immer höflich, auch wenn seine Worte schroff waren.

»Ich bin mir nicht sicher, ob ich verstehe, was Sie meinen«, erwiderte Pryce vorsichtig, aber seine Selbstbeherrschung war verschwunden. Seine Finger spielten nervös mit dem Siegellack, und sein Atem hatte sich beschleunigt.

Pitt wartete schweigend, nicht bereit, ihm zu helfen oder das Thema fallenzulassen.

»Liebe.« Pryce veränderte seine Sitzhaltung in seinem Stuhl. »Damit läßt sich sehr viel erklären, natürlich. Aber es rechtfertigt nichts. Nichts, was von größerem Gewicht wäre. Selbstverständlich tut es das nicht.«

»Das meine ich auch, Mr. Pryce.« Pitt ließ Pryce nicht aus den Augen. »Weder Betrug noch Verführung oder den Verrat an einem Freund, noch Ehebruch…«

»Um Gottes Willen!« Pryce zerbrach den Siegellack. Sein Gesicht war weiß. Er saß kerzengerade in seinem Stuhl, rang nach Worten und sackte plötzlich in sich zusammen. »Das… das ist wahr«, gab er leise zu. Seine Stimme hatte einen heiseren Klang. »Und Sie können sich nicht vorstellen, wie sehr ich das bedauere. Ich habe mich unsäglich dumm verhalten, habe jede Urteilsfähigkeit verloren und es zugelassen…« Er brach seinen Satz ab, hob seine Augen und begegnete Pitts Blick. »Aber das ist noch lange kein Mord.«

Statt zu antworten, sah Pitt ihn unverwandt in die Augen.

Pryce atmete langsam und tief ein. Er war noch blaß, aber allmählich kehrte die Farbe in sein Gesicht zurück. Die Anspannung war sehr groß gewesen.

»Natürlich sehe ich ein, daß Sie diese Möglichkeit in Betracht ziehen müssen. Die Logik verlangt es. Aber ich versichere Ihnen, daß ich keine Anteil an seinem Tod hatte. Nicht den geringsten. Ich…« Er biß sich auf die Lippe. »Ich weiß nicht, wie ich das beweisen kann, aber es ist die Wahrheit.«

Pitt lächelte. »Ich habe nicht erwartet, daß Sie sich dazu bekennen würden – ebensowenig wie Mrs. Stafford.«

Pryces Gesicht wirkte plötzlich wieder angespannt, und er setzte sich steif in seinem Stuhl auf.

»Zu Mrs. Stafford haben Sie das gleiche gesagt? Das ist…« Er brach ab, als gingen ihm neue Gedanken durch den Kopf.

»Natürlich«, antwortete Pitt ruhig. »Alle Anzeichen sprechen dafür, daß ihre Gefühle für Sie sehr tief sind. Sie muß sich oft gewünscht haben, frei zu sein.«

»Wünschen heißt nicht…« Pryce ballte die Fäuste. Er holte tief Luft. »Nun gut. Es wäre ungalant von mir zu sagen, daß ich es nicht gewünscht habe – und es wäre unwahr. Wir haben uns beide gewünscht, sie wäre frei. Aber es besteht ein himmelweiter Unterschied, ob man sich so etwas wünscht oder ob man einen Mord begeht, damit sich dieser Wunsch erfüllt. Sie wird Ihnen das gleiche gesagt haben.» Er machte eine Pause und wartete auf Pitts Antwort.

»Sie hat es bestritten«, bestätigte Pitt. »Und sie hat natürlich ebenfalls bestritten, daß Sie irgend etwas damit zu tun haben.«

Pryce wandte sich ab und lachte leise. Es war ein belegtes, nervöses Lachen.

»Das ist doch albern, Inspektor. Ich gebe zu – Mrs. Stafford und ich haben eine Beziehung, die… die unschicklich war, aber es war nicht bloß…« Er brach seinen Satz ab und fuhr dann fort: »Es ist ein sehr tiefes, aufrichtiges Gefühl. Es ist das Unglück mancher Menschen, daß sie sich wahrhaft in jemanden verlieben, den sie nicht heiraten können. Und genau das ist uns passiert.« Seine Worte hörten sich sehr distanziert an, und Pitt wußte nicht, ob Pryce vorbehaltlos glaubte, was er sagte, oder ob er nur etwas sagte, von dem er hoffte, es sei wahr.

»Da bin ich sicher«, meinte Pitt und wußte, daß er das Messer jetzt in der Wunde drehte. »Sonst hätten Sie kaum Ihren Ruf und Ihre Ehre wegen einer Affäre aufs Spiel gesetzt.«

Pryces Blick ruckte hoch, und er starrte ihn an.

»Es gibt bestimmte gesellschaftliche Kreise, in denen dergleichen übergangen wird«, fuhr Pitt schonungslos fort, »sofern es diskret genug geschieht. Aber ich bezweifle, daß dies auch für die Justiz gilt. Sie werden mir zustimmen, daß die Frau eines Richters über jeden Verdacht erhaben sein sollte?«

Pryce stand auf und ging zum Fenster. Er kehrte Pitt den Rücken zu. Einige Augenblicke lang antwortete er nicht, und als er sprach, war seine Stimme belegt.

»Die Frau eines Richters ist ein Mensch, Inspektor. Wenn Ihre Vertrautheit mit der besseren Gesellschaft über die Fähigkeit hinausreichen würde, den einen oder anderen merkwürdigen Satz von Shakespeare zu zitieren, dann brauchte ich Ihnen das nicht zu sagen. Wir mögen in den unterschiedlichen gesellschaftlichen Schichten leicht differierende Verhaltensregeln haben, aber unser Gefühle sind die gleichen.«

»Was wollen Sie mir damit sagen, Mr. Pryce? Daß Ihr Verlangen nach Mrs. Stafford Sie dazu getrieben hat, Opium in das Flakon von Samuel Stafford zu tun?«

Pryce wirbelte herum. »Nein! Nein – ich habe ihn nicht getötet! Ich habe ihm in keiner Weise irgend etwas zuleide getan – oder dazu beigetragen. Ich... Ich weiß nichts davon. Weder vorher noch seitdem.«

Pitt verbarg seine Gedanken und sah Pryce auch weiterhin voller Skepsis an.

Pryce rang nach Luft. »Ich bin des Ehebruchs schuldig, nicht des Mordes.«

»Es fällt mir schwer zu glauben, daß Sie nicht wissen, wer es war«, entgegnete Pitt, obwohl das nicht stimmte.

»Ich – ich... Was soll ich Ihrer Meinung nach sagen?« Pryce stockte die Stimme zwischen den einzelnen Worten als müsse er sich zwingen zu sprechen. »Das Juniper – Mrs. Stafford – ihn getötet hat? Da können Sie lange warten. Das werde ich nicht sagen.«

Aber er hatte es gesagt, und seine Augen verrieten, daß er dies wußte. Der Gedanke daran war ihm durch den Kopf geschossen und hatte den Weg zu seinen Lippen gefunden.

Pitt stand auf. »Ich danke Ihnen, Mr. Pryce. Sie sind sehr offen gewesen. Ich weiß das zu schätzen.«

Pryce's Gesicht verriet Selbstverachtung.

»Sie meinen, ich habe Ihnen offenbart, daß ich ein schwacher Verteidiger von Mrs. Stafford bin und gleichzeitig für sie fürchte? Ich glaube noch immer nicht, daß sie am Tod ihres Gatten irgendeinen Anteil hat, und ich werde sie bis an die Grenzen meiner Möglichkeiten verteidigen.«

»Wenn sie es getan hat, dann, Mr. Pryce, werden die Grenzen Ihrer Möglichkeiten schnell erreicht sein«, antwortete Pitt und ging zur Tür. »Ich danke Ihnen, daß Sie sich die Zeit genommen haben.«

»Pitt!«

Pitt drehte sich fragend um.

Pryce schluckte und leckte sich die Lippen. »Sie ist eine

sehr gefühlvolle Frau, aber ich glaube wirklich nicht, daß...« Er unterbrach sich. Sein Ehrgefühl verbot ihm, Einspruch zu erheben, nach dem, was er bereits zugegeben hatte.

»Einen guten Tag«, sagte Pitt sanft und trat auf den kalten Korridor hinaus.

»Nein, Sir, ich bezweifle das«, sagte er später an jenem Tag zu Micah Drummond.

Drummond stand vor dem flackernden Feuer in seinem Büro, die Beine leicht gespreizt, die Hände auf dem Rücken gefaltet. Er betrachtete Pitt mit einem Stirnrunzeln.

»Warum nicht? Warum jetzt nicht mehr?«

Pitt saß hinten im Raum auf dem bequemsten Stuhl, die Beine genüßlich von sich gestreckt.

»Weil sie ihn, als ich sie traf, verteidigt hat«, antwortete er. »Sie war sich sicher, daß er es unmöglich getan haben konnte. Ich glaube nicht, daß sie ihn überhaupt jemals in Betracht gezogen hat. Ihre Gefühle hätten es nicht erlaubt. Als ich ihr dann sagte, Aaron Godman könne kaum unschuldig sein, und es sei auch nicht vorstellbar, daß irgend jemand, der mit dem Farrier's Lane-Fall zu tun habe, einen Grund hätte, den Richter zu töten, konnte sie den unvermeidlichen Gedanken nicht mehr verhindern, daß sie es entweder selbst gewesen sein muß oder Pryce.« Er sah Drummond an. »Ihre augenblickliche Angst betraf Pryce. Ich sah es in ihrem Gesicht geschrieben, als sie dies zum erstenmal dachte.«

Drummond blickte nachdenklich auf den Teppich.

»Ist sie gerissen genug, Sie dazu zu bringen, genau das zu denken?«

»Ich glaube, daß selbst Tamar Macaulay nicht genug schauspielerisches Talent besäße, so echt zu wirken, wie sie es tat«, sagte Pitt voller Überzeugung. »Schauspielerei ist eine Frage der Gesten, der Bewegung von Körper und Händen, eine Frage der Höhe und der Modulation der Stimme; selbst der brillantesten Schauspielerin gelingt es jedoch nicht, auf Kommando zu erbleichen.«

»Dann war es möglicherweise tatsächlich Pryce?« meinte Drummond beinahe hoffnungsvoll. »Vielleicht wurde ihm die Warterei zuviel. Eine Affäre reichte ihm nicht, er wollte eine Ehe.« Er zuckte die Schultern. »Oder die ständige Heimlichtuerei machte ihn nervös. Vielleicht wurde sie mit der Zeit indiskret, oder sie forderte mehr Zuwendung von ihm?«

»So daß er Mord als letzten Ausweg sah?« sagte Pitt leicht sarkastisch. »Pryce wirkt auf mich nicht wie ein hysterischer Mann. Unklug in seiner Leidenschaft, unbeherrscht, egoistisch und bereit, seine moralische Urteilsfähigkeit durch seine Besessenheit von einer Frau zerstören zu lassen, sicher; aber nicht in einem Maße, daß er alles wegwerfen und nichts gewinnen würde. Er kennt das Gesetz zu gut, um anzunehmen, damit durchkommen zu können.«

»Warum nicht?« unterbrach ihn Drummond. »Ist es denn ein so großer Schritt vom Ehebruch und dem Verrat an einem Mann, der ihm vertraute und sein Freund war, zum Mord an diesem Mann?«

»Ja, ich denke, das ist es«, gab Pitt zurück und beugte sich vor. »Aber dessen ungeachtet ist Pryce Anwalt. Ehebruch ist eine Sünde, aber kein Verbrechen. Die Gesellschaft schneidet einen möglicherweise eine Zeitlang, wenn man sich allzu dreist verhält. Aber für einen Mord hängt sie einen. Pryce hat das zu oft erlebt, um es zu ignorieren.«

Drummond vergrub seine Hände tief in seinen Taschen und sagte nichts. Er befaßte sich weniger intensiv mit der Sache als Pitt, und Pitt wußte dies. Er war gekommen, weil es seine Pflicht war, und er benötigte Drummonds Unterstützung, um den Farrier's Lane-Fall wieder aufrollen zu können.

»Außerdem«, fuhr Pitt fort, »bekam er Angst, als ich zu ihm ging und betonte, daß er diejenige Person sei, auf die der größte Verdacht fiele, und dabei verwies er mich auf sie.«

Drummonds Gesicht verriet zum erstenmal in intensives Gefühl. Sein Mund verzog sich angewidert, und in seine Augen trat ein schmerzlicher Ausdruck.

»Was für ein tragisches Spektakel«, sagte er traurig. »Zwei Menschen, die sich geliebt haben, versuchen nun, den Verdacht von sich abzulenken, indem sie jeweils auf den anderen zeigen. Das beweist, daß ihre angebliche Liebe nichts als eine oberflächliche Verblendung war, eine flüchtige Vernarrtheit, die sofort erstirbt, sobald die eigenen Interessen berührt werden. Sie haben bewiesen, daß es lediglich Appetit, Wollust war.« Er starrte ins Feuer. »Sie haben nicht bewiesen, daß dieses Gefühl nicht stark genug für einen Mord war. Selbsterhaltung ist Antwort genug. Viele Kriminelle verraten ihre Komplizen, um sich selbst zu retten.«

»Das entspricht nicht dem, was ich gesagt habe«, erwiderte Pitt einen Ton schärfer. Er fand es schwierig, daß Drummond die übliche Genauigkeit vermissen ließ. »Anfangs war sich Pryce vollkommen sicher, daß Mrs. Stafford es nicht gewesen ist. Dann aber kam ihm plötzlich der Gedanke, daß es doch so gewesen sein könnte. Sicher, er fürchtete um sich selbst, aber in erster Linie fürchtete er um sie – nicht, daß man sie fälschlicherweise beschuldigen würde, sondern daß sie es tatsächlich getan haben könnte.«

»Sind Sie sicher?« fragte Drummond und senkte seine Brauen.

»Sie sind der Genußsucht schuldig, und daß sie ihre Besessenheit mit Liebe verwechselt haben und sich selbst einredeten, das entschuldige alles, während es in Wahrheit nichts entschuldigte. Ungezügeltes Verlangen ist verständlich, aber es steckt nichts Edles in ihm. Es ist egoistisch und letztlich zerstörerisch.« Er lehnte sich noch ein Stück weiter nach vorn und starrte Drummond an.« Keinem von beiden lag das Wohlergehen des anderen wirklich am Herzen, denn dann hätten sie es niemals zugelassen, daß die Leidenschaft ihr Verhalten diktiert.« Er sah Drummonds Augen. »Das hört sich schwülstig an, nicht wahr?« räumte er ein. »Aber es ist die Art, wie sie sich rechtfertigen, die mich so zornig macht! Wenn sie je aufrichtig zueinander gewesen wären, hätten sie nicht so viel zerstört und würden am Ende nicht mit leeren Händen dastehen.«

Drummond blickte in die Ferne.

»Verzeihen Sie.« Pitt richtete sich wieder auf. »Ich sollte mich wieder auf den Farrier's Lane-Fall konzentrieren.«

»Wie bitte?« Drummond sah ihn scharf an.

»Juniper Stafford oder Pryce sind es nicht gewesen, also muß ich zum Farrier's Lane-Fall zurückkehren«, wiederholte

Pitt. »Es war jemand, den Richter Stafford an jenem Tag traf – weil mit dem Flakon noch alles in Ordnung war, als Livesey und sein Tischgenosse während des Mittagessens daraus tranken. Weshalb nur noch jene in Betracht kommen, die in den Fall verwickelt waren.«

»Aber das haben wir doch schon längst abgeschlossen«, meinte Drummond. »Alle Anzeichen sprechen nach wie vor für Godmans Schuld. Und wenn er schuldig war, warum sollte dann irgend jemand Stafford töten, weil er den Fall wieder aufnehmen wollte? Außerdem gibt es keinen Beweis dafür, daß er dies wollte. Livesey sagte, daß dem nicht so war.«

»Livesey sagte lediglich, daß ihm nicht bekannt sei, daß er es wollte«, korrigierte ihn Pitt. »Ich stimme dem zu, daß Livesey glaubt, der Fall sei abgeschlossen. Aber das heißt nicht, daß Stafford an jenem Tag nichts fand. Es kann gut sein, daß er es für sich behalten wollte, bis er es beweisen konnte.«

»Was beweisen?« fragte Drummond aufgebracht. »Daß jemand anderer als Godman Blaine getötet hat? Wer denn, um Himmels willen? Fielding? Dafür gibt es keinerlei Beweise. Es gab damals keine Beweise, und ich frage Sie, was irgend jemand, von Stafford ganz zu schweigen, jetzt noch finden könnte?«

»Das weiß ich nicht«, gab Pitt zu. »Aber ich möchte den Fall noch einmal gründlich untersuchen. Ich muß dies tun, wenn ich herausfinden will, wer Stafford getötet hat.«

Drummond seufzte. »Dann denke ich, daß Sie das auch tun sollten.«

»Mit Ihrer Unterstützung? Lambert wird das nicht gefallen.«

»Natürlich wird es das nicht. Würde es Ihnen anders ergehen?«

»Nein. Aber wenn ich mich einmal gefragt hätte, ob ich mich zuvor geirrt habe, würde ich es wissen wollen.«

»Würden Sie das?« meinte Drummond und verzog sein Gesicht. Er ging vom Feuer zu seinem Schreibtisch hinüber. »Ja, natürlich mit meiner Unterstützung. Aber Sie müssen dennoch diplomatisch vorgehen, wenn Sie etwas erreichen wollen. Nicht nur Lambert wird das nicht gefallen. Sie treten damit einer Menge von Leuten auf die Zehen! Der stellvertretende Commissioner hat mich bereits gedrängt, den Mord an Stafford so schnell wie möglich vom Tisch zu bekommen, und dies, ohne den Farrier's Lane-Fall wieder hochzuspielen und dadurch eine größere öffentliche Unruhe oder gar Zweifel an der Richtigkeit des ursprünglichen Urteils heraufzubeschwören. Es gibt genug Leute, die gern Unruhe auslösen möchten. Wir dürfen ihnen nicht dabei helfen, das Gesetz noch weiter zu untergraben. Wissen Sie, die Morde von Whitechapel haben der Polizei sehr geschadet.«

»Ja, ich weiß«, nickte Pitt. Er wußte sehr wohl von den Rücktritten, die sie nach sich gezogen hatten, von den Fragen, die im Parlament gestellt worden waren, und von der öffentlichen Empörung über eine unfähige Polizei, die von Steuergeldern bezahlt wurde. Es gab noch immer viele Menschen, und einige von ihnen besaßen erheblichen Einfluß, die fanden, daß die Etablierung einer Polizei eine schlechte Idee sein und liebend gern zu den Sheriffs und den früheren Schutzmänner zurückgekehrt wären.

»Und der Innenminister ist derselben Meinung«, fuhr Drummond fort. Er sah Pitt an und kaute auf seiner Lippe. »Auch er ist an einem Riesenskandal nicht gerade interessiert.«

Pitt dachte an den Inner Circle, aber er sagte nichts. Drummond war ebenso machtlos wie er selbst, dagegen anzukämpfen. Sie konnten darüber spekulieren, wer dazugehörte, aber sie würden es erst erfahren, wenn man Gefälligkeiten von ihnen verlangte – und dann war es zu spät.

»Seien Sie um Gottes willen vorsichtig, Pitt«, bat Drummond eindringlich. »Sie müssen sich vollkommen sicher sein, daß Sie sich nicht irren.«

»Ja, Sir«, stimmte ihm Pitt folgsam zu und stand auf. »Ich danke Ihnen.«

Pitt traf Lambert früh am Morgen an. Lambert sah noch etwas verschlafen aus und wirkte alles andere als erfreut, ihn zu sehen.

»Ich kann Ihnen wirklich nicht mehr sagen«, brummte er, noch bevor Pitt ihn fragte.

»Ich habe auch angenommen, daß Sie es mir gesagt hätten, wenn Sie irgend etwas wüßten«, gab Pitt zurück. Er hoffte, daß dies unverkrampft klang und nicht herablassend, aber er konnte nicht verhindern, daß ihm die Frage durch den Kopf schoß, ob wohl auch Lambert zum Inner Circle gehörte. Doch dessen ungeachtet haßte er es, die Arbeit eines anderen Mannes kritisch zu überprüfen, als erwartete er gar nichts anderes, als einen Fehler von derart gravierender Tragweite zu finden. Aber er sah keine Alternative. Er betrachtete Lamberts zerfurchtes, zorniges Gesicht. An seiner Stelle wäre er ebenfalls verärgert gewesen, aber, wie er schon zu Drummond gesagt hatte, er würde wissen wollen, ob er einen Fehler gemacht hatte. Die Ungewißheit wäre für ihn weitaus schlimmer; er würde nachts wach im Bett liegen und alles so lange in seinem Kopf hin und her wälzen, bis ihm jeder nur denkbare Fehler als real erschiene und Schuldgefühle alles Denken beherrschten, die jedes Selbstvertrauen zunichte machen und auch alle anderen Erkenntnisse und Entscheidungen in einem makelhaften Licht erscheinen lassen würden.

Er sah wieder zu Lambert hinüber, während er unbehaglich auf seinem Stuhl hin und her rutschte. »Wollen Sie denn keine Gewißheit?« fragte er offen heraus.

»Die habe ich.« Lambert wich seinem Blick aus. »Die Beweislage war eindeutig. Ich habe genug aktuelle Fälle zu bearbeiten, ohne auch noch vergangene, längst abgeschlossene Fälle neu untersuchen zu müssen.« Er hob seinen Blick, und in seinem Gesicht spiegelten sich Schuld und Zorn. »Ich gestehe Ihnen zu, daß wir den Fall unter großen Zeitdruck bearbeitet haben. Ich würde auch nicht behaupten, daß ich jede einzelne Entscheidung wieder genauso fällen würde, wenn sie mir erneut vorgelegt würde, wenn mir dafür mehr Zeit bliebe und mich niemand Tag und Nacht hetzen würde, endlich einen Schuldigen zu präsentieren. Aber ich wage zu behaupten, daß man immer ein paar seiner Fälle anders anpacken würde, wenn man eine zweite Gelegenheit dazu bekäme. Angefangen mit dem Highgate-Fall.«

»Das ist wahr«, sagte Pitt zustimmend, während er mit einem flauen Gefühl im Magen an jenen zweiten Toten denken mußte. »Aber trotzdem habe ich noch immer vor, den Farrier's Lane-Fall erneut zu untersuchen. Ich möchte das nicht ohne Sie tun, aber ich werde es müssen, wenn Sie mich dazu zwingen.« Er sah dem unglücklich dreinblickenden Lambert in die Augen. »Wenn Sie sich so sicher sind, daß Sie im wesentlichen recht hatten, dann kann ich doch nur genau das beweisen.« Er lehnte sich vor. »Lieber Himmel, ich versuche doch nicht, Ihnen irgendwelche Verfahrensfehler nachzuweisen! Alles, was ich will, ist, mir hinsichtlich der Fakten Sicherheit zu verschaffen. Ich weiß, was es heißt, unter Druck und mit der Presse im Genick arbeiten zu müssen, die in jeder Ausgabe eine Verhaftung verlangt; Leute, die einen auf der Straße anpöbeln, und dazu der übernervöse stellvertretende Commissioner, der jeden Tag eine Bericht anfordert, und der Innenminister, der im Unterhaus mit Fragen bombardiert wird.«

»Wie es in diesem Fall war, können Sie gar nicht wissen«, entgegnete Lambert bitter, aber seine Züge hatten sich etwas geglättet.

»Darf ich die Akten einsehen und Paterson bitten, mir zu helfen, die Zeugen noch einmal ausfindig zu machen?« fragte Pitt.

»Sie können mit Paterson sprechen, aber ich kann ihn nicht dafür freistellen, daß er Sie begleitet. Er wird Ihnen erzählen, was er noch weiß. Sie können die Namen den Akten entnehmen; wo sich diese Leute jetzt aufhalten, müssen Sie schon selbst herausfinden. Ich glaube allerdings nicht, daß Ihnen dies sonderlich helfen wird«, fügte er hinzu und stand auf. »Sie werden die Herumlungerer nie finden, die ihn aus der Gasse herauskommen sahen. Die Hälfte von ihnen ist möglicherweise schon gestorben. Der Portier wird das gleiche wie damals sagen, und der Bursche, der ihn als einziger wirklich gesehen hat, ist in keiner Weise vertrauenswürdig, so daß es Ihnen wenig nützt, wenn Sie ihn denn aufstöbern sollten. Immerhin gibt es die Blumenverkäuferin noch, und ich werde Paterson zu Ihnen schicken.«

»Ich danke Ihnen«, nickte Pitt.

Lambert ging zur Tür und öffnete sie. Er rief nach einem Sergeant und trug ihm auf, die Akten zum Farrier's Lane-Fall zu holen. Als er ins Zimmer zurückkam, sah er Pitt mit einem Stirnrunzeln an.

»Ich möchte Sie bitten, es mir zu sagen, falls Sie irgend etwas finden.«

»Selbstverständlich.«

Der Sergeant kam zurück. Pitt dankte ihm und trug die Akten in einen kleine Raum, den Lambert ihm zur Verfügung gestellt hatte, und begann zu lesen.

Er hatte bereits die Aussagen von Joshua Fielding und Tamar Macaulay und die Hälfte der Aussage des Theaterportiers gelesen, als Sergeant Paterson hereinkam. Er wirkte besorgt, aber keinesfalls verärgert oder gar verletzt.

»Sie wollten mich sprechen, Sir?«

»Ja, bitte.« Pitt wies auf den Stuhl, der ihm gegenüber stand, und Paterson setzte sich zögernd, das Gesicht noch immer fragend Pitt zugewandt.

»Bitte erzählen Sie mir noch einmal alles, woran Sie sich in dem Mordfall Farrier's Lane erinnern können«, forderte Pitt ihn auf. »Beginnen Sie mit dem Augenblick, als Sie zum erstenmal davon erfahren haben.«

Paterson seufzte leise und begann.

»Ich kam früh zum Dienst. Ein Constable hatte eine Nachricht geschickt, daß der Gehilfe des Hufschmieds in der Farrier's Lane eine übel zugerichtet Leiche im Hof gefunden hatte, und so wurde ich sofort hingeschickt, um nachzusehen, was da los war.« Er sah Pitt an. »Manchmal bekommen wir solche Meldungen, und dann stellt sich heraus, daß es sich um einen Betrunkenen handelt oder um jemanden, der eines natürlichen Todes starb. Also, ich ging direkt dorthin und begegnete Constable Madsen, der am Eingang der Farrier's Lane stand. Er war weiß wie ein Laken und sah aus, also müsse man ihn selbst bald beerdigen.«

Seine Stimme wirkte monoton, als habe er dies bereits mehrere Male zuvor erzählt und als sei es ihm immer noch genauso zuwider. »Es war noch vor Morgengrauen, und er führte mich in die Gasse zu dem Stallhof bei der Schmiede, und als ich in den Hof kam und mich umdrehte, sah ich es.« Er stockte und fuhr dann fort. »An die Stalltür genagelt wie, Entschuldigung Sir, wie Christus am Kreuz, mit großen Nägeln durch seine Hände und Füße – und durch seine Handgelenke. Die sollten wohl sein Gewicht halten.« Paterson war jetzt selbst leichenblaß, und über seiner Lippe bildete sich ein Kranz aus Schweißperlen. »Ich werde das nie vergessen, solange ich lebe. Es war das Entsetzlichste, was ich je gesehen habe. Ich begreife noch immer nicht, wie jemand so was einem anderem menschlichen Wesen antun kann.«

»Dem medizinischen Gutachten zufolge war er bereits tot, als die das mit ihm machten«, sagte Pitt behutsam.

Zwei rötliche Flecken traten auf Patersons Wangen. »Wollen Sie damit sagen, daß es dadurch weniger gräßlich wird?« meinte er heiser. »Es ist immer noch Blasphemie!«

Pitt dachte an all die Auseinandersetzungen darüber, daß es für einen Juden keine Blasphemie sei, und wußte, daß sie für diesen zornigen jungen Mann nichts bedeuteten, der nach fünf Jahren noch immer über die physische und geistige Brutalität schockiert war, die er gesehen hatte. Solch ein Ausmaß an Haß hatte ihn auf immer zutiefst verletzt.

»Das ist mir klar«, stimmte ihm Pitt zu. »Aber wenigstens mußte er weniger leiden. Er kann durchaus schnell gestorben sein – was zumindest ein gewisser Trost für die ist, die ihn geliebt haben.«

»Möglich.« Patersons Gesichtszüge waren angespannt, sein Körper steif. »Für mich spielt das keine Rolle, weil es nichts daran ändert, was für ein Ungeheuer jemand ist, der so etwas tun kann. Wenn Sie damit sagen wollen, daß das irgend etwas entschuldigt, dann meine ich, daß Sie sich irren.« Er schüttelte sich, denn mit der Erinnerung war all seine Wut und Furcht zurückgekehrt. »Hätten wir ihn zweimal hängen können, ich hätt's getan.«

Pitt ging nicht darauf ein. »Wie hat es Godman – oder wer immer es war – Ihrer Meinung nach bewerkstelligt, ihn in dieser Weise da anzunageln?« fragte er statt dessen. »Es ist ausgesprochen mühselig und unhandlich, eine Leiche zu tragen, ganz zu schweigen davon, sie hochzuheben und festzuhalten, während man sie an den Händen – oder den Handgelenken – annagelt.«

»Keine Ahnung.« Paterson verzog sein Gesicht und sah Pitt mit einer Mischung aus Überraschung und Widerwillen an. »Ich habe selbst oft darüber nachgedacht. Ich habe ihn sogar danach gefragt, als wir ihn hatten. Aber er sagte nur, daß er es nicht gewesen ist.« Er verzog verächtlich den Mund. »Vielleicht haben Verrückte ja tatsächlich die Kraft von zehn, wie man so sagt. Tatsache ist, daß er es getan hat. Oder wollen Sie sagen, daß da noch einer war, der ihm geholfen hat? Ist es das, wonach Sie suchen – ein Komplize?«

»Ich weiß es nicht«, antwortete Pitt. »Erzählen Sie mir, was dann geschah. Kingsley war ein ziemlich stattlicher Mann, nicht wahr?«

»Ja, gut eins achtzig würde ich meinen. Größer als ich. Ich konnte seine Leiche nicht hochheben, ich habe sie abgestützt.«

»Verstehe. Was taten Sie dann?«

Paterson war immer noch angespannt, sein Gesicht weiß und verzerrt.

»Ich schickte den Constable los, Mr. Lambert zu holen. Ich wußte, daß ich mit dieser Sache nicht allein fertig werden konnte. Die Zeit, die ich warten mußte, bis er zurückkam, war die längste halbe Stunde meines Lebens.«

Pitt bezweifelte dies nicht. Er stellte sich vor, wie der junge Mann in dem langsam heraufziehenden Morgengrauen auf dem schimmernden Kopfsteinpflaster stand und sein Atem weiße Wolken in die kalte Luft zeichnete, während der verängstigte Gehilfe es nicht wagte, das Feuer in der Schmiede anzuzünden, und der gespenstische Leichnam von Kingsley Blaine mit den feuchten roten Wunden an den Händen noch immer gekreuzigt am Tor hing.

Paterson schien alles noch einmal vor sich zu sehen. Er blickte drein, als sei ihm übel, und sein Mund verzog sich vor Anstrengung, sich zu beherrschen.

»Fahren Sie fort«, drängte ihn Pitt. »Mr. Lambert kam, und anschließend kam vermutlich der Gerichtsmediziner?«

»Ja, Sir.«

»Hat der Gehilfe des Hufschmieds irgend etwas angefaßt?«

Unter anderen Umständen hätte Patersons Gesicht komisch gewirkt, denn nun brach hinter dem Ausdruck der Tragik etwas Albern-Menschliches hervor.

»Gott behüte, Sir! Der arme kleine Teufel war außer sich vor Angst. Er war reif fürs Irrenhaus. Er hätte den Toten niemals berührt, selbst wenn es um seine Leben gegangen wäre.«

Pitt lächelte. »Nein, ich vermute, das hätte er nicht. Wer hat ihn abgenommen?«

Paterson schluckte. Er sah so grünlich-blaß aus, daß Pitt fürchtete, er könne sich jeden Augenblick übergeben.

»Ich, Sir, zusammen mit dem Gerichtsmediziner. Die Nägel waren so fest reingeschlagen worden, daß wir ein Brecheisen nehmen mußten, um sie rauszukriegen. Wir holten es aus der Schmiede. Der Schmied war inzwischen auch da. Er wurde ganz grün um die Nase, als er sah, was passiert war. Er hat später alles verkauft und ist wieder zurück in das Dorf, aus dem er gekommen ist.« Er schüttelte sich. »Seit damals wurde nie mehr ein Feuer in der Schmiede angezündet. Die Farrier's Lane besteht jetzt bloß noch aus einer Ziegelei.«

Pitt brachte ihn nur ungern zu jenem Thema, das er so liebend gern für immer vergessen wollte, aber ihm blieb keine andere Wahl.

»Was hat denn der Gerichtsmediziner zu Ihnen gesagt, bevor er ihn gründlich untersucht hat? Sie müssen ihn doch gefragt haben.«

»Ja, Sir. Er sagte, daß der Mann, von dem wir noch nicht den Namen wußten – denn das war, bevor wir… bevor wir seine Taschen durchsuchten. Ich weiß, ich hätte das sofort tun sollen, aber ich konnte mich nicht dazu überwinden.« Er sah Pitt trotzig und schuldbewußt zugleich an. Pitt konnte sich vorstellen, welch widersprüchliche Gefühle in ihm tobten. »Er sagte, daß er getötet worden war, bevor man ihn angenagelt hatte«, fuhr Paterson fort. »Weil weder seine Hände noch seine Füße stark geblutet hatte. Es war die Wunde an der Seite, durch die er getötet wurde.«

»Hat er gesagt, wodurch sie seiner Meinung nach verursacht worden ist?« unterbrach ihn Pitt.

»Ja, er hatte da so 'ne Vermutung«, meinte Paterson zögernd. »Aber später hat er gesagt, daß seine Vermutung falsch war.«

»Das spielt keine Rolle. Welche Vermutung hatte er damals? Was hat er gesagt?«

»Er hat gesagt, er glaube, daß es möglicherweise ein ganz besonderes Messer gewesen ist, ein sehr langes, schmales, wie ein Dolch, wie die Dolche aus Italien, die mit den dünnen Klingen.« Paterson schüttelte den Kopf. »Aber danach, als er ihn genau untersucht hatte, sagte er, daß es eher einer der langen Nägel vom Schmied gewesen ist, so wie die, mit denen er an die Tür genagelt worden ist.«

»Hat er gesagt, wann er gestorben ist?«

»So gegen Mitternacht. Er war schon eine ganze Zeitlang tot. Obwohl es kalt war, konnte er mit Sicherheit sagen, daß es nicht in den letzten zwei oder drei Stunden gewesen ist. Es war halb sieben. Er hat gesagt, daß es vor zwei Uhr morgens gewesen sein muß.« Patersons Gesicht nahm einen ungeduldigen Ausdruck an. »Aber wir wissen, zu welcher Zeit es war, Sir, wegen der Aussage vom Theaterportier und der von den Männer, die am Eingang zur Farrier's Lane herumlungerten und sahen, wie Godman herauskam, nachdem er es getan hatte.«

»Das wußten Sie da noch nicht«, entgegnete Pitt.

»Nein.«

»Was konnte man noch aus der Leiche schließen?«

»Daß er ein Gentleman war«, begann Paterson, und sein gesamter Körper versteifte sich wieder, als er sich das Bild in seiner Erinnerung zurückrief. »Das sah man eindeutig an seiner Kleidung und an seinen Händen. Die haben nie hart gearbeitet. Seine Kleidung war teuer, und er war auf irgendeinem Fest gewesen, weil er sich besonders fein angezogen hatte. Er trug einen schwarzen Frack, ein gefälteltes Hemd, goldene Kragenknöpfe, einen seidenen Schal und all das. Und einen Abendmantel.« Er schüttelte sich wieder. »Das erste, was wir taten, war nach Personen suchen, die die ganze Nacht über in der Gegend gewesen waren. Ich fand einige

Bettler und Betrunkene, die draußen am südlichen Ende der Farrier's Lane geschlafen hatten, und begann, sie zu befragen.« Er entspannte sich etwas, als er von der Leiche auf die Begleitumstände kam. »Sie waren die halbe Nacht wach gewesen und hatten um ein kleinen Feuer auf der Straße gestanden, so was wie 'n Kastanienröster, und hatten vermutlich was getrunken. Sie sagten, daß sie gesehen haben, wie der Gentleman gegen halb eins in die Farrier's Lane ging, ein großer Gentleman mit einem Zylinder und, soweit sie das sehen konnten, mit hellem Haar, das ein wenig in sein Gesicht fiel. Niemand folgte ihm. Ich habe sie extra danach gefragt, und sie waren sich ganz sicher. Also muß der, der ihm das angetan hat, da auf ihn gewartet haben.« Ein krampfhaftes Zittern lief über Patersons Körper.

»Fahren Sie fort«, drängte ihn Pitt. Er konnte es vor sich sehen, so wie er wußte, daß Paterson es vor sich sah. Er wollte nicht, daß er wieder detailliert darauf einging, weil sonst die Gefühle sein Denken trübten. »Wie haben sie den Mann beschrieben, den sie aus der Farrier's Lane haben herauskommen sehen? Ich vermute, es handelte sich nur um einen?«

»Aber ja!« sagte Paterson heftig. »Die nächste Stunde oder auch länger war da niemand sonst. Und der, den sie dann sahen, wirkte irgendwie verstohlen, sagten sie.«

»Haben sie das wirklich so gesagt?« fragte Pitt mit erstaunter Stimme. »Daß solche Leute ein derartiges Wort benutzen, erscheint mir höchst ungewöhnlich.«

»Na ja«, meinte Paterson und errötete leicht, »tatsächlich haben sie gesagt, daß er verängstigt ausgesehen hat, so als ob er lieber nicht gesehen werden wollte. Er kam zum Ende der Gasse, trat aus der Dunkelheit, blieb für einen Augenblick stehen, um zu sehen, wer vorbeikam, nahm seine Schultern zurück und ging dann ziemlich schnell den Bürgersteig entlang, ohne nach rechts oder links zu gucken.«

»Und wo standen sie?«

»Um einen Röster herum, halb auf dem Trottoir, halb im Rinnstein.«

»Ja, aber auf welcher Seite der Straße? Ging Godman direkt an ihnen vorbei?«

»Oh – nein. Auf der gegenüberliegenden Seite, aber es war dicht beim Eingang der Gasse. Sie sahen ihn deutlich genug«, beharrte Paterson.

»Auf der gegenüberliegenden Seite der Straße, nach Mitternacht, eine Gruppe von Taugenichtsen und Betrunkenen! Steht am Ende der Gasse eine Lampe?«

Patersons Gesichtsausdruck straffte sich. »Etwa fünfzehn, zwanzig Meter weiter. Er ging direkt drunter durch. Direkt darunter!«

»Wie haben sie ihn beschrieben?« setzte Pitt seine Befragung fort. »Schlank, stämmig, dünn, groß? Was haben sie gesagt? Wie war er gekleidet?«

»Tja...« Paterson zog eine Grimasse. »Sie sagten, daß er ziemlich groß gewirkt hat. Doch er trug einen schweren Überrock, und es kann sein, daß er ihn sich nur flüchtig umgeworfen hatte, und das hätte ihn dann etwas größer erscheinen lassen. Sie waren ihm nicht so nahe, und sie achteten nicht besonders auf ihn. Warum hätten sie das auch tun sollen?«

»Was ist mit dem Blut? In Ihrem Bericht wird Blut erwähnt, und davon muß es eine ganze Menge gegeben haben. Man kann solch einen Mord nicht begehen, ohne daß anschließend ringsum alles mit Blut bedeckt ist.«

Paterson zuckte zusammen und sah Pitt voller Ekel an. »Sie haben gesagt, daß sie den dunklen Fleck gesehen haben, aber sie dachten, daß er in eine Schlägerei verwickelt gewesen war oder daß seine Nase geblutet hatte.«

»Also gab es in Wirklichkeit keine Beschreibung«, trieb ihn Pitt in die Enge.

»Nein«, gab Paterson widerstrebend zu. »Keine genaue, aber brauchbar genug. Die ganze Zeit über, die sie da waren, kam nach ihrer Aussage nur ein einziger Mann aus der Gasse. Und in dem Hof an der Ecke gibt es ein Licht. Kein unschuldiger Mann wäre da herausgekommen und einfach weggegangen.«

»Nein«, nickte Pitt. »Das ist wohl wahr. Was haben Sie anschließend getan?«

»Der Gerichtsmediziner sagte uns, wer er war«, fuhr Paterson fort. »Er fand seinen Namen auf irgendwas in seinen Taschen. Dort fand sich auch ein Talon von einer Theaterkarte für jene Nacht. Daher wußten wir, wo er etwa eine Stunde vor seinem Tod gewesen war. Selbstverständlich gingen wir dorthin.«

»Mit wem haben Sie gesprochen?«

»Die einzigen, die uns eine Menge erzählen konnten, waren Miss Macaulays Ankleidefrau, eine Miss Primrose Walker, und der Portier. An seinen Namen kann ich mich nicht mehr erinnern...«

»Alfred Wimbush«, kam ihm Pitt zu Hilfe. »Was haben sie gesagt?«

»Der Portier sagte, daß Mr. Blaine das Theater regelmäßig besuchte und anschließend immer Miss Macaulay in ihrer Garderobe aufgesucht hat«, erinnerte sich Paterson. »Ziemlich oft ist er vorbeigekommen, um zusammen mit ihr etwas zu Abend zu essen. Sie hat nichts gesagt, aber es war offensichtlich, daß sie einander sehr mochten, um das mindeste zu sagen.« Seine Stimme klang leicht höhnisch, und Pitt hatte Mühe, dies zu übergehen. »Sie war tief erschüttert«, sagte Paterson dann sanfter. »Hat sie hart getroffen. Sie sagte, Mr. Blaine sei an jenem Abend da gewesen, und daß er bis spät abends bei ihr geblieben ist. Später gab sie zu, daß er ihr eine sehr schöne Halskette geschenkt hatte, ein, wie er sagte, altes Erbstück aus der Familie seiner Frau. Und Miss Macaulay gab zu, daß sie sie während des Abendessens getragen hat, aber dann habe sie darauf bestanden, daß er sie wieder mitnahm, weil sie es nicht als rechtens empfand, wenn sie sie behielt. Zumindest hat das Miss Walker gesagt. Aber es sieht nicht so aus, daß er sie tatsächlich zurückgenommen hat, weil er sie nicht bei sich hatte, als wir ihn fanden.«

»Kingsley Blaine blieb also bis in die Nacht hinein bei Miß Macaulay, und er verließ sie wann?«

»Gegen Mitternacht, eine oder zwei Minuten später, sagen wir fünf nach zwölf«, antwortete Paterson. »Wimbush hat uns das erzählt. Er sah, wie Mr. Blaine das Theater verließ und die Tür hinter sich schloß. Er sagte, daß Blaine kaum auf dem Bürgersteig war, als ein junger Bursche von der gegenüberliegenden Straßenseite zu ihm herübergerannt kam und ihm eine Botschaft ausrichtete, irgendwas von einem Treffen in einem Klub, um einen Streit beizulegen. Blaine schien zu verstehen, worum es ging, antworte ja, er würde kommen, schlug seinen Kragen hoch und ging zur Farrier's Lane – oder in die Richtung, nach Norden, nach Soho.«

»Hat der Portier gesehen, wer dem Jungen die Botschaft aufgetragen hat?« fragte Pitt.

Paterson zuckte kaum merklich mit den Schultern. »Er sah nur irgendeine Gestalt, nicht viel mehr. Er sagte zunächst daß es sich wohl um einen ausgesprochen großen Mann gehandelt haben muß, aber dann änderte er seine Meinung und sagte, er sei sich nicht sicher, ob das nur deshalb so war, weil er im Dunkeln stand. Mit Sicherheit hat der Portier sein Gesicht nicht gesehen.«

»Soweit er wußte, konnte es sich also um Aaron Godman gehandelt haben, aber ebenso auch um jemand anderes?« fragte Pitt.

»Um jemanden, der eine mehr oder weniger durchschnittliche Größe hatte«, stimmte Paterson zu. »Aber falls es sich um Godman gehandelt hat, wird er darauf geachtet haben, daß man ihn nicht sah, nicht wahr?« Er zog seine Augenbrauen hoch. »Weil er gewußt hätte, daß der Portier ihn erkennen und sich daran erinnern würde.«

»Das stimmt. Sie haben den Jungen gefunden. Was hat er gesagt?«

Patersons Sicherheit schwand. »Wie bereits gesagt, war er kein sehr guter Zeuge. Ein Straßenjunge eben, der sich durch Bettelei, Diebstahl und was immer sich bietet, durchs Leben schlägt. Einer, der die Polizei haßt, und all das.« Er rümpfte die Nase und veränderte seine Sitzposition. »Er hat gesagt, daß der Mann, der ihn mit der Nachricht beauftragte, alt war, dann sagte er, er sei jung gewesen. Erst sagte er, er sei groß, dann normalgroß. Offen gesagt, Sir, ich glaube nicht, daß er es wußte. Das einzige, was ihn interessierte, war das Sixpence-Stück, daß ihm der Mann gab. Er sagte, er habe eine jüdische Nase gehabt und sehr aufgeregt gewirkt. Aber das ist ja wohl auch nicht verwunderlich. Schließlich plante er, einen Mann zu ermorden.«

»War er die ganze Zeit über unsicher, oder hat er seine Ansicht während der Vernehmung geändert?« fragte Pitt und beobachtete dabei Patersons Gesichtsausdruck.

Paterson zögerte. »Nun... er änderte seine Ansicht, aber ehrlich gesagt, ich glaube nicht, das er es überhaupt wußte. Was er sagte, war von Anfang an unbrauchbar. Bei der Sorte ist das so. Sie können Lüge von Wahrheit meist nicht unterscheiden.«

»Hat er Aaron Godman wiedererkannt?«

»Nein, nicht eindeutig. Er sagte, er könne das nicht mit Sicherheit sagen. Aber der Polizei zu helfen, ist das letzte, was solche Tagediebe tun würden.«

»Was hat Sie auf Godman gebracht? Warum kamen Sie nicht auf O'Neil oder Fielding?«

»Oh, wir haben sie durchaus in Betracht gezogen – selbstverständlich.« Patersons Stimme hatte jetzt eine gewisse Schärfe, und sein Gesichtsausdruck war voller Zorn. »Und ich gebe zu, daß mir oft der Gedanke gekommen ist, daß Mr. Fielding möglicherweise mehr wußte, als er je sagte. Aber es ist klipp und klar bewiesen worden, daß Godman der Täter war.«

»Gab es da nicht einen Streit zwischen Blaine und O'Neil?«

»Ja, und durch die Aussagen von einigen Gentlemen, die Zeugen des Streits waren, haben wir auch erfahren, worum es ging. Es war ein ziemlich heftiger Streit, aber einer von der hitzigen Art, wie ihn junge Gentlemen manchmal haben, wenn sie ein bißchen zuviel Champagner getrunken haben und glauben, jemand habe ihre Ehre beleidigt.« Er sah Pitt gereizt an, als messe dieser der ganzen Sache viel zu viel Gewicht bei. »Es ging um eine Wette, bei der nur ein paar Pfund auf dem Spiel standen – was für Sie und für mich vielleicht viel ist, aber für solche Leute stellt das keine große Summe dar. Niemand außer einem Wahnsinnigen würde seinen Freund für ein paar Pfund ermorden.« Er verzog den Mund bei der Erinnerung, und wieder überlagerten Zorn und Grauen seine augenblickliche Verärgerung über Pitt. »Verzeihen Sie, Sir, aber Sie haben den Toten nicht gesehen. Man muß schon wahnsinnig sein vor Haß, wenn man jemandem so etwas antun kann. Das war keine Kurzschlußreaktion wegen einer Wette. Wer das getan hat, hat lange und tief gehaßt, bevor es zu dieser Tat in jener Nacht kam.«

Pitt ließ sich auf keine Debatte ein. Die Heftigkeit, mit der Paterson sprach, und die gräßliche Erinnerung, die ihm ins Gesicht geschrieben stand, ließ ihn seinen Widerspruch herunterschlucken.

»O'Neil hat Blaines Witwe geheiratet«, sagte er statt dessen.

»Das weiß ich«, sagte Paterson mit zusammengebissen Zähnen. »Und es ist durchaus nicht so, daß ich mich nicht auch schon gefragt hätte, ob er daran nicht schon vor Blaines Tod gedacht hat«, fuhr er spitz fort. »Das kann schon sein. Aber das heißt nicht, daß er Blaine getötet hat. Nein, Sir, das hat Godman getan.« Seine Gesichtszüge wirkten hart, und in seinen blauen Augen blitzte Abscheu. »Blaine hat ein böses Spiel mit Godmans Schwester getrieben. Hat sie geschwängert und ihr versprochen, sie zu heiraten; aber das hatte er nie vor«, sagte er zornig. »Und als Godman das herausfand, hat er den Kopf verloren. Die Juden mögen es ebensowenig wie wir, wenn wir ihren Frauen zu nahe treten. Sie glauben außerdem, daß wir nicht so gut sind wie sie selbst – irgendwie minderwertiger, wenn Sie so wollen. Sie sind das auserwählte Volk Gottes, und wir sind es nicht.«

Er straffte sich wieder und schüttelte sich erneut. »Sie glauben, daß Christus ein Gotteslästerer war, und sie haben ihn gekreuzigt. Ich glaube, einige von ihnen hassen uns. Und Godman war einer davon. Als er erfuhr, was mit seiner Schwester geschehen war, ist er einfach durchgebrannt.« Er schauderte und atmete pfeifend aus. Seine Augen waren auf Pitt gerichtet.

Pitt spürte, wie sehr die Atmosphäre in dem winzigen Raum mit Gefühlen geladen war. Plötzlich begriff er, wie es während der ursprünglichen Untersuchungen gewesen sein mußte: das lähmende Grauen, das alle erfüllte, die Furcht vor neuer Gewalt und neuerlichem Wahnsinn, und dann der Zorn über das, was geschehen war. Ein Gefühl grauenvoller Kälte griff jetzt auch nach ihm. Er hatte versucht, das Geschehen verstandesmäßig zu durchdringen. Aber er hätte lieber von seiner Fantasie, seinen Instinkten Gebrauch machen sollen.

»Warum sind sie sich so sicher, daß es Godman war?« fragte er, so ruhig es ihm möglich war, aber er hörte, wie seine Stimme bebte. »Vom Motiv einmal abgesehen.«

»Man hat ihn gesehen«, antwortete Paterson wie aus der Pistole geschossen. Seine Schultern wirkten jetzt breit, sein Kinn war nach vorn geschoben. »Eindeutig. Ohne jeden Zweifel. Er ist stehengeblieben, um Blumen zu kaufen, dieser arrogante Hund! Wohl um das zu feiern, was er getan hatte!« Seine Stimme bebte vor Zorn. »Er stand direkt unter der Laterne. Außerdem kannte ihn die Frau. Sie hatte sein Gesicht auf einem Plakat gesehen und ihn sofort erkannt. Auf dem Soho Square, 'ne halbe Meile von der Farrier's Lane entfernt, und ein paar Minuten, nachdem es passiert war. Er hat gelogen. Hat behauptet, daß es dreißig Minuten früher war.«

»Verstehe. Ja, Sie haben also auch die Blumenverkäuferin gefunden. Gute Arbeit.«

»Danke, Sir.«

»Was tat O'Neil zum Zeitpunkt des Mordes?«

»Er hat in einem Klub gespielt, der etwa eineinhalb Meilen entfernt liegt.«

»Gibt es dafür Zeugen?«

Paterson hob eine Schulter. »Mehr oder weniger. Er kann zwischendurch rausgegangen sein, aber man hätte gesehen, wenn er zurückgekommen wäre. Nach solch einem Mord muß alles voller Blut gewesen sein.« Erneut spiegelte sich in seinem Gesicht das Entsetzen über die Greueltat, das er auch jetzt noch empfand.

»Und Fielding?«

»Der ging nach Hause. Kein Alibi natürlich.« Paterson zuckte mit den Achseln. »Aber es gibt keinen Grund, ihn zu verdächtigen, weil Godman ohne jeden Zweifel allein war. Die Männer am Ende der Farrier's Lane haben das beschworen. Fielding hat vielleicht davon gewußt oder es sich später zusammengereimt, aber er war zu jenem Zeitpunkt mit Sicherheit nicht dort.«

»Ich danke Ihnen. Das ist alles sehr klar.«

»Ist das alles, Sir?«

»Ich nehme es an.«

Paterson erhob sich.

»Ach – noch etwas«, warf Pitt hastig ein.

»Ja, Sir?«

»Als Godman im Gerichtssaal stand, war er gräßlich zugerichtet, so als ob ihn jemand zusammengeschlagen hätte. Wer war das?«

In Patersons Gesicht schoß eine tiefe Röte. »Ich, äh – na ja, er war nicht gerade ein einfacher Häftling.«

Pitt zog seine Augenbrauen steil in die Höhe. «Er leistete Widerstand?«

Paterson stotterte und schwieg dann.

»Ja bitte?« hakte Pitt nach.

Patersons Gesicht verhärteten sich. »Wenn Sie gesehen hätten, was er Blaine angetan hat, Sir, dann würden Sie nicht fragen, weil Sie dann dasselbe empfinden würden.«

»Ich verstehe. Ich danke Ihnen, Paterson. Das ist alles.«

»Ja, Sir.« Paterson stand kurz stramm, dann machte er kehrt und ging hinaus.

Während der nächsten zwei Tage folgte Pitt geduldig Patersons Fußspuren. Es war kein Problem, Primrose Walker, Tamar Macaulays Ankleidefrau, zu finden. Sie arbeitete noch immer für dieselbe Truppe in derselben Funktion. Sie wiederholte, was sie beim erstenmal gesagt hatte: daß Kingsley Blaine oft zu Miss Macaulay gekommen war und daß er ihr an jenem Abend ein teures Halsband geschenkt hatte. Sie beschrieb es sehr genau: ein verschlungenes, mit Brillanten besetztes und mit Türkisen verziertes Band. Sie sagte, daß Miss Macaulay es nur zögernd und widerstrebend angenommen hat, und nur für jenen einen Abend, an dem sie es trug, um es ihm dann wieder zurückzugeben. Ob sie gesehen habe, wie Miss Macaulay es ihm zurückgab? Nein, natürlich nicht. Sie war bei dem Champagner-Dinner nicht mit von der Partie gewesen. Mehr wußte sie nicht.

Pitt hatte sie nur aus Routinegründen befragt. Er hatte bereits vorher vermutet, daß sie wiederholen würde, was sie vorher schon gesagt hatte, und daß dies Tamar Macaulay und damit auch Aaron Godman entlasten würde. Das einzige, was Pitt ein wenig überraschte, war, daß ihr Gesicht weich wurde, als sie über Kingsley Blaine sprach, und daß sie offensichtlich sehr positive Erinnerungen an ihn hatte. Selbst jetzt zeigte sie keinerlei Abneigung oder gar Feindschaft, weil er ihre Herrin verraten hatte.

Auch Wimbush, der Theaterportier, wiederholte seine ursprüngliche Aussage, er war ein kleiner, kummervoll aussehender Mann mit einer langen Nase.

»Nein, ich hab' ihn nich' genau gesehen«, wiederholte er, als Pitt ihn nach dem Mann auf der anderen Straßenseite befragte, der den Jungen mit der Nachricht herübergeschickt hatte. »Sah aus wie 'n großer, kräftiger Kerl, der drüben im Dunkeln an der Hauswand stand.«

»Können Sie sich noch an irgendeine Einzelheit erinnern?« drängte ihn Pitt. »Schließen Sie Ihre Augen und stellen Sie es ich noch einmal vor. Gehen Sie in Ihrer Erinnerung bis zu exakt dem Augenblick zurück, als es geschah. Sie standen am Eingang und achteten darauf, daß auch alle gegangen waren, bevor Sie zuschlossen. Kingsley Blaine kam heraus. War er der letzte?«

»Ja, Sir.«

»Was war mit Miss Macaulay?«

»Sie ging schon ein paar Minuten vor ihm«, antwortete Wimbush. »Mr. Blaine ging noch einmal zurück, weil er seine Handschuhe auf'm Tisch vergessen hatte. Ich rief Miss Macaulay eine Droschke, und sie fuhr ab, bevor Mr. Blaine zurückkam. Ich wünschte ihm eine gute Nacht, und er wollte grade losgehen, um sich eine Droschke zu rufen, als dieser dünne kleine Knirps, ungefähr elf oder zwölf Jahre alt, angerannt kam und ihn am Ärmel zupfte. Ich sagte ihm, daß er verschwinden soll, aber er sagte, daß er eine Nachricht von einem Mr. O'Neil hat, und daß er ausrichten soll, es täte ihm leid wegen dem Streit, den sie gehabt hatten, und daß Mr. Blaine recht gehabt hätte. Und ob Mr. Blaine bereit sei, sich jetzt gleich mit ihm im Dauro's Club zu treffen, damit sie sich aussöhnen konnten.« Er zuckte mit seinen ausgemergelten Schultern. »Mr. Blaine sagte, ja, natürlich, er würde kommen, und er bedankte sich bei dem Bengel und gab ihm ein paar Pennies. Dann machte er sich zu Fuß in Richtung Farrier's Lane auf, der arme Teufel. Und das war das letzte Mal, daß ich ihn lebend gesehen habe.«

»Und der Mann, von dem die Nachricht kam? Fanden Sie, daß der wie Mr. O'Neil aussah?«

Wimbush verzog sein Gesicht. »Weiß ich nich'. Ich weiß auch nich', ob er wie Mr. Godman aussah. Ich hab' man bloß so'n Schatten im Dunkeln gesehn, sah groß aus, und er hatte 'nen schweren Überrock an. Aber eins sag' ich Ihnen, das war ein feiner Pinkel. Oder einer tat so, als wäre er einer.«

»Daher hat auch jeder angenommen, daß es ich um jemanden handelte, den Mr. Blaine kannte«, sagte Pitt so freundlich wie möglich. Er hätte nicht enttäuscht sein sollen, aber er war es.

»Sie haben mich gefragt, was ich noch weiß«, erwiderte Wimbush verletzt. »Ich hab' Ihnen gesagt, daß er ein feiner Pinkel war. Zylinder, seidener Schal. Ich weiß noch, wie das Licht drauf fiel – das war ganz weiß um seinen Hals.«

»Trug Mr. Godman einen Zylinder und einen seidenen Schal.«

»Höchstens, wenn er ausging.« Wimbush lächelte abfällig. »Er war hier, um zu arbeiten. Selbst Gentlemen gehen nicht mit Zylinder und Seidenschal zur Arbeit.«

»Und in jener Nacht?« fragte Pitt möglichst ruhig. Lambert würde das bereits gefragt haben, auch wenn Paterson es nicht getan hatte.

»Nein, das hat er nicht«, antwortete der Portier. »Aber nun werden Sie sagen, daß er sich die Sachen auch aus dem Fundus besorgt haben kann. Das haben die auch gesagt. Aber warum er das getan haben soll, danach hat keiner gefragt. Damit wäre er doch nur aufgefallen, würde ich sagen. Die Polente denkt nicht wie normale Menschen.« Er räusperte sich, als wolle er ausspucken, doch dann warf er einen Blick auf Pitt und besann sich anders.

»Haben Sie Mr. Godman an jenem Abend fortgehen sehen?«

»Nein, hab' ich nicht. Wünschte, ich hätte. Kann vielleicht sein, daß ich ihn doch gesehen hab', aber ich hab' ihn nich' weiter bemerkt.«

»Verstehe. Ich danke Ihnen.« Er mußte sich noch danach erkundigen, ob Godman bei seiner Verhaftung einen Schal getragen hatte.

Er sprach auch mit Tamar Macaulay, aber sie wiederholte, was sie bereits vorher gesagt hatte. Es erfüllte ihn mit großem Unbehagen, daß er so grausam sein und sie an eine Tat erinnern mußte, die sie zugleich ihres Bruders und des Mannes, den sie liebte, beraubt hatte. Ihr Gesicht verriet keinerlei Regung, als sie im Schatten der staubigen Kulissen stand. Es zog auf der nackten Bühne, die riesigen Leinwandkulissen hingen an Flaschenzügen über ihren Köpfen, und die Scheinwerfer waren ausgeschaltet. Nur der schwache gelbe Schein eines Gasbrenners aus dem Gang zu den Garderoben fiel auf sie. Einige Theater besaßen bereits elektrisches Licht, aber dieses gehörte nicht dazu.

Er spürte ihre Kraft, sah in ihre umschatteten Augen, sah die ausgewogenen Linien ihrer Nase, ihrer Wangen und ihres Kinns, die ihrem Gesicht seine Ausdrucksstärke verliehen. Ihre Sanftheit, ihr Lachen, all das ließ sie begehrenswert erscheinen. Wie hatte Kingsley Blaine je annehmen können, daß er mit solch einer Frau spielen und sich anschließend unbehelligt aus dem Staub machen konnte? Er mußte ein Dummkopf gewesen sein, ein realitätsfremder, verantwortungsloser und grenzenloser Dummkopf. Sie war einer Leidenschaft fähig, die feurig genug war, um jemanden kreuzigen zu können. Hatte sie ihren Bruder deshalb so intensiv und mit solcher Selbstlosigkeit verteidigt, weil sie der Meinung war, daß Blaine es verdient hatte? Und hätte sie es selbst getan, wenn sie die physische Kraft dazu besessen hätte? War es Schuld, die sie nun umtrieb?

»Miss Macaulay«, sagte er laut und durchbrach damit das unheimliche Schweigen, das auf dieser Insel der Unwirklichkeit herrschte, die von Vorbereitungsgeräuschen der anderen Theaterleute umbrandet wurde. »Wenn Mr. Godman Kingsley Blaine nicht getötet hat, wer war es dann?«

Sie wandte sich ihm zu und blickte ihm mit einem Anflug von Humor in die Augen. Das Halbdunkel betonte ihren Gesichtsausdruck und ließ ihn zwar seltsam, aber durchaus nicht maliziös erscheinen.

»Ich weiß es nicht. Ich vermute, es war Devlin O'Neil.«

»Wegen eines Streits um eine Wette?« Pitt machte kein Hehl aus seinem Unglauben

»Wegen Kathleen Harrimore«, korrigierte sie ihn. »Möglicherweise entsprang die Leidenschaft seines Zorns seinen Gefühlen für sie sowie dem Wissen, daß Kingsley sie mit mir betrog.« Ein Ausdruck der Schuld und ein deutlich erkennbarer Schmerz überflogen ihr Gesicht. »Es mag ihm auch in den Sinn gekommen sein, daß Kathleen Prosper Harrimores Haus erben würde, das einen beträchtlichen Wert darstellt. Und daß man natürlich bis dahin ein wunderbares, sorgenfreies Leben führen konnte.« Sie sah ihm in die Augen. »Sie finden es niederträchtig von mir, daß ich ihn beschuldige? Ich finde das nicht. Sie haben mich gefragt, wer es sonst gewesen sein kann. Ich glaube eben nicht, daß Aaron es war. Das werde ich nie glauben.«

Pitt ging nicht darauf ein. Es gab nichts mehr zu sagen, und so dankte er ihr und verabschiedete sich, um den Straßenjungen zu suchen, der als einziger das Gesicht des Mörders gesehen hatte, auch wenn es im Schatten gelegen hatte, und der außerdem wußte, wie seine Stimme klang.

Aber obwohl er alle nur denkbaren Straßen absuchte und sich dabei auf die Polizeiberichte, die allgemeinen Kenntnisse der Constables von Lamberts Revier und seine eigenen Kontakte zur Straßenszene und zur halbkriminellen Unterwelt stützte, hatte er keinen Erfolg. Es gab Gerüchte, falsche Spuren und Informationen, die sich als unwahr oder als überholt erwiesen. Joe Slater wollte offenbar nicht gefunden werden.

Am dritten Tag, der grau und trübe war und an dem ein kalter, beißender Ostwind wehte, fand ihn Pitt schließlich in Seven Dials, hinter einem Stand, der gebrauchte Stiefel feilbot. Der Bursche war hochgewachsen und dünn und hatte blondes Haar. Sein Gesichtsausdruck wirkte wachsam und mißtrauisch.

»Ich erinner' mich nich' mehr«, brummt er abweisend und mit schmalen Augen. »Ich hab' damals schon alles gesagt, was ich weiß, wo die mich gefragt haben! Laßt mich endlich in Ruhe! Ihr habt den armen Hund gehängt! Was wollt ihr denn noch? Ich weiß sonst nix!«

Und das war alles, was Pitt aus ihm herausbekommen konnte. Er weigerte sich, noch einmal darüber zu sprechen. Er war sehr zornig, und sein Gesicht war voller Bitterkeit.

Als Pitt die Treppen der Polizeiwache hinaufging, traf er Lambert, der gerade herunterkam. Sein Gesicht war kreidebleich, und seine Augen waren schreckensweit. Er blieb abrupt stehen und wäre beinahe mit Pitt zusammengestoßen.

»Paterson ist tot«, stieß er heiser hervor. »Erhängt! Irgend jemand hat ihn gehängt! Richter Livesey hat ihn gerade gefunden!«

9. Kapitel

Pitt stieg mit Lambert in die Droschke und saß starr vor Kälte und Schock neben ihm, während die Droschke ihren Weg durch den Verkehr über die Battersea Bridge zur Sleaford Street und zu dem Haus suchte, in dem Paterson gewohnt hatte.

»Warum nur?« sagte Lambert mehr zu sich selbst als zu Pitt. Er hockte zusammengekauert auf seinem Sitz und hatte seinen Kragen hochgeschlagen, so daß dieser sein Gesicht halb bedeckte, als blase ein heftiger Wind im Inneren der Droschke. »Warum? Es macht keinen Sinn! Warum hat man den armen Paterson getötet? Warum ausgerechnet jetzt?«

Pitt antwortete nicht. Die Antwort, die ihm dazu einfiel, war, daß Paterson irgend etwas erfahren oder sich an einen Hinweis erinnert hatte, der das Urteil zum Farrier's Lane-Fall in Frage stellte. Natürlich konnte es auch etwas anderes sein, ein anderer Fall oder sogar etwas Persönliches, aber daran dachte er erst in zweiter Linie, und er verwarf diesen Gedanken auch sogleich wieder.

Die Droschke blieb abrupt stehen, und er wurde durch lautes Rufen aus seinen Gedanken aufgeschreckt, das jede Unterhaltung unmöglich machte.

Lambert rutschte unruhig hin und her. Die Verzögerung zerrte an seinen Nerven. Er lehnte sich vor und verlangte zu wissen, warum sie aufgehalten wurden, aber niemand hörte ihn.

Die Droschke beschrieb ein Ausweichmanöver. Ein Pferd wieherte schrill auf. Dann wurden sie wieder ruckartig nach vorn gerissen.

Lambert fluchte.

Nun bewegten sie sich im stetigen Trott vorwärts.

»Warum Paterson?« fragte Lambert erneut. »Warum nicht ich? Ich war für die Ermittlungen verantwortlich. Paterson tat nur, was man ihm aufgetragen hatte, der arme Teufel.« Seine

Stimme klang rauh, und sein Gesicht war von einem Zorn gezeichnet, den er nicht unter Kontrolle bringen konnte, und von einem tiefen, wehen Schmerz. Er starrte vor sich hin und ballte die Fäuste. »Warum ausgerechnet jetzt, Pitt? Warum nach all diesen Jahren? Der Fall ist doch längst abgeschlossen!«

»Ich glaube nicht, daß er das ist«, antwortete Pitt grimmig. »Zumindest für Richter Stafford gab es da noch etwas, das geklärt werden mußte.«

»Godman war schuldig!«, sagte Lambert mit zusammengebissenen Zähnen. »Er war schuldig! Alles wies auf ihn hin. Er ist gesehen worden – von dem Straßenjungen, dem er die Nachricht gegeben hat, von den Männern am Eingang der Farrier's Lane und von der Blumenverkäuferin. Er hatte ein eindeutigeres Motiv als alle anderen. Und er war Jude. Nur ein Jude würde so etwas tun! Es war Godman. Der erste Prozeß hat es bewiesen, und die Richter vom Appellationsgericht haben das Urteil bestätigt – einstimmig!«

Pitt antwortete nicht. Er wußte nicht, wie er Lamberts Frage beantworten oder den Sturm, der in seinem Inneren losgebrochen war, besänftigen sollte.

Sie kamen in der Sleaford Street an. Lambert riß die Tür so hastig auf, daß er beinahe auf den Gehsteig gestürzt wäre, und überließ es dem zurückbleibenden Pitt, den Kutscher zu bezahlen. Pitt holte ihn auf der Treppe ein. Die Haustür stand bereits halb offen, und eine blaßgesichtige Frau stand im Korridor. Ihr Haar war zu einem unordentlichen Knoten nach hinten gerafft, und ihre Ärmel hatte sie hochgerollt.

»Was is' los?« fragte sie. »Sind Sie von der Polizei? Der Gentleman oben hat Jackie losgeschickt, um die Polizei zu holen, aber er hat nich' gesagt, was los is'.« Sie packte Lamberts Ärmel, als er an ihr vorbeieilte. »Heh! Ist er beklaut worden? Das war keiner von uns! Wir haben noch nie einem was geklaut! Das hier ist ein anständiges Haus!«

»Wo ist er?« Lambert riß sich los. »Wo ist das Zimmer? Oben?«

Nun bekam sie es mit der Angst zu tun. »Was is'n passiert?« kreischte sie mit hoher, lauter werdender Stimme. Irgendwo im Hintergrund begann ein Kind zu greinen.

»Niemand ist beraubt worden«, sagte Pitt ruhig, obwohl er inzwischen selbst eine leichte Übelkeit verspürte. Es war nur ein paar Tage her, daß er in jenem Büro gesessen und mit Paterson gesprochen hatte. »Wo ist der Mann, der nach der Polizei geschickt hat?«

»Oben.« Sie wies mit ihrem Kopf die Treppen hinauf. »Nummer vier, am ersten Treppenabsatz. Was is'n passiert, Mister?«

»Wir wissen es noch nicht.« Pitt folgte Lambert, der bereits mit großen Schritten hinaufstürmte, wobei er immer zwei Treppen auf einmal nahm. Oben angekommen, wirbelte er herum, suchte die Türen ab und schlug mit der Faust nervös an die Tür von Nummer vier, um dann sofort am Türgriff zu rütteln. Der gab nach, und mit Pitt im Gefolge stürmte Lambert hinein.

Es war ein großer, altmodischer Raum wie tausend andere Junggesellenbehausungen auch, mit der üblichen farblosen Tapete und schwerem Mobiliar, das schon etwas abgenutzt wirkte, aber makellos sauber war. Das Zimmer besaß keinerlei persönliche Note. Alles war nach seiner Zweckmäßigkeit und Bequemlichkeit ausgesucht worden, aber es drückte in keiner Weise den Geschmack des Mannes aus, der hier gelebt hatte.

Ignatius Livesey saß im bequemsten Lehnstuhl des Zimmers. Er wirkte ausgesprochen bleich, und in seinen Augen stand noch der Schock. Als er sich erhob, schwankte er leicht. Ein Zittern lief über seinen Körper, und er mußte zweimal nach den Armlehnen greifen, bevor es ihm gelang, sich von dem Stuhl zu erheben.

»Ich bin froh, daß Sie gekommen sind, Gentlemen.« Seine Stimme war heiser. »Ich muß gestehen, daß es nicht angenehm war, hier allein zu sein. Er ist im Schlafzimmer, wo ich ihn gefunden habe.« Er holte tief Luft. »Außer daß ich mich vergewissert habe, daß er tot ist, habe ich nichts angerührt.«

Lambert sah ihn nur einen kurzen Augenblick lang an, dann ging er an ihm vorbei und öffnete die Schlafzimmertür. Er blieb wie angewurzelt stehen und rang nach Luft.

Pitt ging mit großen Schritten zu ihm hinüber. Paterson

hing von dem Haken herab, der eigentlich für den kleinen, häßlichen Kronleuchter gedacht war, der nun auf dem Boden lag. Das Seil, das um seinen Hals geknotet war, war ein einfaches Hanfseil von etwa drei bis vier Metern Länge, so wie es jeder Fuhrmann benutzte, nur daß dieses an einem Ende zu einer Schlinge geknüpft war. Sein Körper war bereits steif. Als Pitt um ihn herumging, sah er, daß Patersons Gesicht dunkelviolett war; seine Augen waren hervorgetreten, und zwischen seinen geöffneten Lippen hing seine angeschwollene Zunge heraus.

Lambert stand bewegungslos da. Er schwankte etwas, als würde er gleich ohnmächtig zusammenbrechen.

Pitt ergriff seinen Arm und zog ihn mit aller Kraft aus dem Zimmer

»Kommen Sie«, befahl er scharf. »Sie können nichts mehr für ihn tun. Mr. Livesey!«

Livesey begriff, daß seine Hilfe gebraucht wurde, und sprang vor, um Lamberts anderen Arm zu ergreifen und ihn zum Stuhl zu geleiten.

»Setzen Sie sich«, sagte er rauh. »Atmen Sie erst einmal tief durch. Das muß ein entsetzlicher Schock für Sie sein, wenn sie den armen Mann kannten. Leider habe ich keinen Brandy dabei, und ich bezweifele, daß Paterson welchen hatte.«

Lambert schüttelte den Kopf und öffnete den Mund, als wolle er antworten, doch kein Wort kam über seine Lippen.

Pitt ließ sie allein und ging ins Schlafzimmer zurück. All die Fragen, die sich Lambert zuvor gestellt hatte, spuckten nun auch durch seinen Kopf, aber bevor er sich mit einer dieser Fragen näher auseinandersetzte, mußte er sehen, welche Indizien er finden konnte.

Er berührte Patersons Hand. Der Körper begann kaum merklich zu schwingen. Das Fleisch war kalt, der Arm steif. Er war bereits seit einigen Stunden tot. Jetzt war Mittag. Er trug eine einfache dunkle Uniformhose und die entsprechende Jacke, deren Stoff zerrissen war und von der man die Sergeant-Streifen abgerissen hatte. Er hatte auch noch seine Stiefel an. Vermutlich war es das, was er getragen hatte, als er von seinem letzten Dienst am Vortag nach Hause gekommen war. Wenn er hier noch geschlafen hätte, morgens aufgestanden wäre und sich angekleidet hätte, um fortzugehen, würde sein Körper jetzt noch etwas Wärme aufweisen und noch nicht steif sein. Er mußte also irgendwann gestern am späten Abend oder in der Nacht gestorben sein. Höchstwahrscheinlich aber war es am Abend gewesen. Warum sollte er in der Nacht noch seine Uniform tragen?

Der Haken, an dem normalerweise der Kronleuchter hing, befand sich in der Mitte der Zimmerdecke in einer Höhe von etwa drei Metern. Es gab kein Möbelstück in unmittelbarer Nähe, auf das er hätte steigen können. Es bedurfte eines starken Mannes, um Paterson da hinaufzuheben und ihn von dieser Höhe dann hinabfallen zu lassen. Das Seil mußte über den Haken geworfen und so als Flaschenzug eingesetzt worden sein. Es gab keine in Betracht kommende Möglichkeit, wie Paterson das selbst hätte bewerkstelligen können, selbst wenn man einmal annahm, daß er dafür irgendeinen Grund hatte oder glaubte, einen zu haben.

Pitt sah sich routinemäßig nach einem Brief um, obwohl er wußte, daß es sich hier um einen Mord handeln mußte. Rein von den äußeren Gegebenheiten her war ein Selbstmord unmöglich.

In dem einfachen, sauberen, unpersönlichen Schlafzimmer war nichts zu finden. An der hinteren Wand stand ein Bett mit einer hölzernen Kopfleiste. Von einem Schiebefenster aus konnte man auf eine schmale Gasse mit ein paar Hütten und auf etwas, das wie ein Stall aussah, hinabblicken.

Rechts stand ein Kleiderschrank, und ein, zwei Schritte davon entfernt eine Kommode. Außerdem gab es drei Stühle in dem Zimmer. Einer von ihnen war gepolstert, die anderen waren ungepolstert und hatten gerade Lehnen. Alle drei standen an der Wand. Wenn Paterson sie benutzt hatte, um daraufzusteigen, dann hätten sie unter dem Haken gestanden und wären vermutlich umgekippt.

Pitt ging zu den Stühlen und betrachtete sie eingehen. Es sah auf keinem von ihnen irgendwelche Spuren. Aber wenn der Mann seine Schuhe ausgezogen hatte, würden keine zu finden sein.

Er hörte Livesey zur Tür kommen und drehte sich um.

»Haben Sie irgend etwas entdeckt?« frage Livesey.

»Nicht viel«, antwortete Pitt. Er richtete sich auf und blickte sich erneut im Zimmer um. Die unpersönliche Atmosphäre, die hier herrschte, tat ihm weh, denn sie erweckte den Eindruck, als sei Paterson gestorben, ohne Spuren seines Lebens zu hinterlassen. Doch wenn er Bücher, Photographien, Briefe oder handgefertigte, liebevoll ausgesuchte Gegenstände gefunden hätte, hätte ihn das möglicherweise noch stärker berührt. So herrschte ein Gefühl der Sinnlosigkeit, eine Atmosphäre der Einsamkeit, als sei jemand unbemerkt verschwunden, dessen Verlust erst bemerkt wurde, als es bereits zu spät war. Paterson konnte nicht älter als zweiunddreißig oder dreiunddreißig gewesen sein. Sein Leben hatte gerade erst begonnen. Und jetzt war alles vorbei.

Lamberts Frage dröhnte in seinem Kopf: Warum? Wer konnte dies getan haben, und warum jetzt?

»Ich glaube, er war schon lange tot, als ich kam«, sagte Livesey leise. »Ich wünschte, ich wäre gleich gekommen, als ich letzte Nacht seine Nachricht erhielt! Ich hätte ihn retten können.«

»Er hat Ihnen einen Brief geschickt?« fragte Pitt erstaunt und kam sich im selben Augenblick idiotisch vor. Er hätte Livesey gleich fragen sollen, warum er hier war. Richter des Appellationsgerichts besuchten normalerweise keine Polizisten in deren Wohnungen. »Verzeihen Sie«, meinte er entschuldigend. »Ich wollte Sie vielmehr fragen, warum Sie hier sind.«

»Er hat mir gestern eine Nachricht geschickt.« Liveseys Stimme war noch immer heiser, als habe er einen trockenen Mund. »Er schrieb, er habe etwas erfahren, was ihn zutiefst beunruhige, und er wolle es mir berichten.« Er griff in seine Tasche und zog ein zusammengefaltetes Stück Papier daraus hervor, das er Pitt reichte.

Pitt las den Brief, dessen Schrift trotz der offenbaren Hast und Bewegtheit, mit der die Zeilen niedergeschrieben waren, wie gestochen aussah.

Euer Ehren,

vergebt mir, daß ich einfach an Euch schreibe, aber ich habe etwas Entsetzliches erfahren, das ich Euch unbedingt berichten muß, sonst kann ich keine Nacht mehr schlafen. Ich weiß, daß Ihr ein sehr beschäftigter Mann seid, aber ich schwöre, daß dies wichtiger ist als alles andere. Ich wage es niemanden sonst zu erzählen.
Bitte teilt mir mit, wann ich mit Euch darüber sprechen kann.

Ihr ergebener Diener
D. Paterson, Constable

»Und Sie wissen nicht, was ihn in solch einem Maße beunruhigte, oder warum er es nicht einfach Inspektor Lambert erzählen wollte?« fragte Pitt.

»Nein, leider nicht«, antwortete Livesey und senkte dabei seine Stimme noch mehr, damit ihn Lambert im angrenzenden Raum nicht hören konnte. »Aber alle Anzeichen deuten darauf hin, daß es sich dabei um nichts Angenehmes handelt. Ich muß sagen, daß der arme Lambert sehr mitgenommen aussieht. Ich vermute, es hat etwas mit einem Fall zu tun, mit dem sich Paterson derzeit befaßt hat, und der viel schwerwiegendere Ausmaße besitzt, als er zunächst angenommen hatte.« Sein Körper zuckte, und sein Gesicht sah müde und gezeichnet aus. »Ich fürchte, daß dabei Fehlverhalten oder Korruption im Spiel ist. Ich will aber keine weiteren Spekulationen anstellen und damit möglicherweise irgend jemandem Unrecht tun.«

»Warum hat er Sie ausgewählt, Mr. Livesey?« fragte Pitt und bemühte sich dabei, seine Stimme so höflich und freundlich wie möglich klingen zu lassen. »Kannte er Sie?«

»Vom Hörensagen her, vermute ich», antwortete Livesey tief betrübt. »Ich bin ihm nie begegnet. Natürlich kannte ich seinen Namen, weil ich seine Aussage zum Fall Aaron Godman gelesen hatte. Er wußte vielleicht auch, daß ich damals im Appellationsgericht saß. Aber persönlich, nein, persönlich sind wir uns nie begegnet.«

Pitt war noch immer irritiert.

»Das beantwortet die Frage noch nicht.«

»Stimmt«, sagte Livesey und schüttelte den Kopf. »Es ist ungewöhnlich. Ich kann mir nur vorstellen, daß der arme junge Mann etwas entdeckt hat – oder glaubte, entdeckt zu haben –, das er seinen eigenen Vorgesetzten nicht mitzuteilen wagte, und daß er jemanden aussuchte, dessen Namen er kannte und der die notwendige Position und Integrität besitzt, um ihm helfen zu können. Ich fühle mich entsetzlich schuldig, daß ich letzte Nacht nicht gekommen bin; ich hätte ihm das Leben retten können.«

Pitt fiel nichts Tröstliches dazu ein. Jede Beschwichtigung hätte einen falschen oder herablassenden Klang gehabt, und das verdiente Livesey nicht. Statt dessen ging Pitt zu dem Leichnam hinüber, der noch immer am Seil hing, und sah sich die Schlinge an. Dann holte er einen der Stühle, um zu sehen, ob der ihm die notwendige Höhe gab, damit er den Körper wenigstens abnehmen und einigermaßen würdevoll hinlegen konnte, bis der Gerichtsmediziner kam und ihn mitnahm.

Das war etwas, das Lambert tun konnte – nach den entsprechenden Leuten zu schicken. Wahrscheinlich hatte Livesey das noch nicht getan. Er drehte sich suchend nach ihm um.

»Brauchen Sie – brauchen sie Hilfe?« fragte Livesey mühevoll schluckend und trat zu ihm hin. »Ich...« Er räusperte sich. »Was soll ich tun?«

»Ich wollte Sie gerade fragen, ob Sie schon nach dem Gerichtsmediziner geschickt haben«, antwortete Pitt.

»Nein – nein, ich habe den Jungen nur nach der Polizei geschickt. Ich dachte...«

»Lambert kann das tun«, unterbrach ihn Pitt. »Ich kann die Schlinge nicht lösen. Sein Gewicht wird sie fest zugezogen haben. Ich brauche ein Messer.«

»Oh...« Livesey sah so elend aus, als sei mit einemmal die ganze Last seiner Jahre auf ihn herabgefallen. »Ich werde gehen und fragen, ob die Hauswirtin eins hat. Sie werden das Seil wohl aufheben müssen. Als Beweis.«

»Ja, danke. Bitten Sie doch Lambert, nach dem Gerichtsmediziner zu schicken.«

»Ja. Ja, natürlich.« Livesey machte auf dem Absatz kehrt und ging zur Tür hinaus, als wolle er dem Raum und der schrecklichen Last, die ihn bedrückte, entfliehen. Einen Augenblick später hörte Pitt seine schweren Schritte draußen auf dem Korridor und dann auf der Treppe.

Pitt ging zurück ins Wohnzimmer und wartete, bis Livesey mit dem Messer zurückkam.

Livesey war zu erschüttert, als daß er die Leiche hätte berühren können. Sein Gesicht war fahl, auf seiner Stirn und seiner Oberlippe stand der Schweiß, und seine Hände wirkten unbeholfen, als hätte er sie nicht mehr völlig unter Kontrolle. Pitt hob den Leichnam so weit wie möglich an, um das Gewicht zu verringern, während Livesey das Seil durchschnitt. Es dauerte einige Sekunden, es zu kappen, dann fühlte Pitt, wie das gesamte Gewicht von Paterson plötzlich auf ihn herabsackte.

Livesey fluchte keuchend, und sie legten den Körper gemeinsam auf den Boden.

»Es gibt nichts mehr, was wir hier noch tun könnten«, sagte Pitt sanft und voller Mitleid mit Livesey, der den Eindruck machte, als sei er dem Schrecken nicht länger gewachsen. »Kommen Sie. Wir werden im Nebenraum auf den Gerichtsmediziner warten.«

Als Pitt zwei Stunden spater die Hauswirtin, die nun abwechselnd vor Wut kreischte und angstvoll schwieg, und dann die anderen Hausbewohner befragte, erfuhr er von keinem etwas. Der Gerichtsmediziner war bereits dagewesen und wieder gegangen. Er hatte den Toten in seinem Leichenwagen mitgenommen, dem die Passanten voller Grauen auswichen. Das Pferd stampfte und schnaubte, als es den Angstschweiß der Vorübergehenden roch.

Livesey hatte sich mit gerötetem Gesicht und eiskalten Händen entschuldigt und war gegangen. Pitt und Lambert standen auf dem Treppenabsatz vor der Tür und schlossen ab.

Lambert schüttelte den Kopf.

»Ich begreife das nicht«, sagte er wieder. »Was im Himmel wollte er Livesey nur mitteilen? Warum hat er es nicht uns gesagt? Wenn schon nicht mir, dann Ihnen?« Er zog den Schlüssel aus dem Schloß und gab den Schlüsselbund Pitt. Hintereinander gingen sie die Treppen hinunter.

Die Hausmeisterin stand noch immer im Treppenhaus. Ihr Gesicht war wild verzerrt, und ihre Augen loderten.

»Mord!« rief sie kreischend. »In meinem eigenen Haus! Ich hab' immer gesagt, ich hätte keinen Polizisten als Mieter aufnehmen sollen! Das tu' ich nie wieder! Ich schwör's, nie wieder!«

Lambert wirbelte mit weißem Gesicht zu ihr herum. Seine Augen funkelten.

»Ein junger Polizist wurde in Ihrem Haus ermordet, und Sie besitzen die Unverschämtheit, ihm daran auch noch die Schuld zu geben! Vielleicht wäre er heute noch am Leben, wenn er nicht hier eingezogen wäre. Was ist denn das eigentlich für ein Haus, das sie hier führen?«

»Wie könne Sie wagen, so was zu sagen?« kreischte sie mit zornrotem Gesicht. »Sie – Sie–«

»Kommen Sie.« Pitt nahm Lambert, der sich immer noch der Frau zuwandte und mit ihr streiten wollte, beim Arm und zog ihn halb gewaltsam hinaus. Lambert sträubte sich, denn in seinem Zorn und Schmerz hätte er sich nur zu gern auf den nächstbesten gestürzt, den oder die er nur irgendwie beschuldigen konnte.

»Kommen Sie«, wiederholte Pitt eindringlich. »Wir haben noch viel zu tun!«

Widerstrebend folgte ihm Lambert. Draußen war der Himmel bedeckt, und es hatte zu regnen begonnen. Die Passanten hasteten vornüber gebeugt, mit hochgestülptem Kragen und von der beißenden Kälte abgewandten Gesichtern.

»Warum?« fragte Lambert mit zusammengebissenen Zähnen. »Wer hat den armen Paterson ermordet? Wir haben noch nicht einmal herausfinden können, wer Richter Stafford umgebracht hat! Wir wissen nicht, warum! Wissen Sie es, Pitt?« Er machte einen vorsichtigen Schritt vom Bürgersteig in den vom Regenwasser gefüllten Rinnstein und von dort wieder zurück. »Haben Sie etwa eine vage Idee? Und erzählen Sie mir jetzt nicht, daß Godman unschuldig war – das macht keinen Sinn. Wenn er es nicht war, warum sollte dann jetzt jemand die alte Geschichte wieder aufrühren wollen? Sie sind ungestraft davongekommen. Es war ein perfekter Mord. Godman wurde gehängt, und der Fall ist abgeschlossen.«

»Woran hat Paterson sonst noch gearbeitet?« fragte Pitt und paßte seine Schritte denen Lamberts an, während sie die Battersea Park Road hinabgingen, um eine Droschke zu finden, mit der sie zum Revier zurückfahren konnten.

»Eine Brandstiftung. Einige Diebstähle«, antwortete Lambert. »Nichts Besonderes. Nichts, weswegen ihn jemand umbringen würde. Es wäre vielleicht denkbar, daß ihm jemand in einer dunklen Gasse die Kehle zudrückt oder ihm ein Messer in den Bauch jagt, um sich der Verhaftung zu entziehen. Aber sicherlich niemand, der in seine Wohnung gehen würde, um ihn dort an einem Seil aufzuhängen. Das ist Wahnsinn. Da steckt dieses verfluchte Macaulay-Weib dahinter. Sie schreit nach Rache.« Er blieb stehen und sah Pitt mit unglücklichen, feuchten Augen ins Gesicht. »Sie ist verrückt! Sie ist hinter den Leuten her, die ihrer Meinung nach die Schuld dafür tragen, daß ihr Bruder gehängt wurde!«

»Sie kann das nicht allein getan haben«, meinte Pitt und versuchte, ruhig zu bleiben. »Keine Frau ist imstande, Paterson eigenhändig aufzuhängen. Er ist ein stattlicher Mann, und er war bei bester Gesundheit.«

»Also gut«, meinte Lambert ungehalten. »Sie hatte Hilfe. Sie ist gerissen. Sie ist eine schöne Frau, und sie besitzt die entsprechende Persönlichkeit. Irgendein armer Teufel hat sich in sie verliebt, und sie hat ihn so verrückt gemacht, daß er ihr dabei half, es zu tun.« Er sprach sehr schnell, und Pitt hörte, wie sich seine Stimme zunehmend vor Hysterie überschlug. »Oder vielleicht hat er es auch für sie getan«, fuhr er fort. »Gehen Sie los und finden Sie ihn, Pitt. Beweisen Sie es! Paterson war ein guter Mann. Viel zu gut, um für so eine zu sterben. Sie müssen es tun! Finden Sie die Beweise!« Und er riß sich von Pitts ausgestreckter Hand weg und stapfte mit langen Schritten den nassen Bürgersteig hinab in Richtung Battersea Bridge, während die Kutschen und Droschken in beiden Richtungen an ihm vorbeiratterten.

Pitt machte sich an die langwierige und aufwendige Arbeit, den Mord an Constable Paterson zu untersuchen. In dem gerichtsmedizinischen Bericht hieß es, daß die Todesursache eine durch Erhängen herbeigeführte Erdrosselung gewesen sei, genauso, wie es den Anschein gehabt hatte. Er war, so der Bericht weiter, irgendwann am vorangegangenen Abend gestorben, vermutlich eher am frühen als am späten Abend.

Routinemäßig überprüfte Pitt, wo Richter Livesey zu jener Zeit gewesen war. Und da er ihn keinen Augenblick für schuldig gehalten hatte, war er auch nicht überrascht, als er erfuhr, daß er bei einem Abendessen gewesen war, zu dem einige seiner Kollegen eingeladen hatten, und daß er während des gesamten in Frage stehenden Zeitraums unter der Beobachtung von mindestens zwanzig Personen gestanden hatte.

Weit mehr beschäftigte Pitt die Frage, was Paterson herausgefunden haben mochte, daß er so dringend mit dem Richter darüber sprechen wollte. Hatte es etwas mit dem Farrier's Lane-Fall zu tun, wie sie instinktiv angenommen hatten, oder ging es um etwas ganz anderes?

Er verließ Lambert, um die äußeren Mordumstände zu erkunden: Er suchte nach Zeugen, die möglicherweise jemanden in das Haus hatten gehen sehen; er forschte nach, woher das Seil stammte; er suchte nach den Spuren eines Eindringlings, nach einem Fußabdruck, nach Stoffasern, nach irgend etwas, das auf einen Kampf hinwies. Und er suchte verzweifelt nach einem Sinn, nach einem Motiv für solch eine offensichtlich sinnlose Tat. Wenn dies mit einem der Fälle, an denen Paterson gerade gearbeitet hatte, oder mit seinem Privatleben zusammenhing, dann war es Lambert, der über das nötige Hintergrundwissen verfügte, um es herauszubekommen. Aber wenn es mit dem Farrier's Lane-Fall zu tun hatte, dann bestand die einzige Möglichkeit, die Wahrheit herauszufinden, darin, diesen Fall noch einmal genau zu untersuchen.

Hatte Paterson versucht, noch mit irgend jemand anderem außer Richter Livesey Kontakt aufzunehmen? Konnte es sein, daß er es bei einem der anderen Richter ebenfalls probiert hatte? Um Stafford konnte es sich nicht handeln, der war bereits tot. Sadler hatte sich aus allem Ämtern zurückgezogen und hätte auf solch ein Schreiben gar nicht erst geantwortet. Boothroyd war viel zu sehr mit seiner Liebedienerei, seiner Suche nach einflußreichen Freunden beschäftigt, um sich in irgendeiner Weise an einer derart inopportunen Sache, wie es die Wiederaufnahme des Farrier's Lane-Falls war, zu beteiligen.

Also bleiben noch Richter Oswyn und vielleicht auch die anderen am Fall beteiligten Juristen. Aaron Godmans Anwalt sowie sein Verteidiger vor Gericht. Sicherlich waren sie die ersten, an die man sich wenden mußte, wenn es tatsächlich etwas Neues gab, etwas, das neue Erkenntnisse lieferte oder auf einen Komplizen hinwies.

Warum hatte er sich Livesey ausgesucht? Glaubte er, daß er eine Integrität oder Macht besaß, über die andere nicht verfügten?

Pitt begann damit, daß er sich um einen Termin mit Richter Granville Oswyn in dessen Kanzlei bemühte, und er war angenehm überrascht, als er fast umgehend einen bekam.

Das Zimmer war groß, unaufgeräumt und chaotisch. Überall lagen und standen Bücher herum, sowohl in den Schränken als auch, zu Stapeln aufgetürmt, auf Tischen und Stühlen. Es gab auch einige Plüschsessel in dem Raum, aber kein Stück paßte zum anderen. Dennoch bildete dies alles ein gemütliches Ganzes. Die eine Wand schmückten alte Theaterplakate, politische Cartoons von Rowlandson eine andere. Oswyn war ein Katholik mit interessanten Neigungen. Auf einem Bücherschrank stand eine wunderschöne Bronze von einem Jagdhund, und auf dem Schreibtisch lag ein Briefbeschwerer aus Jaspis und Bergkristall.

Oswyn selbst war ein großer, heiterer Mann mit schlechtsitzender Kleidung. Sein Gesicht war eines von denen, die einem irgendwie bekannt vorkommen, obwohl Pitt ganz genau wußte, daß sie sich nie begegnet waren. Er empfing Pitt mit einem strahlenden Lächeln, als freue er sich aufrichtig, ihn zu sehen.

»Mein Lieber, kommen Sie doch herein.« Er erhob sich von seinem Schreibtischsessel und wies auf den komfortabelsten Stuhl. »Setzen Sie sich. Machen Sie es sich bequem. Was kann ich für Sie tun? Ich wüßte nicht, was, aber sagen Sie es mir nur.« Er setzte sich wieder lächelnd in seinen Sessel.

Es gab keinerlei Grund, unaufrichtig zu sein, und es machte auch keinen Sinn, einen Überraschungseffekt erzielen zu wollen.

»Ich untersuche den Tod von Richter Stafford«, begann Pitt.

Oswyns Miene verdüsterte sich. »Entsetzliche Geschichte«, sagte er mit einem Stirnrunzeln. »Wirklich entsetzlich. Ich begreife nicht, warum das geschehen konnte. Ehrenwerter Mann. Hätte nie gedacht, daß er einen Feind hat. Habe mich offenbar geirrt.« Er lehnte sich zurück und schlug behutsam seine Beine übereinander. »Was kann ich Ihnen erzählen, das Sie nicht bereits wissen?«

Pitt lehnte sich ein Stück weiter zurück.

»Er hat den Farrier's Lane-Fall erneut untersucht. Wußten Sie das?«

Oswyns Gesicht verlor seine Fröhlichkeit, und in seinen Augen flackerte Beunruhigung auf.

»Nein, das wußte ich nicht. Sind Sie sicher, daß Sie sich nicht irren? Es gab da wirklich nichts mehr zu untersuchen. Wir haben den Fall am Appellationsgericht eingehend überprüft.« Er sah Pitt mit einem leichten Ausdruck der Besorgnis an, wobei er sich zurückgelehnt auf seine Ellenbogen stützte und seine Finger zu einer spitzen Pyramide aneinanderlegte. »Höchstwahrscheinlich wollte er lediglich diese arme Miss Macaulay zufriedenstellen. Sie ließ die Sache nicht ruhen, müssen Sie wissen. Alles war traurig. Sie liebte ihren Bruder über alles und wollte es einfach nicht wahrhaben. Aber es gab keinerlei Anlaß zu zweifeln, wissen Sie. Überhaupt keinen. Alles war damals einwandfrei.«

»Was waren die Gründe für die Appellationsverfahren, Sir?« fragte Pitt, als habe er keinerlei Ahnung.

»Oh – eine medizinische Sache. Eher eine Formalität.«

»Und haben Sie's auch so behandelt – als Formalität?«

Oswyn sah ihn entsetzt an, und er ließ seine Hände sofort fallen. »Um Gottes willen, nein! Natürlich nicht. Das Leben eines Menschen stand auf dem Spiel. Ja, es ging um die Grundprinzipien der britischen Justiz. Es mußte etwas geschehen, und zwar unter den Augen der Öffentlichkeit und auf eine Weise, daß alle damit zufrieden waren. Es bestand die Gefahr, daß das Recht als solches in Frage gestellt wurde, und dann nützt es niemandem mehr. Oh, wir haben diesen Fall bis ins kleinste Detail unter die Lupe genommen. Es wurden keine Fehler gemacht, kein einziger«. Er blinzelte Pitt besorgt an.

»Hat Richter Stafford in der letzten Zeit mit Ihnen darüber gesprochen?« Pitt ertastete sich seine Weg, indem er nach jener Frage suchte, die es ermöglichte, die hinter der Oberfläche der Dinge verborgene Wahrheit aufzuspüren.

Oswyn zögerte nur kurz; es war ein Augenblick der Unentschiedenheit, aber es gab ihn, und Pitt bemerkte es. Oswyn lächelte, weil er an dem Ausdruck in Pitts Augen erkannte, daß Pitt es gesehen hatte.

»Also gut, ja, er hat etwas gesagt.« Er zuckte mit den Schultern. »Aber es war – nichts Ernstes, nichts Gravierendes, wenn Sie verstehen, was ich meine.«

»Nein«, sagte Pitt unkooperativ. »Wie kann solch eine Sache nichts Ernstes sein?«

Doch Oswyn hatte inzwischen genug Zeit zum Nachdenken gehabt. Seine Stimme klang jetzt sicher. »Es war eine ärgerliche Sache. Die arme Macaulay belästigte ihn noch immer. Sie versuchte, jemanden zu finden, der ihr glaubte und die ganze Sache wieder aufrollte. Und Stafford, der arme Teufel, war der Mann, auf den sie ihre Anstrengungen richtete.« Er zuckte die Achseln und versuchte, gelöst zu wirken. »Er hat das lediglich mal erwähnt. Es war für ihn eine Belastung und wohl auch eine Belästigung. Sicher können Sie das verstehen, Inspektor?« Er lachte kurz und freudlos.

»Und wenn es sich um ein Versäumnis bei den damaligen Untersuchungen oder um einen Irrtum handelte?« fragte Pitt.

»Nein! Ganz ausgeschlossen!« Oswyn lehnte sich vor und schlug mit der Faust auf seine Schreibtischplatte. Sein Gesicht war leicht gerötet, seine Augen blitzten ernst. »Es gab kein…« Er schüttelte seinen Kopf. »Es gab keinen Irrtum. Die ganze Sache ist sehr einfach.« Er blickte Pitt lange ernst an. »Die Revision erfolgte auf der Basis medizinischer Beweise. Yardley hatte ursprünglich gesagt, er glaube, daß die Wunde, an der Blaine starb, durch eine Art Dolch verursacht worden sei. Nach der Untersuchung räumte er ein, daß es sich auch um einen besonders langen Hufnagel gehandelt haben könnte.«

»Hufnägel haben nur eine bestimmte Länge«, meinte Pitt. »Schließlich müssen sie in den Huf eine Pferdes geschlagen werden. Ihre Länge ist begrenzt, selbst wenn sie noch abgekniffen werden.«

»Ja, natürlich.« Oswyn schob den Gedanken mit einer ungeduldigen Geste beiseite. »Gut, gut, also ein normaler Nagel. Der Mann ist Chirurg, kein Hufschmied. Vielleicht war es auch irgendein im Hof herumliegendes Stück Metall. Entscheidend aber ist, daß es nicht unbedingt ein Dolch gewesen sein muß.«

»Gab es in dem Hof solche Nägel oder längere Metallstücke, die dafür in Frage gekommen wären?« fragte Pitt. »Solch ein blutbeschmiertes Stück wäre ja problemlos zu finden gewesen.«

Oswyn sah ihn entsetzt an. »Keine Ahnung. Um Himmels willen, Mann, wir hatten über die Berufung zu entscheiden. Das war Wochen nach dem Prozeß, der wiederum Wochen nach dem Verbrechen stattgefunden hatte. In der Zwischenzeit konnte jeder beliebige im Hof aus und eingehen, wie es ihm beliebte, und genau das war vermutlich auch der Fall.«

»Also um welche Waffe es sich auch gehandelt haben mag – sie ist nie gefunden worden?«

»Offenbar nicht. Vielleicht war es einer der Nägel, die er benutzt hat, um ihn ans Tor zu nageln.« Er zwang sich, seine Stimme ruhig und sicher klingen zu lassen. »Aber was immer es war, Inspektor, es ist inzwischen viel zu spät, um da noch etwas herauszufinden. Der arme Stafford wird doch kaum versucht haben, das zu untersuchen, oder?« Sein Argument stach, und er wußte das.

»Trotzdem«, meinte Pitt. »Wenn Yardley seine Meinung geändert hat, dann war die Beweislage nicht eindeutig. Die bestehende Unsicherheit scheint immerhin ausreichend gewesen zu sein, das Appellationsgericht anzurufen.«

»Ein Akt der Verzweiflung.« Oswyn verzog sein Gesicht, und sein großer, beweglicher Mund wirkte traurig. »Jeder wird natürlich alle Möglichkeiten nutzen, nicht gehängt zu werden, und wer sollte ihm das verübeln?«

»Erinnern Sie sich an Constable Paterson?« wechselte Pitt unvermittelt das Thema.

»Constable Paterson?« wiederholte Oswyn nachdenklich. »Ich glaube nicht. Warum?«

»Er war der Constable, der einen großen Teil der Untersuchung durchgeführt hat.«

»Ach ja. War er nicht derjenige, der den entscheidenden Beweis beigebracht hat? Die Aussage der Blumenverkäuferin, die Godman am Soho Square unmittelbar nach dem Verbrechen gesehen hat? Gute Arbeit. Held des Tages, dieser Paterson. Warum?«

»Er wurde Dienstag nacht ermordet.«

»O mein Gott – das tut mit leid! Wie bedauerlich. Vielversprechender junger Polizist.« Er schüttelte den Kopf. »Gefährliches Geschäft, der Polizeidienst. Aber das wissen Sie ja selbst.«

»Es geschah nicht im Dienst, Sir. Er wurde in seiner eigenen Wohnung ermordet. Erhängt, um genau zu sein.«

»Großer Gott!« Oswyn war zutiefst bestürzt. Er wurde aschfahl, und seine ganze wohlige, freundliche Ausstrahlung war auf einen Schlag verschwunden. »Wie entsetzlich! Wie... Wer war es?«

»Wir haben bisher noch keinerlei Anhaltspunkte.«

»Keine Anhaltspunkte! Aber sicher...« Verwirrt und erschüttert, brach er mitten im Satz ab. »Sie können doch nicht meinen, daß das irgend etwas mit Kingsley Blaine zu tun hatte! Ich meine...« Unwillkürlich faßte er sich an die Kehle und zog an seinem Kragen, um ihn etwas zu lockern. »Warum, um Himmels willen?«

»Genau das versuche ich herauszufinden, Sir.« Pitt beobachtete ihn genau. »Ich hatte Paterson zu einigen Details hinsichtlich seiner damaligen Untersuchungen in dem Fall befragt. Und ich überlege, ob ihn irgend etwas, was ich gesagt habe, zu einer Handlung oder einer Äußerung einem Dritten gegenüber veranlaßt hat, die seine Ermordung zur Folge hatte.«

Oswyn hob eine Hand an seine Augen und verbarg so kurz sein Gesicht vor Pitt. »Wollen Sie damit sagen, daß Godman nicht schuldig war, sondern daß es jemand anderer war, und daß diese Person nun jeden umbringt, der den Fall möglicherweise wieder aufrollen könnte? Das macht wenig Sinn, Inspektor. Wurden Sie angegriffen?«

»Nein«, gab Pitt zu. »Aber ich bin genauso verwirrt wie am Anfang. Ich habe keinerlei Hinweis darauf gefunden, daß Godman nicht schuldig war. Vielmehr scheint es mir, je mehr ich über diesen Fall erfahre, immer sicherer, daß er es war.«

Oswyn atmete tief ein und schüttelte sich leicht, als sei er plötzlich über alle Maßen erleichtert. »In der Tat.« Er schluckte laut. »In der Tat. Ein tragischer und ausgesprochen häßlicher Fall. Aber er wurde damals abgeschlossen.« Er biß sich auf die Lippe. »Ich bin meine Leben lang ein Diener des Rechts gewesen, Inspektor. Es wäre – eh – es wäre schrecklich für mich, mir vorstellen zu müssen, daß wir einen derartigen Fehler gemacht haben könnten. Es würde... viel in Frage stellen, was meiner Meinung nach von unschätzbarem Wert für das britische Volk, ja, ein Orientierungsmodell für die ganze Welt ist.« Seine Stimme hörte sich merkwürdig pathetisch an, als sei er von dem, was er sagte, nicht ganz überzeugt. »Die Rechtsprechung der Vereinigten Staaten von Amerika stützt sich zum großen Teil auf unser Recht. Ich vermute, Sie wissen das. Natürlich wissen Sie das. Das Recht steht über uns allen, und es ist wichtiger als jedes Individuum.«

»Sicher kann das Recht aber nur daran gemessen werden, wie es mit dem Individuum umgeht, Mr. Oswyn?«

»Oh. Ich glaube, diese Aussage ist... zu pauschal, zu vereinfachend, wenn Sie mir diese Bemerkung erlauben. Schließlich geht es hier um gravierende Fragen...« Sein Gesicht rötete sich, und er brach unvermittelt ab. »Aber das hilft Ihnen bei der Suche nach dem Mörder von Mr. Stafford oder von diesem unglücklichen Constable auch nicht weiter. Auf welche Weise kann ich Ihnen dabei helfen?«

»Ich bin mir nicht sicher, ob Sie das können«, räumte Pitt ein. »Das letzte, was er tat, bevor er getötet wurde, war, einen Brief an Richter Livesey zu schicken, in dem er schrieb, daß er etwas Entsetzliches erfahren habe und es ihm so schnell wie irgend möglich mitteilen müsse. Unglücklicherweise...« Er hielt inne. Aus Oswyns Gesicht war erneut alle Farbe gewichen, und er sah krank aus.

»Er... eh...«, stammelte Oswyn. »Er... er hat an Livesey geschrieben? Was... was hatte er erfahren? Hat er das geschrieben? Wissen Sie, um was es ging?«

Pitt wollte dies gerade verneinen, aber dann entschloß er sich anders.

»Der Brief war an Richter Livesey gerichtet. Er war es, der ihn fand, als er am nächsten Tag zu ihm ging.«

»Aber was stand in dem Brief?« fragte Oswyn eindringlich und lehnte sich dabei über seinen Schreibtisch in Pitts Richtung. »Livesey muß doch...«

»Aus diesem Grund bin ich zu Ihnen gekommen, Sir«, antwortete Pitt wahrheitsgemäß und in dem Wissen, daß Oswyn es merken würde, wenn er log. »Der Farrier's Lane-Fall...«

»Ich weiß es nicht! Ich dachte, Godman sei schuldig gewesen. Und ich glaube das noch immer.« Auf seiner Oberlippe zeigten sich kleine Schweißperlen. »Ich kann nichts anderes sagen. Ich weiß nichts, und es wäre vollkommen unverantwortlich, irgendwelche Spekulationen anzustellen.« Seine Stimme, in der wieder Angst mitschwang, wurde etwas lauter. »Ein Mann in meiner Position kann nicht irgendwelche wilden Mutmaßungen über richterliche Fehlurteile äußern. Ich trage Verantwortung. Ich kann unmöglich glauben...« Er holte tief Luft und kam dann mit dem, was ihm eigentlich am Herzen lag, heraus. »Ich bin... dem Gesetz, den ich immer gedient habe, verpflichtet. Ich muß meiner Verantwortung genügen. Aber wenn Sie natürlich Beweise haben, die in eine andere Richtung deuten…« Er starrte Pitt aus aufgerissenen, besorgten Augen an und wartete auf seine Antwort.

»Nein. Bisher habe ich noch keinen Beweis.«

»Ah.« Oswyn atmete erleichtert aus. »Also wenn ich Ihnen weiterhelfen kann, kommen sie gern wieder vorbei und lassen es mich wissen.«

Es war eine höfliche Aufforderung zu gehen, und Pitt akzeptierte sie. Er konnte ohnehin nicht mehr von Oswyn erfahren. Es gab keine Fakten, nur eine Fülle von Eindrücken.

»Haben Sie vielen Dank, Sir. « Er stand auf. »Ja, selbstverständlich werde ich das tun. Sobald ich etwas Genaues herausgefunden habe, was der Brief zu bedeuten hatte.«

»Ja – ja, natürlich.«

Pitt konnte sich erst am nächsten Morgen mit Ebenezer Moorgate, dem Anwalt von Aaron Godman, verabreden. Moorgate zog es vor, Pitt nicht in seiner Kanzlei zu treffen, die er mit mehreren anderen teilte, sondern in einer Gaststätte, die etwa eineinhalb Meilen davon entfernt lag. In dem kleinen Gastraum drängten sich kleine Angestellte, Händler und Müßiggänger. Der mit Sägemehl bestreute Boden war mit verschüttetem Ale durchtränkt, und der Duft von gekochtem Gemüse mischte sich mit dem Geruch von abgestandenem Bier, Schmutz und den Ausdünstungen der dicht gedrängten Menge.

Mit seinem gepflegten Anzug, seinem sauberen weißen Hemd mit steifem Stehkragen und seinem frisch rasierten Gesicht wirkte Moorgate deplaziert. Er hielt einen Krug mit Ale in seiner Hand, aber er hatte nicht daraus getrunken.

»Sie kommen spät, Inspektor Pitt«, meinte er, als sich dieser einen Weg durch die Menge zu dem kleinen Tisch in der Ecke gebahnt hatte, an dem ihn Moorgate erwartete. »Obwohl ich den Sinn dieses Treffens nicht recht verstehe. Der Fall, auf den Sie sich beziehen, liegt lange zurück. Wir haben uns damals an das Appellationsgericht gewendet – und haben verloren. Wenn der Fall noch einmal aufgerollt wird, so kann dies nur noch weiteren Kummer heraufbeschwören, ohne daß irgend jemandem damit geholfen wäre.«

»Unglücklicherweise ist dies kein abgeschlossener Fall mehr, Mr. Moorgate. Zwei weitere Menschen sind tot.«

»Ich weiß nicht, was Sie meinen«, sagte Moorgate wachsam, während sich seine Finger enger um den Krug schlossen. »Es kann nichts mit dem Fall zu tun haben. Verzeihen Sie, aber das ist einfach Unsinn.«

»Richter Stafford, und jetzt Constable Paterson.«

»Paterson?« Moorgates Augen weiteten sich. »Davon wußte ich nichts. Armer Kerl. Aber das ist ein zufälliges Zusammentreffen. Tragisch, aber zufällig. Etwas anderes ist nicht vorstellbar.«

»Unmittelbar bevor er ermordet wurde, hat er Richter Livesey geschrieben, daß er ihm dringend etwas mitteilen müsse – etwas Dringendes und Entsetzliches.«

Moorgate schluckte. »Sie haben nicht gesagt, daß er ermordet wurde.«

Ein Mann vom Nachbartisch drehte sich neugierig zu ihnen um. Auch ein zweiter Mann hinter ihm unterbrach seine Unterhaltung und starrte zu ihnen herüber.

Moorgate befeuchtete seine Lippen. »Was wollen Sie damit sagen, Pitt? Daß jemand, der in den Farrier's Lane-Fall verwickelt ist, Leute ermordet? Warum? Um Godman zu rächen? Das ist absurd.« Seine Stimme wurde höher, und er sprach schneller, ohne zu merken, welches Aufsehen er erregte. »Aus dem, was sie sagen, schließe ich, daß Paterson entdeckt haben könnte, wer Stafford ermordet hat! Oder daß er glaubte, er hätte es entdeckt. Das ist doch ganz offensichtlich, oder? Es könnte die Macaulay gewesen sein. Der Verlust ihres Bruders, der ganze Skandal und dieses schreckliche Ende haben sie durchdrehen lassen.« Er blickte Pitt unverwandt an. »Es gibt geringfügigere Anlässe, die eine Frau den Verstand rauben können. Meist ist Gift das Mittel der Wahl für Frauen. Hätte gedacht, Sie könnten das beweisen.« Er sah Pitt zornig und leicht anklagend an.

»Möglich«, stimmte ihm Pitt zu. »Obwohl ich angesichts der Tatsache, daß Stafford offenbar darüber nachdachte, den

Fall noch einmal aufzunehmen, ihr Motiv nicht sehe. Sein Weiterleben muß ihr mehr am Herzen gelegen haben als das aller anderen Menschen.«

»Unsinn!« Moorgate winkte mit seiner freien Hand ab. »Absoluter Unsinn, mein Bester«, wiederholte er. »Es gibt nichts, weshalb der Fall noch einmal aufgenommen werden sollte. Ich bin bestens damit vertraut, wissen Sie. Ich war damals der Rechtsberater. Wenn ich je mit einem hoffnungslosen Fall konfrontiert war, dann war es dieser. Natürlich haben wir alles Mögliche getan. Muß man ja. Aber es gab zu keinem Zeitpunkt irgendeine Chance!« Er schüttelte heftig den Kopf. »Der elende Kerl war schuldig wie der Teufel.«

Plötzlich erinnerte er sich an sein Ale und trank einen Schluck, wobei er die vielen Menschen um sich herum ansah, die ihn inzwischen anstarrten. »Miss Macaulay konnte es nicht akzeptieren. So geht es den Familien oft. Das ist nur natürlich, würde ich meinen. Aber Stafford hat es ihr an jenem Tag möglicherweise noch einmal gesagt, und ich wage zu behaupten, daß sie ihn in ihrer Enttäuschung und Verbitterung getötet hat. Sie wird es als eine Art Verrat betrachtet haben. Sehr temperamentvolle Frau, wissen Sie, sehr gefühlsbetont. Ich vermute, Schauspielerinnen sind so – unbesonnen und leichtfertig. Kein passender Beruf für eine Frau; keine Dame würde ihn ergreifen, so ist das nun mal.«

»Sie hat Paterson nicht getötet«, sagte Pitt mit einem rationalen Widerwillen, der ihn überraschte.

»Sind Sie sicher?« Moorgate gab sich keine Mühe, seine Skepsis zu verbergen.

»Ziemlich sicher«, antwortete Pitt scharf. »Er wurde an der Decke seiner eigenen Wohnung aufgehängt. Keine Frau der Welt kann so etwas fertiggebracht haben. Dazu bedurfte es eines starken Mannes. Ebenso wie es eines starken Mannes bedurfte, um Kingsley Blaine hochzuheben und ihn festzuhalten, während seine Handgelenke an die Stalltür genagelt wurden.«

Moorgate fuhr zusammen und stellte seinen Krug mit Ale ab, als sei sein Inhalt plötzlich ungenießbar geworden. Inzwischen schwiegen alle Anwesenden im Umkreis von sechs Metern und starrten sie an.

»Ich wüßte gern, was Sie damit andeuten wollen, Inspektor«, sagte Moorgate heftig, während die Zornesröte in seinen Wangen aufstieg.

»Die Fakten tun es, nicht ich«, erwiderte Pitt ruhig.

»Sie deuten für mich auf persönlichen Ärger hin.« Moorgate schluckte. »Hatte er irgendeine Affäre? Vielleicht hat ein eifersüchtiger Ehemann damit zu tun.«

»Der ihn dann hängte?« Pitt hob erstaunt seine Augenbrauen. »Entspricht das wirklich Ihrer üblichen Erfahrung, Mr. Moorgate?«

»Ich habe keine ›übliche Erfahrung‹«, erwiderte Moorgate kalt. »Ich bin Anwalt, kein Gerichtsadvokat. Und bitte sprechen Sie leise. Sie ziehen die Aufmerksamkeit auf uns. Morde kommen in meiner Praxis selten vor. Und ich kann mir nur schwer vorstellen, was eifersüchtige Ehemänner oder Liebhaber zu tun imstande sind, wenn sie merken, daß sie betrogen wurden.«

»Irgend etwas Jähzorniges und Gewalttätiges«, antwortete Pitt und lächelte angesichts der umstehenden Zuhörerschaft schief. Seine Stimme war es nicht gewesen, die ihr Interesse geweckt hatte. »Erschießen, wenn eine Pistole bei der Hand ist, was sich meist unschwer finden läßt. Und wenn es zu einer Schlägerei kommt, dann schlagen sie kräftig zu und manchmal erwürgen sie den anderen auch. Aber in die Wohnung eines Mannes zu gehen, einen Strick zu nehmen und den Kronleuchter abzuhängen – vermutlich, bevor der andere heimkommt oder während er bewußtlos oder gefesselt daliegt –, den Strick dann um seinen Hals zu legen und ihn zu hängen...«

»Um Himmels willen, Mann!« platzte Moorgate entsetzt los. »Besitzen Sie denn überhaupt kein Feingefühl?«

»Dazu bedarf es eines hohen Maßes an Vorsätzlichkeit und eiskalter Planung«, beendete Pitt seine Ausführungen unbeirrt.

»Dann hat es sich um irgendein anderes Motiv gehandelt«, ereiferte sich Moorgate. »Egal. Jedenfalls hat das alles nichts mit irgendeinem meiner Fälle zu tun, und ich kann Ihnen nicht helfen.« Er knallte sein Ale wütend auf den Tisch, so daß es überschwappte. »Ich kann Ihnen nur raten, sich sehr genau dem Privatleben dieses unglückseligen Mannes zu widmen. Vielleicht schuldete er jemandem Geld. Wucherer können gewalttätig werden, wenn man sie betrügt. Ich habe keine Ahnung, aber schließlich ist es Ihre Aufgabe, die Wahrheit herauszufinden, nicht meine. Also wenn es weiter nichts gibt, muß ich jetzt in meine Kanzlei zurück. Ich bin in Kürze mit Klienten verabredet.« Und ohne sich darum zu scheren, ob Pitt noch weitere Fragen hatte oder nicht, wandte er sich zum Gehen, wobei er an den Tisch stieß und dabei noch mehr von dem Ale verschüttete. Er nickte Pitt kurz und förmlich zu und verschwand.

Barton James, der Prozeßverteidiger Godmans, war eine völlig andere Erscheinung. Er war großgewachsen und hager, wirkte distinguierter und selbstbewußter als Moorgate. Er empfing Pitt in den Räumen seiner Kanzlei und erkundigte sich zunächst höflich nach seinem Befinden, um ihm dann einen Stuhl anzubieten.

»Was kann ich für Sie tun, Mr. Pitt?« fragte er interessiert. »Hat es etwas mit dem Tod des armen Samuel Stafford zu tun?«

»Indirekt, ja.« Pitt hatte sich entschlossen, diesmal vorsichtiger vorzugehen, zumindest am Anfang.

»Tatsächlich?« James hob seine Brauen. »In welcher Weise kann ich Ihnen behilflich sein? Ich kannte ihn natürlich, aber nur sehr flüchtig. Er war Richter am Appellationsgericht; es ist schon einige Zeit her, daß er eine Verhandlung führte. Ich habe seit fünfzehn oder sechzehn Jahren kein Plädoyer mehr vor ihm gehalten.«

»Aber Sie haben ihn einen Ihrer berühmtesten Fälle zur Berufung vorgelegt.«

»Einige«, bestätigte James. »Doch das schafft noch keine Beziehung. Ich wüßte nichts, was für die Aufklärung seines Todes von Bedeutung wäre. Aber fragen Sie mich bitte, was Sie von mir wissen möchten.« Er lehnte sich zurück und lächelte Pitt liebenswürdig an. Sein Verhalten war selbstsicher, seine Aussprache und Intonation ausgesprochen gepflegt. Pitt konnte sich gut vorstellen, wie er einen Gerichtssaal beherrschte und die Geschworenen durch die Macht seiner Persönlichkeit in seinen Bann schlug. Wie engagiert hatte er Aaron Godman verteidigt? Welcher Gefühle oder Überzeugung hatte er sich in Aarons Interesse bedient?

Pitt zwang sich, seine Aufmerksamkeit wieder auf die Gegenwart und die behutsame Hinleitung auf die Fragen zu konzentrieren, auf die es hier ankam.

»Ich danke Ihnen, Mr. James. Sehen Sie, ich untersuche nicht nur den Mord an Mr. Stafford; vielmehr scheint ein Zusammenhang zu einem weiteren Mord zu bestehen.« Er sah, wie sich die Augen von James weiteten. »Zu dem an Constable Paterson.«

»Paterson? Ist das der junge Polizist, der den Farrier's Lane-Fall bearbeitet hat?« fragte James, während seine Braue leicht zuckte.

»Ja.«

»O Gott. Sind Sie sich auch sicher, daß da ein Zusammenhang besteht? Die Arbeit eines Polizisten kann ausgesprochen gefährlich sein, aber das brauche ich Ihnen sicher nicht zu sagen. Könnte es sich nicht um ein zufälliges Zusammentreffen handeln? Der Farrier's Lane-Fall ist vor etwa fünf Jahren abgeschlossen worden. Oh, ich weiß, daß Miss Macaulay noch immer versucht, ihn neu aufrollen zu lassen, aber ich fürchte, daß sie keine Chance hat. Es ist nur ihre große Liebe zu ihrem Bruder, die sie dazu treibt. Sie hat keinerlei Aussicht auf Erfolg.«

»Sie sind sicher, daß er schuldig war?«

James veränderte bedächtig seine Sitzhaltung. »In der Tat, ich bin mir völlig sicher. Ich fürchte, es gab keinen Zweifel daran.«

»Haben Sie das damals gedacht?«

»Wie bitte?«

»Haben Sie das damals gedacht?« wiederholte Pitt und beobachtete James' Gesicht: die lange, aristokratische Nase, den zum Lachen neigenden Mund, die aufmerksamen Augen.

James schob seine Unterlippe bedauernd vor.

»Selbstverständlich hätte ich gern geglaubt, daß er unschuldig war, aber ich gestehe, daß dies im Verlauf des Prozesses immer schwieriger wurde.«

»Sie hielten das Urteil für angebracht?«

»Das tat ich. Und sie hätten das auch getan, wenn Sie dabeigewesen wären, Mr. Pitt.«

»Aber Sie haben Berufung eingelegt.«

»Natürlich. Godman wollte dies, und seine Familie ebenfalls. Es ist doch selbstverständlich, daß man jede nur denkbare Möglichkeit ausschöpft, unabhängig davon, wie gering die Erfolgsaussichten sein mögen, wenn es darum geht, daß ein Mensch gehängt werden soll. Ich habe sie davor gewarnt, daß man der Revision wahrscheinlich nicht stattgeben würde. Ich habe ihnen keine falschen Hoffnungen gemacht. Aber ich habe natürlich trotzdem mein Bestes getan. Wie Sie wissen, wurden wir abgewiesen.«

»Die Begründung war unzureichend?«

James zuckte die Achseln. »Der Gerichtsmediziner, Humbert Yardley – ein sehr vertrauenswürdiger Mann, den Sie zweifellos kennen – schien offenbar seine Meinung hinsichtlich der Waffe im Laufe des Verfahrens geändert zu haben. Es ist sonst nicht seine Art, so etwas zu tun. Möglicherweise hat er durch die grauenvollen Umstände der Angelegenheit – es handelte sich um ein ganz besonders abscheuliches Verbrechen, müssen Sie wissen –, für eine Zeitlang seine sonst übliche Gelassenheit verloren.« Er lehnte sich mit leicht gerunzeltem Gesicht wieder in seinen Stuhl zurück. »Es handelte sich um eine höchst ungewöhnliche Greueltat, wissen Sie. Der Mann wurde nicht nur ermordet, sondern gekreuzigt. Der Fall machte Schlagzeilen. Er erweckte alle möglichen heftigen und gewalttätigen Gefühle. In einigen Vierteln kam es zu antijüdischen Ausschreitungen. Man brach in Pfandhäuser ein und verwüstete sie. Menschen, von denen bekannt war, daß sie Juden sind, wurden in den Straßen angegriffen. All das war außerordentlich widerwärtig.«

Er lächelte bitter. »Ich wurde sogar selbst zum Ziel übelster Angriffe, weil ich ihn verteidigte. Ich machte die kostspielige und schockierende Erfahrung, mit verschimmelten Obst und faulen Eiern beworfen zu werden, als ich durch Covent Garden ging. Zum Glück war es nicht Billingsgate!«

Pitt lächelte in sich hinein. Er war einmal an einem warmen Tag an dem Fischmarkt vorübergegangen.

»Haben Sie ihn je für unschuldig gehalten, Mr. James?«

»Ich nahm an, daß er unschuldig war, Mr. Pitt. Das ist meine Pflicht. Doch das ist nicht dasselbe. Was ich denke, ist dabei nicht von Bedeutung.« Er sah Pitt ernst an. »Ich habe alles für ihn getan, was ich konnte. Und ich glaube nicht, daß irgendein Verteidiger im ganzen Land einen Freispruch hätte bewirken können. Er ist keine halbe Meile vom Tatort entfernt gesehen worden, zur fraglichen Zeit, deutlich, und das von jemandem, der ihn vom Ansehen her kannte. Dann gab es die Aussage von dem Straßenbengel, der die Nachricht von ihm an Blaine weiterleitete, was diesen dazu brachte, durch die Farrier's Lane zu gehen; außerdem die Aussagen der Nichtstuer, die sahen, wie er blutbefleckt aus der Straße kam.«

»Hat der Straßenjunge ihn identifiziert?» warf Pitt ein. »Ich dachte, er sei sich seiner Sache nicht sicher gewesen.«

James schob seine Lippen nachdenklich vor. »Ja – ich vermute, das war er auch nicht. Und man könnte sagen, daß das gleiche auch für die Männer zutrifft, die an der Farrier's Lane herumlungerten. Und es ist auch durchaus möglich, daß sie das mit dem Blut übertrieben haben. Es läßt sich kaum feststellen, was jemand zu einem bestimmten Zeitpunkt sieht und was seine Fantasie später unter dem Eindruck der Zeitungsberichte und so weiter daraus macht.« Er schüttelte seinen Kopf und lächelte wieder. »Aber die Blumenverkäuferin kannte ihn vom Sehen her und hatte keinerlei Zweifel. Er blieb stehen und sprach mit ihr, was entweder eine ungewöhnliche Kaltblütigkeit beweist oder eine Arroganz, die an Wahnsinn grenzt.«

»Und Sie haben keinerlei Zweifel hinsichtlich seiner Schuld?« insistierte Pitt.

James runzelte seine Brauen. »Sie sprechen, als hätten Sie welche. Haben Sie irgend etwas entdeckt, wovon wir damals nichts wußten?«

Seine Wortwahl war interessant. Er hatte es sorgfältig vermieden, den Eindruck zu erwecken, als habe er damals irgend etwas versäumt. Behutsam und indirekt verteidigte er sich selbst.

»Nein«, antwortete Pitt vorsichtig. »Nichts, dessen ich mir sicher bin. Aber die Schlußfolgerung liegt nahe, daß Paterson seine Untersuchung vielleicht noch einmal überprüft hat, nachdem ich ihn dazu befragt hatte, und daß er dabei etwas entdeckt hat oder daß ihm eine andere Interpretationsmöglichkeit bewußt wurde. In seinem Brief an Livesey hieß es...«

»Seinem Brief an Livesey?« James schreckte auf und war plötzlich alarmiert. Sein Körper versteifte sich, seine Stimme wirkte gepreßt. »Richter Ignatius Livesey?«

»Ja. Habe ich das nicht erwähnt?« Pitt spiegelte eine Harmlosigkeit vor, die er nicht empfand. »Verzeihen Sie. Ja, bevor Paterson ermordet wurde... übrigens wurde er erhängt. Mit einem Seil am Haken des Kronleuchters in seinem Schlafzimmer.« James verzog gequält und angewidert das Gesicht. »Bevor er ermordet wurde«, fuhr Pitt fort, »schrieb er einen Brief an Richter Livesey, in dem er ihm mitteilte, daß er etwas Entsetzliches entdeckt habe und dies ihm so schnell wie möglich erzählen müsse. Es war der arme Livesey, der ihn am nächsten Morgen fand. Unglücklicherweise konnte er ihn an jenem Abend nicht mehr aufsuchen.«

James schwieg für einige Augenblicke. Sein Gesicht war ernst. Schließlich faßte er einen Entschluß.

»Das haben Sie mir nicht erzählt. Das wirft ein völlig anderes, ausgesprochen häßliches Licht auf die Dinge.« Er schüttelte leicht seinen Kopf. »Ich fürchte, mir fällt nichts ein, was von irgendwelchem Nutzen für Sie sein könnte. Nichts, was auch nur eine entfernte Bedeutung hätte.«

»Weder Paterson noch Richter Stafford haben sich in dieser Angelegenheit mit Ihnen unterhalten?«

»Paterson mit Sicherheit nicht. Seit dem Prozeß habe ich nicht mehr mit ihm gesprochen. Stafford hat mich vor einigen Wochen aufgesucht, Miss Macaulay hatte ihm geschrieben, wie sie an zahlreiche andere Leute auch schrieb, um das Interesse an dem Fall neu zu entfachen. Sie hofft noch immer,

Godmans Namen reinzuwaschen, was natürlich unmöglich ist. Aber sie will es nicht wahrhaben.« Er sprach jetzt schneller, hastiger. »Sie hat sich jenseits aller Vernunft in die Dinge hineingesteigert. Aber ich habe nichts davon ernst genommen. Ich war mir ihrer… Besessenheit bewußt. Es war zu erwarten, daß sie auch Stafford belästigen würde. Es überrascht mich, daß er dem überhaupt Gewicht beimaß. Aber sie ist eine höchst… beredte Frau, und sie besitzt eine Ausstrahlung, der einige Männer nur schwer widerstehen können.«

»Was wollte Richter Stafford von Ihnen wissen, Mr. James? Verzeihen Sie mir, wenn ich Sie danach frage, aber er kann es mir nicht mehr erzählen, und vielleicht hilft es mir herauszufinden, wer ihn getötet hat.«

»Er fragte mich fast das gleiche wie Sie, Inspektor. Und ich bedaure, keinem von Ihnen helfen zu können. Ich weiß nichts, was ich nicht auch vorher schon gewußt habe.«

»Ist das alles? Sind Sie sicher?«

»Nun.« James fühlte sich unbehaglich, aber er wich der Frage nicht aus. »Er befragte mich über Moorgate, den Rechtsbeistand; nach seinem Leumund und so weiter.« Er wirkte irritiert. »Mit dem armen Moorgate ist es seit damals deutlich bergab gegangen. Ich weiß nicht, weshalb. Aber er ist noch immer sehr fähig, und damals war er ein erstklassiger, überaus fähiger Jurist.«

»Aber ebenso wie Sie hielt er Godman für schuldig«, bemerkte Pitt.

In James' Gesicht stieg eine dunkle Röte. »Angesichts der Beweislage – die noch immer unumstritten ist – konnte man vernünftigerweise zu keinem anderen Schluß kommen, Mr. Pitt. Und Sie selbst haben bisher auch noch nichts zutage gefördert, was diese Beweise widerlegen könnte. Ich habe keine Ahnung, wer Stafford ermordet haben könnte – oder Paterson. Aber ich stimme Ihnen zu, daß die Vermutung naheliegt, daß ihre Verbindung zum Farrier's Lane-Fall eine gewisse Rolle dabei spielt. Doch ich habe nicht die geringste Vorstellung, welche. Haben Sie eine?«

Es war eine Herausforderung.

»Nein«, sagte Pitt leise. »Noch nicht.« Er rückte seinen

Stuhl etwas nach hinten. »Aber ich werde mich darum bemühen. Paterson war erst zweiunddreißig. Ich habe vor herauszubekommen, wer ihn getötet hat – und warum er das tat.« Er stand auf.

James erhob sich ebenfalls, noch immer höflich. Er reichte ihm die Hand.

»Ich wünsche Ihnen ein gutes Gelingen, Mr. Pitt. Ich freue mich darauf, von Ihrem Erfolg zu hören. Einen guten Tag.«

»Noch etwas.« Pitt zögerte. »Godman wurde während seiner Haft brutal zusammengeschlagen. Wissen Sie, wie das geschah?«

Ein Ausdruck des Abscheus huschte über das Gesicht von James.

»Er sagte, daß einer der Polizisten ihn geschlagen habe«, erwiderte er. »Ich habe keinerlei Beweise, aber ich habe ihm geglaubt.«

»Verstehe.«

»Glauben Sie?« meinte James herausfordernd und mit unverhohlenem Zorn. »Ich habe das damals nicht erwähnt, weil ich es nicht beweisen konnte. Außerdem hätte es die Geschworenen nur noch stärker befremdet, daß er offenbar die Ordnungskräfte und damit indirekt auch die gesamte Öffentlichkeit beschimpft hatte. Zudem war es für die Faktenlage von keinerlei Bedeutung.« Auf den Wangen von James hatten sich zwei hellrote Flecken gebildet. »Es hätte nichts am Urteil geändert.«

»Höchstwahrscheinlich«, sagte Pitt aufrichtig. »Ich wollte es nur wissen, für mich selbst. Es erklärt ein wenig Patersons Verhalten.«

»Es war Paterson?« fragte James.

»Ja, das denke ich.«

»Wie überaus niederträchtig. Ich vermute, Sie haben automatisch an einen Racheakt gedacht?«

»Nicht durch Tamar Macaulay. Nicht angesichts der Art, in der Paterson getötet wurde. Es muß ein ausgesprochen starker Mann gewesen sein.«

»Vielleicht hat Fielding ihr geholfen? Nein? Ich glaube, daß Sie diese Möglichkeit unbedingt mit in Betracht ziehen sollten. Ich danke Ihnen für Ihre Offenheit, Inspektor Pitt. Einen guten Tag.«

»Einen guten Tag. Mr. James.«

Pitt erstattete Micah Drummond Bericht. Nicht, weil er von diesem irgendeinen Kommentar oder gar gezielte Unterstützung erwartete, sondern weil es seine Pflicht war, dies zu tun.

»Was auch immer Sie für angemessen halten«, sagte Drummond gedankenverloren und starrte dabei auf den gegen die Fensterscheibe prasselnden Regen. »Ist Lambert schwierig?«

»Nein«, antwortete Pitt aufrichtig. »Der arme Teufel war zutiefst erschüttert von Patersons Tod.«

»Es ist schrecklich, wenn ein Untergebener getötet wird«, sagte Drummond mit zusammengepreßtem Mund. »Das ist eine Erfahrung, die Sie noch nicht gemacht haben, Pitt. Wenn Sie sie machen, werden Sie mehr Mitgefühl mit Lambert haben, das garantiere ich Ihnen.« Er hatte sein Gesicht noch immer dem das Fenster herabrinnenden Regen zugewandt. »Sie werden den gleichen Gram, die gleichen Selbstzweifel, ja, sogar Schuld empfinden. Sie werden sich noch einmal alles, was Sie gesagt oder getan haben, durch den Kopf gehen lassen, um zu prüfen, ob Sie bei Ihren Anordnungen etwas falsch gemacht haben, ob Ihnen ein Versehen unterlaufen ist, ob Sie irgend etwas hätten anders machen können, ob Sie etwas unterlassen haben. Sie werden schlaflos daliegen und sich quälen, Sie werden sich grämen und sich sogar fragen, ob Sie überhaupt die für eine Führungsposition erforderlichen Fähigkeiten besitzen.«

»Ich habe keine Führungsposition inne«, erwiderte Pitt mit einem leichten Lächeln. Nicht, weil dies für ihn ein Problem war, sondern weil er die Müdigkeit in Drummonds Stimme hörte.

»Wie lautet das gerichtsmedizinische Gutachten?« fragte Drummond. »Wurde er erhängt – so wie es den Anschein hatte?«

»Ja«, antwortete Pitt behutsam. »Das war alles. Er wurde lediglich gehängt. Das hat ihn getötet.«

Nun drehte sich Drummond doch mit gerunzelten Brauen zu ihm um. »Was wollen Sie damit sagen: lediglich gehängt? Das reicht aus, um jeden zu töten. Was haben Sie denn sonst noch erwartet?«

»Gift, Erdrosselung, einen Schlag auf den Kopf...«

»Wozu denn das, um Himmels willen? Sie müssen einen Mann wohl kaum erst vergiften und ihn dann noch hängen.«

»Würden Sie still dastehen, wenn Ihnen jemand eine Schlinge um den Hals legen, das Seil über den Haken vom Kronleuchter werfen und Sie dann daran hochziehen würde?«

Über Drummonds Gesicht zuckten unterschiedliche Empfindungen: plötzliches Begreifen, Zorn, Ungeduld sich selbst gegenüber und schließlich Neugier.

»Wurden seine Handgelenke gefesselt?« fragte er. »Waren seine Füße zusammengebunden.?«

»Nein – nichts von dem. Das verlangt nach einer Erklärung, nicht wahr?«

Die Falte zwischen Drummonds Brauen vertiefte sich. »Was wollten Sie als nächstes tun? Sie sollten handeln. Der stellvertretende Commissioner war wieder hier unten bei mir. Niemand will, daß sich diese Sache noch länger hinzieht.«

»Sie meinen, daß man den Farrier's Lane-Fall nicht erneut aufgreifen will«, meinte Pitt bitter.

Drummonds Gesichtszüge verhärteten sich. »Natürlich nicht. Die ganze Angelegenheit ist außerordentlich heikel.«

»Ich werde Patersons letzte Lebenstage zurückverfolgen, von dem Moment an, in dem ich mit ihm sprach, bis zu dem Zeitpunkt, an dem er starb«, versicherte Pitt die im Raum stehende Frage.

»Lassen Sie mich wissen, was sie herausgefunden haben.«

»Ja, Sir, selbstverständlich.«

Lambert war keine große Hilfe. Wie Drummond vermutet hatte, war er noch immer zutiefst schockiert, daß einer seiner eigenen Leute solch einen Tod hatte erleiden müssen. Er hatte jeden in dem Logierhaus, jeden in der Straße befragt; ebenso alle Männer, die mit Paterson zusammengearbeitet oder ihn persönlich gekannt hatten. Aber er war der Beantwortung der Frage, wer ihn getötet hatte, um keinen Deut näher gekommen.

Nun berichtete er Pitt, was Paterson in seiner Funktion als Polizist laut Arbeitsprotokoll während der letzten Woche seines Lebens getan hatte. Und nachdem er die einzelnen Berichte, Zeiten und Orte mühselig zusammengesetzt hatte, stellte Pitt fest, daß sich beträchtliche Zeitlücken ergaben, und niemand wußte, wo Paterson in diesen Zeiten gewesen war.

Pitt vermutete, daß er unterwegs gewesen war, um seine gesamten ursprünglichen Nachforschungen zum Mordfall Farrier's Lane noch einmal zu überprüfen.

Er begann seine eigenen Nachforschungen über Paterson damit, daß er noch einmal zum Theaterportier ging. Zu dieser Tageszeit wirkte alles merkwürdig leblos: das graue Tageslicht verschluckte alle Farben; man hörte kein Lachen und spürte nichts von jener Aufregung, wie sie vor einer Aufführung herrscht; es gab keine Schauspieler oder Musiker, die die Menge unterhielten; nur eine Frau saß zeitungslesend auf der Treppe, neben sich einen Mops und eine ausgetrunkene Tasse Tee.

Pitt fand Wimbush in seiner kleinen Kammer, die sich am Bühneneingang befand.

»Ja, Sir. Mr. Paterson ist noch einmal gekommen.« Wimbush blinzelte nachdenklich. »Das war vor ungefähr sechs Tagen, oder vielleicht waren es auch fünf.«

»Was hat er zu Ihnen gesagt?«

»Er sprach bloß über den Mord an Mr. Blaine, wie Sie , Sir. Und ich habe ihm genau dasselbe wie Ihnen gesagt.«

»Was hat er gesagt?«

»Nichts. Er hat sich bloß bedankt und ist dann weggegangen.«

»Wissen Sie wohin?«

»Nein, Sir. Das hat er nicht gesagt.«

Aber Pitt begnügte sich nicht mit der Aussage des Portiers. Er sprach auch mit Tamar Macaulays Ankleidefrau, die ihm jedoch das gleiche erzählte. Paterson hatte sie aufgesucht und ihr all die alten Fragen gestellt. Sie hatte ihm die gleichen Antworten gegeben.

Pitt verließ das Theater und wandte sich nach Norden, in Richtung Farrier's Lane. Es war ein kalter, grauer Nachmittag, und das Pflaster glitzerte regennaß, während der Wind den Müll den Rinnstein hinabfegte.

Er ging an Bettlern, Straßenhändlern, Hausierern und an zerlumpten Gestalten vorbei, die nichts anderes zu tun hatten als herumzustehen und ihre Mäntel oder Decken gegen den kalten Wind enger um sich zu ziehen, während sie mit einem Auge bereits nach einem Schlafplatz für die Nacht in einem der Hauseingänge Ausschau hielten. Ein Metallgrill, an dem ein einarmiger Mann geröstete Kastanien verkaufte, bildete einen willkommenen Lichtpunkt in der Düsternis, eine kleine Insel der Wärme. Etwa ein Dutzend Männer stand darum herum.

Dieses Bild erinnerte Pitt an die Männer, die in jener Nacht, in der Kingsley Blaine ermordet worden war, nahe der Farrier's Lane herumgelungert hatten. Er kannte ihre Namen. Sie standen in ursprünglichen Berichten, die er zu Beginn seiner Untersuchungen gelesen hatte. Er hatte sie ein weiteres Mal gelesen, um sich alles erneut in Erinnerung zu rufen.

Er hatte kaum eine Chance, jetzt auch nur einen von ihnen wiederzufinden. Sie konnten fortgegangen sein und bessere Lebensumstände gefunden haben – oder auch schlechtere. Sie konnten krank, tot oder im Gefängnis sein. Diese Männer starben früh, und fünf Jahre waren eine lange Zeit.

Hatte sich Paterson die Mühe gemacht, nach ihnen zu suchen? Oder nach diesem Straßenjungen, diesem Joe Slater?

Sicherlich war er jedoch als erstes zu der Blumenverkäuferin gegangen. Falls sie noch immer dort war.

Doch obwohl Pitt nur ein paar hundert Meter weit von ihrem damaligen Stand entfernt war, fühlte er sich zu Farrier's Lane hingezogen.

Er beschleunigte seinen Gang und schritt mit ausgreifenden Schritten über das nasse Kopfsteinpflaster, als könnte er etwas verpassen, wenn er zögerte. Er bog um die letzte Straßenecke und sah ein Stück weit links vor sich die schmale Öffnung der Farrier's Lane, die aussah wie ein schwarzer Schlitz in der Wand. Er verlangsamte seine Schritte. Er wollte es sehen, und im gleichen Moment stieß es ihn ab. Sein Magen verkrampfte sich, seine Füße waren wie taub.

Er blieb auf der gegenüberliegenden Straßenseite stehen. Wie Paterson gesagt hatte, war die Straßenlaterne etwa zwanzig Schritte vom Eingang entfernt. Der Wind winselte in den Dachrinnen der Häuser und schob raschelnd eine alte Zeitung über die Straße. Die Dämmerung war schon fortgeschritten, und die Gaslaternen waren bereits angezündet. Dennoch war die Farrier's Lane ein dunkler Schlund, undurchdringlich.

Er stand ungefähr dort, wo die Herumlungerer in jener Nacht gestanden haben mußten, und starrte zur gegenüberliegenden Straßenseite hinüber. Er würde von hier eine Gestalt ziemlich deutlich sehen könne, der dunkle Schatten eines vorübergehenden Mannes wäre zweifelsfrei zu erkennen gewesen. Aber er hätte nur dann sein Gesicht sehen können, wenn er unter der Laterne stehengeblieben wäre und sich zu ihm umgedreht hätte.

Er überquerte die Straße, und mit deutlich beschleunigtem Puls und zugeschnürter Kehle ging er in die Farrier's Lane hinein.

Es war eine schmale Gasse mit ebenem Boden, aber er konnte fast nichts vor sich erkennen außer den Umrissen der letzten Wand vor dem Stallhof. Dort mußte eine Laterne sein, denn er sah einen diffusen, gleichmäßigen Lichtschein. Er stellte sich vor, wie Kingsley Blaine diesen Weg als Abkürzung zu dem Club genommen hatte, wo er, wie er glaubte, Devlin O'Neil treffen würde. Hatte er überhaupt an irgend jemanden gedacht, als er aus dem Halbdunkel der Straße in die dunklen Schatten der Gasse trat? War der Angriff vollkommen überraschend gewesen?

Pitts Schritte hallten auf dem Pflaster; in seiner Furcht setzte er seine Füße schnell und hart auf. Der Nebel drang in seine Kehle, und er atmete unregelmäßig. Er konnte jetzt die Laterne an der Wand sehen, die den Hof vor ihm erleuchtete. Es war eine Hufschmiede gewesen, die nun zu einer Ziegelei umgebaut worden war. Schritt um Schritt ging er zögernd in den Hof hinein und versuchte sich dabei vorzustellen, wie es in jener Nacht gewesen war. Was hatte Kingsley Blaine gesehen? Wer hatte dort auf ihn gewartet? Aaron Godman, der schlanke, lebhafte Schauspieler, der sich für das Theater angezogen hatte und dessen weißer Seidenschal im Licht der Stallampe leuchtete und der nun einen langen, spitzen Nagel in seiner Hand hielt? Oder einen Dolch, den niemand je gefunden hatte? Sicher spielte das kaum eine Rolle. Es wäre ein leichtes gewesen, solch ein Ding loszuwerden. Natürlich hatte die Polizei gesucht und nichts gefunden.

Oder war es ein anderer gewesen? Joshua Fielding? Oder sogar Tamar selbst, die Fielding dazu drängte und ihm half?

Das war ein abscheulicher Gedanken, und ohne zu wissen, warum, wies er ihn entschieden von sich.

Er blieb reglos stehen und sah sich mit starrem Blick um. Das drüben links mußte der alte Stall sein. Man sah ein halbes Dutzend Boxen. Eine Tür sah anders aus als die anderen, sie war neuer.

Er spürte eine leichte Übelkeit, und kalter Schweiß rann seinen Körper hinab.

Er wandte sich ab und ging in die Dunkelheit der Gasse zurück wobei er fast zu rennen begann. Atemlos erreichte er wieder die Straße. Sein Herz klopfte ihm bis zum Halse. Abrupt blieb er eine Minute lang stehen. Dann ging er zurück in Richtung Soho Square, wo die Blumenverkäuferin ihren Stand hatte.

Er lief nun so schnell, daß er mit anderen zusammenstieß. Seine Schritte hallten laut auf dem Pflaster, und er atmete keuchend.

Die Blumenverkäuferin war da, eine kleine, dicke Frau, die in einen rostbraunen Schal gewickelt war. Automatisch streckte sie ein Bund gemischte Blumen aus und verfiel in ihren Verkaufs-Singsang.

»Frische Blumen, Mister? Woll'n Sie nicht einen Strauß frische Blumen für Ihre Dame kaufen, Sir? Heute gepflückt. Sehen Sie, immer noch ganz frisch. Voll bester Landluft, riechen Sie mal, Sir.«

Pitt griff in seine Tasche und fischte ein Threepenny-Stück hervor.

»Ja, bitte.«

Sie fragte nicht, ob er Wechselgeld haben wolle. Sie griff einfach nach der Münze und gab ihm zwei Bund Blumen, wobei ihr Gesicht erleichtert aufleuchtete. Mit der heraufziehenden Dunkelheit wurde es kälter, und sie schien einen schlechten Tag gehabt zu haben.

»Sind Sie schon lange hier?« fragte Pitt.

»Seit heut morgen um sechs, Sir«, antwortete sie stirnrunzelnd.

Ein Paar, das offenbar zu einem festlichen Abend unterwegs war, ging an ihnen vorbei. Der Saum ihres langen, auf den Gehsteig schleifenden Kleides war naß geworden, und sein Seidenhut glänzte. »Ich meine, ob Sie schon seit vielen Jahren an diesem Stand stehen?« fragte Pitt die Blumenverkäuferin.

»Oh. Ja, ungefähr seit vierzehn Jahren.« Sie kniff ihre Augen zusammen. »Warum?«

»Dann waren Sie es, die Aaron Godman nach dem Mord in der Farrier's Lane gesehen hat?«

Irgendwo an der anderen Seite des Platzes wieherte ein Pferd schrill auf, und ein Kutscher fluchte.

»Entschuldigung, aber was wollen Sie, Sir?« fragte sie und sah ihn voller Mißtrauen an.

»Kannten Sie Mr. Godman bereits?«

»Hab' sein Foto gesehn.«

»Was trug er in jener Nacht? Können Sie sich noch daran erinnern?«

»'nen Mantel natürlich, war ja mitten in der Nacht. Was hätte er denn sonst tragen sollen?«

»Einen Zylinder? Einen weißen Seidenschal?«

»Ach, geh'n Sie! Der war 'n Schauspieler, kein feiner Pinkel – armer Teufel.«

»Es hört sich an, als hätten Sie Mitleid mit ihm.«

»Was, wenn's so wäre? Blaine, dieser Schweinekerl, hat seiner Schwester schlimm mitgespielt, das arme Luder. Ham den armen Schlucker so oder so gehängt.«

»Trug er einen weißen Schal?«

»Hab' Ihnen doch schon gesagt, daß er normale Sachen für die Arbeit trug.«

»Keinen Schal. Sind Sie sicher?«

»Jaha! Wie oft soll ich Ihnen denn das noch sagen? Keinen Schal!«

»Haben sie vor kurzem Constable Paterson gesehen?«

»Und wenn ich das habe?«

Pitt griff in seine Tasche und zog ein Sixpence-Stück daraus hervor. »Ich hätte gern noch ein paar Blumen.«

Wortlos nahm sie das Geldstück und reichte ihm vier Sträuße. Er mußte sie halb in seine linke Tasche schieben, damit er sie halten konnte. Zwei Gentlemen in Abendkleidung kamen mit glänzenden Zylindern vorbei und sahen ihn amüsiert an.

»Haben Sie Paterson während der letzten Tage gesehen?« fragte er erneut.

»Ja. Er kam vorgestern hier vorbei«, antwortete sie. »Hat mich die gleichen Sachen alle noch mal gefragt. Und ich habe sie ihm alle genauso wieder beantwortet. Dann hat die Uhr geschlagen.« Sie machte mit dem Kopf eine Bewegung nach hinten in Richtung des Gebäudes, das hinter ihr war. »Und dann hat er mich danach gefragt.«

»Was ist damit? War das nicht die Uhr, durch die Sie wußten, daß Godman um Viertel vor eins hier war?«

»Das ist das, was Mr. Paterson auch zu mir gesagt hat. Er war sicher, daß es so war. Völlig sicher. Schließlich hab' ich eingesehn, daß es wohl so gewesen sein muß. Aber zuerst hab' ich gesagt, daß es Viertel nach zwölf gewesen ist, weil ich das geglaubt hab'. Sehn sie…« Sie sah ihn mit zusammengekniffenen Augen an, um sicherzugehen, daß er ihr auch seine ganze Aufmerksamkeit schenkte. »Sehn Sie, das da ist eine komische Uhr. Die schlägt nicht einmal für Viertel nach, zweimal für halb und dreimal für Viertel vor, wie die meisten Uhren, sondern bloß einmal wenn es Viertel vor ist. Er hat gesagt, daß es Viertel vor gewesen sein muß, wegen der Blumen, die ich bis dahin verkauft hatte. Aber ich habe zuerst gedacht, daß es Viertel nach gewesen ist, weil wenn die

Uhr gerade gereinigt worden ist, wie jetzt auch, klingt sie so komisch. Um Viertel vor macht sie dann immer so ein surrendes Geräusch. In der Nacht damals hat sie das nicht gemacht.« Sie riß ihre Augen weit auf und hatte plötzlich Angst. »Das bedeutet, daß es Viertel nach zwölf war, nicht?«

»Ja…« sagte Pitt langsam. In ihm stieg ein merkwürdiges Gefühl auf, das ihm fast den Atem raubte, eine Mischung aus Erregtheit, Entsetzen und Erstaunen. »Ja, das bedeutet es wohl, wenn Sie sich dessen sicher sind. Sind Sie sich auch völlig sicher? Haben Sie gesehen, daß er in die Droschke stieg?«

»Ja – an der Ecke da.« Sie zeigte in die betreffende Richtung.

»Sind Sie sicher?«

»Natürlich bin ich sicher! Ich hab' Mr. Paterson das gesagt, und er hat ganz krank ausgesehen. Ich dachte schon, daß er direkt vor meinen Füßen zusammenbrechen würde. Der arme Kerl sah aus, als würde er jeden Augenblick tot umkippen.«

»Ja.« Pitt nahm das restliche Kleingeld aus seiner Tasche und reichte es ihr.

Sie starrte ungläubig auf die Münzen, dann griff sie danach und steckte sie tief in ihre Taschen, die sie mit ihrer Hand absicherte.

»Ja, das ist er dann auch«, sagte Pitt leise. »Wenn Aaron Godman um Viertel nach zwölf bei Ihnen Blumen gekauft und dann eine Droschke genommen hat, die ihn direkt nach Hause brachte, dann kann er nicht derjenige gewesen sein, der Kingsley Blaine um halb eins in der Farrier's Lane ermordet hat.«

»Nein«, erwiderte sie und schüttelte kaum merklich den Kopf. »Wenn das so ist, dann kann er's wohl kaum getan haben, das arme Schwein! Aber wie auch immer, man hat ihn gehängt – nichts kann ihn wieder lebendig machen. Gott sei seiner armen Seele gnädig.«

10. Kapitel

Es war schon beinahe elf Uhr, als Pitt, bis auf die Knochen durchnäßt vom steten Regen, endlich nach Hause kam. Sein Gesicht war aschfahl und das Haar klebte ihm in nassen, dunklen Strähnen auf der Stirn. In der Diele zog er den Mantel aus und hängte ihn über den Haken, doch sein Gewicht aufgrund des aufgesogenen Regenwassers ließ ihn herabrutschen und zu Boden fallen, wo er in einem dunklen, klammen Haufen auf dem Linoleum liegenblieb. Pitt ignorierte ihn und ging den Korridor zur Küche hinab, wo er in der Wärme seine durchnäßten Stiefel auszuziehen und seine Füße zu wärmen gedachte.

Charlotte empfing ihn unter der Küchentür mit besorgtem Gesicht und offenem, über ihre Schultern fallendem Haar. Sie war, während sie auf ihn wartete, im Schaukelstuhl offenbar eingeschlafen.

»Thomas? Oh! Du bist ja völlig durchweicht! Wo, um Himmels willen, bist du gewesen? Komm rein. Komm…« Erst jetzt sah sie sein Gesicht und den Ausdruck in seinen Augen. »Was ist? Was ist passiert? Ist… Ist schon wieder jemand umgebracht worden?«

»In gewisser Weise…« Er ließ sich auf den Stuhl neben dem Ofen fallen und begann seine Stiefel aufzuschnüren.

Sie ließ sich vor ihm auf die Knie sinken und nahm sich anderen Schuh vor.

»Was meinst du damit … ›in gewisser Weise‹?«

»Aaron Godman. Er hat Blaine nicht umgebracht«, erwiderte er.

Sie hielt inne, die nassen Schuhbändel in Händen, und sah betroffen zu ihm auf.

»Wer dann?«

»Ich weiß es nicht, aber er war es nicht. Die Blumenverkäuferin hat sich in der Zeit geirrt, und Paterson hat es an dem Tag herausgefunden, an dem er umgebracht wurde. Vielleicht wußte er, wer es war, und wurde deshalb stumm gemacht.«

»Wie kann sie sich in der Zeit geirrt haben? Wurde sie nicht eingehend genug vernommen?«

Er erzählte ihr über die Uhr und ihre ganz besondere Art, die Dreiviertelstunden zu schlagen, wenn sie gereinigt worden ist. Während sie ihm lauschte, schnürte sie beide Stiefel bis ganz nach unten auf, zog sie ihm von den nassen Füßen und stellte sie zum Trocknen neben den Ofen, um ihm dann mit einem warmen Handtuch die eiskalten Füße zu rubbeln. Er kräuselte genußvoll die Zehen, während er ihr Patersons Mißverständnis bezüglich der Zeit auseinandersetzte, das den armen Sergeant – in der Überzeugung, Godman sei schuldig – dazu verleitet hatte, so lange nicht locker zu lassen, bis die Blumenfrau schließlich nachgegeben hatte.

»Der arme Paterson«, sagte Charlotte mit leiser Stimme. »Er muß sich schrecklich gefühlt haben, nachdem ihm das klargeworden ist. Wahrscheinlich hat ihn sein Schuldgefühl blind gegenüber der Gefahr gemacht, in der er selbst schwebte. Er hat sicherlich verzweifelt versucht, seinen Fehler wiedergutzumachen.« Sie ging zum Ofen und zog den Wasserkessel, der im hinteren Bereich leise vor sich hin summte, nach vorn auf die heiße Platte, um ihn zum Kochen zu bringen, während sie mit der anderen Hand nach der Kanne und der Teedose griff.

»Warum hat er Richter Livesey diese Nachricht geschickt, und nicht dir oder seinem eigenen Inspektor?« fragte sie.

»Ich weiß es nicht.« Er rieb seine kalten Füße, hielt kurz inne, um seine nassen Hosenbeine hochzukrempeln, und fuhr dann mit seiner von genußvollem Ächzen begleiteten Tätigkeit fort. »Ich vermute, weil er wußte, daß Livesey die Befugnis hat, das Verfahren wiederzueröffnen. Ich habe sie auf keinen Fall – es sei denn, ich könnte absolut schlüssige Beweise präsentieren, und auch die müßte ich erst dem Gericht vorlegen. Livesey kann viel schneller und direkter ein Wiederaufnahmeverfahren bewirken. Und er war einer der Richter, die über die Revision entschieden haben. Tatsächlich hatte er den Vorsitz, und er war es auch, der das Revisionsurteil verlesen hat.«

Charlotte goß das kochende Wasser über die Teeblätter und setzte den Deckel auf die Kanne. »Ich nehme an, daß er sicherlich nicht... Er kann nicht der Schuldige sein, oder?«

»Er hatte nichts mit dem ursprünglichen Fall zu tun«, erwiderte er. »Und er kann Blaine nicht umgebracht haben und ganz sicher nicht Paterson. Er war den ganzen Abend bei einem Dinner, das bis in die Morgenstunden gedauert hat. Zu dieser Zeit war Paterson bereits tot. Wir können das alles durch die Erkenntnisse des Leichenbeschauers hinsichtlich des Todeszeitpunkts beweisen – und durch die Aussage der Hauswirtin, ab wann die Haustüren verschlossen waren.«

Sie stellte die Teekanne auf den Küchentisch, zwei Tassen, Milch aus der Speisekammer und dazu eine dicke Scheibe dunkles Brot, Butter und saure Gurken. Sie goß Tee in beide Tassen, reichte ihm seine und ließ sich ihm gegenüber am Tisch nieder, während er sich hungrig über das Brot und die Gurken hermachte.

»Ich glaube, es war derselbe, der Blaine umgebracht hat«, murmelte sie in Gedanken versunken. »Paterson muß ihm irgendwie verraten haben, daß er Bescheid weiß. Ich frage mich nur, wie.« Sie zog die Stirn kraus. »Ich verstehe nicht, wie er durch die Erkenntnis, daß es Godman nicht gewesen sein kann, wissen konnte, wer der wirkliche Täter war.«

»Das frage ich mich auch«, sagte Pitt mit vollem Mund. »Glaube mir, ich zermartere mir schon den ganzen Abend den Kopf darüber, was er entdeckt oder geschlußfolgert haben könnte, das ihn auf die richtige Spur brachte. Aber ich komme einfach nicht drauf.« Er seufzte schwer. »Wenn er nur mit jemandem darüber gesprochen hätte! Ich habe seine Schritte zurückverfolgt und nur dadurch entdeckt, daß er herausgefunden hatte, daß Godman unschuldig war.«

Sie hielt ihre Teetasse zwischen beiden Händen.

»Drummond – nur Drummond«, erwiderte er und studierte ihr Gesicht. »Es ist nicht gerade etwas, das die Leute gerne hören. Es bedeutet, daß sie sich alle geirrt haben: die Polizei, die Anwälte, die Richter beim Prozeß, die Geschworenen und die Richter am Appellationsgericht – alle. Sogar der Henker, der einen Unschuldigen vom Leben zum Tod befördert hat. Ich kann mir vorstellen, daß er eine Weile Alpträume haben wird.« Er fröstelte und zog die Schultern hoch, als sei es, trotz des glühenden Ofens, kalt in der Küche. »Und die Zeitungen, die Politiker, die Öffentlichkeit – alle. Alle außer Joshua Fielding und Tamar Macaulay.«

»Und was hat Mr. Drummond dazu gesagt?«

»Nicht viel. Er weiß so gut wie ich, wie die Betroffenen reagieren werden.«

»Und wie werden sie reagieren? Sie werden es wohl nicht abstreiten können – oder?«

»Ich weiß es nicht.« Er stellte müde seine Tasse ab. »Es wird eine Menge Wirbel geben, Entrüstung allerorten und gegenseitige Schuldzuweisungen vermutlich; jeder wird behaupten, die anderen seien schuld, sie seien nicht kompetent, nicht sorgfältig genug gewesen.« Das Lächeln um seinen Mund war voll bitterer Ironie. »Der einzige, der ohne einen Makel von Schuld daraus hervorgehen wird, ist Adolphus Pryce. Er war der Vertreter der Anklage, und man kann ihm nichts vorwerfen. Aber Moorgate, Godmans Rechtsbeistand, muß sich den Vorwurf gefallen lassen, daß er seinem Klienten nicht geglaubt hat, und Burton James ebenfalls, weil er im Prozeß die Blumenverkäuferin nicht härter ins Kreuzverhör genommen hat. Andererseits war auch er von der Schuld Godmans überzeugt und sah keinen Grund, ihr nicht zu glauben. Das entbindet ihn natürlich nicht von der Verantwortung für einen unschuldigen Klienten, der gehängt wurde.«

Er nahm seine Tasse wieder in die Hand, doch sie war fast leer. »Und Thelonius Quade, der bei dem Prozeß den Vorsitz hatte, wird sich sicherlich fragen, ob er irgend etwas hätte anders machen können oder müssen, um die Wahrheit ans Licht zu bringen. Lambert wird sich schuldig fühlen, weil er dem falschen Mann die Sache in die Schuhe geschoben hat und – was genauso schlimm ist – den richtigen laufen ließ und ihm damit die Gelegenheit gab, erneut zu morden.«

»Und die Richter des Appellationsgerichts ebenfalls«, sagte Charlotte, nahm ihm die Tasse aus der Hand und goß ihm nach. »Sie haben die Revision abgelehnt und das Fehlurteil bestätigt. Es wird ihnen sicherlich nicht leichtfallen, sich aus der Verantwortung zu stehlen.« Sie schob ihm die Tasse zurück. »Wann wirst du es Tamar Macaulay sagen?«

»Ich weiß es nicht. Darüber habe noch gar nicht nachgedacht.« Er legte die Hand über seine Augen und rieb sie sanft. »Morgen vielleicht. Vielleicht aber auch erst später. Ich würde lieber zuerst eine klarere Vorstellung haben, wer es getan hat, bevor ich es ihr sage. Ich bin mir nicht sicher, wie sie reagieren wird.«

»Heute nacht ganz bestimmt nicht mehr.« Sie lächelte müde. »Und morgen sieht alles anders aus, vielleicht auch klarer.«

Er trank seinen Tee leer. »Das bezweifle ich.« Er stand auf. »Aber im Augenblick ist mir das auch egal. Komm, laß uns ins Bett gehen, bevor ich zu müde bin, die Treppen hochzukommen.«

»Könnte Joshua Fielding es getan haben?« fragte Charlotte bleich und mit besorgtem Gesicht am Frühstückstisch, während sie zusah, wie Pitt Marmelade auf seinen Toast strich. »Und wenn, was soll ich dann nur mit Mama machen, Thomas?«

Widerwillig zwang er seine Gedanken, sich mit dem Problem zu befassen. Er hatte mit dem Tod Patersons und der Tatsache, daß Godman unschuldig gewesen war, mehr als genug um die Ohren; doch er hörte die Angst in ihrer Stimme und er wußte, daß sie durchaus begründet war.

»Du darfst ihr auf keinen Fall sagen, daß Godman unschuldig war«, sagte er langsam und überlegte, während er sprach. »Falls es Fielding war, ist sie viel sicherer, wenn er keine Ahnung hat, daß er unter Verdacht steht.«

»Und wenn er es tatsächlich war?« beharrte sie mit eindringlicher Stimme, in der Panik schwang. »Wenn er Blaine umgebracht hat und Richter Stafford und Paterson... Thomas, dann ist er– dann ist er absolut skrupellos. Er wird Mama umbringen, wenn er glaubt, er könnte seinen Kopf dadurch retten!«

»Genau aus diesem Grund sollst du ihr auch nicht sagen, daß Godman unschuldig war!« erwiderte er bestimmt.

»Charlotte, hör mir zu! Es hat nicht den geringsten Sinn, ihr zu sagen, daß Fielding vielleicht ein Mörder ist. Sie liebt ihn.«

»Ach, Unsinn!« zischte sie wütend und fühlte eine merkwürdige Beklemmung in ihrer Brust, das bedrückende Gefühl, alleine zu sein, einsam und verlassen. Es war absurd, und doch brannte dieser Schmerz in ihrer Kehle bei dem Gedanken, Caroline könnte Fielding tatsächlich lieben – so wie sie selbst Pitt liebt, mit jeder Faser ihres Herzens und ihres Körpers. Sie holte tief Luft und versuchte sich zu fassen. »Das ist Unsinn, Thomas. Sie fühlt sich zu ihm hingezogen – sicherlich. Er ist ja auch ein attraktiver und interessanter Mann, ein Mensch, wie man ihn nicht alle Tage kennenlernt. Und vor allem ging es ihr von Anfang an darum, daß niemandem ein Unrecht geschieht und...«

»Charlotte!« Seine Stimme schnitt ihr das Wort ab. »Ich habe jetzt nicht die Zeit, mit dir darüber zu diskutieren. Deine Mutter ist in Joshua Fielding verliebt. So ist es nun mal. Ich weiß, daß du das nicht wahrhaben willst, aber dir wird nichts anderes übrigbleiben. Es ist eine Tatsache, so sehr du dich auch dagegen wehrst.«

»Nein, das ist es nicht!« Sie schob den Gedanken weit von sich. »Ganz sicher nicht. Mama ist weit über fünfzig, Thomas!« Wieder fühlte sie die Beklemmung in ihrer Brust und deutlichen Widerwillen gegen die Bilder, die sich in ihrer Vorstellung formten. Thomas sollte das eigentlich verstehen. »Es ist nur Freundschaft – sonst nichts!« Ihre Stimme wurde lauter und höher. Sie wußte, es war nicht fair, aber sie empfand Zorn gegen Emily, die irgendwo auf dem Land war und sich aus all dem davonstahl. Sie sollte hier sein und ihr helfen. Dies war eine Krise.

Pitt starrte sie offensichtlich irritiert an.

»Charlotte, jetzt ist keine Zeit, sich in Wunschdenken zu flüchten! Die Menschen hören nicht auf, sich zu verlieben, nur weil sie fünfzig sind oder sechzig oder wer weiß wie alt!«

»Natürlich tun sie das!«

»Und wann hörst du auf, mich zu lieben? Mit fünfzig?«

»Das ist was anderes«, begehrte sie mit erstickter Stimme auf.

»Nein, das ist es nicht. Irgendwann werden wir zwar vorsichtiger bei dem, was wir tun, weil wir einige der Gefahren des Lebens kennengelernt haben, aber unsere Gefühle bleiben die gleichen. Weshalb sollte sich deine Mutter nicht verlieben? Wenn du einmal fünfzig bist, wirst du in Jemimas Augen so alt und unverrückbar wie das Gefüge der Welt sein, weil du für sie immer der Maßstab gewesen bist für alles, was sie kennt, der Mensch, der ihr Sicherheit und eine Identität gegeben hat. Trotzdem wirst du in deinem Herzen dieselbe Frau sein wie jetzt und genauso fähig, alle möglichen Leidenschaften zu empfinden: Zorn, Haß, Enttäuschung, Wut, Sehnsucht und Liebe.«

Charlotte blinzelte heftig. Es war idiotisch, deshalb gegen Tränen ankämpfen zu müssen, aber sie konnte nicht anders.

Pitt legte seine Hand auf die ihre. Ihre Finger blieben steif. Sie zog sie weg.

»Was soll ich nur mit ihr tun?« seufzte sie und schniefte heftig. »Wenn er Kingsley Blaine umgebracht hat und Richter Stafford und den armen Paterson ebenfalls, dann ist er ungeheuer gefährlich! Er würde nicht zögern, sie zu töten, wenn er sich durch sie gefährdet fühlt.« Sie schniefte erneut. »Und selbst wenn er es nicht war, wie kann ich sie daran hindern, sich wie eine Närrin zu benehmen? Ich hätte früher versuchen sollen, es ihr auszureden. Ich hätte sie warnen müssen – ihr seine Fehler vor Augen führen. Sie kann ihn niemals heiraten; auch nicht, wenn er völlig unschuldig ist.« Sie schüttelte wild den Kopf. »Selbst wenn er sie fragt – was er natürlich niemals tun wird.«

»Wenn er sie bittet, seine Frau zu werden, dann wirst du gar nichts tun«, gab Pitt mit einem barschen Unterton in der Stimme zurück, der sie so sehr verblüffte, daß sie ihn entgeistert anstarrte.

»Aber Thomas!« protestierte sie.

»Nichts!« sagte er noch einmal. »Charlotte, ich werde ihr in ein paar Tagen sagen, was wir über den Fall wissen, wenn ich die Sache besser überblicke. Sie wird dann selbst entscheiden, was sie tun will.«

»Aber Thomas…«

»Nein.« Seine Hand war warm und hart auf der ihren. »Ich weiß was du sagen willst, aber das würde gar nichts helfen. Wann hat schon irgend jemand, der verliebt war, auf den Rat seiner Familie gehört? Liebes, wenn du ihr sagst, daß er gefährlich, schuldig, unpassend, ihrer nicht würdig und was auch immer ist, dann wird sie erst recht zu ihm stehen, selbst wenn sie weiß, daß du recht hast.«

Sie funkelt ihn zornig an, doch die Tränen in ihren Augen glitzerten verräterisch. »Dann mußt du herausfinden, ob er Kingsley Blaine getötet hat oder nicht. Und wenn er es nicht war, wer war es dann?«

»Ich weiß es nicht. Ich vermute, Devlin O'Neil.«

Sie schob ihren Stuhl so heftig zurück daß seine Beine über den Boden schrammten, und erhob sich. »Dann werde ich eben herausfinden, was herauszufinden ist!« Sie holte entschlossen Luft. »Und wage es nicht, mir zu sagen, daß ich das nicht soll! Ich werde sehr diskret sein. Niemand wird auch nur die leiseste Ahnung haben, daß ich irgend jemanden der geringsten Verfehlung oder gar eines Verbrechens verdächtige.« Und bevor er auch nur ein Wort des Protests hervorbringen konnte, rauschte sie hinaus und rannte die Treppen hinauf, um sogleich ihren Schrank nach einem passenden Kleid für einen Besuch bei Caroline, Clio Farber, Kathleen O'Neil oder wem auch immer zu durchstöbern, der ihr bei der Lösung des Farrier's Lane Falls behilflich sein könnte.

Doch sie mußte sich bis zum nächsten Tag in Geduld üben, ehe ihren Bemühungen, etwas zu arrangieren, Erfolg beschieden war – und dies nur mit großen Schwierigkeiten und der Hilfe von Clio Farber. Wieder blieb ihr nichts anderes übrig als Arglist und ein falsches Spiel: Clio schlug Kathleen O'Neil vor, sich mit ihr im Britischen Museum zu treffen, ein Ort, an dem sich auch Adah Harrimore mit großem Vergnügen aufhielt. Hier hatte sie Gelegenheit, langsam umherzuspazieren – sie war für ihr Alter noch überaus rüstig –, hier und dort einen kleinen Plausch zu halten oder einfach nur dazustehen und die anderen Besucher mit strengen Blicken zu messen, während sie zugleich das beruhigende Gefühl genoß, etwas für ihre Bildung zu tun, ohne Verpflichtung gegenüber irgendeiner Gastgeberin oder die Notwendigkeit, die genossene Gastfreundschaft mit einer Einladung zu erwidern. Man konnte sich kleiden wie es einem gefiel, und kommen und gehen, wann man wollte. Das Museum war die vollkommene Antwort auf die diffizile Etikette der Saison und die rigorosen Regeln der gesellschaftlichen Hierarchie.

Clio informierte Charlotte über den Zeitpunkt ihrer Verabredung mit den O'Neils, und so fiel es Charlotte nicht schwer, ihnen rein zufällig und unter Bekundung größter Überraschung und des Entzückens ob dieses Spiels des Schicksals in der ägyptischen Abteilung über den Weg zu laufen. Sie hatte mit dem Gedanken gespielt, Caroline zu fragen, ob sie mitkommen wolle, ihn dann jedoch wieder verworfen, weil sie sich nicht sicher war, ob sie ihr Wissen um Aaron Godmans Unschuld und ihre daraus resultierende Angst, Joshua Fielding könnte der Schuldige sein, für sich würde behalten können. Bei Devlin O'Neil war das etwas ganz anderes. Sie mochte Kathleen und würde mit ihr fühlen, falls er als schuldig entlarvt werden würde, doch ihre schauspielerischen Fähigkeiten und Verstellungskünste würden hoffentlich ausreichen, diese Möglichkeit der Entwicklung im Griff zu behalten.

»Wie reizend, Sie hier wiederzusehen«, strahlte Charlotte mit einem sorgfältig bemessenen Anflug von Überraschung in ihrer Stimme. »Guten Tag Mrs. Harrimore. Ich hoffe, es geht Ihnen gut?«

Adah Harrimore trug ein braunes Kostüm mit einem Zobelpelz am Kragen und einen Hut, der vor ein paar Jahren außerordentlich chic gewesen war, inzwischen jedoch einen Renovierungsversuch bei der Putzmacherin erlebt hatte, um seine Antiquiertheit zu kaschieren.

»Ich kann das Winterwetter zwar nicht ausstehen, aber – vielen Dank – es geht mir gut«, erwiderte die alte Dame mit würdevollem Kopfnicken. »Und Ihnen, Miss Pitt?«

»Sehr gut, vielen Dank. Obwohl einem die Kälte und das Regenwetter manchmal schon aufs Gemüt schlagen kann. Andererseits weiß ich nicht, ob ich in einer solchen Hitze leben möchte, wie sie in Ägypten herrscht.« Mit konzentriertem Interesse ließ sie den Blick über die Gegenstände schweifen, die in der Vitrine vor ihnen ausgestellt waren: Kupferwerkzeuge, Keramikscherben und wunderschöne Halsketten aus Türkisen und Lapislazuli; besonders ein kleiner, zierlicher Krug aus Glas erweckte ihre Aufmerksamkeit. »Man fragt sich unwillkürlich, wie die Menschen gelebt haben, die das alles hier mit ihren Händen hergestellt und benutzt haben, nicht wahr?« fuhr sie voller Begeisterung fort. »Glauben Sie, daß diese Menschen sehr viel anders waren, als wir es sind, oder glauben Sie, daß sie ganz ähnlich fühlten wie wir?«

»Völlig anders«, entgegnete Adah entschieden. »Sie waren Ägypter – wir sind Engländer.«

»Das gilt sicherlich für unsere Lebensweise, für unsere Kleidung, die Häuser, in denen wir leben, und die Nahrung, die wir zu uns nehmen. Aber glauben Sie, daß das einen Einfluß hat auf das, was und wie wir fühlen, welche Werte uns wichtig sind?« fragte Charlotte mit aller Liebenswürdigkeit, zu der sie imstande war. Dies schien ihr angebracht, denn die Heftigkeit und Rigorosität in Adahs Antwort hatte sie erschreckt, und sie hatte im Gesicht der alten Dame etwas gesehen, das sie irritierte: Nicht ihre einmal gewonnene und eigensinnig verteidigte Meinung hatte sie zu einer derart unversöhnlichen Entgegnung bewogen, sondern Angst – Angst davor, in der Andersartigkeit dieser Menschen, die vor Jahrtausenden in einem fernem Land gelebt hatten, lauere eine unermeßliche Gefahr.

Adah wandte sich von der Vitrine ab und faßte Charlotte ins Auge.

»Verzeihen Sie mir meine Offenheit, Miss Pitt, aber ich denke, Sie sind noch sehr jung und darum auch sehr naiv. Ich wage zu behaupten, daß Sie wenig Erfahrung mit Menschen anderer Rassen haben. Selbst wenn sie hier in England geboren sind und unter uns aufwachsen, haben sie noch immer etwas in sich, das sie anders macht. Das Blut macht den Unterschied. Sie können einem Kind beibringen, was Sie wollen, am Ende setzt sich doch das Erbe des Blutes durch.«

Zwei nach der neuesten Mode gekleidete Damen gingen vorüber, die gnädig die Köpfe neigten, ohne ihre Schritte zu verlangsamen.

Adah lächelte hölzern. »Wie sollte es da möglich sein«, fuhr sie fort, »daß jemand, der in einer anderen Ecke der Welt geboren und in einer völlig anderen Religion erzogen wurde, irgend etwas mit uns gemein haben könnte, abgesehen vielleicht von den alleroberflächlichsten Verhaltensweisen? Nein, meine liebe Miss Pitt, ich glaube nicht, daß sie in irgendeiner Weise wie wir fühlen – zumindest nicht mit demselben Feingefühl und den sittlichen Werten, wie wir es tun. Wie sollten sie auch?«

Charlotte setzte zu einer Antwort an, registrierte dann jedoch gerade rechtzeitig, daß alles, was sie darauf zu sagen wußte, mokant oder grob klingen würde, und enthielt sich einer Bemerkung.

»Sie haben furchterregende Göttern angebetet, die Tierköpfe hatten.« Adah schien sich für das Thema zu erwärmen. »Und sie haben die Leichen ihrer Toten einbalsamiert um sie aufzubewahren! Um Christi willen! Aber wir können von ihnen sicherlich Lehrreiches über die Vergangenheit erfahren und darüber, wie überlegen unsere eigene Kultur ist. Aber sich vorzustellen, wir könnte irgend etwas mit ihnen gemein haben, ist geradezu lächerlich.«

Charlotte durchforschte ihr Gehirn nach undeutlichen Erinnerungsfetzen aus dem Schulunterricht.

»Hat es nicht einen Pharao gegeben, der an einen Gott geglaubt hat?« erkundigte sie sich.

Adahs Brauen wölbten sich streng. »Davon weiß ich nichts. Aber wenn, dann war es ganz sicher nicht unser Gott! Der Pharao hat schließlich versucht, Moses umzubringen und mit ihm sein ganzes Volk! Das war ganz ohne Zweifel böse. Niemand, der an den wahren Gott glaubt, würde so etwas tun.«

»Die Menschen tun ihren Feinden manchmal ganz schreckliche Dinge an, vor allem wenn sie Angst haben.«

Ein Schatten huschte über Adahs Gesicht, und etwas in ihren Augen erstarrte für einen Moment. Doch dann überwand sie es mit schierer Willenskraft, und es verflog.

»Das ist natürlich richtig. Aber gerade in Augenblicken der Panik, wenn unsere tiefsten Instinkte entblößt sind, werden Sie feststellen, daß Fremde sich anders verhalten als wir, weil sie im Innersten anders sind. Das soll nicht heißen, daß manche von ihnen nicht sehr hübsche Dinge anfertigen können und vieles wissen, wovon auch wir profitieren können.«

Eine Gouvernante in einem einfachen braunen Wollkleid blieb mit ihrem Schützling vor der Vitrine neben ihnen stehen, und der etwa zwölfjährige Knabe fing an zu kichern angesichts der nackten Brüste der Statue einer längst verstorbenen Königin.

»Das trifft, meiner Meinung nach, ganz besonders auf die Griechen zu«, fuhr Adah mit erhobener Stimme fort. »Manches ihrer Architektur ist ganz wunderbar. Natürlich waren sie ein Volk von ganz außergewöhnlicher Selbstdisziplin und mit einem Sinn für Proportionen. Der Mann meiner Enkelin, Mr. O'Neil, den Sie kennengelernt haben, ist schon einmal in Athen gewesen. Er sagt, das Pantheon ist unbeschreiblich beeindruckend. Er findet die griechische Kultur äußerst erhebend. Er bewundert das Werk von Lord Byron, das ich jedoch, wie ich zugeben muß, als recht fragwürdig erachte. Mir ist da unser heimatlich gesonnener Lord Tennyson weit lieber. Bei Tennyson weiß man wenigstens, woran man ist.«

Charlotte gab es auf. Wenn sie weiter auf diesem Thema beharrte, würde das ihr mehr schaden als nutzen.

»Das muß ein wunderschönes Erlebnis gewesen sein – Griechenland, meine ich«, sagte sie pflichtschuldigst. »Gibt es eigentlich auch hier eine Ausstellung griechischer Kunst?«

»Aber gewiß. Lassen Sie uns ein paar griechische Vasen und Urnen ansehen. Hier entlang, glaube ich.« Ohne eine Antwort abzuwarten, wandte sich Adah ab und strebte dem nächsten Saal zu und hinaus aus der ägyptischen Abteilung.

Auf der Treppe holten Sie Clio und Kathleen ein, die nicht so lange im frühen Ägypten verweilt hatten. Charlotte hatte kaum Zeit für ein Lächeln und mußte sich dann sputen, wollte Adah nicht aus den Augen verlieren. Sie holte sie am Eingang des Saals ein, in dem die ersten altgriechischen Artefakte ausgestellt waren.

»Wie beneidenswert, eine solch wunderschöne Reise wie Mr. O'Neil machen zu können«, sagte sie im Plauderton. »War das kürzlich?«

»Vor etwa sieben Jahren«, erwiderte Adah.

»War Mrs. O'Neil auch dabei?» erkundigte sich Charlotte interessiert, obgleich sie sehr wohl wußte, daß Kathleen damals mit Kingsley Blaine verheiratet war.

»Nein. Das war vor ihrer Heirat. Aber ich bin sicher, sie werden irgendwann einmal zusammen dorthin fahren. Sie waren noch nie in Griechenland, Miss Pitt?«

»Nein, leider nicht. Deshalb finde ich es auch so wunderbar, daß man ins Museum gehen und sich all die wunderschönen Dinge mit eigenen Augen ansehen kann. Waren Sie schon einmal dort, Mrs. Harrimore?«

»Nein. Nein, ich bin nie verreist. Mein Mann hatte dafür nichts übrig.« Ein unglücklicher Ausdruck stahl sich in ihr Gesicht, der ihre Falten zu einer hölzernen Maske zu straffen schien, als sei mit diesem Thema eine Wunde berührt worden, die tiefer lag als die Trauer um seinen Tod.

»Nicht jeder empfindet Reisen als ein Vergnügen«, fuhr Charlotte fort, als habe sie Adahs Reaktion nicht bemerkt. »Für manche ist es eine Tortur; besonders Seereisen.«

»Ja – sicherlich…« murmelte Adah mit schmalen Lippen.

»Und es kann außerdem natürlich sehr kostspielig sein«, plapperte Charlotte weiter und blieb an Adahs Seite. »Vor allem wenn man eine große Familie hat. Die Kinder für längere Zeit alleine zu lassen, fällt sicherlich nicht leicht, und sie mitzunehmen, ist vielleicht auch nicht ratsam, wenn man irgendwo hinfährt, wo das Klima extrem ist und möglicherweise ungesund, das Essen ganz sicher nicht das, was sie gewöhnt sind, und man nicht weiß, ob es überhaupt einen Arzt gibt, falls man einen braucht. Es gibt viele Gründe für eine solche Einstellung.«

Adah starrte zu einer überlebensgroßen Marmorstatue einer Frau empor, die in faltenreiche Tücher gehüllt war, welche die in Stein gebannte natürliche Anmut ihrer Glieder, die Grazie ihrer Pose, kaum verhüllte, so daß man zu glauben geneigt war, der leiseste Windstoß könnte das Gewand bewegen. Die Gliedmaßen der Statue waren verstümmelt, das Gesicht vom Zahn der Zeit entstellt, und doch hatte sie eine ernste Schönheit und Vollkommenheit bewahrt, die Charlotte ans Herz rührte.

»Wir waren keine große Familie.« Adah schien zu der Statue zu sprechen, nicht zu Charlotte. »Es gab nur Prosper.«

Sie standen ganz nahe bei der Statue. Clio und Kathleen waren ihnen gefolgt, doch sie standen vor einer Vitrine am anderen Ende des Saals und außer Hörweite. Adah schien die beiden völlig vergessen zu haben; weit und breit war sonst niemand zu sehen, abgesehen von zwei älteren Gentlemen, von denen der eine dem anderen einen Vortrag über den kunstgeschichtlichen Wert einer Vase hielt. Adah schien ganz von ihren Gefühlen in Anspruch genommen, als habe sie im Schatten dieser Statue menschlicher Vollkommenheit endlich einen Ort gefunden, an dem sie für einen Augenblick ihre ständige innerer Wachsamkeit abstreifen konnte, ehe sie sich diese Last sogleich wieder auf die Schultern lud. Sie sah müde aus und seltsam schutzlos.

Charlotte verspürte den Wunsch, sie zu berühren, ihr ein wenig Trost zu geben, doch dies wäre aufdringlich und impertinent gewesen angesichts der kurzen Zeit ihrer Bekanntschaft und des großen Altersunterschieds. Und immer hatte sie Aaron Godman im Kopf. Seltsam, wie sie ihm ein Gesicht gegeben hatte, obwohl sie ihn nie kennengelernt oder ein Bild von ihm gesehen hatte.

»Wie schade«, sagte sie leise. »Mr. Harrimore ist ein so charakterstarker Mensch…«

»Sie verstehen nicht.« Adah sah noch einmal zu der Statue empor, dann wandte sie sich ab und ging weiter, um vor einer herrlichen Vase in Terrakottabraun und Schwarz stehenzubleiben, auf selber mit größter Freizügigkeit Figuren dargestellt waren, die in einem orgiastischen Reigen die bauchige Rundung der Vase umtanzten. Trotz des starren Blicks, mit dem die alte Dame das Gefäß musterte, war Charlotte sich nicht sicher, daß sie die Details der Darstellungen nicht wahrnahm, denn sonst hätte sie sie gewiß nicht mit so unbewegter und schmerzvoller Miene hingenommen. »Sie sind wahrlich sehr naiv, Miss Pitt, und zweifellos ist Ihre Bemerkung gut gemeint...«

Eine solch bittere Reaktion auf eine höfliche Floskel verblüffte Charlotte, doch sie unterdrückte einen aufbrausende Antwort und murmelte statt dessen:

»Ich weiß nicht, ob ich verstehe, was...«

»Natürlich verstehen Sie nicht«, gab Adah ihr recht. »Wie könnten Sie auch, und mit Gottes Hilfe werden Sie es nie müssen. Er ist verunstaltet, Miss Pitt.«

Charlotte war irritiert. Dies war eine mehr als ungewöhnliche Bemerkung aus dem Mund einer Mutter über ihren Sohn, doch als sie in Adahs Gesicht sah, war ihr klar, daß sie dies nicht nur aus der Laune des Augenblicks dahingesagt hatte, sondern davon so sehr bekümmert war, daß es ihr stets im Bewußtsein war.

Charlotte suchte verzweifelt nach einer Erwiderung.

»Sind wir nicht alle von irgendeinem Makel behaftet, in dieser oder in jener Form, Mrs. Harrimore?«

»Natürlich ist keiner von uns vollkommen.« Adah wandte sich von der Vase ab und konzentrierte ihre Aufmerksamkeit auf die Fragmente einer Schale aus einer früheren Periode. »Das ist banal und ganz offensichtlich. Nein – Prosper hat einen Klumpfuß. Ich kann nicht glauben, daß Sie das nicht bemerkt haben.«

»Oh... Ja, ich verstehe, was Sie meinen.«

»Was dachten Sie dann, was ich meine? Ist ja auch einerlei. Es ist keine schlimme Verkrüppelung; nichts, das ihn ernsthaft behindern würde. Aber andere Kinder... – wenn der Brunnen einmal vergiftet ist...« Plötzlich schien ihr bewußt zu werden, wo sie war, und sie richtete sich steif auf und straffte ihre Schultern. »Verzeihen Sie, ich sollte nicht so viel über mich sprechen. Das sind wohl kaum die erhebenden und lehrreichen Dinge, über die man an einem solchen Ort wie diesem sprechen möchte.« Wieder huschte ein Anflug von Bitterkeit über ihr Gesicht. »Über meinen Mann zu hören, dürfte wohl alles andere als ein erbauliches Thema für Sie sein. Kommen Sie, lassen Sie uns einige der Ausstellungsstücke aus China ansehen. Die Chinesen sind ein sehr intelligentes Volk, auch wenn sie keine Europäer, geschweige denn Engländer sind, aber auf ihre Weise sehr zivilisiert, wie ich finde, und das schon lange Zeit. Wir waren im Krieg mit ihnen wegen irgendwas, als ich ein kleines Mädchen war. Wir haben natürlich gewonnen.«

»Könnten das die Opiumkriege gewesen sein?« erkundigte sich Charlotte, im Zwielicht ihrer Geschichtskenntnisse stochernd. »In den fünfziger Jahren?«

»Schon möglich, daß sie so hießen«, räumte Adah ein. »Auf jeden Fall war es kurz nach dem Krimkrieg und dem furchtbaren Aufstand in Indien. Im nachhinein kommt es mir so vor, als hätten wir damals ständig gegen irgend jemanden Krieg geführt. Natürlich war unsere geliebte Königin damals gerade erst zwanzig Jahre auf dem Thron. Inzwischen ist das anders. Alle wissen, wer wir sind, und werden sich hüten, mit uns Kriege anzufangen.«

Gegen ein derart monumentales Nationalbewußtsein zu argumentieren, war aussichtslos, und Charlotte war froh, am anderen Ende des Saals Clio und Kathleen zu entdecken, die sie mit einem Winken auf sie aufmerksam machte.

Etwa eine halbe Stunde später verließen sie die Ausstellungsräume, und man zog sich zurück, um den Nachmittagstee zu sich zu nehmen und über verschiedene Themen zu plaudern wie Mode, die Gesundheit, das Wetter, die Prinzessin von Wales, die Bücher, die man in letzter Zeit gelesen hatte – alles ganz harmlos und schicklich für eine solche Gelegenheit.

»Wie geht es Ihrer lieben Mama?« erkundigte sich Kathleen höflich und sah Charlotte über die Gurkensandwiches hinweg an. »Ich hoffe sehr, sie bald einmal wiederzusehen; vielleicht an einem Abend in der Oper oder im Theater?«

»Ich weiß, es würde ihr sehr gefallen«, erwiderte Charlotte. »Ich werde ihr sagen, daß Sie es erwähnt haben. Es ist eine überaus reizende Idee. Sie hat in jüngster Zeit ihr Interesse für das Theater entdeckt. Mein Vater ist vor ein paar Jahren gestorben, und seitdem ist sie nur noch selten an solchen Orten gewesen, die sie früher gemeinsam besucht haben. Erst in letzter Zeit bringt sie wieder Interesse dafür auf.«

»Das ist nur natürlich«, pflichtete Adah bei und nickte dabei. »Man muß eine gewissen Trauerzeit einhalten. Das wird von einem erwartet. Doch danach muß das Leben weitergehen.«

»Ich weiß, daß sie und Joshua recht enge Freunde geworden sind«, warf Clio mit einem Lächeln dazwischen. »Ist das nicht schrecklich romantisch?«

»Romantisch?« fragte Adah pikiert und wandte sich mit gewölbten Augenbrauen zu Charlotte um.

»Nun…« Charlotte zögerte und rang sich dann zu einer Entscheidung durch, die sie möglicherweise bereuen würde. »Ja… Ja, so ist es. Ich habe… Ich bin mir nicht sicher, was ich davon halten soll. Ehrlich gesagt, bin ich schon ein wenig besorgt.«

Clio schien völlig unbeeindruckt und griff nach einer frischen Cremeschnitte.

Kathleen warf Adah einen warnenden Blick zu und wandte sich dann an Charlotte, um das Thema zu wechseln.

Als sie sich erhoben, um zu gehen, griff Adah nach Charlottes Arm und zog sie mit ernstem Gesicht und besorgtem Blick beiseite.

»Meine liebe Miss Pitt, ich weiß nicht recht, wie ich Ihnen das sagen soll, ohne aufdringlich zu erscheinen, aber ich kann nicht dabeistehen und stumm bleiben. Ihre Mutter befindet sich in einer sehr sensiblen Lebensphase, in der sie äußerst verletztlich ist; sie hat ihren Mann verloren und steht ganz alleine in der Welt, und es ist nur natürlich, daß sie den Wunsch nach Gesellschaft verspürt. Schön und gut – aber ein Schauspieler.«

Charlotte mußte ihr recht geben, doch zugleich nahm sie Caroline instinktiv in Schutz: »Er ist wirklich ein überaus angenehmer Mensch«, sagte sie mit einem Seufzen.

»Das ist unerheblich!« Adahs Stimme war eindringlich, ihr Griff um Charlottes Arm fast schmerzhaft. »Er ist Jude! Sie dürfen Ihrer Mutter nicht erlauben, mit ihm… wie soll ich mich ausdrücken, ohne unschicklich zu klingen? Um Himmels willen, meine liebe Charlotte, Sie dürfen ihr nicht erlauben, eine Verhältnis mit diesem Menschen zu haben!«

Charlotte fühlte, wie ihr die Röte heiß ins Gesicht stieg. Allein die Vorstellung war abstoßend für sie … nicht weil es um Joshua Fielding ging, sondern weil sich alles in ihr sträubte, sich ihre Mutter in einer solchen Situation vorzustellen. Es war… Es war zutiefst… peinlich und verletzend.

»Ich sehe, sie haben an eine solche Möglichkeit noch gar nicht gedacht«, fuhr Adah fort, die Charlottes Reaktion gänzlich falsch verstand, weil sie nur an das Wort **Jude** denken konnte. »Natürlich nicht. Sie sind unschuldig. Aber so etwas liegt ganz und gar nicht außerhalb jeder Möglichkeit, meine Liebe, und dann wäre Ihrer Mutter für immer entehrt! Natürlich ist es nicht das gleiche, als wenn sie noch Kinder bekommen könnte, und es würde sie nicht in dem Maße unrein machen – trotzdem.«

»Unrein?« Charlotte war verwirrt.

»Selbstverständlich.« Adahs Gesicht war verzerrt vor Schmerz, Mitleid und der Erinnerung an etwas, das zu gräßlich war, es auszusprechen. »Eine…« – sie zögerte bei dem Wort – »… Vereinigung mit… mit einem Juden verändert einen Menschen. Es ist etwas, das man einer jungen Dame mit Anstand nicht erklären kann. Aber Sie müssen mir glauben!«

Charlotte war sprachlos.

Adah interpretierte ihr Schweigen als Zweifel.

»Es ist die reine Wahrheit!« sagte sie mit größter Eindringlichkeit. »Ich schwöre es! Gott vergebe mir, aber ich weiß es aus eigener Erfahrung!« Ihre Stimme war brüchig vor Schmerz und Scham. »Wie so viele andere Männer hat auch mein Mann seine Gelüste außerhalb der Mauern seines Heims befriedigt – nur hat er es mit einer Jüdin getan. Ich war damals schwanger mit unserem Kind. Deshalb ist der arme Prosper entstellt.« Mit einem trockenen Schluchzen rang sie nach Atem, als führe ihr jedes ihrer hervorgestoßenen Worte eine qualvolle Wunde zu. »Und der Grund, warum ich nie ein zweites Kind hatte.«

Mit einemmal konnte Charlotte all die öden und leeren Jahre der Unfruchtbarkeit und Lieblosigkeit erkennen, die diese Frau erlebt hatte, Jahrzehnte der Scham und der Enttäuschung, des Gefühls, betrogen worden und unrein zu sein, das sie sogar noch heute beherrschte. Das Mitleid, das in ihr Herz strömte, war so groß, daß sie den übermächtigen Wunsch verspürte, die Hand auszustrecken und sie auf Adahs Arm zu legen, gleichsam als Balsam für diese schrecklichen erlittenen Wunden. Und doch war sie zugleich auch abgestoßen. Es gab nicht Fremderes für sie als die Vorstellung, daß es Menschen geben könnte, die so anders waren, daß man durch eine Vereinigung mit ihnen unrein werden würde – nicht weil sie eine ansteckende Krankheit hatten, sondern weil sie zu einer anderen Rasse gehörten.

Sie wußte nicht, was sie sagen sollte, doch Adahs betroffenes Gesicht verlangte eine Antwort.

»Oh«, sagte sie und fühlte sich schrecklich unvermögend. »Ich… Ich bin sicher, meine Mutter ist sich dessen nicht bewußt.« Es war das einzige, das ihr einfallen wollte, doch es war zumindest die Wahrheit.

»Dann müssen Sie es ihr sagen, wenn Sie auch nur ein bißchen Liebe für sie empfinden!« drängte Adah beschwörend. »Egal wie alt sie ist«, fügte sie hinzu. »Es ist der Anfang vom Untergang. Wer weiß, was als nächstes kommt! Aber nun müssen wir uns aber sputen; die anderen werden sich schon fragen, wo wir bleiben. Kommen Sie!«

Am Tag nach dem Besuch im Museum begleitete Charlotte Caroline, auf deren Einladung hin, ins Theater, wo sie Joshua Fielding und Tamar Macaulay zwischen den Nachmittagsproben und der Vorstellung einen Besuch abzustatten gedachte. Charlotte fühlte sich alles andere als wohl in ihrer Haut. Sie konnte sich nicht erinnern, sich je in Gegenwart ihrer Mutter so unbehaglich und beschämt gefühlt zu haben. Sie wünschte, sie könnte ihr sage, was Pitt herausgefunden hatte – daß Aaron Godman unschuldig gewesen war –, doch sie hatte Pitt versprochen, dies unter keinen Umständen zu tun. Und die Gründe, weshalb er dies von ihr verlangte, waren durchwegs stichhaltig. Trotzdem fühlte sie sich wie eine Verräterin, und sie bezweifelte, ob Caroline es verstehen könnte, selbst wenn sie die ganze Wahrheit wüßte.

Außerdem verfolgte sie die schreckliche Angst, daß Joshua

Fielding tatsächlich derjenige gewesen sein könnte, der Kingsley Blaine an des Stalltor genagelt und dann Richter Stafford vergiftet hatte, als dieser den Fall wieder aufrollen wollte. Und nun hatte er auch noch Constable Paterson umgebracht, weil der die Wahrheit herausgefunden hatte.

Und falls er unschuldig war und Devlin O'Neil es getan hatte oder irgendwer anders, was sollte sie dann tun, wenn Caroline eine Affäre mit ihm hatte? Sie konnte unmöglich glücklich darüber sein. Und nicht alle Vernunft der Welt oder Pitts verständnisvolles Argumentieren konnten ihr helfen, anders darüber zu empfinden.

Also begleitete sie Caroline, die weniger elegant wirkte als noch vor ein paar Monaten, doch entschieden jünger. Sie war alles anders als nach der neuesten Mode gekleidet, eher schon im Stile einer romantischen Vision der Präraffaeliten: ein Kleid mit großflächigem Blumen- und Blättermuster, das Haar offener und lockerer frisiert und kein Hut.

Sie wurden am Bühneneingang freudig willkommen geheißen und hereingebeten als seien sie alte Freunde – etwas, das Charlotte einigermaßen beunruhigte. Die Proben waren noch im Gange, wie sie von der Seitenkulisse aus sehen konnte. Es war eine Komödie, die geprobt wurde, der es jedoch nicht an dramatischen Elementen mangelte. Selbst als Laie mit so gut wie überhaupt keiner Erfahrung in Theaterdingen entging Charlotte nicht, wie präzise die Dialoge ineinandergriffen, wie vollkommen die Modulation der Stimmen war, die Geste einer Hand, die Pose einer Gestalt. Es faszinierte sie zu beobachten, wieviel größer das schauspielerische Können von Tamar Macaulay im Vergleich zu den übrigen Schauspielern auf der Bühne war, und wieviel öfter ihr Blick von Joshua angezogen wurde als von sonst einem Mann auf der Bühne. Es lag nicht daran, daß sie sich besonders brennend für ihn interessierte oder gar mit ihm flirtete, sondern allein an seinem Magnetismus, dem sich niemand entziehen konnte, am allerwenigsten Caroline, die nicht eine Sekunde den Blick von ihm wendete.

Als der letzte Satz gesprochen war, beinahe noch bevor Mr. Passmore sein Ensemble aus der Szene entlassen hatte, wandte sich Tamar um und kam auf Charlotte zugelaufen. Ihr Gesicht war besorgt, und ihre Augen blickten fragend. Charlotte war überrascht. Sie hatte nicht gedacht, daß Tamar sie gesehen haben konnte; sie war völlig auf das Stück konzentriert gewesen. Tamar hielt sich nicht mit Förmlichkeiten auf.

»Charlotte! Wie schön, Sie zu sehen. Ich hatte schon gefürchtet, Sie hätten uns im Stich gelassen. Ich könnte es Ihnen nicht einmal verdenken.« Sie nahm Charlotte beim Arm und führte sie aus der Seitenkulisse einen Korridor mit nackten Dielen hinab. »Wir haben fünf Jahre lang alles versucht und nichts erreicht. Es war sehr unfair von mir, meine ganzen Hoffnungen auf Sie zu setzen und zu erwarten, in ein paar Wochen sei alles gelöst. Es tut mir wirklich aufrichtig leid, aber das wahrhaft Unverzeihliche dabei ist, daß ich nicht anders kann, als mich auch weiterhin daran zu klammern.« Sie seufzte tief und sah Charlotte aus schwarzen, brennenden Augen an. »Ich kann einfach nicht glauben, daß Aaron schuldig war. Ich kann nicht glauben, daß er fähig gewesen sein soll, Kingsley zu töten und das mit ihm zu tun, was mit ihm getan wurde.« Ein flüchtiges, ironisches Lächeln huschte über ihr Gesicht. »Und Richter Stafford kann er ja wohl kaum schwerlich vergiftet haben.«

»Oder Constable Paterson aufgehängt«, fügte Charlotte ohne zu überlegen hinzu.

Tamar blinzelte irritiert. »Constable Paterson aufgehängt?« fragte sie verwirrt. »Weshalb das? Hat er Richter Stafford umgebracht? Aber weshalb? Und wie kann es sein, daß er so bald danach gehängt wird? Ich habe in den Zeitungen kein Wort über einen Prozeß gelesen.«

»Er wurde nicht hingerichtet«, erklärte Charlotte. »Er wurde umgebracht. Wir wissen weder weshalb noch von wem, aber es ist sehr wahrscheinlich, daß es mit dem Mordfall in der Farrier's Lane zu tun hat, obwohl das alles nicht sicher ist.«

Tamar griff an ihr vorbei und öffnete die Tür zu einer kleinen, überfüllten Garderobe. Der winzige Raum war vollgestopft mit Kostümen, die an einer Stange entlang der Wand hingen, einem hohen Korb in einer Ecke, aus dem Petticoats quollen, einem kleinen Schminktisch mit einem Spiegel und verschiedenen Cremetöpfen und Puderdosen darauf sowie drei Ständern mit Perücken. Doch da sie die erste Schauspielerin war, mußte sie die Garderobe wenigstens mit niemanden teilen.

»Erzählen Sie«, sagte sie und trat als erste ein. Sie rückte einen Stuhl zurecht, damit Charlotte Platz nehmen konnte, und zog dann, ohne sich umzudrehen, die Tür hinter sich zu.

»Constable Paterson war…« begann Charlotte.

»Ich weiß, wer er war«, unterbrach sie Tamar. »Was ist mit ihm passiert?«

»Er wurde umgebracht«, sagte Charlotte lapidar. »Jemand hat ihn am späten Abend in seiner Wohnung aufgesucht und am Hacken des Kronleuchters in seinem eigenen Schlafzimmer aufgehängt.«

»Sie meinen, jemand hat ihn überfallen?« fragte Tamar ungläubig. »Hat er sich denn nicht verteidigt?«

»Anscheinend nicht.« Charlotte schüttelte den Kopf. »Vielleicht war es jemand, den er kannte, und er hat nicht damit gerechnet, angegriffen zu werden, und der Täter hat ihn von hinten erdrosselt.«

»So könnte es sich möglicherweise abgespielt haben, ja«, sagte Tamar und machte ein paar kleine Schritte zur gegenüberliegenden Wand. Ein seltsamer, für Charlotte ungewohnter Geruch hing in dem winzigen Raum, muffig und erregend zugleich. »Es scheint die einzige logische Erklärung zu sein«, redete Tamar weiter. »Aber wer hat es getan und warum? Während des Prozesses damals habe ich diesen Mann gehaßt.« Die schmerzlichen Erinnerungen ließen zwei steile Falten auf ihrer Stirn und um ihre Mundwinkel erscheinen. »Er hatte für Aaron nur Haß übrig. Er war überhaupt nicht sachlich, geschweige denn objektiv; er war so voller Zorn, daß seine Stimme zitterte, als er im Zeugenstand saß. Ich erinnere mich genau an ihn. Und ich glaube auch, daß er es gewesen ist, der Aaron zusammengeschlagen hat, obwohl Aaron nichts darüber sagen wollte – zumindest nicht mir gegenüber. Aber ich glaube, das hat er nur getan, um mich zu schützen.« Sie stockte und rang verzweifelt darum, ihre Fassung nicht ganz zu verlieren. Sie wandte sich ab und suchte nach einem Taschentuch, wobei sie gegen einen der Perückenständer stieß. Mit einemmal waren all die Angst und das Entsetzen wieder gegenwärtig, als sei Aaron Godman nach wie vor lebendig, geschunden und erniedrigt in irgendeinem dunklen Verlies, in dem er seiner Hinrichtung entgegenharrte…

Charlotte mußte sich sehr zurückhalten, nicht mit dem was sie wußte, herauszuplatzen. Nur das Wissen, daß Caroline irgendwo im Theater mit Joshua Fielding allein war, hielt sie davon ab, Tamar hier und jetzt zu sagen, daß Aaron unschuldig gewesen war und Pitt dies beweisen konnte.

Nichts, das irgend jemand sagen konnte, würde die Wunden der Vergangenheit heilen; Worte waren dumm und sinnlos und würden nur einen gänzlichen Mangel an Verständnis verraten. Der einzige Trost war, von etwas anderem zu sprechen.

»Geben Sie die Hoffnung nicht auf«, sagte sie leise zu Tamars gerade aufgerichtetem, bebenden Rücken. »Wir sind kurz vor dem Ziel. Ich darf Ihnen nicht mehr sagen, aber ich sage das nicht nur, um Sie zu trösten. Es kann nicht mehr lange dauern, – darauf gebe ich Ihnen mein Wort.«

Tamar stand völlig reglos, dann drehte sie sich ganz langsam um und starrte Charlotte aus großen Augen an. Mehrere Sekunden lang sagte sie nichts; sie stand nur da und forschte stumm in Charlottes Gesicht, inwieweit sie dies ernst gemeint hatte und ob sie etwas Konkretes wußte.

»Hätte es einen Sinn, Sie zu fragen, woher Sie das wissen?« fragte sie schließlich beinahe flüsternd. »Wieso können Sie so etwas sagen?«

»Nein, es hätte keinen Sinn«, erwiderte Charlotte. »Wenn ich es Ihnen sagen könnte, hätte ich das längst getan. Aber bitte glauben Sie mir – es ist die Wahrheit.«

Tamar nahm einen tiefen Atemzug und schluckte mühsam. »Aaron wird rehabilitiert werden?«

»Bitte verlangen sie von mir nicht, Ihnen jetzt mehr zu sagen, und wenn sie wollen, daß es wahr wird, dann erzählen

Sie niemandem davon – nicht einmal Mr. Fielding. Er könnte unabsichtlich etwas sagen oder tun, das alles zunichte machen würde. Ich bin überzeugt, daß Aaron es nicht getan hat, aber ich habe keine Ahnung, wer es gewesen ist.«

Auf Tamars Gesicht erschien ein trauriges, bitteres Lächeln. Sie ließ sich mit einem Schenkel seitlich auf den Korb mit den Petticoats sinken.

»Was Sie sagen wollen, ist, daß sie glauben, Joshua könnte es getan haben«, murmelte sie tonlos.

»Ist das so unmöglich?« sagte Charlotte leise.

Tamar setzte sich ein wenig höher auf den Korb.

»Ich würde natürlich am liebsten sagen, daß es das ist, aber ich nehme an, Sie fragen nicht nach Gefühlen, sondern nach Fakten. Nein... Unmöglich ist es nicht. Er hat gesagt, er habe nicht gewußt, ob Kingsley vorhatte, mich zu heiraten oder nicht, und daß er sich ohnehin nicht eingemischt hätte. Außerdem hat er gesagt, daß er an dem Abend vom Theater direkt nach Hause gegangen sei. Aber er hat keine Beweise dafür.« Sie hob das Kinn und sah Charlotte mit einem offenen Blick an. »Ich glaube nicht, daß er es getan hat, aber ich fürchte, das wird nicht ausreichen, Sie zu überzeugen.«

»Das darf mich nicht darauf einlassen, auch wenn ich es möchte«, erwiderte Charlotte und wußte im selben Augenblick, daß dies nicht die ganze Wahrheit war. Irgendwo in einer Ecke ihres Gehirns wünschte sie, daß Joshua es gewesen war. Es würde die Angst um Caroline von ihr nehmen. Es würde die Ungewißheit, die Sorge und die Bedenken, die sie empfand, mit einem Schlag auslöschen – und die Eifersucht. Eifersucht! Endlich hatte sie das Gefühl identifiziert, und der schiere Schmerz, es beim Namen zu nennen, trug bereits der Keim einer Linderung.

»Nein, selbstverständlich nicht«, sagte Tamar mit einem Lächeln und straffte ihre Schultern. Sie erhob sich, und der Korb gab ein knisterndes Ächzen von sich. »Wollen wir einen Tee trinken? Entschuldigen Sie... Ihnen ist sicher kalt, und wir sollten uns vielleicht an einen bequemeren Ort zurückziehen und über erfreulichere Dinge plaudern...« Sie zögerte unter der Tür.

»Ja?« Charlotte wartete.

»Wenn ich Ihnen irgendwie helfen kann, sagen Sie es mir bitte, ja?« Tamars Stimme war eindringlich.

»Selbstverständlich.«

Caroline stand noch immer reglos am Rand der Bühne, als Joshua Fielding sich umdrehte und sie anlächelte. Er mußte gewußt haben, daß sie hier war, obwohl seine Aufmerksamkeit scheinbar ausschließlich auf die anderen Schauspieler gerichtet war. Sie fühlte eine plötzliche Wärme, als sei die Sonne hinter den Wolken hervorgekommen. Sie verspürte den Wunsch, zu ihm hinüberzulaufen, doch ihr Taktgefühl hielt sie zurück.

Er wartet noch ein paar Augenblicke, sprach mit Clio und dann mit einer älteren Schauspielerin, der er mit einer sanften Berührung am Arm gratulierte. Mr. Passmore ergriff das Wort und wandte sich an sein versammeltes Ensemble, in dem nur Tamar fehlte, die plötzlich verschwunden war. Er erteilte letzte Instruktionen für die Abendvorstellung und sparte nicht mit Lob und Ermutigungen, aber auch nicht mit Kritik, und er prophezeite für den Abend einen rauschenden Erfolg, den er mit einigen abergläubischen Beschwörungsformeln gegen unglückbringende Selbstzufriedenheit bekräftigte, in die das Ensemble einstimmte. Amulette wurden berührt, Hände schoben sich in Taschen, um nach den Glücksbringern zu tasten und zum hundertstenmal zu fühlen, ob sie noch an ihrem Plätzen waren. Als Mr. Passmore das letzte Wort gesprochen hatte, wandte er sich um und ging mit raschen Schritten davon – eine hochaufragende Gestalt in schwarzem Gehrock und mit wehenden Rockschößen –, und Joshua kam zu Caroline herüber.

Anstatt sie mit den üblichen Willkommensfloskeln zu begrüßen oder mit Fragen nach ihrem Befinden, sah er ihr nur in die Augen, und keine der Fragen zwischen ihnen bedurfte der Worte. Es war eine Vertrautheit, die die Wärme in ihr noch mehr anfachte – weit mehr, als sie erwartet hatte, und dies raubte ihr die Worte, zumindest jene, die einen Sinn gemacht hätten.

»War das Charlotte, die ich bei Ihnen gesehen habe?« fragte Joshua schließlich.

»Ja... Ja, sie wollte mitkommen.«

Er nahm sie beim Arm und führte sie aus den Kulissen in Richtung des Zuschauerraums, in den Halbschatten und außer Hörweite der anderen.

»Verfolgt sie noch immer den Mord an Kingsley?« fragte er mit leiser, besorgt klingender Stimme.

»Selbstverständlich«, erwiderte sie und suchte seinen Blick. »Wir können doch jetzt nicht aufgeben.«

»Ich glaube nicht, daß das noch länger nötig ist.« Es klang, als müsse er sich erst einen Weg durch komplizierte Gedanken tasten. »Nach Richter Staffords Tod hat die Polizei die Sache in die Hand genommen. Jetzt besteht nicht mehr die Gefahr, daß die Sache verdrängt wird und in Vergessenheit gerät, für die man Aaron die Schuld in die Schuhe geschoben hat. Bitte, Caroline, überreden sie Charlotte, die Angelegenheit jenen zu überlassen, deren Beruf es ist.«

»Aber gerade die sind bisher nicht besonders erfolgreich gewesen«, versuchte sie zu argumentieren. Sie fühlte einen kleinen Anflug von Schuld gegenüber Pitt, doch ihre Angst um Joshua war viel größer. »Die Polizei hat noch gar nichts herausgefunden. Und wie es aussieht, verdächtigen sie weder Mrs. Stafford noch Mr. Pryce. Das Gegenteil ist der Fall: Sie sind überzeugt, daß die beiden unschuldig sind.«

»Sind Sie sicher?«

»Selbstverständlich bin ich mir sicher. Thomas würde mich nicht anlügen.«

Das Lächeln auf seinem Gesicht verriet Zuneigung und eine Portion Belustigung. »Sind Sie sich da wirklich sicher, meine Liebe? Wäre es nicht möglich, daß er Ihnen nicht die ganze Wahrheit gesagt hat, weil er weiß, daß Sie Freundschaft geschlossen haben mit Tamar...« – ein Hauch von Röte stieg in sein Gesicht – »... und mit mir und deshalb voreingenommen sind?«

Sie fühlte, wie die Hitze in ihre Wangen stieg. »Es ist schon möglich, daß er mir nicht die ganze Wahrheit sagt, aber andererseits würde er mir auch nicht irgend etwas vormachen, das völlig aus der Luft gegriffen ist«, erwiderte sie. »Ich kenne ihn inzwischen recht gut. Ich muß zugeben, er war sicherlich nicht der Mann, den ich mir für meine Tochter gewünscht habe, aber ich habe mittlerweile begriffen, daß es Situationen gibt, in der ein Mann, der gesellschaftlich unpassend ist, eine Frau weitaus glücklicher machen kann als jemand, den ihre Familie gewählt hat...« Sie verstummte, als ihr gewahr wurde, daß sie ihre Gedanken zu freimütig ausgesprochen hatte.

Er setzte zu einer Antwort an, überlegte es sich dann jedoch anders. Er räusperte sich und begann erneut, doch diesmal entging ihr das in seinen Augen aufblitzende Lachen nicht.

»Trotzdem glaube ich, es wäre für Charlotte das beste, die Angelegenheit auf sich beruhen zu lassen«, sagte er wieder ernst. »Es könnte gefährlich für sie werden. Wenn es Aaron nicht getan hat, dann war es ein anderer, jemand, der offenbar nicht zögert, wieder und wieder zu töten, falls er sich in Gefahr wähnt. Ich weiß nicht, ob Charlotte ihm nahe genug kommt, um in diese Situation zu geraten, aber es wäre ja möglich, ohne daß sie dessen vielleicht gewahr wird. Sie und Clio haben sich in letzter Zeit mit Kathleen O'Neil angefreundet. Ich kann mir nur vorstellen, daß es ihnen darum geht, hinter Devlin herzuspionieren. Wenn er das bemerkt oder auch nur fürchtet...« Er ließ den Rest ungesagt.

Caroline war unsicher. War Charlotte wirklich in Gefahr? Mehr als in irgendeinem anderen Fall, in dem sie Pitt unterstützt hatte? Wer würde schon eine Frau verdächtigen, eine gewöhnliche Ehefrau und Mutter? »Weil sie zu neugierig ist höchstens«, sagte sie laut. »Weil sie ihre Nase in Dinge steckt, die sie nichts angehen.« Wie illoyal das aus ihrem Munde klang! »Aber das ist etwas, das viele tun. Das ist nicht gefährlich, höchstens aufdringlich und unschicklich.«

»Richter Stafford ist tot und Constabel Paterson ebenfalls – wie ich gelesen habe«, gab er zu denken.

»Aber das waren Männer des Gesetzes«, argumentierte sie mit großer Vehemenz. »Und Sie sagen, Charlotte und Miss Farber würden versuchen, Devlin O'Neil auszuspionieren.

Ist es nicht viel wahrscheinlicher, daß die Polizei hinter Ihnen herspioniert? Haben Sie denn keine Angst um sich selbst?«

»Caroline!« Er nahm ihre Hände in seine und hielt sie sanft, doch so fest, daß sie sie ihm nicht entziehen konnte. »Caroline! Natürlich habe ich Angst. Aber was für ein Freund wäre ich, wenn mir meine eigene Angst, ich könnte verdächtigt werden, wichtiger wäre als die Gefahr, die Charlotte möglicherweise von dem wirklichen Mörder Kingsleys und der anderen droht? Bitte, Caroline, Sie müssen sie anflehen, die Finger von dieser Angelegenheit zu lassen! Ich habe wirklich sehr große Angst, daß es tatsächlich Devlin O'Neil gewesen sein könnte. Ich wüßte nicht, wer sonst – außer vielleicht ein Verrückter. Aber wenn es ein Verrückter gewesen wäre, hätte es andere, ähnliche Morde gegeben – und die gab es nicht.«

»Und was ist mit Ihnen?« fragte sie eindringlich und klammerte sich nach wie vor an die Hoffnung, daß Charlotte den Fall lösen würde, wie sie zuvor andere Fälle aufgeklärt hatte. »Die Polizei hat sich schon einmal geirrt, und es gab niemanden, der Aaron retten konnte.«

»Ich weiß, meine Liebe, aber das ändert nichts an der Situation.« Seine Stimme war sanft, seine Hand warm auf den ihren, doch sein Griff war fest und in seinem Blick kein Schwanken. »Ich weiß, daß die Polizei mich verdächtigt. Aber ich werde zumindest einen Prozeß bekommen und eine Chance auf Revision. Etwas, das Charlotte nicht bekommen wird, falls ein Mörder auf sie aufmerksam wird.«

»Nein«, sagte sie leise. »Nein – wahrscheinlich nicht. Ich werde es ihr sagen.«

Er lächelte und ließ ihre Hände los, um sie sogleich beim Arm zu nehmen. »Wollen wir irgendwo hingehen, wo es hübscher ist als hier, und zusammen Tee trinken? Wir konnten die Welt mit all ihrem Mißtrauen und ihren Gefahren und die Vorstellung heute abend für eine Weile vergessen und einfach nur genießen, wie schön es ist, miteinander zu reden. Es gibt so viele andere Dinge…« Er setzte sich in Bewegung und zog sie sanft mit sich. »Ich habe vor kurzem ein faszinierendes Buch über eine fantastische Reise gelesen. Leider kann man daraus natürlich kein Theaterstück machen, aber es gelesen zu haben, hat mich sehr bereichert. Es hat äußerst interessante Gedanken und Fragen aufgeworfen. Ich möchte Ihnen darüber erzählen, wenn ich darf. Mich würde interessieren, was Sie darüber denken.«

Caroline gab sich ohne nennenswerten Widerstand dem schieren Vergnügen seiner Gegenwart hin. Warum auch nicht? Sie wünschte, diese süße Zweisamkeit könnte ewig dauern, doch sie war Realistin genug zu wissen, daß Großmama recht hatte: Es war ein Traum, eine Schimäre, eine Illusion, und wenn sie daraus erwachte, würde die Wirklichkeit danach um so kälter und einsamer sein. Doch jetzt war nicht die Zeit, an das Danach zu denken, und sie würde ihr ganzes Herz hingeben, solange sie dazu noch fähig war.

»Selbstverständlich«, stimmte sie mit einem glücklichen Lächeln zu. »Bitte erzählen Sie.«

»Sie haben seit Tagen nichts mehr über den Mord erzählt, Ma'am«, sagte Gracie am nächsten Morgen zu Charlotte, während der gemeinsamen Arbeit in der Küche. Gracie war damit beschäftigt, die Messer mit Oakey's Wellingtons Messerpolitur aus Schmirgel und Graphit zu reinigen, und Charlotte polierte die Löffel und Gabeln mit einer selbstgemachten Paste aus Hirschhornpulver, Wasser und Alkohol.

»Das liegt daran, daß ich nichts Neues erfahren habe«, erklärte sie und verzog das Gesicht. »Wie wissen, daß Aaron Godman es nicht getan hat, aber wer es wirklich gewesen ist, wissen wir nach wie vor nicht.«

»Wissen wir denn überhaupt nichts?« fragte Gracie und betrachtete das Messer, das sie ins Licht hielt, aus zusammengekniffenen Augen.

»Doch – einiges wissen wir natürlich«, erwiderte Charlotte und rubbelte heftig einen Löffel. »Es muß jemand gewesen sein, der Blaines Namen kannte und wußte, daß er im Theater war, um ihn von dort in die Farrier's Lane locken zu können. Jemand, der ihn gehaßt hat – und zwar so sehr, daß er ihm das antun konnte, was man mit ihm gemacht hat.« Sie griff nach einem frischen Tuch, um damit den perfekten

Glanz zu erzielen. »Abgesehen von der Scheußlichkeit der grauenvollen Tat war es auch gefährlich, länger als unbedingt nötig bei dem Toten zu bleiben. Sein Haß muß größer gewesen sein als die Vernunft und jeder Gedanke an die eigene Sicherheit.«

»Das können Sie laut sagen!« schnaubte Gracie erschaudernd. »Wenn ich grade jemanden umgebracht hätte, ich würde mich schleunigst verdrücken, anstatt ihn auch noch an ein Tor zu nageln, was sicher nicht leicht war!« Sie goß noch einen Schuß Politur aus der Büchse auf einen Unterteller. »Ich würde rennen, was meine Beine hergeben, und nicht mehr stehenbleiben, bis ich in Sicherheit wäre! Bevor irgend jemand vorbeikommt und mich dort sieht!«

»Es muß also jemand gewesen sein, der so voller Haß war, daß er oder sie – was wahrscheinlicher ist – das Risiko, entdeckt zu werden, in Kauf genommen haben; oder sie waren so blind vor Haß, daß es ihnen nicht einmal bewußt war«, beendete Charlotte ihre Schlußfolgerung.

»Oder aber…« Gracie rieb die Messerklinge mit wilder Hingabe. Sie glänzte längst. »Oder es war jemand, der einen ganz anderen Grund dafür gehabt hat – zum Beispiel jemand anderem den Mord in Schuhe zu schieben. Was ja auch funktioniert hat, denn schließlich ist der arme Mr. Godman dafür gehängt worden.«

»Aber weshalb sollte der Umstand, daß der Tote gekreuzigt wurde, den Verdacht auf Godman lenken?« gab Charlotte zu denken und reichte Gracie ein frisches Poliertuch.

»Na ja… Jeder hat deshalb geglaubt, daß es ein Jude gewesen ist. Schließlich haben die Juden auch Christus ans Kreuz geschlagen«, erklärte Gracie.

»Und ein Christ würde so etwas niemals tun?«

»Vielleicht schon! Vielleicht hat er's genau aus dem Grund getan; weil er die Juden haßt und ihnen die Schuld in die Schuhe schieben wollte.«

»Weshalb sollte irgend jemand die Juden so sehr hassen?« fragte Charlotte, doch ihre Gedanken waren bereits bei den Harrimores, bei Adahs Ansichten, bei Devlin O'Neils Wissen darum, daß Kingsley Blaine in Tamar Macaulay, eine Jüdin, verliebt war. Vielleicht hatte er nicht nur Blaine gehaßt, sondern aus irgendeinem abartigen Grund alle Schauspieler und Theaterleute, und ihm war, nachdem er Blaine umgebracht hatte, die plötzliche Idee gekommen, wie er noch mehr Leute in das Verbrechen hineinziehen konnte.

»Sie halten das nicht für wahrscheinlich, oder, Ma'am?« sagte Gracie und studierte Charlottes Gesicht aufmerksam. »Sie glauben eher, daß es Mr. Fielding war, der, den Mrs. Ellison so gern hat.«

»Ich weiß es nicht, Gracie. Natürlich könnte es Mr. O'Neil gewesen sein. Ich wünsche es mir fast… Es wird Mama schrecklich weh tun, falls es Mr. Fielding war. Aber wenn doch nicht…« Sie seufzte schwer und unterließ es auszusprechen, was ihr im Kopf herumging.

»Sie sollten sich nicht so viele Sorgen machen, Ma'am«, stieß Gracie mit kummervoll verzogenem Gesicht hervor und schien für einen Augenblick alle Messer der Welt vergessen zu haben. »Mrs. Ellison tut, was sie möchte, und nichts in der Welt, was Sie oder der Master ihr sagen können, ändert daran etwas. Aber ich verstehe schon, warum Sie rausfinden müssen, wer den Mord in der Farrier's Lane begangen hat. Mir geht es ja auch ständig im Kopf rum.« Sie bemühte sich nun nicht einmal mehr um den Anschein, als würde sie arbeiten, und legte das Tuch beiseite. Mit einem Ausdruck höchster Konzentration auf dem Gesicht sah sie zu Charlotte empor. »Der Junge, der Mr. Blaine die Nachricht zum Theatereingang gebracht hat! Wenn der Master mit ihm in Ruhe reden könnte, ohne die viele Polente außenrum, vielleicht könnt' er sich dann besser erinnern, wie der Mann ausgesehen hat.« Sie blinzelte hoffnungsvoll. »Die ersten Polizisten, die den Fall damals bearbeitet haben, die haben ihm wahrscheinlich gesagt, daß es Mr. Godman war. Und weil er einer von den Spitzbuben ist, die sich auf der Straße herumtreiben, wird er sich hüten, was anderes zu sagen als die Polente, oder? Aber jetzt, wo Sie wissen, daß es Mr. Godman nicht gewesen ist, vielleicht fällt ihm was ein, was uns weiterhilft?«

»Mr. Pitt hat schon mit ihm gesprochen«, sagte Charlotte mit einem bedauerndem Lächeln. »Er konnte auch nichts sagen, was ihm weitergeholfen hätte. Aber es war eine gute Idee, Gracie.«

»Oh.« Gracie nahm sich wieder des Messers und des Poliertuchs an, doch sie schien tief in Gedanken versunken und sprach den ganzen Morgen über kaum mehr ein Wort. Erst als sie mit dem Schälen der Kartoffel dem Gemüseputzen fürs Mittagessen begannen, sah sie wieder auf und streifte Charlotte mit einem besorgten Blick.

»Sie gehen morgen mit diesen Harrimores ins Theater?«

»Ja.«

»Aber seien Sie vorsichtig, Ma'am! Wenn Mr. O'Neil es getan hat, dann ist ein sehr böser Mensch, dem alle egal sind, außer er selbst. Fragen Sie lieber nicht zuviel.«

»Ich werde sehr vorsichtig sein, Gracie«, versprach Charlotte, doch in ihrer Magengegend schien sich ein merkwürdig leeres Gefühl eingenistet zu haben, und ihr Kehle war seltsam trocken.

Charlotte fühlte sich schuldig, weil Pitt zu dem Besuch im Theater nicht eingeladen war, denn es versprach ein kurzweiliger und aufregender Abend zu werden – abgesehen von den Informationen, die sie den Harrimores oder O'Neils möglicherweise entlocken würden. Doch wenn Pitt dabeigewesen wäre, hätte dies das abrupte Ende einer jeden Unterhaltung mit den Harrimores und O'Neils bedeutete – jetzt und in aller Zukunft.

So kostete es Charlotte eine gewisse Willensanstrengung, neben Caroline und hinter Kathleen O'Neil – an Devlins Arm – und Adah, die sich schwer auf Prosper stützte, die breite Eingangstreppe des Theaters hinaufzusteigen. Obwohl Prospers hinkender Gang auffiel, schien er keinerlei Schmerzen in seinem Fuß zu haben. Anscheinend war die Ursache seiner Behinderung eine angeborene Deformation und nichts, das er sich zugezogen hatte.

Im Foyer drängten sich die Menschen. Die Kronleuchter funkelten gleißend, so daß man kaum nach oben sehen konnte, und sandten Kaskaden von Licht über die festlich gekleidete Menge. Juwelen glitzerten in kunstvoll aufgetürmten Frisuren, an Armen, Hälsen und Dekolletés. Federn wippten hektisch, wenn sich Köpfe drehten. Bleiche Schultern schimmerten weiß zwischen Roben und Stolen aus Seide, Taft, Voile und Samt, die wie bunte Blumen in allen Farbnuancen von Lilienweiß über Blaßrosa, Altrosa und Apricot bis hin zu kräftigem Rot, Magenta und Blau zwischen dem nüchternen Weiß und Schwarz der Cutaways und Gehröcken leuchteten.

Dichtes Stimmengewirr erfüllte die Halle wie das Summen eines Bienenschwarms, das Rascheln und Flüstern von Seide überall und hin und wieder ein Lachen, das emporflatterte.

Auf der Treppe zu den Rängen wandte sich Charlotte noch einmal um und sah zurück, um all dies in sich aufzusaugen – die Beschleunigung des Pulses, das überschäumende Leben, die aufgeregte Erwartung, als wüßten tausend Menschen, daß etwas Aufregendes geschehen wird.

Caroline zupfte an ihrem Arm, und Charlotte folgte ihr gehorsam die Treppenflucht hinauf und dann durch den breiten, geschwungenen Korridor zur Loge der Harrimores, wo ihr und Caroline als Gästen die Mittelsitze zwischen Adah zu ihrer Linken und Kathleen zu ihrer Rechten angeboten wurden. Die beiden Männer saßen auf den etwas zurückversetzten Außensitzen. Es waren noch fünfzehn oder zwanzig Minuten bis zum Beginn der Vorstellung. Zu sehen, wie die anderen Theatergäste nach und nach eintrafen und ihre Plätze einnahmen, machte einen Großteil des Vergnügens bei einem Anlaß wie diesem aus – und natürlich auch, selbst gesehen zu werden.

Eine sehr schöne junge Frau in einem Traum von Abendkleid in der gewagten Kombination von Fuchsienrosa und zartestem Blaßrosa schritt unter ihnen den Zwischengang im Parkett hinab, das üppige schwarze Haar zu einer kunstvoll verschlungenen Frisur aufgetürmt. Sie bewegte sich mit großer Anmut, vielleicht mit einer Spur provozierender Selbstgefälligkeit im Schwung ihrer Hüften, und auf ihrem Gesicht lag ein winziges Lächeln, während sie, nach links und dann wieder nach rechts blickend, den Gang hinabschritt.

»Wer ist das?« fragte Charlotte flüsternd.

»Ich weiß es nicht«, flüsterte Caroline zurück. »Aber sie ist äußerst attraktiv.«

Kathleen entschlüpfte ein leises Kichern, das sie jedoch sogleich unterdrückte.

»Das ist niemand«, antwortete Adah gallig. »Sie ist ein Niemand.«

Charlotte war einigermaßen verwirrt.

Adah beugte sich mit einem Ausdruck von Abscheu und Amüsiertheit auf dem Gesicht zu ihr.

»Solche Frauenspersonen scharwenzeln immer wieder an einem vorüber, aber man sieht sie nicht. Für eine Dame sind sie unsichtbar.«

»Oh – oh, ich verstehe… Sie ist…«

»Richtig.« Adah machte eine verdeckte Handbewegung in Richtung einer der Logen ein Stück weiter vorn. »Das dort drüben ist Mrs. Langtry – die Jersey Lily.«

Charlotte gab sich keine Mühe, ihr Schmunzeln zu verbergen. »Hat eigentlich irgend jemand schon einmal Mr. Langtry zu Gesicht bekommen? Ich habe noch nie gehört, daß irgendwann auch sein Name erwähnt worden wäre.«

»Ich schon«, gab Adah spitz zurück, »aber ich werde mich hüten zu wiederholen, was da gesagt wurde. Der arme Mann.«

Sie meinte offenbar, was sie gesagt hatte, und Charlotte drang nicht weiter in sie. Statt dessen ließ sie ihren Blick über die Reihen der Logen rechts und links schweifen auf der Suche nach interessanten Gesichtern und Menschen. Sehr bald schon fiel ihr auf, daß die meisten der Gesichter, über die ihr Blick glitt, einer bestimmten Loge schräg gegenüber der Ihren zugewandt waren, in der ein ständiges Kommen und Gehen von Männern und Frauen herrschte. Vor allem die Männer waren nach der neuesten Mode gekleidet, obgleich es nicht so leicht zu sagen war, nach welcher Mode. Sie trugen ihr Haar länger, als es üblich war, waren glatt rasiert und trugen nachlässig geknüpfte Halsbinden, die aus den Krägen quollen. Dennoch vermittelten sie eine Eleganz, eine selbstsichere, beinahe an Herablassung grenzende Nonchalance, die nicht zu übersehen war.

»Was sind das für Leute?« fragte Charlotte interessiert. »Sind das Kritiker?«

»Das bezweifle ich«, mischte sich Devlin mit einem Lächeln ein. »Schauspieler zeigen sich zwar meist sehr gut angezogen in der Öffentlichkeit, aber oft eine Spur konventioneller als diese Menschen. Das sind höchstwahrscheinlich Leute, die sich selbst zum Club der Schöngeister zählen, die zwar sehr hübsch über Kunst parlieren können, aber nicht unbedingt selbst welche schaffen. Ich habe gehört, Mr. Gilbert hat sie in seiner Oper *Patience* ganz schrecklich durch den Kakao gezogen. Sie müssen sie sich unbedingt ansehen; sie ist überaus unterhaltsam, und die Musik ist ganz wunderbar.«

»Das werde ich ganz bestimmt.« Sie erwiderte sein Lächeln freundlich, doch dann erinnerte sie sich wieder siedend heiß daran, weshalb sie hier war. Einen kurzen Augenblick lang wurde ihr die ganze Farce der Situation bewußt: Sie hatten ihre allerbesten und festlichsten Kleider angelegt, er seinen schwarzen Frack mit goldenen Manschettenknöpfen und Kragenknöpfe aus Onyx und Perlmutt, sie ein von Caroline geliehenes und nach einem modischeren Zuschnitt umgeändertes Kleid in dunklem Bordeaux, das ihr wirklich ganz ausgezeichnet stand – was sie auch genau wußte –, mit einem tiefen Dekolleté und einer nur kleinen und ganz dezenten Tournüre. Sie waren als Gäste von Prosper Harrimore hier und warteten darauf, daß sich der Vorhang vor der Bühne hob, auf der die Schauspieler eine Sittenkomödie inszenieren und Worte sprechen würden, die sie nicht ernst meinten – weder die Schauspieler unten auf der Bühne noch sie hier oben auf den Rängen. Und während der ganzen Zeit verfolgte sie kein anderes Ziel, als herauszufinden, ob er derjenige gewesen war, der Kingsley Blaine getötet und gekreuzigt und dann zugelassen hatte, daß Aaron Godman dafür gehängt wurde.

Devlin O'Neil sah sie erwartungsvoll an.

Sie zwang sich, den Blick abzuwenden, ließ ihn über den dicht gefüllten Zuschauerraum schweifen und über die Reihen der Logen in rotem Plüsch, die nun ebenfalls besetzt waren mit erwartungsvollen Menschen, die blassen Gesichter der Bühne zugewandt wie Blumen der Sonne. Ihre eigenen Dramen und Tragödien waren für den Augenblick vergessen. Lillie Langtry rückte ein Stück näher an die Balustrade – nicht nur, um besser sehen zu können, sondern auch, um besser gesehen zu werden. Sogar die Schöngeister schienen einander für kurze Zeit vergessen zu haben und hatten die Gesichter der Bühne zugewandt.

Was für eine außergewöhnliche Versammlung von Menschen, die hier für ein paar Stunden einer genau einstudierten und formelhaften Scheinwirklichkeit zusammengekommen waren, die gemeinsam – und doch jeder auf unsägliche Weise allein – gebannt auf ihren Stühlen verharrten, gefesselt von der Macht der Illusion, die eine Handvoll Männer und Frauen in geborgten Kostümen und mit geborgten Worten in Szene setzten.

Das Gemurmel der Stimmen erstarb, und erwartungsvolle Stille senkte sich herab, in die nur das flüsternde Rascheln der Roben sickerte und hier und dort das leise Knarren von Fischbein. Der Vorhang hob sich. Ein Seufzen wie ein Windhauch, der durch eine Baumkrone streicht, ging durch den dunklen Zuschauerraum. Die Scheinwerfer schälten Tamar Macaulay aus dem Dunkeln, die alleine in der Mitte der Bühne stand. Sie stand völlig reglos, eine kleine zierliche Gestalt, und dennoch strahlte sie eine Faszination aus, die jedermanns Blicke fesselte. Selbst Lillie Langtry vergaß für einen Augenblick ihre Bewunderer und blickte gebannt. Tamar besaß weder Lillies Schönheit noch deren Ruhm, doch sie verfügte über eine Gefühlstiefe, die beides übertraf, und in den kommenden Stunden gehörte das Publikum ihr.

Joshua Fielding trat auf die Bühne. Neben Charlotte erstarrte Caroline, hielt den Atem an und beugte sich ein wenig nach vorn. Das Drama nahm seinen Lauf.

Charlotte verfolgte zwar das Geschehen auf der Bühne, doch immer wieder wandte sie unauffällig den Blick, um die Gesichter in ihrer Loge anzusehen. Kathleen O'Neil saß anmutig und entspannt zurückgelehnt, ein verhaltenes Lächeln um ihre Lippen, den Blick unverwandt auf die Figuren auf der lichtüberfluteten Bühne unter ihr gerichtet. Charlotte versuchte den Ausdruck auf ihrem Gesicht zu ergründen, als sie Joshua ansah, doch weder in ihren glatten, ebenmäßigen Zügen noch in den etwas schräg gestellten Augen konnte sie etwas entdecken – weder Argwohn noch Verdacht. Falls sie tatsächlich Zweifel hegte über Aaron Godmans Schuld am Tod ihres früheren Mannes und sich fragte, welche Rolle Joshua dabei gespielt hatte, dann beschäftigten sie diese Gedanken im Augenblick nicht.

Dann kehrte Tamar auf die Bühne zurück, das Licht der Scheinwerfer grell auf ihrem Gesicht, während sie mit vor Gefühlen flammender Stimme ihren Monolog sprach.

Ein paar winzige Falten kräuselten Kathleens Stirn. Ihr Mund wurde schmal, und ihre Zunge berührte leicht ihre Lippen. Es hätte schon übermenschlicher Eigenschaften bedurft, sich an ihrer Stelle nicht zu fragen, was dies – dort unten im Scheinwerferlicht – für eine Frau war, welches Feuer in ihr brannte, daß ihr eigener Ehemann alles riskiert hatte, um bei ihr zu bleiben. Aber selbst jetzt, da sie alle Vorsicht aufgeben hatte und unverhohlen starrte, konnte Charlotte in Kathleens Gesicht keinen Haß erkennen oder den Wunsch nach Vergeltung, nur eine traurige Neugier. Und hinter ihr, auf der Lehne ihres Stuhls, ballte sich die Hand Prospers zur Faust, daß die Knöchel weiß hervortraten. Vielleicht konnte er ihrem Schmerz leichter Ausdruck geben als sie selbst.

Kathleen drehte das Gesicht und lächelte, ohne Charlottes Blick zu bemerken, Devlin O'Neil zu, der hinter Adah stand. Er lächelte zurück, mit einem warmen, liebevollen Blick, und ihr Lächeln wurde breiter, während sie das Gesicht wieder zur Bühne zurückwandte.

Wie lange war Devlin O'Neil schon in sie verliebt? Bereits vor Kingsley Blaines Tod? Es war ein häßlicher Gedanken, und Charlotte sträubte sich gegen seine Notwendigkeit. Sie mochte sie beide. Eine Tragödie war mehr als genug. Sie drehte sich nach Devlins Hand auf der Lehne von Adahs Stuhl um. Sie war feingliedrig und frisch manikürt; der Stoff seines Fracks war von exzellenter Qualität, das Hemd mit den goldenen Manschettenknöpfen aus Seide. Welche Hemden hatte er getragen, bevor er Kathleen geheiratet hatte?

Charlotte wandte den Blick ab und ließ ihn zu Adah hinüberwandern, deren Gesicht zu harten Linien irgendeiner Emotion gefroren war, die sie zutiefst beunruhigte. Es war nichts Neues; nichts, was sie unmittelbar bedrängte, nur ein alter Schmerz, den sie seit langem mit sich herumtrug. Er hatte sich schon so tief in ihre Seele und in ihr Gesicht eingegraben, daß es nur noch darum ging, ihn zu ertragen.

Was war es? Enttäuschung? Nein, dazu war es zu unmittelbar. Es war nicht Angst. Es war schwerer als Kummer.

Charlotte wandte ihren Blick wieder zur anderen Seite, dorthin wo hinter Caroline Prosper stand, die Hand noch immer auf Kathleens Stuhllehne. Sein breitflächiges Gesicht mit den tiefliegenden Augen und der schmalen Hakennase war der Bühne zugewandt, und er schien seine Familie und Gäste offenbar gänzlich vergessen zu haben. War es das Drama auf der Bühne, das ihn fesselte, oder Tamar Macaulay, die seiner Tochter den Mann gestohlen hatte?

Niemand achtete auf Charlotte oder die O'Neils oder Adah oder Prosper Harrimore. Nur Joshua Fielding agierte im Scheinwerferlicht.

Charlotte sah wieder zu Adah hinüber, und dann wußte sie mit einemmal, welche Emotion es war, die an ihr nagte: Schuld.

Weshalb?

Weil Prosper einen Klumpfuß hatte und sie sich die Schuld daran gab? War es diese lächerliche und groteske Vorstellung, ihr Mann habe sich mit einer Jüdin beschmutzt und dann sie damit verunreinigt und auf diese Weise die Verkrüppelung ihres Kindes verursacht?

Adah blickte sich um und bemerkte Charlottes starrenden Blick. Ihre Augen weiteten sich.

Charlotte schluckte mühsam und fühlte, wie sie rot wurde.

»Ich bin Ihnen so dankbar dafür, daß Sie uns eingeladen haben.« Sie zwang die Worte über ihre Lippen und fühlte sich wie die niedrigste Heuchlerin. »Es ist ein ganz wunderbares Stück. Was diese Frau alles für ihr Kind erleidet! Es ist sehr anrührend, muß ich sagen…« Sie verstummte. Die Worte klebten ihr auf der Zunge fest.

»Es freut mich, daß es Ihnen gefällt«, erwiderte Adah mit einiger Mühe. »Ja, es ist sehr beeindruckend.«

Schweigend verfolgten sie einige Minuten, vielleicht sogar eine Viertelstunde lang das Geschehen auf der Bühne, das ohne große Höhepunkte blieb, bis zum erstenmal das Kind auftrat. Charlotte hatte nicht erwartet, ein richtiges Kind auf der Bühne zu sehen, und war verblüfft, als es mit kleinen trippelnden Schritten die Szene betrat: ein schmaler, blonder Junge mit einem blassen, unschuldigen Gesichtchen. Er erinnerte Charlotte sehr stark an jemanden, den sie vor kurzem gesehen hatte, doch sie wußte nicht zu sagen, an wen. Er hatte auch keine Ähnlichkeit mit ihren eigenen Kindern: er war heller und zierlicher und hatte weicherer Gesichtszüge.

Dann hörte sie, wie Kathleen O'Neil scharf die Luft einsog, und sah, wie ihre Hand an ihren Mund flog, als wolle sie einen Schrei ersticken. Und Prosper Harrimores Fäuste auf dem Stuhlrücken hinter ihr ballten sich so heftig, daß seine Nägel durch seine Haut schnitten und ein dünner Faden Blut über sein Handgelenk tropfte.

Das Kind war Kathleens Tochter wie aus dem Gesicht geschnitten, nur daß es ein Junge war oder zumindest wie ein Junge gekleidet war. Sie mußten auch etwa im selben Alter sein, höchstens ein paar Monate auseinander. Der Junge blieb vor Tamar Macaulay stehen und sah zu ihr auf – zu seiner Mutter in dem Stück. Und auch im wirklichen Leben?

Kingsley Blaines Kind mit einer Jüdin! Ein wunderschönes Kind mit lieblichem Gesicht und vollkommener Gestalt. Tamar mußte mit ihm schwanger gewesen sein, als Kathleen ihre Tochter unter dem Herzen trug.

Mit einem plötzlichen Gefühl der Übelkeit verstand Charlotte mit einemmal Adahs Schuld und die Angst, die sie zuvor in ihren Augen gesehen hatte; und sie verstand auch, welcher Art die Gefühle waren, die Prosper Harrimore veranlaßten, die Fäuste so sehr zu ballen, das sie bluteten.

Es war nicht Aaron Godman gewesen, der Kingsley Blaine umgebracht hatte, auch nicht Joshua Fielding aus Eifersucht oder Devlin O'Neil, um Kathleen für sich zu gewinnen. Es war Prosper Harrimore gewesen, aus Haß und Angst vor dem, was anders war und das er für seine Mißbildung, seine Verkrüppelung verantwortlich machte. Und weil seine eigene Tochter von ihrem Mann wegen einer Jüdin hintergangen wurde, während sie sein Kind unter dem Herzen trug, ein Kind, das wieder unvollkommen und mißgestaltet sein würde.

Es gab keinen Beweis, nichts, das ihr mit absoluter Sicherheit sagte, daß es so war – außer ihrer eigenen tiefsten Überzeugung. Doch sie hatte keine Zweifel. Es stand dort in Adahs Gesicht geschrieben und auch auf seinem, das düster auf das Kind im Scheinwerferlicht hinabstarrte.

11. Kapitel

»Harrimore?« knurrte Drummond ungläubig. »Das ergibt keinen Sinn, Pitt! Weshalb, um Himmels willen?« Er stand vor dem Bücherschrank in seinem Büro. Ein kräftiges Feuer brannte im Kamin und verbreitete eine angenehme Wärme. »Es ist durchaus möglich, daß er dahintergekommen ist, daß Blaine seine Tochter betrogen hat, aber kein normaler Mensch bringt deshalb jemanden um! Er hätte ihn auch mit anderen Mitteln davon abhalten können. Schließlich war Blaine materiell von ihm abhängig.« Er faßte Pitt scharf ins Auge. »Und erzählen Sie mir nicht, er hat Blaine im Hof eines Hufschmieds in der Farrier's Lane gestellt, und es ist zum Kampf gekommen. Das ist Unsinn. Er hätte ihn auch zu Hause im eigenen Wohnzimmer weitaus bequemer damit konfrontieren können. Der Mann hat in seinem Haus gewohnt. Er brauchte sich nicht eine komplizierte Scharade auszudenken, um Blaine mitten in der Nacht in die Farriers' Lane zu locken. Und Sie werden mir bessere Argumente liefern müssen, als zu behaupten, Prosper Harrimore sei nicht richtig im Kopf. Er ist ein allseits respektiertes und hochangesehenes Mitglied der Londoner Geschäftswelt.«

Pitt lächelte sparsam. »Sie haben all die Argumente entkräftet, die ich nicht angeführt habe«, erwiderte er.

»Was?« Drummond runzelte ungehalten die Stirn. Er war langsamer von Begriff als gewöhnlich. Pitt war klar, daß er nicht mehr mit ganzem Herzen bei dem Fall war.

»Ich sagte, Sie haben all die Gründe entkräftet, die ich nicht genannt habe«, wiederholte er.

»Oh. Und welche Gründe hatte nach Ihrer Meinung Harrimore, seinen Schwiegersohn umzubringen? Wie sind Sie überhaupt zu dieser Schlußfolgerung gekommen? Das haben Sie mir bisher verschweigen.«

Pitt biß sich auf die Unterlippe und blinzelte betreten.

»Das ist weniger leicht zu erklären. Eigentlich war es Charlotte.« Er warf Drummond einen schnellen Blick zu, sah jedoch nicht die Ungeduld, die er erwartet hatte. Er holte tief Luft und fuhr fort: »Sie hat die Bekanntschaft mit Adah Harrimore, Prospers Mutter, gesucht und gepflegt und einige längere Gespräche mit ihr gehabt. Wir wußten, daß die alte Dame sehr tiefsitzende Vorurteile gegen Juden hat, aber wir dachten, ihr Haß gegen Juden rühre daher, daß sie überzeugt war, ein Jude hätte den Mann ihrer Enkeltochter auf ganz bestialische Weise umgebracht.« Er schob die Hände tiefer in seine Hosentaschen, etwas, das er sich in Gegenwart eines anderen Vorgesetzten niemals erlaubt hätte.

»Viele Leute, die ihn nicht einmal gekannt haben, haben damals Ähnliches empfunden. Aber wie es scheint, stammen ihre antisemitischen Resentiments aus viel früherer Zeit, wahrscheinlich sogar aus ihrer Kindheit. Sie glaubt, Juden sind unrein und schuld daran, daß Christus ans Kreuz geschlagen wurde.«

»Das sind sie ja auch«, stieß Drummond hervor und sah Pitt mit besorgten Blick an.

»Natürlich sind sie das«, erwiderte Pitt. »Aber nicht nur die Schuldigen, fast alle, die in dieser Geschichte eine Rolle spielen, sind Juden! Die Schlechten und die Guten, die Schuldigen und die Unschuldigen. Sogar Christus selbst war ein Jude. Und Maria und Maria Magdalena und die Apostel. Und die Propheten im Alten Testament ebenfalls.«

»Ja, vermutlich...« Drummond machte ein Gesicht, als sei ihm der Gedanke völlig neu. »Aber was hat das mit Adah Harrimore zu tun oder gar mit Prosper?«

»Sie ist zutiefst davon überzeugt, wie übrigens einige andere Leute auch«, begann Pitt mit einiger Verlegenheit, »vor allem Hunde- und andere Viehzüchter, die mit ihren Tieren Preise gewinnen wollen – was ich übrigens aus meiner Kindheit auf dem Land weiß –, daß eine reinrassige Hündin, die ausreißt und von einer Promenadenmischung gedeckt wird...«

»Pitt! Herrgott, Mann!« explodierte Drummond. »Wovon, zum Teufel, reden Sie überhaupt?«

»Daß diese Hündin für immer verdorben ist«, beendete Pitt

den Satz. »Und alle Würfe, die die Hündin danach hat, sind ebenfalls verdorben.«

»Ich fürchte fast, Sie wissen genau, wovon Sie reden.«

»Ja. Adah Harrimore glaubt fest daran, daß eine Frau, die mit einem Juden Verkehr gehabt hat, für immer beschmutzt und unrein ist. Und jedes Kind, das sie danach haben wird, mißgestaltet sein wird.«

»Und weshalb sollte das beweisen, daß Prosper Harrimore der Mörder von Kingsley Blaine ist?« erkundigte sich Drummond ungeduldig.

»Weil Adahs Ehemann sie mit einer Jüdin betrogen hat, als sie mit Prosper schwanger war – und er mit einem verkrüppelten Fuß geboren wurde«, erklärte Pitt müde. »Sie ist überzeugt, daß die Mißbildung des Jungen eine direkte Folge der Affäre ihres Mannes mit dieser Jüdin war. So hat sie es Prosper erklärt. Er glaubt, er ist deshalb körperlich behindert, weil sein Vater sich mit einer Jüdin eingelassen hat. Und als er sah, daß Kingsley Blaine im Begriff war, seine Tochter, die ebenfalls schwanger war, mit einer Jüdin zu hintergehen, hat er zu gewalttätigen Mitteln gegriffen, um dies zu unterbinden, ehe sein Enkel verkrüppelt und seine Tochter für immer unrein sein würde.«

»Großer Gott!« Drummond schüttelte den Kopf. »Das habe ich nicht gewußt. Ist da was Wahres dran? Kann das Erbgut tatsächlich auf diese Weise für immer verdorben werden?«

»Nein, natürlich nicht!« erwiderte Pitt zornig. »Das ist lächerlich und abergläubischer Unsinn. Aber es gibt eine Menge dummer Leute, die das glauben, und die Harrimores gehören dazu. Adah Harrimore hat es Charlotte gegenüber zugegeben.«

Drummond war betreten und wurde rot, weil er diesen Unsinn tatsächlich in Betracht gezogen hatte, wenn auch nur für einen Augenblick.

»Sie hat alles zugegeben?« fragte er verblüfft.

»Sie hat zugegeben, daß sie der Überzeugung ist, Juden sind unrein«, erwiderte Pitt. »Und daß das die Ursache für Prospers Verkrüppelung ist.«

Drummond seufzte. »Aber Sie haben keinen Beweis dafür, oder doch?«

»Nein. Noch nicht.«

»Nun, Pitt, dann sollten Sie zusehen, daß Sie welche finden. Ich denke, ich werde mit niemandem darüber sprechen, ehe wir nichts Zwingendes in Händen haben.«

»Ich werde tun, was ich kann. Ich fange noch mal beim Portier des Theaters an; vielleicht kann er sich an einiges noch genauer erinnern.« Er ging zur Tür und war bereits im Begriff, sie zu öffnen, als Drummond erneut das Wort ergriff.

»Pitt.«

Pitt drehte sich um. »Ja, Sir?«

»Wenn dieser Fall abgeschlossen ist, werde ich in Pension gehen. Ich habe es dem Stellvertretenden Commissioner bereits mitgeteilt. Ich werde Sie als meinen Nachfolger empfehlen. Ehe Sie Ihre Bedenken aussprechen, will ich Ihnen sagen, daß es nicht nur Schreibtischarbeit sein wird. Sie können mehr oder weniger selbst bestimmen, woran Sie arbeiten.« Ein winziges, sparsames Lächeln erschien auf seinem Gesicht, doch es verriet auch Sympathie und Respekt. »Sie werden allerdings niemanden haben, auf den Sie sich völlig verlassen können, wie ich es in Ihnen hatte. Sie werden einen Großteil der Ermittlungen in den wichtigeren Fällen selbst übernehmen müssen, vor allem in solchen, die politisches Fingerspitzengefühl verlangen. Sagen Sie jetzt nicht nein, ehe Sie nicht in Ruhe darüber nachgedacht haben.«

Pitt schluckte mühsam. Er brauchte eigentlich nicht überrascht zu sein, doch er war es. Er hatte geglaubt, Drummonds Stimmung würde wieder verfliegen, doch jetzt begriff er, daß seine Entscheidung mit Eleanor Byam zu tun hatte und endgültig war.

»Danke, Sir«, sagte er leise. »Ich werde Sie sehr vermissen.«

»Vielen Dank, Pitt.« Drummond blinzelte verlegen und geschmeichelt und wirkte irgendwie verletzlich. »Ich nehme fast an, ich werde von Zeit zu Zeit vorbeisehen und Sie besuchen. Ich…« Er verstummte – unsicher, wie er fortfahren sollte.

Pitt lächelte. »Ja, Sir.« Er blickte in Drummonds Augen und

wußte, daß Drummond verstand, und daß es besser ungesagt blieb. »Ich werde jetzt gehen und den Portier aufsuchen.«

Micah Drummond fühlte sich unendlich erleichtert, beinahe schwindelig vor Leichtigkeit – nun, wo er nicht nur endlich eine Entscheidung getroffen, sondern sich auch zu ihr bekannt hatte. Er hatte es Pitt gesagt. Es gab keine Möglichkeit mehr, es auf ehrenhafte Weise wieder rückgängig zu machen. Finanziell würde es nicht gravierend ins Gewicht fallen. Er würde natürlich weniger Geld zur Verfügung haben, weil er ohne sein Gehalt auskommen mußte. Für Pitt würde es eine erhebliche Verbesserung bedeuten, doch für Drummond war sein Gehalt immer nur ein angenehmes Zubrot gewesen, auf das er nie wirklich angewiesen war. Er hatte eine beträchtliche Erbschaft gemacht und die Position eines Gentleman von Stand erlangt – nicht durch Beförderung auf dem Dienstweg, sondern durch Ernennung aufgrund seiner militärischen Erfahrung, seiner administrativen Fähigkeiten und vor allem, weil er ein Gentleman von Stand war, zuverlässig und fähig, andere zu führen, und zur selben Klasse gehörend wie jene, die ihn erwählten.

Mit Pitt würde das etwas ganz anderes sein, doch aus einigen vertraulichen Gesprächen wußte er, daß diejenigen, die im Innenministerium die Macht hatten, Pitts Berufung in das Amt gutheißen würden.

Natürlich würde es auch welche geben, die nicht damit einverstanden sein würden, die einem Mann, der aus der Arbeiterklasse stammte, immer mißtrauten. Er würde niemals einer von ihnen sein; das war etwas, das man nur durch Geburt erlangen konnte. Doch es war an der Zeit, daß Männer, die mit der Lösung von wichtigen Kriminalfällen betraut waren, dies als Beruf ausübten und nicht nur als Amateure, so hochgeachtet und fähig sie auch sein mochten.

Keine fünfzehn Minuten nachdem Pitt gegangen war, griff Drummond nach seinem Hut, Mantel und Stock und verließ ebenfalls sein Büro. Am Nachmittag war alles erledigt. Er hatte sein Rücktrittsgesuch eingereicht, das in vier Wochen

Gültigkeit erlangen würde, und es war mit einigem Widerstreben akzeptiert worden. Und wie ihm schon vor einiger Zeit zugesichert worden war, würde Thomas Pitt zu seinem Nachfolger ernannt werden. Das war nicht ohne Kampf geschehen und hatte ihm mehr politisches Lavieren abverlangt als irgend etwas jemals zuvor in seinem Leben. Doch nun strebte er mit federndem Schritt und hoch erhobenem Kopf die Whitehall hinab, ohne den bitterkalten Wind zu spüren, der durch die Straßen fegte. Er bog in die Parliament Street und rief mit lauter Stimme eine vorbeirollende Droschke an den Rinnstein.

Der Droschker brachte seine Rösser zum Stehen. »Ja, Sir?«

Drummond nannte Eleanor Byams Adresse und stieg ein. Mit wild klopfendem Herzen lehnte er sich zurück. Nun würde er sich Gewißheit verschaffen. Wenn er sie jetzt fragte, würde ihr keine andere Antwort übrigbleiben, außer seinen Antrag anzunehmen oder ihm klipp und klar zu sagen, daß er für sie als Ehemann nicht in Betracht kam. Jedweder Ausrede, eine Verbindung mit ihr würde ihn seine berufliche oder gesellschaftliche Position kosten, war nun die Basis genommen. Wieder und wieder ließ er sich die Situation durch den Kopf gehen, während die Droschke durch dichten Verkehr nach Osten ratterte. Er überlegte jedes einzelne Argument, das sie anführen könnte, und wie er es entkräften würde. Doch die ganze Zeit über wußte er in einem verborgenen Winkel seines Gehirns, daß Worte nichts ändern würden. Entweder sie wollte ihn, und in diesem Fall bedurfte es keiner Worte, oder sie wollte ihn nicht, was ohnehin jedes Argument überflüssig machen würde. Man kann niemanden zur Liebe überreden.

Trotzdem beschäftigte sich die Oberfläche seines Gehirns mit dem Aneinanderreihen von Worten. Vielleicht war es nur eine Art von Betäubung, bis er bei ihr sein würde und die Würfel fielen. Worte waren einfacher als Gefühle, weniger schmerzlich und in vieler Hinsicht weniger real.

»Wir sind da, Sir!« Die Stimme des Droschkers unterbrach seine Gedanken und holte ihn jäh in die Gegenwart zurück. Er stolperte nach draußen.

»Vielen Dank.« Er bezahlte den Mann großzügig, gleichsam als ein abergläubisches Opfer an die Göttin des Glücks. Und bevor er Zeit finden konnte, einen Gedanken zu fassen und erneut zu zweifeln, klopfte er an die Tür.

Wie immer wurde sie von dem griesgrämigen Hausmädchen geöffnet.

»Oh – Sie sind's«, schnaubte sie und verzog den Mund. »Sie sollten besser hereinkommen, obwohl ich nicht weiß, was Mrs. Bridges dazu sagen wird. Dies ist ein ehrbares Haus, und sie mag es nicht, wenn ihre Mieterinnen regelmäßig Besucher empfangen. Und schon gar nicht, wenn es sich um Verehrer handelt.«

Drummond wurde rot. »Dienstmädchen haben Verehrer«, knurrte er barsch. »Damen haben einen Kavalier oder – wenn er vorhat, um ihre Hand anzuhalten – einen Bräutigam. Wenn Sie Ihre Stelle behalten wollen, würde ich Ihnen empfehlen, sich die Unterschiede zu merken und sich einen anderen Ton anzugewöhnen!«

»Oh! Nun, ich…«

Doch sie kam nicht weiter. Er schob sie zur Seite und ging mit entschlossenen Schritten durch die Halle und den Korridor zu Eleanors Räumen. Lauter, als er beabsichtigt hatte, klopfte er an die Tür, und beinahe im selben Augenblick hörte er auf der anderen Seite Schritte. Die Tür ging auf, und Eleanors Mädchen stand mit fragendem Blick vor ihm. Auf ihrem Gesicht malte sich Freude, fast Erleichterung, als sie ihn erkannte.

»Oh, Sir, ich bin so froh, daß Sie wieder einmal vorbeisehen. Ich hatte solche Angst, Sie würden nicht wiederkommen.«

»Ich habe Ihnen doch versprochen, daß ich wiederkommen würde«, erwiderte er mit leiser Stimme und empfand eine enorme Zuneigung zu dieser Frau für ihre Loyalität. »Ist Mrs. Byam zu Hause?«

»O ja, Sir. Sie geht ja nie irgendwohin. Sie hat ja auch niemanden und nichts, wohin sie gehen könnte.«

»Würden Sie sie fragen, ob sie mich empfängt?«

Sie lächelte und spielte das Spiel weiter. »Selbstverständlich, Sir. Wenn Sie bitte warten wollen.« Es gab kein Morgenzimmer und keine Bibliothek, nur einen winzigen Vorraum, kleiner als eine Diele, in dem er, wie von ihm verlangt, wartete, während sie im Wohnzimmer verschwand. Wenige Augenblicke später kam sie mit strahlendem Gesicht zurück.

»Ja, Sir. Wenn Sie mir bitte folgen.« Sie nahm seinen Hut, Mantel und Stock und hängte sie an die Garderobe, dann ging sie ihm in das kleine, von Eleanors Sachen vollgestellte Wohnzimmer voran. Er hörte nicht einmal, wie sie sich zurückzog.

Eleanor stand am Fenster, und er wußte sofort, daß sie von ihrem Sessel aufgestanden war, weil sie sich dort in einer ungünstigen Position fühlte. Auf eine ganz subtile Weise hatte sie Angst vor ihm.

Anstatt ärgerlich darüber zu sein, empfand er Mitgefühl. Auch er hatte Angst. Angst vor dem Schmerz, den sie ihm zufügen würde, wenn sie nein sagte.

»Wie schön, Sie zu sehen, Micah«, sagte sie mit einem Lächeln. »Sie sehen sehr gut aus, trotz des scheußlichen Wetters. Macht der Fall endlich Fortschritte?«

»Ja«, erwiderte er einigermaßen überrascht. »Ja, das tut er. Pitt weiß, wer es getan hat und weshalb.«

Ihre dunklen Augenbrauen wölbten sich. »Wollen Sie damit sagen, es war nicht Aaron Godman?«

»Nein, er war es nicht.«

»Oh... Der arme Mann.« Ihre Stimme war kaum mehr als ein Flüstern, und ihr Gesicht war bleich vor mitempfundenem Schmerz. »Wie furchtbar!« Sie starrte aus dem Fenster auf die regennassen Mauern des Nachbarhauses. »Ich war schon immer der Meinung, Hängen sei barbarisch. So etwas macht es doppelt so schlimm. Wie muß seiner Familie zumute sein?«

»Sie wissen es noch nicht. Noch können wir nicht beweisen, wer der Täter war.« Drummond verspürte den Wunsch, zu ihr zu gehen, doch dazu war es noch zu früh. Mit einer schieren Willensanstrengung zwang er sich zu bleiben, wo er war. »Ich bin mir ziemlich sicher, daß Pitt recht hat – vielmehr Charlotte. Sie war es, die auf die Lösung kam. Aber wir haben noch keine Beweise, nichts, was die Geschworenen überzeugen würde.«

»Aber Godman ist unschuldig?«

»O ja. Die Beweise dafür dürften ausreichen.«

Sie streifte ihn mit einem schnellen Blick. »Was wollen Sie jetzt unternehmen?«

Diesmal lächelte er. »Sehr wenig. Pitt wird etwas unternehmen.«

»Ich verstehe nicht... Ich weiß, daß Pitt in dem Fall die Ermittlungen vor Ort durchführt. Ich erinnere mich, daß Sie das gesagt haben, aber die letzte Entscheidung liegt doch bei Ihnen?« Ein Anflug von Selbstironie huschte über ihre Züge.

»Das hängt davon ab, wann der Fall endgültig gelöst ist, obwohl ich vermute, daß es nicht mehr lange dauern wird. Er ist wütend und angewidert genug, den Fall nun mit aller Entschlossenheit zu Ende zu bringen.«

»Trotzdem verstehe ich nicht. Ich habe das Gefühl, Sie meinen damit weit mehr, als Sie sagen.« In ihrer Stimme schwang eine Frage mit, und in ihre Augen trat Angst. »Wollen Sie es mir anvertrauen, oder...?« Sie ließ die Frage unbeendet.

»Ja – natürlich will ich das. Verzeihen Sie.« Es war lächerlich, mit ihr Spiele spielen zu wollen – oder mit sich selbst. Er holte tief Luft und ließ sie wieder entweichen. »Ich habe dem Commissioner mein Rücktrittsgesuch überreicht. In einem Monat, von heute an gerechnet, bin ich ein freier Mann. Und ich habe Pitt als meinen Nachfolger vorgeschlagen. Ich bin überzeugt, er wird das besser machen als jeder andere. Er wird Fehler begehen, aber ihm traue ich mehr als jedem anderen zu, etwas Positives zu bewirken.«

Sie sah erschreckt auf. »Sie haben ihren Rücktritt eingereicht? Aber weshalb? Ich weiß, daß Sie in letzter Zeit nicht mehr das Interesse für Ihre Arbeit aufgebracht haben, das Sie von sich selbst verlangen. Aber das kommt doch sicherlich wieder. Sie können doch nicht einfach alles aufgeben!«

»Doch, das kann ich. Vor allem, wenn es andere Dinge gibt, die mir mehr am Herzen liegen.«

Sie stand völlig reglos und sah ihn aus ernsten Augen an, in denen eine Frage stand.

Jetzt war der Augenblick gekommen. Es hatte keinen Sinn mehr, sich noch in Ausflüchte zu retten. »Eleanor, Sie wissen bereits, daß ich Sie liebe und daß ich mir nichts sehnlicher wünsche, als Sie zu heiraten. Als ich Sie neulich gefragt habe, haben Sie geantwortet, daß dies meine Karriere zerstören würde, und Sie sagten, das sei der Grund für Ihr Nein. Jetzt steht sie uns nicht mehr im Weg. Eine Heirat mit Ihnen kann mir nun in keiner Weise mehr schaden, sondern wird mich zum glücklichsten Menschen auf Gottes Erdboden machen. Sie können mich jetzt nicht mehr abweisen, es sei denn, es würde für Sie nicht das gleiche Glück bedeuten wie für mich…« Er verstummte, als er bemerkte, daß er alles gesagt hatte, was er zu sagen hatte. Das gleiche mit anderen Worten noch einmal zu sagen und sie zu sehr zu bedrängen, wäre taktlos gewesen.

Sie stand noch immer völlig reglos, doch ein Hauch von Röte hatte sich auf ihre Wangen gestohlen. Sie blickte ihn aus ernsten Augen an, und um ihren Mund spielte ein sanftes Lächeln. So standen sie mehrere Sekunden lang starr wie Statuen. Dann hob sie die Hand und streckte sie ihm entgegen, als wollte sie die seine ergreifen. Es war ein Ja; und als es ihm bewußt wurde, glaubte er, vor Glück ersticken zu müssen. Auf seinem Gesicht breitete sich ein strahlendes Lächeln aus, und sein Herz schlug ihm bis zum Hals. Er wollte singen und sein Glück hinausschreien, doch ein einziger Laut hätte alles verdorben. Er machte ein paar Schritte auf sie zu, nahm ihre Hand und zog sie sanft an sich. Zahllose Male hatte er sich danach gesehnt, dies zu tun, hatte es sich vorgestellt, in seiner Fantasie ausgemalt, und nun war sie in seinen Armen. Er konnte durch den Stoff des Kleids die Wärme ihres Körpers spüren, ihr Haar und ihre Haut riechen, die köstlicher und erregender dufteten als jedes Parfüm aus Lavendel oder Rosen.

Er küßte sie zärtlich, dann heftiger und schließlich mit ganzer Leidenschaft, und sie erwiderte seine Küsse mit einer Bereitwilligkeit, die er sich nie erträumt hätte.

Auch Gracie war zu einer Entscheidung gelangt. Sie würde helfen, diesen Fall zu lösen, und sie wußte auch schon, wie. Nicht in allen Einzelheiten – das würde warten müssen, bis sie ein wenig mehr herausgefunden hatte –, doch wie sie beginnen würde und was sie erreichen wollte, wußte sie sehr genau. Sie würde diesen nichtsnutzigen Straßenjungen finden, der sich weigerte, Pitt Näheres über den Mann zu erzählen, der ihm vor dem Theater die Nachricht für Kingsley Blaine gegeben hatte. Nach dem, was die Herrin erzählt hatte, hatte Aaron Godman Mr. Prosper Harrimore kein bißchen ähnlich gesehen. Erstens war Harrimore doppelt so alt wie Godman, und zweitens war er viel größer und massiger! Der Junge konnte gar nicht so blind oder ein solcher Schwachkopf sein, daß ihm so etwas nicht aufgefallen wäre; er mußte nur gezwungen werden, sich zu erinnern.

Es würde einige Zeit in Anspruch nehmen – einen Tag oder zwei mindestens, und es würde nicht leicht sein, sich eine gute Entschuldigung einfallen zu lassen, die man ihr auch abnahm. Aber sie war früher einmal eine ganz gute Lügnerin gewesen, und sie konnte es sicherlich wieder sein, wenn es um eine gute Sache ging. Sie hatte von Pitt bereits den Namen des Jungen erfahren und auch, wie und wo sie ihn finden konnte.

»Bitte, Ma'am«, sagte sie mit niedergeschlagenen Augen, »meiner Mam geht's nicht so gut. Kann ich 'nen Tag freikriegen, daß ich ihr 'n bißchen helfen kann? Ich komm', so schnell ich kann, zurück; wenn ich heute alles herrichte, kann ich dann morgen früh gehen? Ich steh' um fünf auf und mach die Öfen an und wisch' die Küche auf, bevor ich gehe. Und am Abend bin ich zum Abwaschen nach dem Dinner und zum Bettenmachen wieder zurück. Bitte, Ma'am.«

Das einzige, das ihr Schuldgefühle bereitete, war der besorgte Ausdruck in Charlottes Gesicht und die Bereitwilligkeit, mit der sie sie gehen ließ. Aber es ging schließlich um eine gute Sache. Und jetzt – bitte, lieber Gott, hilf mir – konnte sie diesen elenden Kerl suchen, um ihm das bißchen Verstand in seinem Schädel zurechtzurücken!

Sie eilte hinaus, ehe Charlotte irgendwelche Fragen stellen konnte, und machte sich mit Feuereifer an die Arbeit.

Am folgenden Morgen kroch sie um fünf Uhr aus dem Bett und stolperte, vor Kälte zitternd, durch das dunkle Zimmer. Sie schlich die Treppe hinab und schüttelte die Asche vom Vortag durch den Rost des Küchenofens, legte Holz in das Ofenloch und zündete es an. Als das Feuer brannte, legte sie einige stärkere Scheite nach und darauf ein paar Brocken Kohle. Dann wiederholte sie das gleiche im Wohnzimmerkamin. Als nächstes füllte sie einen Eimer mit Wasser, schrubbte den Küchentisch, dann den Boden, und als die Zeiger der Uhr auf sieben gingen, hatte sie auch das Wohnzimmer und die Diele gewischt und alles fürs Frühstück vorbereitet.

Viertel nach sieben, als draußen bereits der Tag graute und noch bevor Charlotte herabkam, um den Kessel aufs Feuer zu stellen, schlüpfte sie aus der Haustür. Im grauen Licht der Morgendämmerung, noch immer erhellt von den gelblichen Lichtpfützen der Straßenlaternen, eilte sie an den Zäunen der Vorgärten entlang in Richtung der Hauptstraße und der Omnibushaltestelle, von wo sie ihren Ausflug nach Seven Dials beginnen würde.

Sie war sich nicht so ganz sicher, wie sie vorgehen sollte, doch sie hatte Charlotte schon mehr als einmal auf ihren detektivischen Schnüffeltouren begleitet. Das Wichtigste dabei war, den richtigen Leuten die richtigen Fragen zu stellen, und vor allem kam es darauf an, die Fragen auf die richtige Weise zu formulieren. Was der Grund war, weshalb sie für diese Aufgabe besser geeignet war als Charlotte oder sogar Pitt. Sie würde Joe Slater als gesellschaftlich Gleichgestellte gegenübertreten, und sie war überzeugt, daß sie ihn deshalb auch besser verstehen konnte als jemand, der in einer anderen Gesellschaftsschicht groß geworden war. Sie würde sofort erkennen, wenn er log, und vielleicht sogar, weshalb.

Es war ein windstiller, aber bitterkalter Tag. Der Gehweg war naß und glitschig, und die Kälte biß durch den Stoff ihrer Kleider und den dünnen Schal bis auf die Knochen. Ihre alten Stiefel boten wenig Schutz vor der Eiseskälte der Pflastersteine.

Als der Omnibus endlich in Seven Dials hielt, stieg sie mit einigen anderen aus und sah sich um. Es waren nur hundert

Yards zu der Straße, von der Pitt gesprochen hatte, und sie schritt entschlossen aus. Es war eine schmale Gasse, in der sich linker Hand Buden, Stände und Handwagen aneinanderreihten, auf denen Gebrauchsgegenstände jedweder Art feilgeboten wurden, vor allem Stoffwaren, Kleidung und Lederzeug. Gracie wußte sehr wohl, daß hier kaum etwas neu war; nahezu alles war aus gebrauchten Sachen hergestellt, die aufgetrennt und wiederverarbeitet wurden. Selbst auf die Schuhe traf dies zu. Die Nähte alter Schuhe wurden aufgetrennt, das Leder neu zugeschnitten und vernäht.

Doch nun mußte sie ihre Aufmerksamkeit ganz darauf richten, Joe Slater aufzustöbern. Langsam, als suche sie nach etwas Bestimmtem, schlenderte sie an den Buden und Handkarren, an wackligen, aus ein paar losen Brettern zusammengefügten Tischen vorüber und ließ dabei den Blick unauffällig über die Gesichter schweifen. Manche Händler hatten ihre Waren nur auf einem Stück Tuch ausgelegt oder direkt auf dem Trottoir. Sie empfand nicht das Gefühl von Schuld, wie Pitt es beim Anblick der verhärmten Gesichter, der hohlen und hungrigen Augen dieser mageren, in ihren ärmlichen Kleidern vor Kälte zitternden Gestalten gefühlt hatte. Sie hatte die Armut nur zu bitter am eigenen Leibe erfahren. Ihre Gerüche und Geräusche, die ihr auch aus dieser Gasse entgegenwehten, waren ihr vertraut, und am liebsten hätte sie auf dem Absatz kehrtgemacht, um zur Bushaltestelle zurückzulaufen und auf dem schnellsten Weg nach Bloomsbury zurückzukehren. Dort warteten eine warme Küche auf sie und heißer Tee um elf und der Geruch von sauber geschrubbtem Holz und frischer Wäsche.

Die ersten paar Händler in der Gasse waren mittleren Alters oder Frauen, und sie ging, ohne ihre Schritte zu verlangsamen, mit abgewandtem Blick weiter, um nicht in ein Verkaufsgespräch gezogen zu werden. Als sie endlich einen jungen Burschen hinter einem Brett auf zwei Steinen entdeckte, sah sie sich ihn genau an, ehe sie etwas sagte.

»Willst du was kaufen oder stehst du nur da, um zu glotzen?« erkundigte er sich mißlaunig. »Kenn' ich dich?«

Gracie zuckte mit den Achseln und lächelte vorsichtig. »Ich weiß nicht… Du mich? Wie heißt du?«

»Sid. Und du?«

»Kennst du Joe Slater?«

»Warum?«

»Weil ich was von ihm kaufen will, natürlich. Weshalb sonst?« gab sie ebenso schnippisch zurück.

»Ich hab' auch 'ne Menge guter Sachen. Brauchst du Stiefel? Ich hab' einige Paar in deiner Größe hier.« Seine Stimme klang hoffnungsvoll.

Gracie ließ den Blick kritisch über die vor ihm aufgereihten Schuhe und Stiefel schweifen und schürzte die Lippen. Sie hätte gerne ein neues Paar Stiefel gehabt. Aber was würde Charlotte dazu sagen, wenn sie in Stiefeln herumlief, die aus altem Leder von Schuhen gemacht waren, die andere Leute weggeworfen hatten? Vielleicht würde sie es aber gar nicht bemerken. Wer sah schon hin, welche Schuhe sie unter ihren langen Röcken trug? Und alle ihre Röcke waren lang, weil sie so klein war.

»Vielleicht…«, sagte sie unentschlossen. »Was kosten die?«

Er hielt ein Paar hellbraune Stiefel hoch. »Einen Shilling, Fivepence, Halfpenny, weil du's bist.«

»Einen Shilling, Twopence, drei Farthings«, sagte sie wie aus der Pistole geschossen. Sie dachte nicht im Traum daran, seinen Preis zu zahlen.

»Einen Shilling, Fourpence, zwei Farthings«, gab er zurück.

»Einen Shilling, Twopence, drei Farthings, oder du kannst es gleich vergessen«, wiederholte sie bestimmt. Es waren sehr hübsche Stiefel, und die Farbe gefiel ihr auch. Soweit sie sehen konnte, war nur ein einziges Stück Leder dabei, das ein bißchen abgestoßen aussah. Sie tat so, als wende sie sich zum Gehen.

»Na schön! Einen Shilling und Threepence«, lenkte er ein. »Den einen Farthing wirst du ja wohl verschmerzen können.«

Sie kramte in ihrer tiefen Tasche und zog ihre Börse hervor. Sie zählte zwei Sixpence-Stücke und eine Threepenny-Münze heraus, behielt sie jedoch in der Hand.

»Wo kann ich Joe Slater finden?«

»Sind die Stiefel denn nicht gut genug für dich?«

»Wo ist er?« Ihre Finger schlossen sich um die Münzen.

»Lederschürzen, etwa zehn Stände weiter.« Er streckte die Hand nach dem Geld aus.

Sie gab es ihm, bedankte sich und nahm ihre neuen Stiefel.

Sie fand Joe Slater dort, wo Sid gesagt hatte. Mehrere Minuten lang beobachtete sie ihn unauffällig und überlegte, was sie zu ihm sagen und wie sie beginnen sollte. Er war ein magerer, knochiger Junge mit blondem Haar und vorsichtigen grauen Augen. Sein Gesicht gefiel ihr. Natürlich war das ein oberflächlicher Eindruck, und sie war darauf vorbereitet, sich eines Besseren belehren zu lassen, falls dies nötig sein sollte, doch auf den ersten Blick war etwas in seinem Gesicht, das ihr sympathisch war.

Sie gab sich einen Stoß. Sie hob das Kinn, straffte den Rükken und steuerte direkt auf ihn zu.

»Bist du Joe Slater?« fragte sie ohne Umschweife und mit fröhlich klingender Stimme, in der ihre Gewißheit mitschwang, daß er es war.

»Und wer bist du?« fragte er mit einem Anflug von Mißtrauen. Man mußte vorsichtig sein.

»Ich bin Gracie Awkins«, entgegnete sie offen. »Ich muß mit dir reden.«

»Ich bin hier, um zu verkaufen und nicht um mit kleinen Mädchen zu reden«, knurrte er. Aber er sagte das nicht grob, und in seiner Miene war nichts Unfreundliches.

»Ich halte dich ja nicht vom Verkaufen ab«, sagte sie. Und nun kam die Lüge: »Ich arbeite für eine Lady, die am Theater ist. Du könntest ihr helfen, wenn du möchtest.«

»Und was ist dabei für mich drin?«

»Ich weiß es nicht. Für mich auf jeden Fall nichts. Aber es könnte schon sein, daß für dich was dabei rausschaut. Sie ist nicht arm, und nett ist sie auch.«

»Und wieso ich? Was will sie, daß ich für sie tu?« Er verzog argwöhnisch das Gesicht. »Du versuchst, mir 'nen Bären aufzubinden?«

»Ich weiß Besseres mit meiner Zeit anzufangen, als bis hier raus zu fahren und jemanden zu suchen,von dem ich noch nie was gehört hab', bloß um ihm 'nen Bären aufzubinden!« Sie lachte spöttisch. »Du bist schon der Richtige, weil du der einzige bist, der es weiß.«

»Was weiß?« Er konnte seine Neugier nicht verhehlen.

»Wie das Gesicht von 'nem Mann aussieht, der jemanden umgebracht hat. Er hat ihn auf eine ganz gräßliche Art abgemurkst, und sie haben den Falschen dafür gehängt.«

Seine Miene verdüsterte sich, und ein abweisender, ärgerlicher Ausdruck trat in seine Augen.

»Du meinst den Mord in der Farriers' Lane, oder? Ich hab' schon alles, was ich weiß, den Polypen gesagt. Und ich sag' gar nix mehr – keinem. Ham dich die Polypen hergeschickt, daß du mich aushorchst? Herrgott, lassen einen die verdammten Bullensäcke denn nie in Ruhe?« Er sagte das voller Bitterkeit und mit starrem Gesicht, die Hände zu Fäusten geballt.

»Glaubst du?« gab sie spöttisch zurück und war wütend auf sich selbst, daß sie ihm die Laune verdorben hatte. »Klar – ich bin einer von den Oberschnüfflern. Ich seh nur so aus, wenn ich an einem Fall arbeite. In Wirklichkeit bin ich einsachtzig und stark wie ein Ochse. Ein richtiger Bulle eben, wenn du genau hinschaust – ich hab' bloß vergessen, meine Uniform anzuziehen.«

»Aah... Ein richtiger Spaßvogel, wie?« Er grinste breit. »Von der Polente bist du also nicht. Wieso willst du dann was über den Kerl wissen? Das ist Schnee von gestern, und ich will nix mehr davon wissen. Diese mistigen Scheißpolypen ham mich seitdem wie eine Ratte gejagt. Zuerst ham sie versucht, mir einzubleuen, daß ich einen Kerl gesehen hab', den ich nicht gesehen hab'. Sie ham mir fast den Arm dabei gebrochen.« Er rollte prüfend die Schulter, um zu sehen, ob sie noch immer schmerzte. »Hat noch Monate danach weh getan. Und wie der Prozeß losgegangen ist, ham sie mich wieder gekrallt. Ich hab' versucht, ihnen zu sagen, wie's war, aber sie ham mir gesagt, sie stecken mich wegen Klauen ins Loch – nach Coldbath Fields.« Er verzog finster das Gesicht. »Hast du 'ne Ahnung, wie viele Leute da drin an Flecktyphus verrecken? Sie nennens Knastfieber. Tausende! Sie stecken mich in 'ne Tretmühle, ham sie gesagt, eines von diesen Dingern, wo du keine Luft kriegst und andauernd laufen mußt, wenn du nicht runterfallen und dir die edelsten Teile zerquetschen willst. Ich sag keinem mehr auch nur ein Wort, wie das damals an dem Abend war. Und dir und deiner Lady aus'm Theater auch nicht. Und jetzt laß mich in Ruh' und geh jemand anderm auf den Sack, verdammt!« Er wedelte mit der Hand, wie um sie zu verscheuchen, und starrte sie aus zusammengekniffenen Augen wütend an.

Einen Moment lang war sie so verdutzt, daß sie um eine Antwort verlegen war. Sie versuchte es auch gar nicht; sie wußte genug von Leuten, die auf der falschen Seite des Gesetzes standen, und über die Machenschaften der Polizei, um ihm nicht zu glauben. Sie hatte einige Onkel und einen Bruder, hinter denen die Polizei hergewesen war, und sie hatte einen entfernten Vetter, der im Gefängnis gewesen war. Sie hatte ihn gesehen, als er rausgekommen war – ein abgestumpfter, vom Flecktyphus gezeichneter Mann mit furchtbaren Schmerzen in den Gelenken und einem schlurfenden, unsicheren Gang von der Tretmühle.

»Verdammt!« knurrte er noch einmal und barscher diesmal. »Ich kann dir gar nix sagen!«

Sie machte einen kleinen Schritt zurück, ein wenig verunsichert zwar, doch sie gab sich noch lange nicht geschlagen.

Ein Kunde blieb vor dem Stand stehen, und es entspannte sich ein minutenlanges Feilschen, ehe der Mann eine Lederschürze kaufte und ging. Dann kam noch einer, versuchte ebenfalls den Preis herunterzuhandeln und ging weiter, ohne etwas gekauft zu haben. Länger als eine Stunde stand Gracie neben dem Stand und sah zu, während sie immer ärger fror und ihre Finger ganz steif vom kalten Leder ihrer neuen Stiefel wurden, die sie in der Hand hielt.

Joe ließ seinen Stand allein und ging in die Seitenstraße, wo er sich an einer Bude Aalpastete kaufte. Sie folgte ihm und kaufte sich ebenfalls welche. Sie war heiß und scharf und schmeckte köstlich.

»Du brauchst gar nicht hinter mir herzulaufen«, brummte Joe, als er sie sah. »Ich sag dir gar nichts! Und zur Polente bringen mich keine zehn Pferde mehr.« Er seufzte und leckte sich die Soße von den Lippen. »Hör mir jetzt zu, du dummes Ding! Die Polente schwört, daß sie den richtigen Kerl erwischt hat. Sie haben ihn eingelocht und verurteilt! Die Stutzer und die Laffen vom Gericht waren zufrieden damit. Ham 'ne Menge rumgeredet, wie sie das immer machen. Sie ham gesagt, er ist schuldig, und es war richtig, ihn einzulochen, und dann ham sie das arme Schwein gehängt.« Er nahm einen kräftigen Bissen von seiner Pastete und sprach kauend und mit vollem Mund weiter. »Wenn du glaubst, die geben jetzt nachträglich zu, daß sie sich geirrt ham, weil ein Niemand von der Straße wie ich auf einmal behauptet, daß sie sich geirrt haben, dann bist du schief gewickelt und reif für Bedlam.« Er schluckte. »Deine Missis träumt und schadet sich nur selbst – und du genauso, wenn du so dumm bist, auf sie zu hören.«

»Aber er war's nicht, und…«, protestierte Gracie.

»Wen juckt das schon?« fiel er ihr unwirsch ins Wort. »Hör mir jetzt zu, du Einfaltspinsel! Es geht nicht darum, wer es getan hat. Worum's einzig und allein geht, is', wem sie die Schuld in die Schuhe schieben können, daß sie den Falschen gehängt ham. Und die Polente gibt nie und nimmer zu, daß sie was falsch gemacht hat – da kannst du Gift drauf nehmen.« Er fuchtelte dabei mit seiner Pastete wild in der Luft herum. »Denk mal drüber nach, falls du irgendwas im Kopf hast, außer Sägespänen! Und wer von den gepuderten Laffen vom Gericht wird schon zugeben, daß sie den Falschen an den Galgen geschickt haben? Keiner! Darauf kannst du dein gutes Geld wetten.«

»Aber ihnen bleibt gar nichts anderes übrig«, stieß sie grimmig hervor und nahm einen herzhaften Bissen von ihrer eigenen Pastete. »Die Polizei weiß, daß es nicht der war, den sie gehängt haben. Sie ham Beweise dafür. Und sie wissen auch, wer's gewesen ist – sie könnens bloß nicht beweisen.«

»Ich glaub dir kein Wort.«

»Ich lüge nicht!« zischte Gracie wütend und einigermaßen indigniert, weil sie diesmal wirklich nichts als die reine Wahrheit gesagt hatte. »Und du hast schon gar nicht das Recht zu sagen, ich tät lügen. Du hast nicht einmal den Mut, denen ins Gesicht zu sagen, was du weißt.« Sie bemühte sich redlich, eine Miene tiefster Verachtung aufzusetzen, doch ihre vollen Backen machten ihre Absicht zunichte.

»Damit hast du verdammt recht«, brummte er zustimmend. »Und willst du wissen, warum? Weils keinen Sinn hat! Und jetzt geh nach Hause und sag deiner Misses, sie soll's vergessen.«

»Ich geh nirgendwohin, solang du nicht mitkommst und dir den Kerl ansiehst, der's wirklich getan hat.« Sie biß erneut in ihre Pastete. »Und dann wirst du ja sehen, ob es der ist, der mit dir vorm Theater geredet hat. Und dann müssen wir die Kerle finden, die an dem Abend am Eingang von der Farriers' Lane rumgelungert sind, und rauskriegen, was sie wirklich gesehn ham.«

»Was meinst du mit ›wir‹?« Seine Stimme überschlug sich kreischend. »Ich geh nirgendwohin. Ich hab' damals, wo der Mord passiert ist, genug von der Polente gesehen. Das reicht mir, und ich denk' gar nicht dran, jetzt auch noch freiwillig zu denen zu gehn.«

»Natürlich mußt du mitkommen«, stellte Gracie aufgebracht klar. »Es hat keinen Sinn, wenn ich alleine hingehe. Ich war nicht dabei. Ich hab' ihn nicht gesehn.«

»Ohne mich.«

»Bitte.«

»Nein.«

»Der Kerl, der's wirklich getan hat, läuft noch immer frei rum«, gab Gracie zu denken.

»Das is mir egal. Und jetzt lass' mich bitte in Ruh' und verschwinde!«

»Nein. Ich bleib solange hier, bis du mitkommst und dir den Kerl ansiehst und mir sagst, ob er's war oder nicht.«

»Du kannst mir nicht ständig nachlaufen.«

»Doch, das kann ich.«

»Schau…« Er war genervt. »Ich kann wirklich nix für dich tun. Und ich treibe mich an Orten rum, wo du wirklich besser nicht hingehst. Hau jetzt ab und laß mich in Frieden!«

»Ich bleibe solange hier, bis du mitkommst und dir den Kerl ansiehst.«

»Da kannst du warten, bis du schwarz wirst.« Und damit drehte er Gracie den Rücken zu und begann, mit einem potentiellen Kunden zu verhandeln, wobei er Gracie demonstrativ ignorierte.

Gracie folgte ihm zu seinem Stand zurück und blieb dann daneben stehen, ihren Mantel fester um sich ziehend und ihn keine Sekunde lang aus den Augen lassend, und wartete. Es war bitterkalt, und ihre Füße waren so eisig, daß sie kein Gefühl mehr darin hatte. Doch sie war finster entschlossen, keinen Schritt von seiner Seite zu weichen und wenn sie ihm folgen mußte, bis er ins Bett ging.

Als der Nachmittag sich seinem Ende zuneigte, packte Joe seine Lederwaren in eine Kiste unter dem wackligen Verkaufstisch seines Stands, verschloß sie für die Nacht und ging dann weg. Gracie erwachte aus ihrer Erstarrung und folgte ihm entschlossen. Zweimal drehte er sich um, verzog bei ihrem Anblick genervt das Gesicht und fuchtelte wütend mit den Armen, um sie zu verscheuchen. Sie schnitt ihm eine Grimasse und trottete weiter hinter ihm her.

Er ging in ein Wirtshaus und drängte sich durch die Menge nach vorn an den Tresen. Gracie folgte ihm, ohne zu zögern. Behende schlüpfte sie zwischen den dampfenden Leibern der Gäste hindurch und erreichte, sich unter Ellbogen hindurchduckend, einen freien Platz neben ihm. Die stickige Wärme war wohltuend nach der bitteren Kälte draußen.

»Verschwinde!« fuhr Joe sie unwirsch an und fixierte sie mit finsterem Blick.

Ein halbes Dutzend Leute drehten sich zu ihnen um und glotzten sie an.

»Nicht, solange du nicht mitkommst und dir den Kerl anschaust, der's getan hat«, erwiderte sie trotzig und schniefte, weil die warme Luft ihre Nase zum Laufen brachte.

»Gibst du denn nie auf?« flüsterte er. »Ich hab's dir doch schon gesagt – die glauben mir eh nich, egal was ich sage. Ich vertu' nur meine Zeit. Hast du denn überhaupt keinen Verstand in deinem Schädel?«

Sie dachte nicht daran, mit ihm über ihre Intelligenz zu diskutieren.

»Du brauchst bloß 'nen Blick auf den Mann zu werfen. Wenn er's war, glauben sie dir.«

»Ach ja? Und wieso das auf einmal?« Das Mißtrauen in seinem schmalen Gesicht überdeckte jede andere Regung.

Sie durfte ihm auf keinen Fall sagen, daß Pitt bereits wußte, daß Harrimore der Schuldige war. Er würde möglicherweise nicht einsehen, daß dafür auch ein Beweis nötig war. Außerdem würde sie sich schwertun, ihm das alles zu erklären.

»Ich kann dir jetzt nicht alles erklären«, erwiderte sie mit einem neuerlichen Schniefen.

»Weil du's nicht weißt.«

»Doch – ich weiß es. Und ich rück dir nicht von der Pelle, bis du ihn dir angesehen hast. Die Polente wird dir nichts machen, wenn es das ist, wovor du Angst hast.«

»Red nich' in so 'nem Ton mit mir, du aufgeblasene Gans«, zischte er wütend. »Du hättst genauso Angst, wenn du auch nur ein bißchen Grips in deinem Schädel hättest. Du hast ja keinen blassen Schimmer, was die Polypen mit dir machen können, wennse dich aufm Kieker haben! Zum Beispiel wenn du denen sagst, daß ihre Beweise nix taugen. Glaub mir – ich weiß es!«

»Du brauchst der Polente gar nix sagen, wenigstens nich' gleich«, sagte sie triumphierend. »Du brauchst bloß mitkommen, ihn dir ansehen und es mir sagen.« Er drehte sich von ihr weg, und sie zerrte ihn am Ärmel. »Ich schwör dir, dann laß ich dich in Ruhe. Und wenn du nicht mitkommst, dann komm ich eben mit dir mit – und zwar überallhin.«

»Und die Polente is nicht dort?«

»Ich schwör's.«

»Na schön... Wir treffen uns um sechs, und ich geh' mit dir hin und seh' ihn mir an. Und jetzt laß mich in Frieden und hau ab!«

»Ich wart' draußen auf dich.« Sie schniefte heftig.

»O Gott, Weib! Ich hab' gesagt, daß ich komm'!«

»Ja. Und vielleicht glaub ich's, vielleicht aber auch nicht.«

»Dann wart eben draußen. Und hör auf mit dieser Schnieferei!«

Um ihren guten Willen zu demonstrieren, trollte Gracie

sich widerstrebend nach draußen in die beißende Kälte. Geduldig wartete sie in der Dunkelheit und in dem dünnen Nieselregen, der jetzt fiel, und ließ die Tür des Wirtshauses keine Sekunde aus den Augen, falls er versuchen sollte, sich aus dem Staub zu machen.

Doch eine halbe Stunde später sah sie seine hagere Gestalt und sein bleiches, schmales Gesicht im Lichtschein unter der Tür auftauchen, und sie fühlte eine Erleichterung, als sei er ein alter, lang vermißter Freund, den sie seit Jahren nicht gesehen hatte. Sie lief ein paar Schritte auf ihn zu und wäre um ein Haar auf dem glitschigen Kopfsteinpflaster ausgerutscht, weil sie kein Gefühl mehr in ihren Füßen hatte. Die Kälte war ihr bis in die Knochen gekrochen.

»Bist du jetzt endlich soweit?« fragte sie ungeduldig.

Er warf ihr von der Seite einen scheelen Blick zu, und mit einem kleinen Stich im Herzen wußte sie, er hatte gehofft, sie hätte aufgegeben und sei verschwunden. Sie schniefte entschlossen und in der Absicht, ihm zu zeigen, daß es ihr nichts ausmachte. Das hier war eine rein geschäftliche Angelegenheit. Wen interessierte schon, was er über sie dachte?

Wortlos gingen sie nebeneinander die enge Gasse hinab; das nasse, glitschige Kopfsteinpflaster glänzte im Licht der Straßenlaternen. Sie bogen in eine breitere Straße, wo vorüberratternde Kutschen aus der Dunkelheit auftauchten und wieder in ihr verschwanden.

»Kannst du nicht schneller gehen?« knurrte Joe und schnappte sich ihre Hand, die er dann festhielt und nicht mehr losließ, während sie zwischen Gruppen von frierenden Gestalten hindurchgingen, die sich um die Glut von Kastanienröstern und um Hauseingänge drängten.

»Wir müssen 'nen Omnibus nehmen«, sagte Gracie atemlos. »Es ist ziemlich weit im Westen. Er ist 'n Gespickter.«

»Wo genau?« erkundigte er sich.

»Chelsea. Markham Square.«

»Dann nehmen wir die Bahn.«

»Was für 'ne Bahn?«

»Die Untergrundbahn. Zum Sloane Square. Bist du noch nie mit der Untergrundbahn gefahren?«

»Davon hab' ich noch nie was gehört.« Dann wurde ihr siedendheiß bewußt, wie wenig weltgewandt dies klang – als sei sie ein Gänschen vom Lande, das keine Ahnung hat, was in der großen Stadt vor sich geht. »Meine Mistress fährt nur mit der Droschke oder in der Kutsche von Leuten«, fügte sie hinzu. »Wir brauchen normalerweise keine Bahnen, höchstens wenn wir weiter fortfahren.«

»Sieh an, sieh an«, brummte er mit einem sarkastischen Grienen. »Wenn du so viel Geld für 'ne Droschke hast, laß' ich mich natürlich gern kutschieren.«

»Das könnte dir so passen!« schnappte sie und runzelte streng die Stirn. »Wir fahren mit der Untergrundbahn. Wieviel kostet das?«

»Kommt drauf an, wie weit wir fahren – aber nich viel. Vielleicht 'nen Penny oder so«, gab er zurück. »Und jetzt spar dir die Puste und sieh zu, daß du mitkommst.«

Sie trottete tapfer neben ihm her, meilenweit – wie es ihr schien –, eine Hand in seiner, ihre neuen Stiefel unter den anderen Arm geklemmt, doch wahrscheinlich waren es nicht mehr als eineinhalb Meilen. Doch stiegen sie mehrere Treppenfluchten hinab und liefen durch hallende Gänge, bis sie eine riesige, ausgebaute Höhle unter der Erde, den Bahnhof der Untergrundbahn, erreichten. Wie riesenhafte Maulwürfe donnerten die Züge durch mächtige Tunnels und kündigten sich schon von weitem mit einem ganz schauerlichen Dröhnen und Kreischen an, das ihr eine furchtbare Angst eingejagt hätte, wenn sie die Zeit gehabt hätte, darüber nachzudenken, und nicht viel zu aufgeregt gewesen wäre und eisern entschlossen, Joes Weltläufigkeit, seinem Mut oder was immer ihm wichtig war, in keiner Weise nachzustehen.

In einem Wagen zu sitzen, der mit irrsinniger Geschwindigkeit durch ein dunkles Tunnel donnerte, bereitete ihr ein flaues Gefühl in der Magengegend, und sie mußte ihre ganze Aufmerksamkeit auf etwas anderes konzentrieren, um nicht aufzukreischen, wenn sie während der rasenden Fahrt auf ihrer Bank hin und her geworfen wurde, irgendwo in einem dunklen Tunnel tief unter der Erde und wer weiß wie weit entfernt vom Tageslicht und der frischen Luft. Ein oder zweimal schielte sie zu Joe neben ihr hinüber, bemerkte, daß er sie ansah, und wandte schnell den Blick wieder ab. Aber ihr Herz klopfte schneller vor Freude, und die Angst war nicht mehr so wichtig.

Endlich erreichten sie die Station am Sloane Square, und Gracie rannte die letzten Stufen in die kalte, frische Nachtluft empor. Sie setzten ihren Weg zu Fuß fort, unter der Führung Gracies diesmal, und nach einigen Minuten forschen Ausschreitens in kaltem Nieselregen erreichten sie den Markham Square. Unter einigen Bäumen auf der Prosper Harrimores Haus gegenüberliegenden Seite des Platzes blieben sie stehen.

»So weit, so gut«, brummte Joe mit gespielter Gelassenheit. »Und was jetzt? Was, wenn er heut' nacht nicht mehr rauskommt? Wieso auch? Nur Idioten und Leute, die kein Dach überm Kopf ham, stehn nachts im Regen rum.«

Gracie hatte darüber schon nachgedacht. »Dann müssen wir ihn eben dazu bringen, daß er rauskommt, nicht wahr?«

»Ach ja? Und wie willst du das anstellen?«

»Ich klopf' an die Tür.«

»Und er kommt natürlich höchstpersönlich an die Tür! Weil all seine Diener und Lakaien ihren freien Abend hab'n«, maulte er genervt. »Du bist die verrückteste Frau, die ich je kennengelernt habe, und das heißt 'ne Menge, dort wo ich herkomm!«

»Ach ja? Aber ich komm' nicht von dort her, wo du herkommst«, sagte sie schnell, obwohl es wahrscheinlich nicht stimmte. »Du brauchst ihn dir bloß anschauen«, sagte sie, und damit stöckelte sie über den Platz, ihre neuen Stiefel unter dem Arm, die Stufen zu Prosper Harrimores Haus hinauf und klopfte an die Tür.

Sie wußte nicht sehr viel über die Häuser der Reichen, nur das wenige, was sie von Charlotte aufgeschnappt oder durch ihre neu erworbene Kunst des Lesens in Erfahrung gebracht hatte. Deshalb rechnete sie damit, daß die Tür von einem Hausdiener geöffnet würde, und war nicht überrascht, als es tatsächlich geschah.

»Ja, Miss?« fragte er und betrachtete sie unter angewidert

gewölbten Brauen hervor. Er holte bereits Luft, um sie zum Dienstboteneingang zu schicken, weil er sie für eine Verwandte eines der Mädchen hielt, obwohl sie zu so später Stunde keinen Besuch mehr empfangen durften. Sie kam ihm zuvor, und ihre Worte sprudelten in einem einzigen Schwall aus ihr hervor, obgleich ihr Herz so stark in ihrem Hals hämmerte, daß sie fast keine Luft mehr bekam.

»Bitte, Sir, ich habe eine Nachricht für Mr. Harrimore, eine persönliche Nachricht nur für ihn, und ich darf es sonst niemandem sagen.«

»Mr. Harrimore empfängt keine Nachrichten von Gören wie dir«, blaffte der Hausdiener unfreundlich. »Sag mir, was du zu sagen hast, und ich werde es ihm ausrichten.«

»Das darf ich nicht!« stieß sie schnell hervor und faßte ihre Stiefel fester unterm Arm. »Man hat mir extra gesagt, ich darf es nur Mr. Harrimore sagen. Ich warte hier solange, und Sie gehn rein und sagen ihm, daß es was mit 'nem Straßenjungen zu tun hat, durch den er vor fünf Jahren oder so vor'm Theater eine Nachricht hat ausrichten lassen. Sag'n Sie ihm das, und er kommt bestimmt raus.«

»Unsinn! Verschwinde jetzt.«

Sie blieb stehen, wo sie stand.

»Sagen Sie's ihm zuerst – dann verschwinde ich.«

»Du verschwindest jetzt!« Er machte eine Handbewegung, als wolle er einen Hund von der Schwelle jagen. »Oder ich schicke nach der Polizei. Anständige Leute mit deinen Lügenmärchen zu belästigen!« Er machte Anstalten, die Tür zu schließen.

»Sie werden sich hüten und die Polizei rufen!« stieß sie voller Verzweiflung hervor. »Diese Familie hat genug Polizei und Tragödien gesehn. Gehen Sie jetzt und richten Sie's ihm aus. Schließlich is' es nich Ihre Sache, wen er sehn will und wen nich. Oder halten Sie sich vielleicht für den Hausherrn?«

Es mag die Stichhaltigkeit ihrer Argumente gewesen sein oder vielleicht nur die schiere Kraft ihrer Persönlichkeit und der Ausdruck wilder Entschlossenheit auf ihrem kleinen, blassen Gesicht, was den Hausdiener bewog, ohne weitere Debatten nach drinnen zu gehen – allerdings nicht, ohne die

Haustür fest zuzumachen – und die Nachricht zu überbringen.

Gracie wartete mit trockenem Mund und vor Kälte und Anspannung zitternden Knien. Sie mußte ihre Stiefel unterm Arm lassen, weil ihre Finger zu steif waren, sie zu halten. Nur ein einziges Mal drehte sie sich um, um sich zu vergewissern, daß Joe noch immer auf der anderen Seite im Schatten der Bäume stand und zu Harrimores Haus herübersah.

Das war wenige Augenblicke bevor die Haustür aufging und ein sehr großer, breitgebauter Mann erschien, der auf Gracie herabstarrte. Er wirkte auf sie so groß wie ein Baum und schien die ganze Türöffnung auszufüllen. Sein Gesicht wurde von einer mächtigen Hakennase und breiten, dichten Augenbrauen bestimmt, und seine tiefliegenden Augen sahen ärgerlich und erstaunt auf sie herab.

»Wer bist du?« fragte er. »Ich habe dich noch nie gesehen, und ich weiß nicht, was du da über ein Theater faselst. Wer hat dich geschickt?«

Gracie bekam es mit der Angst zu tun und machte einen Schritt rückwärts.

Er faßte sie mit einem finsteren Blick näher ins Auge und trat einen Schritt aus der Tür auf sie zu.

Sie wich noch einen Schritt von ihm fort, rutschte auf der nassen Treppe aus und machte, um nicht hinzufallen, zwei taumelnde Schritte rückwärts, die sie auf das Trottoir zurückbrachten. Der einzige Grund, warum sie nicht auf ihrem Allerwertesten landete, war Joe, der von der anderen Straßenseite herübergeschlichen war und sie auffing.

Harrimore stand wie zur Salzsäule erstarrt auf der obersten Stufen seines Hauses, auf seinem scharfgeschnittenen Gesicht malte sich dämmerndes Entsetzen.

»'tschuldigung, Mister«, stammelte Joe bleich wie eine Wand, den Blick starr auf Harrimores Hakennase gerichtet. Er schluckte mühsam. »Sie is' manchmal nicht ganz richtig im Kopf«, stieß er hervor. »Sie kann nix dafür. Ich bring' sie nach Haus. Gute Nacht, Mister.« Und ehe Harrimore ihn aufhalten konnte, packte er Gracies Arm und zerrte sie weg, setzte mit einem Satz über den Rinnstein und rannte über die

Straße in den schwarzen Schatten einer schmalen Gasse, die von der anderen Seite auf den Platz mündete. Er blieb schlitternd stehen und schwang sie an ihrer Hand herum, die er die ganze Zeit nicht losgelassen hatte.

»Das is' er!« stieß er keuchend hervor. »Das is' der Kerl, der mich mit der Nachricht zu Mr. Blaine geschickt hat! Du heiliger Strohsack! Er muß es gewesen sein, der das arme Schwein an das Tor genagelt hat. O verdammt, was machen wir jetzt?«

»Zur Polizei gehen!« Ihr Herz hämmerte so wild in ihrem Hals, daß sie Mühe hatte, die Worte hervorzubekommen. Sie hatte es geschafft! Sie hatte einen Mörder aufgespürt!

»Du mußt nicht ganz richtig im Kopf sein!« zischte Joe hitzig. »Die ham mir schon mal nich geglaubt, und jetzt tun sie's erst recht nich – fünf Jahre später und nachdem sie den Falschen gehängt ham!«

»Den Fall bearbeitet jetzt ein anderer Polyp, weil Richter Stafford vergiftet worden is'«, versuchte Gracie zu argumentieren und klemmte ihre Stiefel fester unter den Arm. »Er glaubt dir bestimmt, weil er schon weiß, daß es nicht Godman war, der's getan hat.«

»Ach ja? Und woher weißt du das?«

»Ich weiß es eben.« Sie war noch nicht bereit, ihm zu gestehen, daß sie ihm nicht die Wahrheit gesagt hatte, bei wem sie arbeitete.

Plötzlich erstarrte er; sein ganzer Körper wurde steif und begann zu zittern, und Gracie spürte seine Angst wie einen Stromschlag. Sie wirbelte herum und sah am Eingang der Gasse vor dem Lichtschein der Straßenlaternen auf dem Platz Prosper Harrimores riesenhafte Gestalt emporragen. Ihr stockte der Atem in der Kehle, und ihre Knie wurden mit einemmal so weich, daß sie beinahe auf der Stelle zusammengesackt wäre.

Mit einem Aufschrei riß Joe sie an der Hand so hart herum, daß ihr ein Schmerz durch die Schulter zuckte und sie um ein Haar ihre Stiefel fallen gelassen hätte. Er rannte los, sie halb hinter sich herzerrend, während hinter ihnen die schweren, ungleichmäßigen Schritte Prosper Harrimores durch die Gasse hallten.

Sie rannten bis zum anderen Ende der Gasse, dann um die Ecke auf das beleuchtete Trottoir einer breiteren Straße, Gracie mit hochgerafften Röcken, damit der nasse Stoff nicht an ihren Beinen klebte und sie ins Stolpern brachte. Sie liefen über die Straße und in die erste Gasse, die auf der anderen Straßenseite einmündete, sprangen die Stufen zu einem dunklen Kellervorhof hinab und duckten sich wie zwei verängstigte Tiere in den Schatten der Haustreppe, mit hämmerndem Herzen, pochender Stirn und eiskalten Händen.

Sie wagten nicht zu atmen, geschweige denn den Kopf zu heben, um einen Blick zu riskieren, doch sie hörten die schweren, hinkenden Schritte Prospers auf dem Trottoir über ihnen vorüberknirschen und dann stehenbleiben.

Joe legte seine Hand auf die Gracies und preßte sie so fest, daß es weh getan hätte, wäre sie nicht völlig gefühllos und steif vor Kälte gewesen.

Prospers Schritte kamen näher und verstummten dann erneut. Nach einer Weile entfernten sie sich wieder ein Stück, um von neuem innezuhalten.

Joe richtete sich vorsichtig auf und schlich, Gracie hinter sich herziehend, die Stufen zur Straße hinauf, wobei er ständig von der einen Seite zur anderen sah. Harrimore stand etwa hundert Meter weiter in der Mitte der Gasse und sah zu ihnen zurück.

»Komm«, flüsterte Joe und rannte die Gasse in entgegengesetzter Richtung zurück.

Doch Harrimore hatte sie gehört und rannte ebenfalls los. Er lief erstaunlich schnell für einen Mann, der hinkte.

Sie bogen auf die breite Straße zurück, rannten an der ersten Gasse vorbei und stürmten in die nächste hinein, wichen, ohne ihre Schritte zu verlangsamen, einigen Mülltonnen aus, stürzten über einen Karren, der im Weg stand, rappelten sich wieder auf die Beine und rannten weiter, hinaus auf eine breitere Straße und auf der anderen Seite hinein in einen Hof, vorbei an Ställen, vor denen die Lichtlache einer Laterne schwamm. Hinter den Stalltoren schnaubten und wieherten erschreckt einige Pferde.

Sie kletterten über ein Tor, wobei sich Gracie beim Übersteigen in ihren nassen langen Röcken verhedderte und auf der anderen Seite herunterfiel und sich das Knie aufschlug. Joe mußte sie halb durch den angrenzenden Garten zerren, und im Dunkeln stolperten sie über eine Gießkanne, fielen über die Rabatte eines Beets, rafften sich wieder hoch, um sich durch die peitschenden Zweige einer Buschreihe zu kämpfen. Dornen kratzten Gracie ins Gesicht. Noch immer hielt sie ihre neuen Stiefel fest unter den Arm geklemmt. Sie rannten einen Kiesweg entlang, und ihre Schritte klangen wie eine Steinlawine, die das Hämmern ihrer Herzen übertönte.

Joe blieb abrupt stehen und lauschte, Gracie fest an sich gedrückt, in die Nacht, doch ihr keuchender Atem war so laut, daß sie nicht hören konnten, ob Harrimore noch hinter ihnen war oder nicht.

»Leute«, keuchte Gracie. »Wenn wir eine Straße finden, wo Leute sind, sind wir in Sicherheit. Er wird uns nichts tun, wenn Leute da sind.«

»Natürlich wird er!« stieß Joe grimmig hervor. »Er schreit, ›Haltet den Dieb!‹, und erzählt allen, daß wir seine Uhr oder was geklaut ham, und sie helfen ihm noch, uns zu erwischen!«

Ihr war sofort klar, daß er recht hatte.

»Komm!« flüsterte er eindringlich. »Wir müssen Richtung Osten. Wenn wir es in die Gegend schaffen, wo wir uns auskennen, kriegt er uns nie.« Und damit stiefelte er los, mit langen, ausgreifenden Schritten, so daß Gracie Mühe hatte, an seiner Seite zu bleiben, und immer wieder ein paar Schritt laufen mußte, um nicht zurückzufallen, wobei sie mit einer Hand ihre Röcke raffte und mit der anderen ihre neuen Stiefel festhielt. Als sie wieder auf eine Straße kamen, wagten sie zu glauben, daß sie Harrimore vorläufig abgeschüttelt hatten.

»Bloomsbury!« keuchte Gracie, als sie wieder zu Atem gekommen war. »Wir müssen nach Bloomsbury, dann sind wir in Sicherheit.«

»Warum?«

»Dort ist das Haus von meinem Herrn. Der kümmert sich um ihn!« stieß sie hervor.

»Heh! Heut' mittag hast du gesagt, du hättst 'ne Mistress!«

»Die hab' ich auch, aber es ist der Master, der sich um Mr. Harrimore kümmern wird. Komm schon. Und hör jetzt auf rumzunörgeln. Wir müssen 'nen Omnibus nach Bloomsbury kriegen!«

»Hast du Geld?« wollte er wissen, blieb stehen und spähte mit einem mißtrauischen Blick über die Schulter.

»'türlich hab' ich welches. Und ich kann keinen Schritt mehr laufen.«

»Keine Angst – das brauchst du auch nicht«, sagte er weich. »Heh, du hältst dich nicht schlecht für 'n Mädchen. Komm. An der nächsten Haltestelle nehmen wir 'nen Bus.«

Sie schenkte ihm ein strahlendes Lächeln, ganz schwindlig vor Erleichterung.

Ohne irgendeine Vorwarnung beugte er sich zu ihr und küßte sie. Seine Lippen waren kalt, aber er war sehr sanft, und nach einer Weile kam die Wärme durch und mit ihr ein süßes Glücksgefühl, das wie Musik und Feuer durch ihre Adern rollte. Sie erwiderte seinen Kuß, und ihre neuen Stiefel fielen polternd auf den Gehweg.

Dann machte er sich plötzlich los, mit vor Verlegenheit rotem Gesicht, und stapfte davon. Sie raffte ihre Stiefel zusammen und rannte hinter ihm her. An der Einmündung in eine breite, hellerleuchtete Straße, auf der Omnibusse fuhren, holte sie ihn ein.

Eine halbe Stunde später standen sie in Charlottes Küche, vor Kälte zitternd und naß bis auf die Haut, zerkratzt und schmutzig, ihre Kleider zerrissen – doch in Sicherheit.

Joe war starr vor Schreck, weil er Pitt erkannt hatte und begriff, daß er mitten im Lager des Feindes gelandet war, aber es war zu spät zur Flucht, und die wohlige Wärme vertrieb die letzten Schatten seiner Angst.

»Wo, um Himmels willen, bist du gewesen?« verlangte Charlotte mit aufgeregter und zorniger Stimme zu wissen, die allerdings vor Angst und Erleichterung verdächtig schwankte. »Ich war ganz außer mir vor Sorge!«

Pitt legte ihr die Hand auf die Schulter und brachte sie zum Schweigen.

»Was ist passiert, Gracie?« fragte er mit ruhiger Stimme. »Was hast du gemacht?«

Gracie holte tief Luft und sah ihn offen an. Sie war unsagbar froh, in Sicherheit zu sein; außerdem war sie erfüllt von einem gewaltigen Respekt vor Pitt. Und sie wußte, sie würde Charlotte zu diesem Thema noch Rede und Antwort zu stehen haben, aber sie war auch stolz auf sich.

»Joe und ich haben Mr. Harrimore einen Besuch abgestattet, Sir. Der, der den armen Mr. Blaine umgebracht hat. Und Joe hier hat ihn sich sehr genau angesehen, und er ist sich sicher, daß er's war, der ihm damals die Nachricht ausrichten hat lassen. Er kann's vor Gericht beschwören.«

Joe öffnete den Mund, um etwas zu sagen, doch dann fiel sein Blick auf Gracies zierliche und entschlossene Gestalt, und er überlegte es sich anders.

Pitt sah ihn forschend an. »Ist das wahr? War es Mr. Harrimore, den du damals vor dem Theater gesehen hast?«

»Ja, Sir. Er war es«, nickte Joe.

»Bist du dir sicher?«

»O ja, Sir. Und er hat mich auch erkannt! Es war deutlich in seinem Gesicht zu sehen, und er is' hinter uns hergewesen! Er hat uns mindestens 'n paar Meilen weit verfolgt! Ja, wirklich. Schätze, wenn er uns erwischt hätt', hätt' er uns auch an irgend 'ne Stalltür genagelt.« Er schauderte, als sei ihm – selbst hier in der wohligen Wärme der Küche – eine Eiseskälte in die Knochen gefahren.

Charlotte setzte an, etwas zu sagen, doch dann besann sie sich eines Besseren und mahnte statt dessen Gracie, ihre nassen Stiefel auszuziehen und vor den Ofen zu stellen. Dann ging sie zum Ofen, um den Kessel auf die vordere Platte zu stellen, und holte Brot, Butter und Marmelade aus der Kammer.

»Und du bist jetzt bereit, das zu beschwören?« bohrte Pitt weiter.

Joe warf einen schnellen Blick zu Gracie hinüber. »Ja – wenn ich muß.«

»Gut.« Pitt wandte sich zu Gracie um. »Du bist sehr clever und sehr mutig gewesen, Gracie«, sagte er ernst.

Sie wurde ganz rot vor Freude, und ihre Zehen begannen zu kribbeln.

»Ein Stück hervorragende Detektivarbeit, die du geleistet hast«, fügte er hinzu.

Sie versuchte, noch gerader zu stehen, wenn das überhaupt möglich war, und sah aus glänzenden Augen zu ihm auf.

»Aber du hast auch Mrs. Pitt angelogen über das Ziel und die Gründe deines Ausflugs, du hast dein Leben in Gefahr gebracht und das von Joe ebenfalls, und wahrscheinlich hast du dir auch noch eine Lungenentzündung geholt. Wenn du das noch einmal tust, dann werde ich andere Seiten aufziehen. Hast du das verstanden, Gracie?«

Er hatte die eine Sache, die sie wirklich fürchtete, nicht gesagt: daß er sie entlassen würde. Er hatte es ganz bewußt nicht gesagt.

»Ja, Sir«, erwiderte sie und versuchte zerknirscht dreinzublicken, was ihr jedoch völlig mißlang. »Vielen Dank, Sir. Ich werd's nie wieder tun, Sir.«

Er grunzte zweifelnd.

Der Kessel auf dem Ofen fing an zu pfeifen, und Charlotte goß Tee auf und brachte ihn zusammen mit dem Brot und der Marmelade zum Tisch.

Joe mampfte bereits, fast noch bevor das Brot auf seinem Teller lag, doch Gracie hielt nur ihre dampfende Tasse zwischen den Händen und fühlte, wie die Wärme ganz allmählich und ziemlich schmerzhaft wieder Leben in ihre Finger zurückkehren ließ. Sie lächelte zu Joe hinüber, der einen Augenblick zurücklächelte und dann wegsah.

»Ich sollte besser ein paar trockene Klamotten für dich finden«, sagte Charlotte und betrachtete Joe unschlüssig. »Obgleich ich nicht weiß, woher. Und du gehst jetzt gleich in dein Bett«, fügte sie, zu Gracie gewandt, hinzu, »und stehst erst wieder auf, wenn ich es dir sage.«

»Ja, Ma'am.«

Pitt stieß sich von der Tischkante, auf der er gesessen hatte.

»Werden Sie ihn verhaften, Sir?« fragte Gracie.

»Selbstverständlich.«

»Morgen?«

»Nein«, erwiderte Pitt entschlossen und rollte mit den Schultern. »Noch heute abend. Bevor er Lunte riecht und Reißaus nimmt.«

»Aber du gehst doch nicht alleine!« Charlotte war schrill vor Angst.

»Nein, natürlich nicht«, beruhigte er sie. »Aber bleib nicht wegen mir auf.« Er küßte sie flüchtig, sagte zu Gracie und Joe gute Nacht und verließ die Küche, um seinen Hut, Mantel und Schal zu holen.

Es dauerte fast eine ganze Stunde, bis Pitt zusammen mit zwei Constables vor dem Revier in der Bow Street in eine Droschke stieg. »Markham Square«, knurrte er und ließ sich in den Sitz sinken. Es war spät und bitter kalt; ein steter Nieselregen machte alles klamm und schwer, überzog das Kopfsteinpflaster mit spiegelndem Glanz und umhüllte den Lichtschein der Straßenlaternen mit diesigen, herabwirbelnden Regenschwaden. In den besseren Straßen verstopften nasse Blätter den Rinnstein oder die Gullis, was dazu führte, daß das Regenwasser über die Straße lief. Nur eine einzige verspätete Kutsche, außer der ihren, störte die Stille der Nacht.

Als sie vor Prosper Harrimores Haus am Markham Square vorfuhren, waren die Vorhänge zugezogen, und nur aus einem Fenster sickerte ein matter Streifen Licht hervor. Pitt postierte einen der Constables an der Treppe des Kellerausgangs und den anderen vor dem Stalltor, falls Harrimore zu fliehen versuchen sollte, dann ging er zur Haustür, hob den Klopfer und ließ ihn fallen.

Es dauerte eine geraume Weile, bis ein Hausdiener die Tür öffnete und Pitts aufragende Gestalt mit mißtrauischem Blick musterte.

»Ja, Sir?«

»Guten Abend. Mein Name ist Pitt, Inspektor der städtischen Polizei. Ich möchte mit Mr. Prosper Harrimore sprechen.«

»Es tut mir leid, aber Mr. Harrimore ist schon zu Bett gegangen. Sie werden morgen noch einmal wiederkommen müssen.« Er machte Anstalten, die Tür zu schließen.

Pitt machte einen Schritt nach vorn.

»Lassen Sie das!« bellte er.

»Ich habe Ihnen doch gesagt, daß Mr. Harrimore sich zurückgezogen hat und nicht zu sprechen ist.«

»Ich habe zwei Constables bei mir«, knurrte Pitt grimmig. »Zwingen Sie mich nicht, auf der Straße eine Szene zu machen.«

Die Tür schwang auf, und der Hausdiener zog sich mit bleichem Gesicht zurück. Pitt winkte dem Constable an der Kellertür, ihm zu folgen, und trat in die Halle.

»Sie wecken Mr. Harrimore besser und bitten ihn herunterzukommen«, sagte Pitt leise. »Constable, gehen Sie mit ihm.«

»Ja, Sir.« Der Constable gehorchte widerstrebend, und der Hausdiener stieg mit zutiefst unglücklicher Miene die breite Holztreppe hinauf.

Pitt wartete am Fuß der Treppe in der Halle. Ein- oder zweimal wanderte sein Blick über die Gemälde an den Wänden, über die hohen, herrlich gearbeiteten Türstöcke und die übrige geschmackvolle Einrichtung, aber immer wieder huschte sein Blick suchend zur Treppe und zur Galerie darüber. Sein Blick fiel auf die Gehstöcke im Stockständer neben der Haustür, und er ging hinüber und nahm einen nach dem anderen prüfend in die Hand. Der dritte, den er herauszog, war wunderbar ausbalanciert und hatte einen silbernen Knauf. Er lag ganz trefflich in der Hand, und erst jetzt bemerkte Pitt, daß es auch ein Degen war. Ganz langsam und mit einem flauen Gefühl im Magen zog er ihn heraus. Die Klinge war lang und sehr schmal, ihr Stahl schimmerte matt im Licht des Leuchters. Sie war makellos sauber, bis auf einen winzigen braunen Rand um das Silberband, das die Klinge im Griff verankerte. Das Blut mußte an der Klinge herabgelaufen sein, als er die Waffe weggelegt hatte, um Blaine an das Tor zu nageln.

Er musterte die Ornamente in der Türfassung des Speisezimmers, als er ein Geräusch hinter sich auf der Galerie hörte. Er fuhr herum, und sein Blick flog zum Treppenabsatz hinauf. Devlin O'Neil stand dort, die Hand auf den Pfosten der Balustrade gelegt. Er trug einen Hausmantel und wirkte besorgt.

»Was führt Sie zu so später Stunde zu uns, Inspektor Pitt? Sagen Sie jetzt bitte nicht, es ist wieder ein Mord geschehen!«

»Nein, Mr. O'Neil. Ich fürchte, Sie sollten darauf vorbereitet sein, daß Ihre Frau und ihre Großmutter in nächster Zeit besonders Ihres Beistands bedürfen.«

»Ist Prosper etwas zugestoßen?« Er kam mit schnellen Schritten die Treppe herab. »Der Butler hat mir gesagt, er ist noch weggegangen, und ich habe ihn nicht zurückkommen gehört. Was ist passiert? Ein Unfall auf der Straße? Ist er schwer verletzt?« Er verfehlte beinahe die letzte Stufe, taumelte gegen Pitt und verhinderte einen Sturz nur dadurch, daß er den Pfosten des Treppengeländers zu fassen bekam.

»Es tut mir leid, Mr. O'Neil«, sprach Pitt weiter, und etwas in seiner Stimme, vielleicht eine Spur von Bedauern ob der Tragödie, die diese Familie getroffen hatte, ließ O'Neil erstarren. Alle Farbe wich aus seinem Gesicht, und er sah Pitt aus geweiteten Augen stumm an. »Ich fürchte, ich bin gekommen, um Mr. Harrimore zu verhaften«, fuhr Pitt fort. »Wegen des Mordes an Kingsley Blaine vor fünf Jahren in der Farriers' Lane.«

»O Gott!« O'Neil sackte in sich zusammen, als drohten seine Knie unter ihm nachzugeben; er ließ sich auf die untere Stufe der Treppe sinken und vergrub mit einem Stöhnen das Gesicht in den Händen. »Das ist… das ist…« Wahrscheinlich wollte er ›unmöglich‹ sagen, doch irgend etwas – eine Erinnerung oder eine Ahnung vielleicht – ließ ihn verstummen.

»Ich glaube, Sie sollten sich vom Butler einen steifen Brandy bringen lassen und sich dann um Mrs. Harrimore und Ihre Frau kümmern«, sagte Pitt sanft. »Sie werden Sie brauchen.«

»Ja.« O'Neil blickte auf und schluckte hart. »Ja – das werde ich tun. Wären Sie bitte so freundlich und… Nein, das mache ich selbst.« Mit einiger Mühe erhob er sich und ging mit unsicheren Schritten zur Klingel hinüber.

Er hatte sie kaum wieder losgelassen, als Prosper am Treppenabsatz der Galerie erschien und dahinter der Constable, der ihm auf dem Fuß folgte. Er wirkte verstört und bewegte sich wie ein Schlafwandler. Mit langsamen Schritten kam er die Treppe herab und stützte sich dabei auf das Geländer.

»Mr. Harrimore…«, begann Pitt. Er sah in Harrimores Gesicht. Es war seltsam tot; nur seine Augen glommen wild – dunkel und voller Schmerz. »Mr. Harrimore«, wiederholte Pitt mit leiser Stimme. Er haßte dies mehr, als den Angehörigen eine traurige Botschaft zu überbringen. »Ich verhafte Sie wegen des Mordes an Kingsley Blaine vor fünf Jahren in der Farriers' Lane und wegen der Morde an Richter Samuel Stafford und Constable Derek Paterson. Ich empfehle Ihnen, ohne Widerstand mitzukommen, Sir. Dies würde Ihrer Familie nur unnötig mehr Schmerz bereiten, als sie ohnehin schon zu ertragen hat.«

Prosper starrte ihn aus flackernden Augen an, als habe er nicht verstanden.

Adah kam, sich ans Geländer klammernd, und mit aschgrauem Gesicht die Treppe herab; der dünne Zopf ihres langen weißen Haars hing über eine Schulter nach vorn, und sie hatte sich einen breiten Schal über die Schultern ihres dicken, wollenen Nachthemds geworfen.

Endlich erwachte Devlin O'Neil aus seiner Erstarrung neben dem Klingelzug und ging auf die Treppe zu.

»Du solltest besser wieder nach oben gehen, Großmama«, sagte er sanft. »Geh wieder zu Bett. Ich komme nachher zu dir und erzähle dir alles. Du erkältest dich hier unten noch.«

Ohne ihn anzusehen, machte Adah eine Handbewegung in seine Richtung, als wolle sie ihn fortscheuchen. Ihr Blick war auf Pitt gerichtet.

»Nehmen Sie ihn mit?« fragte sie mit brüchiger Stimme.

»Ja, Ma'am. Mir bleibt keine andere Wahl.«

»Es ist meine Schuld«, sagte sie nur. »Er hat es getan, aber es ist meine Schuld – ganz allein meine Schuld vor dem Angesicht Gottes.«

Devlin O'Neil machte Anstalten, als wolle er sie in den Arm nehmen, doch sie stieß ihn weg, ohne den Blick von Pitt zu wenden.

»Ach ja?« Pitt sah in ihr gepeinigtes Gesicht. Er brauchte es gar nicht zu wissen, doch es war ihm klar, daß sie es ihm sagen würde, daß sie gar nicht anders konnte, als es auszusprechen. Ein halbes Jahrhundert Schuld und Qual mußte Erleichterung finden.

»Ich wußte, daß er verdorben war, noch ehe er das Licht der Welt erblickte«, sagte sie. »Sie müssen wissen, mein Gatte lag im Lotterbett einer Jüdin und dann bei mir, während ich mit seinem Kind schwanger war. Ich wußte, was geschehen würde. Ich habe alles versucht, ihn zu verlieren.« Sie schüttelte den Kopf. »Alles habe ich versucht, was ich aufschnappen konnte, aber ohne Erfolg. Er wurde geboren, aber mißgestaltet und verkrüppelt, wie Sie sehen können. Ich habe nicht gewußt, daß er Kingsley getötet hat, aber ich habe es befürchtet. Die Geschichte hat sich wiederholt! Verstehen Sie?« Sie forschte in seinem Gesicht, ob er verstanden hatte.

»Ja«, sagte Pitt leise und betroffen von ihrem Schmerz. »Ich verstehe.« Er stellte sich Adah als junge Frau vor – betrogen, verbittert und felsenfest von dem abergläubischen Geschwätz überzeugt, das man ihr eingetrichtert hatte, voller Haß für das Kind in ihrem Leib und so sehr von der Angst vor den Folgen der Beschmutzung erfüllt, die ihr und ihrem Kind widerfahren war, daß sie sich im Bad einschloß und verzweifelt versuchte, das Kind unter ihrem Herzen zu töten.

Er legte seine Hand unter ihren Arm und hielt ihn fest. »Sie können jetzt nichts tun. Gehen Sie wieder zu Bett, Mrs. Harrimore. Es ist alles vorbei.«

Sie wandte sich mit einem Ruck zu Prosper um, und einen Moment lang trafen sich ihre Blicke. Weder sie noch er sagten etwas. Dann wandte sie sich ab und stieg mit gebeugtem Rücken und müden, bleiernen Schritten die Treppe wieder hinauf. Sie sah sich nicht ein einziges Mal um.

»Ich habe Richter Stafford nicht ermordet!« stieß Prosper hervor und starrte dabei Pitt an. »Ich schwöre es bei Gott. Und Paterson habe ich auch nicht umgebracht. Das kann ich beweisen!«

Es dauerte eine Weile, ehe Pitt die Bedeutung seiner Worte begriff – und daß sie die Wahrheit waren.

»Aber Sie haben Kingsley Blaine ermordet.«

»Ja… Gott stehe mir bei. Und er hat es verdient!« In sein

Gesicht kam allmählich wieder Leben; sein Mund verzog sich vor Zorn und Schmerz. »Er hat meine Tochter mit dieser Jüdin hintergangen und meinen Enkelkindern das gleiche angetan, was mein Vater mir angetan hat.« Mit einemmal verschwand aller Haß aus seinen Zügen, und seine Augen weiteten sich. »Aber Stafford habe ich nicht umgebracht! Ich habe ihn zum letzten Mal Wochen vor seinem Tod gesehen. Und Paterson habe ich auch nicht getötet. Ich war an dem Abend im Haus eines Freundes zu Gast, und es gibt sicherlich zwei Dutzend Zeugen, die das beschwören können.«

Pitts Gedanken überschlugen sich. Wenn Prosper Richter Stafford und Paterson nicht umgebracht hatte, wer dann – und aus welchem Grund? In Gottes Namen – warum?

Wortlos griff er nach Prospers Arm; der Constable schob sich an Harrimores andere Seite, und nebeneinander schritten sie auf die Eingangstür zu, vorbei an Devlin O'Neil, der noch immer konsterniert und mit offenem Hausmantel am Fuß der Treppe stand. Der Constable machte die Tür auf, während Pitt den Stockdegen aus dem Ständer zog. Prosper Harrimore zwischen sich führend, traten sie wieder in den kalten Nieselregen hinaus.

12. Kapitel

Caroline war selig vor Glück. Es war alles vorüber, und Joshua war von jedem Verdacht reingewaschen. Er war unschuldig, und dies war bewiesen worden. Diese unsägliche Angst, die ständig in ihrem Hinterkopf herumgespukt hatte, war zu Ende, die Erleichterung grenzenlos. Sie wollte lachten und weinen und ihren Jubel laut hinausschreien; sie wollte die ganze Welt umarmen.

Sie blickte in Charlottes Gesicht und sah die Schatten in ihren Augen, die widerstreitenden Gefühle, die sie zerrissen.

»Was ist?« fragte sie atemlos, und ihre Gedanken setzten für einen Augenblick aus. »Ist noch etwas? Etwas, das du mir noch nicht gesagt hast? Was ist es?«

»Was wirst du jetzt machen?« fragte Charlotte statt einer Antwort. Sie standen im Wohnzimmer in der Cater Street. Es war früh am Morgen; das Feuer im Kamin züngelte lustlos und gab nur wenig Wärme.

»Es Joshua sagen, natürlich«, erwiderte Caroline, noch immer irritiert. »Und Tamar.«

»Das habe ich nicht gemeint…«

»Was dann?«

»Ich meine wegen Joshua. Jetzt gibt es keinen Grund mehr, sich um ihn Sorgen zu machen.« Sie verstummte, unsicher, wie sie fortfahren sollte.

»Ich weiß es nicht«, sagte Caroline leise. »Das hängt von ihm ab. Ich werde jeden Tag mit ihm genießen, und was morgen ist, interessiert mich nicht. Und Charlotte, meine Liebe…«

»Ja?«

»Das ist alles, was ich zu diesem Thema zu sagen habe – sowohl zu dir als auch zu Großmama.«

»Oh.«

»Und jetzt lasse ich die Kutsche anspannen und fahre zu

Joshua und Tamar, um ihnen die wunderbare Nachricht zu bringen. Du kannst ja mitkommen, wenn du möchtest.«

»Ja… Ja – ich würde es gerne Tamar sagen.«

»Ja, natürlich – das solltest du.«

Es war noch zu früh am Tag, um irgend jemanden im Theater anzutreffen, und so ließen sich Charlotte und Caroline zu Mr. Passmores Haus in Pimlico kutschieren. Sie wurden von einer überraschten Miranda Passmore eingelassen, doch als sie ihre Gesichter sah, begriff sie sofort, daß sie gute Nachrichten brachten. Sie zog die Tür weit auf und bat sie herein, wobei sie Caroline am Arm nahm und laut nach ihrem Vater rief.

»Ist Miss Macaulay zu Hause?« fragte Charlotte. Der herzliche Empfang und das glückliche Geschnatter Mirandas ließen sie für einen Augenblick ihre Bedenken wegen Caroline und Joshua vergessen.

»Ja, ich glaube schon. Sie geht selten so früh aus dem Haus. Sie wollen es ihr sicher selbst sagen? Das sollten Sie auch. Es ist alles überstanden, nicht wahr?« Miranda drehte sich zu ihnen um und sah sie aus großen Augen an. »Ich habe Sie noch gar nicht gefragt, aber ich kann es Ihnen ansehen, daß Sie etwas Wundervolles herausgefunden haben. Er ist unschuldig, stimmt's?« Ihre Worte überschlugen sich, so schnell sprudelten sie hervor. »Sie haben endlich den Beweis für seine Unschuld gefunden? Das haben Sie doch, nicht wahr?«

Charlotte mußte lächeln angesichts von so viel Freude.

»Ja. Und was noch viel besser ist: Gestern nacht haben sie den Mann verhaftet, der es wirklich getan hat.«

»Oh, das ist wundervoll!« Miranda wirbelte vor Freude einmal um die eigene Achse und umarme Charlotte spontan. »Das ist wundervoll! Sie sind ein Genie! Sie hätten Aaron gemocht; er war ein wenig wie Sie – impulsiv und voller Ideen. Kommen Sie, Sie müssen es Joshua erzählen!« Die letzten Worte waren an Caroline gerichtet. »Er ist sicher auch zu Hause und frühstückt wahrscheinlich gerade. Kommen Sie, gehen wir doch hinauf.«

Charlotte ließ Caroline alleine vor Joshuas Tür zurück. Sie wollte Carolines sich vor Aufregung und Glück überschlagende Stimme nicht hören, und auch nicht seiner Erleichterung, seine Erinnerungen an einen toten Freund, den Triumph und die Trauer der beiden, daß alles so schrecklich, so nervenaufreibend lange gedauert hatte.

Sie stieg hinter Miranda die Treppe zu Tamars Wohnung hinauf und klopfte an die Tür.

Tamar öffnete beinahe im selben Augenblick. Sie sah in Mirandas strahlendes Gesicht und dann zu Charlotte.

»Es ist alles vorbei«, sagte Charlotte mit leiser Stimme. »Die Polizei hat gestern nacht Prosper Harrimore verhaftet, und er hat es nicht einmal abgestritten. Die ganze Stadt wird erfahren, daß Aaron unschuldig war.«

Tamar stand völlig reglos und starrte Charlotte nur aus großen Augen an, in ihrem Gesicht nach Anzeichen forschend, ob sie sich auch nicht verhört hatte, und als sie dann schließlich begriff, daß es die Wahrheit war, füllten sich ihre Augen mit Tränen, die überflossen und über ihre Wangen kullerten. Sie hob die Hände und ließ sie wieder fallen.

Charlotte vergaß alles, was sie über Umgangsformen, taktvolle Zurückhaltung und die Regeln der Etikette gelernt hatte, und umarmte sie, hielt sie ganz fest und fühlte, wie auch ihre Augen zu brennen begannen. Caroline war vergessen. Wenn sie ebenfalls in Joshuas Armen lag, und sie zusammen lachten oder weinten oder sich aneinander festhielten, dann machte ihr das nichts aus – zumindest nicht im Augenblick.

Pitt war alles andere als glücklich. Die Aufklärung des Mordes in der Farriers' Lane hatte zwar ein altes und schreckliches Unrecht revidiert, aber Aaron Godman half das jetzt auch nichts mehr. Nichts und niemand konnte sein Leiden und seinen Tod ungeschehen machen. Für seine Freunde und Verwandten war seine Rehabilitation zwar nur ein kleiner Trost, aber jeder noch so kleine Verdacht, daß ein Unrecht geschehen sein könnte, war es wert, dafür zu kämpfen – auch wenn es, wie in diesem Fall, für Kollegen und so manchen angesehenen Juristen einen Verlust des Renomees nach sich zog und das Wissen um ihre Schuld am Tode eines Unschuldigen.

Aber er hatte erwartet, mit der Aufklärung des Mordes in der Farriers' Lane auch die Morde an Richter Stafford und Constable Paterson lösen zu können. Doch das war nicht gelungen. Abgesehen davon, daß er Harrimore glaubte, hatte er bereits nach einer Stunde herausgefunden, daß Harrimore keinen der beiden anderen Morde begangen haben konnte. Er hatte lückenlose und unerschütterliche Alibis für beide Abende.

Wer also hatte Stafford getötet, und weshalb?

War es denkbar, daß der Täter jemand war, den sie bisher noch gar nicht verdächtigt hatten? Niemand vom Theater hatte irgendein Motiv, das ihm einigermaßen plausibel erschien. Wenn Stafford tatsächlich vorgehabt hatte, den Farriers' Lane-Fall wieder aufzurollen, dann konnte er es nur in ihrer aller Interesse sein, daß er lebte. Keiner von ihnen war schuldig. Das stand jetzt außer Zweifel.

Er war gezwungen, erneut Juniper und Adolphus Pryce in Betracht zu ziehen. Aber sie hatten beide befürchtet, der andere könnte es gewesen sein.

Wer blieb dann noch übrig?

Keiner.

Ihm blieb nichts anderes übrig, als von neuem Staffords Schritte an seinem letzten Tag zurückzuverfolgen, noch einmal mit jedem zu sprechen, der ihn gesehen hatte, nochmals jeden Hinweis und jedes Wort von allen Seiten zu beleuchten, ob er vielleicht doch etwas übersehen hatte.

Er trat aus der Tür des Reviers in der Bow Street, wo er Drummond berichtet hatte, daß Harrimore weder Stafford noch Paterson umgebracht haben konnte, auf den eisglatten Bürgersteig hinaus und schritt, in Gedanken versunken, aus. Es war ein frischer, kalter Tag. Eine schwache Wintersonne mühte sich mit wechselndem Erfolg, die dichten Rauchschwaden aus zahllosen Schlöten zu durchdringen; die Pflastersteine waren von einer dünnen Eisschicht überzogen und glatt. Frischer Pferdedung auf der Fahrbahn dampfte weiß in der klirrend kalten Luft.

Von jenen, die er im Zusammenhang mit dem Mord an Kingsley Blaine vernommen hatte, erwartete er sich keine neuen Erkenntnisse. Inzwischen sah es so aus, als gäbe es tatsächlich keine Verbindung zwischen dem Farriers' Lane-Fall und Staffords Tod – außer der des schieren Zufalls. O'Neil würde heute mehr Kummer und Leid zu verkraften haben, als ein Mensch zu ertragen vermochte, und Pitt würde ihn jetzt gewiß nicht belästigen, es sei denn, es war absolut unaufschiebbar. Er verspürte auch nicht den Wunsch, Joshua Fielding oder Tamar Macaulay aufzusuchen. Sie würden sicherlich das Ende eines fünf Jahre dauernden Alptraums feiern. Nichts konnte den Toten wieder zurückbringen, aber die Schande war endlich getilgt. Obgleich Pitt nichts mit diesem entsetzlichen Irrtum zu tun gehabt hatte – im Gegenteil: er war derjenige gewesen, der ihn aufgedeckt hatte –, verspürte er doch so etwas wie Mitschuld, weil er in ihren Augen ebenfalls ein Vertreter des Gesetzes war. Er war für sie ein Vertreter der Polizei, die ihnen so viel nicht wiedergutzumachendes Unrecht zugefügt hatte.

In Gedanken versunken und die Hände tief in den Taschen vergraben, stapfte er den Bürgersteig hinab. Er bemerkte kaum, daß manche Passanten ihm ausweichen mußten, wollten sie nicht mit ihm zusammenstoßen, und auch das Klappern der Pferdehufe und das Rattern der Wagenräder, die Rufe der Kutscher und der Straßenhändler waren nur ein diffuses Randgeräusch, das an ihm vorüberströmte und nicht wirklich in sein Bewußtsein drang. Wenn die Zeitungen in den Nachmittagsausgaben die Verhaftung Harrimores bekanntgaben, würde ganz London von dem Skandal erfahren. Ein Aufschrei der Entrüstung würde durch die Stadt gehen. Er spielte mit dem Gedanken, Lambert aufzusuchen und es ihm selbst zu sagen. Aber wie und mit welchen Worten sollte er es ihm mitteilen? Selbst die lapidaren Fakten würden wie ein Eigenlob klingen oder wie ein Vorwurf, daß Lambert ein so tragischer Irrtum unterlaufen war. Und wenn er sein Bedauern und Mitgefühl zum Ausdruck brachte, würde das auf Lambert möglicherweise herablassend wirken. Lambert würde glauben, er sei gekommen, um seinen Triumph auszukosten.

Nein. Er würde nicht zu Lambert gehen. Sollte er es in der

Zeitung lesen und die Wunden seiner Niederlage alleine lecken. Ihn in Ruhe zu lassen, war vielleicht das Beste, was er in einer solchen Situation für ihn tun konnte.

Das war etwas, das Paterson, diesem armen Teufel, erspart bleiben würde. Ihm würde die Bloßstellung in der Öffentlichkeit erspart bleiben. Doch was war das schon im Vergleich mit der persönlichen Schuld, die ein jeder mit sich selbst abzumachen hatte?

Und dies traf auch auf die meisten der am Prozeß beteiligten Richter und Anwälte zu. Selbst Thelonius Quade, der von Anfang an Bedenken gehabt hatte und sogar einen absichtlich herbeigeführten Verfahrensfehler in Betracht gezogen hatte, um einen Revisionsgrund zu liefern, würde sich Vorwürfe machen, weil er seinen Ahnungen nicht gefolgt war.

Und die Richter am Appellationsgericht? War vielleicht der Verdacht, Emotionen und Vorurteile hätten das Verfahren bestimmt, der Grund gewesen, weshalb Richter Boothroyd sein Amt niedergelegt und sich dem Trunk ergeben hatte? Oder wäre es ohnehin so gekommen? Hatte er im Protokoll des ursprünglichen Verfahrens etwas entdeckt, das seine Zweifel weckte – eine Lüge, eine falsche Aussage –, und nicht den Mut aufgebracht, es offen zu sagen? Es hätte eines sehr mutigen Mannes bedurft, in dem gereizten Klima, das damals herrschte, dem Gesetz und der Öffentlichkeit zu erklären, daß sie den falschen Mann verurteilt hatten und daß der Fall noch lange nicht abgeschlossen war. Doch nun war es überhaupt nicht mehr möglich, den Fall je wirklich abzuschließen und der Vergangenheit anheim zu geben. Und man konnte auch nicht sagen, ja, es war eine Tragödie, aber sie ist schließlich doch aufgeklärt worden, und wir können sie in Ehren vergessen.

Vergessen war nicht mehr möglich, und Ehre hatte niemand gewonnen.

Die erste Person, die Pitt erneut aufsuchte, war Juniper Stafford. Sie trug noch immer Schwarz, doch diesmal ein einfaches Kleid. Es sah zwar ebenfalls teuer und durchaus modisch und chic aus, doch es war keine Kreation wie das letzte und es raschelte auch nicht, wenn sie sich bewegte. Das einzige Parfüm, das er an ihr wahrnehmen konnte, war der erfrischende Duft von Sauberkeit. Sie schien in tiefer und wahrhafter Trauer. In den Linien ihres Gesichts erkannte er die Spuren des Verlustes, vielleicht sogar des Scheiterns. Doch es war nicht nur Stafford, um den sie trauerte, und vielleicht auch nicht Adolphus Pryce. Pitt hatte den Eindruck, daß es etwas in ihr selbst war, ein Glaube, ein Traum, der gestorben war, und die Selbsterkenntnis, die an seine Stelle getreten war, war eine bittere Frucht.

»Guten Morgen, Inspektor Pitt«, begrüßte sie ihn desinteressiert. »Haben Sie Neuigkeiten? Mein Mädchen hat mir erzählt, in den Nachmittagsausgaben der Zeitungen steht, daß Sie einen anderen Mann wegen des Mordes an Kingsley Blaine verhaftet haben. Ich nehme an, er hat auch Samuel umgebracht, obwohl in den Zeitungen merkwürdigerweise nichts davon erwähnt wird.« Sie stand in der Mitte des Frühstückszimmers. Das Feuer im Kamin zauberte einen Hauch von Röte auf ihre Wangen, doch es vermochte weder ihre Augen mit Leben zu erfüllen noch die seltsame leblose Starre aus ihren Zügen zu vertreiben.

»Daß der Mord an Ihrem Mann nicht erwähnt wurde, hat einen Grund, Mrs. Stafford«, erwiderte er. Obwohl sie Harrimore der Tat verdächtigt hatte, fragte Juniper nicht einmal, welcher Grund dies war. Nahm sie an, Harrimore hatte sich durch die erneuten Ermittlungen ihres Mannes in der Gefahr gewähnt, entlarvt zu werden, oder interessierte es sie einfach nicht mehr? »Prosper Harrimore hat Richter Stafford nicht getötet«, sagte er laut.

Ihre Brauen wölbten sich kaum merklich. »Ich verstehe nicht ganz. Das ist lächerlich. Wenn er es nicht getan hat, wer dann? Und weshalb?« Das erste Aufflackern von Belustigung war in ihren Augen, ohne irgendeine Spur von Angst. »Sie sind doch sicherlich nicht gekommen, weil Sie mich verdächtigen – oder Mr. Pryce. Schließlich haben Sie dadurch, daß Sie uns dazu gebracht haben, uns gegenseitig zu beschuldigen, überaus eindrucksvoll bewiesen, daß wir es nicht gewesen sind.« Sie wandte sich ein wenig von ihm ab. »Ich will damit nicht sagen, daß Sie uns dazu gezwungen haben – das würde nur heißen, die Schuld auf jemanden anderen abzuwälzen. Waren wir stärker und unsere Liebe so groß gewesen, wie wir geglaubt hatten, hätten Sie damit auch keinen Erfolg gehabt.« Sie strich mit der Hand über ihr Kleid, um einen Fussel zu entfernen. »Weshalb also sind Sie gekommen?«

Er verspürte Mitleid mit ihr, trotz der Verachtung, die er zuvor empfunden hatte. Enttäuschung war ein sehr bitterer Schmerz.

»Weil ich gezwungen bin, wieder von vorne anzufangen«, antwortete er offen. »Alle Indizien, die ich in Händen zu haben glaubte, sind jetzt von geringem Nutzen. Wie es scheint, hat der Tod Ihres Mannes doch nichts mit dem Mord in der Farriers' Lane zu tun. Und wenn doch, dann in einem Zusammenhang, den ich nicht erkannt habe und nach wie vor nicht erkennen kann. Mir bleibt gar nichts anderes übrig, als wieder von vorne anzufangen und alle Aussagen und Indizien noch einmal zu überprüfen, um zu sehen, ob ich vielleicht etwas übersehen oder falsch interpretiert habe.«

»Wie ermüdend«, sagte sie ohne Mitgefühl. »Ich kann gerne noch einmal alles wiederholen, was ich Ihnen neulich gesagt habe, wenn Sie glauben, daß es Ihnen weiterhilft.« Ohne seine Antwort abzuwarten begann sie, mit monotoner Stimme die Ereignisse des letzten Tages im Leben von Richter Stafford noch einmal zu erzählen – das gemeinsame Frühstück, dann Tamar Macaulays Besuch und seine erregte Reaktion darauf; wie er das Haus verließ, um Joshua Fielding und Devlin O'Neil noch einmal zu befragen, seine Rückkehr, seine Gedankenabwesenheit – was nichts sonderlich Ungewöhnliches war – und dann das gemeinsame Mittagessen.

»Und er fühlte sich da noch vollkommen wohl?« unterbrach er sie. »Er war nicht müde oder irgendwie benommen? Er aß mit Appetit und ohne über Schmerzen oder Unwohlsein zu klagen?«

»Ja. Es hat ihm geschmeckt. Und wir haben beide das gleiche gegessen. Er hat nichts zu sich genommen, von dem ich nicht auch gegessen habe. Weniger natürlich als er, aber von denselben Speisen. Er kann unmöglich das Gift hier zu sich genommen haben, Mr. Pitt.«

»Nein. Das ist mir ebenfalls klar, Mrs. Stafford. Wir haben Spuren von Opium in seinem Flakon gefunden, und ich habe mich nur gefragt, ob er vielleicht schon vor dem Mittagessen etwas davon getrunken hat. Daher meine Frage. Ich muß jede Möglichkeit in Betracht ziehen…«

»Wie ich sehe, tappen Sie völlig im Dunkeln«, sagte sie, und der Anflug eines Lächelns zuckte um ihren Mund.

Er konnte es ihr nicht einmal verübeln, obwohl ihre Belustigung ihm einen Stich versetzte. Schließlich war er es gewesen, der die Wahrheit ans Licht gezerrt hatte, welche ihr so große Pein bereitete. Ohne ihn wäre sie vielleicht niemals gezwungen gewesen zu erkennen, daß ihre Liebe zu Pryce doch nicht die große Leidenschaft war, für die sie sie gehalten hatte. Es hätte einer Frau von wahrer Großmut bedurft, ihn dafür nicht zu hassen.

»Kann ich bitte mit Ihrem Diener sprechen?« fragte er.

»Selbstverständlich. Er ist noch immer hier, obwohl ich ihn bald entlassen muß. Ich brauche seine Dienste nicht mehr.« Sie griff nach dem mit Seide bestickten Klingelband und zog daran, um jemanden vom Personal zu rufen.

Doch der Diener konnte ihm auch nichts sagen, das ihn weitergebracht hätte. Er hatte an dem Abend das Flakon weder gesehen noch glaubte er, daß der Richter daraus getrunken hatte. In seinem eigenen Zuhause, wo er nur zu klingeln brauchte, wenn er einen Drink wollte, hatte Stafford das Flakon nie benutzt. Auch von den anderen Hausangestellten erfuhr Pitt nichts, was sie nicht schon bei der ersten Befragung gesagt hatten. Er konnte die Abschätzigkeit in ihren Antworten kaum überhören, weil er nach einer so langen Zeit und all den vielen Fragen nun alles noch einmal von Anfang an wissen wollte und offenbar keinen Schritt weitergekommen war. Auch er war angewidert, niedergeschlagen und wütend.

Die nächste Person, die er aufsuchte, war Richter Livesey, doch er mußte bis in den Nachmittag hinein warten, bis er einen Termin in dessen Kanzlei bekam. Livesey schien zwar überrascht, ihn zu sehen, doch nicht beunruhigt.

»Guten Tag, Inspektor. Was kann ich diesmal für Sie tun?

Ich hoffe, Sie bringen keine neuen Katastrophenmeldungen.« Er sagte das mit einem Lächeln, doch in seinem Gesicht war nicht einmal der Anflug von Entspanntheit oder gar Humor zu entdecken. Er sah müde aus; die violetten Ränder unter seinen Augen schienen dunkler und breiter, die steilen Falten von seinen Nasenflügeln zu seinen Mundwinkeln schärfer, die Linien um seinen Mund härter. Pitt konnte sich vorstellen, wie sehr ihn die Nachricht von Harrimores Verhaftung getroffen haben mußte. Die Godman-Revision war einer der Höhepunkt seiner Karriere als Richter am Appellationsgericht gewesen. Die Sicherheit und Würde, mit der er den Vorsitz über die Revisionsentscheidung geführt hatte, hatte ihm nicht nur Ansehen in der Öffentlichkeit eingebracht, sondern vor allem auch die Anerkennung seiner Amtskollegen. Und nun, da es zu spät war, etwas rückgängig zu machen, hatte sich herausgestellt, daß er sich geirrt hatte.

»Nein«, erwiderte Pitt. »Nein – keine neuen Katastrophenmeldungen... Gott sei Dank nicht. Ich stecke noch immer im ersten Mordfall fest, mit dessen Aufklärung ich betraut wurde. Und ich weiß genausowenig wie am Anfang, wer Richter Stafford getötet hat.«

»Frustrierend für Sie, kann ich mir vorstellen«, brummte Livesey mit ausdruckslosem Gesicht. »Ich wüßte jedoch nicht, wie ich Ihnen helfen könnte. Ich kann Ihnen nicht mehr sagen wie beim ersten Mal.«

»Sicherlich nicht, Sir. Ich habe auch gar nicht gehofft, daß Sie das könnten. Aber vielleicht gibt es einige Dinge, die ich versäumt habe, Sie zu fragen, die ich jetzt nachholen kann.«

»Natürlich...« Livesey ließ sich schwer in den Sessel neben dem Kamin sinken, dessen Feuer schon lange vor seiner Rückkehr vom Gericht angezündet worden sein mußte. Er deutete mit einer Handbewegung auf den Sessel gegenüber, die nicht so sehr Einladung war, Platz zu nehmen, sondern eher die Bitte, Pitt möge davon ablassen, hoch aufgerichtet über ihm zu stehen. »Bitte fragen Sie, was Sie fragen müssen. Ich werde versuchen, Ihnen behilflich sein zu können.« Er klang müde und ganz so, als bereitete es ihm Mühe, höflich zu sein.

»Vielen Dank, Sir.« Pitt setzte sich. Er ging nicht noch einmal auf Staffords Besuch bei Livesey an jenem Tag ein oder darauf, daß kein Gift in dem Flakon war, als er ging. Das hatten sie bereits zur genüge von allen Seiten beleuchtet. Er fing gleich mit dem Treffen im Theater an.

»Zuerst haben Sie ihn im Foyer gesehen, sagten Sie?«

»Das ist richtig, aber ich habe bei der Gelegenheit nicht mit ihm gesprochen. Es war ein zu großes Gedränge und viel zu laut, um sich zu unterhalten. Aber das wissen Sie ja bereits.«

»Ja, in der Tat.« Pitt erinnerte sich lebhaft an die aufgeregte, erwartungsvolle Atmosphäre im Foyer vor der Vorstellung, an das hektische Hin und Her, das brodelnde Stimmengewirr. Eine Unterhaltung wäre hier sicherlich mühsam gewesen. »Wohin sind Sie dann gegangen?«

Livesey überlegte einen Augenblick. »Ich bin die Treppe zu meiner Loge hinaufgegangen und habe auf dem Gang davor einen Bekannten entdeckt, mit dem ich ein paar Worte wechseln wollte, doch dann wurde er von einer Frau, die ich für eine entsetzliche Nervensäge halte, in ein Gespräch verwickelt, und ich überlegte es mir wieder anders und ging wieder nach unten. Als ich nach fünf Minuten wieder nach oben ging, waren sie beide verschwunden, und ich betrat meine Loge. Dort saß ich allein, bis der Vorhang aufging.« Er zuckte mit seinen massigen Schultern. »Natürlich habe ich gesehen, wie verschieden Leute, die ich kenne, in ihren Logen Platz genommen haben, aber ich habe mit keinem ein Wort gewechselt. Das ist auch gar nicht möglich, ohne ein Spektakel zu veranstalten.« Er blickte forschend in Pitts Gesicht. »Hilft Ihnen das irgendwie weiter, Inspektor?«

»Bisher nicht«, gestand Pitt. »Aber das kann sich ja ändern. Ich wüßte nicht, wo ich sonst anfangen sollte.«

»Es wäre überaus bedauerlich, wenn Sie den Fall nicht lösen könnten«, sagte Livesey mit einem seltsam grimmigen Zug um den Mund. »Nicht gerade das, was Sie sich vorgestellt haben, kann ich mir denken.«

»An diesem Punkt bin ich Gott sei Dank noch nicht angelangt.«

In Liveseys Gesicht war weder der Anflug von Unglaube

oder Skepsis zu erkennen, nicht einmal ein leichtes Wölben seiner Brauen. »Nun denn… Ich werde Ihnen selbstverständlich alles erzählen, woran ich mich von diesem Abend erinnere, wenn Sie glauben, daß es von Nutzen sein kann. Sie waren in der Loge schräg gegenüber, wenn ich mich recht erinnere, und haben sicher das gleiche gesehen wie ich.«

»Ich meine nicht irgendwas, das in der Loge passiert ist«, sagte Pitt schnell, bemerkte jedoch seinen Fehler sogleich, als er Liveseys Gesichtsausdruck sah. »Nein, das ist natürlich Unsinn«, korrigierte er sich, ehe Livesey es tun konnte. »Ich weiß ja nicht, was relevant ist. Wenn Sie irgend etwas gesehen haben, das Ihnen wichtig erscheint, erzählen Sie es mir bitte.«

Livesey zuckte mit den Achseln, und diesmal huschte ganz fraglos Belustigung über sein Gesicht – eine trockene gänzlich vom Verstand diktierte, doch nichtsdestoweniger konkrete Belustigung.

»Selbstverständlich. Nun – natürlich habe ich nicht den ganzen Abend damit verbracht, nach Mr. Staffords Loge zu schielen, aber ich habe einige Male einen Blick zu ihnen geworfen. Er saß in dem Stuhl schräg hinter Mrs. Stafford, und ich hatte den Eindruck, daß er nur wegen ihr gekommen war. Seine Aufmerksamkeit schien nicht ganz bei dem Geschehen auf der Bühne zu sein; er schien in seine eigenen Gedanken versunken. Aber das ist nicht weiter verwunderlich. Ich habe meine Frau auch schon oft ins Theater begleitet, nicht zu meinem Vergnügen, sondern um ihr eine Freude zu machen.«

»Hatten Sie den Eindruck, daß es ihm nicht gut ging?«

»Nein, er war nur nachdenklich. Zumindest sah es für mich so aus. Jetzt, im nachhinein, würde ich es natürlich für denkbar halten, daß er sich möglicherweise unwohl gefühlt hat.« Livesey betrachtete Pitt, und seine blauen Augen blitzten amüsiert. »Wollen Sie auf die Frage hinaus, ob ich gesehen habe, daß er aus dem Flakon getrunken hat? Ich glaube nicht, aber ich kann es nicht beschwören. Er hat zwar in seine Tasche gegriffen und nach etwas gesucht, aber ich habe nicht gesehen, was es war. Tut mir leid.«

»Es ist auch nicht so wichtig. Irgendwann hat er daraus getrunken, das steht außer Zweifel«, sagte Pitt.

»So ist es leider und nicht mehr zu ändern.« Livesey zog die Stirn in Falten. »Sagen Sie, Pitt, was ist es eigentlich, das Sie herauszufinden hoffen? Wenn ich es wüßte, könnte ich Ihre Fragen vielleicht besser beantworten. Ich muß zugeben, ich verstehe nicht ganz, was Sie im Auge haben, das uns weiterbringen könnte. Wir wissen, daß das Gift in seinem Flakon war und daß er daran gestorben ist. Welchen Nutzen würde es haben, wenn jemand gesehen hätte, wie er daraus getrunken hat? Das Entscheidende ist doch, daß er's getan hat.«

»Ja, sicherlich«, gab Pitt zu. »Ich muß zugeben, ich weiß es selbst nicht. Ich tappe im dunkeln und hoffe, irgendwas in Erfahrung zu bringen, das mir weiterhilft.«

»Nun, äh... Ich wüßte nicht, was ich Ihnen noch erzählen könnte. Ich sah, wie er langsam einnickte – zumindest habe ich das damals so interpretiert. Das war nichts Ungewöhnliches. Er wäre nicht der erste gewesen, der im Theater einschläft.« Wieder huschte ein Anflug von Amüsiertheit über sein Gesicht. »Erst als ich Mrs. Staffords aufgeregte Reaktion bemerkte, begriff ich, daß er nicht bloß eingenickt war. Dann bin ich natürlich aufgestanden und in ihre Loge hinübergegangen, um zu fragen, ob ich helfen könne. Den Rest wissen Sie selbst.«

»Nicht ganz. Es bleibt noch die Pause. Haben Sie in der Pause Ihre Loge verlassen?«

»Ja. Ich wollte mir eine Erfrischung holen und mir die Beine vertreten. Wenn man so lange sitzt, wird man ganz steif.«

»Haben Sie gesehen, daß Stafford seine Loge verließ?«

»Nein, tut mir leid.«

»Haben Sie den Rauchersalon für Gentlemen aufgesucht?«

»Sehr kurz nur. Ich habe einen Blick hineingeworfen und bin dann gleich wieder gegangen. Um die Wahrheit zu sagen, ich habe einige Bekannte dort gesehen, denen ich aus dem Weg gehen wollte; Kollegen, die nichts anderes im Kopf haben als juristische Probleme, und ich wollte mir mit solchen Dingen nicht den Abend verderben lassen.«

»Und Sie haben Stafford erst wiedergesehen, als Sie wieder in Ihrer Loge waren?«

»Ja – leider.« Livesey stemmte sich aus seinem Sessel hoch und erhob sich. »Ich fürchte, es gibt nichts, was ich Ihnen noch erzählen könnte, Inspektor. Und ich wüßte auch nicht, was ich Ihnen raten könnte, wie und wo Sie Ihre Recherchen fortsetzen sollen – außer im Privatleben des armen Stafford.«

»Vielen Dank, daß Sie mir Ihre Zeit zur Verfügung gestellt haben.« Pitt erhob sich ebenfalls. »Sie waren sehr geduldig.«

»Es tut mir leid, daß ich Ihnen nicht weiterhelfen konnte.« Livesey streckte seine Hand aus, und Pitt drückte sie. Es war eine ungewöhnlich freundliche Geste von einem Richter einem einfachen Polizisten gegenüber, und Pitt wußte sie zu schätzen.

Nach dem Lunch suchte Pitt Adolphus Pryce in den Räumen seiner Kanzlei auf und mußte sich eine halbe Stunde lang in Geduld fassen, ehe Pryce die Zeit fand, ihn zu sehen. Das Büro war so, wie Pitt es in Erinnerung hatte – behaglich, elegant und sehr individuell. Und Pryce selbst war ebenso charmant und würdevoll wie das letztemal, doch in seinem Gesicht lag eine Müdigkeit, und seine Bewegungen wirkten mechanisch und bar jener inneren Energie, die sie einmal vermittelt hatten. Auch er war zutiefst von sich selbst enttäuscht: Seine Träume hatten sich als seicht erwiesen und seine Gefühle als unaufrichtig, und dies schmerzte ihn, wo es keine Ausflucht gab und auch noch keine Heilung.

»Ja, Pitt? Was kann ich für Sie tun?« fragte er freundlich. »Setzen Sie sich doch.« Er deutete auf den Stuhl ihm gegenüber. »Ich bin zwar überzeugt, daß ich Ihnen alles gesagt habe, was ich weiß, aber wenn es noch irgend etwas gibt, fragen Sie ruhig.« Ein freudloses Lächeln erschien auf seinem Gesicht. »Ich möchte Ihnen zur Aufklärung des Mordfalls Farriers' Lane gratulieren. Das war hervorragende Arbeit, die Sie da geleistet haben. Sie haben uns damit alle beschämt. Der arme Godman war unschuldig. Das ist eine Tatsache, mit der zu leben mir nicht leicht fällt.«

»Und einigen anderen ebenfalls, wie ich mir vorstellen kann«, murrte Pitt grimmig. »Aber Sie haben sich nichts vorzuwerfen, Sir. Es war schließlich Ihre Aufgabe, die Anklage gegen ihn zu vertreten. Sie waren der einzige, der ihm offen zeigte, daß Sie sein Gegner waren, und von dem er auch nichts anderes erwartete. Ein Vorwurf ist nur denen zu machen, die auf seiner Seite hätten stehen sollen oder angeblich unvoreingenommen waren.«

»Sie gehen zu hart mit ihnen ins Gericht, Pitt. Alle waren von seiner Schuld überzeugt. Die Beweise waren erdrückend.«

»Weshalb?« fragte Pitt und sah Pryce herausfordernd an.

Pryce blinzelte irritiert. »Ich verstehe nicht ganz, was Sie damit meinen.«

»Weshalb waren sie erdrückend? Was war zuerst da: die Beweise oder die Überzeugung, daß er schuldig ist? Allmählich glaube ich, daß es die Überzeugung war.«

Pryce ließ sich müde in seinen Sessel sinken. »Vielleicht war es so. Wir waren alle entsetzt und hatten wohl auch Angst. Sie wissen, daß die Öffentlichkeit zu einer wilden Bestie werden kann, wenn an ihren tiefsten Überzeugungen gerüttelt wird und ihre Ängste geweckt werden. Sie ist dann nicht mehr zugänglich für vernünftige Argumentation oder Erklärungen, wie komplex und diffizil die Situation ist. Die Menschen wollen Resultate sehen. Und es ist ihnen egal, wie Sie dazu kommen; sie wollen keine Einzelheiten hören oder irgendwelche Bedenken. Aber Sie sind Polizist und wissen das ebensogut wie ich. Ich nehme an, Sie sind wegen des Mordes an dem armen Stafford ähnlichem Druck und dem Kreuzfeuer der Kritik ausgesetzt.«

»Ja.« Pitt nickte bekümmert. »Obwohl der Fall in der Öffentlichkeit nicht so viel Staub aufgewirbelt hat. Es war kein so spektakuläres Verbrechen wie die Geschichte in der Farriers' Lane. Ihm haftet nicht dieses Grauen an. Ich glaube, die Menschen denken, daß ein Richter irgendwie anders ist als sie, und deshalb fühlen sie sich auch nicht wirklich bedroht; ihre Angst ist abstrakter und nicht auf sie selbst bezogen. In diesem Fall gibt es kein wahnsinniges Ungeheuer, das im Dunkeln lauert und Menschen kreuzigt. Obwohl ich natürlich nicht abstreiten will, daß uns der Innenminister ein- oder zweimal mit seinem Besuch beehrt hat, um uns die Hölle heißzumachen.«

Pryce schlug die Beine übereinander, und der Anflug eines amüsierten Schmunzelns zuckte um seinen Mund.

»Das klingt verbittert, Pitt. Womit kann ich Ihnen helfen? Ich habe wirklich keine Ahnung, wer Stafford umgebracht hat und weshalb.«

»Ich ebensowenig«, brummte Pitt ärgerlich. »Ich kann im Augenblick nichts anderes tun, als die Fakten noch einmal zu überprüfen – und wieder und wieder, wenn es sein muß. Haben Sie Richter Stafford an jenem Abend in der Pause des Stücks gesehen?«

Pryce blinzelte überrascht, als habe er eine schwierige Frage erwartet.

»Ja. Er war im Rauchersalon und unterhielt sich mit einigen Leuten. Ich kann mich allerdings nicht mehr erinnern, wer diese Leute waren. Ich habe auch mit ihm gesprochen, allerdings nur kurz. Über irgend etwas Belangloses – das Wetter oder die letzte Cricket-Katastrophe, glaube ich. Ich habe nicht gesehen, daß er von dem Flakon getrunken hat, falls es das ist, was Sie zu hören hoffen.«

»Hatte er ein Glas in der Hand?«

Pryces Augen weiteten sich. »Jetzt, wo Sie es sagen – ja, er hatte ein Glas in der Hand. Aber das ergibt keinen Sinn, oder? Weshalb sollte ein Mann aus seinem Flakon trinken, wenn er ein Glas Whiskey in der Hand hat?«

»Einen zweiten Drink vielleicht«, überlegte Pitt. »Er muß aus dem Flakon getrunken haben, denn sonst hätte er das Gift nicht zu sich genommen. Das Opium war in dem Flakon – das haben wir festgestellt. Das ist so ziemlich das einzige Faktum, das unumstößlich feststeht.«

»Die Anzahl der Leute, die das Opium beigemengt haben können, muß begrenzt sein«, bemerkte Pryce durchaus logisch. »Aufgrund der gegebenen äußeren Umstände müßte sich die Zahl der in Frage kommenden Personen reduzieren lassen, nicht wahr? Ohne auf das Motiv zu achten, zunächst einmal. Es kann nur jemand gewesen sein, der Zugang zu dem Flakon hatte, nachdem Stafford Richter Livesey verlassen hat, denn es gibt Zeugen, daß sowohl Livesey als auch sein Kompagnon ebenfalls daraus getrunken haben, und sie erfreuen sich beide bester Gesundheit. Und doch war das Gift in dem Flakon, als Stafford später, vermutlich im Theater, daraus trank. Es könnte jemand gewesen sein, den er in der Pause traf, nehme ich an.«

»Wer war sonst noch in dem Rauchersalon?«

»Ein paar hundert Leute.«

»Aber sie haben sich nicht alle mit Stafford unterhalten. Können Sie sich nicht wenigstens an den Namen von einem der Leute erinnern, die sich mit Richter Stafford unterhielten oder vielleicht gesehen haben, was passiert ist?«

Pryce saß eine Weile schweigend da und sah Pitt mit gerunzelter Stirn an.

»Ich erinnere mich an den Ehrenwerten Gerald Thompson«, sagte er schließlich. »Er hat eine Stimme, die Glas zum Zerspringen bringt, und redet ständig. Er stand bei Stafford, das Gesicht ihm zugewandt. Und Molesworth stand ebenfalls dabei, vom Kanzleigericht. Kennen Sie ihn? Nein, vermutlich nicht… Ein großer Mann mit Glatze und weißem Bart.«

»Ist das alles, woran Sie sich erinnern?« fragte Pitt.

»Es war brechend voll«, protestierte Pryce. »Die Leute standen dicht gedrängt; man mußte sich durchzwängen, wenn man sich einen Drink holen wollte. Alle redeten zugleich, und jeder wollte gesehen werden. Es gab eine ziemliche Aufregung, weil Oscar Wilde da war und mindestens ein Dutzend Leute zugleich mit ihm sprechen wollten. Obwohl ich mir nicht vorstellen kann, weshalb. Er stand ganz in der Nähe von Stafford.« Auf Pryce' Gesicht erschien ein kleines maliziöses Grinsen. »Sie können ja ihn aufsuchen und fragen.«

»Glauben Sie, daß er irgend etwas bemerkt hat?«

Pryces Augenbrauen ruckten hoch. »Ich habe keine Ahnung. Ich bezweifle es aber. Er war viel zu sehr damit beschäftigt, amüsant zu sein.«

»Vielen Dank, Mr. Pryce.« Pitt erhob sich. Wenigstens hatte Pryce ihm etwas gegeben, dem er nachgehen konnte. Doch wie es danach weitergehen sollte, wußte er nicht zu sagen; es gab nichts, wonach er suchen, und niemanden, den er befragen konnte.

»Gern geschehen«, erwiderte Pryce. »Ich vermute, ich werde Sie ohnehin wiedersehen. Was ich Ihnen erzählen konnte, wird Ihnen nicht viel weiterhelfen. Selbst wenn jemand gesehen hat, wie er aus dem Flakon getrunken hat, bringt Sie das nicht weiter; es sei denn, er hat auch gesehen, wie jemand anderer etwas hineingeschüttet hat. Und das ist ungefähr so, als hofften Sie jemanden zu finden, der Ihnen am Tag vorher sagen kann, wie der Gewinner des Derby heißt.«

Pitt verließ die Kanzlei ohne weiteren Kommentar. Es war alles gesagt.

Draußen war es bitter kalt. Ein böiger Wind blies vom Fluß herüber und schnitt durch den Wollstoff seines Mantels bis auf die Knochen. Er ging mit schnellen Schritten den Bürgersteig hinab, den wollenen Schal fest um den Hals geschlungen, den Kragen über die Ohren hochgeklappt, bis er die nächste Durchgangsstraße erreichte, wo er eine Droschke herbeiwinkte und sich zurück in die Bow Street fahren ließ. Bevor er die genannten Gentlemen aufsuchen und sie befragen konnte, ob sie sich an den Abend im Rauchersalon des Theaters erinnerten, mußte er zuerst einmal herausfinden, wo sie wohnten.

Der Ehrenwerte Gerald Thompson wurde Pryce' Beschreibung in ziemlich unangenehmer Weise gerecht. Er hatte in der Tat eine Stimme mit ungewöhnlicher Tonlage – ein wenig zu hoch, ziemlich schrill und durchdringend laut – und ein wieherndes Lachen, das Pitt hörte, noch bevor er ihn sah.

Er empfing Pitt in der Eingangshalle seines Clubs an der Pall Mall, offenbar weil er es vermeiden wollte, in Begleitung eines fragwürdigen Individuums in einem der Salons des Clubs gesehen zu werden. Auf diese Weise konnte er so tun – falls ihn jemand danach fragen sollte –, als sei Pitt nur vorbeigekommen, um ihm etwas auszurichten oder etwas in der Art, und nicht, weil er etwa ein persönlicher Bekannter war.

»Gott sei Dank haben Sie so viel Verstand aufgebracht, in Zivil hier aufzutauchen«, näselte er mit hoher Stentorstimme. »Nun, was kann ich für Sie tun? Und seien Sie so gut und fassen Sie sich kurz.«

Pitt schluckte die Erwiderung hinab, die ihm auf der Zunge lag, und kam ohne Umschweife zum Thema. »Soviel ich weiß, haben Sie sich an dem Abend, an dem Richter Stafford im Theater gestorben ist, während der Pause im Rauchersalon aufgehalten. Ist das richtig, Sir?«

»Wie einige hundert andere Gentlemen auch«, nickte Thompson.

»Das ist richtig. Haben Sie den Richter gesehen, Sir?«

»Ich denke schon. Aber ich habe keine Ahnung, wer das Gift in sein Flakon geschüttet hat. Wenn ich es wüßte, hätte ich Ihnen das längst gesagt. Das ist schließlich meine moralische Pflicht.«

»Selbstverständlich. Erinnern Sie sich, ob der Richter ein Glas mit einem Drink in der Hand hielt, als Sie ihn sahen?«

Der Ehrenwerte Gerald Thompson legte für einige Augenblicke das Gesicht in nachdenkliche Falten und riß dann die Augen weit auf. »Jetzt, wo Sie es sagen... Ich denke schon – ja. Aber er hat es geleert, während ich ihn angesehen habe. Und dann hat er die Hand hochgehoben, um dem Pikkolo zu bedeuten, daß er noch einen wollte.«

»Haben Sie gesehen, daß der Pikkolo ihm einen zweiten brachte?«

»Nein, wenn ich es recht bedenke... Der Bursche tauchte gar nicht auf. Es war ein schreckliches Gedränge, müssen Sie wissen. Man konnte froh sein, wenn man überhaupt etwas bekam. Ich vermute, deshalb hat er einen Schluck aus seinem Flakon genommen, der arme Teufel. Nicht daß ich das gesehen hätte. Tut mir leid, Inspektor, daß ich Ihnen nicht weiterhelfen kann.«

»Vielen Dank, Sir.« Pitt stellte ihm noch einige Fragen dahingehend, wer noch dabeigestanden hatte und eventuell etwas beobachtet haben könnte, doch er erfuhr nichts, das von irgendwelchem Nutzen war. Er bedankte sich noch einmal bei Gerald Thompson und verließ die gastlichen Hallen.

Er mußte erfahren, daß Mr. Molesworth noch weit weniger Hilfreiches zu sagen wußte: Auch er hatte Stafford gesehen – doch bei bester Gesundheit und während er vergeblich versuchte, die Aufmerksamkeit des Pikkolo auf sich zu ziehen.

Er hatte weder gesehen, wie Stafford aus seinem Flakon trank, noch ob oder mit wem er sich unterhalten hatte. Mr. Molesworth war kurz angebunden, distanziert und offensichtlich in Eile.

Mr. Oscar Fingal O'Flahertie Wills Wilde jedoch unterschied sich auf sehr wohltuende Weise von ihm. Pitt brauchte zwar einige Zeit, ihn zu finden, doch schließlich hatte er Erfolg und traf ihn am Schreibtisch in seiner eigenen Wohnung an. Er empfing Pitt mit Interesse und bemerkenswerter Freundlichkeit. Er erhob sich, um ihn zu begrüßen, und lud ihn mit einer eleganten Handbewegung ein, Platz zu nehmen. Das Zimmer war mit Büchern und Manuskripten vollgestopft, und es war ganz offensichtlich, daß Pitt ihn bei der Arbeit gestört hatte.

»Es tut mir leid, wenn ich Sie störe, Sir«, entschuldigte sich Pitt. »Aber ich bin mit meiner Weisheit am Ende, sonst würde ich Sie nicht belästigen.«

»Wenn man mit seiner Weisheit am Ende ist, läßt man los und findet in der Verzweiflung neuen Mut und neue Ideen, die in einem behaglicheren Gefühlszustand nicht möglich sind«, entgegnete Wilde wie aus Pistole geschossen. »Was bereitet Ihnen so großes Unbehagen, Mr. Pitt? Und was kann ich für Sie tun, außer Sie meines Mitgefühls zu versichern, das Sie als Dreingabe bekommen, falls es Ihnen etwas bedeutet.«

»Ich untersuche den Mord an Richter Stafford.«

»Gott, gütiger!« Wilde verzog das Gesicht. »Was für ein abscheulicher Geschmack! Was für eine barbarische Tat – einen Mann in seiner Theaterloge zu ermorden! Wie können wir bedauernswerten Schriftsteller mit so etwas konkurrieren? Ich bin auch Kritiker, Mr. Pitt, doch selbst meine spitzesten und vernichtendsten Kommentare sind je so weit gegangen. Ich mag vielleicht hin und wieder schreiben, daß ein Stück schlecht ist, aber ich überlasse es nach wie vor dem Publikum, sich selbst eine Meinung zu bilden. Diese Geschichte jedoch war reinste Sabotage, ein Anschlag auf den guten Geschmack und durch nichts zu entschuldigen.«

Pitt war darauf vorbereitet, eine Überraschung zu erleben,

dennoch war er einigermaßen irritiert vom Verhalten des Dramatikers. Es zeugte nicht gerade von Mitgefühl. Doch als er das lange, schmale Gesicht des Dramatikers mit den etwas hängenden Augen und dem großen Mund genauer ins Auge faßte, erkannte er darin keine Grausamkeit und eher Unschuld, denn Gleichgültigkeit.

»Man hat mir gesagt, Sie haben sich während der ersten Pause im Rauchersalon aufgehalten«, begann Pitt. »Ist das richtig, Sir?«

»Sicherlich. Ein überaus interessanter Ort. Posen und falscher Schein, wohin das Auge blickt. Jeder versucht, als das zu erscheinen, was er sein möchte, und nicht als das, was er ist. Beobachten Sie auch gerne Leute, Inspektor?«

»Es gehört zu meinem Beruf«, erwiderte Pitt mit einem schmalen Lächeln.

»Zu meinem ebenfalls«, lachte Wilde. »Aus sehr unterschiedlichen Gründen allerdings. Was habe ich beobachtet, das für Sie von Interesse sein könnte? Ich habe nicht gesehen, wie jemand Gift in das Flakon dieses armen Teufels gegossen hat.« Er riß die Augen weit auf. »Wie Sie sehen, habe ich die Zeitungen gelesen – und nicht nur die Rezensionen, obwohl ich finde, daß die Kunst besser inszeniert ist als das Leben. Verbrechen besitzt so selten Humor, finden Sie nicht auch? Das echte Verbrechen, meine ich. Ich verabscheue alles Erbärmliche. Wenn man schon etwas Abscheuliches tun muß, dann sollte es wenigstens Stil haben.«

»Aber Sie haben den Richter gesehen?«

»Ja«, sagte Wilde, ohne den Blick von Pitt zu wenden. Er schien ihn interessant und kurzweilig zu finden. Auch Pitt mußte zugeben, daß der Mann ihm gefiel – trotz seiner etwas gespreizten Art.

»Haben Sie gesehen, wie er aus seinem Flakon getrunken hat?«

»Das Ganze ist ein wenig absurd – nein, ich habe es nicht gesehen –, aber ich habe gesehen, wie er es jemand anderem gegeben hat, einem gewissen Mr. Richard Gibson. Ich kenne den Richter nur von der Photographie seines Nachrufs in der Zeitung, aber Gibson bin ich schon einmal vorgestellt worden. Stafford zog das Flakon aus seiner Jackettasche und reichte es seinem Bekannten, der sich bedankte und einen kräftigen Schluck daraus nahm, ehe er es ihm wieder zurückgab.« Er wölbte die Augenbrauen und musterte Pitt forschend. »Ich nehme an, das bedeutet, daß jemand das Gift danach hineingefüllt hat? Ich beneide Sie nicht, Inspektor. Ich wußte gar nicht, daß Opium einen Menschen so schnell töten kann. Aber ich versichere Ihnen, daß es genau so gewesen ist.« Er lehnte sich etwas zurück und konzentrierte sich auf seine inneren Bilder. »Ich sehe es ganz deutlich vor mir: Stafford reichte dem Mann sein Flakon, der daraus trank und es wieder zurückgab. Stafford selbst trank nicht daraus. Er rauchte eine dicke Zigarre. Die Glocke zum zweiten Akt schrillte, und Stafford nahm die Zigarre aus dem Mund, verzog das Gesicht, als habe sie ihm nicht geschmeckt, streifte das brennende Ende ab und steckte sie in seine Jackettasche.« Er legte die Stirn in nachdenkliche Falten.

»In seine Zigarrendose, meinen Sie«, berichtigte ihn Pitt.

»Nein, nein«, sagte Wilde. »Ich meine seine Jackettasche – genau wie ich sagte. Ekelhafte Angewohnheit… Aber er hat nicht aus dem Flakon getrunken – dessen bin ich mir sicher. Und Gibson erfreut sich nach wie vor bester Gesundheit. Ich habe ihn neulich erst wiedergesehen. Was für merkwürdige Umstände. Wie erklären Sie sich das?«

Pitt dachte das gleiche. In seinem Kopf wirbelten Bruchstücke von Gedanken durcheinander.

»Sind Sie sich wirklich sicher?« fragte er noch einmal nach.

»Selbstverständlich.« Wildes Brauen wölbten sich streng. »Welchen Sinn hätte es, so etwas zu erfinden? Es ist nur dann interessant, wenn es die Wahrheit ist.«

Pitt erhob sich.

Wilde legte den Kopf schräg und sah aus zusammengekniffenen Augen erwartungsvoll zu ihm empor. »Ihnen ist was eingefallen! Ich kann es in Ihren Augen sehen. Was ist es? Ich habe Ihnen den entscheidenden Hinweis gegeben! Sie haben die Lösung! Sie kennen das Herz des Mörders und – was zwar weniger interessant, aber der Sache um so förderlicher ist – Sie kennen sein Gesicht.«

»Möglicherweise.« Pitt konnte ein Grinsen nicht unterdrücken. »Zumindest habe ich eine Vorstellung, woran Stafford gestorben ist…«

»An dem Opium in seinem Whiskey-Flakon.«

»Vielleicht nicht. Vielen Dank, Mr. Wilde. Sie haben mir sehr geholfen. Wenn Sie mich jetzt bitte entschuldigen – ich habe eine überaus unangenehme Pflicht zu erledigen.«

»Soll ich jetzt etwa die Zeitungen wälzen, wenn ich wissen will, was es ist?« erkundigte sich Wilde vorwurfsvoll.

»Ja – tut mir leid. Guten Tag, Sir.«

»Interessant, enttäuschend, unterbrochen und streckenweise sehr anregend«, faßte Wilde seinen Tag zusammen. »Gut ist ein viel zu langweiliges und prosaisches Wort. Haben Sie denn überhaupt keine Fantasie, Mann?«

Pitt wandte sich unter der Tür um und lächelte zurück. »Sie ist anderweitig beschäftigt.«

Wilde winkte mit einem Schmunzeln zum Abschied und wandte sich wieder seiner Arbeit zu.

Pitt nahm eine Droschke zum Haus der Staffords und verlangte Juniper zu sprechen.

»Ich habe erwartet, daß Sie wiederkommen, Mr. Pitt«, begrüßte sie ihn schroff. »Aber ich muß zugeben, nicht so bald. Ich weiß zu schätzen, daß Sie so beharrlich sind, aber ich habe alles getan, was ich kann. Ich kann Ihnen wirklich nicht weiterhelfen.«

»Doch, das können Sie, Mrs. Stafford«, sagte er. »Darf ich noch einmal mit Mr. Staffords Diener sprechen? Ich muß wissen, was mit Mr. Staffords Kleidern geschehen ist.«

Ihr Gesicht wurde spitz. »Natürlich können Sie mit dem Diener sprechen, wenn Sie möchten. Die Kleider meines Mannes sind noch hier. Ich habe es nicht übers Herz gebracht, sie wegzuwerfen. Es muß natürlich trotzdem getan werden, aber ich habe noch nicht die Kraft dazu.« Sie griff nach der Klingel, ohne den Blick von ihm zu wenden. »Darf ich fragen, was Sie durch die Kleider zu erfahren hoffen?«

»Ich würde es Ihnen lieber erst sagen, wenn ich mir sicher

bin«, erwiderte er. »Wenn ich zuerst mit dem Diener sprechen dürfte…«

»Wie Sie es wünschen.« Weder ihr Gesicht noch ihre Stimme verrieten ein besonderes Interesse. Alle Vitalität, die sie noch vor ein paar Wochen besessen hatte, schien wie verflogen. Sie wollte zwar, daß alles zu einem Ende kam, doch die Einzelheiten, interessierten sie nicht mehr.

Als der Butler an die Tür klopfte und eintrat, trug sie ihm auf, Pitt nach oben in den Ankleideraum des Richters zu führen und den Kammerdiener zu ihm zu schicken.

Als der Kammerdiener erschien, war er ein wenig außer Atem und betrachtete Pitt mit einiger Irritation. Er war ein kräftiger, untersetzter Mann mit schwarzem Haar und freundlichem Gesicht, der seine Überraschung nicht verbarg, Pitt erneut zu sehen.

»Ja, Sir. Was kann ich für Sie tun?«

»Der Anzug, den Richter Stafford am Abend seines Todes trug. Wo ist er jetzt?« fragte Pitt.

Der Mann war sichtlich betroffen.

»Das war Mr. Staffords bester Anzug, Sir! Er hat ihn sich erst vor ein paar Monaten machen lassen. Beste Qualität, aus feinstem Wollstoff.«

»Ja, gewiß… Aber wo ist der Anzug jetzt?«

»Er wurde darin beigesetzt, Sir. Was haben Sie erwartet?«

Pitt stieß einen grimmigen Fluch hervor.

Der Kammerdiener starrte ihn unverwandt an. Er war zu wohlerzogen, um sich von irgend etwas, das ein Mensch tun konnte, aus der Fassung bringen zu lassen – es sei denn natürlich, es handelte sich um einen anderen Bediensteten, was etwas völlig anderes war.

»Und seine Zigarrendose, wo ist die?« erkundigte sich Pitt.

»In seiner Kommode, Sir, wo sie hingehört. Ich habe alles aus seinen Taschen geräumt, Sir.«

»Kann ich die Zigarrendose sehen?«

Die Brauen des Kammerdieners wölbten sich pikiert. »Sehr wohl, Sir. Selbstverständlich können Sie sie sehen.« Seine Stimme klang höflich, doch es war offenkundig, daß er Pitt für einen reichlich exzentrischen Zeitgenossen hielt. Er ging zu der Kommode und zog die obere Schublade auf. Er nahm ein silbernes Zigarrenetui heraus und reichte es Pitt.

Pitt machte es mit zitternden Händen auf. Es war leer. Es war töricht, aber er war bitter enttäuscht.

»Was haben Sie da rausgenommen?« knurrte er mit heiserer Stimme.

»Nichts, Sir.« Der Diener schluckte gekränkt.

»Auch nicht die besten Zigarren, um sie selbst zu rauchen?« fragte Pitt barsch nach, obgleich dies – falls er es getan hätte – seine Theorie widerlegen würde. »Auch nicht einen Stummel?«

»Nein, Sir. Das Etui war leer! Ich schwöre bei Gott, es war genauso leer wie jetzt.«

»Der Richter hat an dem Abend im Theater eine halbe Zigarre geraucht und den Stummel in die Tasche seines Jacketts gesteckt. Was ist damit passiert?«

»Ach das…« Erleichterung malte sich auf seinem Gesicht. »Ich habe den Stummel weggeworfen, Sir. Man kann den armen Mann doch nicht mit einer Zigarre in der Tasche beerdigen. Es war eine ziemliche Schweinerei, wenn ich so sagen darf, Sir.«

»Schweinerei? Ist sie zerbröselt?« fragte Pitt.

»Ja, Sir.«

»Und Mr. Stafford hat diesen Anzug noch immer an?«

»Ja, Sir.« Der Kammerdiener starrte ihn mit wachsendem Entsetzen an.

»Vielen Dank. Das ist alles.« Ohne noch länger zu zögern, ging Pitt wieder nach unten, bat den Butler, der am Fuß der Treppe stand, Mrs. Stafford seine Grüße und seinen Dank auszurichten, und verließ das Haus.

»Sie wollen was?« erkundigte sich Drummond ungläubig und mit düster gerunzelter Stirn.

»Ich will die Leiche Staffords exhumieren lassen«, wiederholte Pitt und bemühte sich, so ruhig wie möglich zu klingen, doch seine Stimme schwankte trotzdem. »Ich muß es tun.«

»Um Himmels willen – weshalb? Sie wissen doch, woran er gestorben ist!« Drummond war entsetzt. Er beugte sich über seinen Schreibtisch und starrte Pitt konsterniert an. »Was für einen Zweck sollte das haben, außer über alle Beteiligten noch mehr Leid zu bringen?« begehrte er zu wissen. »Die Öffentlichkeit ist aufgebracht genug über diese ganze Angelegenheit. Machen Sie nicht alles noch schlimmer, Pitt!«

»Es ist die einzige Chance, die ich habe, den Fall zu lösen.«

»Eine Chance?« Drummonds Stimme überschlug sich aufgebracht. »Eine Chance ist mir zu wenig. Sie müssen sich Ihrer Sache schon sicher sein, wenn ich das Innenministerium davon überzeugen soll, einer Exhumierung zuzustimmen. Erklären Sie mir genau, was Sie damit erreichen wollen.«

Noch immer wie ein Schuljunge vor Drummonds Schreibtisch stehend, erklärte es Pitt.

»In der Zigarre?« sagte Drummond, und seine Augen weiteten sich. »Und auch in dem Flakon? Aber warum? Das ist absurd.«

»Nicht auch, Sir«, erklärte Pitt geduldig. »Sondern anstatt. Das würde erklären, weshalb der Whiskey in dem Flakon keine Wirkung auf den anderen Mann hatte, der davon getrunken hat.«

»Vergessen Sie dabei nicht, daß wir Opium in dem Flakon festgestellt haben?« fragte Drummond mit nur einem Hauch von Sarkasmus in der Stimme. Er war viel zu besorgt, um seiner Stimmung freien Lauf zu lassen. »Und alles auf das Wort dieses Oscar Wilde hin? Ich weiß, Sie sind verzweifelt, Pitt, aber ich glaube, da gehen Sie zu weit. Das ergibt keinen Sinn. Ich glaube nicht, daß ich aufgrund einer so fadenscheinigen Aussage eine Exhumierung erwirken kann – selbst wenn ich es wollte.«

»Aber wenn das Opium in der Zigarre war und nicht in dem Flakon, dann ändert das alles«, beharrte Pitt verzweifelt. »Dann gibt es nur eine Schlußfolgerung.«

»Es war in dem Flakon, Pitt! Der Gerichtsmediziner hat es dort gefunden. Das ist eine Tatsache. Und außerdem wurde der Zigarrenstummel weggeworfen. Das haben Sie selbst gesagt.«

»Ich weiß. Aber er war mehrere Stunden lang in der Tasche und zerbröselte, wie der Kammerdiener gesagt hat. Es sind möglicherweise noch genügend Tabakkrümel in der Tasche, um Spuren von dem Opium festzustellen.«

Zweifel umwölkten Drummonds Stirn.

»Es ist die einzige Erklärung, die wir haben«, sagte Pitt. »Es gibt sonst keine Spuren, die wir verfolgen könnten. Wollen Sie den Fall ungeklärt zu den Akten legen? Jemand hat Richter Stafford ermordet…«

Drummond seufzte tief. »Und den armen Paterson ebenfalls«, fügte er leise hinzu. »Das geht mir verdammt an die Nieren. Ich weiß nicht, ob das Innenministerium die Exhumierung genehmigt, aber ich werde es auf jeden Fall versuchen. Ich hoffe nur, Sie haben recht.«

Pitt sage nichts darauf und bedankte sich nur. Er war sich seiner Sache auch nicht so sicher, um sie beide beruhigen zu können.

Solange Micah Drummond ihm nicht die Genehmigung zur Exhumierung Staffords vorlegte, gab es nichts, das Pitt in diese Richtung tun konnte. Doch über eines war er sich im klaren: Falls sie Opiumreste in der Tasche von Staffords Anzug fanden, würde dies nicht den Mord an Paterson aufklären. Er tappte diesbezüglich noch genauso im dunkeln wie an dem Morgen, an dem sie seine Leiche fanden. Nur eines stand außer Frage: Harrimore hatte ihn nicht umgebracht.

Ohne einen bewußten Entschluß gefaßt zu haben, fand Pitt sich draußen auf dem Bürgersteig der Bow Street wieder, wie er nach einer Droschke Ausschau hielt. Als er eine herangewinkt hatte, nannte er die Adresse von Patersons Wohnung in Battersea und ließ sich in den Sitz fallen, auf dem er unbehaglich hin und her rutschte, während das Gespann ruckend und schwankend durch die Straßen ratterte.

Als die Droschke vor dem Haus anhielt, sprang er auf das Trottoir, bezahlte den Kutscher und ging zur Tür. Sie wurde von derselben blaßgesichtigen, mißmutigen Frau geöffnet wie schon einmal. Ihre Miene verdüsterte sich, als sie Pitt erkannte, und sie machte Anstalten, die Tür zuzuschlagen.

Er stemmte seinen Fuß dagegen. »Ich möchte mir noch einmal die Zimmer von Constable Paterson ansehen, wenn Sie nichts dagegen haben«, sagte er.

»Das sind nich die Zimmer von Constable Paterson«, erklärte sie kühl. »Das sind meine Zimmer, und ich hab' sie an einen Mr. Hobbs vermietet. Ich kann nich wegen irgend 'nem Polizisten, der hier auftaucht, einfach da reingeh'n und ihn stören. Er zahlt schließlich Miete.«

»Warum wollen Sie mich daran hindern herauszufinden, wer Paterson ermordet hat?« knurrte Pitt mit drohendem Unterton in der Stimme. »Es wäre für Sie sicherlich nicht sehr erfreulich, wenn ich gezwungen sein sollte, ihr Haus Tag und Nacht überwachen zu lassen und alle Mieter noch einmal zu verhören. Ich wundere mich ein wenig, daß Sie nicht begreifen, daß es für Sie besser ist, mich hereinzulassen. Ich will mir nur das Zimmer noch einmal ansehen.«

»Na schön«, keifte sie. »Verdammte Polypen. Was kann ich als alleinstehende Frau schon machen gegen euch! Verdammte Hurensöhne!«

Er ignorierte sie und stieg die Treppe hinauf. Vor der Tür der Wohnung, in der Paterson gewohnt hatte und in der nur angeblich ein Mr. Hobbs lebte, blieb er stehen und klopfte laut.

Es verging eine geraume Zeit, dann hörte er von drinnen schlurfende Schritte, und die Tür wurde eine Handbreit geöffnet. Ein Gesicht erschien in dem Spalt etwa in Höhe von Pitts Brust, ein bleiches, von einem grauen Bart umwuchertes Gesicht. Wässrigblaue Augen sahen ängstlich zu ihm empor.

»Mr. Hobbs?« fragte Pitt.

»Ja. Ja, das bin ich. Was kann ich für Sie tun, Sir?«

»Ich bin Inspektor Pitt von der städtischen Polizei...«

»O Gott!« Hobbs blinzelte entsetzt. »Ich versichere Ihnen, Sir, ich weiß von keinem Verbrechen. Von gar keinem! Es tut mir wirklich leid, aber ich kann Ihnen nicht behilflich sein wirklich nicht.«

»Im Gegenteil, Mr. Hobbs. Sie können mich hereinlassen, damit ich mir Ihre Wohnung ansehen kann, die – wie Sie sicherlich wissen – der Schauplatz eines Verbrechens war.«

»Aber nein, Sir. Sie irren sich«, rief Hobbs aufgeregt. »Das war die Wohnung nebenan. Ja – nebenan.«

»Nein, Mr. Hobbs. Es war hier.«

»Oh… Aber Sie müssen sich irren. Die Hausfrau hat mir versichert…«

»Das kann ich mir lebhaft vorstellen. Aber ich war dabei, als man den Toten gefunden hat. Sie dürfen mir ruhig glauben.« Der arme Mann tat ihm leid. »Es sieht so aus, als seien Sie belogen worden, vermutlich, um Sie nicht als Mieter zu verlieren. Aber es ist eine sehr schöne Wohnung, und ich würde mich an Ihrer Stelle davon nicht abschrecken lassen.«

»Aber Mord? Wirklich, Sir, das ist furchtbar!« Hobbs trat von einem Bein auf das andere.

»Darf ich hereinkommen?«

»Nun – äh… ja. Wenn Sie unbedingt müssen. Ich bin ein gesetzestreuer Bürger, Sir. Ich habe nicht das Recht, Sie abzuweisen.«

»Doch das haben Sie – solange wie ich keinen Durchsuchungsbefehl habe. Aber den werde ich mir umgehend besorgen, wenn Sie darauf bestehen.«

»Nein! Nein – ganz und gar nicht. Bitte.« Er riß die Tür so weit auf, daß sie gegen die Wand krachte und wieder zurückprallte.

Pitt trat über die Schwelle, und mit einer Klarheit und Schärfe, die ihm einen Stich versetzte, sah er wieder das Bild, das sich ihm geboten hatte, als er zum ersten Mal die Wohnung betrat: Livesey, der zusammengesunken und grün im Gesicht in dem Sessel saß, der tote Paterson, der noch immer an dem Seil im Schlafzimmer hing.

»Vielen Dank, Mr. Hobbs. Wenn es Ihnen nichts ausmacht, würde ich gerne einen Blick ins Schlafzimmer werfen.«

»Das Schlafzimmer! O heilige Mutter Gottes! Das Schlafzimmer!« Hobbs Hand flog zu seinem Mund. »O Gott! Sie wollen damit doch nicht… Im Schlafzimmer? Der arme Teufel! Ich muß das Bett ins andere Zimmer stellen lassen. Ich kann jetzt dort nicht mehr schlafen.«

»Warum denn nicht? Es ist nicht anders als letzte Nacht auch«, brummte Pitt mit weniger Mitgefühl, als er vielleicht aufgebracht hätte, wären seine Gedanken nicht mit anderen Problemen beschäftigt gewesen.

»Aber ich bitte Sie, Sir. Sie machen sich über mich lustig!«

Hobbs folgte ihm aufgeregt zur Schlafzimmertür. »Oder Sie haben überhaupt kein Feingefühl.«

Pitt hatte keine Zeit, sich um ihn zu kümmern. Er wußte, er war zu schroff, doch seine Gedanken waren damit beschäftigt, sämtliche Möglichkeiten von allen Seiten zu betrachten, um vielleicht eine erleuchtende Idee zu haben. Er ließ seinen Blick durch den Raum schweifen. Es war nichts verändert worden, seit er zum ersten Mal hier gewesen war – außer natürlich, daß der tote Paterson nicht mehr von der Decke hing und der Kronleuchter wieder angebracht worden war. Davon abgesehen wirkte das Zimmer, als sei nichts berührt worden.

»Wonach suchen Sie?« fragte Hobbs von der Tür her. »Was ist es? Was glauben Sie hier zu finden?«

Pitt stand eine Weile reglos in der Mitte des Zimmers, dann drehte er sich langsam, wobei er zuerst zum Bett und dann zum Fenster sah.

»Ich weiß es selbst nicht«, murmelte er abwesend. »Ich weiß es nicht, es sei denn, ich sehe es – vielleicht...«

Hobbs sog erschreckt die Luft ein und verstummte.

Pitt wandte sich der Kommode zu. Sie wirkte irgendwie, als stünde sie nicht am richtigen Platz, und doch war er sich sicher, daß sie auch beim ersten Mal dort gestanden hatte.

»Haben Sie die verrückt?« Er drehte den Kopf zu Hobbs herum.

»Die Kommode?« Hobbs war verwirrt. »Nein, Sir. Ganz sicher nicht. Ich habe überhaupt nichts hier drin verändert. Weshalb sollte ich?«

Pitt ging zu der Kommode hinüber. Das Bild an der Wand hing zu dicht an der Kommode. Doch das Bild war nicht verrückt worden. Er schob es zur Seite, um sich zu vergewissern. Es war kein Loch und kein zweiter Nagel an der Wand dahinter. Er tastete mit der Hand darüber, um ganz sicher zu sein.

»Wonach suchen Sie, Sir?« verlangte Hobbs aufgebracht zu wissen, und seine Stimme wurde vor Aufregung ganz schrill.

Pitt ließ sich in die Hocke sinken und besah sich die Fußbodendielen genauer. Und dann sah er es: eine leichte Eindellung im Holz der Dielen, etwa eine Handspanne neben dem Vorderfuß der Kommode. Und er fand die zweite Eindellung eine Handspanne neben dem Hinterfuß. Hier hatte die Kommode ursprünglich gestanden! Sie war weggerückt worden. Und als er die Decke wegzog und die lasierte Oberfläche gegen das Licht betrachtete, sah er die Kratzer, die aussahen, als sei jemand mit schweren Stiefeln darauf gestanden und weggerutscht. Er fühlte, wie sich sein Magen zusammenkrampfte.

»Sind Sie sicher, daß Sie die Kommode nicht verrückt haben?« Er drehte sich zu Hobbs um und durchbohrte ihn mit seinem Blick.

»Ich habe Ihnen doch schon gesagt, daß ich nichts verändert habe!« begehrte Hobbs wütend auf. »Ich habe nichts angefaßt hier drin. Es ist alles so, wie es war. Soll ich das vielleicht auch noch beschwören? Das kann ich, wenn Sie es wünschen.«

Pitt richtete sich wieder auf. »Nein, vielen Dank. Ich glaube, das wird nicht nötig sein. Aber falls doch, werde ich mich wieder an Sie wenden.«

»Aber warum? Was bedeutet das alles?« Hobbs war vor Aufregung und Angst noch bleicher geworden.

»Es bedeutet, glaube ich, daß Constable Paterson die Kommode hier herübergerückt hat, um daraufzusteigen und den Kronleuchter abzunehmen, das Seil an den Haken zu knoten und zu springen«, antwortete Pitt.

»Sie meinen, sein... Mörder!« stieß Hobbs hervor.

»Nein, Mr. Hobbs«, korregierte ihn Pitt. »Ich meine, Paterson selbst hat es getan, als er begriff, was er Aaron Godman angetan hatte, als ihm klar wurde, daß ihn sein Zorn und die Hysterie, die damals herrschte, blind gemacht haben für die Wahrheit und für das, was die Gerechtigkeit und sein Ehrgefühl von ihm verlangten. Er hat nicht nur die falschen Schlüsse gezogen, er hat sie auch mit unlauteren Mitteln untermauert. Es interessierte ihn nicht, was die Blumenverkäuferin aussagte, weil er in seinem Kopf den Schuldigen schon gefunden hatte und die Blumenfrau so lange unter Druck setzte, bis sie aussagte, was er hören wollte. Er war sich seiner Sache so sicher, daß er glaubte, das Recht zu haben, die Ermittlungen zu manipulieren. Doch er hatte sich geirrt.«

»Hören Sie auf«, ächzte Hobbs gequält. »Ich will es nicht hören. Das ist ja furchtbar! Ich weiß, wovon Sie sprechen – von diesem Mord in der Farriers' Lane. Ich kann mich noch gut erinnern, wie sie Godman gehängt haben. Wenn es stimmt, was Sie sagen, welche Hoffnung bleibt uns dann allen noch? Es kann nicht wahr sein! Godman hat einen fairen Prozeß bekommen und wurde schuldig gesprochen. Alle Richter waren sich einig. Sie müssen sich irren!« Er rang verzweifelt die Hände. »Und Harrimore ist noch nicht schuldig gesprochen. Und das werden sie auch nicht. Sie werden es sehen! Die britische Rechtsprechung ist die beste auf der ganzen Welt. Ich weiß das, auch wenn Sie das offenbar nicht glauben.«

»Ich weiß nicht, ob sie das ist«, erwiderte Pitt kühl. »Das spielt jetzt auch keine Rolle.«

»Wie können Sie so etwas sagen?« Hobbs war außer sich; sein Gesicht war kalkweiß, und auf seinen Wangen erschienen zwei hektische Flecken. »Das ist ungeheuerlich! Was spielt denn dann überhaupt noch eine Rolle, wenn nicht das?«

»Es spielt jetzt keine Rolle, ob die Rechtsprechung eines anderen Landes besser oder schlechter als unsere ist«, erklärte Pitt geduldig. »Was jedoch eine Rolle spielt, ist, daß wir uns in diesem Fall geirrt haben. Ihnen mag das vielleicht nicht gefallen. Und vielen anderen sicherlich ebenfalls nicht. Aber das ändert nichts an der Tatsache. Wir haben jetzt nur die Wahl, ob wir uns weiter belügen, die ganze Angelegenheit unter den Teppich kehren wollen und uns so am Tod Godmans mitschuldig machen, oder ob wir die Sache schonungslos aufdecken und alles tun wollen, damit so etwas nie wieder geschieht – zumindest nicht so leicht. Was finden Sie vernünftiger, Mr. Hobbs?«

»Ich... Ich – äh...« Hobbs starrte Pitt mit einem Blick an, als habe sich dieser vor seinen Augen in etwas Entsetzliches, etwas Monströses verwandelt. Doch er fand nicht den Mut oder die Überzeugung zu widersprechen. Irgend etwas in ihm wußte, daß Pitt recht hatte.

Pitt hatte dem nichts mehr hinzuzufügen. Er tippte an seinen Hut und ging, seinen Dank murmelnd, an Hobbs vorüber und verließ die Wohnung.

»Ich habe die Genehmigung für die Exhumierung noch nicht«, sagte Drummond hastig, kaum daß Pitt sein Büro betreten hatte. »Ich bin noch immer dran.«

Pitt warf sich in den Sessel neben dem Kamin, ohne zu warten, daß Drummond ihm einen Platz anbot.

»Paterson hat Selbstmord begangen«, sagte er.

»Sie selbst haben mir gesagt, daß er keinen Selbstmord begangen haben kann«, erwiderte Drummond. »Und warum, in aller Welt, hätte er so etwas tun sollen?«

»Würde Ihnen nicht auch der Gedanke durch den Kopf spuken, wenn Sie Beweise manipuliert und den falschen Mann an den Galgen gebracht hätten?« fragte Pitt zurück. Er ließ sich noch tiefer in den Sessel sinken. »Paterson war kein schlechter Mensch. Der Mord in der Farriers' Lane hat ihn ganz krank gemacht. Er ließ es zu, daß seine Gefühle sein Handeln beherrschten. Er ließ sich von seinem Zorn und seiner Angst leiten. Er mußte irgendeinen Schuldigen finden – nicht nur vor dem Gesetz, sondern auch vor sich selbst, weil er nicht mit der Vorstellung leben konnte, daß der, der so etwas getan hatte, frei herumläuft.«

»Eine Schwäche, die ich sehr gut verstehen kann«, murmelte Drummond, der stehenblieb und auf Pitt hinabsah. »Ich glaube, nicht wenige von uns leiden darunter. Es macht mir angst, daß solche Verbrechen überhaupt passieren. Wir müssen daran glauben können, daß wir die Mörder finden und ihre Schuld beweisen können. Wir müssen daran glauben können, daß wir die Stärkeren sind, denn die Alternative dazu ist zu schrecklich.« Er schob die Hände tief in seine Taschen. »Armer Paterson.«

Pitt sagte nichts. Sein Kopf war schwer von düsteren Gedanken und Mitleid für den armen Paterson; er stellte sich vor, welche Gedanken ihn gepeinigt haben mochten in jenen letzten Minuten seines Lebens, als er unter dem Kronleuchter seines Schlafzimmers stand, schrecklich alleine, und sich den

Konsequenzen seines furchtbaren Irrtums stellte. Er würde das Wissen um seine Schuld niemals mehr aus seinem Herzen tilgen können; doch es bereitete ihm eine perverse Befriedigung, das Messer gegen sich selbst zu richten – einfach weil es die Wahrheit war und nicht etwa Flucht, denn jedwede Flucht widerte ihn an. »Er hat sich seine Streifen abgerissen«, sagte Pitt laut. »Das war für ihn ein Zeichen, daß er seine Ehre verloren hatte, und seine Art und Weise zu gestehen.«

Drummond blieb lange Zeit stumm.

»Ich verstehe es noch immer nicht«, sagte er schließlich, Pitts eigene Gedanken unterbrechend. »Sie selbst haben gesagt, es gab keine Möglichkeit, daß Paterson sich selbst umgebracht haben könnte. Es war nichts in seiner Nähe, worauf er hätte steigen können. Wie also soll er das gemacht haben?«

»Es wurde nachher alles so verändert, daß es wie ein Mord aussah«, erwiderte Pitt ruhig.

»Aber warum, in Gottes Namen? Und von wem?«

»Von Livesey natürlich. Als er den armen Paterson fand und bevor er uns verständigte.«

»Livesey?« Drummonds Stimme klang schrill. »Weshalb denn? Weshalb sollte es ihm etwas ausmachen, ob Paterson als Selbstmörder angesehen wird oder nicht? Er hat möglicherweise Mitleid mit ihm gehabt – ja, aber er ist ein Richter am Appellationsgericht! Er würde doch niemals so weit gehen und Beweise manipulieren!«

Pitt erhob sich. »Das hatte nichts mit Mitleid zu tun. Das war noch, bevor er wußte, daß Godman unschuldig war. Lassen Sie es mich wissen, wenn Sie die Genehmigung für die Exhumierung haben.«

»Ich weiß nicht einmal, ob ich sie überhaupt bekomme, Pitt! Wo gehen Sie hin?«

»Nach Hause«, erwiderte Pitt, bereits an der Tür. »Es gibt im Augenblick nichts, was ich hier tun könnte. Ich muß nach Hause; ich brauche einfach wieder einmal das Gefühl von Sauberkeit und Unschuld um mich... Ich werde meinen Kindern ein Märchen vorlesen, bevor sie einschlafen – etwas über Gut und Böse, wo alles ein glückliches Ende nimmt.«

Die Genehmigung zur Exhumierung Staffords traf am späten Nachmittag ein, doch Micah Drummond ließ sie bis zum nächsten Morgen liegen. Er holte Pitt um sieben Uhr ab, noch bevor es hell wurde. Es herrschte ein unangenehmer, kalter Nieselregen. Die Straßen glänzten naß, und auf den Pflastersteinen spiegelte sich das matte Licht der Straßenlaternen; das Klappern der Hufe und das Rattern der Räder hallten gespenstisch durch die leeren Straßen und wurden nur hin und wieder von einem diffusen Rauschen gedämpft, wenn die Droschke durch eine Pfütze rollte.

Es gab nichts zu sagen. Stumm saßen sie nebeneinander, in ihre dicken Mäntel gehüllt, vom Rattern der Droschke hin und her geworfen, die durch das Gewirr der Straßen dem Friedhof zustrebte, wo sie – noch immer schweigend – ausstiegen und ihre Mäntel enger um sich zogen. Nebeneinander stapften sie durch den schmatzenden Morast zu einer Handvoll Männer in Arbeitsmontur hinüber, die, auf ihre Spaten gelehnt, im Regen standen. Sie hatten bereits ein tiefes Loch ausgehoben, und das flackernde Licht ihrer Sturmlaternen tanzte gespenstisch über den Hügel aus schwarzem, krumigem Erdreich. Pitt konnte die feuchte, dampfende Erde riechen und fühlte, wie ihm der Regen in den Nacken rann. Zwei lange Seile lagen bereit.

»Morgen, Chef!« brummte einer der Männer. »Soll'n wir den Sarg jetzt raufholen?«

»Ja, bitte«, erwiderte Drummond.

Pitt stand neben ihm, starr vor Kälte bis ins Mark. Eine Laterne wurde hochgehalten, und ihr Licht spiegelte sich auf den nassen Griffen der Spaten.

Vorsichtig zogen die Männer an den Seilen, und der Sarg kam langsam in Sicht. Die Griffe glänzten, wo sie von einer harten Hand vom Erdreich befreit waren. Eine der Männer beugte sich vor und wischte das lose Erdreich vom Sarg, das im Regen verschmierte. Mit einigen Schwierigkeiten zogen sie den Sarg seitwärts und setzten ihn im Morast ab. Einer der Männer rutschte im Schlamm aus, und ein Schauer von Steinen und Erdklumpen prasselte dumpf in die Grube. Jemand fluchte und bekreuzigte sich hastig.

»Machen Sie ihn auf«, befahl Drummond.

Einer der Mann zog einen Schraubenzieher aus seiner Manteltasche und tat, wie ihm geheißen. Ein anderer hielt die Laterne höher. Es dauerte einige Minuten, bis er alle Schrauben entfernt hatte und den Sargdeckel abheben konnte. Er sah zur Seite, während er es tat, das Gesicht bleich und starr. Einer der Männer murmelte ein Gebet.

»Danke.« Pitt trat vor. Er hatte dies alles gewollt. Er mußte derjenige sein, der nachsah.

Die Leiche war gar nicht so stark verwest, wie er erwartet hatte, vermutlich weil es Winter war und die Erde kalt. Trotzdem vermied er es, mehr als einen kurzen Blick in das graue Gesicht des Toten zu werfen. Mit beträchtlichen Schwierigkeiten versuchte er den schlaffen Leichnam aufzurichten, und er war mehr als erleichtert, als einer der Männer vortrat und ihm half. Vorsichtig knöpfte er das Jackett auf, streifte es zunächst über den einen und dann über den anderen Arm und zog es dann unter dem Leichnam hervor. Langsam ließ er den Toten wieder zurücksinken. Er hielt das Jakkett ins Licht und betrachtete es. Es war aus bestem Tuch, wie der Kammerdiener schon gesagt hatte. Der ekelerregende, süßliche Geruch nahm ihm den Atem, und er war froh um den kalten Regen, der ihm ins Gesicht schlug. In der ersten Tasche war nichts als ein zusammengefaltetes sauberes Taschentuch. Was für ein bizarrer Gedanke, so etwas jemandem mit ins Grab zu geben. Ein wahrhaft befremdlicher Einfall, der ihn seltsam traurig stimmte, als hätte dies jemand für ihn getan.

Pitt holte tief Luft und griff in die andere Tasche. Seine Finger spürten Tabakkrümel und etwas Klebriges. Er zog die Hand heraus und roch daran. Ein nur sehr schwacher Tabakgeruch stieg in seine Nase. Er sah zu Drummond auf.

»Irgendwas?« fragte Drummond.

»Ich glaube schon. Falls es Opium ist, haben wir die Antwort. Ich werde die Jacke zum Gerichtsmediziner bringen.« Er wandte sich an die Männer. »Vielen Dank. Sie können ihn zumachen und wieder begraben.«

»War das alles, Chef? Sie ham bloß die Jacke gewollt?«

»Ja, vielen Dank. Nur die Jacke.«

»Du meine Fresse!«

Drummond und Pitt wandten sich zum Gehen. Pitt faltete die Jacke sorgfältig zusammen und schob sie unter den Arm. Im Osten dämmerte allmählich der Morgen herauf, ein diffuses graues Licht, das nur zögernd durch die tiefliegende Wolkendecke sickerte. Sie gingen langsam den aufgeweichten Pfad zu der wartenden Droschke zurück, wo das Pferd in der dunklen Auffahrt angstvoll stampfte und weiße Atemwölkchen emporschnaubte, weil es das offene Grab roch.

»Ich komme mit Ihnen«, sagte Drummond, als sie wieder in der Droschke saßen. »Ich will wissen, was der Gerichtsmediziner sagt.«

Ein grimmiges Grinsen erschien auf Pitts Gesicht.

»Opium«, sagte der Gerichtsmediziner und schielte durch seine buschigen Augenbrauen zu Pitt empor. »Opiumpaste.«

»Stark genug, um einen Mann zu töten, der eine Zigarre, die damit eingeschmiert ist, in den Mund nimmt?« fragte Pitt.

»In dieser Konzentration, ja. Nicht sofort, aber nach einer halben Stunde etwa durchaus möglich.«

»Vielen Dank.«

»Aber es war auch Opium im Whiskey!« versicherte der Gerichtsmediziner hastig.

»Ich weiß«, nickte Pitt. »Aber wir haben einen Zeugen, der hat gesehen, wie jemand anderer im Theater aus dem Flakon getrunken hat, ohne Schaden zu nehmen.«

»Unmöglich. Die Konzentration in dem Flakon war so stark, daß ein Schluck jeden Mann umgebracht hätte.«

»Pitt?« brummte Drummond. Beide Männer sahen ihn jetzt an.

»Das Opium, das Stafford getötet hat, war an der Zigarre. Das Opium in dem Flakon wurde erst hineingegeben, als er bereits tot war«, erklärte Pitt.

»Nachdem...« Drummond verstummte und wurde blaß. »Sie meinen, um uns zu verwirren. Aber das würde bedeuten...«

»Richtig«, nickte Pitt.

»Aber warum? Warum, um Himmels willen?« Drummond war entsetzt und verwirrt.

»Aus einem der ältesten Gründe«, erwiderte Pitt. »Um seine Reputation in der Öffentlichkeit nicht zu verlieren, seine Ehre und seinen gesellschaftlichen Rang, den er über die Jahre erworben hat. Als der dazustehen, der sich geirrt hat, wäre für ihn ein Schlag gewesen, den er nicht ertragen konnte. Er ist ein sehr stolzer Mann.«

»Aber Mord!« protestierte Drummond.

»Ich wage zu behaupten, es begann alles mit einfacher Nötigung, sozusagen als eine stillschweigende Konspiration unter ihnen allen.« Pitt schob die Hände tief in seine Taschen und zog die Schultern hoch. »Sie haben sicherlich erst ganz allmählich begriffen, daß sie möglicherweise etwas übersehen hatten, daß sie übereilt und vorschnell die erstbeste Version einer Lösung des Falls akzeptiert hatten, weil sie alle eine schnelle Aufklärung dieses furchtbaren Verbrechens wollten. Die Öffentlichkeit schrie nach einem Schuldigen. Der Innenminister wurde ungeduldig und machte Druck. Von allen Seiten begegnete ihnen Hysterie und Angst. Sie standen zusammen und bestärkten sich gegenseitig, und ganz allmählich wurde daraus ein Zwang, dem sich jeder einzelne von ihnen fügte. Doch privat suchte jeder nach einem Ausweg aus dieser Situation: durch Flucht in die Pensionierung, in den Alkohol oder in die Arbeit, in der sie ihre Gewissensbisse erstickten, und sie suchten sich Verbündete für den Tag, an dem sie sie brauchen würden… Alle, außer Stafford. Sein Gewissen ließ ihm keine Ruhe, bis er schließlich den Mut aufbrachte, wieder von vorne zu beginnen und die Indizien und Aussagen noch einmal genauer zu untersuchen. Und das kostete ihn das Leben.«

Drummond sah müde und niedergeschlagen aus, doch er sagte nichts.

»Sie hatten den Tod Godmans auf ihre Gewissen geladen«, fuhr Pitt leise fort. »Ich zweifle nicht daran, daß sie zunächst von der Richtigkeit ihres Urteils überzeugt waren, das sie im Dienste der Gerechtigkeit und im Namen des Volkes gefällt hatten. Doch am Ende hat er sie alle mit in den Abgrund gerissen – auf die eine oder andere Weise. Und nun entschuldigen Sie mich bitte, ich habe eine traurige Pflicht zu erfüllen.«

»Ja – ja, natürlich. Pitt!«

»Ja, Sir.«

»Ich fühle keine Spur von Bedauern, daß ich den Polizeidienst quittiere, aber ich würde es vermutlich, wenn ich nicht wüßte, daß Sie meinen Platz einnehmen.«

Pitt lächelte, hob die Hand, als wollte er salutieren, und ließ sie dann wieder fallen.

Er betrat das Dienstzimmer von Richter Livesey, ohne anzuklopfen, und sein erster Blick fiel auf Livesey, der hinter seinem Schreibtisch saß.

»Morgen, Pitt«, sagte Livesey müde. »Ich habe Sie gar nicht klopfen hören.« Dann bemerkte er Pitts Gesichtsausdruck, und seine Miene verdüsterte sich; langsam wich alle Farbe aus seinem Gesicht.

»Was führt Sie zu mir?« Seine Stimme klang heiser, und er schien Mühe zu haben, die Worte zu formen.

»Ich habe soeben Samuel Staffords Leiche exhumieren lassen.«

»Um Gottes willen, weshalb?«

»Wegen seines Jacketts. Vielmehr wegen des Opiums an dem Zigarrenstummel, den er nicht zu Ende geraucht hatte.«

Der letzte Tropfen Blut wich aus Liveseys Gesicht. Seine Augen suchten Pitts Blick, und er wußte, daß das Ende gekommen war – so wie ein Mann den Tod erkennt, wenn er vor ihm steht.

»Er hat das Gesetz verraten«, sagte er leise, so leise, daß Pitt ihn kaum verstand, obgleich seine Worte wie Steine fielen.

»Nein«, entgegnete Pitt mit bebender Leidenschaft in der Stimme. »Sie waren es, der das Gesetz verraten hat.«

Livesey erhob sich schwer von seinem Stuhl, und seine Bewegungen wirkten wie die eines Schlafwandlers.

»Würden Sie mir die Freundlichkeit erweisen, mich nicht in Handfesseln aus meinem Büro zu führen?« sagte er.

»Ich hatte nicht die Absicht, Ihnen Handfesseln anzulegen«, erwiderte Pitt.

»Danke.«

»Ich verspüre nicht den geringsten Wunsch, Ihnen irgend etwas zu nehmen. Sie haben sich bereits selbst alles genommen, das von Wert war.«

Livesey erstarrte und sah ihn aus leeren Augen an. Er begriff, was Pitt damit meinte, und verstand, was Verzweiflung bedeutete.